JANNY WURTS

# DER FLUCH DES NEBELGEISTES

# DIE SCHIFFE VON MERIOR

Roman

Ins Deutsche übertragen von Frauke Meier

BASTEI LÜBBE TASCHENBUCH
Band 20 355

Erste Auflage: März 1999

Sie finden uns im Internet unter
http://www.luebbe.de


Originaltitel: The Ships of Merior, Part one
Lektorat: Christine Basmaji / Stefan Bauer
Titelbild und Innenillustrationen:
Janny Wurts / Agentur Schlück
Umschlaggestaltung: QuadroGrafik, Bensberg
Satz: Fotosatz Steckstor, Rösrath
Druck und Verarbeitung:
Brodard & Taupin, La Flèche, Frankreich
Printed in France
ISBN 3-404-20355-0

Der Preis dieses Bandes versteht sich einschließlich der gesetzlichen Mehrwertsteuer

# Danksagung

Mein Dank gilt Mike Floerkey, Suzanne Parnell und Peita Pentram, die mich stets frühzeitig vor Fehlern im Handlungsablauf gewarnt haben; David Bell, Mickey Zucker Reichert, Mike Freeman, Perry Lee und Steve und Martha Mollet für all die praktische Hilfe bei der Recherche, die weit über das bloße Lesen von Büchern hinausging; Deanne Miller für die begleitende Unterstützung; Jeffrey Watson für die Durchsicht des alten Glossars; und meinen geduldigen Herausgebern Jane Johnson, John Silbersack und Christopher Schelling, die lange gelitten haben, damit dieses Projekt seinen eigenen Weg nehmen konnte.

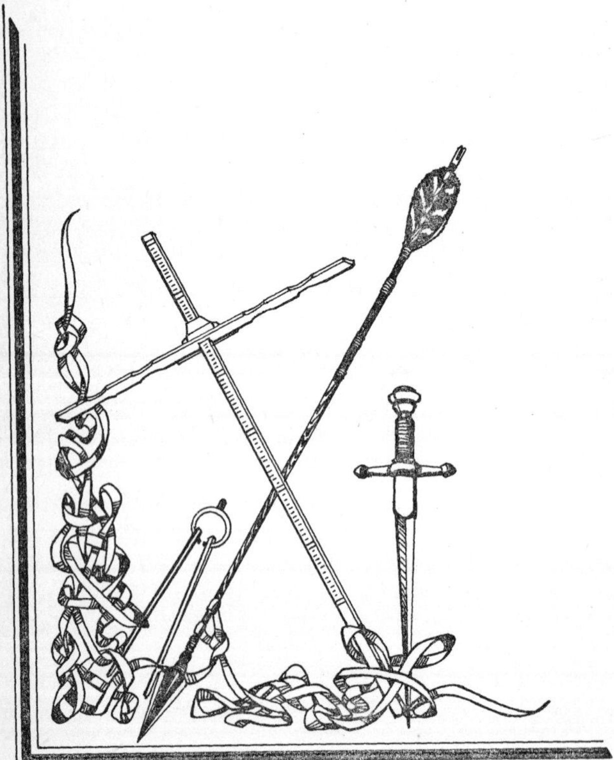

*Dieses Buch und all meine Liebe*
*widme ich meinem Ehemann,*
*Don Maitz,*
*der mich weit über den Ruf der Pflicht hinaus*
*verständnisvoll unterstützt hat.*
*Dieses Buch ist für dich.*

Golf von Stormwell
North Cape
Trow Islands
Northstrait
Northerly
Islandwynne
Ruins of Penstair
Northgate
Anglefen
Ruin
Ward
Strakewood
Westfen
Deshir
Cildorn
River
Tal Quorin
Atainia
Lorn
Rowelle
Mincross
Miralt
Sorcerers' Preserve
Plain of Karmak
Teal's Gap
Westwood
Camris
Great West Road
Erdane
Karfael
Kelsing
River Valendale
Isaer
Isaer Ruins
Castle Point
Blackshear Isle
Narms
Mathorn
West End
Meior
West Gate
Avenor
Tysan
Cainford
Valenford
Dyshent
Morvain
Halwythwood
Taerlin
Mainmere
Ruins
East Bransing
Daon Ramon
Hanshire
Riverton
Korias
Grimward
Middlecross
Quarn
Caithwood
Barish
Lanshire
Arathura
Crater Lake
Grasslands
Backwater
Orlest
Tideport
Capewell
Torwent
Scarpdale
Lithmarin
Silvermarsh
Havish
West Hall
Ruins
Ghent
Storlain Mountains
Ostermere
Deal
Elkforest
Ettinmere Settlement
Cheivalt
Westcliff
Carithwyr
Havistock
Cainwyr Island
Corith
Lost Isles of Min Pierens
Quaid
Redburn
Spire
Ruin of Telmandir
Los Mar
Shalzein
Lithmere
Firstmark
Rockbay Harbor
Westlandsee
waterfork
Shandor
Havens
West Shand
Falwood
South Strait
Salt Fens
Cascain
Ruins of Earle
South Gate

Athera
Der paravianische Kontinent
im Zeitalter der Nebelgeistes
North Ward
Fallowmere
East Ward
Plain of Araithe
Valsteyn River
Mathorn Mountains
Rathain
Daon Ramon
Skyshiel Mountains
Werpoint
Crescent Isle
Minderl Bay
Ithilt
Minderl
Ruin
Minderl Strait
Saint's Point
East Gate
Vaststrait
Bay of Eltair
Northstor
Whitehold
Varens
Tirans
Perdith
Atwood
East Halla
Tirans Ruins
Midhalla
Mirthlvain Swamp
Orvandir
Mathias Lake
Six Towers
Elssine
Shand
Atchaz
Atland
Selkwood
Telzen
Merior
Sickle Bay
Shaddorn
Southshire
Desert of Sanpashir
Forthmark
River Ippash
Los Lier
Cildeinischer Ozean
Südlisches Meer
Städte
Paravianische Ruinen
(von den Rebbellen ausgenommene) Städte
Weltentor
Stehende Steine
Grenzen
Flüsse
Wälder
Sümpfe
Ödland
alte Straße
benutzte Straße
Berge

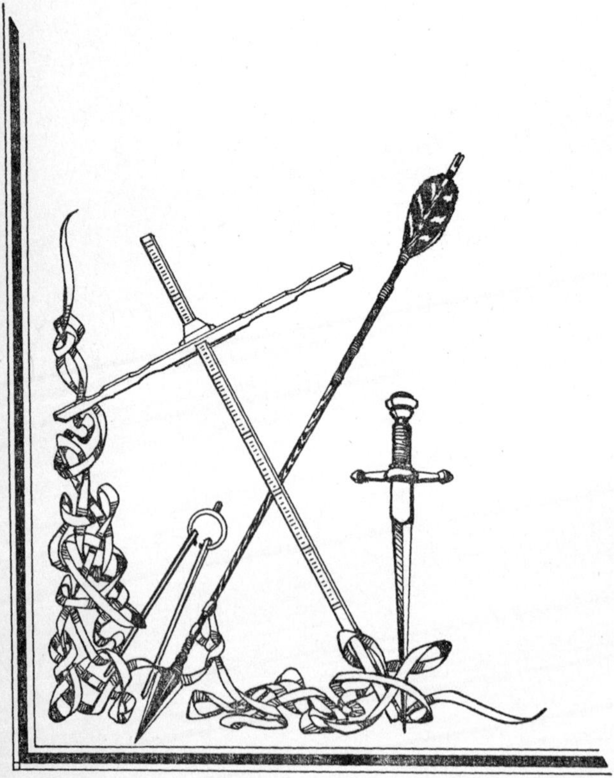

# Inhalt


| | | |
|---|---|---|
| 1. | EIN SCHURKE | 15 |
| 2. | LANDSTREICHER | 53 |
| 3. | SCHANDE | 109 |
| 4. | AUFRUF ZUR SAMMLUNG | 159 |
| 5. | MASKENSPIEL | 215 |
| 6. | CRUX | 273 |
| 7. | SEEHAFEN | 333 |
| 8. | ERNEUERUNG | 391 |

# Vorwort der Autorin

Im Dienst meiner Leser halte ich eine kurze Erklärung für wichtig. *Ships of Merior* und der zugehörige Band *Warhost of Vastmark* sollten ursprünglich gemeinsam in einem Band erscheinen.

Die Tatsache, daß die Geschichte zu umfangreich geworden ist, um sie komplett in einem Paperback unterzubringen, ist keineswegs auf Bemühungen zurückzuführen, mehr aus dieser Serie herauszupressen oder sie in die Länge zu ziehen, um sie so lukrativer zu gestalten.

Das Gegenteil ist der Fall. So muß ich meinen Herausgebern von HarperPrism herzlich danken, daß sie die heroische Leistung vollbracht haben, die erste Auflage als gebundenes Buch so zu gestalten, daß beide Bände zusammen erscheinen konnten. Im Fall der Paperback-Ausgabe war dies leider nicht mehr möglich, da ein so umfangreiches Buch ohne einen festen Einband nicht halten und schnell auseinanderfallen würde.

Die Originalgeschichte zerfällt in zwei Teile, die durch eine ganz natürlich Pause voneinander getrennt sind. Das Ende der *Ships* und der Anfang von *Warhost* sind nicht willkürlich ausgewählt worden, sondern unter Berücksichtigung der bestmöglichen Symmetrie.

Ich sollte hinzufügen, daß Konzept und Handlung der *Kriege von Licht und Schatten* für fünf volle Bände geplant waren und zwanzig Jahre intensiver und stetiger Arbeit erfordert haben. Die Geschichte, die in dieser Teilfolge erzählt wird, entwickelt sich von einem festgelegten Startpunkt zu einem Finale, in dem jeder Handlungsfaden sein Ende finden wird. Weder hatte noch habe ich die Absicht, jemals eine nie endende Parade von Fortsetzungen zu produzieren.

*Janny Wurts*
*Juni 1995*

Anmerkung der Übersetzerin

Janny Wurts weist in ihrem Vorwort bereits darauf hin, daß Paperbackausgaben in ihrem Umfang begrenzt sein müssen, sollen sie nicht auseinanderfallen. Der Verlag hat sich entschlossen, die *Romane um den Fluch des Nebelgeistes* als Taschenbücher auf den Markt zu bringen. Damit hat auch die deutsche Ausgabe mit diesen Problemen zu kämpfen. Da die englische Sprache oft mit wenigen Worten ausdrücken kann, wofür im Deutschen aufwendige Satzkonstruktionen notwendig werden, ist der Umfang eines solchen Buches nach der Übersetzung im allgemeinen größer als zuvor. Aus diesem Grund mußte der Verlag die Geschichte noch einmal teilen, doch auch wir haben uns größte Mühe gegeben, das Buch nicht einfach irgendwo auseinanderzureißen, sondern einen passenden Moment zu wählen.

War'n zwei Prinzen, blond und dunkel,
Desh-Thieres unfreiwillige Mündel,
Verdammt zu Haß für alle Zeit,
Zum Blutvergießen stets bereit,
Bis in den eis'gen Tod des Kriegs Geleit.
Ein Wettstreit die Zeit überdauert,
Blinder Tod im Schatten lauert,
Brennendheiß jedoch das Licht,
So rufen wir: Hoch lebe das Licht,
Doch plage uns mit deinen Schatten nicht.

Vers aus einem Kinderspiel
1220 im Vierten Zeitalter

# 1
# EIN SCHURKE

An jenem Morgen, an dem der Bruderschaftszauberer, der zuvor den König in Ostermere gekrönt hatte, über eine alte, nicht mehr benutzte Straße gen Norden reiste, wies nichts darauf hin, daß der nun schon fünf Jahre währende Frieden, der nach dem großen Gemetzel, das dem Sieg über den Nebelgeist folgte, auf unsicherem Fundament stand, gebrochen werden könnte.

Dies schien nicht der richtige Zeitpunkt für einen Zufall zu sein, der eine Spirale von Ereignissen in Gang setzen könnte, die nicht nur Loyalitäten, sondern auch ganze Königreiche auf den Kopf zu stellen vermochte. Die Küstenlandschaft von Havish mit ihren zerklüfteten, schattigen Tälern hatte sich in das buntgesprenkelte Grün des späten Frühjahres gehüllt. Tau glitzerte im strahlenden Sonnenschein des frühen Tages noch immer auf den Blattspitzen. Asandir war mit dem Pferd unterwegs. Sein dunkler, silberbesetzter Umhang, den er zuletzt anläßlich der Krönungsfeierlichkeiten getragen hatte, ruhte ordentlich zusammengefaltet in seiner Satteltasche. Offen flatterte sein ebenfalls silbernes Haar in der Brise, die von der See herüberwehte und das Farnkraut auf den Bergkuppen durcheinanderwirbelte und Stechginster an die flechtenverkrusteten Felsvorsprünge drückte. Die Fesseln seines schwarzen Hengstes verschwanden im tiefen Gras, während sie allein unter dem wolkenlosen Himmel durch das Land zogen. Wildblumen, die unter den Hufen des Rappen brachen, erfüllten die Luft mit ihrem süßen Duft und dem wirren Flug aufgescheuchter Bienen.

Zum ersten Mal seit Jahrhunderten, in denen er sein Leben seinem Amt widmete, war Asandir allein und nicht aus drängendem Grunde unterwegs. Der unbarmherzige Krieg war ebenso beendet wie die Aufstände gegen Regenten und Handelsherren, die den Norden nach der Gefangennahme des Nebelgeistes verwüstet hatten, und wenn auch Regentschaft und Recht in Havish noch nicht gefestigt waren, so beschränkte sich der latente Haß doch auf die breiten Wege der Staatskunst und der Politik. Besser als andere wußte Asandir, daß diese Ruhepause nicht von Dauer sein konnte. Bitter und schmerzhaft nagten seine Erinnerungen an ihm, Erinnerungen an den großen Fluch, den der Nebelgeist über seine beiden Bezwinger gebracht hatte; dem Land das Sonnenlicht zurückzugeben, hatte einen hohen Preis gefordert, zu dem nicht allein das Schicksal zweier Sterblicher, sondern überdies der dauerhafte Frieden gehörte.

Solange es den Zauberern der Bruderschaft nicht

gelang, ein Mittel zu finden, um die Bande des Hasses zu vernichten, die Desh-Thiere über die beiden Halbbrüder gelegt hatte, deren Gaben er seinen Untergang verdankte, so würde das Sonnenlicht, das die lebendige Erde erwärmte, auch weiterhin mit Blut bezahlt werden müssen. Nun, nachdem der gekrönte Nachfahre königlichen Blutes den Thron von Havish sicher innehatte, war Asandir endlich unterwegs, seine Brüder bei ihren Bemühungen zu unterstützen, die beiden Opfer des Nebelgeistes aus der Gewalt der Rache Desh-Thieres zu erlösen.

Entspannt in diesem Augenblick seltener Zufriedenheit, und doch nach all den Jahrhunderten sonnenlosen Dunstes erst zu kurze Zeit von dem Nebel befreit, um die gesunde Frühjahreserde als selbstverständlich anzusehen, ließ Asandir seinen Geist mit dem Wind schweben. Die Straße, die er gewählt hatte, war schon seit Jahren von Wildpflanzen überwuchert, kaum mehr als ein Riß, der sich schlangenförmig durch das dichte Dornengestrüpp rankte, um erst dort wieder zum Vorschein zu kommen, wo regelmäßig äsendes Rotwild das Wachstum der Pflanzen beschränkte. Trotz des gebannten Nebels fürchteten die Städter den Aufenthalt unter offenem Himmel, außerhalb sicherer Mauern und fern belebter Straßen noch immer, waren dort doch die Schauplätze längst vergessener Mysterien angesiedelt. Reisende im Norden bevorzugten es beinahe schon naturgemäß, ihren Weg per Schiff zurückzulegen.

Den Zauberer, der die Zügel während seines Ritts locker um die Hände geschlungen hatte, vermochten die fühlbaren Nachwirkungen paravianischen Daseins so wenig zu beunruhigen wie die Fundamente alter Ruinen, auf denen nun Wildrosen in dichten Kissen wucherten. Ohne Fehltritt folgte er seinem Weg, geführt von seinen Erinnerungen, die bis zum Bau der verwittertsten, eingestürzten Mauern zurückreichte. Seine träumerische Erscheinung trog. Bei jedem Schritt schwangen seine magisch erhöhten Sinne in der Resonanz der natürlichen Energien mit, die ihn allenthalben umgaben. Die Sonnenstrahlen, die seine Schultern wärmten, wurde zu einer Segnung, gleichermaßen Kontrapunkt wie Freudenfest für den klingenden Widerhall, geboren aus dem Licht, das Schatten von den Kanten natürlicher Felsen brach.

Als dissonante Strömungen sich in das Gewebe schlichen, brachen Reflex und Gewohnheit sogleich Asandirs Wohlgefallen. Spannung erfaßte seine Wahrnehmungsfähigkeit, die sich sogleich auf die Suche nach der Ursache für die Störung begab.

Welch üble Nachrichten sich auch immer von Süden nähern mochten, die wachsamen Sinne des Rosses vermochten sie nicht wahrzunehmen. Schnaubend schüttelte der Hengst seine Mähne, als Asandir ihn an den Straßenrand führte. Lange Minuten vergingen, ehe das Donnergrollen galoppierender Hufe die Lerchen aufschreckte und ohne einen weiteren Laut davonjagen ließ. Als der Bote auf seinem schwer arbeitenden Pferd in Sicht kam, saß der Zauberer mit gerunzelter Stirn im Sattel, während sich sein Rappe, des Wartens müde, am Gras gütlich tat.

Der Kurier trug die Farben des Königshauses. Der auffällige, scharlachrote Umhang mit dem goldenen Falkenwappen der persönlichen Dienerschaft des Königs wurde von der steifen Brise zusammengedrückt. Offenbar war der Mann kein gewöhnlicher Bote, verfügte er doch über die Haltung eines vortrefflichen Kämpfers. Dennoch war von der ungestümen, kriegerischen Beherztheit, die seinem Namen Würde verleihen sollte, nichts mehr zu spüren, als er so heftig an den Zügeln zerrte, daß sein Pferd tänzelnd und heftig mit dem Kopf schüttelnd zum Stehen kam.

Der Mann mußte ein Narr sein, der eifrig bemüht war, einem Zauberer der Bruderschaft schlechte Nachrichten zukommen zu lassen.

Aufgebracht sprach Asandir, noch ehe es dem Reitersmann des Königs gelungen war, seine Unsicherheit zu meistern: »Ich weiß, daß dein Gebieter dich schickt. Sollte mein Zauberbanner Dakar die Ursache dafür sein, und sollte er irgendwelche Schwierigkeiten heraufbeschworen haben, so sage ich dir jetzt, was ich bereits Seiner Hoheit und dem Diener des Reiches gesagt habe: Es kann kein Problem geben, das aus den Missetaten eines Lehrlings resultiert und nicht durch das Rechtssystem eines Hohekönigs gelöst werden kann.«

Der Bote zog an den schweißgetränkten Zügeln, um sein augenrollendes Roß davon abzuhalten, einen seitlichen Fehltritt in den Farn zu wagen. »Bitte um Vergebung, Zauberer. Aber Dakar hat sich betrunken. Es hat ein Kampf stattgefunden.« Schwitzend und bleich angesichts des wenig erfreuten Magiers, beeilte sich der Kurier nun, seine Geschichte zu Ende zu bringen. »Euer Zauberbanner wurde niedergestochen, und König Eldirs Heiler sagen, er wird verbluten.«

»Ach, tatsächlich?«

Des Zauberers Tonfall war beißend wie eine Blechschere in dünngewalztem Metall. Asandirs Brauen ruckten hoch. Seine runzeligen Züge verzogen sich für einen Augenblick zu einer Miene grimmiger Verblüffung. Dann zerrte er seinen Rappen von einem frischen Bissen Grases fort, riß ihn herum und jagte ihn in donnerndem Galopp zur Stadt zurück.

Allein mit seinem erschöpften, tänzelnden Pferd auf der verlassenen Straße, war dem königlichen Boten nicht zum Verweilen zumute.

In seinen Adern floß kein Clanblut, das es ihm gestattet hätte, sich in der Wildnis wohl zu fühlen, umgeben von alten Steinen, in die unheimliche Muster eingeritzt waren, die eines Mannes Gedanken zu verhexen imstande waren. Kaum hatte seine überreizte Stute ihren Kampf gegen die Gebißstange aufgegeben, trieb er sie auch schon in Trab, erleichtert ob der Tatsache, daß er von der Nähe des Zauberers verschont blieb, den nicht zu fürchten kein vernünftiger Mensch für sich in Anspruch nehmen konnte.

Die Befestigungen der Stadt, die als das Juwel der Südwestküste galt, erstreckten sich unbeholfen über den Scheitelpunkt einer Bucht. Erbaut über einem Gewirr aus Kalksteinhöhlen, die einst als Hafen der Schmuggler gedient hatten, spiegelten sich in der Architektur nun die wandelnden Geschmäcker von zwölf Jahrhunderten. Von Stürmen und Kriegen gleichermaßen betroffen, erinnerte das ungeschickte Mauerwerk wiederaufgebauter Festungsteile, vermengt mit allerlei Reparaturarbeiten, an die unterschiedlichen Lagen von Sedimentgestein. Ostermere verdankte seinen Reichtum im wesentlichen dem Seehandel. Lohfarbene Ziegelmauern grenzten an gewachsenes Kalkgestein, die Leeseiten von Moosen und den salzverkursteten Ranken wilden Efeus überzogen. Unter ihnen erstreckten sich unzählige verwitterte Felsriffe, gen Westen vom Meer begrenzt, und auf jedem dieser Riffe befand sich ein wildes Durcheinander aus Holzhütten und schiefergedeckten Villen, die noch immer mit den Flaggen und goldenen Bannern zur Feier der Machtübernahme des Hohekönigs geschmückt waren. Wenn auch die Schiffe an den Ufertoren nicht mehr unter Fahnen lagen und die Wachen in den Stuben der Hafenmeisterei ihre zeremonielle Kleidung wieder gegen lederne Rüstungen und blanken Stahl ausgetauscht hatte, so war doch auch hier noch ein Hauch feierlicher Stimmung verblieben.

Von allen Städten des Reiches war es diese, der die Ehre zugefallen war, den königlichen Herrschaftssitz zu stellen, bis die Mauern von Telmandir auf den Ruinen der alten Stadt wieder errichtet und der Glanz vergangener Jahre neu aufleben konnte. So frisch wie Rauhreif wirkten die handverlesenen Männer der königlichen

Garde. Erfüllt von Stolz ob ihres jugendlichen Königs, hatten sie das selten benutzte Nordtor geöffnet und die Barackensiedlung, die sich an ihren Mauern ausgebreitet hatte, von Bettlern und unrechtmäßigen Bewohnern geräumt, als Asandir auf seinem Hengst in die Stadt hereindonnerte.

Im Hofgarten, der durch die überhängenden oberen Stockwerke stets im Schatten lag, stieg Asandir ab. Er warf einem barfüßigen, jungenhaften Stallburschen die Zügel zu, der, während der Monate, in denen die Stadtregierung der königlichen Herrschaft weichen mußte, bereits mit dem Pferd vertraut geworden war. Grußlos und ohne jegliches Zögern schritt Asandir weiter, wobei er eine Horde Gänse und ein vereinzeltes Schwein von dem trüben Abwasserrinnsal aus der Wäscherei fortscheuchte. Er drängelte sich an Männern in schweißnassen Hemden vorbei, die Fässer von einem Bierrollwagen luden, wich einem zuschanden gerittenen Hengst aus und durchquerte ohne jeden Fehltritt ein wildes Rudel spielender brauner Jagdhundwelpen.

Der Garnisonshauptmann von Ostermere war eben erst angekommen. Als er sich mühsam auf seinen dicken Beinen voranschleppte, um den Zauberer zu treffen, wäre er beinahe brüsk übergangen worden. Eine verspielte Brise jagte durch seinen offenen Mantel, und er griff mit beiden Händen nach der scharlachroten Wolle, um seinen Kleidern keine Gelegenheit zu geben, ihn zu ersticken. Die Direktheit, mit der er dann zur Sache kam, paßte ausnehmend gut zu seinem unordentlichen Auftreten.

»Es war ein verdammt blöder Unfall, und der Wahnsinnige Prophet war so besoffen, daß er kaum mehr stehen konnte. Er war in der Küche, um die Magd aufzusuchen, mit der er ein Stelldichein verabredet haben wollte. Benebelt, wie er war, hat er die falsche Dirne geküßt. Ihr Ehemann kam genau im richtigen Augenblick dazu, um rechtschaffen wütend zu werden.« Der Hauptmann, dessen Brauen buschig über die fleischige Nase ragten, zuckte mit einer Schulter. »Das Messer lag griffbereit auf dem Hackklotz des Metzgers, und die Wunde ...«

Asandir schnitt ihm das Wort ab. »Die Details interessieren mich nicht.« Er griff nach der Tür des Dienstboteneingangs und riß sie schnell genug auf, ein leises Pfeifen hervorzubringen, ehe er hinzufügte: »Deine Wachen tragen ihre Goldknöpfe nicht.«

Ostermeres rangältester Hauptmann fluchte. Mit der erstaunlichen Behendigkeit eines Schwertkämpfers schlüpfte er ebenfalls durch die sich rasch wieder schließende Tür hindurch. »Die Schwachköpfe haben sich beim Würfelspiel ausnehmen lassen. Kein einziger von ihnen ist noch im Besitz seiner Knöpfe. Da Ihr aber fragt, kann ich Euch sagen, daß es Zeugen gibt, die Dakar beschuldigen, der Anstifter gewesen zu sein.«

»Das dachte ich mir.« Durch alte Schießscharten fiel Licht herein und streifte Asandirs Schultern, als er durch den Korridor hinter der Speisekammer ging und mit großen Schritten die Treppe hinaufstieg. Hinter ihm hallten Anweisungen durch das Gebäude. »Sag deinem königlichen Gebieter, daß ich hier bin. Frag ihn, ob es ihm belieben würde, mich sogleich in Dakars Schlafgemach zu treffen.«

Solchermaßen verbannt, einen Fuß noch über dem nächsten Treppenabsatz schwebend, wandte sich der Hauptmann um. »Meinen Gebieter fragen, sicher. Ich erkenne einen Befehl, wenn ich einen höre. Und ich werde auf Knien darum betteln, daß mich die Strafe des Dharkaron treffen möge, ehe ich jemals an Dakars Stelle sein muß.«

Von oben erklang die forsche Stimme Asandirs: »Für die Verfehlungen des Wahnsinnigen Propheten wäre Dharkarons Urteil in diesem Fall gewiß zu milde.«

Hohe Brauen zierten das Antlitz des intelligenten und, für einen gerade achtzehnjährigen Burschen, beachtenswert scharfsinnigen und gemessenen Königs. Eldir befand sich in einem ebenso auffälligem Stadium der Unordnung wie sein Hauptmann, als er in dem Schlafgemach erschien. Er strich sich sein wirres braunes Haar aus der Stirn, ehe er, schweißüberströmt von seinem eiligen Lauf über diverse Treppenfluchten, Umhang, Schärpe und Wappenrock abnahm und ohne ein Wort der Entschuldigung die ganze Ladung goldbesetzten Staatssamtes auf eine Bank in einer Liebesnische schleuderte. In berechtigter Furcht vor den Fragen des Zauberers zog er den Saum seiner Tunika glatt, die abgetragen genug war, einen armen Handwerkslehrling standesgemäß zu kleiden. Seine atemlos hervorgestoßene Erklärung klang beinahe wie ein Selbstgespräch. »Tut mir leid, aber die Wäsche, die mir die Schneidergilde geschickt hat, enthält mehr Ösen und Schnüre als das Korsett einer Hure, und zu viele Bänder machen mich einfach nervös.«

Verlegen verstummte Eldir. Der Zauberer, den zu treffen er sich so sehr beeilt hatte, schenkte seinem wenig königlichen Auftreten keinerlei Beachtung. Statt dessen stand er still wie ein Felsen im Korridor, eine Schulter an den Türrahmen gelehnt und das Gesicht in den Schatten gebeugt.

Der junge König erbleichte voller Schrecken. »Aths Gnade! Wir haben Euch zu spät erreicht, ihm noch zu helfen.«

Asandir blickte mit strahlenden Augen auf. »Gewiß nicht.« Mit einem Kopfnicken deutete er auf die Tür. Von der anderen Seite erklangen gedämpfte Stimmen, eine männlich und leidend, die andere weiblich, das Unglück beklagend und mitfühlende Phrasen stammelnd.

Eldirs Neugier lebte auf. Selbst in den letzten Zügen liegend schien der ruchlose Wahnsinnige Prophet nicht von seinem unglückseligen Stelldichein ablassen zu wollen. Zu pragmatisch, seinen wilden Gedanken weiter nachzuhängen, seufzte der König von Havish dann jedoch ernüchtert. »Wie ich sehe, habt Ihr ihn bereits geheilt.« Der Zauberer schüttelte den Kopf. Unheilvoll wie ein aufziehendes Unwetter wandte er sich der Tür zu, öffnete sie geräuschlos und stürmte in Dakars Schlafgemach hinein.

Hinter der Tür kam eine freundliche, sonnendurchflutete Nische mit Polsterstühlen, deren Holz mit geschnitzten Trauben verziert war, und einer Federmatratze zum Vorschein, auf der ein gewaltiger Stapel Decken ruhte. Durch das Fenster strömte frische Seeluft herein, verunreinigt durch den Geruch des Teers, den die Händler zur Imprägnierung der Takelagen verkauften. Rundlich wie eine Wurst ruhte, fest in Daunendecken gewickelt, in dem Bett ein Mann, so bleich wie Brotteig, dessen Bart an das lockige Fell eines Spaniels erinnerte. Über ihn gebeugt, gerade im Begriff, ihn zu küssen, flüsterte die blonde Küchenmagd mit dem messerschwingenden Gatten: »Ich werde um dich trauern und zu Ath beten, daß er die unsterbliche Erinnerung an dich bewahren möge.«

»Das wird ganz bestimmt nicht nötig sein!« krächzte Asandir, der sich neben der Tür aufgebaut hatte.

Gleich neben ihm zuckte Eldir verschreckt zusammen.

Kreischend richtete sich die Magd ruckartig auf, wobei sie die Decken mit sich riß, während das darunter zum Vorschein gelangende Opfer das Gesicht zu einem Ausdruck des Erstaunens verzog. Eine tätschelnde Hand zog sich aus einer Menge spitzengewirkter Unterröcke zurück, als Dakar seine weitaufgerissenen, zimtfarbenen Augen verdrehte. Für einen Augenblick schien die Szene zu erstarren. Dann jedoch quetschte des Zauberers so oder so schon blasser Schüler einen kraftlosen Fluch zwischen seinen Zähnen hervor, ehe er dem äußeren Schein nach in ein tiefes Koma fiel.

»Raus!« Asandirs vorgerecktes Kinn deutete auf das

Mädchen, das sogleich unter Mißachtung jeglicher Würde die Röcke über die Knie raffte und entfloh, wobei seine ungeschnürten Bänder hinter ihr her flatterten.

Als die Schritte der Magd sich auf dem Gang entfernten, versetzte der Zauberer der Tür einen Tritt, der sie ins Schloß beförderte. Betäubende Stille senkte sich über den Raum, so umfassend, daß das Rumpeln der Bierfässer auf dem Pflaster jenseits der Mauer wie Donnergetöse erschien. Durch das geöffnete Fenster drangen die Rufe der Wachablösung auf den Mauerfirsten herein, vermengt mit dem bellenden Fluchen eines Bäckers, der sich mit einem faulen Hengst abmühte. Vor der gewaltigen Spannung in dem Schlafgemach erschien das Kläffen der spielenden Welpen, das Kreischen der Möwen, ja selbst das Knirschen der Wagenräder auf dem Marktplatz von Ostermere unwirklich, gar traumverloren zu sein.

Asandir wandte sich zunächst an den König, der mit nachdenklich gerunzelter Stirn wartete. »Ich muß Euch zwar dringend bitten, die Geheimnisse der Magie auch an Eurem Hof nicht der Öffentlichkeit preiszugeben, doch möchte ich, daß Ihr begreift, wie sehr mein Schüler Euch in die Irre geführt hat.« Er trat neben Dakars Bett und riß ohne eine Spur der Fürsorge Decken und Laken fort. Mit versteinertem Gesicht biß sich Dakar auf die Lippe, als sein Meister den durchfeuchteten Verband fortzerrte, der jenen Teil seines Körpers verbarg, den der Gatte des Mädchens durchlöchert hatte.

Das Leinen löste sich, blutbefleckt, wie ein jeder Verband aussehen mußte, der zu früh von einer Wunde entfernt wurde, nur von einer Verletzung war unter ihm keine Spur zu sehen.

Der König keuchte vor Überraschung.

»Dakar«, so informierte ihn Asandir, »ist heute auf den Tag fünfhundertsiebenundachtzig Jahre alt. Er hat gelernt, lang zu leben. Und wie Ihr sehen könnt, ist er absolut imstande, Leiden, geboren aus Wunden oder Krankheit, mit seinen Fähigkeiten zu meistern.«

»Er war gar nicht in Gefahr«, stellte Eldir ungläubig, doch mit zunehmender Rage fest. Er verschränkte die Arme und legte den Kopf schief, während seine Haut, auf der sich erste Spuren des Bartwuchses zeigten, sich zornesrot verfärbte. In diesem Augenblick brauchte er keine Krone, um majestätisch zu wirken. »Wegen deiner Marotten habe ich den besten Reiter des Reiches geschickt und ihm befohlen, meine schnellste Stute zu Tode zu reiten, nur um deinen Meister herbeizurufen?«

Nackt, rosa und viel zu fett, sich hinter der verbliebenen Decke zu verstecken, raufte sich Dakar mit seinen feisten Fingern die Haare. Er leckte sich über die trockenen Lippen, zuckte ängstlich vor Asandir zurück und krümmte sich schuldbewußt. »Es tut mit leid«, sagte er mit einem Achselzucken, das weniger entschuldigend denn verzweifelt wirkte.

»Wärest du mein Untertan, so würdest du mit deinem Leben bezahlen.« Eldir tauschte kurz einen Blick mit Asandir, dessen Augen an die frisch geschliffenen Klingen eines Metzgers erinnerten. »Da du jedoch nicht zu meinen Getreuen zählst, kann ich dir diese Gunst leider nicht erweisen.«

Schweiß tropfte von Dakars Händen und floß in Schlangenlinien über seine plumpen Unterarme. Sein Atem ging nun stoßweise, während der Speck an seinen Beinen sichtlich bebte.

Eldir nickte Asandir zu. »Vielleicht sollte ich draußen auf Euch warten.« Sich der Erfordernisse würdevollen Gebarens bewußt, trat er auf die Tür zu.

Allein und schutzlos gegenüber seinem Meister, barg Dakar sein Gesicht in Händen. Hinter seinen Handflächen sagte er: »Ath! Wenn ich zur Strafe wieder Sandkörner sortieren soll, so bitte, seid mir doch gnädig, maßregelt mich, aber spannt mich nicht auf die Folter.«

»Ich hatte etwas anderes im Sinn.« Asandir trat näher an das Bett heran. Dann sagte er etwas, beinahe zu leise, vernommen zu werden, unterbrochen durch einen wilden, gepeinigten Aufschrei Dakars, der sich in einem Schluchzen verlor, ehe er ganz verstummte.

Überstürzt verließ Eldir endgültig den Raum und wollte die Tür hinter sich ins Schloß ziehen, doch Asandir hielt sie fest und schlüpfte ebenfalls hinaus. Mit ruhigen Fingern legte er den Riegel vor, ehe er sich umwandte, um den König von Havish zu betrachten. Lakonisch erklärte er: »Alpträume. Damit sollte der Wahnsinnige Prophet mindestens bis Sonnenuntergang beschäftigt sein. Dann wird er hungrig und, wie ich leider befürchten muß, nicht im mindesten geläutert wieder hervorkommen.« Von einem Moment zum anderen besann sich der Zauberer wieder auf seine gewohnte Gemütsruhe. »Bin ich Euch noch mehr schuldig als die Goldknöpfe Eurer Gardisten?«

»Mir nicht«, seufzte Eldir. Müdigkeit und Unsicherheit kehrten in sein Antlitz zurück und zerrten an seinen Mundwinkeln. »Der älteste Sohn des städtischen Seneschalls hat die Juwelen seiner Mutter auf ein schlechtes Blatt gesetzt. Ich bin nicht ganz sicher, wer mit den Tollkühnheiten begonnen hat, aber das Mastschwein des Kochs konnte in dem Durcheinander aus seinem Pferch entkommen. Das Biest ist in eines der Lagerhäuser gelaufen und hat die wertvolle Wolle zerrissen, die für die Färbereien von Narms bestimmt war. Um die Wahrheit zu sagen, der Rat der Gildemeister heult nach Dakars Blut. Mein Gardehauptmann hatte bereits Anweisung, ihn in Ketten zu legen, bevor der Kampf in der Küche ausgebrochen ist.«

»Da lasse ich meinen Schüler zurück, damit er einen Tag lang auf Euch achtgibt, und dann finde ich Euch erschöpft von einer harten Lektion in Diplomatie vor.« Asandirs Grinsen blitzte wie ein plötzlicher Sonnenstrahl in seinem Gesicht auf. Er legte dem jungen König eine Hand auf die Schulter und führte ihn den Korridor hinunter. »Von nun an betrachtet meinen Schüler nicht länger als Eure Sorge. Euer Diener Machiel sollte imstande sein, gut genug über Eure Sicherheit zu wachen, nachdem es Euch sogar gelungen ist, die Ordnung in Havish aufrechtzuerhalten, während sich Dakar von seiner verantwortungslosesten und übelsten Seite gezeigt hat. Ich habe mir bereits genau überlegt, was ich mit unserem fehlgeleiteten Propheten tun werde, und ich bezweifle, daß es ihm gefallen wird.«

»Ihr wollt ihn noch mehr bestrafen?« Noch immer ein wenig in den Gewohnheiten seiner bescheidenen Kindheit befangen, blieb Eldir vor der Bank stehen, um seinen edlen Staat einzusammeln, den er zuvor so achtlos dort liegenlassen hatte. »Was kann noch schlimmer sein, als einen Mann mit ununterbrochenen Alpträumen zu quälen?«

»Nicht sehr viel.« Bissige Ironie spiegelte sich in Asandirs Augen. »Wenn Dakar erwacht, so gebt ihm ein Taschengeld, das ich für seine neue Aufgabe zurücklassen werde, und jagt ihn von Eurem Hof. Sagt ihm, seine Aufgabe sei es, den Prinzen Arithon von Rathain davor zu schützen, von Etarras neuen Heeresdivisionen ermordet zu werden.«

Abrupt blieb Eldir mitten auf dem Korridor stehen. Noch nach fünf Jahren kursierten allerlei Berichte über den blutrünstigen Krieg, der zwei Drittel der Garnison von Etarra das Leben gekostet und Arithons getreue Clans beinahe ausgelöscht hatte. Der Zwist, hervorgerufen durch eine Fehde zwischen Halbbrüdern, die einander in bitterem Haß gegenüberstanden und nun dieselben Kräfte, die zum Sieg über den Nebelgeist geführt hatten, gegeneinander richteten, war durch die uralte Feindschaft zwischen Clans und Städtern noch verschärft worden und hatte dazu geführt, daß alle Handelsstädte von Rathain sich gegen ihren Thronfolger stellten. Der Prinz, der ein Geburtsrecht auf den Thron von Rathain besaß, war ein Gezeichneter, ein Gejagter. Jede Handelsgilde innerhalb der Grenzen seines eigenen Reiches war begierig, ihn tot in seinem Blute liegen zu sehen. Der Kehle des betont neutralen Herrschers von Havish entrang sich ein Geräusch, das wie eine Mischung aus Husten und Grunzen klang, während er sich vorzustellen versuchte, welche Auswirkungen Dakars Hang zu jeder Art von Ärger haben würde, wenn er einem Mann Gesellschaft leisten sollte, der auch Herr der Schatten genannt wurde und dem der halbe Norden den Tod wünschte. »Ich kann mir kaum erlauben, Euch einen Rat zu erteilen, aber kommt das nicht einer Herausforderung des Schicksals gleich, die geradezu darum bittet, Rathain mit einem toten Prinzen zu bedenken?«

»So könnte man glauben«, sinnierte Asandir, ohne auch nur im mindesten besorgt zu erscheinen. »Doch Arithon s'Ffalenn braucht seine Hilfe nicht. Auf der anderen Seite ist er möglicherweise der einzige Mann in ganz Athera, der fähig ist, den Wahnsinnigen Propheten unter Kontrolle zu halten. Gewiß wird ihr Zusammentreffen von einer faszinierenden Spannung geprägt sein. Ein jeder wird den anderen mit äußerster Geringschätzung behandeln.«

# Ein Gesuch

Das nächste Ereignis in der langen Kette jener Vorfälle, die mit dem Untergang des Nebelgeistes ihren Anfang nahm, geschah im Hochsommer, als Besucher aus den Reihen der überlebenden Clanmitglieder Rathains bei einem Clanführer im westlichen Nachbarland um Audienz nachsuchten. Wenig erfreut, bedachte die gnädige Frau Maenalle den atemlosen Boten mit einem scharfen Blick, als sie, auf feuchten Piniennadeln kniend, beim Ausweiden eines Rehes gestört wurde.

»Beim Herrn des Schicksals, warum denn jetzt?« Bis zu den Unterarmen mit Blut beschmiert, das Messer über einem Haufen dampfender Innereien, sprang die Frau, auf deren Schultern außerdem noch die Regentschaft über Tysan lastete, so behende auf die Füße, daß man ihr ihre sechzig Lebensjahre gar nicht zutrauen wollte. In der ledernen Männerkleidung, die sie für die tägliche Arbeit bevorzugte und lässig mit einem Gürtel über ihrem nach wie vor festen und kraftvollen Leib zusammengebunden hatte, stand Maenalle breitbeinig über dem halbausgenommenen Kadaver und strich sich mit einer halbwegs sauberen Stelle ihres Unterarms das kurzgeschnittene Haar aus der Stirn. Dann sagte sie zu dem Knaben, der den Berghang heraufgerannt war, um sie zu rufen: »Drück dich präzise aus. Dies sind nicht die üblichen Clansprecher, die uns schon früher aus Rathain aufgesucht haben, richtig?«

»Nein, gnädige Frau, diesmal nicht.« Überzeugt, daß das Mißfallen der gnädigen Frau den angereisten Kundschaftern, über die er nur so dürftig wenig zu berichten wußte, nichts Gutes verhieß, beeilte sich der Knabe zu antworten. »Es sind fünfzehn Männer, angeführt von einem großen Mann namens Rotbart. Sein Kriegerhauptmann Caolle reist ebenfalls mit ihm.«

»*Jieret* Rotbart? Der junge Nachkomme von s'Valerient?« Bestürzt und wütend sah Maenalle unbehaglich an ihrer blutverschmierten Lederkleidung herab. »Aber er ist der oberste Clanführer von Deshir, der Herzog des Nordens!«

Eine Staatsdelegation aus Übersee und nicht weniger; angeführt von dem Getreuen, der dem Prinzen Arithon durch einen Blutpakt verbunden und überdies der *Caithdein* war, der Schatten hinter dem Thron, von Geburt her Diener von Rathain. Maenalle stieß einen scharfen Fluch aus.

Dann, angestachelt von einem verfälschten Gefühl persönlichen Triumphes, hatte sie doch die formelle Kleidung stets verschmäht, brach sie in ein kehliges Gelächter aus. »Nun, sie werden mich wohl so nehmen müssen, wie ich gerade bin«, sagte sie mit vergnügt hochgezogenen Brauen. »Habe ich noch Zeit, mich zu waschen? Gut. Die Jäger sind unten in der Schlucht. Jemand muß ihnen folgen und meinem Enkelsohn berichten, was vor sich geht.« Dann, als sie an das Reh dachte, das zu sehr gebraucht wurde, um es einfach den Aasfressern zu überlassen, biß sie sich auf die Lippe.

Der Botenjunge schlug ihr vor, an ihrer Stelle das Messer zu führen. »Gnädige Frau, ich kann das Tier zu Ende ausweiden.«

Maenalle lächelte. »Guter Junge. Ich habe mir das auch schon überlegt, aber eigentlich sollte das Maiens Problem sein.«

Ihre Stimmung war nun wieder gelöst genug, daß der Knabe sich entspannen konnte. »Gnädige Frau, wenn Ihr beide mit dem Gestank von Innereien am Leib der Delegation des Prinzen Arithon entgegentretet, so mögen die s'Gannleys sich einen üblen Ruf erwerben.«

»Schlingel.« Maenalle überließ dem Knaben ihr Messer und holte zu einem Klaps gegen sein Ohr aus, unter dem sich das Kind hinwegduckte, um den blutverschmierten Fingern zu entgehen. »Vergiß den Titel, der

Diener von Rathain ist kaum älter als du es bist. Wenn er beleidigt sein sollte, so werde ich seinen Kriegerhauptmann bitten, eine Birkenrute zu schneiden und ihm eine Tracht Prügel zu verabreichen.«

Diese Worte schienen die passende Entgegnung zu sein, ehe Maenalle sich von der bewaldeten Hochebene zurückzog und sich zwang, ernsthaft nachzudenken. Frierend stieg sie in die vorzeitige Dämmerung der vom Sonnenlicht abgeschnittenen Schlucht, die ihre Clans während des Sommers als verborgene Zuflucht nutzten. Im stillen dachte sie an all die Jahre, die vergangen waren, ohne daß sie sie wirklich wahrgenommen hätte. Rotbart war nicht der Kosename eines Kindes. Jieret s'Valerient war nüchtern betrachtet gerade ein Jahr älter als Maien; kein Knabe mehr, wenn auch noch nicht ganz ein Mann. Da war es kein Wunder, daß ihrem jungen Kundschafter das Lachen im Halse steckengeblieben war, als sie Birkenruten und Prügel erwähnt hatte.

Verdrossen, ihres Amtes als gestrenge Regentin entsetzlich müde, durchquerte Maenalle das staubige Lager, über dem der Gestank in der Sonne trocknender Häute lag, ohne unterwegs ein Wort des Grußes zu verschwenden. Sie stürzte in die unbequeme Hütte, die ihr als Quartier diente, riß sich die Ärmelstulpen von den Armen, die noch immer von der kurzen Wäsche im Fluß triefendnaß waren, und öffnete polternd den Deckel ihrer Kleidertruhe.

Kurz schwebte ihre Hand über den gefalteten höfischen Kleidern, ehe sie mit eiserner Entschlossenheit zupackte. Nein, nicht das indigoblaue Gewand mit dem glitzernden, goldenen Sternenwappen. Statt dessen entschied sie sich für eine schlichte, schwarze Tunika von edlem Schnitt, die sie seit der Anfertigung gerade einmal getragen hatte. Wäre ihr wahrer Herrscher zugegen gewesen, so hätte sie auch das Zobelfell der Caithdeins getragen, das von jeher ein Symbol für die Anerkennung und Übergabe der Macht gewesen war.

Noch immer war sie die Regentin Tysans, doch hielt sie dieses Amt nicht aus freien Stücken inne. Der prophezeite Sproß derer zu s'Ilessid war gekommen, seinen königlichen Titel zu fordern. Doch der Nebelgeist, für dessen Vernichtung er seine Gabe eingesetzt hatte, hatte sich gerächt und den Prinzen, Lysaer von Tysan, zu ewiger Feindschaft gegenüber Arithon, dem Herrn der Schatten, verflucht. Darum hatten die Bruderschaftszauberer, denen allein es oblag, den König zu krönen, seinen Anspruch auf den Thron bisher nicht anerkannt. Bekümmert bis ins Innerste wegen des Treuebruchs, der die Bruderschaft zu dieser Entscheidung gezwungen hatte, zog die Regentin und Dienerin des Reiches die schwarze Tunika über ihre feuchte Lederkleidung. Trotzig und entschlossen gürtete sie sodann ihr Schwert. Sollte ihre schwarze Kleidung die Gesandten Arithons von Rathain ruhig daran erinnern, daß die Loyalität der Clans von Tysan nicht allein ihrem Befehl unterstand, ganz gleich welche Verzweiflung sie hergetrieben haben mochte.

Ein kurzes Klopfen ließ ihre Tür erbeben. Maenalle strich sich hastig mit den Fingern durch das Haar, das sie so kurzgeschnitten trug wie ein Krieger, und richtete sich gerade noch schnell genug auf, um einen gelassenen Eindruck zu vermitteln, als Lord Tashan seinen weißhaarigen Kopf hereinstreckte.

Verärgert, schlug Maenalle zuerst zu. »Ich könnte hinausgehen und ein Beispiel der Schicklichkeit abgeben, wenn du mir aus dem Weg gingest und mich hindurchlassen würdest.«

Noch ehe Tashan dazu kam, hatte sie sich schon an ihm vorbeigeschoben. Noch immer zupfte sie an ihrer Tunika herum, die nicht ordentlich über ihre Schultern fallen wollte. Klug genug, ihre eindrucksvolle Bekleidung nicht in Frage zu stellen, trieb der alte Lord sein lahmes Bein an, um sie einzuholen, während um sie herum die Hunde bellten, Staub durch die Luft wirbelte und sonnengebräunte Kinder in abgenutzter Rehlederkleidung herumliefen und im Schatten der von Rinnsalen durchzogenen Schlucht ein Spiel mit Jägern und Wölfen spielten. Die verborgen liegenden, baufälligen Hütten zu beiden Seiten trugen schwer an der Last des unbeständigen Wetters. Zwar wirkten die nichtverglasten Fenster und die grünen, von Ranken überwucherten Wände nicht sonderlich zivilisiert, doch das vermochte Maenalle nicht zu erschüttern. Hier, umgeben von ungastlichem Terrain, begrenzt von messerscharfen Felsen und rutschigen Klippen, voller Schieferplatten und Felsbrocken, die nur allzuleicht nachgeben und üble Knochenbrüche verursachen konnten, hatten sich die verfolgten Nachfahren des abgesetzten Adels von Tysan ein beachtliches Maß an Sicherheit geschaffen. Nicht einmal die fanatischsten Städter waren eifrig genug, diese Gegend nach flüchtenden Clanmitgliedern zu durchstreifen. So arm ihre Leute auch sein mochten, so bot ihnen das Gebirge doch genug Schutz, ihre Kinder unter hölzernen Dächern großzuziehen und Pferde in kleinen Herden zu halten.

Anderenorts war den Clans von altem Blute weit weniger geblieben, seit die Handelsgilden die Herrschaft der Könige niedergerungen hatten und Kopfjäger unterwegs waren, um sich ihre Belohnungen zu verdienen.

Keiner der Gesandten Arithons reiste zu Pferde, was den irreführenden ersten Bericht ihres jungenhaften Kundschafters erklärte. Maenalle erreichte die Umpfählung am Haupttor des Außenpostens noch rechtzeitig, gerade in dem Augenblick, als die Neuankömmlinge aus Rathain in ihr Lager traten. Einer der Männer gab seinem Staunen Ausdruck, als er sagte: »Ath, seht euch das an. Das ist ja eine richtige kleine Stadt hier.« Von der leicht abweichenden Aussprache dieses Mannes abgesehen, wäre die Reisegruppe unter ihren Kundschaftern nicht im mindesten aufgefallen. Jierets Leute waren wettergegerbt, aufmerksam, wenn nicht sogar erfüllt von gespannter Wachsamkeit, und ihre Kleidung bestand aus ungefärbtem Leder, das frei von jeglicher strahlenden Verzierung war. Alle ihre Waffen wiesen deutliche Spuren harter Nutzung auf, und nicht einer der Männer war frei von Narben.

Der stämmige Rotschopf mit dem wirren Haar, der höflich vortrat, sie zu begrüßen, bildete keine Ausnahme. Zwar mochte er in der Tat etwa so alt sein wie ihr Enkelsohn, doch als er sich nun aus seiner Verbeugung aufrichtete und hoch vor ihr aufragte, mußte sie ihre ursprüngliche Einschätzung korrigieren. Seine Augen waren kühl und weit, der Mund inmitten des wirren, roten Bartes zeugte von gradliniger Entschlossenheit. Dies war kein grüner Junge, sondern ein Mann von siebzehn Jahren, der gezwungen gewesen war, mit anzusehen, wie seine Schwestern und seine Eltern im Dienst seines hohen Herrschers ihr Leben gelassen hatten. Kummer und die vorzeitige Last der Verantwortung hatten ihre Spuren hinterlassen, hatte doch dieser Mann schon als Knabe von zwölf Jahren die Bürde auf sich nehmen müssen, den Norden vor den rachsüchtigen, aggressiven Grausamkeiten zu schützen, denen seine Leute seit jenem Jahr ausgesetzt waren, in dem die bösartige Tat des Nebelgeistes den Frieden in Rathain vernichtet hatte.

In Tysan, wo die Fehde zwischen Clanblütigen und Städtern auch ohne den zusätzlichen Auftrieb verfluchter Prinzen heiß genug wütete, erschrak Maenalle, als sie sich vorzustellen versuchte, was diesen Mann getrieben haben mochte, seine heimatlichen Berge zu verlassen, seine Leute zurückzulassen und eine lange Reise durch Feindesland zu riskieren, um sie aufzusuchen.

»Mein lieber Herzog«, murmelte sie. »Vergebt uns den glanzlosen Empfang. Ich nehme an, Ihr bringt schlechte Nachrichten?« Sie akzeptierte seinen Wangenkuß, wich aber dann zurück, nicht gewillt, ihre Würde noch länger der erschreckend feinsinnigen Gegenwart des viel jüngeren Mannes auszusetzen.

Jieret verbeugte sich vor Tysans Dienerin mit jener verunsichernden Intuition, die er von seiner Mutter geerbt hatte. »Wir haben Euch überrascht.« Das Blut auf ihren Stiefeln war ihm ebensowenig entgangen wie die reservierte Haltung hinter ihrer schwarzen Kleidung. »Gestattet mir, Euch zu beruhigen. Wir sind nicht hier, Euch von dem Vergnügen der sommerlichen Jagd mit der Bitte um bewaffnete Hilfe im Namen unseres Gebieters Arithon fortzulocken.«

»Die zu gewähren nicht ihre Sache wäre«, grummelte Tashan. Wie der Zufall wollte, fiel sein Kommentar gerade in einen unglückseligen Moment der Stille, der sich in den Radau der neugierigen Kinder geschlichen hatte. Solchermaßen gleich einem zornigen Bären zur Bewegung getrieben, schob sich ein Hauptmann mit feindseligem Blick an seinem Clanführer vorbei.

»Kein Grund, Euch selbst für Eure Zurückhaltung zu loben.« Caolle stieß ein abgehacktes Gelächter aus. »Seine Hoheit von Rathain ist in Fragen des Stolzes und der Ehre gewiß auch ohne fremde Hilfe schlimm genug. Er würde sogar Gold verschmähen, das ihm direkt vor die Füße fällt, wenn es den Namen seines Feindes trägt.«

Verunsichert, da sie nun feststellen mußte, daß nicht der Prinz selbst diese überraschend aufgetauchte Delegation geschickt hatte, kam Maenalle der weiteren Erörterung strittiger Fragen zuvor, die besser in kleinem Rahmen besprochen wurden. »Euer Kriegerhauptmann klingt wie ein Reisender, der dringend ein Bier braucht.«

»Bier wird da auch nicht helfen«, grollte Caolle. »Das einzige, was mir helfen würde, wäre eine faire Chance, diesen blonden *Prandey* auseinanderzunehmen, der sich in seiner teuren Seide rekelt und jeden Schwertkämpfer in Etarra und all den anderen Orten aufs Land hinausschickt, um uns zu peinigen.«

Die Spurensucher, die die Besucher hergeführt hatten, erstarrten, und ein junger Bursche rief unüberhörbar: »Hey! Der Mann hat unseren Prinzen mit dem shandischen Wort für einen kastrierten Lustkna...«

Maenalle wirbelte hastig herum und packte den Knaben an der Schulter. »Sprich nicht so schmutzig. Deine Mutter würde dich dafür verprügeln. Und die Gespräche der Älteren gehen dich nicht an, denn ich kann mich nicht erinnern, daß du zu meinem Rat gehörst.«

Der Schurke keuchte eine Entschuldigung, bedachte Caolle mit einem zornigen Blick und schlich sich davon, kaum daß Maenalle ihn losgelassen hatte. Dann wandte sich die Dienerin des Reiches Tysan an den rotbärtigen Caithdein und seinen grinsenden, anmaßenden Hauptmann. »Bei Ath, es wäre besser, wenn Euer Besuch die Dinge nicht noch weiter verschärft.«

Dazu hatte Herzog Jieret s'Valerient nichts zu sagen. Daß die beiden reich begabten Männer, die Athera das Sonnenlicht zurückgebracht hatten, nun in einer gegenseitigen Feindschaft gefangen waren, die sie dazu zwang, ihre ebenso strahlenden wie tödlichen Talente gegeneinander einzusetzen, war ein zu betrübliches Unglück, um darüber noch zu diskutieren.

Außerdem war Jieret nicht an zeremoniellen Floskeln interessiert. Schon Minuten später saß er vor einem unberührten Glas Wein an dem roh gezimmerten, abgenutzten Ratstisch des Außenpostens und zog einen Brief unter seiner Tunika hervor. Blutflecken machten die Herkunftsangaben unleserlich, doch da die Clans ihre Angelegenheiten niemals schriftlich niederlegten, betrachtete Maenalle sogleich forschend das wachsgeprägte, zerbrochene Stadtsiegel.

Deshirs jugendlicher Herzog erkannte ihr Interesse sofort. »Es war ein königliches Siegel, und es war das Siegel von Tysan.« Nach einem kurzen Zögern schob er das Schreiben mit einer raschen Bewegung über den Tisch. »Wir haben es einem Gildekurier abgenommen, der mit einer bewaffneten Eskorte über die Mathornstraße geritten ist. Dies ist, wie Ihr sehen könnt, nur eine offizielle Kopie, gedacht für die Archive der Handelsgilden in Erdane. Clanblütige haben sterben müssen, um dieses Schreiben abzufangen, und wir müssen davon ausgehen, daß das Original trotz allem sein Ziel erreicht hat.«

Maenalle nahm das zusammengefaltete Pergament entgegen, dessen goldene Buchstaben im gezierten Stil etarranischer Schrift leuchteten. Zunächst überprüfte sie das Sternenwappen des Reiches in seinem Bett aus indigoblauem Wachs. Als ihr Blick dann auf die pompöse Überschrift fiel, kam sofort zorniger Widerspruch in ihr auf. »Unser Prinz wurde von den königlichen Privilegien ausgeschlossen! Warum sollte er sich erdreisten, den amtierenden Gouverneur von Korias unter dem königlichen Siegel zu belästigen?«

»Lest weiter«, grollte Caolle.

Bleich vor Entsetzen laß Maenalle die Zeilen, und je weiter sie kam, desto angespannter und zorniger wurde sie, bis sogar Lord Tashan seine Neugier nicht mehr bezwingen konnte. »Was steht da drin?«

»Ein Gesuch.« Jieret hätte beinahe vor Ärger ausgespuckt. »Von einem Prinzen, dem das Recht zur Thronfolge verweigert wurde, der aber dennoch Titel und Unterstützung aus dem Land und der Stadt einfordert. Unter Hinweis auf sein Geburtsrecht sucht Lysaer s'Ilessid darum nach, daß ihm der Wiederaufbau von Tysans Hauptstadt Avenor gewährt werden möge.«

»Das wird er nie schaffen«, sagte Tashan, den es vor Entrüstung nicht mehr auf seinem Stuhl hielt. »Ganz abgesehen von den Handelsgilden, die gewiß keinen König dulden werden, liegt der Palast in Trümmern. Dort steht kein Stein mehr auf seinem Fundament, seit die Rebellion die alte Ordnung zerstört hat. Trotzdem leben die alten Ängste fort. Kein Maurer aus der Stadt wird einen Fuß in die Ruinen setzen, immerhin glauben die Städter, dort würde es spuken. Und kein Clan kann den Anspruch des s'Ilessid billigen, solange dieser nicht von der Bruderschaft rechtmäßig bestätigt ist.«

»Das ist nur eine Seite der Medaille«, entgegnete Jieret,

dessen betont gelassene Haltung so gar nicht zu einem Mann von nicht einmal zwanzig Jahren passen wollte. »Die Handelsgilden in Westende haben nichts zu verlieren. Wenn die alten Landreisewege wieder an die Straßen nach Camris angeschlossen werden würden, so würden sie davon profitieren. Der oberste Gouverneur von Korias wird die Dokumente lesen, und sei es nur, um sich die Möglichkeit offenzuhalten, das Königtum anzugreifen. Sein Fürstentum ist isoliert, und er ist klug genug zu wissen, daß Euer abgesetzter Prinz über ausreichend Raffinesse verfügt, das Unmögliche möglich zu machen. So wahr Daelion mein Zeuge ist, Lysaer hat es in nur fünf Jahren geschafft, die rivalisierenden Splittergruppen in Etarra zu versöhnen. Er hat Gildeminister und Ratsherren dazu gebracht, einander brüderlich zu küssen, und jede unabhängige Stadtgarnison im Königreich Rathain leistet nun der Ausrottung meiner Clans Vorschub. Wenn Lysaer es fertigbringt, eine Armee aus dem Boden zu stampfen, um gegen einen Magier und Beherrscher der Schatten zu Felde zu ziehen, denkt Ihr nicht, daß er dann auch Mauern und Bollwerke um die Schatten einiger Tausend Geister errichten kann?«

»Sanktioniert oder nicht, Eurem Prinzen wird es nicht an Mitteln mangeln, seinen Plan zu verwirklichen«, unterbrach Caolle. »In den Städten herrscht große Sorge. Um sich bei einem Mann lieb Kind zu machen, dessen Gabe des Lichts Schutz vor den wilden Ängsten gegenüber Arithons Schatten bietet, hat jede Handelskette infolge der Vorgänge in Etarra ihr Gold geopfert, um ein Heer aufzustellen. Und welcher Städter würde sich schon die Mühe machen, darüber nachzudenken, ob es einen Unterschied zwischen Arithons Getreuen und den Clanblütigen an irgendeinem anderen Ort gibt?« Caolle schlug mit flacher Hand so heftig auf den Tisch, daß die Planken erbebten. »Verflucht! Stadtgeborene Narren, die sie sein mögen, sind sie doch nicht so verdammt dumm. Wenn seine Hoheit von Rathain bei irgendeinem Clan auftauchen und um Gastfreundschaft bitten würde, welcher Clanführer wollte es ihm wohl verweigern?«

»Die Clans von Havish unter ihrem König Eldir wären weise, ihn abzuweisen.« Maenalle schloß die Augen, die Faust, in der sie den Brief hielt, gegen die Schläfe gepreßt, während ihre andere Hand kraftlos auf der Tischplatte lag.

Solange es den Bruderschaftszauberern nicht gelang, einen Weg zu finden, die von der Rache Desh-Thieres hervorgerufene Blutfehde zwischen den Prinzen zu beenden, befanden sie sich alle in einer unbestreitbar grauenhaften Gefahr.

Diese Männer hier am Tisch hatten den Krieg, der zwischen den verfluchten Prinzen entbrannt war, in vorderster Linie miterlebt. Und selbst aus zweiter Hand berichtet war das Ausmaß dieses Konflikts geeignet, Angstschweiß hervorzutreiben. Als Lysaer die Garnison von Etarra ausgesandt hatte, um Rathains Thronerben zu töten, waren, trotz der großzügigen Unterstützung durch Zauberei und Schatten, die der Herrscher gewirkt hatte, zu dessen Verteidigung sie angetreten waren, zwei Drittel der clanblütigen Deshirs in der Schlacht gestorben. Noch verheerender waren die Verluste unter den Angreifern gewesen. Die Furcht vor magisch gestützten Vergeltungsschlägen hatte Lysaer veranlaßt, in Rathain zu bleiben, um die Handelsgilden und die zerstrittenen, unabhängigen Stadtregierungen zu einigen. Trotz der konfliktreichen Politik hatte er erstaunliche Erfolge verbuchen können. Jeden Sommer ritten größere Kopfjägerverbände hinaus, um Clanflüchtlinge auf der Suche nach dem Herrn der Schatten zu jagen und abzuschlachten.

Seit Jahrhunderten hatten Städter Clanblütige getötet, wann immer sie ihnen begegnet waren, doch die Gefahr war noch nie so groß gewesen. Die verführerische Begeisterung, die von dem Prinzen des Westens ausging, verlieh den Stadtregenten gewaltigen Auftrieb. Nun konnten sie sich problemlos in den Schatzkammern bedienen, um ihre Feinde, die schon jetzt tief im Verborgenen Zuflucht suchen mußten, systematisch auszurotten.

Maenalle war Lysaer s'Ilessid nur einmal begegnet, doch dieser kurze Zeitraum reichte ihr, Bedauern für diesen begabten Staatsmann zu empfinden, dessen diplomatisches Geschick durch den Fluch Desh-Thieres nun einer so falschen Nutzung anheimgefallen war. Während seines Besuches hatte er sogar die Sympathien der zurückhaltendsten Kundschafter gewonnen, die nun eher Sorge denn Zorn ob seiner verräterischen Allianz mit ihren Feinden empfanden. Was nun Arithon von Rathain anging, so war jener magisch geschult: geheimnisvoll, gescheit und weit zu einfallsreich, sich von Lysaer zugrunde richten zu lassen, ganz gleich, welche Maßnahmen dieser auch gegen ihn ergreifen mochte.

»Wo ist Euer Herrscher jetzt?« fragte Maenalle. »Weiß er, daß sein Widersacher versucht, daß Land seiner Ahnen in Tysan zu beanspruchen?«

Da sie die Augen abgewandt hatte, sah nur Tashan den kurzen, ärgerlichen Blickwechsel zwischen dem Herzog und seinem Kriegerhauptmann. Jieret bewies beachtenswerte Standhaftigkeit und Courage, als er sich zu einer direkten Antwort aufraffte. »Wir sind gekommen, Euch zu warnen. Von Arithons Plänen wissen wir nichts. Als er uns verlassen hat, hat er uns seine Beweggründe deutlich dargelegt. Er will nicht durch seine Anwesenheit ein Ziel für den magisch genährten Haß bilden, der ihn und Lysaer treibt, einander zu bekämpfen.«

Noch immer verdrossen über die nun schon fünf Jahre währende Unvereinbarkeit ihrer Ziele, verschränkte Caolle seine fleischigen Hände auf der Tischplatte. »Wir haben seit dem Beerdigungsritual für unsere Gefallenen nichts mehr von unserem Gebieter gehört oder gesehen. Und seine Hoheit selbst wird sich nicht bereiterklären, uns eine Nachricht zukommen zu lassen.«

Was die Härte hinter Jierets zielgerichteter Reife erklärte, wie Maenalle in stillem Schmerz erkannte. Ihm allein war die Aufgabe zugefallen, seine Leute vor den regelmäßigen Säuberungsaktionen durch Etarras Kopfjäger zu beschützen. Als Frau empfand sie großen Kummer, bedachte sie nur, daß auch ihr Enkelsohn in Gefahr war, eines Tages dieses Elend kosten zu müssen.

Wenn Lysaer den Titel zu Avenor gewinnen würde, so würde der Riß, geborenen aus Desh-Thieres Boshaftigkeit, der Rathain entzweit und alten Haß zu wildem Blutvergießen geführt hatte, unvermeidlich auch Tysan treffen.

»Unsere Clans werden sich auf das Schlimmste vorbereiten«, erklärte Maenalle bitter. Dann erhob sie sich, ließ den zerknitterten Brief fallen und gewährte dem gehetzten jungen Herzog jene Ehrerbietung, die sich für einen Gleichen ziemte; denn obwohl er das Privileg genossen hatte, einem rechtmäßig anerkannten Prinzen die Treue schwören zu dürfen, war er dennoch ebenso wie sie selbst der Caithdein eines Reiches ohne König. Von seinem Herrscher erhielt er keine Unterstützung; ganz allein hatte er das Risiko auf sich genommen, zusammen mit seinen letzten vierzehn Adelsherren die Küsten Rathains zu verlassen, um die Nachricht von Lysaers üblen Absichten nach Tysan zu bringen.

In diesem Moment fühlte Maenalle all ihre sechzig Lenze, fühlte sich müde und entmutigt, geschlagen mit mehr als genug der Sorgen. Und doch überlegte sie, was dieses junge, rotbärtige Bürschlein aufrecht gehalten hatte, verhindert hatte, daß er, angesichts der Trauer über den Tod seiner Familie zusammenbrach und sich dem Haß und rachegetriebenen Morden überantwortete.

»Ihr verübelt es Eurem Prinzen nicht, daß er gegangen ist«, hörte sie sich ebenso unerschrocken wie scheu sagen. Tashan wandte sich um und starrte sie an, wogegen Caolles Miene Ratlosigkeit ausdrückte.

Ihre Reaktionen blieben unbeachtet, als Jieret ihr ein erstes echtes Lächeln schenkte. »Ich bewundere Arithon ebenso, wie es mein Vater getan hat, obwohl die Gabe der Hellsichtigkeit, die unserem Geschlecht zu eigen ist, uns beide davor gewarnt hat, daß meine Familie im Dienste unseres Prinzen sterben würde.«

»Ich habe Euren Prinzen einmal getroffen«, gestand Maenalle. »Wenn ich ihn auch nie Magie oder Schatten wirken sah, so möge Ath mir dennoch die Gnade erweisen, mich nie wieder auch nur mit seinem Verstand messen zu müssen.«

So wehmütig wie verständnisvoll entgegnete Jieret: »Wie auch immer Ath entscheidet, wenn mein Gebieter seinen Weg gefunden hat, so werdet Ihr vermutlich verschont bleiben. Ich bin überzeugt, daß er Zufriedenheit im Verborgenen finden wird.«

Niemand, weder der zynische Caolle noch die Dienerin Tysans, verschwendete Atem, sich mit dem Offensichtlichen auseinanderzusetzen: Eines Tages mußten Prinz Lysaers öffentliche Präsenz und sein tückisches Charisma die Oberhand erringen. Dann würde Arithon von Rathain aufwachen oder gewaltsam aus seiner gefälligen Haltung geprügelt werden.

# Gewährung

Talith, die Schwester des etarranischen Gardekommandanten, konnte sich erinnern, wie der Frühherbst den Duft von reifen Äpfeln in die Stadt getragen hatte. Mühsam waren sie auf Bauernkarren über unebene Paßstraßen in die Stadt gezerrt worden. Dort wurden sie auf den Märkten abgeladen und auf Sackleinen gehäuft. Gelangweilte Knaben aus reichem Hause vergnügten sich damit, die älteren Kavaliere nachzuahmen und die Apfelberge umzustoßen. Vögel zankten sich um die von Wagenrädern zerquetschten Früchte, und der Wind, der eisig von den Bergen herabwehte, wirbelte seine Last fliegenden Herbstlaubes durch die Straßen.

Seit der Gefangennahme des Nebelgeistes waren die Erträge der Obstgärten gestiegen, doch Etarra hatte noch viel weitreichendere Veränderungen erlebt.

Getrieben von der Furcht vor Schatten und Magie, angespornt durch die versprochene Unterstützung durch die Macht des Lichtes, das allein vor den Schatten schützen und sie vertreiben konnte, war es einem Mann und seiner brillanten Staatskunst gelungen, die gegnerischen politischen Gruppen zu einer Allianz zu führen. Allein dem Engagement Lysaer s'Ilessids war es zu verdanken, daß die vormals unvereinbar zerstrittenen Stadtregierungen in den Grenzen Rathains gemeinsam auf dasselbe Ziel hinarbeiteten. Dem Wunder dieser neuen Harmonie folgte eine noch nie dagewesene Kooperation. Jede Garnison des Nordens sandte Truppen, um Etarras Feldzug gegen die barbarischen Clans zu unterstützen, die dem flüchtigen Herrn der Schatten Zuflucht gewährt hatten.

Äpfel wurden inzwischen in Fässern gelagert, um Diebstählen vorzubeugen, und der Wechsel der Jahreszeiten füllte die Straßen, die breit genug waren, auch den größten Wagenzügen Raum zu bieten, mit unzähligen

Kutschen, die ganze Schiffsladungen an Vorräten, Ausrüstungsgegenständen und Waffen für die Quästoren transportierten. Inmitten der Paßstraßen nutzte die reichste Handelsstadt des Kontinents ihre Schätze, um ein Kriegerlager während des Winters zu versorgen. Auf den Heufeldern nahe der Mauern erhob sich ein Wirrwarr aus Offiziersbaracken, Ausrüstungszelten und Mannschaftsquartieren, aufgeteilt in einzelne Blocks, von denen ein jeder beinahe wie eine Straße durch die Standarten und sonnengebleichten Banner der Soldaten gekennzeichnet war. Der Rauch der Schmiedefeuer, der den Stadtbewohnern mit jedem Jahr vertrauter geworden war, legte sich über die Dächer der Häuser und verdichtete sich in der Abenddämmerung zu einem blauen Nebel.

Der gnädigen Frau Talith war das Aufsehen zuwider, daß die zurückkehrenden Armeen erregten. Sie mochte weder lautstark brüllende Männer noch Salons voller Frauen, die in nervöser Verzweiflung auf Neuigkeiten hofften. Daß jener Zauberer von königlichem Blute, den zu besiegen Etarras neues Heer ausgezogen war, bisher nicht wieder aufgetaucht war, trug nichts dazu bei, das Unbehagen der Menschen auf den Straßen zu besänftigen: Seine Magie und seine Schatten hatten vor fünf Jahren in Deshir das Leben von siebentausend Männern gefordert. Noch immer hielten Kummer und Furcht die Menschen gefangen, und das vergangene Grauen würde niemals vergessen werden. Die überlebenden Garnisonssoldaten hatten ihren schwärenden Zorn genährt, indem sie die restlichen Verbündeten Arithons grausam niedermetzelten. Clanblütige Barbaren wurden systematisch verfolgt und in ihren Verstecken in der Wildnis aufgespürt. Aus ganz persönlichen Gründen verabscheute Talith großspurige Erzählungen von Hinterhalten und Feldzügen, Erinnerungen an vergangene Heldentaten. Und so lehnte sie all die Einladungen ab, mied die Gesellschaften und stand statt dessen an der massiven

Backsteinlaibung, das Kinn auf ihre pelzbesetzten Ärmelaufschläge gestützt, und starrte auf die Berge.

Als die ersten Truppen einmarschierten, hatte sie bereits von Diegan erfahren, was geschehen war: Die Divisionen, die ausgezogen waren, die tiefen Schluchten des Halwythwaldes zu durchforsten, waren mit bemerkenswert geringem Erfolg zurückgekehrt. Kein einziges Barbarenlager war ihrem Schwert zum Opfer gefallen.

Wieder einmal hatten die Banditen unter Caolle und Jieret Rotbart die Kopfjägertruppen in die Irre geführt. Von einem einzigen Zwischenfall abgesehen, waren all ihre Clankundschafter entkommen, obgleich es wiederholt zu Klagen über Raubüberfälle gekommen war, und Kuriere selbst auf der Mathornstraße Wegelagerern zum Opfer gefallen und ermordet worden waren.

Lysaer s'Ilessid hatte befürchtet, daß die Barbaren sich organisieren würden und daß Arithons fortdauernde Abwesenheit ein sicheres Omen für weit schlimmere Vorhaben sein mußte. Wenn Talith dem Herrn der Schatten auch nur einmal begegnet war, so teilte sie doch Lysaers Sorgen.

Eine unbeschwerte Stimme unterbrach ihr Grübeln. »Ich dachte mir, daß ich dich hier finden würde.«

Geräuschlos hatte sich hinter ihr eine Seitentür geöffnet, und die Schritte, die sich ihr näherten, waren so leichtfüßig wie die eines Tänzers. Talith drehte sich nicht um, wenngleich sie unter ihren Locken, die sie mit perlbesetzten, goldenen Nadeln hochgesteckt hatte, eine erregende Hitze ihren Nacken hinaufkriechen spürte. In braunen Samt gehüllt blieb sie hochmütig stehen, umrahmt von dem flackernden Licht der Fackel, mit welcher der Laternenwart auf seiner abendlichen Runde die Straßenlampen anzündete, und ein tonloser Seufzer entrang sich ihrer Kehle.

Der Mann, der in den besseren Häusern Etarras mehr als alle anderen bewundert und begehrt war, Lysaer s'Ilessid, genannt der Prinz des Westens und Retter der

Stadt, trat mit gebührendem Anstand neben sie. Eine Pause trat ein, während er sie bewunderte. Ein Mann, dem beim Anblick ihrer Schönheit nicht der Atem stockte, mußte wohl tot sein.

Im Licht der Fackeln glitzerten seine Saphire wie Eissplitter, als er erneut das Wort ergriff: »Nach langer Zeit habe ich endlich etwas Neues erfahren.«

Talith rieb mit den Zähnen über ihre Unterlippe, um ihrem Schmollmund zu mehr Röte zu verhelfen. »Dann hast du deinen Feind entdeckt? Der Herr der Schatten wurde gefunden?«

Sein anhaltendes, stures Schweigen setzte sie ausreichend darüber in Kenntnis, daß es sich um etwas anderes handeln mußte.

Hinter ihnen klirrte Glas, als der arthritisgeplagte alte Diener sich bemühte, den Schirm der Lampe neben der Seitentür abzunehmen. Lysaer stieß sich von den Zinnen ab und schnalzte beiläufig mit den Fingern. Ein Funke löste sich von seiner Hand, sprang durch die Luft und entzündete den Docht unter dem schmutzigen Glasschirm.

Furchtbar erschrocken wirbelte der alte Diener um die eigene Achse. Als ihm bewußt wurde, wer dort neben der gnädigen Frau stand, schluckte er heftig, erbleichte vor Ehrfurcht und sank auf die Knie. »Euer königliche Hoheit.«

»Ath bewahre, du mußt dich nicht verbeugen.« Lysaer grinste den Mann freundlich an und schickte ihn mit einer stillen, verschwörerischen Geste davon, seine Runde wieder aufzunehmen. Der Prinz, der seine Gabe noch nie gern zur Schau gestellt hatte, war in dieser Nacht besonders auf Zurückgezogenheit bedacht.

»Ah«, seufzte der Diener erleichtert. Dann winkte er dem Prinzen zu und ging eilends seiner Wege, gefolgt von dem öligen Rauch der Fackel, der ihm um die Ecke des Torhäuschens folgte. Im Wachraum quittierte ein Gardist seinen verlorenen Zug beim Würfelspiel mit lautstarken Flüchen, die bald im Rumpeln eines Wagens untergingen, der die Hauptstraße hinunterrollte.

Hartnäckig, trotz der Störungen, fragte Talith: »Was vermag dich außer deinem Herzenswunsch, herauszufinden, wo Arithon sich verbirgt, zu bewegen? Ath weiß, daß du jeden Winkel von Rathain nach ihm abgesucht hast.«

Der Prinz, der geholfen hatte, das Sonnenlicht aus dem Nebel zu befreien, hatte sich noch nie leicht aus der Reserve locken lassen. »Wenn ich das Versteck dieses Zauberers entdeckt hätte, meine Liebe, so hätte ich die Truppen deines Bruders bereits in Marsch gesetzt, ganz gleich, ob der Winter das Land mit Eis überzieht.« Ganz entgegen der unter den hochwohlgeborenen Jünglingen gängigen Mode benutzte Lysaer kein Duftwässerchen, und er brauchte auch keines. Allein seine Nähe ließ Taliths Haut erglühen. Es drängte sie sehr, das schwere Gewicht ihres Mantels abzustreifen, und doch, sie wagte es nicht.

Sanft berührte er ihren Arm und drehte sie zu sich herum. Selbst nach fünf Jahren raubte seine Schönheit ihr noch immer den Atem. Golden glänzte sein Haar im flackernden Schein der Laterne, deren Licht anmutig die perfekten Wangenknochen und das wundervoll geformte Kinn dieses Mannes mit der ebenso natürlichen wie königlichen Haltung umspielte. So sehr sich die städtischen Kavaliere auch bemühten, ein solches Verhalten nachzuahmen, es mangelte ihnen doch stets an der nur ihm eigenen Majestät.

Plötzlich, so offen und direkt, wie es kein in Etarra geborener Mann je gewagt hätte, umfaßte der Prinz ihr Gesicht und küßte sie.

Leidenschaft erfaßte sie und verwirrte ihre Gedanken.

Irgend etwas erregte ihn. Seine Hände zitterten, und seine Augen sogen ihren Anblick mit kaum verhohlener Vorfreude gierig in sich auf.

Von seinem geheimnisvollen Verhalten angestachelt,

ihn mit Blicken zu betrachten, die Männer in die Knie zu zwingen imstande waren, löste sich Talith von ihm und strich sanft über den juwelenbesetzten Ärmel seines Wamses. »Was hast du erfahren?«

Lysaer lachte und ließ seine perfekten Zähne aufblitzen. »Die besten Neuigkeiten. Vergiß den Herrn der Schatten und seine Magie.« Der Eifer ließ ihn über seinen ärgsten Feind sprechen, ohne dabei wie gewohnt die Stirn in sorgenvolle Falten zu legen. »Der Gouverneur von Korias hat sich endlich entschlossen, mein Gesuch anzunehmen. Avenor und seine Ländereien werden mir gehören.« Er ergriff ihre Handgelenke und wirbelte sie herum, während neben ihnen die Insekten in ihrer blinden, nächtlichen Suche nach Licht gegen den gläsernen Lampenschirm prallten. »Nun können wir unsere Verlobung bekanntgeben. Das heißt, falls du bereit bist, einen Prinzen zu ehelichen, der zwar einen Titel, aber keine Untertanen hat und dessen Ländereien längst von der Natur zurückerobert worden sind.«

Schaudernd blickte Talith in die saphirblaue Tiefe seiner Augen. »Wo du auch hingehst, werden die Menschen dir untertan sein«, sagte sie. »Nicht allein dieser altersschwache Diener, der seinen Enkeln bis zu seinem Tod voller Stolz von deinen Tricks erzählen wird. Denke nicht, daß ich an bedeutungslosen Anstandsformeln festhalten werde.«

Er streckte die Hand aus und strich eine Haarsträhne, die sich gelöst hatte, aus ihrer Stirn, ehe er wie hemmungslos begann, die juwelenbesetzten Nadeln aus ihrem Haar zu ziehen. Keiner von ihnen bemerkte die verräterische Stille der Würfelspieler im Wachraum, als sich eine Flut lockigen Haares, das im Licht der Lampe rotgold leuchtete, über seine ringgezierten Finger ergoß. Sanft berührte Lysaer ihre Brauen mit den Lippen. »Doch ich kann auch keinen Grundbesitz als Geschenk Lord Diegans annehmen.« Sein Mund wanderte liebkosend über ihre Wangen. »Nicht, wenn ich ihm seine einzige und wunderbare Schwester abspenstig machen will.« Er erreichte ihren Mundwinkel. Als sich ihre Lippen in Erwartung seines Kusses öffneten, hielt er noch einmal für eine letzte Erklärung inne. »Ich werde diese Stadt dennoch plündern. Das Juwel des Wiederaufbaus von Avenor soll mir deine Hand sein. Ich gebe dir mein Wort als ein Prinz, daß deine Schönheit und deine Kinder der Reichtum des Thrones von Tysan sein werden, und sie werden diejenigen sein, denen mehr als allem anderen meine Sorge gelten wird.«

Nun endlich kostete er sie wirklich.

Weiter unten auf der Brustwehr klatschte ein Wachmann mit großen Augen Beifall und brach in lautes Jubelgeschrei aus. Lysaer neigte ihnen den Kopf in höflicher Geste zum Salut, ehe er sich abwandte und den braunen Samt ihres Mantels zurechtzupfte, um das Gesicht seiner Geliebten vor den Blicken der Gaffer zu schützen.

Talith schmolz in seinen Armen, jeder Nerv in ihrem Leib war gespannt, bereit, sich seinem Begehren hinzugeben. Mochte sie sich auch wünschen, ihr Herz wäre nicht verloren; mochte sie Kummer leiden, sagte ihr doch ihre weibliche Intuition nur allzu deutlich, daß die bevorstehende Hochzeit sie eines Tages zerstören würde, so konnte sie sich doch ebensowenig fernhalten wie die Motten, die sich am Licht verbrannten.

Der Mann, in dessen Armen sie lag, war zuviel für sie. Mehr als alles andere war er ein Prinz, das selbstlose Instrument anderer, die von seinem Schutz abhängig waren. Schon jetzt war er kraft seiner beängstigenden Gabe an Verpflichtungen gebunden, die weit stärker als die Liebe waren. Sanft wog er sie in seinen Armen, berührte sie mit Händen, die kurz zuvor noch eine widerspenstige Lampe mit einem nachlässig produzierten Funken entflammt hatten und ebenso leicht eine Macht von der Gewalt sommerlicher Blitze freizusetzen vermochten. Zum Schutz einer Stadt vor der Tücke des

Arithon s'Ffalenn, einer Stadt, die noch die Narben eines Krieges gegen eben jene Schatten trug, mit deren Hilfe der Nebelgeist hatte besiegt werden können, hatte dieser Mann seine Macht hingegeben.

Erregt und befangen in schamlosem Glücksgefühl, blinzelte die gnädige Frau Talith, als Tränen ihre Augen füllten. Was sollte nach dem Wiederaufbau schon aus Avenor werden, wenn nicht ein noch größerer Stützpunkt für noch weitreichendere Feldzüge und noch mehr Armeen? Sie verstand das wohl, und ihr Zorn ließ ihren Haß nur um so heißer wüten. Lysaer s'Ilessid würde niemals Frieden finden, und er würde auch nie wirklich ihr gehören, bis zu dem Tag, an dem der Herr der Schatten gefunden und überwältigt und schließlich dem sicheren Tod zugeführt werden konnte.

# Entrinnen

Bis zur totalen Erschöpfung überanstrengt von weiteren gemeinsamen Suchbemühungen, erklärt die Erste Zauberin der Obersten Korianizauberin vollkommen ermattet: »Während einer halben Dekade haben wir die Wege durch fünf Königreiche verfolgt, jedes Clanlager in Rathain überprüft, Markierungsbanne gesetzt und Fallen an allen Wegen, Straßen und Tavernen aufgebaut! Selbst wenn der Herr der Schatten gestorben oder vom Antlitz Atheras verschwunden wäre, dann hätten wir eine Spur von ihm finden müssen ...«

Weit im Osten, in einer Stadt am Ufer der Wasser der Eltairbucht, stammelt ein unterwürfiger Formengeber verängstigte Entschuldigungen gegenüber einem offiziellen Gesandten in der schwarzgoldenen Robe mit dem Löwenwappen einer Stadtregierung: »Aber natürlich, Ihr habt mein Ehrenwort, ich werde die Fehler korrigieren. Die Form für die Krone für seiner Lordschaft Gemahlin wird noch einmal neu angefertigt und innerhalb der nächsten vierzehn Tage in Eure Stadt geliefert ...«

Als der Herbst sich der Sonnenwende nähert, die Tage kürzer werden und die verkrüppelten Fichten in den Hochlagen unter dem Ansturm kalter Winde heulen, erbettelt Dakar, der Wahnsinnige Prophet, eine Passage in die nächste Stadt; und das Geld, das schon im Frühjahr für ihn hinterlegt worden war, damit er den meistgesuchten Mann des Kontinentes finden und schützen sollte, bleibt den Freuden von Bier und schamlosen Weibern vorbehalten ...

# 2
# LANDSTREICHER

Dakar, der Wahnsinnige Prophet, öffnete die Augen und blickte direkt auf die beschlagene Scheibe eines Fensters in einer schmuddeligen Taverne irgendwo in der tiefsten Provinz. Eisregen prasselte gegen das rußgeschwärzte Glas der Scheiben. Die rohen Bretter unter seiner Wange waren mit klebrigen Lagen von altem Fett und verschüttetem Bier überzogen. Seine Zunge schmeckte, als hätte er eine ganze Horde Schnecken in seinem Mund beherbergt. Von dem Schmerz in seinem Rücken darauf hingewiesen, daß er vermutlich eingeschlafen war, wo er gesessen hatte, und mit seinen Exzessen vertraut genug, zu wissen, wann die falsche Bewegung zu noch größerem Schmerz führen konnte, stöhnte er kläglich.

Doch kein weibliches Wesen kam herbeigeeilt, um ihn zu besänftigen; statt dessen umgaben ihn leise Geräusche, die durchaus ausreichten, explosiven Schmerz in seinem Kopf auszulösen. Vorsichtig rührte er sich, die Augen fest geschlossen und die kalten Hände an die Schläfen gepreßt. Auch seine Füße waren eiskalt, was wohl die Folge davon sein mochte, daß er sie die ganze Nacht über in nassen Socken der Zugluft ausgesetzt hatte. Hingegen schienen seine beiden Stiefel verschwunden zu sein.

Leise, doch voller Selbstmitleid, jammerte der Wahnsinnige Prophet vor sich hin. So vorsichtig er nur konnte, richtete er sich auf. Seine Augen weigerten sich, klar zu sehen, doch dieses Problem war ihm nicht fremd. Er war schon kurzsichtig auf die Welt gekommen. Damit wurde es Zeit, sich der Tatsache zu stellen, daß er, dank Asandirs Bevormundung, gelernt hatte, nicht nur sein Defizit auszugleichen, sondern überdies die Qualen eines Katers zu mildern. Um aber körperliche Mängel ausgleichen zu können, mußte er nüchtern und bei klarem Verstand sein, und ihm erschien weder das eine noch das andere Stadium sonderlich erstrebenswert. Also kramte Dakar in einer ganzen Reihe geräumiger Taschen, auf der Suche nach einer Münze, die ihm ein weiteres Bier bezahlen würde.

Auf der anderen Seite des gutgefüllten Gastraumes schrie jemand. Quer durch beide Ohren von dem Geräusch durchbohrt, richtete sich Dakar ruckartig kerzengerade auf, wobei er sich die Knie an der Tischplatte anschlug. Mit ebenso trübem wie finsterem Blick fixierte er einen Eseltreiber, der noch immer laut brüllte und sich offensichtlich über seinen Sieg beim Pfeilewerfen freute. Der Gerber mit dem krausen Schnurrbart erhob sich, als sein Gegenspieler die Wetteinsätze einsammelte, während ein beinahe zahnloses Großmaul von der Seite rief: »Wo bleibt deine Courage, Mann? Versuch es noch einmal!«

Dakar zuckte zusammen und wühlte vorsichtig in einer weiteren Tasche. Als das Barmädchen vorbeiging, um dem Gewinner ein Bier zu bringen, verzerrte er die Lippen zu einem hoffnungsvollen Lächeln.

Blond, unzugänglich und mit einem schnellen Mundwerk ausgestattet, bemerkte sie sogleich die Suche in seinen Kleidern. »Deine Taschen sind leer, ebenso wie deine Brieftasche. Und, nein, du wurdest nicht beraubt, während du geschlafen hast.«

Der Wahnsinnige Prophet nahm ihre Worte ohne eine Spur des Begreifens zur Kenntnis, wobei er im stillen jammerte, daß sie sich zu schnell bewegte, um sie wenigstens kneifen zu können. Mit aufmerksamen Blick folgte er dem Bierkrug auf seinem Weg zum Sieger. Bald schon übertönten die Einschläge der Pfeile eines neuen Spiels die Klagen des Verlierers.

Etwa zu diesem Zeitpunkt dämmerte es ihm mit grausiger Gewißheit, daß seine Taschen nichts außer Fusseln enthielten. Mittellos und kurz vor Winteranfang fand er sich in einem Schäferdorf irgendwo im Skyshielgebirge wieder. Dakars Aufschrei konnte sich durchaus mit dem des Eseltreibers messen, und er reichte vollkommen, das Barmädchen zu erzürnen, welches sogleich herbeieilte und ihr Tablett mit leeren Krügen gegen Dakars Ellbogen stieß.

Während Dakar noch zurückzuckte, legte sie schon los. »Ich sagte bereits, daß niemand dich ausgeraubt hat. Was du an Kupferstücken bei dir hattest, hat kaum gereicht, das Bier der letzten Nacht zu bezahlen.« Für Dakars leicht vernebelten Blick wirkte sie in ihrem Zorn nicht minder attraktiv. »Wie ich sehe, erinnerst du dich nicht, was? Das ist schon merkwürdig, immerhin hast du ganze fünfzehn Krüge geleert.«

Vermutlich sprach sie die Wahrheit, wie Dakar benebelt erkennen mußte. Der Flüssigkeitsstand seiner Blase brachte ihn um. Er stützte die wulstigen Hände auf den Tisch und bereitete sich darauf vor, aufzuspringen und sich eilends in den Waschraum zu verziehen.

Das Barmädchen hatte sich jedoch gerade erst warmgeschimpft und verweigerte ihm unfreundlicherweise den Durchgang. »Hätte der Wirt nicht wegen des Wetters Mitleid mit dir gehabt, dann hätten wir dich gleich rausgeschmissen.«

Da Dakar sich nun mit der Frage konfrontiert sah, wie der Tag wohl außerhalb der Taverne aussehen mochte, ließ er seine Blicke durch den Gastraum schweifen, um sich einen Überblick über seine Lage zu verschaffen.

Die Taverne war typisch für das Hinterland: zwei Etagen, Deckenbalken, die den Boden zum zweiten Stockwerk stützten und so niedrig angebracht waren, daß ein großgewachsener Mann sich bücken mußte. Die einzige Lampe sprühte Funken und zischte, wobei der stinkende, flüssige Talg, mit dem sie gefüllt war, stärker qualmte als das Herdfeuer. Durch die gespenstisch orangegetönte Düsternis des Raumes flogen Wurfpfeile zwischen Stützbalken hindurch auf eine Zielscheibe aus Stroh. Der Eseltreiber schimpfte über einen fehlgegangenen Wurf, was ihm das Gelächter des Gerbers einbrachte. In einer Ecke lallte ein mürrischer alter Böttcher Knittelverse, zwischendurch kicherte er plötzlich, wobei er sich wie ein nach Futter quiekendes Ferkel anhörte. Dakar, noch immer randvoll, fühlte sich unbehaglich und verdrehte leidend die Augen. Als das Weibsbild sich noch immer nicht von der Stelle rührte, erlag er der Versuchung und strich mit der Hand über ihre wohlgefüllte Bluse.

Ganz gleich, wie unsicher er auch auf den Beinen sein mochte, an einem Frauenkörper fanden seine Finger stets ihren Weg.

Das Weibsbild reagierte mit einem empörten Zischen. Mit einem Stoß beförderte sie den Wahnsinnigen Propheten rückwärts auf die ungepolsterten Holzbohlen der Sitzbank. Pfeifend entwich die Luft seinen Lungen, und er machte sich gelangweilt erneut daran, seinen massigen Leib wieder aufzurichten.

»Du sollst dir auf dem Eis die Knochen brechen«, schnappte die Magd. Sie riß das Tablett wieder an sich, was die billigen Tonkrüge mit einem entrüsteten Klappern quittierten. »Wenn du zurückkommst, wird die Tür verschlossen sein, und ich wünsche dir, daß du dir die Eier abfrierst.«

Dakar litt zu sehr, als daß er ihr noch eine würdige Revanche liefern konnte. Also stemmte er seinen Bauch hinter dem Tisch hervor und bahnte sich schwankend einen Weg zur Tür. Als er die Gruppe neben dem Kamin passierte, begleiteten erneut beifällige Rufe den Flug eines Pfeiles. Der Eseltreiber hatte wieder einmal ins Schwarze getroffen.

»Soll ich doch nach Sithaer verdammt sein«, rief der Gerber, rot wie eine Runkelrübe vor lauter Zorn. »Du bist genauso hinterhältig wie dieser Schattenmeister!«

Dakar wandte sich schwankend um, wobei er gegen den Türpfosten knallte. »Kaum«, belehrte er jeden, der weise genug war, ihm zu lauschen. »Jener ist nicht der Mann, der sich mit harmlosen Spielen zufriedengibt. Seine Tücke treibt seine Opfer zur Raserei. Sie ist geschaffen, Feinde zu töten.«

Doch des Wahnsinnigen Propheten lehrreiche Worte wurden lediglich durch die Warnung eines anderen Mannes beantwortet: »Sprecht seinen Namen nicht aus! Wollt ihr ihn etwa herbeirufen und Unglück über uns alle bringen? Zauberer hören es, wenn man ihre Namen ausspricht, und ich habe gehört, in Deshir soll es ein abgebranntes Gebiet geben, auf dem die Gebeine der Soldaten liegen und das nie wieder grüne Bäume hervorbringen wird.«

Gerade wollte Dakar sich umdrehen, um dem Mann zu widersprechen, da gab die Türklinke unter seiner Hand nach. Die Tür, an die er sich gelehnt hatte, schwang plötzlich weit auf, und Dakar stürzte stolpernd hinaus. Der schmerzliche Schock der Berührung ließ ihn aufjaulen, als seine beiden Füße bis zu den Knöcheln in grauem Schlamm versanken. Keine Stiefel, erinnerte er sich. Wieder hineinzugehen, um sie zu suchen, erschien ihm der Mühe dennoch nicht wert, war seine Hose doch so oder so bereits naß.

Der Boden im Hof der Taverne war mit einer gleichmäßigen Eisschicht überzogen, die keine Spuren von Wagenrädern aufwies. Wenn es nicht gerade von Osten her stürmte, verirrten sich Reisende auf der Straße von Eltair nur selten auf die Nebenroute, die durch die Gebirgsausläufer führte. Bedrängt von der steifen Brise, die direkt von den Gipfeln der Skyshielberge herabwehte und das Schild an der Baracke des Böttchers klappernd in Schwingung versetzte, überdies gepeinigt von dem niedergehenden Schneeregen, rutschte Dakar schwankend seinem Ziel entgegen. Er kollidierte mit einem Stapel Feuerholz und einem Wassertrog und stellte fluchend fest, daß Bergdörfer wahrhaft zu unzivilisierte Orte waren, um sich mit den bösartigen Folgeerscheinungen gebrauten Hopfens abzuplagen.

Nur knapp ernstlichen Erfrierungen entronnen, ging er wirren Kopfes mit von der feuchten Luft gekräuselten Haaren zurück zur Tavernentür. Er hatte so lange in dem Waschraum Zuflucht gesucht, bis die Kälte ihn beinahe umgebracht hätte. Nun bereitete er sich darauf vor zu flehen, sollte das Barmädchen noch immer erbost sein. Aber die Tür war nicht verschlossen. Erfüllt von tiefster Erleichterung und so verstohlen, wie es sein Zittern nur erlaubte, schob er sich in den Gastraum hinein.

Niemand nahm Notiz von ihm.

Wegen des Aufruhrs, den ein neuer Gast heraufbeschworen hatte, war die Tür offengeblieben. Nun saß der schlanke, ältere Herr, heftig umsorgt, neben dem Kamin. Der Wirt war höchstpersönlich aus seinen Privaträumen herausgekrochen, sich um diesen Gast zu kümmern, und selbst das übellaunige Barmädchen war mit Begeisterung dabei, eilig neue Kerzen zu entzünden, um den Gastraum freundlicher zu gestalten.

Vermutlich ein reicher Mann, der sich im Sturm verirrt hatte und hier gelandet war, dachte Dakar zunächst, bis ihm bewußt wurde, daß sogar die Pfeilewerfer in stummer Ehrfurcht herumstanden, ohne ihren Münzen auf dem Tisch noch irgendwelche Beachtung zu schenken.

»Mögen mich die Dämonen holen. Ich hätte nie gedacht, daß ich das noch erleben darf«, flüsterte der Eseltreiber aufgeregt. »Der Meisterbarde persönlich besucht unser bescheidenes Dorf.«

Dakar blinzelte erstaunt. Halliron, *hier*?

Hinter den rußverschmierten Stützpfeilern nahm der neue Gast seinen Mantel und seine eisverkrustete Kapuze ab. Bis über die Schultern fiel sein offenes, weißes Haar, in dem noch immer gefrorenes Eis glitzerte. Dann, so unverwechselbar wie ein Namenszug, erklang die weiche Stimme des Mannes, als er sich an den Wirt wandte. »Was für ein Sturm. Die Pässe sind kaum passierbar. Aber wir haben Silber, Euch zu bezahlen, wenn Ihr noch ein Quartier für überraschende Gäste habt.«

»O nein!« protestierte der Wirt. »Das heißt, natürlich habe ich Räume für Euch. Ordentliche Zimmer und das sauberste Leinen an der Küste von Highscarp. Aber Euer Silber wird in Euren Taschen bleiben, jede einzelne Münze. Eure Anwesenheit wird mir genug Gäste hereinbringen, selbst wenn Ihr nicht singt.«

»Eure Leute sollen nicht ohne den Genuß nach Hause gehen müssen, zum Dank für Eure Freundlichkeit«, versprach Halliron. Ein hochaufgerichteter Mann, trotz seines mehr als acht Dekaden währenden Lebens, mit einer auffallenden, aristokratischen Nase und weit auseinanderstehenden Vorderzähnen, die er nun zu einem Lächeln entblößte. »Wir werden zwei Betten benötigen. Mein Schüler wird nachkommen, sobald er unser Pony versorgt hat.«

Der Wirt, der soeben neben dem Kamin gekauert hatte, um das Feuer anzufachen, richtete sich entsetzt auf. »Mein Junge, hat er Euch denn nicht im Hof empfangen? Dieser faule, miese ...«

Mitten in seiner Tirade wurde die Tür geöffnet. Windgetragener Schneeregen peitschte mit der eisigen Brise herein, die den Mief aus dem Kamin aufwirbelte, während eine Gestalt, fest in feuchte Wollkleidung gewickelt, hastig den Raum betrat. Er wich Dakars gewaltigem Bauch aus und erklärte sogleich: »Euer Zorn ist unnötig. Der Bursche arbeitet wirklich hart. Das Zaumzeug war naß und mußte geölt werden, und Hallirons Pony haßt Knaben. Mein Meister hätte Euch sicher noch erzählt, daß ich mich stets selbst um das Tier kümmere.«

Ungehalten ob seiner Kopfschmerzen und seiner eingeschränkten Sehfähigkeit nahm Dakar den gerade eingetretenen Fremden blinzelnd in Augenschein. Eingewickelt in unzählige Lagen schäbiger Tücher und einen schwer zu beschreibenden Mantel mit Schulterkragen schien er überwiegend aus Wolle zu bestehen. Vor ihm entstand eine Gasse, die bis zum Kamin hinüberführte. Eis löste sich von seinen Kleidern, als er die Verschnürungen löste und ein langes, sich einseitig verjüngendes Bündel zum Vorschein brachte, das fest in Öltuch gewickelt war. Vorsichtig legte er es außerhalb der Reichweite der im Kamin lodernden Flammen ab. Gleich darauf entledigte er sich seiner nassen Handschuhe, die er mit einem eleganten Wurf zielsicher auf die Lehne einer Sitzbank beförderte.

Dann veranlaßte ihn eine Bewegung, die er nur aus dem Augenwinkel hatte wahrnehmen können, herumzuwirbeln. »Nein«, sagte er mit Bestimmtheit. »Laßt mich das machen.«

Und Halliron, der Anstalten gemacht hatte, die Verschlußbrosche seines Mantels zu öffnen, mußte feststellen, daß seine Unterarme sanft, aber doch fest, ergriffen und festgehalten wurden.

»Ihr müßt Eure Finger schonen«, tadelte den Meisterbarden sein eigener Schüler. Gänzlich unbewußt hatte er die Aufmerksamkeit eines jeden Besuchers in diesem Raum auf sich gelenkt.

Der gealterte Barde, den öffentliches Aufsehen längst nicht mehr in Verlegenheit zu bringen imstande war, zuckte, behindert von den Händen seines Schülers, mit den Schultern. Während die Finger des jüngeren Mannes daran arbeiteten, ihm das Gewicht des nassen Mantels abzunehmen, amüsierte er sich über den mitfühlenden Spanielblick des Wirtes. »Werdet nur niemals alt«, sagte er. »Es ist ein lächerlich unangenehmer Prozeß, für den unser Schöpfer Ath ruhig eine Medizin erfinden könnte.«

Peinlich berührt ob der eigenen Vernachlässigung der Gastfreundschaft, bellte der Wirt seinem Barmädchen zu: »Glühwein, Mädchen, und heiße Suppe. Und falls meine Frau immer noch in der Küche herumtrödelt, dann sage ihr, sie möge frisches Brot aufschneiden.«

Während das Weibsbild davoneilte, stützte Dakar nachdenklich seine schwankende Masse auf den nächsten Tisch. Nicht minder unverfroren als die Pfeilewerfer sah er neugierig zu, wie der Schüler des Barden seine Dienste zur Unterstützung seines Meisters beendete und sich dann abwandte, um sich ebenfalls aus seinem schweren Mantel zu schälen. Der Mann, der unter dem Stoff zum Vorschein kam, war irgendwo in seinen Zwanzigern, schmal gebaut, wenn nicht gar schmächtig. Fahlbraunes Haar, das sich jeglicher genauen Beschreibung verwehrte, fiel strähnig über seine schmalen Wangenknochen, und seine Augen waren von einer trüben graubraunen Farbe.

Dakar hatte ihn noch nie gesehen.

Während die Besucher sich setzten, zog sich der Wirt hinter den Tresen zurück, um die wenigen glasierten Krüge, die er sein eigen nannte, von Wasserflecken zu befreien. Über der Unterhaltung der Pfeilewerfer, die ihr Spiel wieder aufgenommen hatten, erklang der schrille Ausruf der Wirtin aus der Speisekammer, gefolgt von polternden Töpfen und eiligen Schritten. Ein Knecht erschien mit Bürste und Eimer, um die Tischplatten zu säubern. Derweil verschwand Dakar unauffällig in einer Fensternische, hocherfreut über diese veränderten Aussichten. Noch immer pleite und nüchtern genug, die schlimmsten aller Kopfschmerzen bewußt zu erleiden, gab er doch kaum ein Wimmern von sich, als über ihm donnernde Schritte erklangen. Zweifellos war irgendein Bediensteter abkommandiert worden, dafür zu sorgen, daß das Leinen der Schlafräume den großartigen Versprechungen des Wirtes nicht entgegenstand. Die Hintertür fiel krachend ins Schloß. Draußen rannte eines der borstenköpfigen Kinder des Wirtes durch den Schneeregen, um die Nachricht im Dorf zu verbreiten, daß Atheras Meisterbarde sich für die Nacht im Ort eingefunden hatte.

Bald darauf erschien der Stallbursche mit dem Gepäckbündel des Barden. Der Schüler nahm ihm die Last ab und ließ sich den Weg zu ihren Zimmern im Obergeschoß zeigen, während der Meisterbarde selbst es sich auf der Bank bequem machte, um sich an dem Glühwein zu laben und Neuigkeiten mit anderen Gästen auszutauschen. Seine Reise habe an der Küste entlanggeführt, doch durch Ostwall sei er nicht gekommen, erklärte er einem Schäfer, der begierig war, sich über die neuesten Preise für Wolle auf den Märkten im Landesinneren zu informieren. Als ein anderer zu erfahren suchte, ob die Handelsschiffe in der Minderlbucht sicher für den Winter vertäut waren, trat eine kurze Stille ein. Dann gestand Halliron, daß er nicht über die Hauptstraße gereist sei, sondern die Abkürzung über die alte, verfallene Straße genommen habe, die vom Kap aus westwärts führte.

»Und, nein«, sagte er rasch, ehe jemand fragen konnte. »Ich habe keine paravianischen Geister gesehen. Nur alte Wegesmarkierungen, die über und über mit Flechten verkrustet waren, und weite Felder mit Farnen, die sich unter dem Regen beugten. Ich kann mir wirklich keinen vernünftigen Grund denken, die alten Straßen zu meiden.«

»Zauberer benutzen sie«, murrte der Eseltreiber. »Und Reisende haben von unheimlichen Lichtern berichtet, die sie dort bei Nacht gesehen hätten.«

Da das Thema den Menschen Unbehagen bereitete, wurde das Barmädchen sogleich davongejagt, um rasch eine neue Runde gefüllter Krüge zu servieren. Dakar, den der Spuk in den Ruinen am Rande der alten Straßen kaum zu beeindrucken vermochte, richtete seine ganze Aufmerksamkeit auf den Tresen. Während der Zeit, in der das Mädchen mit ihrem Tablett die Runde machte und der wichtigtuerische Wirt sich nahe dem Meisterbarden aufhielt, achtete niemand auf das Bierfaß.

Irgendeine Äußerung Hallirons löste schenkelklopfendes Gelächter aus. Der Wahnsinnige Prophet erhob sich, schlich zum Tresen, und schob seinen mächtigen Leib mit einer Bewegung, die von langjähriger Erfahrung zeugte, zwischen die Theke und das angestochene Faß. Den unschuldigen Blick irgendwohin gerichtet, fischte er in dem schaumigen Wasser des Spülbeckens nach einem Krug, zog ihn heraus und stellte ihn aufrecht unter den Hahn. Niemand sah in seine Richtung. Unbeachtet machte er sich an die kitzlige Aufgabe, den Hahn hinter seinem Rücken zu öffnen.

Schnell blickte Dakar zu dem Kamin hinüber. Sich der Kürze der Zeitspanne wohl bewußt, die es brauchte, Bier über den Rand des Kruges treten zu lassen, setzte er ein nichtssagendes Lächeln auf, verdrehte verstohlen die Augen und vergewisserte sich, daß seinem Rückzug in die Küche nichts im Wege stand.

Ein Schatten fiel von der Seite über ihn: Des Barden dunkeläugiger Schüler war geräuschlos nähergetreten und stand schon beinahe auf seinen Füßen. Der Wahnsinnige Prophet erschrak so sehr, daß er den kühlen Schaum des Bieres über seine Kehrseite schüttete.

»Ich glaube, wir wurden einander noch nicht vorgestellt«, erklärte er vorsichtig, während er sich mit katastrophaler Ungeschicklichkeit dem Versuch widmete, den übermäßigen Strom des Bieres zu stoppen. Er fummelte an dem Hahn herum, während das Gebräu zischend über den Rand des Kruges lief und sich über seine abgetragenen Socken ergoß.

Der Schüler des Barden quittierte seine Bemühungen mit einem verschlagenen Grinsen, beugte sich über ihn und schloß den Hahn. »Man nennt mich Medlir, und ich vermute, Ihr irrt Euch. Ich bin absolut sicher, daß ich Euch von irgendwoher kenne.«

»Vielleicht aus einer miesen Strophe in einer Eurer Balladen«, entgegnete Dakar, der vollauf damit beschäftigt war, den seifeverschmierten Krug vor dem Umfallen zu retten, als er ihn hinter seinem Rücken hervorbalancierte. Als es ihm gelungen war, wenigstens diesen kleinen Sieg zu erringen, blickte er dem Schüler des Barden in die Augen und begann, sich das Bier durch die Kehle laufen zu lassen. Als der Krug schon zu drei Vierteln geleert war, dämmerte ihm allmählich, daß dieser sonderbare, kleine Mann offenbar nicht die Absicht hatte, seinen Diebstahl bekanntzugeben. Schluckend und nach Atem ringend setzte Dakar den Krug ab. Seine durchnäßte Hose platschte durch die Bierlache, als er sich vorschob, nun in der Absicht, sicherheitshalber dennoch eilends die Flucht zu ergreifen.

Medlir trat ebenfalls einen Schritt vor und verstellte ihm den Weg. »Seid doch kein Narr.« Verstohlen legte er den Kopf ein kleines bißchen zur Seite, um den Blick auf das Barmädchen freizugeben, welches mit zorniger Entschlossenheit auf die beiden Männer zustrebte.

Das Unbehagen des Wahnsinnigen Propheten nahm noch weiter zu, und er bedachte das Mädchen und den hinderlichen Schüler Hallirons gleichermaßen mit einem finsteren Blick. »Ach, verdammt!« Unter Qualen bereitete er sich märtyrerhaft darauf vor, sein gestohlenes Bier in den Waschtrog zu kippen.

»Nicht so hastig.« Medlir hielt ihn mit seinen langen, schmalen Fingern auf und schnipste zielsicher ein Silberstück in die Schale auf dem Tablett des Weibsbildes. »Trinkt auf meine Gesundheit«, lud er Dakar ein. »Das Wechselgeld sollte reichen, das verschüttete Bier zu bezahlen und Eure Kehle für den Rest des Abends feucht zu halten.«

Sprachlos vor Verwunderung ließ sich der Wahnsinnige Prophet davonführen und zu einem abseits gelegenen Tisch geleiten, an dem er sich in seinen nassen Kleidern niedersetzte. Von seinem unerwarteten Glück sonderbar beunruhigt, trank er einen großen Schluck aus seinem Krug, leckte sich den Schaum aus dem Schnurrbart und verzog das Gesicht ob des schalen Seifengeschmacks. »Bestimmt eine Ballade«, tastete sich Dakar verstohlen vor.

Medlir saß reglos vor ihm. Sein mittlerweile getrocknetes Haar fiel strähnig über seine Schläfen. »Nein, wirklich nicht«, sagte er. »Ich habe Euren Meister kennengelernt.«

Eine bösartige, kribbelnde Kälte strahlte von seiner Leibesmitte aus bis hinauf zu seinen Nackenhaaren, die sich erschauernd aufrichteten. *»Asandir? Wo?«* Er krümmte sich auf der Bank, und seine weißumrandeten Augen erinnerten an Perlmuttknöpfe. Dann, getrieben von beängstigendem Mißtrauen, sagte er: »Aber natürlich! Ihr bereist das Land gemeinsam mit Halliron. Und der Meisterbarde ist der Bruderschaft wohlgesonnen.«

»Muß Euch das beunruhigen?« Medlir winkte, um die Aufmerksamkeit des Barmädchens zu erregen.

»Aber nein«, versicherte Dakar ihm rasch. Das Barmädchen näherte sich mit zornigen Bewegungen und wogenden Röcken. Widerwillig füllte sie den inzwischen geleerten Krug auf. Der Wahnsinnige Prophet grinste sie an, während er den Krug hob, um Medlir zuzuprosten. »Auf Eure Gesundheit«, sagte er.

Die Tür flog krachend auf, um eine weitere Gruppe Dorfbewohner hereinzulassen, Männer in Stiefeln, an denen der Dreck aus den Ställen klebte, und Mänteln, von denen der Geruch nasser Schafe aufstieg. Matronen trugen Körbe mit gefärbter Wolle zum Kämmen bei sich, Rocken und Spindeln, kleine, tragbare Webgeräte oder alte Socken, die gestopft werden mußten. Die jüngeren, unverheirateten Dorfbewohner waren zum Tanzen gekleidet. Bald herrschte ein dichtes Gedränge in der kleinen Taverne, und das Gelächter und die Gespräche neben dem Kamin steigerten sich zu einem Lärm von ausgelassener Heiterkeit.

Da er erkannte, daß die Gaststube sich füllte, erhob sich Medlir mit einem Ausdruck des Bedauerns in den Augen. »Ich werde gebraucht. Vielleicht können wir uns später noch unterhalten.«

Dakar, der niemals einem Mann widersprechen würde, der ihn großzügig mit Bier versorgte, antwortete mit einem schiefen Grinsen. Dann hob er seinen Krug und sagte: »Auf später.«

Der Tag zog vorüber, und es wurde Abend. Halbbesoffen, noch immer in Socken hockte Dakar zwischen einem dunkelhäutigen, zierlichen Goldschmied und der rosigen Frau eines Bergarbeiters und grölte unflätige, schauerlich schräge Sätze. Von Wein und guter Stimmung überwältigt, legte die Frau neben ihm einen Arm um seine Schultern und küßte ihn. Glückselig kostete Dakar abwechselnd ihre Lippen und seinen Bierkrug, der inzwischen oft genug nachgefüllt worden war, den Seifengeschmack zu verlieren.

Das Gedränge in dem Gastraum hatte noch weiter zugenommen. Jeder verfügbare Tisch und jede Bank war weit über das verträgliche Maß hinaus belegt. Planken bogen sich unter der Last dichtgedrängter Leiber. Verschütteter Schnaps glänzte auf den Bodenplatten. Der Geruch schweißgetränkter Wolle hing in der Luft, die zum Schneiden dick zu sein schien. Die Gäste, stehend, sitzend oder komatös in halbverrutschter Kleidung achteten schon längst nicht mehr auf Anstandsformen. Halliron selbst hatte nicht gespielt, aber sein Schüler war ebenfalls ein geschickter Musiker, beseelt von einer Energie, die das Publikum trieb, den Takt mit den Fäusten zu schlagen, bis die Tischbohlen bebten.

Was kaum überraschen konnte, wie Dakar in der kurzen Pause zwischen zwei Reels* erkannte. Halliron hatte beinahe sein ganzes Leben lang Kandidaten angehört, die sich um die Position eines Schülers bewarben. Dieser Mann, den er in seinen späten Jahren erwählt hatte, war der einzige Bewerber, der seinen hohen Ansprüchen gerecht geworden war. Medlir widmete sich voller Leidenschaft der Lyranthe, spielte aus purem Vergnügen all die Liedchen, die Trinklieder und die Tanzmusik, bis ihm die Menschen dieses Bergdorfes, das in einem Schneesturm nach Unterhaltung dürstete, zu Füßen lagen.

Die Mitternachtsstunde ging vorüber. Zwei Fässer waren völlig, ein drittes beinahe leer. Der Wirt hatte schließlich Erbarmen mit dem Musiker und drängte sich mit ausgestreckten Ellbogen durch die Menschenmenge, um dem Mann einen Teller mit einem Schmorgericht aufzudrängen. Medlir schenkte ihm ein knappes Lächeln, bückte sich zu seinem Meister und wechselte ein paar Worte mit ihm, ehe der alte Mann nickte und seinem Schüler die Lyranthe abnahm.

Das anerkennende Gemurmel in der Taverne wich urplötzlich ehrfürchtiger Stille. Halliron, der Meisterbarde, erhob sich und betrachtete sein Publikum mit gequälter Freude. »Bei Ath, es wäre mir lieber gewesen, ihr hättet ein bißchen mehr Krach gemacht«, sagte er mit sanfter Stimme, um das Kind nicht zu stören, das schläfrig im Schoß einer jungen Frau ruhte. »Wenn ihr zu leise seid, dann werden die Leute, die mir am nächsten sind, nur das Knacken meiner Gelenke hören.«

Medlir hielt ihm den Stuhl, und der Meisterbarde setzte sich. Die blauen Venen an seinen Händen traten deutlich hervor, als er die Lyranthe noch einmal stimmte, obgleich sie bereits perfekt eingestellt war. Medlir verstand sein Handwerk, aber der alte Mann fuhrwerkte aus der Gewohnheit seines Musikerlebens trotzdem stets gern selbst an den Wirbeln herum.

* Reel: Schottischer Volkstanz, Anm. d. Übersetzerin

Immer umfassender wurde die Stille. Aus dem hinteren Bereich der Taverne rief ein Gast: »Meistersänger! Die Leute, die aus Etarra kommen, erzählen von einem Krieg in Deshir, gegen den Zaubererprinzen, der den Schatten befiehlt. Habt Ihr irgend etwas darüber?«

Hallirons Finger erzeugten eine rasche Reihe sauberer Töne, so klar voneinander getrennt wie ein Regen fliegender Pfeile. »Ja.« Kurz wechselte er einen Blick mit Medlir, der sein Mahl zur Seite stellte und irgend etwas darüber murmelte, daß er vergessen hätte, nach dem Pony zu sehen. Auf die Frage des derb gekleideten Bergmannes antwortete Halliron: »Ich kann diese Ballade spielen wie kein anderer, denn ich war tatsächlich dort.«

Bewegung kam in die Menge, und das Murmeln setzte wieder ein. Menschen setzten sich wieder auf ihre Plätze, als Halliron die Saiten verstummen ließ, den Kopf vorbeugte und für einen Augenblick reglos hinter dem Schleier weißer Haare sitzenblieb. Dann ließ er die Lyranthe für sich sprechen. Seine Finger seufzten über die Saiten und brachten ein niederprasselndes Moll-Arpeggio hervor, dem eine Melodie folgte, so dicht und doch so transparent wie ein Zauber. Noten kletterten aufwärts, wirbelten durcheinander und verschmolzen, bis die Zuhörer in einem Netz gemeinsamer Spannung gefangen waren.

»Ihr werdet Euch sicher ernüchtert fühlen, wenn er das Ende dieses Liedes singt«, sagte Medlir auf seinem Weg zur Tür zu Dakar.

Der Wahnsinnige Prophet war zu betrunken, mehr als ein Grunzen zur Antwort zu geben. Statt seiner riskierte der Goldschmied neben ihm einen Kommentar: »Wie das? Wird uns denn nicht der junge Kriegsheld rühren, dieser blonde Prinz aus dem Westen?«

Medlir preßte die Lippen aufeinander, ehe er sagte: »Was ist ein Krieg schon anderes als ein Massaker?« In dem drängenden Rhythmus der folgenden Akkorde schüttelte er sein innerliches Unbehagen ab. »Selbst ohne jede Lyrik, ohne eine Geschichte, könnte Hallirons Melodie eine Statue zum Weinen bringen.«

Zweifel zeigten sich in der Miene des kahl werdenden Goldschmiedes; und während Medlir auf seinem Weg zum Stall in der Menge verschwand, zupfte Dakar an seinem Bart, verwirrt von dem sonderbaren Gedanken, daß die Augen von Hallirons Schüler eine andere Farbe als Graubraun haben sollten.

Dann stimmte Hallirons wundervolle Stimme in die glänzende Brillanz seines Spieles ein, mitreißend, volltönend und unendlich klar; unter ihrem Bann wurde jeder der Zuhörer an einen Frühlingsmorgen entführt, an dem sich der Nebel über dem Sumpfland am Flusse Tal Quorin gerade gelichtet hatte. Zehn zu eins überlegen marschierte eine Stadtgarnison gegen die im Wald geborenen Clanblütigen, die es gewagt hatten, Arithon s'Ffalenn, dem abtrünnigen Prinzen von Rathain, auch genannt der Herr der Schatten, Zuflucht zu gewähren.

*Welch' Recht führt Krieg um eines Mannes Leben,*
*Der zu Etarra hat kein Blut vergossen,*
*Nur schützend des gehetzten Prinzen Schatten fielen,*
*Sollt' doch kein Mann für ihn sein Leben lassen.*

Geräusche erklangen, das unbehagliche Scharren von Füßen, das Knirschen gequälter Bohlen, leises Flüstern über Hallirons Kunst, gerade verhalten genug, um keinen Zorn der anderen Zuhörer zu erzeugen. Denn diese Ballade erzählte nicht von einem vielgeliebten Retter, geschmückt mit Gold und Saphiren, der mit seinen lichten Blitzen rechtmäßige Vergeltung übte. Diese verhaltene, mitreißende und tragische Abrechnung sprach nicht von einem strahlenden Helden, sondern nur von Männern, die, verderblich ihrem eigenen Haß ausgeliefert, die erste Gelegenheit beim Schopf ergriffen hatten, ihre langjährigen Feinde auszulöschen.

*Oh, Lord Steiven, Herr des Nordens,*
*wer soll nun weinen,*
*Um das Heim, das dein Volk so schutzlos ließ,*
*Vergebens bat der Prinz um Freiheit*
*und konnt' doch nicht gehen,*
*Seine Getreuen aber das Schicksal selbst zu bleiben hieß.*

Wie Hammerschläge peitschten Noten die Luft. Niemand sprach ein Wort. Niemand bewegte sich noch, als die Ballade ihre Botschaft preisgab, jede Strophe neue Verse der Scheußlichkeiten offenbarte. Kein Heldenmut, nur Verzweiflung, hatte den Herrn der Schatten getrieben, seine Gaben zur Verwirrung und Behinderung der Feinde zu nutzen. In unsäglichem Maße hatte er sie gerufen, eine hoffnungslose Verteidigung zu wirken, nachdem das gestaute Wasser des Tal Quorin freigesetzt worden war, um sich in wildem Strom über die eingekesselte Garnison Etarras zu ergießen. Auch hatte es keine Rache gegeben, nur grausige Gewalt, als Überlebende der Kopfjäger einen brutalen Überfall auf das Lager verübten, in dem sich nur die Frauen der Clans mit ihren Kindern verbargen. Die Orgie der Vergewaltigungen, die dazu gedacht gewesen war, ihre Beschützer zur letzten Abrechnung herbeizulocken, hatte ein schnelles und furchtbares Ende gefunden.

*Zu Deshirs Tod, Prinz Arithons Verderben,*
*Ließ Lysaer seines Lichtes Gabe frei,*
*Verbrannten sechzig unschuld'ge Leben,*
*Im Dienst der Gnade und Gerechtigkeit.*

Hallirons Stimme füllte die abgestandene Luft mit Bildern, geboren aus Schrecken und Trauer. Mit unbeugsamer, lyrischer Empfindsamkeit erzählte seine Lyranthe von dem sinnlosen Morden und der entsetzlichen Vernichtung. Getrieben von dem Nebelgeist waren in Deshir die außerordentlichen Gaben zweier Prinzen aufeinandergeprallt und hatten unfaßbare Verluste herbeigeführt und doch nichts bewiesen oder gar gewonnen.

*Nun aber, frei der drohenden Dunkelheit,*
*Marschieren Etarraner in Reih und Glied,*
*Blicken Kopfjäger im Walde unter jeden Zweig,*
*Zu suchen den Flüchtling, der niemals wollte Krieg.*

Die letzten, eindringlichen Klänge hallten durch den Raum, bis sie schließlich in einer leisen Dissonanz verklangen. Für einen Augenblick rührte sich niemand. Erst als Halliron sich erhob und verbeugte, sich dann bückte, um sein wertvolles Instrument einzuhüllen, entließ der Schock das Publikum wieder aus seinem Bann. Die Zuhörer erwachten aus ihrer leeren, nur mit Tränen erfüllten Lähmung und brachen in ein explosives Geplapper aus.

»Bei Aths eigener Gnade, was für eine Kunstfertigkeit! Sogar die Lyranthe hat geweint.« Mit Verspätung rieselten Silberstücke auf die Bodenbretter rund um Hallirons Stuhl, während endlich Beifallsbekundungen laut wurden. Der Meisterbarde hat nicht auf Zugaben bedacht gespielt, und niemand im Raum hegte auch nur den mindesten Zweifel daran, daß diese Ballade das letzte war, was er an diesem Abend zu spielen bereit war. Während einer der Gäste weinerlich nach dem Barmädchen rief, auf daß es Schnaps herbeibringen sollte, drängte es die anderen, sich zu erheben und, leise murmelnd, auf die Tavernentür zuzustreben. Während der Raum sich allmählich leerte, erklang die schrille Stimme einer Frau über dem allgemeinen Lärm. »Hätte ich nicht in Taermond meine Juwelen an diese mörderischen Clanschurken verloren, würden mir die Deshans beinahe leidtun.«

Dakar blieb einfach sitzen, die kugelrunden Augen stur und verdrossen auf seine Hände gerichtet, die den Krug abgestandenen Bieres umklammerten. Bald darauf, wenige Minuten, nachdem Halliron sich zum Schlafen in sein Zimmer zurückgezogen hatte, kam Medlir zurück, setzte sich und entkorkte eine Karaffe geschliffenen Glases. Dann brachte er zwei Kelche aus gedrechseltem Ahorn zum Vorschein und füllte sie drei Finger breit mit Pfirsichbranntwein, dessen schwerer Duft in der erhitzten und verbrauchten Luft scharf hervortrat.

Einen Kelch drängte der Schüler des Barden dem Wahnsinnigen Propheten auf, den anderen behielt er selbst. Seufzend tat Dakar sein geselliges Verständnis für den wohlerwogenen Zeitpunkt zu einer Flucht in den Stall kund: »Diese Leute gehen heute nacht nach Hause, und vielleicht werden sie nachdenken. Morgen, wenn ihnen der Kopf weh tut, werden sie sagen, daß der Meisterbarde übertrieben haben muß. Sie werden darauf beharren, daß die Clans von Deshir den Tod verdient haben, und spätestens, wenn der nächste Wollhändler aus Etarra durch den Ort reist, werden sie vollkommen vergessen, was sie heute gehört haben. Was hofft Euer Meister, damit zu erreichen?«

Mit ausdruckslosem Gesicht, die Augen verschleiert unter dichten, herabgesenkten Wimpern, schwenkte Medlir seinen Branntwein. »Wen interessiert das schon?«

Dakar brachte ein geräuschvolles Aufstoßen in der vorgehaltenen, feisten Hand unter. »Ihr sagt, Ihr habt meinen Meister aus der Bruderschaft getroffen?«

Wohlwissend, wie besänftigend starker Branntwein wirkte, wartete Medlir nur schweigend ab. Alsbald zog Dakar seine Füße an und stützte sein bärtiges Kinn auf eine Faust. »Ihr müßt wissen, daß Asandir nicht eben nachsichtig im Umgang mit anderen ist.«

»Kein Wunder, daß es Euch zum Suff getrieben hat.« Medlir zog die Karaffe zwischen seinen Beinen hervor und füllte Dakars Kelch wieder auf. »Und was habt Ihr angestellt?«

»Nichts«, entgegnete Dakar. »Genau das ist mein Problem. Dieser Bastard von einem Zauberer, Ihr wißt schon, der, für den die Deshans gekämpft haben. Ich wurde ausgesandt, ihn zu finden und davor zu schützen, von seinen Feinden erschlagen zu werden. Laßt mich Euch nur eines sagen, ganz abgesehen von Hallirons Ballade, hättet Ihr ihn je getroffen, Ihr würdet der Garnison Etarras Beifall spenden.«

Medlir nippte an seinem Kelch, lehnte sich zurück und schloß die Augen. »Und warum?«

»Er ist durchtrieben«, sagte Dakar, wobei er mit starrem Blick den wiegenden Hüften des Barmädchens folgte, das damit beschäftigt war, die Lampen zu löschen. »Verschlossen. Und er gibt sich nicht im geringsten mit den Leuten ab, die seinem Stand angemessen wären, Leuten, die er braucht, um bei diesem Spiel mitzuhalten.«

»Und was ist das Eurer Meinung nach für ein Spiel?« fragte Medlir in der Dunkelheit.

Dakar schob die Unterlippe vor und würgte einen Sprühnebel edlen Branntweines hervor, als er sagte: »Das mag der Herr des Schicksals wissen! Auf jeden Fall ist Arithon ein rachsüchtiger Bastard mit einer selbstgerechten Abneigung gegen Schnaps und Frauen und alles, was Freude macht. Lieber würde ich mit Dharkaron, dem Racheengel, trinken als mit ihm.«

»Aha«, sagte Medlir lächelnd. Er schlug die Augen auf, und seine Iris leuchtete im schwächer werdendem Feuerschein auf. »Wenn Ihr fürchtet, Asandir könnte Euch erwischen, warum begleitet Ihr uns dann nicht einfach? Wir reisen in bequemen Etappen durch die Ebenen und hinunter in den Süden nach Shand.« Er erhob sich, streckte sich und stellte die halbgelehrte Flasche in geselliger Manier neben Dakars linkes Knie. »Die Kälte setzt Hallirons Fingern zu, und zu viele Stunden des Spiels gehen über seine Kräfte. Wir bleiben nur selten länger in einer Taverne, aber als unser Gast würdet Ihr nicht nur Bier, sondern auch die meisten anderen Bequemlichkeiten, die Ihr Euch wünschen mögt, umsonst bekommen.«

»Oh, welch Wonne!« Dakar lachte, leerte seinen Kelch und leckte sich die Tropfen süßen Nasses von seinen Schnurrbarthaaren. »Die Glücksgöttin selbst hat mich geküßt.« Seinen Dank lallend hob er die Karaffe und schenkte sich nach. Er kostete den Branntwein so lange aus, bis er unter der Bank zu einem reglosen Häufchen zusammenbrach.

Mit schmerzendem Kopf und einer Zunge, die sich anfühlte, als wäre sie in alte Felle gewickelt, erwachte der Wahnsinnige Prophet. Wenn die Glücksgöttin ihn in der Nacht auch geküßt haben mochte, so hatte es ihr anschließend wohl gefallen, ihm des Morgens auf dem Kopf herumzutrampeln. Pfirsichbranntwein verursachte einen Kater, der sich mit den schlimmsten Qualen Sithaers messen konnte. Er hätte sich nicht schlechter fühlen können, hätte ihm jemand ein paar Schermesser bis zum Heft in beide Augen gerammt.

Sein Unbehagen wurde nicht gerade gelindert durch die Tatsache, daß er, eingezwängt zwischen allerlei Gepäckbündeln, in einem niedrigen, holpernden Beförderungsmittel hockte, das derzeit gerade bergab rollte. Kies und Schotter spritzten rasselnd unter eisenbeschlagenen Rädern davon, die genug Lärm machten, es mit einem Mühlrad aufzunehmen. Irgend etwas Hartes bohrte sich in seine Rippen, während der Wind, der nach Fichten und frischem Eis roch, ihm erbärmliche Kälteschauer über den Leib trieb. Dakar stöhnte jämmerlich.

»Oh, deine Neuerwerbung ist doch noch am Leben«, stellte jemand vergnügt fest. »Sollen wir eine Pause machen und ihm ein Frühstück anbieten? Aber vielleicht solltest du ihn erst einmal fragen, ob er pinkeln muß.«

Dakar riß gewaltsam die verklebten Augen auf. Ächzend nahm er den Anblick der von immergrünen Bäumen und Sträuchern begrenzten Serpentinenstraße zur Kenntnis. Sofort legte er seinen Kopf zurück, nur um seinem Nacken die schmerzhafte Bekanntschaft mit einer flachen Pfanne zu gewähren. Verführt von Medlirs süßer Zunge und unvorsichtigem Alkoholkonsum, lag er in Hallirons Ponywagen. In einer Taverne im Hinterland ohne Geld gestrandet zu sein, erwies sich nun im nachhinein als durchaus lohnend.

Der Branntwein hatte ihm böse Träume beschert.

Durch den Schlaf gehetzt von einem Mann mit einer flinken Zunge, grünen Augen, schwarzem Haar und den scharfen Zügen des königlichen Geschlechtes derer zu s'Ffalenn, fragte sich der Wahnsinnige Prophet verwundert, was seinen Geist getrieben haben mochte, ihn mit seinen Erinnerungen an den Herrn der Schatten zu piesacken. Ruckartig blieb der Ponykarren stehen, was seine Gedanken ebenfalls zu einem Stillstand zwang. Jemand, der zwar nicht viel größer, aber doch entschieden umgänglicher als seine Nemesis war, fragte: »Müßt Ihr Pipi?«

Dakar rieb sich den Schlaf aus den Augen. Medlir beugte sich über den Rand des Wagens und betrachtete ihn mit seinen trüben, graubraunen Augen, ein mitfühlendes Lächeln auf den Lippen. »Ich nehme an, Ihr fühlt Euch nicht sehr wohl. Wer hätte auch gedacht, daß Ihr den Heldenmut besitzt, die Karaffe bis auf den letzten Tropfen zu leeren.«

»Wenn da noch eine zweite gewesen wäre, dann hätte ich sie ebensogut auch noch leeren können. Ihr würdet das auch tun, wenn Ihr den Mann kennen würdet, den ich beschützen soll«, fügte Dakar dann mit dumpfem Trotz hinzu. »Aber da Ihr mich fragt, die Büsche sind gewiß eine sehr gute Idee.«

Medlir öffnete die hintere Klappe, deren Befestigungen, Bretter und Angeln gemeinsam einen schrecklichen Radau veranstalteten. Dakar hielt sich den Kopf, während er sich hochstemmte und aus seinem Nest inmitten des Reisegepäcks kletterte. Er stolperte über die Straße, nicht etwa, sich zu erleichtern, sondern auf der

Suche nach einem Schlupfwinkel, in den er sich verkriechen und übergeben konnte. Schließlich gelang es ihm, den Straßengraben zu erreichen. Dort aber hielt ihn nur Medlirs fürsorglicher Griff davon ab, kopfüber in das schaumige, eisverkrustete und mit Dornenranken durchzogene Wasser zu stürzen.

Als er das Elend hinter sich gebracht hatte und wieder aufrecht auf unsicheren Beinen stand, stellte Dakar fest, daß seine Füße nicht länger ohne Schuhwerk waren. Wenngleich nachlässig, so hatte ihm doch ein freundlich gesonnener Mensch seine verlorenen Stiefel wieder an die Füße gezogen. Die biergetränkten Socken in den Schuhen waren allerdings in einer Form zerdrückt, die ihm fraglos eine Reihe bösartiger Blasen einbringen würde. Und dennoch war Dakar entschlossen, lieber an den verheerenden Folgen einer Million übler Besäufnisse zugrunde zu gehen, als sich Asandirs Wünschen in bezug auf den Herrn der Schatten zu fügen. »Wäre mein Leben frei von Zauberern, dann könnte ich vielleicht aufhören zu trinken«, vertraute er Medlir an, während er sich einen Weg unter eine Wagendecke grub.

Halliron löste die Bremse und trieb das scheckige Pony vor dem Wagen an. Der Karren ratterte über die Eltairstraße, die sich wie ein Faden zwischen der schwarzen Felsenküste und den schneebedeckten Gipfeln des Skyshielgebirges gen Süden wand. Salzige, kalte Böen strichen durch das derbe Fell des Ponys. Halliron lenkte den Wagen, die Hände in dicken Fausthandschuhen verborgen, während Medlir mit lockeren, langen Schritten neben dem Karren ging, in Gedanken mit dem Rezitieren von Balladen oder dem Ausarbeiten einer fröhlichen Weise beschäftigt, der sein Meister gewiß seinen Kommentar beisteuern würde.

In den nächsten Stunden, in denen die Wirkungen des Alkohols allmählich nachließen, erkannte Dakar, daß die Lehrzeit bei einem Barden mit harten Studien einherging. Zwar hatte sich Halliron für sein Alter gut gehalten, doch zählte er bereits siebenundachtzig Jahre, und die Feuchtigkeit und Kälte machte nicht nur seinen Händen zu schaffen. Wenn er auch selten über Schmerzen klagte, so mühte er sich doch wahrhaft verzweifelt, seinen Nachfolger auszubilden, ehe die Lebenskraft aus seinem Körper wich.

Während einer Pause, die sie am Nachmittag in einer Poststation zubrachten, in der sie ein Zimmer für den alten Mann gemietet hatten, damit er sich ausruhen konnte, gestand Medlir Dakar, daß Sentimentalität der Grund für ihre Reise nach Shand war. »Der Meisterbarde wurde in Innish an der Südküste geboren, dort, wo der Fluß Ippash ins Meer fließt. Er möchte seine Heimat noch einmal sehen, bevor er stirbt, und er will, daß seine Asche nahe seiner Familie beigesetzt wird.«

»Er hat Familie?« sagte Dakar verblüfft. In all den vielen Jahren, seit er Halliron kannte, hatte er nie etwas über seine Herkunft erfahren.

»Eine Tochter, glaube ich.« Zu rücksichtsvoll für ungehemmten Klatsch, stocherte Medlir lustlos in seinem Teller mit Wurst und Brot herum. »Die Mutter hat es vorgezogen, nicht zu reisen.«

Gründlich mit jeder Straße des Kontinents vertraut, überdachte Dakar die Entfernung und lächelte dann. »Ihr könnt die Südküste im Sommer erreichen.«

»Ja, sicher«, entgegnete Medlir ebenfalls lächelnd. »Das hoffen wir jedenfalls, vorausgesetzt, man schmeichelt uns nicht in jeder Taverne, in der wir Rast machen, um uns zum Bleiben zu überreden.«

Der Gästeraum war fast leer. Der letzte Bote aus Highscarp, der zum Pferdewechsel gehalten hatte, stieg eben draußen in den Sattel. Das Gesicht von dem kalten morgendlichen Wind oder vielleicht von der Hitze des Feuers gerötet, schien Medlir gar nicht zu bemerken, daß Dakar ihn mit schonungslos forschendem Blick betrachtete: von schmalen, musikalischen Fingern, die am Rand des Geschirrs leise einen Rhythmus pochten, bis zu der außergewöhnlichen Art und Weise, in der er sein Hemd zu tragen pflegte, dessen Ärmel den ganzen Arm bedeckten und, am Gelenk fest verschnürt, erst am Handballen endeten. In jener Stunde, in der der Fluch des Nebelgeistes zugeschlagen hatte, war Arithon einst von einem Blitz getroffen worden, der ihm den rechten Arm von der Handfläche bis zum Ellbogen verbrannt hatte, wie Dakar sich erinnerte. Seine Miene verfinsterte sich angesichts dieser unerwünschten Assoziation. Noch genauer nahm er nun den Schüler Hallirons in Augenschein, der sich in dem Sonnenlicht ausstreckte, das durch das Fenster hereinfiel.

Seine Hände erwiesen sich beide als unversehrt.

Mühsam verkniff sich Dakar einen zornigen Ausbruch über sein eigenes mangelndes Selbstvertrauen. Die Paranoia machte einen Narren aus ihm. Der Herr der Schatten war auch ein Zauberer. Jeder, der ebenfalls in dieser Kunst geschult war, mußte seine Aura der Macht vor den düsteren Wänden dieses Raumes deutlich erkennen können. Inzwischen wieder nüchtern genug, zu nutzen, was Asandir ihn gelehrt hatte, blinzelte Dakar kurz und forschte dann tiefer, doch er konnte nichts außer der Lebenskraft erkennen, die von jedem normalen Menschen ausstrahlte, der bei guter Gesundheit war. Erleichtert wollte er sich zurücklehnen, als er innerlich fluchend erkannte, daß derartige Feinheiten sich wohl hinter Schatten verbergen mochten.

»Was ist los?« erkundigte sich Medlir mit fragendem Blick. »Ihr macht einen besorgten Eindruck. Seid Ihr sicher, daß Ihr nichts essen wollt?« Der Wahnsinnige Prophet betrachtete des Mannes treuherzige Miene, ehe er unwillkürlich die Hände hob und Macht herbeirief, bis die Ausläufer magischen Feuers für jeden Gelehrten dieser Kunst sichtbar von seinen Fingern ausströmten.

Graubraune Augen mit senfgelben Flecken blickten ihn weder verwundert noch neugierig an. Medlir zuckte angesichts Dakars Vorführung nicht einmal mit den

Wimpern; die Pupillen des Bardenschülers, die in dem düsteren Raum geweitet waren, zogen sich nicht einmal um Haaresbreite zusammen.

»Vergebt mir«, sagte Medlir. »Ich habe nicht nachgedacht. Ihr müßt Euch noch immer recht schwach fühlen.« Er schob den Teller zur Seite, stützte die Ellbogen auf und zog die Haut von einer aufgesprungenen Schwiele, die Saiten und Bunde der Lyranthe zu beachtlicher Größe hatten wachsen lassen. »Heute werden wir vermutlich so oder so nicht mehr weiterreisen. Halliron hat letzte Nacht kaum geschlafen. Es ist besser für ihn, wenn er sich bis morgen ausruhen kann, darum werde ich nachher im Gastraum spielen, um den Wirt zufriedenzustellen. Ihr könnt ein Bett und heiße Suppe bekommen.«

Nun grinste Dakar. »Eigentlich würde ich Euch jetzt lieber die Ballade von der Katze und dem Met spielen hören.«

»Welche Version?« Er griff über die Bank nach der Lyranthe und begann mit Begeisterung, die Verschnürung von der Hülle zu lösen. »Es gib eine, die auch kleine Kinder hören dürfen, eine andere, die man nirgends außer in einem Hurenhaus spielen dürfte und etwa ein halbes Dutzend Varianten zwischen diesen beiden.«

»Oh, versucht es mit der, die obszön ist«, entgegnete Dakar, das feiste Kinn auf seine Hände gestützt, während sich in seinen Wangen über dem wirren, roten Bart verräterische Grübchen reinster Niedertracht bildeten.

»Die mit den achtundachtzig Strophen und dem schauderhaften, ständig wiederkehrenden Refrain?« Medlir legte die Lyranthe in seinen Schoß und stimmte rasch die Saiten. Dakars Nicken nahm er wahr, als er gerade dabei war, ein E-Dur zu spielen, um seine Arbeit zu überprüfen. »Na schön«, sagte er mit einer Duldsamkeit, die Arithon s'Ffalenn nie besessen hatte, »wenn wir dann bei der vierzigsten Strophe angelangt sind, dann vergeßt bitte nicht, daß Ihr es so gewollt habt.«

# Sorgen

Als sich herausstellte, daß Halliron sich erkältet hatte und zwei Tage lang nicht würde reisen können, akzeptierte Medlir die Verzögerung ohne Murren. Da er selbst keinen drängenden Grund hatte, Shand schnell zu erreichen, betrachtete er die notwendigen nächtlichen Auftritte als zusätzliche Gelegenheit, sich in seiner Kunst zu üben.

Verblüfft über den gutartigen Charakter des Mannes, der beide Vor- und Nachmittage damit zugebracht hatte, vor dem kritischen Ohr seines Meisters zu spielen, wärmte Dakar seine Füße am Herdfeuer und seinen Bauch mit unzähligen Krügen voll Bier. Er lauschte Medlirs Repertoire an Trinkliedern, stets bereit, auf ihn loszugehen, sollten sich die Weisen wiederholen. Als der Erfindungsgeist des Minnesängers sich als unerschöpflich erwies, gönnte er sich dann und wann ein kleines Nickerchen und entging so allen Träumen von rachsüchtigen Zauberern.

Die letzte Nacht in der Poststation wurde von dem rüpelhaften Verhalten einer durchreisenden Söldnertruppe gestört. Zehn Männer, die sich in der besten Ecke des Raumes ausbreiteten, angeführt von einem bärbeißigen, von Schwertwunden gezeichneten Hauptmann, der eine Platte mit geröstetem Truthahn vernichtete und eine Pfeife rauchte, bis die Luft um ihn herum von stinkendem Qualm erfüllt war. Noch immer in Kettenhemden und rostverschmutzten Tuniken, tranken und spielten die Soldaten, während Dakar sie mit Begeisterung anfeuerte.

Zwischen klirrender Ausrüstung, klappernden Würfeln, verbissenen Flüchen, sarkastischen Verunglimpfungen und dröhnendem Gelächter kam es zu dem unvermeidlichen Austausch von Neuigkeiten.

»Ihr kommt von Norden«, bellte der Hauptmann quer durch den Raum Medlir zu. Kurz unterbrach er sich, um seine Zähne von Knorpeln zu befreien. »Was habt Ihr gehört? Wir sind unterwegs nach Etarra. An den Häfen heißt es, der Prinz des Westens würde Schwertkämpfer für sein Gefolge anheuern.«

Medlir zuckte nur freundlich mit den Schultern, während seine Hände träge mit den Saiten spielten. »Warum sollte er das tun? Der Rat der Stadt sorgt doch gut für ihn. Das letzte, was ich gehört habe, war, daß er der schönen Schwester des Garnisonskommandanten noch lange nicht überdrüssig sei.«

Wie ein Bär beugte sich der Söldnerhauptmann vor. Durch seine Vorderzähne, zwischen denen Zahnstocher und Pfeife klemmten, sagte er: »Der Mann, den die Kopfjäger ausgeschickt haben, Rekruten zu werben, sagte, Prinz Lysaer besäße eine Besitzurkunde für die Ländereien von Avenor, ausgestellt vom Gouverneur von Korias.«

Der silbrige Klang der Noten veränderte sich, wurde dünner, heller, irgendwie spröder. »Wenn das stimmen sollte, so kann die Urkunde kaum echt sein.«

Niemand nahm an dieser Bemerkung Anstoß. Atheras Meisterbarde war ein Hüter der Tradition, der oft in Fragen des Rechts zu Rate gezogen wurde. Als sein gewählter Nachfolger mußte Medlir auf den Tag hinarbeiten, an dem der Titel ihm zufallen würde.

»Pah, Schwerter werden diese Frage entscheiden, nicht Papier.« Der Söldnerhauptmann schleuderte den Zahnstocher fort und nahm die Pfeife aus dem Mund, die eine Weile geglimmt hatte, ehe sie erloschen war. »Wenn wir dort für eine Stellung im Winter bezahlt werden können, wären wir Narren, nicht hinzugehen und uns einmal umzuschauen. Schlimmstenfalls müssen wir den Winter in Etarra verbringen, ehe wir uns für die nächsten Feldzüge bei Pesquil verdingen können.«

»Nun, dann wünsche ich Euch viel Glück«, sagte Medlir mit einem leisen Lachen. »Avenor ist eine Ruine. Eine dieser alten Stätten, der sich die Menschen wegen des Spuks nicht zu nähern wagen. Da mag schon Geld auf Euch warten, falls es Euch gefällt, Euch als Maurer zu verdingen.«

»Seid Ihr dort gewesen?« Der Söldnerhauptmann starrte den Minnesänger durch die züngelnde Flamme seines Feuerholzes hindurch an.

»Nein.« Medlir spielte eine muntere Gigue, deren Takt er mit dem Fuß mitschlug, und seine Augen funkelten auf eine Weise, die nicht zu seiner vorherigen Stimmung passen wollte. »Möge Ath dafür Sorge tragen, daß ich diesen Ort niemals sehen werde.«

Am folgenden Tag zog die Dämmerung grau, dunstig und regnerisch herauf, und von der Küste wehte ein kalter Ostwind herüber. In der niedrigen Küstenregion schlug der Winter nur mäßig zu. Milde Luft, die von Norden über die Meeresströmungen herangeführt wurde, sorgte vereinzelt sogar für recht warme Tage. Vor Jaelot war die Straße nur noch ein schlammiger Pfad, durch den sich Wagenräder saugend und schmatzend ihren Weg bahnten, während hier und da eingesunkener Schotter unter ihnen knirschte. Medlir ging neben dem Kopf des Ponys und hielt die Zügel ruhig in der Hand, während das Tier sich mühevoll Wegstunde um Wegstunde über den rutschigen Grund voranskämpfte. Halliron saß auf dem Kutschbock, eingewickelt in fadenscheinige Decken, und sah sehr müde aus.

»Ich verspüre nicht den mindesten Wunsch, in Jaelot Station zu machen«, meinte er ungewohnt nörgelig. »Die Stadt ist ein Sündenpfuhl der Geschmacklosigkeit. Ich will nicht, daß du hier dein Talent vergeudest.«

»Das ist doch immerhin einmal etwas anderes.« Medlir führte das Pony samt Wagen an den Straßenrand, um einen Wagenzug mit Südfrüchten und Seidenballen auf seinem beschwerlichen Weg passieren zu lassen. Über die Rufe der Wagenlenker hinweg sagte er: »Ich erinnere mich, vor nicht langer Zeit ganz andere Töne von dir vernommen zu haben. Da meintest du, mein Herumfingern wäre so unbeholfen, daß es selbst den größten Stümper beschämen müßte, von einem Publikum ganz zu schweigen.«

»Ja, das war damals.« Halliron wischte sich die triefende Nase ab. »Und du hast immer noch eine Menge zu lernen.«

Ausrüstung und Zaumzeug klirrten, während Wagenführer ihre Peitschen knallen ließen, um ihre Ochsengespanne davon abzuhalten, in die Spuren der Pferde zu treten und sich die Beine zu brechen. Inzwischen behielt Medlir Dakar scharf im Auge. Er thronte auf einem knochigen, braunen Wallach, den er beim Würfelspiel mit den Söldnern gewonnen hatte. Die Kreatur, die es eher gewohnt war, Gepäckriemen zu tragen, an denen Töpfe und allerlei Gerät befestigt waren, als sich mit Sattel und Reiter abzuplagen, schielte, hatte knotige Kniegelenke und einen ebenso haarlosen Schwanz wie eine Ratte. Das Pony war gut beraten, dem Tier argwöhnisch zu begegnen. Eher eine Strafe als ein zuverlässiges Transportmittel, veränderte der Braune sein Verhalten wie ein Wetterhahn die Richtung, wechselte bei jedem Umschwung zwischen freundlichem und bösartigem Gebaren hin und her.

Seine kurzen Schenkel taten ein Übriges, Dakars so oder so stümperhafte Reiterei zu erschweren, mußte er sich doch abplagen wie ein Ringkämpfer, um den aufgeblähten Bauch seines Reittieres zu umspannen. Während er zusah, wie das unbeholfene Paar mitten durch die Packpferde und Rollwagen schwankte, die Zügel locker und den Hufschlag stets von dem empörten Schwung dieses lächerlichen, nackten Schweifes begleitet, hatte Medlir Mühe, nicht zu kichern.

Halliron sah aus, als wäre er in Gefahr, seine Lippen

abzubeißen, bis er sich schließlich darauf besann, sein Amüsement hinter seinen Decken zu verbergen.

Das letzte beladene Maultier des Zuges ging an ihnen vorbei, während der Wallach mal links, mal rechts herum schwenkte, als litte er unter Zweifeln, für welche Richtung er sich entscheiden sollte. Dakar versetzte ihm mit den Enden der angezogenen Zügel einen derben Hieb auf den Rumpf, der besser zu einer Gans gepaßt hätte, doch das Ergebnis war verheerend. Der schmale, knochige Kopf auf dem gedrungenen Nacken ruckte herum, und das Tier starrte mit einem vollkommen fassungslosen Blick auf die Stelle, an der es das Leder getroffen hatte.

Medlir schloß die Augen, um die Lachtränen zurückzuhalten.

»Was ist hier so lustig?« heulte Dakar. Mit den Absätzen trat er dem Tier in die fleischlosen Rippen und ruderte so lange mit den Ellbogen, bis es ein paar Schritte voranschlenderte, die jedoch in keiner Weise irgendeiner Gangart ähnlich waren. Medlir keuchte heftig in die nasse Mähne des Ponys, ehe er sein Kinn unter seinem Schal vergrub und stur geradeaus starrte. »Aber nein«, sagte er und umfaßte mit mannhaftem Bestreben seinen Leib. »Niemand lacht hier. Halliron hat einen furchtbaren Husten. Möglicherweise habe ich mich angesteckt.«

Dakars Entgegnung löste sich in wilden Flüchen auf, als das ausgelassene Scheuen des Wallachs die gesamte Breite der Straße beanspruchte. Mit starrer Miene führte Medlir das Pony von seinem Warteplatz in einem Klettengebüsch fort, während Halliron sich schnaubend die tränenden Augen wischte. »Ath, jetzt habe ich Bauchschmerzen.«

Spät kam die Sonne heraus und tauchte den Nebel in goldene Farbe, als sie ihre Reise fortsetzten. Möwenschwärme hoben sich in die Lüfte und flogen mit der Seebrise über das flache Land. Zu ihrer Rechten hingegen wechselten Berge und Täler mit steilen Hängen einander ab, bewachsen mit immergrünen Pflanzen, manche von Bächen und Wasserfällen gespeist, andere durchbrochen von kleinen, tiefen Seen, die wie poliertes Mondgestein glänzten.

Das Land war schön, aber verwildert. Die Ausläufer des Gebirges zeigten sich vernarbt von vergangenen Steinschlägen, und ihr Gefälle war zu steil, Pflanzen den nötigen Halt zu bieten. Unter dem klaren Himmel, der von transparentem Aquamarinblau war, schienen die Stürme so fern, die ohne jede Warnung von der Bucht aus hereinbrechen konnten und salzige Gischt gegen die Berghänge trieben. Bäume und Sträucher hatten manchen Zweig verloren, und die der See zugewandten Felsbrocken boten nicht einmal Flechten Halt. Die Unwetter zur Tagundnachtgleiche waren imstande, ganze Gehöfte in einer einzigen Nacht niederzureißen, und die Gebäude wurden häufig aus angespültem Strandgut und Planken untergegangener Schiffe wieder aufgebaut. Herbergen und Poststationen waren hier nur dünn gesät, und nicht eine befand sich innerhalb eines Tagesrittes von der nächsten befestigten Stadt.

Als die Sonne hinter den Wipfeln verschwand und purpurne Schatten die Straße in ihren eisigen Griff nahmen, begann Halliron vor Kälte zu zittern. Seine Nase war leuchtendrot, seine Augen glänzten, und selbst die dicksten Decken vermochten ihm keine Erleichterung zu verschaffen. Medlir sagte nichts, doch er betrachtete seinen Meister voller Sorge, als sie eine Pause einlegten, um die Pferde zu tränken.

Endlich seinem eigenen Elend unterlegen, kapitulierte Halliron. »Schon gut, in Ordnung. Wir werden in Jaelot rasten, damit du dich nicht mitten in der Wildnis um einen Invaliden sorgen mußt.«

»Wieso sorgen?« Medlir zog die schlammverkrustete Decke über die Knie des Meisterbarden. »Wenn diese Städter wirklich einen so abscheulichen Geschmack haben, dann kann ich sie sicher mit den Balladen zufriedenstellen, die wir in der Hafenspelunke in Werpoint gehört haben.«

Hallirons Erwiderung bestand aus einem erstickten Husten. Was auch immer er gedacht haben mochte, ging in Dakars Possen unter, der bereits zum zweiten Mal bei dem Versuch, wieder auf seinen braunen Wallach zu steigen, von demselben Steinbrocken herunterstürzte.

»Ihr werdet Euch noch den Hals brechen, wenn Ihr so weitermacht«, rief Medlir, während er dabei war, den Packriemen des Ponys ein Loch enger zu schnallen.

Schnaubend, mit rotem Gesicht und gewiß nicht in der Stimmung, sich mit der Kritik eines Mannes abzugeben, der nichts von dem schweren Los der Fettleibigkeit verstand, kletterte Dakar zurück auf den Felsbrocken. »Seit wann versteht Ihr denn etwas von Pferden?«

»Vielleicht waren meine Eltern Nomaden«, sagte Medlir.

»Hah!« Der Wahnsinnige Prophet balancierte gefährlich auf einem Bein. »Eher schon Füchse. Ihr drückt Euch ja geschickt darum, etwas über Euch selbst zu erzählen.«

Ein oberflächliches Lächeln huschte über Medlirs Gesicht, während er gleichzeitig treuherzig die Augenbrauen hochzog. »Füchse beißen.«

»Wunderbar. Ich weiß selbst, daß ich neugierig bin.« Er balancierte sein Gewicht aus, beugte sich vor, griff zu, und sein Roß tat einen holprigen halben Schritt vorwärts. Wie durch ein Wunder landete der Wahnsinnige Prophet trotzdem im Sattel, beide Hände in die Mähne des Tieres verkrallt, um nicht auf der anderen Seite wieder herunterzurutschen. Als das Tier sich schließlich bereitfand, mit dem Tänzeln aufzuhören, fügte er hinzu: »Die Gesellschaft von Feenhuf gefällt mir besser.«

»Feenhuf? Der da?« Halliron streckte seine Nase unter der Decke hervor und fixierte mit zweifelndem Blick die Hufe, die so rund und eingekerbt wie eine Fleischplatte waren.

»Ja, natürlich«, erwiderte Dakar sichtlich verstimmt. »Der Name paßt doch gut zu ihm, findet Ihr nicht?«

Schließlich, als die Schatten mit der grauen Dämmerung verschmolzen, die schon bald darauf von dem Nebel verschluckt wurde, der aus der Bucht heraufzog, setzten sie ihre Reise fort.

Als sie endlich die Straßenbiegung vor den großen Toren Jaelots umrundeten, war es bereits dunkel. Die Stadt auf der schnabelförmigen Landzunge, die sich in die Bucht hinaus erstreckte, war von schwarzen Felsmauern umgeben. Fackeln brannten in eisernen Körben an achteckigen, schieferbedeckten Wehrtürmen, auf denen schauerliche Monster aus Stein thronten, die lauernd ihre widerwärtigen Zungen über den aus weißem Quarz gemeißelten Torpfosten ausstreckten. Auf den Pfosten prangten Wappen, die wilde Löwen darstellten, von denen ein jeder eine Schlange im Maul trug.

»Häßlich.« Während verborgene Zinnstreifen, die zur Abwehr böser Geister gedacht waren, im Wind klimperten, betrachtete Halliron, mittlerweile quengelig vor Müdigkeit, voller Abscheu die Schnitzereien. »Die paravianischen Tore, die aus Achat gewesen sein sollen, und deren Gewicht so gut ausbalanciert war, das sie bei der leisesten Berührung aufschwangen, haben sie abgerissen.«

»Das war eine Festung aus dem Zweiten Zeitalter?« fragte Medlir. »Wie erstaunlich, daß sie noch bewohnt ist.« Besänftigend hielt er das wilde Pony an, als die Torwache sie schroff anrief. Ohne den Kommentar seines Meisters mitanhören zu können, war Medlir gezwungen, zu antworten. »Wir sind Wandersleute, zwei Minnesänger und ein Freund. Wir hatten nicht die Absicht, hier zu halten, aber der alte Mann braucht dringend den Schutz einer Herberge.«

»Dann wartet neben dem Tor.« Der Wachmann lag faul in seiner Nische, nur sein Atem war im Licht der Fackel zu sehen. »Der Postkurier aus Tharidor ist überfällig, und die Tore werden wieder geöffnet, sobald er hier ist.«

»Da siehst du es«, sagte Halliron schniefend. »Ich wußte, wir hätten uns ein Lager aufschlagen sollen. Wenn der Kurier nicht in der Dunkelheit verunglückt ist, dann haben wir die Auswahl zwischen drei Gasthäusern, die alle höhlenartig dunkel und dreckig sind, und keiner der Wirte ist ehrlich.«

»In welcher gibt es das beste Bier?« erkundigte sich Dakar.

»Wer weiß?« seufzte der Meisterbarde. »In Jaelot vermischen sie das Gebräu so oder so mit Wasser.«

Das Schicksal meinte es gut mit ihnen und ließ sie nicht lange warten. Während Medlir seinen Meister bemutterte und Dakar vertraulich mit seinem Roß zu Rate ging, kam ein Wagenmeister, groß wie ein Schrank, eingehüllt in Schaffelle, herangefahren und war eifrig damit beschäftigt, sein Gespann zu verfluchen und dem verpaßten Abendmahl nachzutrauern. Er schwang drohend seine Peitsche vor dem Tor, während seine verschwitzten Pferde tänzelten, mit den Hufen aufstampften und kleine blaue Funken aus dem Pflaster schlugen. »Ich bringe die dreimal verfluchte Ladung aus der Holzmühle. Die mit dem Siegel des Statthalters.«

Tatsächlich wurden die Tore nun erstaunlich schnell geöffnet, und etwas im Kopf von Dakars Wallach rastete aus und erzählte ihm von einem Stall, von Bequemlichkeit und Hafer. Das Tier legte die Ohren an, und setzte an, das Gespann zu vernichten.

Die beiden führenden Pferde trugen Scheuklappen, und das erste, was das Tier auf ihrer Seite von Feenhufs Aufmerksamkeit zu spüren bekam, waren gelbe Zähne, die sich in seine Flanke bohrten. Das Tier versuchte, unter dem qualvollen Ächzen der Deichsel, sich herumzudrehen, während Dakar, laut aufheulend, wild an den Zügeln zerrte und vom Pferd stürzte. Er war klug genug, sich aus dem Gefahrenbereich zu rollen, derweil der Fuhrmann fluchend mit seiner Peitsche um sich schlug.

Der Hieb erwischte den Wallach an der Nase. Linkisch und unbeholfen sprang er zur Seite. Halb bäumte er sich auf, halb raste er mit donnernden Hufen im Kreis, die Augen verdreht, so daß man nur noch das Weiße sehen konnte. Sein ausgemergelter Rumpf prallte gegen die Schulter des Deichselpferdes, welches kreischend zu schwanken begann. Der Rest des Gespanns torkelte seitwärts und stellte den Wagen zwischen den Torpfosten quer, mitten unter ihnen, eingekeilt wie ein fehlgeleiteter Holzstamm in einem Fluß, stolperte Feenhuf einher.

Die lauten Verwünschungen gingen im Geklapper beschlagener Hufe unter, als fünf Pferde innerhalb des Geschirrs sich an der Rauferei beteiligten.

Der Fuhrmann klammerte sich an sein schwankendes Gefährt, wie sich ein Mann an einem halbuntergegangenen Boot festhalten mochte, während er gleichzeitig ohne jeden Erfolg mit seiner Peitsche hantierte und sein streitendes Gespann mit einem giftigen Schwall übler Drohungen bedachte. Leder riß entzwei; Befestigungsringe lösten sich unter dem ächzenden Geräusch splitternden Holzes explosionsartig aus dem gepolsterten Geschirr der Tiere. Niemand bemerkte, wie auf dem Wagen knirschend die Verschnürungen nachgaben. Ein Bündel Seidengaze schwankte lebhaft zur Seite und tauchte dann neben dem Fuhrwerk hinab auf das Straßenpflaster.

Der Krach, der von dem Durcheinander ausging, hallte in der Enge des Tores beinahe schmerzhaft von den Wänden zurück. Die Deichselpferde scheuten heftig und zerrten in unterschiedliche Richtungen an ihrem Geschirr; der Fuhrmann schleuderte seine Peitsche von sich und heulte laut auf, als achtzig wertvolle Kacheln und eine Gußform, speziell angefertigt, den Ansprüchen der Gattin des Statthalters zu genügen, unter den Wagenrädern zu fahlen Splittern zermahlen wurden.

Für einen kurzen Augenblick dämmte ein plötzlicher Windstoß das Licht der Fackeln. In ihrem dämonischen

Flackern lief der Fuhrmann rot an und raufte sich wutentbrannt die Haare. Die Zugpferde rotierten, gefangen in einem Netz losen Zaumzeugs und so flatterhaft wie Fische in seichtem Gewässer, während sich der unglückselige Verursacher der Katastrophe leidenschaftlich verwirrt mit den Deichselpferden bekanntmachte.

»Bei allen Dämonen!« Der Fuhrmann hüpfte in Froschmanier von seinem Bock und landete gleich neben dem rotbraunen Bündel, zu dem sich Dakar zusammengekauert hatte. »Was in Sithaer gedenkt Ihr wegen dieser miserablen Schande von einem Pferd zu tun?«

»Miserabel? Schande?« Dakar betrachtete eingehend seinen stämmigen Widersacher, der, bereit für ein Gemetzel, die Fäuste geballt hatte. Wie wollene Quasten lugten seine Haare unter der Mütze aus geöltem Filz hervor und ließen ihn aussehen, wie einen arg mitgenommenen Federball. »Wißt Ihr, Ihr seid selbst auch nicht gerade hübsch.« Dakar nutzte den halben Atemzug sprachloser Verblüffung des Mannes, sich an ihm vorbeizuschieben, schnappte sich die herabhängenden Zügel und zerrte Feenhuf gewaltsam rückwärts aus dem Durcheinander zwischen Deichsel und zerfetzten Geschirren heraus.

Halliron und Medlir sahen aus sicherer Entfernung von ihrem Ponywagen aus interessiert zu, wie Dakar, das Pferd im Schlepptau, auf den Fuhrmann zuging. Er baute sich vor dem wütenden Mann auf, ohne die schweren Schritte zu beachten, mit denen der diensthabende Torwächter die Treppe hinabpolterte, gerüstet, einer weiteren und heftigeren Auseinandersetzung zuvorzukommen.

»Ich schlage vor, Ihr vergebt dem alten Jungen einfach.« Als der Gaul den Fuhrmann freundlich mit dem Kopf an die Schulter stupste und ihn so einen Schritt weit nach hinten beförderte, setzte Dakar hinzu: »Was könntet Ihr auch anderes tun? Er mag Euch.«

Der Wagenführer lief purpurrot an und holte zum

Schlag aus, doch das talgige, runde Gesicht, das er sich als Ziel ausgesucht hatte, verschwand, als Dakar sich duckte und unter dem Sattelgurt Zuflucht suchte. Eine geballte Faust schlug gegen die runden, vortretenden Rippen des Pferdes, das beidseitig mit einem explosiven Grunzen und Furzen reagierte.

»Oje«, rief Dakar, bemüht, nicht zu kichern. »Die Nase Eurer Frau muß wie Pudding aussehen, wenn das Eure Reaktion auf ihre Küsse ist.«

In einem Anfall tödlichen Zorns tauchte der Fuhrmann unter den Hals des Wallachs, während das Tier, die Ohren flach angelegt, die Zähne auseinanderklappte und zuschnappte.

Die Kiefer schlossen sich über schmutziger Wolle, und eine kritische Naht an der Hose des Fuhrmannes ergab sich der Gewalt. Der Wahnsinnige Prophet wich der bebenden Kruppe des Braunen aus, ehe er vergnügt ansetzte, sein Roß zu tadeln. »Laß ihn in Ruhe, Feenhuf. Deine Liebesbemühungen sind ein klein wenig übertrieben. Du weißt doch, daß der Bursche, den du gerade entkleidest, dir so wohlgesonnen ist wie die Schlange dem Falken, der sie im Schnabel trägt.«

Die herbeigeeilten Wachen, die sich nun ebenfalls unter dem Tor drängelten, brachen in Gelächter aus.

Feenhuf hingegen wandte sich um und schlug genau in dem Moment mit seinem knotigen Schwanz zu, in dem der Fuhrmann losstürmen wollte. Halb betäubt von dem Schlag ins Gesicht, heulte der Mann Schmähungen mit Fistelstimme und stürzte voran, fest entschlossen, ein Massaker anzurichten, als das Pferd das Gleichgewicht verlor. Sein buckliger Rücken krümmte sich. Gewaltige Hufe rangen um sich schlagend nach einem festen Halt, als sein Hinterteil vom Boden abhob. Ein Hinterbein schlug in Ochsenmanier aus und zertrümmerte das vordere Rad des Fuhrwerks. Das Singen splitternder Speichen drang durch das Tor, als die Radnabe krachend auf die Pflastersteine donnerte.

Tänzelnd setzte sich das Gespann in Bewegung, nervös darauf bedacht, Abstand zu gewinnen. Mit sich zerrten sie das verkrüppelte Gefährt, das über eine Distanz von sechs Metern mit ohrenbetäubendem Lärm das Pflaster aufriß. Ein geistesgegenwärtiger Zuschauer packte sich eine Beißstange und zwang die Tiere mit Gewalt zum Stehenbleiben, doch niemand in dem fortschreitenden Tumult am Tor nahm davon Notiz.

Der Fuhrmann erging sich ein letztes Mal in seinen eintönigen Beschimpfungen, während Feenhuf endgültig den Halt verlor und mit einem pfeifenden Laut der Verwirrung mit gespreizten Beinen auf dem Bauch landete.

Von seiner eigenen Heiterkeit niedergerissen, krümmte sich Dakar nicht weit entfernt. Die haltlos tränenden Augen fest geschlossen, bemerkte er nicht einmal, wie der Wachoffizier zu kichern aufhörte. Jaelots Wachsoldaten gaben sich ganz plötzlich ausgesprochen diensteifrig, als ein schwarzlackierter Vierspänner die Hauptstraße hinunterdonnerte. Goldgezierte Türen mit dem Löwenwappen glänzten im Licht der Fackeln, als das Vehikel seine Fahrt verlangsamte und sich der Verstopfung näherte, die das Tor unpassierbar machte.

Steif wie ein Holzpfosten salutierte der Hauptmann der Torwache, als ein junger Stallbursche in einer samtenen Livree vorsprang, um die Zügel der Führungspferde zu greifen, die ebenfalls schwarz waren und einander bis zur feschen Blesse und den weißen Fesseln glichen wie Spiegelbilder. Ein Lakai näherte sich dem Fuhrmann, der gerade zurückhüpfte, um sich vor den Anstrengungen des Wallachs in Sicherheit zu bringen, der darum kämpfte, wieder auf die Beine zu kommen.

»Gibt es Probleme?« erkundigte sich der Lakai kalt. Die goldenen Borten und Wappenstickereien der Autoritäten, die er repräsentierte, glitzerten in den Rauchschwaden, die von den Fackeln aufstiegen.

Sprachlos deutete der Fuhrmann mit einem aufgerissenen Finger auf den Wallach, der eben seine wirren Körperglieder zusammensammelte und sich endlich schnaubend wieder auf seine Hufe stellte.

Eine Frauenstimme scholl aus der Kutsche herüber. Der Lakai nickte ergeben, reckte sein Kinn über die Perlenknöpfe seines Kragens vor und sprach: »Darf ich erfahren, im Namen meines Lords, der Statthalters, was Ihr mit der Gußform für die neue Krone angestellt habt?«

Der Fuhrmann richtete seine zerfetzte Hose. Schweiß strömte über seine Schläfen. »Ich? Bei der Rache des Dharkaron, es war dieses Pferd!«

Feenhuf setzte eine unschuldige Miene auf und schüttelte sich unter einem wahren Gewitter fliegender Zügel und Steigbügel wie ein Hund. Die Miene des Lakaien nahm einen skeptischen Ausdruck an, ehe er sich wieder dem Fuhrmann zuwandte. »Ich bezweifle, daß dieser Haufen Inkompetenz auch nur fähig ist, vier Füße im gleichen Rhythmus zu bewegen.«

»Schön, damit ist ja alles gesagt«, brüllte der aufgebrachte Fuhrmann.

»Wem gehört das Vieh?« Der Lakai des Statthalters ließ seinen Blick hochmütig über die Umstehenden schweifen, vorbei an dem Ponywagen mit seinen erstarrten Insassen, bis er schließlich auf die verbliebene Gestalt fiel, die noch immer schnaubend am Boden lag. »Wem?«

Ernüchterung packte Dakars wirre Züge. »Ich habe ihn gerade dem städtischen Armenhaus gespendet.«

Die Tür der Kutsche öffnete sich und fiel kurz darauf krachend wieder zu. Eilends machte der Lakai einem in eine Robe gehüllten Sekretär mit übertrieben gepflegten Händen Platz. Geziert wie ein Gockel, den Kamm kampfbereit aufgerichtet, beugte sich der Amtsmann über den ungepflegten fetten Kerl, der sich, ähnlich wie sein Pferd, mit einiger Verzögerung auf die Beine mühte.

»Du wirst in Ketten gelegt und bis morgen in Gewahrsam genommen. Dann wird über diese Angelegenheit am Hofe von Jaelot zur Zufriedenheit meines Lords, des

Statthalters, gerichtet werden. Ich schlage vor, jemand, der über mehr Kompetenz verfügt, sorgt dafür, daß diese Kreatur von hier verschwindet. Ich will dieses Tier nicht mehr auf der Straße sehen, wo es noch mehr Unheil anrichten kann.« An den Fuhrmann gewandt, fügte er ohne jedes Mitgefühl hinzu: »Die Wache wird Euch helfen, Euren Schutt wegzuräumen. Falls Ihr eine Entschädigung für den angerichteten Schaden einfordern wollt, so nehmt an der Anhörung teil und tragt Eure Bitte dem Gericht des Statthalters vor.«

Während die Wachsoldaten in ihren Rüstungen vorrückten, um den Wahnsinnigen Propheten gefangenzunehmen und des Statthalters Gefolge sich in die Kutsche zurückzog und auf vergoldeten Rädern von dannen zog, preßte Halliron die Hände in den dicken Fäustlingen vor seine tränenden Augen und ächzte: »Ath, ich wußte es, ich *wußte*, daß wir niemals nach Jaelot hätten fahren dürfen.«

# Vor Gericht

Seine Lordschaft, der Statthalter von Jaelot, war nicht geneigt, sich bereits früh am Morgen zu erheben. In seinem Gerichtshof waren feste Termine unbekannt; der zuständige Ratsherr schickte täglich eine Liste an den Hauptmann, der die Soldaten in den Kerkern befehligte. Die Angeklagten wurden ohne Frühstück hinausgezerrt und in einen fensterlosen Raum geführt, eine schwarzverkleidete Höhle mit gewölbter Decke im Keller unter der Ratshalle. Dort, mit Schellen gefesselt, die es unmöglich machten, sich an den gesammelten Flohbissen zu kratzen, war Dakar, der Wahnsinnige Prophet, genötigt, gemeinsam mit zwei anderen Männern und einer Frau zu warten, deren Verbrechen von öffentlicher Ruhestörung über Diebstahl bis hin zu kaltblütigem Mord reichten.

Im Verlaufe einer unangenehmen Nacht hatte er seine eigenen Lernfaulheit aufs tiefste verdammt. Ein Messingschloß oder einen Riegel hätte er durch Zauberei öffnen können; das hatte er oft genug getan, wenn er sich aus den Schlafgemächern williger Ehefrauen gestohlen hatte, deren Gatten zur Unzeit nach Hause gekommen waren. Doch Fesseln und Riegel der Kerker von Jaelot waren nicht zur Zierde aus weichen Legierungen gefertigt. Noch immer durchgefroren nach dieser Nacht auf feuchtem Stroh, knirschte Dakar erbost mit den Zähnen ob seiner Trägheit, mit der er sich jahrhundertelang durch das Dasein eines Zauberlehrlings hatte treiben lassen, ohne auch nur zu lernen, die verschiedenen Eigenschaften zu manipulieren, aus denen kalter Stahl zusammengesetzt war.

Das Dilemma, in das Feenhuf ihn gestürzt hatte, hatte längst aufgehört, komisch zu sein.

Im Licht einer einzigen Kerze ragten Podest und Tisch

des Statthalters vor der Anklagebank auf. Das Podium, eine Marmorkonstruktion mit barbarischen Schnitzereien, kitschigen Stützpfeilern und grotesken, buckligen Karyatiden*, deren leidende Haltung im Spiel der Schatten an Szenen aus den trostlosen Gruben Sithaers erinnerte. Der Geruch von Wachs, Pergament, getrockneter Zitronenschale und shandischer Gewürze, die dazu dienten, den Gestank der beklagten Männer zu überdecken, die angekettet im von Rattenurin verseuchten Stroh gelegen hatten, lag in der Luft. Jenseits des abgesperrten Bereiches, der für die Gefangenen reserviert war, standen Holzbänke, auf denen sich die Beschwerdeführer in sauberen Hemden und polierten Stiefeln versammelten; dort warteten auch Gemahlinnen, Verwandte und duldsame Freunde der Angeklagten des jeweiligen Tages in nervöser Stille. Es kamen auch Neugierige, doch fielen sie kaum auf. In Jaelot, so hatte Dakar ein geschwätziger Aufseher erzählt, hatte einmal ein Bettler, der sich im Hofe des Statthalters verkrochen hatte, zur Strafe all seine Finger verloren.

In diesem Zimmer jedoch erschien ihm eine schnelle Enthauptung als gnädiges Urteil, als streng hingegen eine Verstümmelung oder das Rad, vor der Verbrennung bei lebendigem Leibe. Darum bemüht, sich das Zerren der Ketten zu erleichtern, verlagerte Dakar sein Gewicht dauernd von einem Fuß zum anderen; für einen Mann von magisch geschulter Empfindsamkeit verband sich das stete Reiben der Handfesseln mit der Wahrnehmung des verbliebenen Hauches vergangenen Elends und früher vergossenen Blutes.

Vollauf mit sich selbst und seinem Kummer beschäftigt, bemerkte er nur wenig neben der Ankunft des düster blickenden Fuhrmannes, dem ein Übel angetan

* Stützpfeiler in Gestalt einer Frau mit langem, faltenreichem Gewand und einem korbförmigen Kapitell (oberer Abschluß) auf dem Kopf, bes. bekannt sind die Karyatiden auf der Akropolis von Athen.

worden war; dennoch waren die Bänke nicht frei von Freunden.

Halliron, der Meisterbarde, war gekommen, gekleidet in all den glänzenden Staat, der ihm nach seinem Rang zustand. Unter dem ordentlichen Umhang schimmerten die safrangelben Streifen an seinem geschlitzten Wams aus schwarzer Waschseide wie Flammen in dem düsteren Saal. Topasbeschläge und Goldbänder blitzten und funkelten, als wollten sie mit beißender Ironie ihren Hohn zum Ausdruck bringen, hatte doch der Hofstaat des Statthalters die gleichen Farben. Neben ihm saß Medlir in brauner Wollkleidung, nur mit einer bescheidenen Brosche am Kragen geschmückt.

Schwach hallte das Stundensignal vom Glockenturm herüber. Unter Schmerzen und Zorn ertrug Dakar die Ankunft des Statthalters, wobei ihm allmählich die Absurdität dämmerte. Er hatte schon Hohekönige gesehen, die eine höfische Zeremonie mit weitaus weniger Pomp eröffnet hatten.

Lakaien in zobelbesetzten Livreen rissen die Saaltüren auf und hielten sie, tief verbeugt, fest. Hellebardiere in schwarzer Rüstung marschierten in Zweierreihen auf, gefolgt von Pagen, die einen goldumrandeten Teppich ausrollten, der jeweils im Abstand eines Meters mit Jaelots Löwenwappen geschmückt war. Ein Mädchen in einem Reifrock, der ausladend über ihre Hüften wogte, streute Rosen. Ihr folgten hochdisziplinierte Sekretäre, deren wollene Roben Marderfellstulpen zierten, begleitet von ihren Dienstburschen, die Mappen und aufgerolltes Schreibpapier trugen, schmuck mit gelbem Band verschnürt. Nun kam ein Richter in schwarzer Samtrobe und weißem Hermelinfell herein, auf dessen Kopf eine Filzmitra thronte, deren Rand mottenzerfressene Bänder schmückten, gefolgt von dem obersten Ratsherrn, der, unter der Last seiner unzähligen Lagen edlen Brokats und gerüschter Stulpen, gebückt wie ein Kranich in der Mauser einherschritt. Zuletzt, weich wie Pudding, erschien der großspurige Statthalter, der bei jedem Schritt leicht schwankte, eingehüllt in eine voluminöse Robe, die von seinen Schultern herab wogte wie ein Segel, das sich aus seinen Halteleinen gelöst hatte.

Gezwungen, einer Rose auszuweichen, die direkt auf sein Gesicht zukam, sah Dakar fasziniert zu, wie die Prozession zu Ende ging. Wie dressierte Bären nahmen die Statisten ihre Plätze auf dem Podest ein. Als das Blumenmädchen seinen Korb rund um den Stuhl des Statthalters leerte und die Knaben die Schreibmappen auspackten, als wollten sie den Platz zu einem Picknick richten, dachte Dakar, daß ein wenig Musik recht passend wäre. Mit klirrenden, goldenen Kettenhandschuhen präsentierten die Hellebardiere ihre Waffen, und der rundliche Statthalter ging in seinem überkandidelten Thron vor Anker.

Der Richter, dessen Züge unter dem billigen Hut an einen Geier erinnerten, schlug eine Triangel und ließ verlautbaren: »Das Gericht der Stadt Jaelot ist zur Sitzung angetreten.«

»Na, Ath sei Dank, daß wir zuerst drankommen«, krächzte der Wahnsinnige Prophet mit einem ernüchterten Gefühl der Erleichterung.

Zwei Soldaten, die nicht sonderlich amüsiert schienen und keine goldenen Kettenhandschuhe trugen, packten ihn unter den Achselhöhlen, zerrten ihn vor und schleuderten ihn mit dem Gesicht voran vor dem Podest zu Boden.

Dort hielten ihn zwei bestiefelte Füße, die unsanft auf seine Schulterblätter traten, am Boden fest. Der Richter räusperte sich, schob sich eine Brille auf die Nase und zitierte die Liste der Anschuldigungen: Störung des städtischen Friedens; Behinderung des Verkehrs auf der Hauptstraße; willentliche Zerstörung von Gütern aus dem Besitz des Statthalters; Beeinträchtigung des Handels; fahrlässiger Umgang mit Pferden; und schließlich Anmaßung gegenüber einem Offizier im Dienst.

»Wie plädierst du?« Der Richter starrte den Angeklagten, der mit dem Gesicht nach unten auf dem Boden lag, über seinen gedrillten, parfümierten Bart hinweg scharf an.

Das Kinn auf den kalten Granitboden gepreßt, sog Dakar Luft in seine zusammengequetschten Lungen und fluchte.

»Impertinenz vor Gericht«, führte der Richter seine Leier fort. Wie gleichgeschaltete Geier tauchten vier kurzsichtige Sekretäre ihre Federn ein und notierten den Zusatz auf ihren Dokumenten.

»Bei allen Dämonen und Dharkarons Rache!« polterte Dakar. »Was für eine willentliche Zerstörung? Sie haben mein Pferd doch gesehen. Sieht Feenhuf etwa nach einem Biest aus, das plötzlich außer Kontrolle gerät und vorbeiziehende Rollwagen angreift? Selbst gesegnet mit Aths eigener Geduld hättet Ihr gewiß auch ausgetreten, wenn irgendeine Laus plötzlich daherkommt und Euch die Faust in die Rippen rammt!«

In den Reihen der Zuschauer knirschte der Fuhrmann mit seinen kräftigen Zähnen und hielt sich mühsam im Zaum, nicht aufzuspringen und seinen Protest laut herauszuschreien. An einen geziemenden Verfahrensverlauf gebunden, befaßte sich das Gericht weiter mit dem Gefangenen.

»Anmaßung gegenüber Höhergestellten«, sagte der Richter, wobei er ein unglückliches Lispeln zum Besten gab, während die Sekretäre ruckartig wieder zu schreiben begannen.

Der Statthalter unterdrückte ein Gähnen und löste die silbernen Bänder seines Taillengurtes. »Ich habe Euer Vieh nie gesehen.« In gelangweiltem Ton, beeinträchtigt von seiner Kurzatmigkeit, räumte er ein: »Meine Gemahlin war in der Kutsche, nicht ich. Die Form war zur Befriedigung ihrer Marotten angefertigt worden. Ihre Zerstörung hat sie gekränkt. Da die Frage nach der Unschuld in diesem Zusammenhang nicht von Belang ist, muß deine Strafe auf jeden Fall den Verlust ausgleichen, den meine Gattin erleiden mußte.«

Nun konnte der Fuhrmann nicht länger an sich halten. »Zählen mein Gespann und mein Wagen denn gar nichts? Zwei meiner Pferde sind lahm, und die Dienste des Wagners sind kostspielig.«

»Schweigt!« Der Richter, der eben damit befaßt war, seine Ringe zu ordnen, blickte auf. »Zuerst muß dem Stadtrecht gedient sein, ehe irgendwelche Ausgleichsforderungen gestellt werden dürfen.«

Schwitzend unter seinen städtischen Kleidern und überaus erregt, setzte der Fuhrmann sich wieder. Halliron hatte eine gänzlich ausdruckslose Miene aufgesetzt, während Medlirs gedankenverlorener Gesichtsausdruck nur seinen Widerwillen verbergen sollte.

Noch immer auf den Boden gepreßt, das Gesicht zur Seite gedreht und die Haare ausgebreitet wie windzerzaustes Farnkraut, verdrehte Dakar die Augen angesichts des Muskelkrampfes, der seinen Nacken peinigte. Der Umklammerung kalten Steinbodens zutiefst überdrüssig, hatte er einige Schwierigkeiten, dem weiteren Vorgehen zu folgen.

Ein kurzes Gespräch zwischen dem Richter und dem Ratsherr mit dem spröden Gesichtsausdruck veranlaßte die Sekretäre, erneut ihre Federn zu zücken. Die Federn großer Tiere huschten wie Küchenschaben über Pergament, während einer der Pagen zwecks eines nicht erkennbaren Verwaltungsaktes eine Triangel schlug.

»Schuldig in allen Punkten.« Der Richter zog ein Taschentuch hervor und säuberte sich, laut trompetend, die Nase. Dann korrigierte er den Sitz seiner Kopfbedeckung und richtete sein vorstehendes Kinn auf den Ratsherrn.

»Bußgeld und sechs Monate Arbeitskolonne«, erklärte nun jener Offizielle, ehe er eine Summe nannte, für die selbst ein Prinz hätte betteln gehen müssen.

»Ihr habt doch schon meine Satteltaschen konfisziert«,

keuchte Dakar zornerfüllt. »Ihr wißt, daß ich keinen müden Heller besitze.«

»Nun, es fehlt dir nicht an Freunden.« Des Statthalters Schweinsäuglein wanderten zu der eleganten Erscheinung des Meisterbarden. »Mögen sie für deine Strafe aufkommen, wenn es ihnen gefällt. Sie sind es, die du um Nachsicht bitten solltest.«

»Sie haben nichts mit mir zu tun«, beharrte Dakar, während er sich an Befreiungsversuchen übte, die ihm eine erstaunliche Ähnlichkeit mit einem Frosch verliehen.

Der Statthalter zog die Augenbrauen hoch. »Was führt sie dann nach Jaelot?«

»Ihr sprecht von Halliron, dem Meisterbarden, und seinem Schüler.« Dakar hörte auf zu kämpfen, verängstigt genug, sich eines ungewohnt ernsthaften Verhaltens zu befleißigen. »Sie wollen lediglich Eure Erlaubnis, ihre Kunst hier zum besten zu geben, und es gibt nirgends eine Stadt, die sich ob ihrer Anwesenheit nicht in höchstem Maße erfreut zeigen würde.«

Der Ratsherr mit den Glupschaugen beendete seine Bestandsaufnahme glänzender Seide und geschliffener Topase. »Ist das wahr?«

Halliron erhob sich mühsam. Mit einer Stimme, rauh vom Husten, aber moduliert, wie es nur die eines geübten Sangeskünstlers sein konnte, sagte er: »Wahr ist, daß kein lebender Mensch über die Summe verfügt, die der *Gerichtshof* von Jaelot als passende Strafe ansieht.« Ohne irgendein Echo verhallte sein beißender Spott in der eingetretenen Stille.

Der Statthalter wedelte einlenkend mit einer Hand. »Nun dann. Wir werden das Urteil mildern. Da meine Gemahlin die Partei darstellt, die Schaden erlitten hat, ist es nur angemessen, ihr einen Ausgleich zu gewähren. Die zerstörte Form kostet vierhundert Silberroyals. Außerdem wird der Fuhrmann eine Liste der entstandenen Schäden zusammenstellen, die ebenfalls bis auf den letzten Heller bezahlt werden wird. Zur Genugtuung der Stadt stelle ich folgende Bedingung: Halliron, der Meisterbarde, wird die Gäste meiner Gattin bei der Feier anläßlich der sommerlichen Sonnenwende unterhalten.« Der Statthalter verzog die Lippen zu einem Lächeln, das zwei Reihen glänzender Zähne offenbarte. »Die Erlaubnis, Eure Kunst vor den Edelleuten der Stadt zum besten zu geben, so es Euch denn beliebt, sollt Ihr haben. Wenn Euer Spiel Eurem Ruf gerecht wird, so hege ich keinen Zweifel daran, daß meine Bürger von Herkunft Euch mit Gold überhäufen werden.«

Medlirs blitzartiger Versuch, aufzuspringen, wurde von einer leichten Berührung des Meisterbarden unterbunden. Am Boden würgte Dakar, atemlos vor Zorn, hervor: »Das ist eine krasse Beleidigung.«

In der angespannten Stille kratzten die Schreibfedern der Sekretäre deutlich vernehmbar über das Pergament. Indes warf Halliron sein Haar zurück und blickte schweigend auf einen Punkt, irgendwo zwischen dem Deckenrund und dem Podest. Medlirs stille Gelassenheit barg eine Spannung, die eher zu einem Schwertkämpfer als zu einem Musiker paßte, und die Hellebardiere, die ganz und gar nicht feierlicher Zierde dienten, nahmen kampfbereit Haltung an.

Erstaunlich verzweifelt ließ sich erneut Dakar vernehmen: »Antwortet nicht, ich verlange das nicht von Euch.«

»Welche Abmachungen ihr untereinander trefft, ist ausschließlich eure Privatangelegenheit.« Der Statthalter legte seine feisten Hände über die Verschnürung seines Taillengurtes. »Die Bedingungen der Wiedergutmachung für unsere Stadt stehen fest: Entweder zahlst du das Bußgeld, oder wir bekommen an seiner Stelle eine musikalische Darbietung zu hören. Du wirst so lange innerhalb der Stadtmauern gefangengehalten werden, bis die Bedingungen erfüllt sind. Ihr habt sieben Tage Zeit, es Euch zu überlegen«, fügte er abschließend hinzu.

Am Rand des von der Kerze verbreiteten Lichtkegels verzog der Richter seine Lippen zu einem affektierten Grinsen, das an einen zuschnappenden Hai erinnerte. »Legen wir das fest.« Kurz streifte seine Aufmerksamkeit den Meisterbarden, ehe er sich dem Ratsherrn zuwandte, der seine unübersehbare Freude offensichtlich teilte. »Dies ist eine zweckdienliche Vereinbarung, da der Missetäter so für beinahe ebenso lange Zeit Zwangsarbeit wird ableisten müssen.« Dann wandte er sich in freundlichem Ton an den Barden. »Natürlich könnt Ihr diese Möglichkeit ablehnen. Dann wird Euer Freund hier im Gefängnis schmachten, bis entweder er tot oder seine Schuld gegenüber Jaelot bezahlt ist.«

Auf dem Podest flammte in der von blauen Venen überzogenen Hand eines Schreiberlings ein Feuerholz auf, und der Geruch von heißem Wachs legte sich über das Aroma der Rosen, den schalen Zitronenduft und den beißenden Gestank der Verzweiflung, der von den Gefangen ausging, die furchtsam darauf warteten, daß sie an die Reihe kamen, vor das Gericht zu treten. Die Sekretäre nahmen scharfe Messer zur Hand und waren eifrig beschäftigt, ihre Federn neu zu schärfen, während der Ratsherr das Siegel ergriff und den Löwen Jaelots auf vier Dokumente preßte.

»Der Fall ist abgeschlossen«, verkündete der Richter.

Der Fuhrmann drängte sich voran, um dem Gericht seine Liste der Schäden zu präsentieren, während die Soldaten vor dem Podest Dakar an seinen Handfesseln auf die Füße rissen und seinen massigen Leib aus dem Saal hinauszerrten. Als er so wortlos hinausstolperte, haftete ihm nichts mehr von der übermütigen Sorglosigkeit des Vortages an, dennoch wandte er nicht einmal den Kopf zu einer stummen Bitte. Indessen verließen Halliron und Medlir das Gebäude rasch über die gewundene Treppe, die sie wieder hinauf ins Tageslicht führte.

Später, in einer schäbigen Dachstube, über der der Winterwind an losen Schindeln rüttelte, während eisige Zugluft durch die Ritzen in den verzogenen Fensterläden hereinwehte, saß Medlir vor einer Tasse mit Glühwein und trommelte mit den Fingern einen Tanzrhythmus auf dem beschädigten und ebenfalls schäbigen Porzellan. »Wirst du ihn auslösen?«

»Hat das je zur Frage gestanden?« Vierhundertsechzig Royals waren bereits zum Zwecke der Wiedergutmachung in den Schatztruhen der Holzmühle und des Wagners gelandet. Halliron, fest in Bett- und Wagendecken aus ihrem Ponykarren gewickelt, saß Medlir gegenüber auf einer Pritsche. Die Bettwäsche des Gasthofes war entfernt worden, um sie der Wäscherin zur Pflege zu überlassen, vorausgesetzt, es gab in diesem Etablissement jemanden, der diesen Posten ausfüllte. Während er träge mit einem Fingernagel über den Schmutz auf dem hölzernden Bettrahmen kratzte, war Halliron jedoch eher geneigt, anzunehmen, daß dies nicht der Fall sein dürfte. »Deine Verpflichtung gegenüber Asandir genießt Vorrangstellung.«

Medlir reckte das Kinn vor. »Das tut sie nicht«, widersprach er. Nur schwach erhellte der flackernde Schein der Talgkerze sein Gesicht, und die Düsternis verlieh seinem Ärger eine unheilvolle Note. »Die Zauberer der Bruderschaft würden mir sicher zustimmen. Deine Bestimmung ist es, Shand zu erreichen, nicht für die Exzesse des Wahnsinnigen Propheten geradezustehen.«

Halliron verzog die Lippen langsam zu einem Grinsen, hinter dem weit auseinanderstehende Vorderzähne zum Vorschein kamen. »Ich kann dich hier ebensogut unterrichten wie im Süden. Shand kann warten.«

»Falls sechs Monate in Jaelot nicht vollkommen ausreichen, uns beide zu zerstören.« Medlir gab seine Zornesmiene auf, als er sich erhob, um Holzscheite in den schlecht belüfteten Kamin nachzulegen, wo sie auf ihrem Bett aus widerspenstig glühender Kohle niederbrannten und mit jedem Windhauch ihren Rauch in dem Raum verteilten. Als das frische Holz entflammte, seufzte er: »Derartige Sorgen haben mein Leben stets begleitet, bevor ich das Angebot, dein Schüler zu werden, angenommen habe. Ich wünschte, du müßtest nun nicht ebenfalls unter dieser Last leiden.«

»Für mich bist du mehr als nur ein Schüler.« Flammen flackerten auf und überzogen die Falten des Barden mit einer bronzenen Patina. Golden leuchtete in ihrem Schein das vom Alter gezeichnete Gesicht des Mannes, dessen Wangen noch immer gerötet waren. »Außerdem steckst du in viel ärgeren Schwierigkeiten. Ich möchte jedenfalls nicht in deiner Haut stecken, wenn der Wahnsinnige Prophet herausfindet, daß du ihn getäuscht hast.«

Medlir, der Halliron den Rücken zugewandt hatte, zuckte mit den Schultern. »Während der Zwangsarbeit wird er dazu kaum Gelegenheit haben.«

Augen, so klar wie ein wolkenloser Himmel, studierten die gespannte Haltung des jüngeren Mannes, bemerkten die tiefe, beinahe verzweifelte Versunkenheit, mit der er die Schieferplatte unter seinen Füßen anstarrte. Als könnten seine Augen durch den rußgeschwärzten, gemaserten Stein hindurchsehen und den Tanz und das Funkeln ursprünglicher Energien wahrnehmen, die ihm erst seine Stofflichkeit schenkten, so wie sie es einst getan hatten, ehe der übermäßige Mißbrauch dieser Mächte, herbeigerufen zur Verteidigung von Deshir, Barrieren hinterlassen hatte. Ein Magier, der gelernt hatte, die Mysterien zu erfahren, war kaum fähig, je die furchterregenden, wilden Winde der Zerstörung zu vergessen, die ein Zauber des Nichtseins auszulösen imstande war. Die Rückwirkung solcher Magie hatte ihm Narben zugefügt, die diesen Teil seines Geistes blind und taub zurückgelassen hatten.

Sanft, wenngleich mit rauher, bekümmerter Stimme, sagte der Barde: »Hab Geduld! Die magische Wahrnehmung wird eines Tages wieder zu dir zurückkehren. Die Natur bietet dir nicht nur einen Weg zur Erkenntnis, und deine musikalische Begabung kann machtvoll genug werden, deinen Verlust auszugleichen.«

Der Mann, der sich Medlir nannte, hob die Hände, um sein Gesicht zu bedecken. Lose schwangen die perlenbesetzten Enden unverschnürter Bänder um seine Beine. Für einen endlosen Augenblick blieb er zusammengekauert am Boden hocken, ehe er sich wieder faßte, aufstand und sich mit einem Ausdruck unsäglicher Qual seinem Meister zuwandte. »Manchmal habe ich gespürt, wie sich die Macht kaum merklich rührte, hier und da ein Echo zwischen den Noten.« Sein Kummer offenbarte deutlich, daß er sich nicht an diese Veränderung gewöhnen konnte. Die Energien, die er in Form reinen geistigen Lichtes studiert hatte, erschienen nun, umgewandelt in Klangvibrationen und Töne, so unbeschreiblich fremd.

Hallirons Lächeln barg eiserne Entschlossenheit, als er sagte: »Nun, dann arbeite daran. Sechs Monate in Jaelot werden dir gewiß genug Zeit dafür geben.«

Der Schüler des Meisterbarden antwortete ihm mit einem kurzen Seufzer und fing an, die Lyranthe auszupacken. Mit den Bewegungen eines Schwertkämpfers streckte er ein Bein aus und zog sich den einzigen Stuhl des Raumes heran, und die wackelige Konstruktion vermochte seine Haltung kaum zu stören, als er sich auf den rattenzerfressenen Sitz aus Flechtwerk niederließ.

»Spiel die Ballade von den Wassern von Taerlin«, sagte Halliron. »Achte darauf, bei den Läufen im dritten Takt und den Zierklängen, die den Refrain einleiten, nicht zu schludern.«

Medlir schob seine unverschnürten Ärmel hoch, um seinen Händen Raum zu geben, das Instrument zu stimmen. Hier, wo er sich nicht verbergen mußte, prangte im Feuerschein eine grobe, rotverfärbte Narbe auf seinem Arm, die sich tief in sein Fleisch gegraben hatte und sich von seiner rechten Handfläche bis hinauf zu seinem Ellbogen wand. Das Haar, das über seine Wange fiel, als er sich dem süßen Klang der Saiten widmete, war nicht länger von der fahlen, aschbraunen Farbe, die Dakar kannte, sondern glänzend schwarz wie geborstene Kohle.

Als er schließlich den Kopf hob, zu singen, zeigten sich seine Augen in dem gleichen klaren Grün wie die des königlichen Vorfahrens, dessen natürliches Aussehen er geerbt hatte.

# Verbindungen

Noch ehe die Frühlingswinde Tauwetter über den Mathornpaß tragen können, reitet Lysaer s'Ilessid, der Prinz des Westens, seine wunderschöne Braut an seiner Seite, am Kopf des langen Zuges, der sich nach Avenor aufmacht; mit sich führt er unter dem Schutz etarranischer Soldaten und früherer Söldner, die ihm die Treue gelobt haben, hundert Wagen mit Schätzen für den Wiederaufbau der Stadt, reich beladen mit Wandbehängen, Truhen, edlen Möbeln und den Juwelen, die der Dame seines Herzens als Mitgift zugeteilt sind ...

Die Reise des königlichen Gefolges wird von verborgenen Kundschaftern verfolgt, die die Nachricht von dem Ereignis durch Boten bis an die Grenzen Rathains und darüber hinaus verbreiten lassen; bis die Neuigkeit von Lysaers Abreise die Clanblütigen erreicht, die sich in versteckten Tälern verborgen halten und auf den Tag vorbereiten, an dem Prinz Arithon sie brauchen mag ...

An der ostwärts gerichteten Stadtmauer Jaelots steht der Mann, der Prinz und Flüchtling ist, der Herr der Schatten und Schüler des Meisterbarden, im eisigen Wind, der von der See herüberweht, und er sendet eine Anfrage an Sethvir, den Zauberer der Bruderschaft und Hüter des Althainturmes; und seine Botschaft steht nicht in Tinte auf Pergament, er schreibt sie in seinem eigenen Blut auf einen Schieferstein, trocknet sie über lebendigen Flammen und wirft sie in die heranrollenden Wellen der Flut ...

# 3
# SCHANDE

Als spontanes Geschenk des Lordgouverneurs von Etarra, ausgesandt zu der Ruinenstätte, die Prinz Lysaer wieder aufbauen wollte, saß Lord Diegan, ehemaliger Kommandant der Stadtgarde, auf seinem glänzendbraunen Schlachtroß und starrte durch die Wimpel hindurch, die dem schwerfälligen Zug nach Avenor voranflatterten. Der scharfe Wind, hoch oben im Mathorngebirge, war noch immer so beißendkalt wie im tiefsten Winter; und ähnlich ungnädig blickten Lord Diegans Augen, trostlos und matt wie schwarzes Eis.

Noch immer trug er die Kleidung eines etarranischen Lebemannes. Zorn begleitete jeden seiner Atemzüge, doch fünf Sommer in der Wildnis, während ihrer Feldzüge gegen die Barbaren in den Wäldern, hatten ihn gelehrt sich zu beherrschen. Er wußte, wann Kühnheit ihm nichts einbringen würde. So meisterhaft ein Mann sich aber auch beherrschen mochte, war doch der Streit der vergangenen Nacht recht heftig gewesen, und erneut bedachte Lord Diegan den blonden Prinzen zu seiner Linken ganz unwillkürlich mit einem finsteren Blick.

Lysaer s'Ilessid, für die Reise bekleidet mit blaugefärbtem Veloursleder und einem Umhang aus geölter Wolle, den Kopf mit einem samtenen Hut geschützt, unter dem sein Haar wie gekämmter Flachs hervorlugte, richtete seine Zügel und begann ganz plötzlich, großmütig zu lächeln. Den Blick stets nach vorn gerichtet, als wäre die Straße hinter ihm nicht erfüllt von knirschenden Wagen, knallenden Peitschenschlägen und den Flüchen gelangweilter Fuhrmänner, sagte er: »Immer noch wütend? Nun, auf diese Weise wird dir zumindest nicht kalt.«

Viel zu aufgebracht, nicht auf diese Provokation zu reagieren, fühlte Diegan, wie sein Pferd unter ihm erschreckt zu tänzeln begann. Zusätzlich verärgert, daß er sich zu einem unbedachten Sporentritt hatte hinreißen lassen, rief er: »Ich kann einfach nicht glauben, daß du meine Schwester Talith in diese Sache hineinziehst.«

Lysaer wandte ihm sein Gesicht zu. Augen, so strahlend wie Gletschereis, streiften Diegan mit einem kurzen Blick. »Sei vorsichtig. Laß mich nicht auf den Gedanken kommen, daß du mir die Leichtfertigkeit zutrauen würdest, sie grundlos in unnötige Gefahr zu bringen.«

Hätte Diegan nicht beide Hände gebraucht, sein aufgeschrecktes Pferd zu beruhigen, er wäre zornig genug gewesen, den Prinzen zu schlagen. »Warum in Aths Namen hörst du mir dann nicht zu?« Es hatte keinen Zweck, die Fakten zu wiederholen, über die sie sich zuvor gestritten hatten: daß die Statthalter im Königreich Tysan den Schrecken nicht erlebt hatten, den der Herr der Schatten mit seiner Macht herbeiführen konnte; für diese Männer war das Massaker, das im Strakewald eine ganze Armee vernichtet hatte, nur eine Geschichte aus zweiter Hand. Für sie waren die fragmentarischen Überreste der Archive, die den Aufruhr überstanden hatten, bei welchem die Hohekönige Atheras zu Fall gebracht worden waren, von weit größerer Bedeutung. Gleich, ob auch manche Gilden und Handelsverbände noch über das Wissen darüber verfügten, daß dieselben Barbarenclans, die heute ihre Güter plünderten, einst ihre Städte regiert hatten, brachten doch die Briefe, die die Advokaten des Statthalters von Erdane geschrieben hatten, die Problematik klar zum Ausdruck: Das Blut der s'Ilessids machte Lysaer zum rechtmäßigen Thronerben, und keine Stadt in Tysan legte Wert darauf, sich wieder der Herrschaft einer Krone zu unterwerfen.

Zu erhitzt, sich noch weiter zurückzuhalten, wütete Diegan: »Du weißt hoffentlich, daß man dich gefangennehmen und als Dissidenten ächten wird. Vermutlich werden sie dich in Isaer den Bulldoggen der Kopfjäger zum Fraß vorwerfen. Bei allen Qualen Sithaers, allein dein verstaubtes Recht, die Treue der Clanblütigen einzufordern, macht dich schon zu einer lebenden Verkörperung der Furcht dieser Menschen vor einem Umsturz. Es gefällt mir nicht, zusehen zu müssen, wie zweihundert etarranische Soldaten ihr Leben geben, um dich davor zu schützen, von einem Rudel wütender Hunde zerrissen zu werden!«

»Na schön«, sagte Lysaer gleichmütig. »Die etarranische Division wird zurückgesandt werden, bevor politische Unstimmigkeiten zu einem Blutvergießen führen können.« Zielstrebig blickte er stur geradeaus, als er hinzufügte: »Diegan, hier geht es um mehr als nur um mich, um mehr als die politischen Unruhen in Tysan. Irgendwo im Verborgenen schmiedet der Herr der Schatten seine finsteren Pläne. Wenn wir nur in der Sicherheit Etarras verbleiben und Barbarenlager aufscheuchen, wird er sich uns nie offen zeigen.«

Nach diesen Worten blieb Diegan nichts weiter zu tun, als die Zähne zusammenzubeißen, sein Pferd aus der Reihe ausscheren zu lassen und sich im Galopp aufzumachen, die Ordnung in der Truppe zu kontrollieren. Sprachlos vor Zorn wünschte er sich, er hätte einen Speer und ein lebendiges Ziel, das er aufspießen könnte. Denn Lysaers Entschlossenheit, Arithon s'Ffalenn zur Strecke zu bringen, hatte nie zur Debatte gestanden; es ging schlicht um den unglaublichen Nonsens, der gnädigen Frau Talith zu gestatten, sich inmitten der Truppe, die auszog, das Recht der s'Ilessids an der Charta von Avenor zu erneuern, sicher zu fühlen.

Prinz Lysaers Zug reiste mit einer Geschwindigkeit gen Westen, die den Soldaten eher als einem Gefolge von Invaliden angemessen erscheinen wollte. Söldner, die bereits Erfahrung mit Truppenbewegungen hatten, beklagten sich heftig bei ihren Vorgesetzten. Nur grober Drill in den offenen Lagern der Reisegruppe hielt die Kohorten noch in Bewegung. Die Männer, die es nicht gewohnt waren, stets frisch gewaschen, sauber und untätig zu sein, vertrieben sich die Zeit mit Würfelspielen und wurden mit jeder Rast ein wenig reizbarer. Die Menschen in den Ansiedlungen und Städten entlang der Mathornstraße waren Lysaer und seinem Gefolge wohlgesonnen, hatten doch die Überfälle der Barbaren aus dem Halwythwald, die ihren Handel in arge Bedrängnis gebracht hatten, dank der etarranischen Feldzüge inzwischen nachgelassen. Lord Diegan mußte sich an Einladungen zu aufwendigen Mahlzeiten ebenso gewöhnen, wie daran, während erschöpfender Stunden des Morgens den Klagen zu lauschen und Mißstände zu richten.

Das königliche Gefolge aber wurde mit jeder Stadt, die sie passierten, länger, umfangreicher und um unzählige Geschenke reicher und beladener. Wenn der Prinz des Westens sich in das Königreich seiner Ahnen aufmachte, um Verbündete gegen den Herrn der Schatten zu gewinnen, so wollte jeder Statthalter und jede Gilde innerhalb der Grenzen Rathains, sich bei ihm lieb Kind machen. Wie sehr sie auch die Monarchie verschmähen mochten, brauchten sie doch Lysaers guten Willen, sollte der gefürchtete Zauberer auf den Gedanken kommen, sie straflos angreifen zu können, wenn jener Prinz, der Etarra beschützt hatte, erst einmal fort wäre. Ganz allmählich wurden die Auswirkungen dieser Furcht zur Gewohnheit.

Diegan saß mit einem kleinen Pult auf dem Schoß in einem zugigen Zelt und kämpfte mit grimmigem Gesichtsausdruck gegen die Brise an, die seine Listen, in die er die Wagen und ihre Ladung eingetragen hatte, durcheinanderwirbeln wollte. Aus Narms hatten sie fünf Ladungen Teppiche und Webseide in prachtvollen Farben erhalten; aus Morvain, im Süden der Instrellbucht, Wollballen, die sie gewinnbringend gegen Kristall aus den berühmten Schleifereien von Falgaire eingetauscht hatten. Sie verfügten über geschmiedete Messinglaternen, Fässer mit edlem Wein und Branntwein, und ein wohlwollender Bauer hatte ihnen genug Schweine überlassen, eine Zucht aufzubauen.

Das Quieken der Kreaturen verursachte Lord Diegan ebenso Unbehagen wie die obszönen Beschimpfungen, die oftmals klar und deutlich aus dem Gefolge zu vernehmen waren. Was auch immer Lysaer sich denken mochte, ein Soldatenlager war gewiß nicht der richtige Ort für eines Mannes hochwohlgeborene Schwester.

Da der gewaltige Wagentroß eine Schiffsreise unmöglich machte, kroch das Gefolge des Prinzen auf dem Landwege an der Küste der Instrellbucht entlang. Von einem verspäteten Eissturm überrascht, arbeiteten sie sich über den niedrigen Paß von Ost-Bransing voran, der die verwitterten Gipfel des Storlaingebirges von den mit Stechginster bewachsenen Hügeln trennte, die weiter nördlich in die höheren Ausläufer des Thaldeingebirges übergingen.

Trotz Diegans böser Ahnungen und einem feindseligen Brief, den der Regent der Stadt Erdane ihnen durch einen Boten gesandt hatte, überquerte der königliche Troß die Grenze in das Reich Tysan, einstiger Sitz der Hohekönige zu s'Ilessid.

Sie schlugen ihr Lager auf Weiden auf, nächtigten auf Heuböden, und kauften Holz, Milch und das erste Frühjahresgemüse von rotbackigen Landfrauen. Diegan beobachtete mit wachsendem Unbehagen, daß das königliche Gefolge sich geradezu aufdringlich den Blicken jedes vorbeiziehenden Schäfers aussetzte. Auf der auffälligen, mit Goldtroddeln besetzten, strahlendblauen Standarte prangte ein Wappen, wie man es seit fünf Jahrhunderten nicht mehr gesehen hatte: ein fahlgüldener, königlicher, zwölfzackiger Stern. Ganze Horden neugieriger Gaffer versammelten sich, ihnen nachzustarren. Welche Haltung Stadtregierungen und das übermütige Pack der Handelsgilden auch einnehmen mochten, die Kleinbauern gaben sich still vertrauensvoll, hatten sie sich erst einmal vergewissert, daß des Prinzen Offiziere für ihr Futter zahlen würden. Träumend verfolgten Knaben die Passage der marschierenden Männer mit den Helmen, den funkelnden Rüstungen und den glänzenden, langen Klingen ihrer Schwerter, und manche von ihnen kamen in löchrigen Stiefeln und schmutzigen Tuniken daher, umgeben vom Gestank des Kuhdungs, und bettelten darum, aufgenommen und ausgebildet zu werden.

Lysaer s'Ilessid schickte keinen von ihnen wieder fort.

»Warum sollen sie denn auf den Höfen bleiben, wo ihre Familien sie kaum ernähren können?« Blind gegenüber dem Schmutz, saß er neben dem Kaminfeuer in der Kate eines Kleinbauern nahe Dyshent und knackte Nüsse für die gnädige Frau Talith. Im rußigen Schatten der Raumesecken zirpten Grillen ihr Lied, während Kinder mit großen Augen durch die Ritzen in den Wänden des Stalls hinausstarrten, in den die Bäuerin sie zu ihrem eigenen Schutz eingesperrt hatte. Draußen, im Schein etlicher Lagerfeuer, hatten es sich die Streitkräfte in der milden Nachtluft bequem gemacht, die dienstfreien Wachen schlossen lachend allerlei Wetten ab, und die neuen Rekruten dieses Tages hoben hinter dem dornbewehrten Zaun eines Schafpferches Gruben für die Latrinen aus. Während er nebenbei den Rufen der Offiziere lauschte, die durch das offene Fenster hereinhallten, fügte Lysaer hinzu: »Später werden wir die Fertigkeiten dieser Knaben noch dringend benötigen. Jeder, der nicht für die Streitkräfte geeignet ist, soll nach dem Wiederaufbau Avenors ein Stück Land erhalten, das er selbst bewirtschaften kann.«

»Falls wir überhaupt dort ankommen«, grummelte

Lord Diegan giftig. Düster, während seine Schwester sich kampfbereit wie eine Löwin gab, rieb er sich die Augen, die wund vom Staub der unsäglichen königlichen Kolonne aus Wagen, leichten Reittieren und Packeseln waren. Seit der Vertreibung der Nebel Desh-Thieres hörte es früher auf zu regnen. Blutsaugende Insekten bevölkerten nun die Luft, die so schwül wie im Sommer war. »Wir werden die Teppiche zerschneiden müssen, um Zelte zu bauen, wenn wir in dieser Geschwindigkeit weiterreisen. Der nächste Winter wird uns überraschen, noch ehe wir ein Dach errichtet haben, das unser Waffenlager vor Rost schützen kann.«

»Dann bleib doch während der kalten Jahreszeit gemeinsam mit Talith in Erdane«, sagte Lysaer mit einem milde provozierenden Lächeln. Er trug weder Wams noch Hemd. Als er der Bäuerin angeboten hatte, die Milchkübel aus dem Melkhaus herüberzuschleppen, hatte sie so lange genörgelt, bis er sich seiner feinen Seide entledigt hatte. Später war niemandem mehr aufgefallen, daß er dank seines Mangels an Geschicklichkeit über und über mit Milch bespritzt war. Nun, unverschämt prächtig anzuschauen in seiner blauen, reichbestickten Hose aus Wildleder, beugte er sich vor, um eine weitere Nuß aus der Papiertüte neben seinen Füßen hervorzuholen. Auf der anderen Seite des Raumes schlug die Tochter der Bäuerin die Butter. Unverwandt starrte sie den schönen Prinzen an. Nur, wenn sie die dunkelhaarige Dame, die sich wie eine Katze neben seinem Knie aufgerollt hatte, mit neiderfülltem Blick durchbohrte, ließ sie ihn kurzfristig aus den Augen.

»Oder du gehst zurück zu deinem Lordgouverneur in Etarra«, nahm Lysaer den Faden wieder auf, wobei ihm die gespannte Haltung seines Heerführers durchaus bewußt war, während er eine weitere Nuß aufbrach und von ihrer Schale befreite. »Die Etarranische Division wird, wie ich es versprochen habe, den Rückweg antreten, sobald wir die Straße nach Camris erreicht haben.«

»Das kann doch nicht dein Ernst sein!« Mit einer scharfen, zornigen Bewegung brachte er die Herdplatte zum Schwanken, der kleine Beutel fiel um, und die Nüsse fielen in hohem Bogen in die Asche. »Du führst Reichtümer mit dir, eine Stadt zu gründen, und …«

»Und was?« Lysaer streckte sich, küßte Taliths Wange und gab ihr Gelegenheit, sich zurückzuziehen, ehe die Debatte Kreise ziehen konnte, die den Herrn der Schatten mit einschlossen. Nun allein dem Tadel ihres Bruders ausgesetzt, zeigte sich Lysaer ungerührt. »Dies ist Tysan. Meine Ahnen haben dieses Reich regiert.«

»Weswegen der Gouverneur von Erdane Befehl gegeben hat, dich zu ergreifen und zu vierteilen!« Sosehr er auch in seiner Samtkleidung schwitzte, ertrug er doch lieber dieses Unbehagen, als dem Bauernmädchen Gelegenheit zu wenig schmeichelhaften Vergleichen zu geben. »Die Fanatiker in seinem Rat werden Truppen schicken, deine Leibwache niederzumetzeln, ehe du in ihre Stadt ziehen kannst.«

Vorwurfsvoll blickte Lysaer ihn an. »Das ist mein Volk, Diegan. Egal, was ich tun muß, um nach Erdane zu gelangen, und wenn meine Truppen Zuflucht unter Teppichen und hinter Windschutzwänden aus Tuch suchen müssen, die aus unserer besten Seide geschnitten wurden, ich werde dieses Land nicht so schnell bereisen, daß ich unterwegs nicht Kenntnis von den Belangen meines Reiches erhalte.«

»Zu Sithaer mit deinen königlichen Prinzipien. Selbst mit einem Schwachsinnigen kann man besser diskutieren!« Lord Diegan erhob sich, und das Klirren seiner Sporen mischte sich mit dem Krachen der Nußschalen unter seinen Sohlen, als er am Feuer vorbeischritt, um seinen Zorn draußen weiter zu pflegen.

Langsam zog der Troß die Küste hinauf in Richtung Dyshent, über Straßen, in denen die Holzfällerschlitten in der vergangenen Saison tiefe Furchen zurückgelassen hatten. Während dichter, schwarzer Rauch aus den Meilern zur Verkohlung der Buchenstämme über den Häusern hing, bezogen die Gardisten des Prinzen Quartier in Höfen, auf denen die Gerber ihre Lohe aufgestapelt hatten, oder sie schliefen zwischen den beladenen Wagen ihres Trosses, die inmitten großer Holzstapel abgestellt worden waren. Ohne den Handwerkern, die seinem Gefolge vor die Füße spuckten, die mindeste Beachtung zukommen zu lassen, besuchte Lysaer die Gildehäuser und die Stadtregenten. Gold verschaffte seinen Offizieren Unterkunft in Hütten, die der Lagerung wertvollen Holzes dienten, während seine wohlanständigen Manieren die Gemahlinnen der Ratsherren in seinen Bann schlugen. Diegan wartete nervös, während seine Offiziere auf ihren Schlaf verzichten mußten, um die Soldaten davon abzuhalten, Ärger zu provozieren; doch die tiefsitzende Abneigung gegen das königliche Blut Tysans führte wider Erwarten nicht zu Streitereien.

Lysaer verabschiedete sich von dem Rat Dyshents und ritt voller Stolz seinem Troß voran.

Noch immer nicht besänftigt, drängte Diegan sein Pferd, mit Lysaers Reittier Schritt zu halten. »Das hier ist nicht Isaer oder Erdane. Dort werden ein paar kostspielige Geschenke nicht ausreichen, den Menschen die Köpfe zu verdrehen.«

Inzwischen waren die spitzen Dächer der Sägemühlen der Stadt außer Sichtweite. Vor ihnen erstreckten sich unzählige Wegstunden endloser Niederungen. Runde Hügel, bedeckt von dichtem Gestrüpp, bargen die Steinbrocken einer Ruine aus dem Zweiten Zeitalter, und grüne Ranken bitteren Weines erstickten die Überreste eingestürzter Bogengänge unter ihrem Laub. In dieser Gegend, in der des Nachts fahle Irrlichter im Nebel flackerten und die Geister längst verstorbener Paravianer umgehen sollten, begegneten sie keinem Stadtgeborenen. Im Sattel seines schlammverkrusteten Schlachtrosses zog Lysaer die Zügel an, während hinter ihm aufgeregte Rufe dem Wagenzug mit Verspätung zu halten befahlen.

Aufrecht, eingehüllt in einen Kapuzenumhang, den er mit einer Saphirbrosche verschlossen hatte, wartete Lysaer, während der Nebel immer dichter wurde. »Bist du für oder gegen mich?« fragte er leise.

Lord Diegan ignorierte die Kälte, die sich einen Weg entlang seiner Wirbelsäule bahnte. Er bemühte sich redlich, seinen Zorn nicht zu verlieren, dem Blick standzuhalten, der ihn gefangennahm und sein Herz durchbohrte. Als überfiele ihn ein plötzlicher Schmerz, übermannte ihn sein Gefühl und zwang ihn zur Wahrheit. »Ich fürchte um dich, mein Freund. Du bist der einzige Mensch in Athera, der über die Gabe des Lichtes verfügt, die den magischen Tricks des Herrn der Schatten gewachsen ist.«

»Dann vertrau mir«, sagte Lysaer. »Deine Sorge hilft uns nicht weiter, sie untergräbt lediglich die Moral und spielt unserem Feind in die Hände, der sich schonungslos darauf vorbereitet, jede Schwäche auszunutzen, die wir ihm zeigen.«

Am nächsten Tag erreichten sie die Kreuzung der Großen Straße des Westens. Entgegen jeder Vernunft gab Lord Diegan sein Kommando über die etarranische Division ab, deren Soldaten er persönlich ausgewählt hatte, den Prinzen zu schützen. Im strömenden Regen trennten die Männer sich von dem Troß, um den Rückweg nach Rathain anzutreten.

Danach, während Regenwasser in silbrigen Strömen über seinen Mantel lief, schnaubte Diegan unter seinem wassertriefenden Schnurrbart: »Bei Ath, ich kann nur hoffen, daß du einen Plan hast. Würde es deinen königlichen Stolz zu sehr in Mitleidenschaft ziehen, mich einzuweihen?«

»Kannst du dir das nicht denken?« Nicht minder durchnäßt als die Menschen seines Gefolges, die sich in trostlosen Häuflein zusammendrängten, doch sonderbar unberührt von ihrer elenden Stimmung, warf Lysaer sein nasses Haar zurück und lachte. »Mein lieber Lord, deine Etarraner sind nur allzu loyal, erfüllt von unerschütterlichem Mut und dem festen Willen, Arithon zu vernichten, was genau das ist, was wir im Felde tun werden. Aber da ihre Zahl nicht groß genug ist, den Herrn der Schatten aufzuscheuchen, kann uns ihr Temperament gerade jetzt in große Schwierigkeiten bringen. Zu ihrer und unserer Sicherheit müssen wir sie zurückschicken.«

Ein langgesichtiger Schreiberling, der für den Posten des Seneschalls von Avenor vorgesehen war, sah aus, als wollte er gerade zum Protest ansetzen, als Lysaer seinem Pferd die Sporen gab. All die Söldner, die gerade noch über den Abzug der etarranischen Truppe genörgelt hatten, waren nun voll und ganz damit beschäftigt, sich als Viehtreiber nützlich zu machen. In Regen und Schlamm schleppte sich der Troß mit nur mehr der Hälfte seiner bewaffneten Eskorte weiter gen Westen.

Die Schwierigkeiten, mit denen Diegan gerechnet hatte, tauchten bald auf, nachdem die etarranischen Kohorten außer Sichtweite waren. Von Norden näherte sich rasch eine Gruppe Lanzenreiter. Durch den dichten Regenschleier blinzelten Lysaers Kundschafter angestrengt, um das Wappen auf ihrem Banner zu erkennen; die feuchte Witterung ließ alle Farben verblassen, nur nicht das Wappen mit der silbernen Axtklinge, umgeben von einer kreisrunden Kette.

»Es ist eine Kopfjägertruppe aus Isaer!« rief einer der Kundschafter. »Bestimmt sind sie gekommen, die Eingeweide eines Thronbewerbers von königlicher Herkunft zu durchbohren.«

Aufs Äußerste beunruhigt, wirbelte der trübselige

Schreiber herum und blickte seinen Prinzen an. »Mögen die Dämonen Euer Hoheit Sturheit holen. Euer Heerführer hat versucht, Euch zu warnen. Das Kopfgeld für das Blut eines s'Ilessid wird sich in den letzten fünf Jahrhunderten kaum geändert haben.«

Schweigsam und verbittert gab Lord Diegan seinem Pferd die Sporen, um die über den Troß verstreuten Söldner und ihre Offiziere trotz des Wetters und der Widrigkeiten Aufstellung nehmen zu lassen.

Lysaers Hand an seinen Zügeln stoppte seinen Ritt sogleich. »Nein, Diegan. Bleib. Laß deine Offiziere auf ihren Positionen. Du wirst eine regelrechte Schlacht auslösen, wenn unsere Truppen zu den Waffen greifen, und ich will nicht, daß irgend jemand getötet wird. Nicht, solange ich hoffen kann, daß man nur von mir fordern wird, seiner Lordschaft, dem Statthalter von Isaer, meinen Respekt zu erweisen.«

Dann war der Augenblick vorüber, den sie zur Organisation ihrer Verteidigung hätten nutzen können. Die Kopfjäger donnerten auf sie zu und kreisten wie übellaunige Hornissen um die livrierten Reiter und Bannerträger, in deren Mitte Prinz Lysaer ritt.

»Wir sind wegen des Emporkömmlings hier, der sich selbst zum Thronerben der s'Ilessids ernannt hat!« Der Hauptmann, der diese Worte brüllte, hatte eine Glatze und ein verkrüppeltes Ohr. Er trug ein Kettenhemd und Panzerhandschuhe, die an den Handgelenken mit Dornen bewehrt waren. Sein enormer grauer Wallach war häßlich, aber stark und offenbar absolut nicht gewillt, stillzustehen. Das Biest bockte und tänzelte im Halbkreis, wobei es große Klumpen nassen Torfes aus der Erde löste. Fluchend riß der Hauptmann an den Zügeln des Tieres, während der Jüngere der livrierten Pagen Lysaers vortrat, sich verbeugte und mit seiner klaren Kinderstimme verkündete, daß seine Hoheit, der Prinz, erfreut wäre, die Einladung an den Hof des Statthalters von Isaer anzunehmen.

»Einladung!« Der Hauptmann hieb mit der Faust auf den Rücken des Pferdes ein und zerrte dann seinen Kopf ruckartig nach hinten, um ihm keine Gelegenheit zu geben, sich aufzubäumen. »Was für eine Infamie! Es gibt keine Einladung!« Ihm blieb keine Zeit, seinem Zorn Luft zu machen, gebärdete sich doch das Roß unter seinem Hintern nun wie wahnsinnig.

Die Ohren angelegt, biß es blindwütig um sich, bockte wie ein Bulle und tänzelte mit seinen kräftigen Hinterhufen seitwärts. Es gelang dem Hauptmann der Kopfjäger, im Sattel zu bleiben, während die Bewegungen seines Rosses die saubere Formation seiner Männer zerstörten. Lanzen senkten sich, wogten hin und her und brachen schließlich in dem Wirrwarr fluchender Männer und unwirscher Hufe.

Zu zynisch, sich noch überraschen zu lassen, schaute Diegan auf Lysaer, der neben ihm den Krawall beobachtete, und seine würdevolle Haltung widersprach klar und deutlich der zur Schau gestellten Unschuld seiner Absichten. Der ältere Page, der halb hinter einer Pferdedecke verschwunden war, beschäftigte sich ganz und gar unredlich mit einer Handvoll Kieselsteinen und etwas, das nach einer Schleuder aussah.

Lebenslanger Umgang mit der etarranischen Politik verlieh Diegan die Fähigkeit, sein Befremden zu verbergen, während er den leise vorgetragenen Anweisungen seines Prinzen lauschte. »Das Pferd dieses Kopfjägers wird bald durchgehen. Bevor das geschieht, brauche ich eine Ehrengarde, eine Delegation der Repräsentanten der Gilden und der Stadtsoldaten und die Kutsche, in der die gnädige Frau Talith mit ihren Bediensteten reist. Wir werden Isaer einen Staatsbesuch abstatten, dafür werde ich sorgen. Aber warne die Männer: Ganz gleich, was auch geschieht und wie sehr sie provoziert werden mögen, sie müssen ihre Zungen und ihr Temperament im Zaum halten.«

Nicht dumm, tat Diegan, wie ihm geheißen; und so

verpaßte er den Augenblick, in dem das große, graue Pferd des Kopfjägers sich endgültig befreite und schnaubend und um sich tretend davonrannte, daß sein Schweif nur so flog. Jemand schickte einen Stallmeister los, um dem glücklosen Hauptmann zu folgen. Ehe der Offizier, der zweite Kommandant der Kopfjäger, die zerstörte Ordnung seiner Truppe wiederherstellen konnte, ritt Lysaer auf ihn zu, um ihn zu begrüßen.

»Macht Euch keine Sorgen wegen der Formalitäten«, sagte der Prinz voller Edelmut und mit einer Haltung, die selbst das Selbstvertrauen einer Bronzestatue hätte erschüttern können. Gleich darauf richtete er einige Worte an die Männer, die nicht wenigen ein herzhaftes Lachen abrangen. Während der Offizier zwischen Zorn, Unsicherheit und einer nicht zu unterschätzenden Heiterkeit hin und her gerissen war, gelang es Lysaer mit Hilfe seiner unbeschwerten, doch stolzen Arroganz, den Kopfjägern einige durchaus vernünftige Vorschläge zu unterbreiten.

Nun nahm die Truppe wieder ordentlich Aufstellung. Ihnen schlossen sich neben der persönlichen Ehrengarde des Prinzen und einer Kutsche, in der eine Frau saß, so schön, daß einem Mann nichts anderes blieb, als ihr wie gebannt nachzustarren, Vertreter der Gilden an, die, des Regens überdrüssig, sich ausgesprochen dankbar ob der willkommenen Einladung des Statthalters von Isaer zeigten.

Neben dem Offizier ritt nun Lysaer und erkundigte sich ebenso schüchtern wie eingehend, welche Art Seide dem Statthalter wohl genehm sein mochte; die anderen Geschenke, so beeilte er sich hinzuzufügen, waren von weniger persönlichem Charakter. Vorausgesetzt, die Gemahlin des Statthalters würde nicht gerade unglückseligerweise Kristallwaren aus Falgaire verschmähen.

Außerordentlich nachdenklich und nicht ohne Mitgefühl für den Offizier, der unter Taliths kritischem Blick Antworten auf die königlichen Fragen zu stammeln suchte, ritt Lord Diegan schweigend durch den Regen. Mit dem typischen Humor der Etarraner beobachtete er, wie Lysaers meisterhafte Diplomatie die Stadt Isaer im Sturm eroberte.

Dort folgten nun sechs Tage formeller Diners und endlose Stunden in Gildeschuppen, in denen die Flachsernte des vergangenen Jahres zum Bleichen aufbewahrt wurde. Lord Diegan verfolgte die Gespräche so begierig, wie er einst die Kurtisanen aus den Betten ihrer reichen Gönner geraubt und verführt hatte.

Doch so genau er auch hinhörte, die Diskussionen folgten doch nur denselben Themen wie in anderen Städten des Südens, kaum daß sich Isaers Statthalter von dem unerfreulichen Schrecken erholt hatte, nun plötzlich wider Willen eben jenen Prinzen als seinen Gast behandeln zu müssen, den in Ketten zu legen er gerade erst seine Kopfjäger ausgesandt hatte. Neugierig, doch höflich, erkundigten sich die Gildeminister, ob Lysaer beabsichtigte, von Avenor aus die gleichen Feldzüge zu organisieren, die er in Etarra angeführt hatte; ob er eine Garnison aufbauen und mit der Liga der Kopfjäger verschmelzen wollte, um die Wildnis Tysans von den Barbaren zu befreien. Der Handel mit Camris, so klagten sie, litt unsäglich unter den Raubüberfällen in den Pässen des Thaldeingebirges.

Mitfühlend und aufmerksam lauschte Lysaer ihrem Kummer. Als das Bankett schließlich zu Ende ging und edler Likör kredenzt wurde, gab Lysaer huldvoll seine Meinung bekannt. »Die Clans von Rathain sind von Etarra ausgemerzt worden, weil sie dem Mißbrauch durch den Herrn der Schatten anheimgefallen waren.« Er hatte die Stirn in Falten gelegt, und seine Haare glänzten ebenso wie seine Juwelen im Lampenschein, als er sich für einen Augenblick den beunruhigenden Erinnerungen hingab. »Eure Probleme in den Pässen von Orlan erfordern ein vorsichtiges Vorgehen.« Ohne jede Rücksicht auf die Furcht seiner Zuhörer, er könnte als s'Ilessid die

Lehnstreue der Clans fordern und die städtischen Regierungen stürzen, sagte er ganz offen: »Wenn wir einen Weg finden können, ein Gemetzel zu verhindern, so würde ich diese Möglichkeit einem Krieg vorziehen.«

Bedrohliche Stille senkte sich über den Raum.

Feindseligkeit schlich sich mit unverhohlener Schärfe in die Blicke der Ratsherren, und als der Statthalter von Isaer einem Diener flüsternd Anweisungen gab, die dazu führten, daß Gardisten in voller Rüstung erschienen und die Tür blockierten, griff Lord Diegan vorsichtig nach dem Dolch, den er in seinem Ärmel verborgen gehalten hatte.

Der Prinz schenkte all dem keinerlei Beachtung, sondern konzentrierte sich auf einen vergrämten Ratsherren, der bestürzt mit seiner Serviette wedelte. »Ihr könnt nicht ernsthaft vorschlagen, ein Abkommen mit den Clanblütigen zu treffen! Ath! Sie sind wie wilde Tiere, mit diesen Menschen kann man nicht vernünftig diskutieren.« Während der fette Diener des Statthalters sich zurückzog, ohne ihre Weinkelche nachgefüllt zu haben, fügte der Mann mit unverkennbarer Abscheu hinzu: »Von Maenalle s'Gannley heißt es, sie würde ungegerbte Tierhäute tragen.«

Für einen Augenblick machte Lysaer einen milde verblüfften Eindruck. Dann raffte er sich auf und sagte nachsichtig: »Vergebt mir, ich kann diesen raschen Gedankensprüngen nicht folgen.« Unter dem Tisch umklammerte seine Hand Diegans Arm und hielt das Messer in seiner Scheide fest. »Was würde uns ein bewaffneter Feldzug einbringen? Würden wir nicht lediglich die Clans von Tysan dazu treiben, sich in ihrem Groll mit ihren Brüdern in Rathain zu verbünden? Nein, es ist viel zu gefährlich, ihr Blut zu vergießen, und Arithon s'Ffalenn ist ein gefährlicher und gerissener Widersacher, dem Verbündete in die Hände zu treiben wir nicht riskieren dürfen. Vor allem aber würde ich es nie wagen, sein Interesse auf Euer Land zu ziehen und so

Eure Städte einer überaus ernsten Bedrohung auszusetzen.«

Als hätte das Gespräch gar keinen anderen Verlauf nehmen können, hatte Lysaer geschickt Schatten und Zauberei in den Mittelpunkt der Diskussion gerückt; Lord Diegan erzählte voller Leidenschaft von dem grauenhaften Gemetzel am Ufer des Tal Quorin, als die stolze Garnison von Etarra in einer ganzen Reihe hinterhältiger Fallen grausam gemeuchelt worden war.

Die Erzählung reichte vollkommen aus, ihm kalten Schweiß aus den Poren zu treiben. Deshirs Clanblütige waren immer schon Mörder gewesen; verbündet mit Arithon s'Ffalenn und seiner dämonischen Magie, waren sie zu einer Bedrohung für das zivilisierte Rathain geworden, die aufzuhalten seinen Mannen nur knapp gelungen war. Sein Besteck mit den Händen fest umklammert, sprach Lord Diegan, als würden seine Ohren noch immer von dem Donnern der Fluten des Tal Quorin und den Schreien der Männer, die von den Wassermassen mitgerissen worden waren, dröhnen. Eingesunken in alptraumhafte Erinnerungen hörte er den Aufprall der Pfeile, die sich durch das dichte Laub in die Leiber der Soldaten bohrten; das Poltern der Stämme und das Prasseln der Erde zuschnappender Fallen, in denen seine Männer aufgeschlitzt wurden und unter unsäglichen Qualen starben. Tod allein war nicht für all ihre Verluste verantwortlich. Manch einem hatte das Labyrinth aus Magie und Schatten, das Arithon errichtet hatte, sie in die Irre zu treiben, für alle Zeit den Verstand geraubt; andere waren seelisch zerrüttet, neigten zu Anfällen der Raserei, wenn sie das Grauen in ihren Träumen wieder und wieder erleben mußten.

Der Bericht über die grauenvolle Schlacht im Strakewald reichte aus, den Ratsherren ein Gefühl für den Schrecken zu vermitteln und sie beschwichtigt von dannen ziehen zu lassen. Auf den Befehl ihres Statthalters zogen sich auch die Soldaten taktvoll zurück.

Später, im Lichtschein parfümierter Kerzen in einem mit Wandbehängen geschmückten Zimmer im Obergeschoß, nutzte Lord Diegan den Augenblick, Lysaer zu stellen, ehe dieser nach seinem Kammerdiener rufen konnte, um sich zurückzuziehen. »Was spielst du für ein Spiel? Ich dachte, wir hätten uns in Etarra darauf verständigt, daß die Barbaren für den Herrn der Schatten ein allzu bereitwilliges Werkzeug darstellen.«

»Machst du dir Sorgen?« Der Likör war scharf und von erlesener Qualität gewesen; doch die sanfte Röte in Lysaers Gesicht wies einen erzürnten Zug auf, der nicht von dem Getränk verursacht worden sein konnte. Beherrscht wie kalter Marmor überquerte er den Blumenteppich der Gastgemächer und sagte: »Du kannst dich wieder beruhigen. Die Raubzüge in den Pässen werden aufhören, ob nun auf die eine oder andere Art. Trotzdem werden wir die Soldaten nur einsetzen, wenn es keinen anderen Ausweg gibt.«

Lord Diegan sah direkt in die blauen Augen, die so unmenschlich besänftigend und aufrichtig wirken konnten, und er hielt dem Blick stand. »Gute Manieren und eine flinke Zunge mögen reichen, das Mißtrauen in Isaer zu besiegen. Aber ein Gespräch wie das des heutigen Abends wird dich auf der anderen Seite den Kopf kosten. Mach dir nichts vor, Erdanes Gouverneur wird sich nicht mit süßen Worten und Geschenken von dir einfangen lassen.«

Kurz runzelte Lysaer die Stirn. »Das habe ich bereits bedacht.« Er seufzte und verbarg ein Gähnen hinter den blinkenden Saphirringen an seiner Hand. »Es ist lästig, ich weiß. Trotzdem brauchen wir die Loyalität jeder einzelnen Stadt, um gegen Arithon bestehen zu können. Wir werden eben eine andere Möglichkeit finden müssen, uns den Gouverneur von Erdane geneigt zu machen.«

Dazu blieb Diegan nichts mehr zu sagen, also machte er auf dem Absatz kehrt und zog sich in ein Bett zurück, das ihm doch keinen erleichternden Schlaf brachte.

Am folgenden Morgen verließ das königliche Gefolge Isaer, um wieder zu dem Troß aufzuschließen, der sich nun dreißig anstrengende Wegestunden weiter westlich vorankämpfte. Der Ehrengarde folgten vier Ochsenkarren mit Tongefäßen, gemustertem Leinen und gefärbten Federn. Die Maultiere, die den Rest des Kristalls aus Falgaire trugen, entwickelten eine Abneigung gegen die Ochsengespanne, was den Fahrern Anlaß zu herzhaften Verwünschungen lieferte.

Umgeben von einem Chaos, das ein Drittel des Trosses in ein Durcheinander brüllender Tiere und stehender Wagen verwandelt hatte, bellte Taliths sonst so höflicher Bruder Befehle, bis der Staub aus der Luft zwischen seinen Zähnen knirschte. Er ignorierte die zerlumpten Schweinehirten, die stehengeblieben waren, das königliche Gefolge zu begaffen. Mochte er in dem Lärm, den Kinder auf den Feldern verursachten, als sie die Sperlinge mit Rasseln von ihrem Saatgut vertrieben, den Hufschlag des näherkommenden Reiters ebenfalls überhört haben, hinderte ihn das nicht, ihm bei seiner Ankunft voller Eigensinn entgegenzustarren.

»Hör auf zu schmollen.« Lysaer lachte seinen wenig gesprächigen, zukünftigen Schwager an. »Wenn es erst schneit, dann können wir die albernen Federn benutzen, unsere Matratzen zu stopfen.«

»Hast du einmal in diese Säcke geschaut?« Diegan zügelte sein Pferd. Fransen hingen von seinen Kalbslederhandschuhen herab, deren Perlenstickerei von der Abnutzung aufgerissen war. »Das sind Gänsefedern. Harte Federn, die man benutzen kann, um Schreibfedern daraus zu machen. Wenn es dir gelingt, meine Schwester zu beschwatzen, darauf zu schlafen, dann werde ich Nesseln sammeln, um dein Kissen damit zu stopfen.«

Auf der Bergkuppe, das goldene Haar windzerzaust vor dem Himmel, über den die Frühlingswolken rasch dahinzogen, betrachtete Lysaer den aufgebrachten Lordkommandanten der Soldaten von Avenor. Dann sagte er mit fröhlichem Spott: »Wie ich sehe, hat dich die zänkische Krämerstochter zurückgewiesen.« Ein Kommentar, der ihn ohne Gnade in einem Akt gerechter, wenn auch unziemlicher Rache aus dem Sattel in eine dungbedeckte Ackerfurche beförderte. Hochaufgerichtet auf seinem schnaubenden Schlachtroß, blickte Lord Diegan auf seinen Prinzen herab, der seine Absetzung ertrug, ohne sich auch nur mit einem Wort über den verschmutzten Samt seiner Kleidung zu beschweren.

»In Erdane sind die Kopfjäger gesetzlich dazu ermächtigt, clanblütige Gefangene zum Vergnügen der Bürger öffentlich zu foltern. Für dich, den Prinzen und Thronerben, werden sie ein Fest veranstalten und so lange feiern, bis deine Leiche vollends zerrissen ist.« Seine Sorge schmerzte ihn, als wäre sein königlicher Gebieter ein Bruder, dem Gefahr drohte, und er schloß: »Kann ich denn nichts sagen, um dich umzustimmen?«

Lysaer rappelte sich auf, schlug sich die lockere Erde von Hose und Mantel und stellte fest, daß einer seiner Pagen sein davongaloppierendes Pferd wieder eingefangen hatte. Den Blick noch immer in die Ferne gerichtet, sagte er: »Wo auch immer der Herr der Schatten sich verkrochen hat, was für heimtückische Machenschaften er betreiben mag, wir werden ihn kaum hervorlocken können, ohne Risiken einzugehen. Ich bin ausgezogen, dieses Land vor seiner Magie zu beschützen.« Große blaue Augen, so strahlend und klar wie der Himmel selbst, blickten auf, um Avenors Lordkommandanten zu betrachten. »Diegan, verlang nicht von mir, eine ganze Stadt zu übergehen, nur weil ihr engstirniger Gouverneur Angst hat und davon überzeugt ist, daß königliches Blut seine Position gefährden würde. Wir werden durch Erdane reiten. Sollte ich dort den Tod erleiden, so wird Tysan auch ohne einen Prinzen zurechtkommen. Ein stadtgeborener Mann wie du wird hinausziehen, um Avenor wiederaufzubauen und das Königreich in meinem Namen wieder zu einen.«

Als Lysaer das Thaldeingebirge zum letzten Mal über den Paß von Orlan durchquert hatte, hatten sich die Berge in Nebel und Stürme gehüllt. Überdies von einem Bruderschaftszauberer stetig zur Eile getrieben, konnte er sich nur ungenau an die Landschaft erinnern, die unter tückischen Schneeverwehungen begraben gewesen war. Unter dem blauen Band sichtbaren Himmels zog sich der Paß wie eine Narbe wild und fremdartig durch eine Landschaft aus überhängenden Schieferklippen, windumtosten Kämmen und knorrigen immergrünen Gehölzen, in der vergangene Erdrutsche und Steinschläge Spuren hinterlassen hatten. Unebenmäßig wand sich die Straße zwischen hochaufragenden Gipfeln hindurch, war oft kaum mehr als ein windumtoster Vorsprung über tiefen Schluchten. Unterhalb des Passes kauerten bewaldete Täler, die von sanftblauem Nebel verhüllt und von unzähligen Falken überquert wurden und an die Falten eines bemalten Seidenfächers erinnerten.

Hier hatte einst eine liederliche Truppe barbarischer Kundschafter Arithon s'Ffalenn kopfüber an einem Felsvorsprung aufgehängt. Gepeinigt erinnerte sich Lysaer an jenen Betrug, der ihm Vertrauen und Freundschaft vorgegaukelt hatte, während er an einer Klippe herabsah, die, vom Schnee befreit, von beingrauen, geborstenen Stämmen und spitzen Gesteinssplittern überzogen war. Nun wünschte er von Herzen, die Knoten auf dem Felsvorsprung hätten nicht gehalten.

Wäre der Herr der Schatten an jenem Tag zu Tode gestürzt, wären siebentausend Etarraner noch am Leben und zu Hause bei ihren Familien.

Ächzend und klappernd rumpelten die Wagen über die unebene, kurvenreiche Straße; die inneren Räder kratzten über Felsbrocken, die die Male von Tausenden solcher Mißhandlungen trugen, wogegen die Räder auf der anderen Seite Geröll und Kies über die scharfe Kante des Passes in die Tiefe schleuderten. Als sie sich dem oberen Paß näherten, hallten die Sticheleien der Fuhrmänner auf der enger werden Passage herüber, und Diegan sandte eine Vorhut aus, die Straße für sie freizumachen. Bald schon war der schwerfällige Troß gefangen, konnte weder umkehren noch manövrieren, und nicht einmal Pferde oder Maultiere hätten den Wagenzug noch passieren können, sollten sich ihnen Wegelagerer entgegenstellen.

Aus diesem Grund pflegten Händler, die den Paß benutzten, die Nutzung von Wagen stets zu meiden. Lysaer jedoch hatte alle wohlgemeinten Ratschläge ignoriert, obwohl ihm das Risiko durchaus bekannt war. Hoch zu Roß, gut sichtbar an der Spitze des Trosses, schien er nicht einmal überrascht zu sein, als drei Reiter sich vor ihnen aufstellten und den Paß blockierten.

Ihre Pferde, drei Braune, die kaum voneinander zu unterscheiden waren, waren mit goldbesetztem Zaumzeug geschmückt; seidige Mähnen und Schweife und Decken aus gewebter Wolle flatterten im Wind. Verärgert ob der Unfähigkeit seiner Vorhut, die nicht einmal imstande gewesen war, diese wenigen Reiter aus dem Weg zu schaffen, bis das königliche Gefolge die Engstelle passiert hatte, ließ Lord Diegan fluchend seine Peitsche knallen. Zahm verkniff er sich jedoch weitere Verwünschungen, als er bemerkte, daß der führende Reiter seitlich auf seinem Pferd saß, und es war nicht sein, sondern ihr Pferd. Eine Frau in einem Damensattel ritt einem Jugendlichen und einem älteren Mann voran, die ihre einzige Eskorte zu sein schienen. Über ihren aufrechten Schultern flatterte unverfroren ein Umhang mit dem königlichen Wappen Tysans, und darunter trug sie eine Amtstracht aus schwarzer Seide. Ihr Haar war so kurz geschoren wie das eines kampferprobten Söldners, und in ihrem Schwertgurt steckte griffbereit eine glänzende Klinge.

»Bei allen Dämonen«, knurrte Diegan finster. »Wer in Sithaer ist die Frau?«

Lysaer hob die Hand und bedeutete seinem Gefolge, anzuhalten. »Die Dame ist Maenalle s'Gannley, Führerin der Clans von Camris und, soweit man ihren geschichtlichen Überlieferungen trauen kann, bevollmächtigte Dienerin von Tysan.« Dann verzog er die Lippen zu einem freundlichen Lächeln, gab seinem Wallach die Sporen und ritt voran, sie zu begrüßen. »So wie sie ihr Schwert trägt, wage ich zu behaupten, daß sie die Händler aus Isaer jagt und ihnen bei lebendigem Leib die Haut abzieht, um ihre Garderobe aufzustocken. Ich habe mich schon den ganzen Morgen gefragt, wann sie auftauchen wird.«

»Du kennst sie? Du hast sie schon früher getroffen?« Während er sich dem Zwang beugte, seinen windzerzausten Mantel zu richten, lachte Diegan atemlos. »Du hast also doch einen Plan!« Erfüllt von bösartigem Vergnügen, trieb auch er sein Pferd an, um mit Lysaer Schritt zu halten.

Fünfzehn Schritte von seiner Ehrengarde entfernt, zügelte Lysaer sein Roß. Ungekrönt, vom majestätischen Schimmer seines güldenen Haares abgesehen, machte er von dem Vorrecht der Könige Gebrauch und ergriff zuerst das Wort. »Gnädige Frau Maenalle, ich freue mich, Euch zu sehen.« Mit einem Nicken begrüßte er den alten Mann, der, wie er sich erinnerte, der älteste Clanführer, Lord Tashan, war; dem Jugendlichen, der ihm einst als Page während eines kurzen Besuches zur Hand gegangen war, ehe er seine Gabe des Lichtes mit den Schatten seines Feindes verwoben hatte, um Desh-Thieres Nebel vom Himmel zu vertreiben, gönnte er ein freundliches Lächeln. Forsch und energisch wandte er sich sodann an die gnädige Frau und Clanführerin, deren eiserne Willenstärke und Anstand ihn tief beeindruckt hatten. »Ich bin gekommen, Avenor wieder aufzubauen, und ich hoffe, Euch mit dieser Neuigkeit erfreuen zu können. Werdet Ihr mit mir kommen und Eure Clans aus ihren Verstecken rufen, um uns bei dem

Wiederaufbau des einstigen Herrschersitzes von Tysan zu unterstützen?«

»Eine Allianz!« Entsetzt, kreidebleich und ungläubig drang Lord Diegan auf den Prinzen ein. »Bist du nun vollkommen verrückt geworden? Die Statthalter des Reiches werden das niemals dulden!«

Der graue alte Adelsherr in Begleitung der Clanführerin sah erzürnt aus, der junge Mann hingegen schien von einer Sehnsucht zerrissen zu sein, die seinen Blick in weite Ferne lenkte; die gnädige Frau jedoch, beeindruckend in den Staatsfarben Tysans, hatte ihre Emotionen so fest im Griff, daß lediglich das Gold auf ihrem Umhang für einen winzigen Augenblick aufblitzte und so eine kaum wahrnehmbare Bewegung offenbarte, ehe der Stoff wieder ganz ruhig von ihren Schultern herabhing. Lysaer wandte seinem zornigen Kommandanten das Gesicht zu. »Warum sollten wir auf Quellen verzichten, die unserer neuen Garnison eine ebensogute Schulung bieten würden wie die Kopfjäger?« Erzwungen sachlich fügte er hinzu: »Die Clanangehörigen, die diese Delegation repräsentiert, sind Meister in allen Taktiken barbarischer Kriegsführung.«

Maenalles Roß zuckte zurück, als ihre Hand heftig an den Zügeln zerrte. Ihre bernsteinfarbenen Falkenaugen mit dem schwarzen Zentrum fixierten den Prinzen ununterbrochen. Ganz anders als ihr junger Enkelsohn, dessen Gefühle deutlich erkennbar waren, und den Leibwachen ihres eigenen Prinzen zum Trotz, deren gespannte Bogen bereit waren, sie niederzuschießen, zeigte sie keinerlei Nerven. »Hier wurde kein Treueeid geleistet, noch hat die Bruderschaft der Sieben Eure Anwartschaft auf den Thron rechtmäßig bestätigt.« Die feingemeißelten Linien ihres Gesichtes zeigten sich noch immer in unverminderter Härte. »Wie könnt Ihr es wagen, auch nur daran zu denken, Euch meine Clans als Streitkräfte aneignen zu wollen? Wir haben keine Veranlassung, Eure Kriege zu unterstützen.«

»Habt Ihr die wirklich nicht?« Sinn und Zweck ihrer Kleidung, die die Farben der Herrschaft über das schlichte Schwarz des Caithdeins erhob, war Lysaers Aufmerksamkeit nicht entgangen. Ein wenig geschwächt von seinem eigenen Bedauern, legte er die Hände auf den Sattelknauf und seufzte. »Ich kann nur beten, daß Ihr Euch nicht habt verleiten lassen, Eure Loyalität anderweitig zu geloben. Das würde mich wirklich sehr bekümmern. Die Clans des Nordens sind beinahe vollständig vernichtet worden, weil sie den Herrn der Schatten begünstigt haben.«

»Sie haben ihren rechtmäßigen Prinzen verteidigt«, korrigierte ihn Maenalle.

»Und ihre Kinder ausgeschickt, verwundete Männer rücklings zu erdolchen«, konterte Lysaer mit der bitteren Wahrheit. »Zauberei mißbraucht und Fallen aufgestellt, in denen an einem einzigen Tag tausend Menschen niedergemetzelt wurden. Der Thronerbe zu Rathain ist ein verlogener Betrüger ohne jede Moral, ein Zauberer, der unschuldige Menschen für seine Zwecke opfert.«

»Die Bruderschaft hat anderes berichtet.« Ungerührt wie Waffenstahl ließ sich Maenalle nicht einmal dazu hinreißen, ihren Enkel anzusehen, der bleich und wie erstarrt neben ihr wartete. »Ebenso wie Jieret s'Valerient, Steivens Sohn und Erbe, dessen Eltern und Schwestern alle der Invasion Etarras zum Opfer fielen.«

»Wer waren diese Menschen denn, wenn nicht irregeführte Verbündete?« Lysaer wandte seine Aufmerksamkeit dem jungen Burschen zu. »Wenn Ihr Zweifel an mir hegt, gnädige Frau, so seht Euch Euren eigenen Enkel an, der genau im richtigen Alter ist, sich beeinflussen zu lassen.«

Der junge Mann reckte das Kinn vor. Schweigend, vor Enttäuschung über diesen Verrat den Tränen nahe, berührte er sein Pferd mit den Absätzen seiner Stiefel. Gleich einem Aufschrei erklang das Donnern der Hufe, als das Roß folgsam kehrtmachte und dem Mann, der einst versprochen hatte, ein gerechter Herrscher zu sein, den Rücken seines Reiters präsentierte.

»Oh, Maien ist durchaus beeinflußt worden«, sagte Maenalle nun nicht minder angespannt als der Enkel an ihrer Seite, der zitternd und mit hochrotem Gesicht neben ihr aushielt. »Aber nicht von Arithon von Rathain. Die Loyalität des Knaben hat allein Euch gehört, ebenso wie seine Liebe, bis Desh-Thieres Fluch den Frieden vernichtet hat. Laßt uns hier nicht die Fakten durcheinanderbringen oder die Umstände bestreiten, die zu dieser Fehde geführt haben. Euch verlangt es danach, einen Mann zu töten, der Euer Halbbruder ist und der während der vergangenen sechs Jahre keinen Versuch gemacht hat, ein Heer gegen Euch aufzustellen. Meine Clans können Eure Städte nicht im Kampf gegen ihn unterstützen, noch werden wir Euren nicht rechtmäßigen Anspruch auf Avenor anerkennen. Wir werden unserer Untertanenpflicht getreu warten, bis einer Eurer Erben von der Bruderschaft als Thronfolger bestätigt wird.«

Eine sanfte Brise ließ das Siegel auf Maenalles Umhang erbeben. Angefüllt mit dem frischen Geruch von Eis und immergrünem Gehölz, schien die Luft beinahe zu scharf, sie zu atmen. Nur durch die Kälte und höfische Etikette voneinander getrennt, betrachteten Lysaer und die Dienerin Tysans einander in berechnendem Schweigen.

»Dann sind wir also Feinde?« fragte der Prinz schließlich. »Ich bedaure das, denn ich hätte mir ein anderes Ergebnis gewünscht. Um Eurer Clans willen, laßt mich deutlich werden: Es steht Euch frei, Eure Meinung jederzeit zu ändern.« Mit königlichem Hochmut schloß er: »Wenn es soweit ist, dann sendet mir eine Nachricht, bis dahin aber möge Ath Euch gnädig sein.«

Maenalles verwegenes Lachen hallte hohl von den Felswänden wider. »Der Schöpfer muß sich nicht persönlich bemühen. Als Gast habt Ihr an meinem Tisch einen

Eid geleistet, darum wird Euch gestattet werden, diesen Ort zu verlassen, ohne um Euer Pferd und Eure Waffen erleichtert zu werden. Für Eure Eskorte kann das jedoch nicht gelten.«

»Das ist eine Anmaßung.« Lord Diegan war bereit, noch mehr hinzuzufügen, doch er verpaßte die Gelegenheit, als der ergraute alte Mann mit seiner Hand ein Signal gab.

Bewegung kam über die Felshänge neben der Straße, gefolgt von einem zischenden Geräusch. Das Gespann vor dem Führungswagen zuckte zurück und brach gleich darauf mit einem erschreckten, pfeifenden Atemzug zusammen. Der Fuhrmann, der die Zügel der Pferde hielt, brauchte einen Augenblick, sich weit genug zu erholen, um auch nur einen Schrei auszustoßen; gleich darauf teilten alle Männer in Hörweite seinen Zorn, als noch mehr Pferde zu Boden gingen, ein jedes durchbohrt von einem barbarischen Pfeil, dessen gefiederter Schaft aus der Brust hervorragte. Getroffen von den Pfeilen sicherer Bogenschützen starb ein Pferd nach dem anderen unter bebenden Zuckungen, die kleine Steine über den Rand der Straße hinabschleuderten.

Aufrecht im Sattel und in seinem Stolz zutiefst gedemütigt, hob Lysaer seine Hände.

Diegan sah, daß er beabsichtigte, seine Gabe des Lichtes herbeizurufen, flammten doch an seinen Fingerspitzen schon grelle Blitze auf. Ein umfassender Angriff, und die Schlupflöcher, in denen sich die Bogenschützen verkrochen hatten, würden einer Feuersbrunst zum Opfer fallen. Bereit, die Initiative zu ergreifen, zog Lord Diegan sein Schwert. Schnell rief er seinen Söldnern Befehle zu, denn rasches Handeln eröffnete ihnen die Chance, die gnädige Frau Maenalle und ihre Eskorte gefangenzunehmen; der Gouverneur von Erdane würde sie reich entlohnen, könnte er diese Barbaren vor Gericht stellen und dem Scharfrichter übergeben.

Doch noch ehe der Prinz des Westens seinen vernichtenden Blitz freisetzen konnte, zischten wieder Pfeile auf sie hernieder und rissen mit ohrenbetäubendem Jaulen den Boden unter dem Bauch seines Pferdes auf. Das kräftige Tier scheute voller Schrecken. Solchermaßen gezwungen, die Zügel zu ergreifen und das Tier ruhigzuhalten, das drohte, ihn über den Rand der Straße in den Abgrund zu schleudern, verlor sein königlicher Reiter die Konzentration, und die Lichtblitze, die er herbeigerufen hatte, verteilten sich in sanften Schleiern, die lediglich eine ungefährliche Hitze abstrahlten.

Über das wilde, haltsuchende Klappern der Hufe hinweg tat die gnädige Frau Maenalle ihm ihre Bedingungen kund: »Versucht nicht, uns mit Eurer Gabe zu töten, Lysaer s'Ilessid. Sagt Euren Männern, sie sollen ruhig bleiben, oder die nächsten Pfeile werden jedes Lebewesen in Eurem Gefolge töten.«

»Sieht so dein Plan aus?« schrie Diegan, zerrissen von Zorn ob der erlittenen Demütigung. Während er mit seinem Pferd rang, das unter ihm scheute, blickte er sich hastig um. Der dem Zug folgende Wagen stand schief, sein Ochsengespann kniete am Boden, offensichtlich ebenso von Pfeilen getroffen wie die Pferde. Damit war dem forschen Troß des Prinzen zu beiden Seiten der Weg versperrt und sie waren der Gnade der Barbaren auf Gedeih und Verderb ausgeliefert. Mit einem Aufschrei, der, getragen von den Winden, aus den Tälern widerhallte, fluchte Diegan: »Was seid Ihr, eine Frau oder eine Spielfigur in den Händen des Herrn der Schatten?«

»Ich habe nur Tysan die Treue gelobt«, sagte Maenalle mit einer eisigen Stimme. »Als bestellte Dienerin des Reiches bin ich verpflichtet, das Recht der Krone aufrechtzuerhalten bis zu dem Tag, an dem die Bruderschaftszauberer einen rechtmäßigen Thronerben ernennen.«

Diegan riß sein Pferd herum, bis er ihr direkt gegenüber stand. »Und wie steht es um Eure Gerechtigkeit, wenn es um Raub und Mord geht?«

»Wenn Ihr keinen Widerstand leistet, wird niemand

sein Leben verlieren.« Mit einem Kopfnicken gab sie dem älteren Mann ein Signal, woraufhin dieser von seinem Pferd stieg und dem Jungen die Zügel überließ. Noch immer ausgesprochen agil, trotz seines gebrechlichen Äußeren, kam er näher, während die Kundschafter in ihrer staubigen Lederkleidung zum Plündern aufmarschierten. Kurz angebunden schloß ihre Befehlshaberin in einem Ton, als würde sie ein Urteil nach einer ordentlichen Gerichtsverhandlung verkünden: »Nur die Waffen und die Güter, die als Bestechung für die städtischen Würdenträger geeignet sind, werden konfisziert. Vergewissert euch, daß alles Gold, das benutzt werden kann, eine Armee auszurüsten, um Clanlager zu schikanieren, einem besseren Zweck zugute kommt.«

Die Klinge noch immer fest umklammert, bohrte Diegan dem Pferd seine Sporen in die Seite. Das Tier sprang zur Seite, wurde jedoch sogleich aufgehalten und von einem Mädchen mit rauhen Zügen und narbigen Händen davongezerrt, dem es irgendwie gelungen war, schnell genug vorzuspringen, um die Zügel zu ergreifen. Mit einer Kopfbewegung bedeutete sie ihm, abzusteigen, während jemand anderes sich mit roher Gewalt an ihm zu schaffen machte, um ihm seine Waffen zu nehmen.

»Probier deinen Dolch an meiner Brust aus, und du wirst mit mir sterben!« keuchte Diegan.

»Sei nicht dumm, mein Lordkommandant«, sagte der Prinz so scharf wie drängend. »Ich brauche dich lebend!«

Der Heereskommandant bedachte Maenalle mit stockfinsterem Blick. Unfähig zu sprechen, waren doch seine Kiefermuskeln vor Zorn über diesen Schlag gegen seine Würde so verkrampft, daß er kaum atmen konnte, schwang er sich aus dem Sattel. Schlimmer als das Vorangegangene schmerzte jedoch die Ironie, daß weder Pferde noch Maultiere auch nur an einem einzigen der liegengebliebenen Wagen hätten vorbeigeführt werden können. Selbst wenn er das Risiko eines Schlagabtausches hätte eingehen wollen, so konnten seine Söldner doch nicht einfach über die Klippe springen, um sich eine Deckung zu suchen. Während Kundschafter wie Ratten von den Hängen herabstiegen und ihn seiner Juwelen und seines Münzbeutels beraubten, schleuderte er ihnen Schmähungen entgegen. Sie entrissen ihm seinen Mantel, nahmen ihm das kunstvoll geschnitzte Messer, das er einst passend zu seinem Schwert hatte anfertigen lassen und seither stets am Gürtel getragen hatte. Überall im Troß beklagten die Söldner den Verlust ihrer Waffen, die ihnen schon so häufig im Kampf gedient hatten. Die erfahreneren Soldaten unterdrückten ihr kämpferisches Temperament, um den Barbaren keinen Anlaß zu liefern, diese Meinungsverschiedenheit unter Einsatz ihrer Pfeile blutig zu beenden.

Maenalles Kundschafter waren überaus gründlich. Steile Hänge und ein schlüpfriger Halt störten sie so wenig wie wilde Ziegen. Erstaunlich schnell fand sich Lysaers eingekeilter Troß ohne Waffen und Fuhrwerke wieder. Zu Fuß mußten sie sich ihren Weg durch die tiefen Schluchten suchen, die sie zu der Furt über den Fluß Valendale führten. Verbitterung ersetzte nun die verlorene Habe. Und auch, wenn kein Mann zu Schaden gekommen war und Maenalles unvergleichliche Disziplin dafür gesorgt hatte, daß es, von spöttischen Bemerkungen und anerkennenden Pfiffen gegenüber der gnädigen Frau Talith abgesehen, keinerlei Übergriffe gegeben hatte, war niemand im Gefolge des Prinzen geneigt, diesen Überfall je zu vergeben.

Die Wagenladungen an Gütern, die all die vielen Wegstunden von Atainia zurückgelegt hatten, waren nun zum Ausgangspunkt einer tödlichen Beleidigung geworden.

Während die gnädige Frau Talith, Verlobte des Prinzen, auf dem einen Roß saß, das zu stehlen der Gastschwur den Barbaren verboten hatte, schritt Lysaer schweigend neben Lord Diegan des Weges. In den Stiefeln, die nicht zum Marschieren angefertigt worden waren, zog er sich auf dem unebenen Felsgestein schmerzhafte Blasen zu. Selbst daß er, als einziger Mann unter zweihundert erfahrenen Kämpfern, ein Schwert trug, schien ihn nicht übermäßig zu beunruhigen.

Als schließlich dunkle Schatten die Klippen verschluckten und der Tag kobaltblauem Zwielicht wich, begann Diegan, ob des Schweigens zu zürnen. Sein besorgter Blick traf den des Prinzen, in dem jedoch unverhohlene Heiterkeit aufflackerte.

Keineswegs in der passenden Stimmung für Scherze, wirbelte Diegan so hastig herum, daß ein Tannenzweig ihm heftig auf die Wange schlug. »Bei allen Dämonen und den Qualen von Sithaer, Hoheit, was um alles in der Welt geht in deinem Kopf vor?«

»In deinem Samt stecken Tannennadeln«, teilte ihm Lysaer seine Beobachtung mit. Dann verzog er die Lippen zu einem befremdlichen, strahlenden Lächeln. »Vermißt du dein Pferd denn so sehr?«

Verblüfft starrte ihn Avenors entwaffneter Heereskommandant an. Seine Sporen klirrten, als er gegen einen moosbewachsenen Felsbrocken trat, während er darum kämpfte, seine Würde in ausreichender Weise zurückzugewinnen, um den Prinzen, den der Lordgouverneur Etarras so großzügig für seine Dienste entlohnt hatte, mit finsterem Blick zu maßregeln. Als aber Lysaer seinem Zorn mit schamloser Belustigung begegnete, schimpfte Diegan stirnrunzelnd: »Ath, ich habe gesehen, wie du ganze Bäume zu Kohle verbrannt hast, nur mit der Kraft eines flüchtigen Gedankens!«

Lysaer schwieg.

Nun hegte Diegan einen Verdacht, und er fügte hinzu: »Du hast deinen Schlag gegen die Bogenschützen an den Hängen absichtlich in die Binsen gehen lassen. Du hast diese ganze Sache geplant, richtig?«

Ein ersterbender Sonnenstrahl überzog Lysaers goldenes Haar mit einem roten Schimmer, als er vage mit den Schultern zuckte. »Nicht ganz.« Nicht länger leichtfertig, senkte er plötzlich den Blick. »Man könnte sagen, ich habe damit gerechnet, daß die Dinge sich so entwickeln würden. Mein Versuch, zu einer glücklicheren Lösung zu kommen, hat das Ergebnis schließlich am Ende nicht in Mitleidenschaft ziehen können, und nun kann niemand mehr behaupten, daß ich den Clans von Tysan nicht eine faire Chance geboten habe, dem Erben zu s'Ilessid die Treue zu geloben.«

Doch Lysaers Absichten gingen noch weit tiefer, wie Lord Diegan mit ehrfürchtigem Respekt feststellen mußte. Als verarmtes Opfer eines Barbarenüberfalls, hatte Lysaer sich ein Anrecht auf Beileid erworben. Hatten sie Erdane erst erreicht, würde selbst der jähzornige Gouverneur der Stadt sich den Anforderungen der Nächstenliebe unterwerfen müssen und gewiß nicht den mindesten Zweifel an der Notwendigkeit hegen, Truppen zusammenzustellen. Selbst die Gilden würden sich durch diesen Aufmarsch nicht bedroht fühlen, sondern ebenfalls geneigt sein, die Unterstützung Lysaers zu billigen. Der Prinz würde aus purem Mitgefühl jede gewünschte Hilfe bekommen. Etarraner, der er war, bewunderte Diegan diesen meisterlichen Zug diplomatischer Staatskunst. Lachend stemmte er sich nun gegen den Wind.

»Bei Ath«, sagte er, so frohgestimmt wie anerkennend. »Du wirst den Thron dieses Reiches besteigen, und dann wird deine Armee den Herrn der Schatten unschädlich machen. Nach allem, was wir heute verloren haben, werden sich die Gilden und Stadträte gegenseitig übertrumpfen, dich dabei zu unterstützen, eine neue Garnison aufzubauen.«

# Ein Bote

Vier Tage nach dem Überfall im Paß von Orlan, der Prinz Lysaer an den Bettelstab gebracht hatte, wurde ein Bote eilends von dem Außenposten der Clans im Gebirge entsandt. Doch gleich, wie sehr auch der Hufschlag seines Pferdes von spätem Schnee gedämpft wurde, verfolgte doch ein Geist, hundert Wegstunden entfernt, die dumpfe Vibration seines Rittes.

Während der fünf Jahrhunderte, seit die paravianischen Rassen aus Athera verschwunden waren, hatte es ein Bruderschaftszauberer übernommen, den Turm zu hüten, der dazu errichtet worden war, ihre Kunstgegenstände und ihre Kultur zu bewahren. An den meisten Tagen hielt er sich in einem Raum mit schwarzen Deckenbalken auf, die unter dem steten Druck des Windes ächzten. Dort verbrachte er seine Zeit, die Ellbogen aufgestützt, an einem Tisch, der an ein Vogelnest erinnerte, weil er mit allerlei Pergamenten und aufgeschlagenen Büchern überhäuft war. In jeder Nische, jeder Ecke, häuften sich neben von Tee verfärbtem Geschirr, gläserne Tintenfässer, deren Korken überall im Raum verteilt lagen, und zusammengerollte Schriftstücke, von denen mottenzerfressene Bänder herabhingen. Inmitten des Durcheinanders hatte es sich Sethvir bequem gemacht; er saß auf einem Stuhl und hatte die Füße auf dem nächsten abgelegt. Während sein Haar in wirren Büscheln wuchs und sein kastanienbrauner Umhang den Staub aufsammelte, befaßte er sich damit, die Aufzeichnungen zu verwahren und zu katalogisieren und den Vorgängen überall in Athera just zu den Zeitpunkten zu folgen, während derer sie sich zutrugen.

Während Athera noch unter dem Nebel gefangen gewesen war, hatte er die Mondphasen anhand der Gezeiten verfolgt. Derzeit erfaßte er das Getrampel der gut gedrillten Armee Etarras, das die Erde erschütterte, ebenso wie die Abdrücke, die eine winzige Feldmaus im Staub hinterlassen hatte. Mit vierfacher Vibration erreichte ihn eine Botschaft, geschrieben mit Blut, getrocknet über einer Flamme und schließlich ins Meer geworfen und vom salzigen Wasser der See von seiner Schieferplatte gespült; unter den Stimmen Millionen fortgeworfener Steine widmete er nur diese einer eingehenderen Betrachtung. Er fühlte die großartige Musik der zwölf Wege der Macht, die den Planeten durchzogen, tastete das Zerren des zarten Gewebes der Energien, die sich noch immer zu dem verweilenden Tanz paravianischer Mysterien ihren Weg durch die Luft und das Land bahnten.

So lange schon hatte Sethvir seine magischen Sinne mit den donnernden Chorus der Lebenskräfte der ganzen Welt verwoben, daß das Muster seiner Gedanken sich den Aspekten des Steines angeglichen hatte, während er nur mehr dürftig in der Gegenwart seines Seins verankert blieb.

Als irgendwann das Pochen eines Schwertknaufes an dem Fallgitter, neun Stockwerke tiefer, durch das Innere seines Heiligtums hallte, kannte Sethvir längst Namen und Ansinnen des Kuriers; von beidem hatte er bereits gewußt, als die Dienerin Tysans ihren Reiter zu seinem Turm ausgesandt hatte.

Umgeben von der Düsternis des zu Ende gehenden Tages, beendete der Hüter des Althainturmes seine handschriftlichen Aufzeichnung. Er bückte sich, um seine Schreibfeder in den lauwarmen Überresten in seiner Teetasse auszuwaschen, ehe er aus fahltürkisfarbenen Augen aufblickte, die so nichtssagend wie der Himmel schienen. Tatsächlich aber folgten sie einer ruhelosen Prüfung der Verbindungen der Ereignisse des Augenblicks und ihrer Auswirkungen auf die Zukunft.

Unter ihm übertönte das Hämmern des Mannes mit dem Schwert den kristallinen Ruf ersten Sternenlichtes.

Für Sethvirs Ohren erzählte der metallische Klang von Schmiedefeuern, Erzen und Jahrhunderten unaufhörlichen Blutvergießens. »Ich komme«, grummelte er in einem Tonfall, der an das scharfe Knarren alter Türangeln erinnerte. Als er sich erhob, sanken Staub und Papierfetzen auf den Boden nieder, der schon über und über mit abgenutzten Schreibfedern und den verstreuten Korken der Tintenfässer bedeckt war. Der Zauberer nieste und blickte zu Boden, als würde ihm das verblichene Gewebe des Teppichs ein unerwartetes Vergnügen bereiten. Dann stapfte er in seinen übergroßen Fellpantoffeln zum Fenster, das bereits seit Tagen unverriegelt war und stetig in dem rauhen Nordwind klapperte, der von der Wüste herüberwehte.

Die Befestigungsanlagen des Althainturmes waren aus massivem, grauem Granit gefertigt, und nur der Teppich grüner Flechten milderte den rauhen Eindruck der schweren Steinblöcke, die in zwingender Not aufgebaut worden waren. Sethvir stützte sich mit verschränkten Armen auf die Fensterbank und nahm geistesabwesend ein Loch zur Kenntnis, das gefräßige Motten in seinem Ärmel hinterlassen hatten, ehe er sich hinauslehnte und hinabblickte.

»Ich bin gewiß nicht taub«, tadelte er wohlwollend.

Unter ihm, aus der Entfernung so klein wie eine Ameise, stand ein Mann in der ungefärbten Lederkleidung der Clanblütigen, die Zügel eines struppigen Ponys, das den Schweif keck erhoben hielt, in der Armbeuge. Der eben noch energisch arbeitende Oberkörper zuckte und hielt inne. Schüchtern blickte der Besucher vor dem verschlossenen Tor des Althainturmes auf und beeilte sich, sein Schwert wieder in der Scheide zu verstauen. Während der Nachhall seines Pochens zu einem leisen Poltern und schließlich einem Flüstern verhallte, rief er: »Ich bitte um Vergebung, seid Ihr Sethvir von Althain?«

Scharf hob sich der weiße Haarschopf des Zauberers

gegen das Dämmerlicht ab, und er grinste wie ein Kobold. »Deine Clanführerin wünscht, daß ich Arithon, dem Prinzen von Rathain, eine Nachricht übermittle. Nein, sprich nicht. Ich kenne ihren Inhalt. Wie kommt Ihr darauf, daß ich sie weiterleite?«

Sichtlich verwirrt entgegnete Maenalles Kurier: »Der Caithdein von Tysan bittet Euch. Sie sagt, Ihr wäret die einzige Seele in ganz Athera, die wissen wird, wo der Herr der Schatten zu finden ist.«

Sethvir fuhr sich mit tintenverschmierten Fingern durch den Bart. Für einen Augenblick schien es, als hätte er sich selbst ebenso wie den bangen Abgesandten unten am Tor vollkommen vergessen. Sein Blick umfaßte den dunkler werdenden Himmelsbogen, als könnte er in den eisigen weißen Federwolken die Antworten auf ungeschriebene Rätsel lesen.

Voller Ehrfurcht gegenüber dem großen Magier wartete der Kurier, während sein Pony den Kopf senkte und sich an dem Gras gütlich tat, das wild auf der Schwelle des Turmes wuchs.

Alsbald sagte der Zauberer: »Ich werde die Botschaft der gnädigen Frau Maenalle einer Nachricht hinzufügen, die an Arithon s'Ffalenn gerichtet ist. Aber sage ihr, daß ihm das Schriftstück erst zu einem Zeitpunkt übergegeben wird, den ich bestimmen werde.«

Erleichtert entspannte sich der Kurier ein wenig. »Das wird sie zufriedenstellen.« Er ordnete die Zügel des Ponys, bereit, aufzusitzen und sogleich davonzureiten.

Sethvirs Augenbrauen ruckten angesichts seines Verstoßes gegen die Gebote der Gastfreundschaft nach oben. »Kein Grund zur Eile. In der Scheune habe ich Hafer für dein Pferd. Es ist eine sehr lange Reise zurück nach Camris, und morgen wird es furchtbar regnen. Du wartest besser hier, bis das Unwetter vorbei ist. Nimm ein Bad, schlaf dich aus, und bediene dich an allem, was du in meinem Speiseschrank vorfindest. Auf jeden Fall habe ich einen großen Vorrat hochwertigen Tees.«

Während der clanblütige Kurier noch zwischen Unsicherheit und blindem Mut schwankte, zog sich Sethvir von dem Fenster zurück, und seine Stimme verklang gleich einem Echo in der düsteren Höhle, die er als Bibliothek nutzte: »Warte dort. Ich werde gleich unten sein und die Tore öffnen.«

Er bewegte sich mit einer Behendigkeit, die seine träumerische Erscheinung Lügen strafte; nähme er die Stufen zu langsam, so würde der Kurier sich in den Sattel schwingen und sein Pony in einem Tempo heimwärts treiben, das das erschöpfte Tier nicht verdient hatte. Die Gesellschaft eines Bruderschaftszauberers hatte noch nie einem Mann ein Leid zugefügt, doch die Legenden erzählten von vielen, die verändert aus dieser Erfahrung hervorgegangen waren. Wie es dem Kurier ergehen würde, ganz abgesehen davon, was das Schicksal noch mit ihm vorhaben mochte, war Sethvir nicht geneigt, vorherzusagen.

# Aufräumarbeiten

Nachdem der konfiszierte braune Wallach namens Feenhuf seine Stalltür zertrümmert, jeden Stallburschen in Reichweite gebissen und den Stallknecht vom Dienst mit einem kräftigen Tritt zu Fall gebracht hatte, ergriff der zuständige Ratsherr die Initiative und setzte sein Siegel unter die Dienstanweisung, das Biest dem Abdecker zu übergeben. Grummelnd wartete er darauf, daß das Wachs aushärtete. Für Pferdeleder, Leim und Hundefutter gab es wenig Nachfrage; der Schlachterlös, den das Vieh einbringen würde, war kaum ausreichend, all die Zerstörungen auszugleichen.

Der Stallbursche pflegte mit zusammengekniffenen Augen seine Prellungen. »Dann behalten wir das Biest eben und bezahlen noch mehr zerstörte Stallungen.«

Die Dienstanweisung landete mit noch warmem Siegel in seinen Händen, während im Nebenraum Stimmen von größerer Autorität in ein erhitztes Streitgespräch verwickelt waren. Die Probleme, die sie dem letzten Eigentümer des Pferdes verdankten, dem fetten Gefangenen, der vom Gericht der Stadt verurteilt worden war, bis zur Sonnenwende Zwangsarbeit zu leisten, ließen sich nicht so einfach bereinigen. Während der Stallknecht mit dem Todesurteil für das Pferd vorüberging, verschlimmerten die Beschimpfungen, die durch die verschlossenen Türen hereindrangen, die Kopfschmerzen des Ratsherrn, wie sie es bereits seit einer Woche ohne Unterbrechung zu tun pflegten. Dakar war in der zugigen Baracke krank geworden. Das armselige Essen schwächte ihn zusehends. Seine Füße waren durch Frostbeulen so geschwollen, daß er sich des Morgens nicht erheben konnte, ohne lauthals und jämmerlich zu klagen.

Seine Mitgefangenen benutzten ihre Fäuste, um sein

Gewimmer zu beenden. Jammernd und quäkend ertrug er sein Siechtum und ihre Schläge und brachte sie so um den wenigen Schlaf, den sie nach den Tagen schwerer Arbeit im Hof der Steinmetze erhaschen konnten, wo sie die massiven Steinblöcke bearbeiteten, aus denen später die Flutmauern wieder aufgerichtet werden sollten, die jedes Frühjahr von Stürmen niedergerissen wurden. Da Dakars Augen beide von den Prügeln zugeschwollen waren, konnte er kaum etwas sehen, während er seinen Fäustel schwang. Bei jedem Hieb flogen Steinsplitter wild in alle Richtungen davon. Ein Gardesoldat lag bereits mit einem arg aufgerissenen Gesicht darnieder, während ein Aufseher mit zerschmettertem Gebiß das Haus hütete.

Nunmehr in Einzelhaft, verbrachte Dakar die Stunden seiner Gefangenschaft mit Gesang. Doch selbst wenn er ganz nüchtern war, erwies er sich als vollkommen unmusikalisch. Die johlenden Echos seiner Balladen quittierten die anderen Gefängnisinsassen mit Zähneknirschen, ehe sie, vollends frustriert, miteinander zu raufen begannen. Die Wachen versuchten es mit einem Knebel. Irgendwie verschluckte Dakar den Stoff. Das grobe Gewebe verursachte ihm Magenschmerzen, schien ihn aber sonst kaltzulassen.

Der Heiler, der geschickt worden war, ihn zu untersuchen, kam aus der Tiefe des Kerkers zurück und schnalzte aufgeregt hinter seinem parfümierten Taschentuch, das er bei sich trug, um dem Gestank zu entgehen, mit der Zunge. »Der Mann ist verrückt«, stellte er näselnd fest. Er nahm das Leinentuch von seinem Gesicht und spuckte hinein. Als er damit fertig war, gewohnheitsmäßig wie professionell seine Körperflüssigkeit in Augenschein zu nehmen, nötigte er den bläßlichen Oberaufseher dazu, seine Ansichten über den wirren Geisteszustand des Gefangenen mit ihm zu teilen. »Glaubt, er wäre unsterblich. Besteht darauf, daß er sogar eine hohe Dosis Tollkirschen überleben könnte, und dann bietet mir der irrsinnige Narr noch an, es mir vorzuführen. Laßt ihn angekettet, und verabreicht ihm eine Diät aus Kräuterbrühen. Danach, wenn Ihr meinen Rat hören wollt, schickt ihn in das Irrenhaus der Geweihten Mönche Aths.«

Eingemummt in Felljacken, um sich und seiner Erkältung Linderung zu verschaffen, ließ der Oberaufseher seinem Zorn freien Lauf. »Es wäre wahrhaftig eine Erleichterung, wenn ich den Kerl endlich loswerden könnte. Aber der Richter läßt sich nicht erweichen. Zwangsarbeit bis zum Sommer, lautet das Urteil für Dakar, und daran kann nichts außer seinem Tod etwas ändern.«

»Nun, dann laßt ihn eben liegen«, sagte der Heiler, während er mit säuerlicher Miene seine Tasche packte. »Vielleicht bekommt er die Pocken, oder er geht an entzündeten Rattenbissen zugrunde. Wenigstens sollte er sich im Namen der Gerechtigkeit Daelions bei Euch anstecken und sich erkälten, auf daß er seine Stimme verliert. Braut Eure Frau Cailcallowtee?«

Der niedergeschlagene Aufseher schüttelte den Kopf. »Keine Frau.«

»Ach, wie schade.« Pfeifend zog der Heiler von dannen; und welche Krankheit auch immer seine Kerkermeister befiel, Dakar erwies sich als unverschämt immun. Er jubilierte in der Finsternis, bis er heiser war, und krächzte dann in einem vergnügten Bariton weiter, während die Wachen sich verzweifelt mühten, der Dissonanz zu entgehen, indem sie sich Tücher um die Ohren wickelten.

Das Frühjahr nahm seinen Lauf, und Dakars abgetragener Arbeitskittel aus Hanffasern flatterte locker um seinen abgezehrten Leib. Seine Haut hatte die blasse Farbe eines Champignons angenommen, als der Wahnsinnige Prophet dem Mann, der gesandt worden war, ihn herauszuholen, mitteilte, daß er nie in seinem Leben mehr als vierzehn Tage hintereinander nüchtern geblieben war, nicht einmal als Baby auf den Knien seiner Mutter. Drei Monate hingegen wären ein einmaliger Rekord, erklärte Dakar so beharrlich, als wunderte er sich ernsthaft darüber, noch am Leben zu sein.

Niemand kam ihm mit einem Krug Bier zu Hilfe. Statt dessen wurde er aus seiner Höhle in den tiefen Kerkern Jaelots gezerrt. Die Steinblöcke, die während des Winters geschlagen worden waren, wurden nun auf flache Ochsenkarren verladen und langsam über die Landspitze transportiert. Am Ziel peinigte eine Truppe Soldaten in Lederrüstzeug die ausgezehrten Arbeiter mit ihrem ohrenbetäubenden Gebrüll. Wund vom salzigen Sprühregen der Gischt, die von den weißen Schaumkronen der Flutwellen heranwehte, blutend aus Hautabschürfungen von den Ketten und aus Schnittwunden, die sie sich an den Kanten der Steine zugefügt hatten, bückten sich die Zwangsarbeiter Jaelots, um eingefallene Schutzwälle und Strombrecher wieder aufzurichten.

Die Arbeit war hart und gefährlich; dort, wo die Strömung die Schutzmauern unterspült hatte, gerieten die Granitblöcke nur allzuleicht ins Rutschen. Ein Mann, der sich zur falschen Zeit am falschen Ort aufhielt, konnte sich schnell Arme oder Beine brechen. Heranrollende Wogen mochten sich urplötzlich auftürmen und über die Arbeiter hereinbrechen, und die brodelnden, schäumenden, salzigen Wassermassen waren imstande, die gewaltigen Steinblöcke durcheinanderzuwirbeln wie Suppenknochen in einem Kochtopf. Männer starben, zerquetscht wie Insekten. Andere ertranken, von ihren Ketten in die Fluten hinabgezerrt.

Dakar verspürte keineswegs den Wunsch, als Futter für die Krabbenhorden zu enden, die die Bucht nach Nahrung durchstöberten.

Als weitere Wagen zum Entladen herbeigezerrt wurden, nutzte er einen Augenblick, in dem die Wache abgelenkt war, um seinen scharfen Blick über die Wellen wandern zu lassen, wobei er vorgab, sich in die rissigen

Hände zu spucken. Die Monate im Kerker hatten ihm mehr Zeit gegeben, sich in ununterbrochener Konzentration zu üben, als ihm lieb war, und sein Sehvermögen war nun so gut wie das eines Seemannes.

Eine barsche Stimme hinter ihm brüllte: »Du!« Gleich darauf schlug der Schaft eines Speeres auf seinen Schultern auf. »Zurück zur Arbeit! Und ein bißchen plötzlich!«

Der Wahnsinnige Prophet stolperte voran und wäre beinahe gestürzt. Statt dessen prallte er mit der Schulter gegen einen Steinblock, der eben von dem Wagen herab auf Rollen geladen wurde, mit deren Hilfe er weitertransportiert werden sollte. Der Wagen knirschte. Die gewaltige Masse gehauenen Granits kam in Bewegung, kippte und fiel schließlich herab. Die Stützpfähle, die nicht sofort zu Sägespänen zermahlen wurden, verloren den Halt, während die Männer fluchend aus der Gefahrenzone sprangen. Die langsamsten unter ihnen rieben sich zornentbrannt ihre aufgeschlagenen Schienbeine.

»Schon wieder der fette Bastard!« kreischte der Pikenier, dessen Aufgabe es war, das Abladen der Steinblöcke zu überwachen.

Beleidigt und mit großen Augen blickte Dakar an den lockeren Stofflagen herab, unter denen er einst einen stattlichen Bauch gepflegt hatte. »Fett?«

Eine gepanzerte Hand versetzte ihm einen klirrenden Hieb an das Kinn. »Hier wird nicht geredet, sondern gearbeitet. Los jetzt, oder du wirst gleich mit eingemauert.«

Dakar taumelte auf weichen Knien, ehe er eindrucksvoll auf seine Kehrseite fiel, und nicht einmal die Schläge mit dem Speer vermochten ihn wieder aufzurichten.

»Bei allen Dämonen!« Der Wachhauptmann war herbeigeeilt, und das hochtönende Klirren seiner Rüstung hob sich klar und deutlich von dem tieferen Rasseln der Ketten ab. »Bringt ihn raus zur Brandung. Das kalte Wasser wird ihn schon wieder auf die Beine bringen.«

Zwei Gefangene wurden herbeigerufen, Dakar aus der

Reichweite der Arbeitsgruppe zu entfernen. Ausgebreitet lag er am Rand der Schutzmauer, nurmehr ein zerknitterter Haufen schmutziger Lumpen, zerschlagen und offenbar benommen, doch sein Gesicht war mit gespannter Aufmerksamkeit den Brechern zugewandt, die unter ihm gegen die Mauer schlugen. Endlich rührte er sich wieder, doch nicht etwa wegen des Sprühregens, der auf ihn herniederfiel, sondern weil er schließlich doch entdeckt hatte, wonach er in den weißschäumenden Wogen gesucht hatte.

Es waren tatsächlich Dämonen hier, draußen, inmitten der Wellen, ritten sie die heraufziehende Flut, um sich wieder aufzuladen. Energiegeister, beheimatet in Athera, die sich von der Kraft der brechenden Wassermassen nährten, unsichtbar für das menschliche Auge, waren sie nur daran zu erkennen, daß die Wellen, auf denen sie im hereinströmenden Wasser der Bucht ritten, sich auftürmten und zusammenstürzten, ohne dabei Spritzwasser freizusetzen. In der alten paravianischen Zunge wurden sie Iyats genannt, doch ihr unermüdlicher Drang, Unheil zu stiften, hatte ihnen den Beinamen Gauner eingebracht.

Dakar verzog die Lippen in seinem zerschlagenen, blutenden Gesicht zu einem böswilligen Lächeln. Er stöhnte gekünstelt, rollte sich herum und stützte sich auf seine Unterarme. Dann, die Augen geschlossen und mit einer Miene vorgeblichen Leidens, sammelte er seine Fähigkeiten als Zauberbanner und baute in seinem Inneren einen geballten, wirbelnden Kern konzentrierter Energie auf. Schlampig, wie man es nur einem Anfänger zutrauen mochte, ließ er die Kraft in seine Aura einfließen. Dieser verfehlte Zauber war unbedeutend, sogar harmlos, kaum mehr als das Aufblitzen einer statischen Entladung aus einem Stück Eisen in trockener Kälte. Doch Dakar wußte aus Erfahrung nur zu gut, daß selbst der kleinste Fehler in der Handhabung magischer Kräfte für den Appetit eines hungrigen Dämons eine unwiderstehliche Verlockung darstellte. In der Vergangenheit hatte er oft genug darunter leiden müssen, wenn sein nachlässiger Umgang mit seinen magischen Übungen die Geister dazu verführt hatte, ihn zu quälen. Sosehr Asandir sich auch mühte, seine Leistungen zu verbessern, so sehr sperrte sich Dakars Handlungsweise gegen jegliche Korrektur. Immer und immer wieder war er zu einem Magneten für die unersättlichen Geister geworden.

Er fühlte ein Schaudern in der Luft, als die Iyats seine verlockende Präsenz wahrnahmen. Nicht länger stürzten die Wogen zusammen, ohne Wasser zu verspritzen, statt dessen setzten sie einen Sprühregen wilder Ausgelassenheit frei, als die Kreaturen sich von ihrem Zeitvertreib lösten und sich an die Signatur verirrter Energie klammerten. Nie zuvor hatte Dakar die Stiche und das Kribbeln in vollen Zügen genossen, das seine Haut überzog, als sich die Geister wie rasend an der Energie seiner Aura labten. Wo einer war, da folgten auch andere. Iyats reisten bevorzugt in Horden. Kribbelnd brannte sich ihre Gier durch seine magischen Sinne, und Dakar erkannte auf die Sekunde genau, wann die Dämonen, die voller Vergnügen von seinen Almosen tranken, begannen, über ihren Energiebedarf hinaus gierig an ihm zu saugen. Stöhnend suchte er nach einem Halt und richtete sich auf, wobei er genug Theater machte, um die Aufmerksamkeit des Aufsehers auf sich zu ziehen.

Ausnahmsweise waren die lauten Flüche und barschen Befehle ihm gerade recht, und Dakar ließ sich bereitwillig von dem Wachsoldaten herumstoßen. Schikaniert, verflucht und von unduldsamen Speerschäften vorangetrieben, ließ er sich in das Gewirr der Arbeiter zerren, die nun nicht mehr damit beschäftigt waren, die Wagen zu entladen, sondern stöhnend und hart arbeitend die schweren Steinblöcke auf die eingestürzte Schutzwand hievten. Der Geruch von Salzwasser und feuchter Wolle mischte sich mit dem Dunst des

Schweißes, während Seile in Flaschenzügen kreischten und Steine knirschend über andere Steine rutschten. Mitten im erhitzten Gedränge der angestrengten Leiber, gezwungen, seinen Teil der Last zu tragen, leckte sich Dakar das getrocknete Blut von den Zähnen und stoppte das Rinnsal ausströmender Energien.

Die unsichtbaren Geister zogen sich über ihm zu spiralförmig verzerrten Winden zusammen. Sie stießen und rüttelten ihn, zogen in Anfällen offensichtlichen Ärgers an seinen Haaren. Als er sich weigerte, nachzugeben und ihren Bedürfnissen noch weiter zu entsprechen, gaben sie sich ihrem gewohnten Hang hin, zu piesacken, zu frustrieren, zu ärgern, um so viel Energie wie nur möglich aus den herumirrenden Emotionen zu schöpfen, die sie jedem verfügbaren Opfer abrangen.

Kaum einen Lidschlag später brach das Chaos unter den Arbeitern an der Mauer aus.

Steinsplitter und Felsbrocken wirbelten durch die Luft, prallten klirrend gegen die Helme der Offiziere und bombardierten gnadenlos die zwangsverpflichteten Arbeiter. Schmerzhaft getroffen und vollends überrascht ließen die Männer schreiend von ihren Lasten ab. Mit einem schauerlichen Kreischen kamen die gehauenen Gesteinsblöcke außerhalb der Flucht zum Liegen, ehe sie mit einem gewaltigen Donnern herabfielen und die Mauer erbeben ließen. Granit schabte über Granit und löste kleine Brocken aus dem Felsen, die davongeschleudert wurden und sich in das Fleisch der Gefangenen bohrten. Männer husteten, fluchten und spuckten Staub und kleine Steinchen aus, während die älteren Granitblöcke, die so oder so schon von den Stürmen und dem Eis des letzten Winters geborsten waren, sich lösten und donnernd und dröhnend in die aufspritzende Brandung stürzten.

Obwohl weit und breit kein Wind spürbar war, richtete sich eine Wasserhose aus dem Meer auf. Schrill fauchend schlängelte sie sich durch die milde Luft. Aufgeschreckt wich das Ochsengespann des Führungswagens zurück. Schwer stemmten sich ihre kraftvollen Muskeln gegen das Hemmnis aus Leder und Deichsel, während hinter ihnen das stabile Fuhrwerk gegen eine Felswand gedrückt und zerquetscht wurde. Ächzend verwandelte sich der Wagenboden in ein Wrack gesplitterten Holzes. Der nächste Rollwagen wurde durchgeschüttelt und rutschte mit zwei Rädern in einen Riß im Pflaster, und die Naben brachen unter dem Kreischen abgescherter Achsnägel.

Einige Meter entfernt schienen sich drei unerschütterliche Fahrer einen Kampf mit ihren Stachelstöcken zu liefern, ehe sie zu Boden gingen.

»Ath, verschone uns!« rief der diensthabende Hauptmann. Zu spät wich er der heranrollenden Welle aus, die ihre Gischt über seinen Rücken ergoß. Tropfnaß, mit hochrotem Gesicht und offenbar bereit, aus purem Zorn zu töten, hüpfte er von einem Bein auf das andere. »Wir werden von einer verdammten Dämonenplage heimgesucht!« Der Speer in seiner Hand wurde lebendig und verspürte einen unwiderstehlichen Drang, sich herabzuneigen und auf die Innenseiten seiner Unterschenkel einzuschlagen.

Inzwischen aus unzähligen kleineren Wunden blutend, warfen die Soldaten ihre Speere von sich, um die Hände frei zu haben, den Hagel kleiner Kieselsteine abzuwehren. Gleichzeitig bockten die Ochsen und versuchten, sich ihrer Geschirre zu entledigen, und gepeinigte Fuhrmänner eilten herbei, darum bemüht, sie zu beruhigen. Iyats hatten selbst von den Zügeln in ihren Händen Besitz ergriffen und waren ausgesprochen eifrig damit beschäftigt, die Schnallen zu lösen. Schlangengleich wand sich sodann das befreite Leder um Handgelenke und Fesseln. Während die Tiere furchtsam brüllten und die Gefangenen mit ihren Ketten um sich schlugen, zogen die gefesselten Gardesoldaten ihre Dolche. Sie bückten sich, um sich den Weg freizuschneiden, und traten und schlugen dann nach den abgetrennten Lederstücken, die madengleich über ihre Waden krochen.

»Männer, laßt die Gefangenen Aufstellung nehmen!« brüllte der gequälte Hauptmann.

Während seine Truppe mit Hilfe von brutalen Stößen und Schlägen die aufgeregt stolpernden Zwangsarbeiter zusammentrieb, brach ein beachtliches Stück der Schutzmauer zusammen. Felsbrocken lösten sich und flogen wie Schleudergeschosse durch die Luft.

»Zurück!« schrie der Wachoffizier. »In das Torhaus! Die Talismane werden uns dort vor den Dämonen schützen.«

Breitbeinig, die Füße fest auf dem Boden, stand der Wahnsinnige Prophet im sicheren Abstand in der Nähe des einstürzenden Strombrechers und lachte hinter den rötlichen Fransen seine Bartes. Mochten die kleinen Zinnfetische, die an den Eingängen der Torhäuser baumelten, auch einst Macht besessen haben, zu beschützen, so hatten Zeit und Verschleiß die Magie doch längst erschöpft. Der verbliebene Rest reichte vielleicht, *einen* Iyat abzuwehren; niemals konnte er ein Hindernis für ein ganzes Rudel darstellen, das wild entschlossen war, Unheil anzurichten. Entgegen der allgemein vorherrschenden Meinung brachte das Klirren und Klingeln windgepeitschter Zinnstreifen keine schützenden Vibrationen hervor; allenfalls taugten sie zur Vorwarnung, doch die Iyats würden sie unbeschadet passieren können. Aus leidvoller Erfahrung wußte Dakar, daß die Iyats, nachdem sie die berauschende Energie magischer Kräfte an seiner Aura gekostet hatten, ihn nun aller Wahrscheinlichkeit nach noch tagelang auf Schritt und Tritt verfolgen würden.

Reuloser Anstifter, der er war, spannte er seine Halsmuskulatur, um dem Zerren an seiner Gefangenenkleidung entgegenzuwirken, die ein kleinerer Iyat offensichtlich in eine Garrotte umzuwandeln gedachte. Mit seinen Ketten marschierte er zwischen den geborstenen

Wagen hindurch über die dampfenden Fäkalienhaufen hinweg, die die verängstigten Ochsengespanne hinterlassen hatten, und er war außerordentlich froh gestimmt. Im Gefängnis schmutzige Lieder zu singen, war der harten Arbeit, die eines Mannes Gebeine schnell zu Fischfutter zermahlen konnte, bei weitem vorzuziehen; seinen sicheren Faulenzer-Status zurückzugewinnen, war ihm sogar die Quälereien dieser stürmischen Dämonenplage wert.

Vier Tage später schritt Arithon, der sich mit einem der Unteroffiziere der Bogenschützen Jaelots im Schießen maß, über den Übungsplatz, um den Punktestand abzulesen, den seine Pfeile erzielt hatten.

Ein Gardesoldat außer Dienst winkte ihm von dem Tor auf der anderen Seite des Platzes aus zu. »Hey, Minnesänger, schon gehört? Der fette Kerl, für dessen Auslösung dein Meister spielen muß, muß keine Zwangsarbeit mehr verrichten!«

Eingehüllt in einen fadenscheinigen, braunen Mantel und bis zu den Knöcheln im windgepeitschten Frühlingsgras versunken, das sich endlich seinen Weg durch den Schlamm erkämpft hatte, schob Medlir seine Kapuze zurück. Augen, so ungleichmäßig gesprenkelt wie die flechtenverkrustete Mauer hinter seinem Rücken, weiteten sich unter seinen hochgezogenen Brauen. »Du sprichst von Dakar? Was gibt es zu berichten?«

Seine Schießkumpane versammelten sich neugierig. Ihre Sandkübel waren leer und die Schäfte ihrer Pfeile lugten noch immer aus den Strohzielscheiben hervor. Das Silber, das sie verlieren würden, wenn die Punkte erst gezählt wären, ließ sie jede Abwechslung willkommen heißen.

Inzwischen fähig, über die qualvollen Ärgernisse jenes Nachmittages zu lachen, kam der Gardesoldat, der eben seinen Dienst im Kerker beendet hatte, zu ihnen herüber, wobei er sich seinen spitz zulaufenden Helm unter den Arm klemmte. »Der dumme Kerkermeister mußte ihn freigeben, hatte keine andere Wahl. Abgesehen davon, daß er verrückt ist, ist der fette Bursche auch eine atmende, wandelnde Versuchung für streunende Dämonen. Er zieht sie an wie ein Magnet Eisen, und nicht ein verfluchter Talisman in der ganzen Stadt hat die Macht, sie abzuwehren.« Nun bei den Zielscheiben angelangt und Soldat genug, auf einen Blick den Punktestand abzulesen, schlug er Medlir auf die Schulter. »Du gewinnst? *Damit?* Gegen unsere langen Bogen?«

»Zumindest bisher.« Der Minnesänger verzog die Lippen zu einem schiefen Lächeln. Lange, geschmeidige Finger lösten die Sehne aus dem Hornbogen und reichten die Waffe dann einem Pagenjungen, der sie in das öffentliche Waffenlager zurückbringen sollte. »Du hast Dakar nicht zufällig den Namen des Gasthauses genannt, in dem wir logieren?«

Der schroffe Humor des Gardesoldaten bekam einen bösartigen Zug. »Im Kerker konnten wir ihn nicht lassen, wer bleibt da schon noch übrig? Ich hoffe, es überfordert eure Geduld nicht, wenn eure Stiefelschnüre jeden Morgen aufs neue verknotet sind.«

»Meine gewiß.« Mit gespannter Fröhlichkeit begann Medlir zu lachen.

Ein pikantes Geheimnis behielt er wohlweislich für sich: zur Kunst eines Meisterbarden gehörten Harmonien, deren besondere Resonanz dazu diente, Dämonen abzuwehren. Halliron hatte seinem Schüler verboten, in der Öffentlichkeit zu spielen; der alte Mann selbst weigerte sich standhaft, irgendwo aufzutreten, bis es die Bedingungen des Handels mit dem Gericht von Jaelot erforderlich machten. Wenn die Stadt nun infolge Dakars Einkerkerung von Iyats heimgesucht wurde, so würden sich der Meisterbarde und sein Schüler in ihre Dachstube zurückziehen und von dort aus gemeinsam die Verwüstungen würdigen.

# Geisterhafte Spuren

Aus weiter Ferne von einem Ruf des Hüters im Althainturm berührt, weckt ein Rabe mit aufgeregtem Flügelschlag einen Zauberer der Bruderschaft, der die Steifheit seines von alten Wunden gezeichneten Körpers ignoriert und sich von seinem Lager erhebt, einen abgetragenen schwarzen Umhang überwirft und gen Osten über die Radmoorstraße zu der von Zauberbannen geschützten Feste am Rande der furchtbaren Sümpfe von Mirthlvain reist ...

In den Westgebieten wird derselbe Ruf von einem anderen magischen Geist gehört, der dort Wache über die Enklave der Zauberinnen hält; besonders aber über eine Novizin mit dunklem kastanienbraunen Haar und einem reinen Herzen, die in dem Netz allumfassender Intrigen gefangen ist, das den Herrn der Schatten umgibt ...

Weit außerhalb der Einflußsphäre Atheras und der Bibliothek des Hüters von Althain gleitet das Bewußtsein eines körperlosen Zauberers aus einer eisgebundenen Welt, gefesselt unter brütendem Nebel; und als sein Sein sich einen Weg durch die Leere bahnt, die das Nichts zwischen den Sternen mit eisiger Kälte erfüllt, fürchtet er schon, daß der nächste Ort, an dem er seine Suche fortsetzen wird, um die Geheimnisse des Nebelgeistes zu enthüllen, ebenso leblos und verlassen sein wird wie der vorangegangene ...

# 4

# AUFRUF ZUR SAMMLUNG

Einige Tage, nachdem der Kurier des Clans sein Nest im Turm verlassen hatte, legte sich Sethvir, der Hüter von Althain, ein frisches Blatt Pergamentpapier zurecht. Einen Ellbogen auf einen dicken Wälzer über Himmelsmechanik gestützt, der von Planeten und Sternensystemen kündete, die sich weit außerhalb der Welt befanden, in der er sich gerade aufhielt, dachte er nach. Mit gewohnheitsmäßiger Hektik schärften seine Hände währenddessen die Spitzen seiner Schreibfedern in einer Weise, die an einen Duellanten erinnerte, der eifrig damit beschäftigt war, seine Klinge zum Kampf zu wetzen. Dann, während sich seine Linke mit festem Griff um einen Teebecher schloß, schrieb der Zauberer die Botschaft nieder, die die Dienerin Tysans Arithon s'Ffalenn zukommen lassen wollte. Schließlich fügte er noch eine Inventarliste an, die ganze zwölf engbeschriebene Seiten füllte. Maenalle hatte an die aufgeführten Gegenstände gedacht, doch die Liste war zu lang, als daß ein Kurier sie sich hätte merken können. Er durchwühlte eines seiner Regale und zog schließlich aus einer Büchse mit allerlei Krimskrams ein abgenutztes Siegel hervor, das er dazu nutzte, das Dokument mit dem Wappen der einstigen Prinzen von Camris zu verschließen, dem Wappen, in dessen Namen Maenalle diente.

Allmählich neigte sich die Nacht dem Ende zu, und draußen, hinter den Fenstern begann der Morgen der Tagundnachtgleiche des Frühjahres, ein Tag, an dem sich die Zauberer traditionell zu einer Versammlung zusammenzufinden pflegten.

Der Hüter des Althainturmes verstaute den fertigen Brief in der Tasche, die er bereits anläßlich dieses Ereignisses gepackt hatte, und stieg die Stufen zu seinen nicht minder unordentlichen Wohnräumen hinab. Dort tauschte er seine abgetragene Robe gegen eine andere aus, die kaum weniger tintenbefleckt war. Draußen hellte sich der Himmel zu einem dämmerigen Perlmutt auf, während Sethvir, obgleich er tagelang nicht geruht hatte, mit strahlenden Augen die Treppe weiter hinunterstieg.

Keine einzige Fackel brannte in den schwarzen Eisenhaltern an den Wänden. Die Statuen zum Gedenken an die verschwundenen Paravianer standen in tiefer Dunkelheit auf ihren Sockeln. Nur dann und wann spielte ein Lichtstrahl, der durch die Schießscharten hereinfiel, auf ihren goldenen Verzierungen.

Sethvir benötigte keine Fackel, um seinen Weg zu finden, vorbei an marmornen Einhörnern, majestätischen, hochaufragenden Zentauren und hüfthohen Podesten, die die zierlichen Bronzen der Sonnenkinder stützten. So schwer auch die Sorge um die Zukunft auf ihm lastete, war doch die Bürde der verlorenen Vergangenheit nicht minder bedrückend. Mit seinen magischen Sinnen erfaßte Sethvir den vibrierenden Nachhall der Schritte längst vergessener Besucher. Gleich dem Spiel von Licht und Schatten konnte er in den schwingenden Luftströmungen die Spuren vergangener Magie fühlen, die einst von den Paravianern mit ihrer unterschwelligen Harmonie gewirkt worden war; und da war noch mehr, jüngere Echos der Energien der Bruderschaft, die sich wie ein besänftigendes Tonikum federleicht auf die Haut legten. Und über all dem lag jener Schutzbann, der, so zeitlos wie Felsgestein, den Althainturm gegen die Welt und ihre Tücken versiegelte.

Der Zauberer ging an goldverzierten Täfelungen vorbei, errichtet, um die schwere Konstruktion aus Ketten und Winden zu verdecken, die dazu dienten, das große Tor des Turmes zu bedienen. Wie einen Tornister hatte er sich die Tasche übergeworfen, als er neben einer Falltür niederkniete und innehielt, scheinbar ganz in Träumereien versunken. Tatsächlich jedoch war sein Geist hellwach, und seine Sinne zogen hinaus, ließen die Wolken über Athera hinter sich und tauchten in das tiefe Vakuum ein, in dem die Sterne wie strahlende Laternen schwebten.

Doch der weit entfernte Geist jenes Bruders, der ausgezogen war, die Ursprünge des Nebelgeistes zu erforschen, antwortete ihm nicht; so wenig, wie er das während des beunruhigend langen Zeitraums von nunmehr sechs Monaten getan hatte.

Nun, da Lysaer seinen Einfluß auf Tysan ausweitete, konnte der Friede kaum weiter bestehen. Ihnen blieb nur noch besorgniserregend wenig Zeit, die verfluchten Prinzen aus den magischen Fesseln des Nebelgeistes zurückzuholen.

Schaudernd schüttelte Sethvir diese Gedanken ab und wandte sich den Problemen zu, die es nun anzugehen galt. Ein Zugring hob sich unter seiner Berührung; Schutzbanne lösten sich, und die schweren Gesteinsplatten bewegten sich unter dem Einfluß der wohlausgewogenen Gegengewichte. Die Ausdünstungen von gealtertem Zedernholz und Wolle, die diesen Raum stets erfüllten, schwanden unter dem Einfluß einer hereinwehenden Brise, die, gleich einem Gewitterwind, den scharfen Geruch von Ozon mit sich trug. Ein Treppenschacht wand sich in die kalte Finsternis hinab, dessen Kanten wie Staub auf Ebenholz im silberblauen Glimmen des Energiekreises leuchteten, der tief unten in das Gewölbe eingelassen worden war.

Sethvir trat auf die Stufen, sicherte die Falltür hinter sich und stieg hinab. Der Tag war nahe, und sein Gesang erklang unüberhörbar innerhalb der sanften, statischen Entladungen der magnetischen Signaturen der Erdenkräfte. Er überquerte eine runde Vertiefung, die mit schwarzen Onyxplatten ausgelegt war, ehe er den Kraftkreis selbst betrat, der aus konzentrischen Kreisen und paravianischen Runen bestand, die in perlmuttfarbenem, phosphoreszierendem Licht leuchteten. Während die elementaren Kräfte auf seinem ungeschützten Leib spielten und ein heftiges Kribbeln erzeugten, betrat er den Mittelpunkt des Kraftkreises und stellte sich genau in der Mitte eines verschlungenen Sternenbildnisses auf, dessen einzelne Verflechtungen am Schnittpunkt fünf verschiedener Linien zusammenliefen.

Er schloß die Augen, hielt seine Tasche fest und wartete.

Außerhalb des Turmes durchdrangen die ersten Sonnenstrahlen den morgendlichen Nebel.

Ein Aufflackern wilder Energien zuckte über die Linien. Der Energiekreis am Boden reagierte, knisterte in blendendem, weißem Licht, und der Augenblick selbst tönte in schwebender Spannung, durchdrungen von unheilvollen Mächten.

Dann erreichte die Flut frühmorgendlichen Sonnenlichtes ihren Höhepunkt und zog vorüber, Stille senkte sich über den Runenkreis, und der Hüter von Althain war fort. Luft, aufgewirbelt durch sein Verschwinden, fegte über einen Sims mit schauerlichen Statuen, ehe sie wie zermürbt wieder zur Ruhe kam.

Dreihundertachtzig Wegestunden südöstlich des Turmes öffnete Sethvir die Augen. Noch immer erschaudernd unter der Einwirkung der magischen Reaktion, saugte er Luft in seine Lungen, die so feucht war wie der Nebel über einem faulen Tümpel und den Geruch von Fäulnis und Moder mit sich trug. Der Zauberer rümpfte die Nase. »Ich hatte ganz vergessen, wie die Methinsel stinkt.«

»Ist das wirklich möglich?« Sein Gastgeber, der meisterhafte Zauberbanner Verrain, stand aufrecht vor ihm, vor der Feuchtigkeit durch einen schlammverkrusteten, braungestreiften Mantel geschützt. »Ich war nicht sicher. Ich bin wohl schon zu lange hier.« Volle Lippen, die einst den hübschesten Mädchen von Daenfal sanfte Seufzer abgerungen hatten, verzogen sich nun zu einem Ausdruck humorloser Ironie. »Seid mir willkommen in den Sümpfen von Mirthlvain.«

Sethvir gönnte seinen verwusten Sinnen einen Augenblick Zeit, sich wieder zu sammeln, ehe er das flechtenverkrustete Muster des Kraftkreises verließ, der um Jahrhunderte älter war als jener im Kellergewölbe des Althainturmes. Im güldenen Licht der Kerze neben dem Tor ergriff er die Hände des Zauberschülers, der weit länger über die Gefahren gewacht hatte, die sich in den Sümpfen von Mirthlvain verbargen, als man irgendeiner Seele zumuten mochte.

»Hast du Tee?« fragte der Bruderschaftszauberer.

Sein beinahe furchtsamer Ton entlockte Verrain ein Grinsen. »Meine Vorratskammer ist wohlgefüllt.« Er ging über die gemauerte Treppe voran, in der die Feuchtigkeit und zahllose Tritte ihre Spuren hinterlassen hatten. »Die anderen erwarten Euch bereits oben.«

Gemeinsam erklommen sie die Treppe in der Finsternis, durch die das leise Tropfen herabfallender Kondenswassertropfen hallte. In einem kahlen Raum am Ende eines Ganges erklangen die zornigen Schreie einer eingesperrten Kreatur, deren Echos an den Nerven zerrten und dem warmblütigen Zuhörer das Haar zu Berge stehen ließen.

»Karth-eels?« erkundigte sich Sethvir.

»Ein brütendes Paar.« Verrain öffnete eine Tür, deren rostige Angeln schauerlich kreischten. Dann ergriff er seinen Stab grauer Asche, während das hereinfallende Tageslicht die Narben der Angriffe von Zähnen und Klauen hervorhob, die seine Hände bedeckten. »Eine neue Mutation, fürchte ich.«

»Kaum«, murmelte Sethvir, »jedenfalls nicht, wenn die, die du gefangen hast, amphibisch sind und neben den üblichen giftigen Stacheln auch über Fänge und Schwimmhäute an den Pfoten verfügen.«

Verrain blickte ihn überrascht an, und seine Augen waren so leer, als absorbierten sie jegliches Licht. »Dann habt Ihr also schon früher Mutationen mit Beinen gesehen?«

»In der Tat, das habe ich. Allerdings ist das nun schon fünftausend Jahre her.« Besorgt spannte der Zauberer die Riemen seiner Reisetasche. »Gewiß sah ich sie nicht mehr, seit die Haßgeister, die diese Abweichungen verursacht haben, in der Rockfellgrube eingesperrt worden sind.«

»In den Aufzeichnungen in der Bibliothek sind sie nicht aufgeführt.« Verrain zog den Kopf ein, um unter den sonderbar niedrigen Torbögen zur nächsten Halle hindurchzugehen. Eine der vielen streunenden Katzen der Methinsel huschte vorbei, als er die Tür zu einem weiteren Treppenhaus öffnete.

»Nein, das tun sie wohl nicht.« Ohne weitere Umschweife wechselte Sethvir das Thema. »Es gibt einen überaus wichtigen Grund, warum wir diesen Ort für unser Treffen zur Tagundnachtgleiche gewählt haben.«

Je weiter sie hinaufstiegen, desto heller wurde es, und die Luft war warm von den Strahlen der von Wolken verschleierten Sonne. So weit im Osten war der Morgen bereits seit Stunden vergangen. Die Fenster hinter den rautenförmigen Gittern gaben den Blick auf die Schieferdächer und Terrakottaschornsteine der Inselfestung frei, die von gelben Moosen und Pilzen bewachsen waren. Gekachelte Wasserläufe, gespeist von Wasserspendern in Form steinerner Dämonenbildnisse, senkten sich zum

Ufer eines Sees hinab, an dem Lilienpflanzen in dichten Büscheln wuchsen. Weiter hinten kräuselte der Wind die silbrig funkelnde Oberfläche tieferer, dunklerer Gewässer. In der Ferne war die typische Landschaft Mirthlvains mit ihren Sümpfen erkennbar, hob sich gleich einer Silhouette aus Sumpfahorn und Zypressen, verwoben mit flatternden Moosfetzen, vor dem Horizont ab.

Die Luft im Inneren der Festung trug eine willkommene Wärme und den Duft sauber verbrennenden Birkenholzes mit sich. Eine getigerte Katze sprang auf den Treppenabsatz, um sich an Verrains Unterschenkeln zu reiben. Er durchquerte ein ganz mit Marmor ausgekleidetes Vorzimmer, dessen flechtenüberwucherte Ecken von allerlei Käfern bewohnt wurden, und führte Sethvir in die dahinterliegende große Halle.

Jenseits der offenen Türen lag ein großzügiger Raum, dessen hohe Holzbalkendecke durch die feuchte Luft eine giftig grüne Farbe erhalten hatte. Aus einem schwarzen Eisenkessel über dem Herdfeuer stieg Dampf auf. Dorthin deutete Sethvirs Gastgeber, wobei sich eine Andeutung von Grübchen auf seinen Wangen abzeichnete. »Euer Teewasser. Ausreichend für den Rest des Tages, denke ich.«

Der Zauberer antwortete mit einem erfreuten Grinsen, ehe er sich beeilte, seine beiden Brüder zu begrüßen, die bereits Platz genommen hatten und auf ihn warteten. Weitere Stühle, deren Polster mit Katzenhaar gefüllt waren, standen leer zwischen den steinernen Greifvögeln, aus denen die Beine des Tisches bestanden.

Eine weiß- und schildpattgefärbte Katze sprang von Asandirs Schoß herab, als dieser sich erhob. »Sethvir! Komm und setz dich. Wie lange ist es her, seit du zum letzten Mal etwas gegessen hast?« Groß, wettergegerbt und abgemagert von seinen vielen Reisen, machte er dem Hüter des Althainturmes einen Platz frei, wozu er erst ein schlafendes Kätzchen entfernen mußte.

Der schwarzgekleidete Zauberer, der sich auf der

gegenüberliegenden Seite des Tisches über einen Teller mit Räucherfisch und Teegebäck beugte, war mit Kauen beschäftigt und nicht in der Lage zu sprechen, doch der Rabe auf seiner Schulter verdrehte die kohlschwarzen Knopfaugen und stieß ein heiseres Krächzen aus.

»Sei mir gegrüßt, mein kleiner Bruder.« Sethvir ließ seine Tasche auf den Boden gleiten und setzte sich, und sein diffuser Blick wirkte nicht länger verklärt, sondern war fragend auf den stilleren seiner Brüder gerichtet.

Traithe blieb wie angenagelt sitzen. Sein breitkrempiger, schwarzer Hut mit dem mattsilbernen Band hing an der Lehne seines Stuhles. Der weite Zobelmantel, den er noch immer trug, vermochte nicht die Mühsal zu verbergen, die ihm jede Bewegung bereitete, seit er durch seine schweren Verletzungen zum Krüppel geworden war. Als der Nebelgeist das erste Mal in Athera eingedrungen war, hatte sich Traithe zu dem tragischen Opfer bereitgefunden, die Magie des Südtores zu lösen und der Kreatur so den Zugang zu dieser Welt zu verwehren.

Als der Rabe ihn ins Ohr zwickte, sah er auf. Düster spiegelte sich der Trotz in seinen Augen. »Ja«, schnappte er, als hätte ihm jemand eine unerwünschte Frage gestellt. »Meine Narben schmerzen heute. Aber da dieses Treffen in Mirthlvain stattfindet, nehme ich an, wir sollten unsere Kräfte für etwas Wichtigeres als unnötigen Heilzauber verwenden.« Über das drahtige, eisgraue Haar hinweg, das der Rabe durcheinandergebracht hatte, tauschten Asandir und Sethvir rasch einen Blick aus. Wäre Traithe noch im Besitz seiner Macht gewesen, hätte ihm niemand erzählen müssen, daß die Übel der Sümpfe von Mirthlvain unter Kontrolle waren.

»Eigentlich«, gestand der Hüter von Althain, »sind wir hier, weil dieser Kraftkreis der Stadt Alestron am nächsten ist, die einer von uns aufsuchen müssen wird. Offenbar gibt es noch immer eine Kopie der Aufzeichnungen Magyres, und die scheint den Wissenschaftlern des Herzogs in die Hände gefallen zu sein.«

»Schon wieder Schwarzpulver?« fragte Verrain, der so still wie ein Jäger auf der Pirsch nähergetreten war und sich nun neben Traithe setzte. Er hatte seinen braunen Mantel abgelegt. Glattes, blondes Haar, von Samtbändern gehalten, fiel über den Geckenkragen, der schon seit Jahrhunderten nicht mehr der gängigen Mode entsprach.

Sethvir seufzte. »Ja, es wieder einmal die gleiche ermüdende Geschichte.« Er bedachte Asandir mit scheelem Blick, hatte dieser doch vergessen, das Teegebäck weiterzureichen. »Es liegt gewiß nicht auf deinem Weg, aber du wirst die Stadt trotzdem besuchen müssen, ehe du zum Rockfellgipfel weiterreist, um die Schutzbanne um Desh-Thieres Gefängnis zu überprüfen.«

Dann, wohlwissend, daß Traithes Verstimmung nicht in erster Linie durch die alten Verwundungen bedingt war, schob Sethvir die Hände in seine Ärmelstulpen und sagte vorsichtig, aber laut: »Nein. Ich habe noch nichts gehört.«

Dieser Zwischenruf betraf Kharadmon, ihren körperlosen Bruder, der ausgesandt worden war, jene Welten zu begutachten, die durch die Schließung des Südtores von der ihren getrennt worden waren. Aus Gründen, die jenseits jeglichen Verstehens angesiedelt schienen, war dort das Greuel aus Dunst und gefangenen menschlichen Geistwesen zum ersten Mal zu jenem Nebelgeist verschmolzen, der Athera bedrohte.

Sorge trat in die Herzen der Zauberer. Das eisige, leblose Nichts zwischen den Sternen war alles andere als einladend, selbst für einen körperlosen Geist; schlimmer noch, lauerte doch aller Wahrscheinlichkeit nach der größere Teil der bösartigen Geister noch immer frei in diesen fremden Welten und trachtete nach üblen Taten. Das Unheil, das erst durch die Gefangennahme der Kreatur heraufbeschworen worden war, hatte eine beängstigende Tatsache offenbart: die nebelgebundenen Geister waren intelligent, fähig, einem anderen magisch geschulten Geist den Schlüssel zur Magie zu entreißen. Ja, sie waren sogar in der Lage, sich über die Schwelle der Zeit selbst hinauszubewegen, um Unheil anzurichten.

Niemand verstand diese scheußlichen Einzelheiten besser als die Zauberer der Bruderschaft. Der Weg, den sie eingeschlagen hatten, um zwei Prinzen zu befreien, zu versöhnen, war ewig lang und gespickt mit Gefahren, die sich jeder Vorhersage und Prophezeiung verwehrten.

Kharadmon hatte sich auf eine Reise von unermeßlichem Risiko begeben. Wenn ihm ein Unglück widerfahren sollte, wenn es ihm nicht mehr möglich sein sollte, zurückzukehren, dann würde weit mehr verloren sein als nur die Hoffnung, die königlichen Nachfahren wieder in Frieden zu vereinen. Die Bruderschaft selbst würde dann möglicherweise niemals in ihrer ursprünglichen Zahl der Sieben wiederhergestellt werden können.

In dieser bitteren Stille, ständig verfolgt von den neugierigen Blicken der Katzen, gab der Rabe seinen natürlichen Instinkten nach und reckte sich nach dem Teegebäck. Traithe schlug nach ihm, was der Rabe mit aufgeregtem Flügelschlag quittierte. Ungerührt schob er die Butter weg und zischte den Vogel so lange an, bis dieser sich zurückzog, um auf der Lehne des Stuhls Platz zu nehmen und gekränkt sein Gefieder aufzuplustern. Die Erwähnung des einen körperlosen Zauberers brachte auch den anderen in Erinnerung, weshalb Traithe fragte: »Hat Luhaine vor, noch zu uns zu stoßen?«

»Leider nicht.« Sethvir rettete ein Gebäckstück, dem der Rabe übel mitgespielt hatte, und schabte damit über die cremige Butter. »Die Korianizauberinnen sind noch immer mit aller Macht auf der Suche nach Arithon.« Er biß ein Stück von dem Gebäck ab und kaute geistesabwesend darauf herum, ohne den Geschmack wirklich wahrzunehmen. »Sie haben zur Tagundnachtgleiche eine große Suchaktion geplant. Ein Kreis von einundzwanzig Zauberinnen wird mit der Matrix des Skyron-Fokussteines verschmelzen. Luhaine wird dort gebraucht, um ihre

Energien abzulenken, ganz gleich wohin, nur fort von Jaelot, und das ist keine einfache Aufgabe. Es wäre nicht gut für uns, wenn seine Einflußnahme bemerkt werden würde.«

»*Jaelot?*« Verrains Ausruf hallte von der gewölbten Decke wider. »Dieser versnobte Sündenpfuhl des schlechten Geschmacks? Warum Jaelot?«

Asandir seufzte, und seine breiten Schultern hingen müde herab. »An dieser Sache ist eine Heldentat Dakars beteiligt, die schlicht zu närrisch ist, sie zu erwähnen. Für die Dummheit des Wahnsinnigen Propheten zu bezahlen, sitzt Halliron dort bis zur Sonnenwende fest. Selbstverständlich ist sein Schüler bei ihm.« Asandir stützte das Kinn auf seine Finger, die sich an den Spitzen berührten. Er mußte nicht erklären, daß ein so langer Aufenthalt Arithons Identität als Medlir gefährden konnte. »Da aber das Geheimnis um die Person des Herrn der Schatten jederzeit enthüllt werden kann und überdies unser einziges Mittel ist, den Fluch des Nebelgeistes abzulenken, ist Luhaine gezwungen, die Zauberinnen abzulenken, solange es nötig ist.«

»Nun«, murmelte Traithe trocken. »Wie es aussieht, ist das hier weniger eine Versammlung als ein Kaffeekränzchen, das uns die Gelegenheit gibt, die Schwächen unserer Bruderschaft zu bereden.«

»Und das läßt uns gewiß einen Augenblick Zeit, einen kleinen Heilzauber zu wirken«, mischte Sethvir sich ein, wobei er seinen Bruder scherzhaft triumphierend betrachtete. »Außerdem werden wir bei der Aufgabe, die uns in dieser Nacht erwartet, nur schwer auf deinen Sinn für Humor verzichten können.«

Amüsement flackerte in Traithes Zügen auf und brachte die Lachfältchen rund um seine Spanielaugen wieder zum Vorschein. »Was gibt es denn Schlimmeres als die Monster in den Sümpfen?«

Sethvir fummelte Krümel aus seinen Ärmelstulpen und entgegnete vage: »Die Jagd des Korianizirkels auf

Arithon s'Ffalenn. Aber das kann noch ein bißchen warten.«

Der sehnsüchtige Blick, mit dem der Hüter des Althainturmes den Kessel betrachtete, veranlaßte Verrain, sich zu erheben, Tassen herbeizuholen und eine Kanne kräftigen Tees auszuschenken.

Als der Abend das Marschland von Mirthlvain mit Dämmerlicht überzog, hallte das Zwitschern und Kreischen, das Zetern und Krächzen seiner nachtaktiven Bewohner über die Untiefen des Methlassees. Noch war der Nebel nicht aufgezogen, um das Flackern der Irrlichter zu bedecken. Unruhig glänzte das schwarze Wasser wie die Facetten von Obsidiangestein, getüpfelt vom hellen Widerschein der Sterne und einer ungewöhnlichen Reflexion: verloren in der ersterbenden Strömung in Ufernähe spiegelte sich der Lichtschein aus einem vom Feuer erhellten Fenster hoch oben in der Methinselfestung.

Dort, versammelt um einen Tisch aus Stein in einer Halle, düster und schattig wie eine Höhle, berieten sich drei Zauberer der Bruderschaft. Sorgfältig begutachteten sie die Tragweite ihrer Verantwortung, denn allein ihnen oblag es, Atheras uralte Mysterien nach dem unergründlichen Verschwinden der alten Rassen zu hüten. Magische Banne über Weltentoren und Schutzzonen, die Kreaturen von gefährlicher Bösartigkeit in Schach halten sollten, waren überprüft worden, und wie stets hatten die Schutzzauber Kraft verloren: Vor Asandir und Traithe lagen vier Monate beschwerlicher Reisen. Schonungslos waren die Anforderungen, denen sie sich nun, da ihre körperlosen Brüder anderenorts beschäftigt waren, unterwerfen mußten.

Niemand sprach in dieser Nacht von zwei weiteren Zauberern, die sich außerhalb ihres Kreises befanden: der Geist Daviens, des Verräters, befand sich schon seit der Stunde, in der die Hohekönige zu Fall gekommen waren, in der Abgeschiedenheit der Verbannung; Ciladis, der Verlorene, war seit seinem fehlgeschlagenen Bemühen, die Paravianer zu finden, verschollen.

Die Prophezeiung, die die Wiedervereinigung der Sieben vorhergesagt hatte, überdies ihre letzte Hoffnung, die alten Rassen zurückzuholen, all das wurde nun durch den Fluch des Nebelgeistes bedroht, der zwei Prinzen zu Todfeinden hatte werden lassen. Als sie nun endlich bei diesem Thema angelangt waren, dem wahren Anlaß für die Versammlung auf der Methinsel, starrte Sethvir gedankenverloren in seinen leeren Teebecher. Die Teeblätter, die in der Neige schwammen, schienen seine Aufmerksamkeit vollends auf sich zu ziehen, während sein Geist der Resonanz der irdischen Strömungen und dem zarten, feinen Gesang ferner Sterne folgte. »Die Zeit ist gekommen.«

Schweigend erhob sich Asandir, dessen Leib dürr und ausgezehrt erschien. Er sammelte das gebrauchte Geschirr, Verrains gesprungene Teekanne mit dem ausgefransten, geflochtenen Henkel und die mottenzerfressenen Federn aus der Bibliothek ein. Mit nun nicht mehr gar so eingeschränkten Bewegungen rollte Traithe eine Karte mit verschiedenen Markierungen zusammen. Sodann verstaute er das Pergament in seiner Tasche und breitete den schwarzen Stoff seines Mantels über dem nun leeren Tisch aus.

Sethvir wühlte neben seinem Stuhl in seiner Tasche, und als die Katzen zu seinen Füßen davonhuschten und auch die auf seinem Schoß sich streckte und hinabsprang, nutzte Verrain seine magischen Sinne, die Ursache für ihre Unruhe zu ergründen. Diesmal hatte sich keine Kreatur aus den Sümpfen hereinverirrt und die Tiere zur Jagd gelockt. Verrains tastende Sinne berührten die Ausläufer eines kalten Zaubers, eines Bannfeldes, errichtet, um feinsten Vibrationen nachzuspüren. Aufgeschreckt erkannte er, daß die Bruderschaft beabsichtigte, das Netz zu befragen. Die Prophezeiungen, die sie auf diese Weise der Luft abzuringen imstande waren, zeichneten sich durch ihre besondere Genauigkeit aus, doch wurde diese Methode nur aus dringlichstem Grunde angewandt.

Noch beunruhigender für Verrain war die Tatsache, daß der Hüter des Althainturmes sich nun wieder aufrichtete und ihm eine Zinndose und eine Pfeife reichte.

Verrain mußte den Behälter nicht öffnen. Die Ausdünstungen des getrockneten Krautes in seinem Inneren erfüllten seinen Geist sogleich mit der angsterfüllten Erinnerung an das Gift. Zittrig sagte er: »Ich sollte dem Verlauf der Netzmuster auch ohne Tienelle folgen können.«

Sethvir jedoch war unnachgiebig. Sanft umfaßte er die Hände des Meisterbanners mit seinen eigenen, warmen Händen. »Heute nacht werden wir nicht in die Zukunft schauen.« Tiefer Schatten legte sich über sie, als Asandir einen Bann wirkte, um die Glut des Feuers zu verdunkeln, und nun sah der Hüter von Althain plötzlich sonderbar hutzlig aus, gar nicht wie ein Zauberer, sondern vielmehr wie ein alter Mann, den ein Leben voller unsagbarer Sorgen erschöpft und niedergeschlagen zurückgelassen hatte. »Ich weiß, wir haben dir nichts darüber erzählt, doch der Fluch des Nebelgeistes, der Arithon und Lysaer gegeneinander aufgebracht hat, ist weit schlimmer, als es ein magischer Bann sein kann. Das Wissen, daß Licht auf ihre Verfassung werfen mag, liegt zwei Zeitalter zurück, in der Vergangenheit.«

Schleichend zerrte das Unbehagen an Verrains Nerven. »Dann ist es also Euer Wunsch, das Netz dafür einzurichten, die Methuri zu erforschen, die die Mutationen hier in Mirthlvain hervorgerufen haben?«

»Desh-Thieres Einfluß auf die beiden Prinzen ist den verderblichen Verwerfungen, die die Haßgeister hervorgerufen haben, nicht unähnlich.« Asandir nahm wieder Platz und schlug seine langen, schlanken Beine übereinander. »Beide sind durch eine Verschmelzung von Geistwesen entstanden. Beide wurden lebendigem Fleisch eingeprägt, und beide sind so untrennbar mit ihren Opfern verbunden, daß sie nicht gelöst werden können, ohne dabei die Leidtragenden zu töten.«

Als Sethvir seine Hände wieder losließ, öffnete Verrain das kleine Zinngefäß. Angst hatte die Grübchen auf seinen Wangen ausgelöscht, als er die Stummelpfeife reinigte und stopfte. Der beißende Geruch des Tienellekrautes hüllte ihn ein und reizte ihn zum Husten. Verzweifelt wünschte er sich, er müßte nie erfahren, wie die Befragung des Netzes über die Grenzen der Zeitalter hinweg in die Vergangenheit ausgedehnt werden konnte.

Unbarmherzig antwortete Sethvir seinen Gedankengängen. »Das Rätsel der Zeit ist nur für jene Sinne undurchschaubar, die an das Fleisch gebunden sind.«

Verrain erschrak so sehr, daß er das Zinndöschen in hohem Bogen von sich schleuderte. Klirrend landete es auf dem Boden. »Ath bewahre! Können wir denn nicht Luhaine bitten, diese Aufgabe zu übernehmen?«

Doch schon jetzt konnte Asandir ihn nicht mehr hören. Seine große Gestalt in der dunklen Robe lag kraftlos über dem Tisch. Reglos ruhte seine Wange auf seinen verschränkten Armen. Sein Leib war nun ein Gefäß, dessen Geist auf Reisen war, und Traithe hielt neben ihm Wache über sein Wohlergehen.

Unvergeßlich die erschütternde Tatsache, daß gerade so eine gefahrvolle Suche Kharadmon seines Leibes beraubt hatte. Mit zitternden Händen erzeugte Verrain eine Flamme auf einer Fingerspitze und entzündete das Kraut in der Pfeife. Als der betäubende Rauch sich in die Luft emporkräuselte und geisterhaft auf einem ziellosen Windhauch zu tanzen begann, konzentrierte Verrain sich auf sechs Jahrhunderte der Disziplin, um seine Unsicherheit zu besiegen. Dann sog er den Pfeifenrauch in seine Lungen und keuchte atemlos, als das Tienellegift wie ein Buschfeuer durch seine Sinne fegte.

Benommenheit legte sich wie ein wilder Sturm über sein Bewußtsein, gefolgt von einer unendlich geschärften Wahrnehmung, die wie glühende Lava durch seinen Leib strömte, bis die Stille des Raumes sich wie Watte auf seine Ohren legte und sein Blick eine schmerzhafte Klarheit errang. Die endlose Ausweitung seiner Wahrnehmung erschütterte ihn wie ein Sturz aus großer Höhe. In seiner verzweifelten Suche nach einem Anker klammerte er sich an seinem Stuhl fest, während der Boden rund um ihn herum jegliche Ähnlichkeit mit einem festen Grund verlor. Seine manipulierten Sinne zeigten ihm die verwirrenden Energieschichten, deren Zusammensetzung den kalten Stein erst zu fester Materie werden ließ.

Verrain kämpfte gegen das wilde Kreisen seiner Sinne an, das seinen Geist marterte. Erst als Sethvirs Wünsche seine tiefe Trance durchdrangen, erinnerte er sich seiner Bestimmung: Es war seine Aufgabe, das Wissen verfügbar zu machen, das die verwünschten Prinzen von dem Fluch erlösen konnte, und gerade jetzt manipulierte Asandir zu diesem Zweck den Fluß der Zeit. Der Faden seiner eigenen Existenz schwebte nunmehr auf der Schwelle zwischen Leben und Tod.

Das magische Feld, das der Zauberer über dem schwarzen Stoff auf dem Tisch errichtet hatte, war in seiner Wirkung begrenzt. Sein Einflußbereich war kaum größer als ein Kubikmeter, doch die Resonanz an seinen Rändern, hervorgerufen durch die Begegnung mit der Gegenwart, erklang in einem Wimmern jenseits menschlichen Hörvermögens und verursachte einen schauerlichen Schmerz, der einen Mann bis ins Mark seiner Knochen zu erschüttern vermochte. Von unbeschreiblichem Unbehagen gepeinigt, raffte Verrain, dessen blondes Haar schweißnaß über seine Stirn fiel, die Fetzen seines Bewußtseins zusammen und wirkte drei lichte Stränge.

Sethvir rief die Macht herbei und sprach. Eine Resonanz magischer Energien antwortete ihm, als seine

Worte sich scharf wie Rasiermesser in die von der Droge verfeinerten Sinne gebohrt hatten, und sie berührte die Linien des Lichtes über der Dunkelheit und ordnete sie zu einer Formation an, die einen Namen barg.

Wie ein Abbild jener Lebensströme, die Aths Schöpfung real werden ließen, bewegten sich die Stränge immer rascher und formierten sich zu Mustern, die der geschulte Geist auf einen Blick zu enträtseln vermochte. Verrain rief einen weiteren Strang herbei und noch einen, während Sethvir, durch die unsichtbare Verbindung mit der von Asandir geschaffenen Zeitnische, Namen sprach, welche die Konstrukte *dieses* Felsens und *jenes* schlammigen Pfuhls neu entstehen ließen, sie trotz ihrer endlosen Zahl individuell mit Pflanzen, Insekten, Salamandern und Bäumen belebten. Gleich Federstrichen zeigte sich hier Wachstum und Tod der Moose. Dort, wie verflochtenes Gewebe, spielten Brisen in Riedgrasbüscheln, umgeben von schwarzem Wasser, dargestellt in engen Kurven, die den Lebenstanz der Fische wiedergaben. In glühendem, kompliziertem Glanz vor einem Hintergrund samtener Dunkelheit entstand ein Modell einer Quadratmeile des Sumpflandes von Mirthlvain, gewirkt aus dem Muster lichter Analogien.

Erstarrt vor Ehrfurcht und gefesselt von einer Harmonie, die ihm den Atem raubte, weinte Verrain, als er erkannte, daß das Moorgebiet, das er nun sah, noch von der Natur selbst beherrscht wurde. Die Kreaturen dieses Morastes waren noch nicht versklavt, verdorben und mutiert, grauenvolle Perversionen hervorzubringen, die der Besessenheit der Haßgeister entsprangen.

Sanft erklang Sethvirs Stimme in der Dunkelheit. »Beginne.«

Verrain fühlte, wie sich seine Nackenhaare aufrichteten.

Eine bedrückende Ahnung der Gefahr verblieb, gleich dem Nachhall zu lang gespielter Noten oder der Kälte scharfen Stahles, verborgen unter weiten Mänteln. Jede

Abweichung, jede Diskrepanz zwischen dem raschen Fluß der Lebenskraft und der heißen Glut elementarer Energien konnte nun das zerbrechliche Gleichgewicht der Zeiten aufspalten und Asandirs Geist seinem Körper entreißen. Zitternd focht Verrain seinen Kampf aus, die, durch das Kraut hervorgerufene, explosive Hellsichtigkeit untrennbar an die Geometrie der Prophezeiung zu binden, während Sethvir allein den letzten Strang herbeirief und ihm die Gestalt des Wahren Namens der Methuri verlieh. Die Matrix einer Abstammung, die Verrain nur in alten Schriften hatte studieren können, zeigte sich in dem Netz. Nun, dornenreich und zerklüftet, *erlebte* er die fehlgeleiteten Energien jenes Sturmes, der halberschaffenes Sein aus dem gedankengeformten Reich unterirdischer Träume herausgerissen hatte. In verworrenen Knoten offenbarte ihm das Netz Anomalien, die in dieser Welt halb Dämon, halb Ungeheuer waren und deren veränderte Vibration frei wurde, zu zerstören und zu töten. Die ursprünglichen Methuri waren Kreaturen, verstört durch Qualen, waren lebendiges Bewußtsein, hinausgezerrt in die Welt der Materie, ihrem Dasein schattenhafter Erscheinung brutal entrissen. Der Tod ihres Leibes, herbeigeführt durch paravianische Waffen, hatte lediglich bewirkt, daß ihre verdrehte, wirre Essenz sich zu freiem Geistsein formen konnte.

All die Jahrhunderte, in denen er über die abscheulichen Mischrassen gewacht hatte, die diese Wesen zurückgelassen hatten, konnten den Hüter von Mirthlvain doch nicht auf den konzentrierten, glühenden Haß vorbereiten, den die Methuri selbst verkörpert hatten. Brennende Leidenschaft, nur geneigt zu zerstören, raubte Verrain den Atem, und er fühlte, wie sich sein Bewußtsein wand und krümmte, um dieser Pein zu entkommen. Das Gift des Tienellekrautes kannte kein Pardon. Gnadenlos hielt es seine Wahrnehmung in den bebenden Zuckungen direkter Berührung mit dem Übel gefangen.

»Ruhig, bleib ganz ruhig«, mahnte ihn Sethvir.

Als der erste Geist ein lebendes Opfer umfing, brachen Verrains Fingernägel, so fest umklammerte er die Tischkante. Schrecklich war es, diesen Augenblick zu verfolgen, in dem Leben der Besessenheit zum Opfer fiel: Noch zeigten klare Linien das Bild einer Maus, deren Einzigartigkeit in Aths Schöpfung gleich darauf flackernd einem stechenden Chaos zum Opfer fiel, das, selbst zwei Zeitalter später, die nächtliche Luft mit endlosen Schreien grausamer Qualen zu erfüllen schien. Verrain empfand beißenden Schmerz, als wäre jeder einzelne Nerv in seinem Leib mit heißer Säure verbrüht worden.

Gefangen in dem Verlauf, den die Entfaltung dieser Sequenz in dem Netz nahm, beobachtete er, wie das Muster der Maus sich veränderte, verformte, verkrümmte und schließlich in einem Aufflackern gleißendhellen, kalten Feuers die Gestalt eines gänzlich falschen Seins bekam, mit Geist und Körper verschmolzen zu einem parasitären Hybridwesen, das irrational, ja unfaßbar anders war. Das, was sich dort im Herzen der Stränge bewegte, atmete, war ein Ding außerhalb des Großen Gleichgewichts, dessen Fasern und Geist den Naturgesetzen zuwiderliefen.

Voller Abscheu, geplagt von Krämpfen und Übelkeit, preßte der Zauberbanner die Hände mit aller Gewalt an seine Lippen, bis Blut zwischen seinen Fingern hervordrang. Er mußte sich zwingen, nicht aufzugeben, als Sethvir seine Untersuchung ausweitete. Schlangen, Insekten, Otter und Frösche, sie alle erlitten im weiteren Verlauf der Ereignisse das Los der Besessenheit. Der Augenblick der Veränderung war jedesmal losgelöst vom Lauf der Zeit, und er spielte sich sonderbar zergliedert ab: Faser um Faser entwickelten sich die schauderhaften Verzerrungen und entrangen dem gepeinigten Opfer die schändlichen Details, die vom Wirken der Haßgeister kündeten. Die Lebenskraft selbst wrangen die Geister aus Leibern, die schließlich als leere Hüllen zurückblieben, veränderte, verzerrte Nachkommen hervorzubringen. Die sonderbaren, abstoßenden Geschöpfe, die aus diesen Bruten hervorgingen, dienten ihrerseits den wirren Launen ihrer Wirte.

Kalter Schweiß bedeckte Verrains Haut, während er Sethvirs Analyse einer Vergangenheit folgte, in der die Greuel der Methuri auf einen Spalt im Gefüge irdischer Ordnung hindeuteten, durch den eine Verbindung zwischen der atmenden Essenz der Geistwesen und den Energiesträngen hergestellt werden konnte, die allem Fleischlichen seine Gestalt verliehen. Die Erkenntnisse, die das Netz ihnen vermittelte, waren nur allzu klar: Nicht nur, daß die Trennung zur Zersetzung der körperlichen Substanz führen würde, der innewohnende Geist war imstande, die Bande des lebendigen Fleisches zu lösen und kraft seines Willens ungestraft neu und verändert anzuordnen. Bestürzt wisperte Verrain: »Haltet Ihr es für denkbar, daß Desh-Thieres Fluch über die beiden Prinzen auf ähnliche Weise wirkt?«

Sethvir sah auf, und die geschändeten Muster in dem Gewebe des Netzes spiegelten sich eisig in seinen emotionslosen Augen wider. »Genau das müssen wir herausfinden.« Er erlag einem Schaudern, als seine innere Gelöstheit nachließ und der Schrecken, der sich ihnen in kalten Bildern des Wahren Sehens offenbart hatte, gleich einer gewaltigen Woge über ihn hereinstürzte. Dann wischte er sich die feuchten Handflächen an seinen Ärmelstulpen ab und sprach eine einzige, abgehackte Silbe. Das dichte Gewebe der Mächte, die das Netz mit Energie erfüllt hatten, verlosch funkensprühend.

Rasselnd sog Asandir die Luft ein und rührte sich wieder, während Traithe zur Seite trat und sich auf einen Stuhl fallenließ, als würden seine Beine ihn nicht länger tragen wollen.

Während eines Zeitraums mehrerer Minuten machte niemand den Versuch zu sprechen.

Endlich wuchtete Verrain sich von seinem Stuhl hoch

und ging unsicheren Schrittes zum Herd hinüber, um den Bann über dem Feuer zu lösen und Tee aufzusetzen. Das Gift des Tienellekrautes hatte ihn geschwächt, und sein Körper litt unter dem Flüssigkeitsverlust, den die Droge verursachte; immer wieder flackerten kurze, unechte Visionen durch sein Bewußtsein. Er war hundemüde, und seine überempfindlichen Sinne litten sogar unter den Lebensenergien der grauen Katze, die gerade erst zurückgekehrt war, um sich auf einer hölzernen Bank zu aalen. Mühevoll kämpfte der Zauberbanner um seine Selbstkontrolle, mußte er doch nun den Entzug überstehen und die gefährlichen Gifte des Krautes unschädlich machen.

Hinter ihm lebte nun die Diskussion wieder auf. Ergrimmte Stimmen der Bruderschaftszauberer klangen wild durcheinander, während sie Vergleiche zwischen ihren Erkenntnissen über die Methuri und dem Fluch des Nebelgeistes anstellten, der über den beiden Prinzen lastete. Verrain rieb sich die brennenden Augen, unfähig, die heftigen Schauder zu unterdrücken, die seinen Körper erfaßten, als Visionen wahren Sehens, die das Netz in seine Erinnerungen gekerbt hatte, die scheußlichen Absonderheiten noch einmal zurückbrachten. Erst das Zischen des überkochenden Wassers zerrte seine abschweifenden Gedanken in die Wirklichkeit zurück. Frierend und furchtbar ermattet zwang er sich, dem Kessel seine Aufmerksamkeit zu widmen. Nie wieder würde er die Monstrositäten der Sümpfe von Mirthlvain mit denselben Augen sehen können wie zuvor; so gefährlich und tückisch sie auch sein mochten, verdienten sie doch all sein Mitgefühl.

Der Gedanke, daß zwei Söhne der Herrschaftsgeschlechter Atheras ähnliche Verunstaltungen erleiden mochten, erfüllte ihn mit einem Entsetzen, das die Grenzen geistiger Gesundheit zu sprengen imstande war.

Gestärkt durch heißen Tee und seine eigene Entschlossenheit, setzte Verrain sich wieder auf seinen Stuhl.

Gleich darauf mußte er mit neuerwachter Besorgnis erkennen, daß die Zauberer eine weitere Sitzung vorbereiteten. Wenn diese neue Weissagung auch einfach und gefahrlos war, nichts weiter als ein Bild, geschaffen aus direkter Erinnerung, machte Asandir doch einen sehr geschwächten Eindruck. Seine Erscheinung hob sich scharf gegen das Licht ab, während seine Finger, deren Knöchel auffallend groß waren, damit beschäftigt waren, den Docht der Kerze wieder anzuzünden. Die Hand, die Traithe erhob, um seinen Raben fortzuschieben, zitterte unter dem Einfluß böser Vorahnungen.

Selbst Sethvir schien am Ende seiner Kräfte zu sein. Eingehüllt in einen Mantel aus rotbraunem Samt, fiel sein Haar wie ausgefranste Angelschnüre über seine Schultern, als er aufsah und seine Brüder mit fiebrig schimmernden Augen betrachtete. »Dies ist ein schwerer Augenblick für uns«, erklärte er. Dann wandte er sich an Asandir, der die Bilder erzeugen sollte. Nicht ganz aufrichtig fragte er: »Wird das erneute Erleben der Ereignisse in all ihrer Tiefe nicht zuviel für dich?«

»Möge Ath mir gewogen sein, falls dieser Fall eintreffen sollte, falls Schwäche mich zaudern lassen sollte.« Die Katzen fühlten Asandirs Unbehagen. Aus dunklen Ecken kamen sie herbei, um sich auf seinem Schoß zu tummeln und um seine Beine zu streichen. Sie wetteiferten förmlich darum, ihm ein wenig Behaglichkeit zu schenken. Seine starken Hände bewegten sich. Mit einem Anflug bedauernder Ironie begegnete er ihrer Aufmerksamkeit. »Meine kleinen Brüder, ich bin euch wahrhaft dankbar, aber unsere Arbeit in dieser Nacht ist noch nicht getan.«

Die Worte des Zauberers drangen in dreieckige Ohren und trafen auf unheimliches Verständnis. Den Energien der magischen Banne nicht minder abgeneigt als einem Bad in kaltem Wasser, sausten sie, verärgert mit dem Schwanz wedelnd, mit gesträubtem Rückenfell davon.

Hätte er sich in diesem Augenblick nicht selbst so

elend gefühlt, so hätte die Hochmut der Tiere Verrain vermutlich ein Kichern entlockt. Welch besorgniserregende Erkenntnis nun jedoch bevorstehen mochte, verrieten ihm die Zauberer nicht. Asandir legte den verrosteten Zünder fort und nahm eine Haltung kummervoller Ruhe ein. Seine wachen Augen, die allein Zeuge waren, als Desh-Thieres Fluch sich seiner Opfer bemächtigt hatte, hielt er fest geschlossen, als er sich die Ereignisse ins Gedächtnis rief, eine ausufernde Suche, die sie nun schon seit Jahren, seit der Stunde, in der die Katastrophe eingetreten war, wieder und wieder durchführten. Des Zauberbanners Kopfzerbrechen wurde alsbald von einer Woge strahlender Magie zerschmettert. Energien, mächtig genug, Felsen zu schmelzen oder Metall zu entflammen wie einen Zweig trockenen Zunders, verschmolzen in dem Saal. Durch den Willen und die Magie eines Zauberers entstand über dem dunklen Gewebe von Traithes Mantel aus dem Licht der Kerzenflamme eine neue Sphäre, in der Asandir jenen Augenblick wiedererstehen ließ, der sich vor sechs Jahren zugetragen hatte, als Tausende von Etarranern auf den Straßen der Stadt waren, um der Krönungszeremonie für Rathains rechtmäßig anerkannten Prinzen beizuwohnen ...

*Die Frühlingssonne ergoß ihren warmen Schein über die königlichen Banner, die in den offiziellen Farben des Reiches, Silber und Grün, im Wind flatterten. Auf einem Balkon, der auf den großen Platz der Stadt hinausragte, auf dem sich eine gewaltige Menschenmenge versammelt hatte, leuchtete der güldene Schopf eines Mannes im Sonnenlicht, der in einem Ausbruch der Gewalt seine Arme erhob. Seine Worte erzeugten kein Geräusch in dem Ausschnitt, den Asandir herbeibeschworen hatte; in diesem Augenblick, in dem der losgelöste Geist Desh-Thieres seine Macht über Lysaer s'Ilessid ausspielte und jener seine Gabe herbeirief, um einen lichten Blitz auf einen einzelnen Feind zu schleudern ...*

Das Wissen darum, daß Lysaer ein Werkzeug der Rache Desh-Thieres war, daß seine bösartigen Verzerrungen sich in ein Rechtsempfinden eines wohlgemeinten früheren Bannes über dem Geschlecht derer zu s'Ilessid gegraben hatten und nur ihr Einfluß all das Übel herbeiführte, vermochte doch nicht, Verrain auf die nackte, vergeudete Leidenschaft vorzubereiten, aus der die Waffe gegen den Herrn der Schatten entstanden war. Während sich seine Eingeweide voller Abscheu verkrampften, sah Verrain wie gebannt zu, wie sich der Augenblick vor seinen Augen weiter entfaltete.

*Der Lichtblitz jagte über den Platz, ein verhängnisvoller weißer Feuerbogen, der der gepeinigten Luft einen grellen Schrei abrang. Der schwarzhaarige Mann, der sein sicheres Opfer werden sollte, versuchte verzweifelt, zu entkommen, während zwei verängstigte, stämmige Händler ihn auf Händen und Knien am Boden hielten. Das Schwert, das er hätte nutzen können, sich den Weg freizukämpfen, hätte ebensogut gar nicht vorhanden sein können. Er reagierte nicht einmal auf die Versuche der beiden Männer, ihm die Klinge zu entreißen. Für Arithon s'Ffalenn war nichts mehr von Bedeutung außer dem Anschlag, den sein eigener Halbbruder gegen ihn verübte.*

Starr wie ein Schmetterling, der von einer Nadel durchbohrt auf Karton festgehalten wurde, sah Verrain in angewiderter Faszination das kristalline Flackern, das sich der Glut von Lysaers Angriff entgegenstellte: ein überraschender Ausbruch paravianischer Magie, ausgelöst durch Arithons Schwert, das seit Generationen innerhalb seiner Familie weitervererbt wurde. Dann wurde ihm die Waffe entrungen. Stumm fiel die Klinge auf das Straßenpflaster hinab.

Als der so seiner Waffe beraubte Prinz von Rathain seinerseits die Hand erhob, um Schatten zu weben, unterbrach Sethvir so abrupt wie ein Peitschenschlag, der sich schmerzhaft in lebendes Fleisch grub. »Halte hier inne.«

Mit einer Selbstkontrolle, die kein Erbarmen gestattete, fror Asandir das Bild ein. Wie die kalte Reflexion in einem Spiegel oder ein Juwel, dessen Glitzern eine zerfaserte Dunkelheit durchdrang, fixierte er dieses Bild, das seiner eigenen Gegenwart entrissen war.

Dieses Bild war so grausig wie der verklingende Schrei eines Sterbenden. Erneut fragte sich Verrain verwirrt, warum die Bruderschaftszauberer sich mit diesen irrelevanten Bildern quälten.

*Arithon s'Ffalenn hatte den Kopf in den Nacken gelegt und starrte mit geweiteten Augen zum Himmel hinauf. Sein Blick folgte einem Raben, der über die Menschenmenge hinwegjagte, die reglos auf dem Platz verharrte. Seine Hand, die er angewinkelt hielt, um seine Schatten herbeizurufen, zeigte große Anspannung. Konzentration sprach aus der Haltung seiner Finger. Mittels Magie hatte Arithon sich an Traithes Vogel gewandt, ihn ausgesandt, Sethvir zu suchen. Nur einen Herzschlag von einer Katastrophe entfernt, zeigte sich hier des Prinzen Besorgnis, doch nicht um seiner selbst willen, sondern wegen der weitreichenden Folgen: Würden die Zauberer der Bruderschaft nicht früh genug von dieser Krise erfahren, so würde dem Verlauf dieser schrecklichen Ereignisse weit mehr als nur sein Leben und Los zum Opfer fallen …*

»Das ist die Hellsichtigkeit der s'Ahelas!« Schockiert von diesem Anblick, sah Verrain auf. »Niemand hat mir erzählt, daß der Prinz von Rathain zusätzlich zu dem Erbarmen der s'Ffalenns auch über die Gabe verfügt, die dem Geschlecht seiner Mutter eigen ist.«

»Zu seinem eigenen Kummer und auch dem seines Halbbruders«, bestätigte Sethvir Verrains Erkenntnis still betrübt. »Beide tragen die Eigenschaften zweier königlicher Blutlinien in sich.« Auf der anderen Seite des Tisches quälte sich Traithe mit heftigen Selbstvorwürfen. Hastig sog er die Luft in die Lungen und schloß die Augen. »Bei Aths gesegneter Gnade, ich hätte ihm nie meinen Raben überlassen dürfen.«

»Die Führung des Vogels hat nichts damit zu tun«, widersprach Asandir mit bestürzender Härte. Durch die enorme Disziplin, die notwendig war, das Bild stabil zu halten, seinen eigenen Gefühlen entfremdet, fügte er hinzu: »Du wirst es selbst sehen, sobald die Schwingungen detailliert genug sind, eine deutliche Aura herauszubilden.«

Gleich einem wunden Punkt regte sich das Unbehagen darüber, daß derartige Maßnahmen nur notwendig waren, um die Mängel von Verrain und Traithe wettzumachen; doch da war noch etwas anderes, das sich in seiner Nebelhaftigkeit jeder genaueren Bestimmung entzog.

Verrains fortdauernde Überlegungen fanden ein abruptes Ende, als Sethvirs unerbittliche Worte erklangen: »Können wir es wagen, auch nur eine einzige Facette zu übersehen? Der Nebelgeist und seine Bösartigkeit sind wahrhaft beispiellos. Wir werden jede verfügbare Information benötigen, wenn wir das Rätsel des Fluches lösen wollen.«

Asandir neigte den Kopf und fuhr mit der Beschwörung fort.

Noch immer dem Einfluß des Tienellekrautes ausgesetzt, zuckte Verrain zurück, als sich das Bild wandelte. Zarte, feurige Prismen bildeten ein Muster, in dem sich Charakter und Gefühle des Prinzen von Rathain in den ungeschützten Vibrationen seiner Lebenskraft darstellten. Auch der Zorn der Händler war erkennbar und zeigte sich als verwaschenes, rubinrotes Flackern am Rande der Vision. Doch neben der dichtgewirkten Aura Arithons verblaßte ihr grobes Gewebe zu einer unbedeutenden Störung.

Verrain schauderte, verwirrt aufgrund des machtvollen Dranges zu weinen und den Atem anzuhalten.

Die Ausstrahlung des s'Ffalenn-Prinzen vibrierte mit einer gewaltigen Tragik in der Vision, so wie es Lysaers in der Stunde Not getan haben mußte, als Sethvir und Asandir ihn aus dem Griff des Geistes befreit hatten, der die Rache Desh-Thieres besiegelt hatte.

Trotz der Abscheu, die seine Eingeweide in Aufruhr versetzte, drängte es Verrain, mehr zu erfahren: Dieser Prinz hatte auf seinem Weg nach Athera, der ihn durch die Rote Wüste geführt hatte, seine Aura um die Matrix der Fontäne der Fünf Jahrhunderte bereichert, einer komplexen Struktur aus magischen Bannen; aufgebaut und schließlich im Stich gelassen von Davien, dem Verräter, in jenen Jahren, bevor er den Aufstand provoziert hatte, der die Hohekönige zu Fall gebracht hatte.

»Der Herr des Schicksals möge Gnade walten lassen«, würgte Verrain hervor, wobei er scharf die Luft aus seinen Lungen preßte. »Beide Halbbrüder sind durch das Weltentor hierhergekommen. Tragen sie beide das lebensverlängernde Mal des Verräters? Wenn das so wäre, dann könnten Desh-Thieres magische Bande den ganzen Kontinent für fünfhundert Jahre ins Chaos stürzen.«

Warm und beruhigend legte sich Sethvirs Hand auf des Zauberbanners Schulter. »Gib nicht all dein Denken der Verzweiflung anheim. Daviens Gabe des verlängerten Lebens mag uns ebensogut die Gunst erweisen, einen Weg zu finden, die Prinzen von dem Fluch zu erlösen.« Doch es blieb die trostlose Tatsache, daß er sich seiner Worte keineswegs gewiß sein konnte.

Dann, wie auf einen geheimnisvollen Wink hin, ergab sich der Hüter des Althainturmes ganz plötzlich wieder eifrigem Drängen. »*Jetzt*«, schrie er. »Zeig uns den Augenblick der Verdammnis.«

Das Bild in der Kerzenflamme erlag einer kaleidoskopischen Veränderung, und Verrain fühlte sich wie ein

Mann, der eine naturgeschichtliche Katastrophe mit nichts als gutem Willen und seinen bloßen Händen abzuwehren gezwungen war.

*Lysaers Lichtblitz jagte durch die Szenerie.*

*Funkensprühendes Licht teilte die Vision in zwei Teile. Das Fleisch von der Handfläche bis zum Ellbogen verschmort, zuckte Arithon doch vor etwas weit Schlimmerem als der Brandverletzung zurück. Getroffen, wenngleich verhüllt von halbfertigen Schutzbarrieren, öffnete er den Mund zu einem Schrei, als ihm das Ausmaß seines Niedergangs bewußt wurde. Leibhaftige Gefahr schloß sich über ihm. Lysaers tödliches Band des Lichtes schimmerte und explodierte schließlich, um die verborgene Magie des Nebelgeistes freizusetzen: die Bande seines Fluches, weitergeleitet innerhalb eines Angriffs, in dem kein geschulter Geist sie je erwartet hätte.*

»Laß die Sequenz langsam weiterlaufen«, kommandierte Sethvir.

Verrain preßte die Fäuste an die Schläfen, als das Gleißen schwand und die Armierung des Fluches preisgab, ein dichtgewebtes Maschenwerk, abscheulich wie vergossenes Blut, doch an keiner Stelle nur von zufälliger Anordnung. Der Zauberbanner, der Zeuge dieser unbarmherzigen Symmetrie wurde, konnte sich nur verzweifelt wünschen, seine eigenen, heißen Tränen würden ihn blenden.

»In Dharkarons Namen«, krächzte er nach einem rasselnden Atemzug. »Die Kreatur hat ihre Bande mit Arithons Persönlichkeitsstruktur verknüpft.«

»Das war das Schloß und der Schlüssel.« Seltsam gedämpft, wie aus weiter Ferne, drang Sethvirs Bestätigung an Verrains Ohren. »Die Umstehenden waren in Sicherheit. Hätten wir das nur gewußt.«

Traithe enthielt sich eines Kommentars, und Verrain

blieb weiter nichts, als ein drittes Mal darüber nachzugrübeln, warum die Zauberer diese Vision so detailliert untersuchten. Ein einziger Blick sollte genügen, die klaren Fakten zu erfassen. Desh-Thieres Fluch und das Muster der Signatur, welches die ausgerotteten Methuri darstellte, ähnelten einander nur zufällig. Gewiß erkannten auch die Bruderschaftszauberer, daß sie der dunklen Geschichte der Sümpfe von Mirthlvain keine weitere Hilfe für ihre Prinzen würden abringen können.

Die Vision ging weiter. Im scheußlichen Spiel langsam verlaufender Bilder umfaßten die Windungen des Bannes ihr Opfer mit ihrem Netz. Tentakel voller Widerhaken packten den Prinzen wie Enterhaken, saugten sich fest und drangen überall in das Wesen des s'Ffalenn-Sprosses. Seine Qualen, physisch wie mental, zeigten sich in dem zuckenden, zitternden, stimmlosen Spiel des Lichtes. Unter Qualen, furchtbar genug, einem Mann den Verstand zu rauben, kämpfte Arithon gegen das Übel, wirkte magisches Licht gleich explodierenden Sternen, wob Siegel und Schutzbanne, fest verbunden und hin- und hergeworfen von gepeinigten, verdrehten, tintenschwarzen Schatten.

Doch Desh-Thieres bösartiger Fluch war darauf ausgelegt, jeden noch so verzweifelten, noch so starken Akt der Gegenwehr zu überlisten und zurückzuschleudern.

Verrain sah, wie kraftvolle Willensschranken umhüllt und erstickt wurden, wie der brillante Schein der Absicht einfach zerschmettert wurde. Und während eines Augenblicks, in dem der Prinz zurückgeschlagen und seine Selbstwahrnehmung betäubt war, wirkte der Fluch seine heimtückische Wandelung.

»Haltet Ihr es nicht auch für sonderbar, daß die Kreatur ihrem Eindringen einen statischen Charakter gegeben hat?« wagte sich der Zauberbanner vor. »Wäre es nicht viel leichter gewesen, einen Schritt weiter zu gehen und den Geist des Opfers zu zerfressen und zu degenerieren?«

Verborgen unter seinen borstigen Bartstoppeln preßte Sethvir die Lippen zusammen. Seine Sorge blieb unausgesprochen, fürchtete er doch, daß hinter dieser Zurückhaltung eine Absicht verborgen lag. Der Nebelgeist hatte in der Tat die beiden Prinzen aufeinandergehetzt, er hatte sie nicht einfach nur vernichtet.

Daß er dazu ohne weiteres imstande gewesen wäre, zeigte sich im weiteren Verlauf der Ereignisse nur allzu deutlich.

Verrain kämpfte sich durch das wirre Durcheinander der Energiebande, niedergeschlagen wegen der Erkenntnis, daß dieser Bann keine Schwachstelle ließ, die dem Opfer Gnade gewähren würde. Ohne die Symmetrie der Persönlichkeit Arithons zu beschädigen, hatte sich der Bannzauber nach einem auserlesenen Muster mit ihm verbunden. Wie eine Spinne im Netz lauerte er dort, wo der Schmerz am größten sein mußte: in seinem Willen, seinen Gefühlen und seiner Rechtschaffenheit. Dort wartete er gleich einem furchterregenden Strudel, zehrte mit subtiler Grausamkeit von seinem Opfer und prägte es durch den steten Drang, seine auserwählte Nemesis zu bekämpfen: Der Zwang, Lysaer und niemanden sonst zu töten, wurde fester Bestandteil seines Lebens, seines Geistes und seines Bewußtseins.

Die letzte Schlinge nahm ihren Platz ein. Scharlachrote Ranken, fest wie Eisendraht, verbanden sich mit seinem Sein, um gleich darauf spurlos im Quecksilberhauch seiner Aura aufzugehen. Am Ende blieb nur Verzweiflung. Der Fluch, der die beiden Halbbrüder gefangenhielt, war ein spiegelbildliches Konstrukt erstickender Tentakel, die sich um jede einzelne Nuance im Sein ihres Opfers wanden. Sie aufzutrennen, die Verbindung auch nur zu stören, würde einen explosiven Rückstoß zur Folge haben, der die Opfer selbst der Vernichtung preisgeben mußte.

Fleisch würde sterben, Geist auf der Stelle zerstört werden. Mochte die Versklavung dem Ansehen nach auch kaum Verheerung mit sich zu führen, war ihre Tiefe doch um ein Vielfaches heimtückischer als jegliche Verzerrung, die eine von den Methuri besessene Kreatur erleiden mußte. Die Hilflosigkeit, die er empfand, ließ Verrain ermattet zurück, schlaff wie alte Lappen, und er barg sein Gesicht in den Handflächen. Fünf Jahrhunderte, so dachte er bekümmert, würden nicht ausreichen, ein Problem von solchem Ausmaß zu lösen.

»Nun, zumindest wird der Fluch nicht an die nachfolgende Generation weitergegeben«, erklärte Sethvir, um des Zauberbanners Mutlosigkeit zu lindern. »Sollte einer der Prinzen Nachfahren zeugen, so werden diese unbefleckt das Licht der Welt erblicken.«

»Das ist nur ein kleiner Trost«, gestand Traithe ein, während er seinen Mantel von der Tischplatte entfernte. Deutlich trat die Zerrissenheit seiner Gedanken in seiner resignierten Haltung zutage, wußte er doch nicht, ob er froh sein sollte, weil Arithons magische Ausbildung ihm zumindest begrenzte Mittel bot, sich gegen die Lenkung durch den Fluch zur Wehr zu setzen, oder ob er die Gefahr verwünschen sollte, die seine magische Begabung bei einem erneuten Konflikt darstellte, dessen Einsätze unvermeidbar höher ausfallen würden.

Die Last einer Katze, die es sich auf seinem Schoß bequem machte, brachte Verrain zu Bewußtsein, daß die Kerzenflamme nun bar jeder Zauberei brannte, und er hieß dankbar die Wärme des Tieres willkommen, die ihm im Kampf gegen die Schauer des Entzuges und der Trauer ein wenig Behagen spendete. Bleiernes Licht der heraufziehenden Morgendämmerung fiel durch das Fenster herein. Asandir, der in dem schwachen Schimmer so völlig leblos erschien, machte Anstalten, sich zu erheben, wurde jedoch sogleich von Sethvir aufgehalten, der ihn mit gewichtigem Blick bedachte, ehe er sich bückte, um seine Tasche vom Boden aufzuheben.

»Dein Weg führt dich nach Norden«, sagte der Hüter des Althainturmes, hochaufgerichtet und mit vollen

Händen. »Ich wäre dir zu Dank verpflichtet, wenn du Arithon dies hier überbringen könntest, sobald seine Lehrzeit bei dem Meisterbarden beendet ist.«

Asandirs Lider ruckten hoch, offenbarten Augen, so scharf wie der Stahl einer wehrbereiten Klinge. »Nicht so schnell!« rief er aus. Dann jedoch gab er gereizt auf und streckte die Hand aus, Sethvir von seiner Tasche zu befreien. »Nautische Karten und Anithaels Navigationsinstrumente? Wozu?«

»Arithon hat mich um diese Dinge gebeten«, entgegnete Sethvir gequält offen und mit ernster Miene. »Er hoffte, Hallirons Reise nach Shand beschleunigen zu können. Aber die See mag Antworten auf weit dringlichere Fragen bieten, ebenso wie der Brief, den die gnädige Frau Maenalle sendet.«

In der Stille des Raumes wußten sie alle um die beklagenswerte Tatsache, daß die sechs Jahre des Friedens, die Arithon nach dem Massaker im Strakewald seinem Schicksal dadurch abgerungen hatte, seinem Halbbruder jedes sichtbare Ziel zu verweigern, in Gefahr geraten könnten, noch ehe die Bruderschaft einen Weg gefunden hätte, des Nebelgeistes todbringenden Fluch zu lösen.

Nur wenn Kharadmon erfolgreich von seiner Reise zurückkehren würde, hätten sie die Chance, einzugreifen, bis dahin aber waren ihnen die Hände gebunden.

Traithe stülpte sich den Hut über den Kopf, um sein Schaudern zu verbergen. Niedergeschlagen, war er den Prinzen doch weit enger verbunden, erhob sich Asandir, schob seinen Stuhl zurück und rauschte aus dem Raum, schnell genug, einen Windzug zu erzeugen, der die ersterbende Kerzenflamme ruckartig verlöschen ließ.

Verrain vergrub seine Finger im Katzenfell. Ein erstickendes Gefühl in seiner Kehle würgte all die Fragen ab, die zu stellen er sich fürchtete, und er konnte nur hoffen, daß die Feuchtigkeit in seinen Augen eine Reaktion auf den Qualm war, der von dem Docht aufstieg, als dieser kurz aufglühte und schließlich gänzlich erlosch.

# Enthüllung

Eine Reise quer durch den Kontinent unter Benutzung der Wege der Macht forderte einen lästigen Preis, der sich durch eine Orientierungslosigkeit bemerkbar machte, die auch noch nach der Ankunft fortdauerte. Zurück in seinem Turm in Atainia, die Gedanken so sorgenvoll, das sich üble Kopfschmerzen breitmachten, ging der Hüter von Althain ruhelos auf und ab. Jeder seiner Schritte verursachte ein schmatzendes Geräusch auf dem scharlachroten Teppich, da der böige Wind während seiner Abwesenheit den Regen durch das offenstehende Fenster hereingetragen hatte. Seine übergroßen Fellpantoffeln saugten die Feuchtigkeit auf und fügten dem staubigen Geruch des Raumes eine Note hinzu, die an einen nassen Hund erinnerte.

»Weißt du«, tadelte ihn eine körperlose Stimme in dünnem Baß, »in diesem Turm gibt es eine Menge Bücher, die vermodern werden, wenn du deinen Haushalt nicht etwas besser versorgst.«

Zwischen Pfützen und allerlei Möbeln, die vollgepackt waren wie die Verkaufstische eines Marktstandes, blieb Sethvir wie angewurzelt stehen. »Luhaine? Du wirst doch die Korianihexen nicht unbewacht gelassen haben, nur um dir das Vergnügen zu gönnen, mich zu schelten.«

Diese Frage löste einen leisen Luftwirbel in einer Ecke des Raumes aus, der einen durchnäßten Weidenkorb voller ausrangierter Socken zum Tanzen brachte. Etliche Wollstrümpfe, viel zu zerfetzt, als daß sie noch gestopft werden konnten, lugten über den Rand; Sethvirs unstete, wenngleich aufmerksame Miene jedoch zeigte nicht die Spur der Scham ob seiner Nachlässigkeit.

Ein Augenblick der Ungewißheit zog vorüber.

Dann, mürrisch wie stets, raffte sich die Stimme zu einer ausweichenden Antwort auf. »Was soll es da nach den Strapazen der letzten Nacht schon noch zu bewachen geben? Zur Zeit liegt der Kreis der Ältesten von Koriathain fest in Decken gewickelt darnieder, komatös wie Blüten unter eisigem Frost.«

Von Luhaines Neigung zu blumiger Sprache wenig beeindruckt, seufzte Sethvir. »Sag jetzt nicht, unsere List wäre ganz umsonst gewesen. Asandir ist so reizbar, als hätte er eine Handvoll Nadeln verschluckt, aber wenn wir auch die Hilfe unseres Meisterbanners benötigt haben, um die toten Methuri zu untersuchen, haben wir ihn doch durch die anderen Ereignisse der vergangenen Nacht nicht schädigen wollen.«

»Nun, du erinnerst dich vielleicht, daß es nicht meine Idee war, den Lockvogel zu spielen!« Wirre Winde wirbelten durch den Raum und spielten in den Blättern eines ganzen Dutzends aufgeschlagener Bücher. »List? O Dharkaron, Engel der Rache! Was für eine unbesonnene Untertreibung.«

Schon seit der Tagundnachtgleiche hatten die Korianizauberinnen die Macht des erhöhten Energieflusses des Fünften Weges für ihre Rituale genutzt, und Asandir hatte den passenden Augenblick gewählt, mit all der Gewalt und Feinsinnigkeit eines Donnerschlages ein falsches Abbild der Aura Arithons in dem Turm über dem Kraftkreis der Methinsel zu errichten. Das Ergebnis dieser Tat war erschütternd selbstverständlich. »Nicht einmal Ath selbst hätte den verderblichen Einfluß eurer Projektion auf die Suche der Korianiältesten abzuwenden vermocht.«

Die tastenden Sinne der Korianizauberinnen, die sich aufgemacht hatten, den Herrn der Schatten zu finden, waren von seinem Ebenbild angezogen worden wie ein Wanderer vom Herdfeuer, und dort steckten sie nun fest wie Nägel in altem Eichenholz. Wenn der Ältestenkreis wirklich außerstande gewesen war, Energien abzuzweigen, um den lebenden Mann zu suchen, so war die gereizte Stimmung des körperlosen Zauberers nur zu verständlich. Dieses unvermeidbare Ablenkungsmanöver hatte den Zauberinnen immerhin zu einer wenig ratsamen Erkenntnis über Charakter und Fähigkeiten des Prinzen verholfen. Wie vorherzusehen, hatten die Korianiältesten diesen Vorzug in vollen Zügen ausgenutzt.

»Und, wieviel haben sie erfahren können?« fragte Sethvir mit einem leisen, wenig heiteren Lachen.

Seiner Frage folgte ein schattenhafter Fleck, der schließlich die korpulente Gestalt des Körperlosen annahm, an den sie gerichtet war. In seiner Robe von schulmeisterlichem Grau, die in der Taille von einem doppelten Lederriemen gehalten wurde, dessen Schnallen verdächtig an Sattelgurte erinnerten, schritt Luhaine geräuschlos durch den Raum. Die Stirn über dem pausbäckigen Gesicht und dem weizenfarbenen, struppigen Bart gerunzelt, hielt Luhaine einen Finger anklagend erhoben. »Du denkst an Dakars Mätzchen in Jaelot? Seine Dämonenplage hätte das Interesse der Korianihexen auf die wertlosen Talismane zur Abwehr der Iyats ziehen müssen, wie totes Fleisch Fliegen anlockt. Ich nehme an, wir können uns glücklich schätzen, daß dieser Umstand ihrer Aufmerksamkeit entgangen ist.«

Sethvir zog die buschigen Brauen in die Höhe.

Zwar neigte der Geist, der nun über den feuchten Teppich glitt, nicht zu Flüchen, doch sein Benehmen zeigte deutliche Anzeichen eines aufziehenden Sturmes. Die Erklärung für seinen Zustand verpackte er jedoch nicht in Worte, sondern in steinige Erinnerungsfetzen, die er seinem Bruder entgegenschleuderte.

Für eine Sekunde teilte Sethvir die starke, detaillierte Vision von einer ausgemergelten Alten in violetten Schleiern, die sich über einen Ebenholztisch beugte. Gleich fleischfressenden Geiern unter seidenen Kapuzen, die schimmerten wie schwarze Trauben, folgten andere Frauen ihrer Neugier, als sie sagte: »Ah, aber er verfügt ja über beneidenswerte Gaben.«

Objekt ihres Gespräches war ein schimmerndes Netz von Linien, eingefangen in ihrem magischen Blick, ein Abdruck des Lebens Arithon s'Ffalenns, wie er in der vergangenen Nacht über dem Kraftkreis der Methinsel offenbart worden war. So begierig, wie sich eine Spinne auf die Lebenssäfte ihres Opfers stürzen mochte, analysierten die Zauberinnen seine Eigenschaften. Sie zergliederten den spiralförmigen Rahmen seiner Macht, der latenten wie der bereits geschulten; untersuchten die Disziplin in den Ketten magischer Gelehrtheit und die wilde, freie Gabe eines Meisters der Schatten, beides verbunden in der lodernden Flamme seines visionären Geistes. Wohlgehütete musikalische Fertigkeiten wurden zerpflückt, bis in ihre ätherischen Schattierungen, Gaben, die sich wie silbergefaßte Bänder durch einen Willen zogen, der sich wie ein leuchtender Draht von dem Fleisch abhob, dem er eingeprägt war. Hier durchbrach die strahlende Symmetrie der s'Ahelas-Weitsicht die hauchdünnen Fasern unsterblichen Erbarmens, die dem Geschlecht derer zu s'Ffalenn zu eigen waren. Dort lasen die Zauberinnen Sorge und Verzweiflung im Angesicht des Schicksals. Dornengleich ragte Erkenntnis aus Arithons Selbstwahrnehmung hervor, die Erkenntnis, daß er, aller Hoffnung und Mühe zum Trotz, am Ende doch versagen mußte.

Sethvir schüttelte das bedrückende Bild mit der Geduld eines Geistes von sich, der es seit langer Zeit gewohnt war, Leid zu ertragen. »Die Korianioberin und ihre Erste Zauberin haben schon bei ihrem Spionageakt vor sechs Jahren beinahe ebensoviel erfahren. Nun kennen sie zwar auch die Einzelheiten von Arithons persönlichem Muster, doch das wird Morriel auch nichts nützen.«

Luhaine rümpfte die Nase, während er seinen körperlosen und doch massigen Leib ohne einen Fehltritt zwischen einem Beistelltisch voller leerer Teedosen und einem Kleiderständer, auf dem allerlei abgenutztes

Zaumzeug ruhte, hindurchschob. »Nun, zumindest hat sie bestimmt noch nicht gewußt, daß Arithon und Lysaer aus der Fontäne der Fünf Jahrhunderte getrunken haben.«

Sethvir schwieg. Seine Augen nahmen einen verträumten Ausdruck an, als er die Macht herbeirief, um sich einen Überblick über die Bestürzung zu verschaffen, die dieser Entdeckung gefolgt sein mußte. Als er der geschäftigen Aufregung des Ältestenkreises gewahr wurde, die dem Treiben in einem Ameisenhügel nicht nachstand, lachte er laut. »Diese Neuigkeit wird sie jedenfalls für eine Weile beschäftigt halten. Wozu sollen wir uns Sorgen machen? Das einzige, was ich von der der ganzen Hysterie erwarte, ist, daß eine ganz besonders verdienstvolle, junge Novizin eine Ausbildung erhalten wird, die ihr anderenfalls verboten wäre.«

Luhaines trübsinnige Stimmung wollte nicht weichen.

Der Hüter des Althainturmes seufzte. Wie ein Mann, der eingesteht, einen Punkt übersehen zu haben, hockte er sich auf eine Pritsche, auf der er noch nie geschlafen hatte, faltete die sehnigen Hände über den Knien und gab sich ganz einer Beschwörung hin, die die Feuchtigkeit aus seinem Teppich bannen würde. Als sein Zauber vollständig war und der Modergeruch gemeinsam mit den Pfützen schwand, blickte er mit einem nervösen Winken zu dem Wirbel hinüber, den sein körperloser Gast verursachte. »Luhaine?«

Die stämmige Erscheinung wandte sich in einem schwunghaften Strudel von schlichtem Grau um. »Du kannst nicht behaupten, daß ich nicht mehr als genug vom großen Rat der Korianizauberinnen gesehen hätte. Sie sind vollkommen auf die ironische Natur Arithons fixiert und sehen nichts unterhalb des oberflächlichen Paradoxons, und das, so haben sie entschieden, beinhaltet ein explosives Potential der Instabilität. Wenn sie erst einmal herausgefunden haben, welchen Weg der Herr der Schatten einzuschlagen gedenkt und wo er sich aufhält, dann werden sie ihm nicht gestatten, nach seinem freien Willen zu handeln. Er ist der letzte seines Geschlechtes, und Morriel ist eine boshafte Greisin. Du weißt sehr gut, daß sie ihm vermutlich nach dem Leben trachten werden.«

Nur mühsam schien Sethvir seine Konzentration aufrechterhalten zu können. »Sie wissen nicht, daß Arithons magische Fertigkeiten seit der Schlacht im Strakewald beeinträchtigt sind. Nachdem sie nun die Aura, die wir ihnen geliefert haben, in allen Einzelheiten studieren konnten, glaubst du, daß sie dann so unvorsichtig sein werden, sich einfach auf ihn zu stürzen? Wir sprechen immerhin von einem direkten Nachfahren Torbrands. Schon deswegen dürften sie mit üblen Konsequenzen rechnen.«

So leicht jedoch ließ sich die unmittelbare Gefahr für Arithon nicht in Abrede stellen.

»Es ist mir egal, was für ein mieses Temperament der Prinz von Rathain geerbt hat. Wenn er sich der Gefahr durch die Zauberinnen aussetzt und wir einen offenen Gegenzug zu seinem Schutz ausführen, so werden wir eine ganze Welt in Schwierigkeiten bringen.« Unheilverkündend und düster hob sich das massige Abbild Luhaines vor dem hellen Rechteck des Fensters ab. Mit einer Direktheit, die ganz und gar nicht zu seiner gleichmütigen Erscheinung passen wollte, forderte er ausgesprochen beharrlich: »Sag mir, wieviel Zeit wird uns bleiben, bis die Schwestern es erneut versuchen werden? Beim nächsten Mal werden sie noch mehr Macht einsetzen, und wir können nicht zweimal die gleiche List anwenden. Wie lange wird es dauern, bis sie einen Weg finden werden, Arithons Tarnung zu durchschauen?«

»Unsere Aussichten sind nicht gut«, gestand Sethvir mit einer Miene leichten Unbehagens. Auf den bösen Blick aus Luhaines schwarzen Augen hin, ließ er sich bekümmert zu einer deutlicheren Äußerung erweichen. »Meiner Vermutung nach, etwa drei Monate.«

»Also zur Sonnenwende«, murmelte Luhaine. »Möge Daelion uns über die Maßen gnädig sein, wir wissen ja nicht einmal, ob Kharadmon überleben wird, um so weniger können wir beurteilen, ob er noch früh genug zurückkehren wird.«

Die Krise konnte über sie hereinbrechen, lange bevor die Bruderschaft bereit war, sich mit ihren Kräften dem Fluch des Nebelgeistes entgegenzustellen.

Als er dieses Mal keine Antwort erhielt, fehlte es Luhaine an Willen, Sethvir aus seinem dumpfen Schweigen zu reißen.

# Ein Durchbruch

Die Sperlinge, die in den Brotkrumen auf der Fensterbank wühlten, hörten auf zu picken und flogen aufgeschreckt davon.

Ihre Schatten glitten über den Arbeitstisch und das Durcheinander geöffneter Kräutertöpfe, gepuderter Wurzeln und gebündelter Trockenblumen, die die Luft mit ihrem schweren Duft erfüllten. Entschlossen zu ignorieren, was auch immer die Vögel zu ihrer panischen Flucht veranlaßt hatte, fuhr Elaira, die junge Korianinovizin, fort, die Salbe für den Umschlag zu brauen, von dem sie hoffte, daß er dem gelähmten Schäfer Linderung verschaffen würde, dessen Bein nach einem Sturz in eine Felsspalte nicht wieder richtig zusammengewachsen war. Die Heiler des Hospiz hatten ihn abgewiesen, da sein Leiden nicht dringlich genug war. Zwar war sein Bein nach dem Bruch lahm geblieben, doch er konnte noch laufen, wenngleich er nicht imstande wäre, die steilen Schieferhänge von Vastmark hinaufzuklettern, um seine Schafe auf die Sommerweiden zu führen.

Selbst der Armut nicht fremd, nahm Elaira oftmals Mühen aus weniger drängenden Gründen auf sich. Unverbesserliche Eigenbrötlerin, die sie war, hatten ihre Schwestern sie ihren Studien in einer Nische zwischen Destillierkolben und Kräutervorräten überlassen. Dort, allein und zufrieden mit ihrer eigenen Unordnung, fütterte sie die Singvögel mit frischen Brotkrumen, während sie, ganz wie es ihr gefiel, allerlei obskure Heilmittel erfand. Eine lose Strähne kastanienbraunen Haares fiel über ihre Wange, auf der ein gelber Streifen pulverisierter Wurzel prangte. Leise in der Gossensprache fluchend, einen Ausdruck tiefer Konzentration in den blassen Augen, bemühte sie sich darum, den Zauber auszubalancieren, der, gleich einer geisterhaften Zierde, in der erhitzten Luft über ihrem Schmelztiegel schwebte. Die zarten Energien flackerten und verdrehten sich, dünnten an den Rändern aus, als knifflige Stellen aus dem Lot gerieten. Einen zerschmetterten Knochen und das umliegende Narbengewebe wieder neu zu formen, erforderte mehr als nur ein einfaches, blutstillendes Heilmittel in Verbindung mit wachstumsfördernder Magie. Die Erneuerung eines deformierten Gliedes bedurfte eines Sterbensbannes, vermengt mit Runen der Wiedergeburt, eine widerspenstige, komplizierte Beschwörung, die selbst der begabteste Heiler nur schwer ausbalancieren konnte – und die Elaira gewiß nicht wagen würde, solange ihr Geist von störenden Einflüssen heimgesucht wurde.

Sie biß sich auf die Lippe, so sehr quälte sie der Drang, eine Glasflasche durch den Raum zu schleudern, nur um sie zersplittern zu hören. Die Alternative war ein innerer Bruch. Sie mußte sich lediglich umdrehen und schauen, wer ihre Tür geöffnet und die furchtsamen Vögel verscheucht hatte. Erfüllt von grimmigem Trotz, preßte Elaira die Lippen aufeinander, während die filigranen Energien, die sie im Verlauf eines langen Morgens gesponnen hatte, zerfaserten und schließlich ganz verloschen.

Sie konnte sich in den muffigen Schriften über langweilige Kräuter vergraben und Heilmittel zusammenbrauen, bis sie alt war, und es würde ihr Elend nicht ein bißchen mildern. Ihre geheimnisvolle Bindung an das Wasser ließ die Flut der See in ihrem Blut rauschen. Die Tagundnachtgleiche war ebenso in ihrem Bewußtsein verankert, wie die Beobachtungen, die einundzwanzig Zauberinnen in der vergangenen Nacht auf den Wogen der Wege der Erdenkräfte angestellt hatten, beständig auf der Jagd nach einem Mann.

Im stillen betete Elaira zu Ath, hoffte, daß der Ältestenrat von Koriathain Arithon s'Ffalenn nicht gefunden hatte.

Ihre flehentliche Bitte an das Schicksal blieb unbeantwortet.

»Die Oberste Zauberin wünscht Eure sofortige Anwesenheit«, erklärte der Eindringling mit klarer Kinderstimme.

Gewiß würde ein solcher Ruf sie nicht erreichen, wäre Arithon nicht in Gefahr. Elaira bewegte sich wieder, erhob sich und nickte dem blonden Pagenjungen zu, der in seiner violetten Livree aus Pikeegewebe jünger als seine acht Lenze wirkte. »Führe mich zu der Matriarchin.« Wie durch ein Wunder klang ihre Stimme ruhig.

Seit jener unglückseligen Schlacht im Strakewald hatte sie die Jahre, so gut es ihr möglich war, erduldet, unentwegt von der Gewißheit gepeinigt, daß Arithons Anonymität nicht vorhalten konnte, hatte doch der Rat der Korianizauberinnen seine ungestümen Gaben zu einer latenten Gefahr für die Gesellschaft erklärt, und ihr Wissen bildete für die Ältesten einen Königsweg, um diesen Mann zu verstehen.

Elaira folgte dem Pagen auf den Korridor hinaus. Selbst uneins mit ihren Ältesten, bedauerte sie das erwachsene Verhalten, dessen der Knabe sich befleißigte. Impulsiv schlug sie vor: »Laß uns die Abkürzung durch die Versorgungsgewölbe nehmen.«

»Wirklich?« Das Kind grinste sie an und offenbarte die Lücke fehlender Schneidezähne, ehe es vorausrannte und durch eine schäbige, runde Seitentür verschwand.

Die Bruderschaft des Ath hatte ihre ehemalige Herberge den Korianischwestern überlassen. Das Gemäuer war ein weitläufiger Bau, der sich in die Sandsteinhänge im Süden von Forthmark bohrte. In dem verfallenen Labyrinth der Lagerräume, das einst wie für die Ewigkeit erbaut worden war, herrschte ein feuchtkaltes Klima, genährt von dem feuchten, porösen Felsgestein, das beständig dem Dunst unterirdischer, heißer Quellen ausgesetzt war. In den geräumigen, äußeren Zimmern, die den Kranken vorbehalten waren, war die Luft, dank der südwärts gerichteten Fenster, durch die stets ausreichend Sonne hereinschien, weit weniger bedrückend. Dort verdingten sich die Mündelknaben. Um sich die Kosten für ihren Unterhalt zu verdienen, reinigten sie die Räume von dem überall vorhandenen Moder.

Elairas Stimmung jedoch waren die Hintertreppen und die weitläufigen, niedrigen Gänge, die sich durch Wurzelkeller und Lagerräume wanden, weit mehr angemessen. Spinnenweben wogten im Wind und glänzten gleich schimmernder Seide im Licht der weit auseinanderliegenden Fackeln an den Wänden, die von altem Ruß geschwärzt waren. Der Geruch von verbranntem Talg und korrodiertem Metall lag schwer in der Luft.

Elaira beeilte sich. Trotz der harten Sohlen ihrer Stiefel und des steinernen Bodens, der dazu angetan war, laut hallende Echos zu erzeugen, waren ihre Schritte nicht zu hören. Als Kind einer Straßenhure, verwaist und von Bettlern aufgezogen, bis eine unglückliche Begegnung mit dem Gesetz sie in die Obhut der Korianischwestern getrieben hatte, verfügte sie noch immer über die Verstohlenheit, die sie aus ihrer frühen Kindheit gewohnt war. Doch gleich, wie unauffällig sie sich auch bewegen mochte, lenkte die silberblonde Pracht des Knabenschopfes und die amethystfarbene Tunika des persönlichen Pagen Morriels doch die Blicke aller Küchenjungen und aller Schwestern auf sich, die sich in den Kellergewölben aufhielten.

Schwestern, die keinen Ruf ihrer Obersten befolgten und sich dessen glücklich schätzen durften.

Gleichgültig ignorierte Elaira das spekulative Geflüster, das jedem ihrer Schritte folgte. So oder so ausgestoßen wegen einer weltlichen Verwickelung und nicht imstande, irgend etwas daran zu ändern, empfand Elaira ein perverses Vergnügen, während sie zusah, wie der Pagenjunge der Obersten seine formelle Kleidung beschmutzte. Jenseits der im Dampf erstickenden Wäscherei, in der junge Novizinnen mit leuchtendroten

Wangen über ihre Waschtröge hinweg den neuesten Klatsch austauschten, wurden Elaira und ihr Begleiter inmitten einer Gruppe lärmender Knaben entdeckt, die Holz für die Küche herbeischleppten. Wohlwissend, daß sich der Ältestenrat der Obersten ihre Schwächen nur allzu gern zunutze machen würde, wagte sie es doch, die verärgerte Seniorin zu ignorieren, die im Zuge ihrer Bestandsaufnahme drohend mit ihrer Schiefertafel winkte und die Stirn in Falten legte.

In einem atemlosen Versuch der Rechtfertigung ergriff Elaira die Hand des Kindes und zerrte es in einen Vorratsraum. Eine verborgene Tür auf der Rückseite des Raumes führte, zum Entzücken des Knaben, direkt in die Weinkeller der Herberge.

»Diesen Schleichweg kanntest du noch nicht, richtig?« Elaira strich sich grinsend die Spinnweben aus dem Haar und verdeckte mit der Handfläche den Kristall, der an einer Kette um ihren Hals hing. »Es wird dir gefallen. Die Bodenbretter sind voller Küchenschaben.« Als die Macht, die sie unter ihrer Hand konzentriert hatte, einen hellen Schein durch ihre Finger sandte, sagte sie: »Geh voran, und fang ein paar Schaben, wenn du willst. Aber laß dich nicht von mir dabei erwischen, den Tieren Beine oder Flügel auszureißen. Wenn du magst, kannst du der Aufsicht in deinem Schlafsaal gern einen Schrecken einjagen, aber wenn die Insekten deinetwegen Schaden leiden sollten, dann hexe ich dir Brandblasen an den Hintern.«

Mit einem erstickten Freudenschrei fiel der Knabe sogleich auf die Knie und beschmutzte ausgiebig seine Hosen, während er sich unter einer alten Weinpresse auf die Jagd machte. Still und traurig beobachtete Elaira, wie er eine kleine Teufelei vorbereitete. Die Knaben, die Morriel sich zu Pagen erwählte, führten ein Leben als Geächtete, waren weiter nichts als die Werkzeuge der höheren Ziele im Dienste des Korianizirkels. Im Gegensatz zu ihr jedoch, die sie für das ganze Leben an den Orden gebunden blieb, errangen diese Knaben mit dem Beginn der Pubertät die Freiheit.

Hilfsbereit reichte sie dem Knaben ein Taschentuch, in dem er die lebendige Schmuggelware sicher verwahren konnte. Dann dämpfte sie ihre Magie und eilte die hölzerne Treppe hinauf, über die morsche Taue herabhingen, die einst dazu gedient hatten, volle Fässer in die Tiefe abzusenken, bevor die Korianizauberinnen den Weinberg umgepflügt und Kräuter angepflanzt hatten.

Oben öffnete Elaira die Tür des Treppenaufgangs. Jemand hatte die Angeln mit Schweineschmalz geschmiert, vermutlich ein Küchenjunge, der sich zu einer heimlichen Verabredung mit einer fremden Magd hatte hinausschleichen wollen. Die Zauberin schloß die Augen, als eine unerwünschte Assoziation ihr Bewußtsein zu überwältigen drohte: die Erinnerung an lange, musikalisch Finger, die trockene Grashalme aus ihrem Haar entfernten. Ob die Sanftheit, an die sie sich so deutlich erinnerte, unwillkürlich der s'ffalennschen Gabe der Barmherzigkeit entsprungen war, oder ob etwas anderes dahintersteckte, etwas, das tief im Herzen wurzelte, würde sie möglicherweise niemals erfahren. Die starren Verhaltensrichtlinien ihres Ordens gestatteten ihr keine amourösen Abenteuer. Als sich der Page seiner vergessenen Pflichten erinnerte, schüttelte Elaira die verbotenen Gedanken ab, und der Knabe führte sie durch einen Korridor in ein von Pfeilern gesäumtes Vorzimmer, das die Ordensbrüder früher einmal für ihre frommen Gebete genutzt hatten.

Bevor die Fenster verglast worden waren, war der Raum eine Gartenterrasse gewesen, die sich den heranwehenden Gebirgswinden geöffnet hatte. Im Winter hatte Schnee, von der Farbe zarter, mit filigranen Venen durchzogener, blasser Haut, auf dem Marmor gelegen. Im bernsteinfarbenen Licht heißer, shandischer Sommertage hingegen hatten blühende Ranken die Pfeiler erklommen, ihren Duft verströmt und Blütenblätter verteilt. Nun lagen Bretter auf den zu Tischbeinen umgewandelten, rissigen Pflanztrögen. Andere waren mit Bannen versiegelt worden und bargen wertvolle Schriften geheimer Wissenschaften. Die Brunnen und Fontänen waren mit Mörtel verfüllt worden. Purpurfarbene Teppiche, auf denen das silberne Wach- und Schutzsiegel von Koriathain prangte, verdeckten die Narben, die sie im Boden hinterlassen hatte.

Durch weitaus ältere Siegel an den Wänden und Deckenbalken floß immer noch eine mächtigere Kraft: die eingefangene Resonanz des Gesanges der Erde selbst, die klaren, hochschwingenden Vibrationen, die im Einklang mit den Sternenkonstellationen dem Lauf der Sonne folgten. Hätte es nicht die Bitterkeit gegeben, welche die Schöpfer dieser Siegel als jene sterblichen Ordensbrüder entlarvte, so wären diese Energieströme kaum von den geisterhaften, nachhallenden Harmonien zu unterscheiden gewesen, die die Mysterien der verschwundenen Paravianer dem Land eingeprägt hatten.

Doch nicht einmal der Trost, den die Bruderschaft Aths aus der Vergangenheit spendete, vermochte Elairas Zukunft erträglicher gestalten. Mit einem Gefühl bleierner Schwere schob sich die junge Novizin in das Sonnenlicht.

Unberührt vom Lauf der Jahrhunderte brannte inmitten des Raumes ein Zeremonienfeuer in einer bronzenen Kohlenpfanne. Eingenistet in einem großen Polstersessel hinter dem Feuer erwartete die Oberste Zauberin des Ordens der Korianischwestern ihre Ankunft. Sie war alt, ausgezehrt wie ein vertrocknetes Blatt. Die schroffen, verwitterten Gesichtszüge oberhalb des flügelförmigen Kragens waren so fleischlos, als bestünden sie nur mehr aus dem Schädelknochen selbst. Eine Wolke feinen Haares wurde von einem feinen, diamantbesetzten Haarnetz bedeckt. Die lavendel- und purpurfarbene Robe, ein Kennzeichen ihres hohen Standes, hüllte ihren Leib ein wie der Kelch einer Blume, und ihre Finger, so filigran wie vom Sturm entlaubte Zweige, ruhten entspannt in ihrem Schoß.

»Ich habe dich wohl verstanden«, sagte sie, und ihre Stimme hatte den heiseren Klang von trockenem Laub, das über rauhen Stein scharrte. »Deine Bedenken sind in dieser Angelegenheit nicht von Bedeutung.«

Die hochgewachsene, würdevolle Zauberin, mit der sie sprach, reckte das Kinn vor. Augen, bernsteinfarben wie die eines Tigers, blitzten unter der silbergefaßten Haube hochgestellter Ältester auf. »Das Mädchen ist schwach und ungeeignet. Können wir es wirklich wagen, einem Gefäß, das sich schon zweimal als mangelhaft gezeigt hat, eine so gewaltige Verantwortung anzuvertrauen?«

Morriel, Oberste Korianizauberin, stieß ein kurzatmiges, heiseres Gelächter aus. »Geziemt es denn dir, das zu beurteilen?« Sie faltete ihre klauenförmigen Hände, nur um sie gleich darauf ruhelos wieder voneinander zu trennen, denn gleich, welche Haltung sie auch wählte, keine vermochte ihren Schmerz zu lindern. »Gib acht und schau nach innen, Erste Zauberin. Es kann genauso gut dein Blick sein, der vernebelt ist. Ganz gewiß ist deine Sprache nachlässig.«

Ihre rasche Auffassungsgabe und ihr unfehlbarer Instinkt veranlaßten Elaira, von ihren Gewohnheiten abzulassen und ihrem nächsten Schritt ein leises Scharren zu gestatten.

Das Geräusch ließ die Erste Zauberin sogleich herumwirbeln. »Du!« Röte hinterließ lebhafte Flecken auf den aristokratischen Wangenknochen oberhalb der gefältelten Robe, die sich über ihre breiten Schultern spannte. Kleine Kämme hielten ihr ebenholzschwarzes Haar, und nicht eine Strähne lag am falschen Platze. »Wenn ich deine Herkunft bedenke, so sollte ich wohl annehmen, daß du dich durch den Keller hergeschlichen hast.«

»Der schnellste Weg«, konterte Elaira provokant in der Gossensprache ihrer Kinderzeit. Überhaupt nicht reumütig beeilte sie sich, der Obersten Zauberin die Ehre zu erweisen: »Ihr habt mich gerufen, Gebieterin«, sagte sie mit einem Knicks.

Mit Augen so schwarz und glanzlos wie aufgerautes Glas sah die alte Vettel zu, wie sie sich wieder aufrichtete. Sie sprach kein Wort, studierte sie nur mit der gnadenlosen Härte langgeübter Beobachtungsgabe, die es ihr gestattete, die Novizin auf subtilste Weise zu analysieren. Tapfer hielt Elaira ihren Blicken stand, wußte sie doch, daß ihr herausforderndes Gossenverhalten sich nie mit der langjährigen Erfahrung Morriels messen konnte. Als wären ihre Gedanken auf ihrem materiellen Sein eingraviert, war die Korianimatriarchin fähig, die Frage aus ihrer Beobachtung abzulesen, die Elaira im Innersten bewegte und quälte, und ebenso vermochte sie zu sehen, wie schwer der Schlag gegen den Stolz sein mußte, den aufzugeben zwingend erforderlich war, wollte die Novizin je nach den Ergebnissen der Sitzung der vergangenen Nacht fragen.

Vom Scheitel bis zur Fußsohle erstarrt, angesichts des Dranges, geradeheraus zu sprechen, gespannt bis an ihre Grenzen vor einer Wahrheit, die die Macht hatte, sie schmerzhaft zu verwunden, hörte Elaira kaum die tadelnden Worte, die Lirenda an den Pagen richtete. Machtlos, nicht fähig, die Schuld für den Schmutz auf der Livree des Knaben auf sich zu nehmen, bewahrte Elaira duldsam die Ruhe, während das verborgene Taschentuch gefunden und ausgeschüttelt wurde und seine sechsbeinige Last, sehr zum Verdruß der Ersten Zauberin, Zuflucht unter ihrer Robe suchte.

Ein Flackern, zu kalt für Amüsement, glomm in der Tiefe von Morriels Augen. »Aber unsere Suche war erfolglos, mein Kind. Es ist uns nicht gelungen, herauszufinden, wo der letzte Prinz von Rathain sich verborgen hält.«

Elaira war kaum imstande, ihrer zutiefst empfundenen Erleichterung nicht durch einen Seufzer Ausdruck zu verleihen. »Ihr habt gerufen. Wie darf ich Euch dienen?«

»Setz dich«, forderte Morriel sie auf, wobei sie eine einladende Geste tätigte, die, dank ihrer mangelnden Toleranz und den Schmerzen in ihren Gelenken, recht knapp ausfiel. »Unsere Bemühungen sind durch die unerwartete Einmischung der Bruderschaft fehlgeschlagen, doch ihre versuchte Manipulation hat uns im Gegenzug zu neuen Erkenntnissen verholfen.«

Jenseits des Teppichs zerquetschte die Erste Zauberin, Lirenda, das letzte, flüchtende Insekt unter ihrem Absatz. Instinktiv davon überzeugt, daß das plötzliche Ableben des Tieres nicht allein auf einen Fehltritt zurückzuführen war, verkrallte Elaira mit Grausen ihre verschwitzten Hände ineinander.

»Zeig es ihr«, kommandierte Morriel.

Lirenda entließ den gemaßregelten Pagenjungen. Kapitulierend preßte sie die Lippen aufeinander, was den Hochmut ihres Auftretens deutlich trübte, während sie über den Teppich herbeischritt. Die Sonne fiel auf ihren Rücken und warf ihren Schatten über die gezierten, silbernen Siegel, verdunkelte ihre glitzernde Oberfläche, während sie mit raschelnden Röcken vor der heißen Kohlepfanne niederkniete.

Wo Elairas Veranlagungen sie anhielten, ihre Beschwörungen durch das Wasser zu leiten, da nutzte Lirenda für ihren Zauber das Feuer. Eins mit dem Willen ihrer Obersten, schloß sie die Augen und sank in eine leichte Trance.

Als die Schülerin Morriels, die dereinst ihre Nachfolge antreten sollte, verfügte Lirenda über beeindruckende Macht. Ein donnernder Energiestrom ergoß sich über ihre Nerven, und Elaira hatte Mühe, ihre bösen Ahnungen zu bezwingen. Nur allzu schnell veränderte sich der Charakter der rotgoldenen Kohlenglut, wandelte sich zu kaltem Blau, das weder Licht noch Wärme spendete. In der veränderten Energie des Feuers entstand langsam ein Bild; zunächst ätherisch wie ein magischer Faden in alten Lumpen, gestaltete sich ein verschmelzendes Muster, das schließlich zu einer klaren Anordnung heranreifte. Kraft Lirendas Bewußtsein offenbarte sich ein Netzwerk visionärer Kunst vor Elairas Augen, gefolgt von einer Tragik, die schwer genug wog, durch Elairas Wesen und Willen zu stürmen und ihren Herzschlag im selben Augenblick anzuhalten. Sie erkannte das Muster, das, dargestellt nach der Vorstellung der Bruderschaft, dem der lebendigen Aura Arithon s'Ffalenns glich.

Sie keuchte. In unmißverständlicher Deutlichkeit trat das Selbst dieses Mannes mit all seinen Details offen zutage. Wie niemals zuvor erkannte sie nun, wie sich Hellsichtigkeit und Erbarmen, Macht und Empfindsamkeit, Härte und Bedauern miteinander verbanden, ohne je vereinbar sein zu können. Morriels Furcht, die zusätzliche Bürde durch Desh-Thieres Fluch könnte den Riß in diesem Geist mit einem tragischen Potential erfüllen, aus der nur mehr Wahnsinn würde sprießen können, war durchaus verständlich.

Es oblag der Verantwortung des Ordens, niemals eine Macht zu dulden, die einen latenten Hang zu Zerstörung barg, und Elaira wußte, daß die Oberste Zauberin handeln würde, ehe die drohende Gefahr sich manifestieren konnte. Ihr tiefverwurzeltes Vertrauen, daß der Herr der Schatten widerstandsfähig genug sein würde, die Selbstbeherrschung nicht zu verlieren, erwies sich nun als grundlose Annahme, nichts weiter als eine Blüte, hervorgetrieben durch persönliche Gefühle, die der Weisheit ihrer Ältesten nie hatte standhalten können.

»Dharkaron, Engel der Rache!« Elaira blinzelte, als ein Strom der Tränen in ihre Augen stieg. »Wie kann irgendein Mensch so einen steten Kampf über die natürliche Lebenszeit hinaus ertragen? Oder irre ich mich? Bilden der Bogen und das Siegel nicht das Muster verlängerter Lebenszeit?«

»Deine Einsicht ist korrekt.« Morriel schnippte mit

ihren dürren Fingern, ein Zeichen für Lirenda, sich nun zu entspannen. »Diese Entdeckung hat auch uns überrascht, obwohl wir damit hätten rechnen müssen. Beide, Lysaer und Arithon, sind durch das Weltentor der Roten Wüste in dieses Land gekommen. Wir hätten davon ausgehen müssen, daß sie von der Fontäne der Fünf Jahrhunderte getrunken haben und dem magischen Bann Daviens unterliegen.«

»Darum habt Ihr mich herbefohlen«, sagte Elaira, erleichtert, das verlöschende, grausam verwickelte Muster in der Kohlenglut nicht mehr sehen zu müssen.

Sie wischte sich mit dem Ärmel die Tränen von den Wangen und verpaßte so den Augenblick, als Lirenda von ihrem Zustand der Trance wieder zu voller Bewußtheit zurückkehrte. Ganz offen zeigte sich für einen kurzen Moment ein Ausdruck der Mißgunst in den Zügen der Ersten Zauberin, und ihr Blick, so bösartig wie konzentriertes Gift, bohrte sich in den Rücken der jüngeren Frau.

Mit gesenkten Lidern beobachtete die Oberste Zauberin die gewählte Anwärterin auf ihre Nachfolge, die sich beeilte, ihren Fehler zu vertuschen. Unerbittlich wie harter Stahl hielt sie an ihrem Vorhaben fest. »Du wurdest gerufen zu dienen, Novizin Elaira. Da wir nun wissen, daß der Konflikt, dessen Saat der Nebelgeist gelegt hat, mehr als nur eine Generation betreffen wird, ist es unser Wunsch, deinem Kristall Erhöhung zuteil werden zu lassen. Niemand wird dich zu diesem Schritt zwingen, also überlege gut, bevor du eine Entscheidung triffst. All deine standesangehörigen Schwestern zu überleben ist nicht in jedem Fall erstrebenswert.«

Lirenda erging sich in vornehm schweigsamer Haltung. Reglos stand sie im Hintergrund, und nur ihre Hände, die sie unter ihren Ärmeln verborgen zu Fäusten geballt hatte, verrieten das Ausmaß ihres Zorns angesichts der Tatsache, daß ein Privileg, das nur den altgedienten, bewährten Ältesten vorbehalten war, nun einem

Kind dargeboten wurde, das jeglichen Anstand mißachtete.

Vergleichsweise ungeschliffen wie ein Wildfang stand Elaira vor der ausgemergelten Alten in ihrem Bollwerk aus Roben und dem eisigen Schimmer der Diamanten. Morriels Leben dauerte nun schon weit über tausend Jahre an; Jahrhunderte, für die sie mit eierschalendünnen Knochen und ausgezehrtem, kraftlosem Fleisch bezahlt hatte, umgeben von einer spröden Hülle, die nur durch machtvolle Zauber der Erhaltung bestehen konnte. Im Gegensatz zu der Bruderschaft der Sieben, deren direkter Zugriff auf die großen Beschwörungen es erlaubte, das Leben der Zauberer im Einklang mit den Gesetzen der Physik zu verlängern, mußten sich die Korianizauberinnen darauf beschränken, die Energieresonanz zu erhöhen, die in dem Gitterwerk der magischen Kristalle schlummerte.

»Zunächst wirst du Schmerz fühlen«, fuhr Morriel fort. »Aber er wird nur so lange anhalten, bis dein Leib ein primäres Gleichgewicht mit den hemmenden Bannen erlangt hat. Nach den ersten sechs Monaten wird dein Altern für einen Zeitraum von gut siebenhundert Jahren aufgehalten werden. Da Daviens Bann nur fünfhundert Jahre andauert, wird es für dich nicht notwendig sein, dich den Qualen einer weiteren Lebensverlängerung zu unterziehen.«

Inmitten der majestätischen, antiken Schnitzereien der Bruderschaft Aths schlang Elaira die Arme um ihren Leib. Nie zuvor war sie sich des Sonnenscheins, der ungehindert auf die Erde fiel, oder des Gezwitschers der Mauerschwalben auf den Fenstersimsen so bewußt gewesen. Die Warnung ihrer Obersten und die Antipathie hinter Lirendas kühler Fassade verblaßten vollständig gegenüber einer Furcht, die einer anderen Quelle entstammte.

Einst, an einem Meeresufer in der Dämmerung, hatte ein Zauberer der Bruderschaft heimlich zu ihr gesprochen. *»Ich wurde zu dir gesandt«*, so hatte er gesagt, *»weil ein Omen dem Hüter des Althainturmes verraten hat, daß, zum Guten oder zum Bösen, du der einzig lebende Geist bist, der Arithon jemals wirklich kennenlernen wird. Sollte dein Herr der Schatten dich enttäuschen oder du ihn, so wird großes Unglück hieraus erwachsen.«*

Für sie konnte es keine Entscheidung geben, das erkannte Elaira mit eisiger Ruhe. Und so zitterte auch ihre Stimme nicht, als sie sagte: »Ich werde die Bitte meiner Obersten erfüllen.«

Seide raschelte. Ein Hauch von Lavendel wirbelte durch die Luft, als Morriel ihren Kopf neigte. »So soll es sein. Händige dein Juwel aus, auf daß es eingestellt werde.« Eine Hand, dürr wie ein trockener Weidenzweig, hob sich von ihrem Schoß, und die klauenartigen Finger krümmten sich, bereit, den Edelstein zu ergreifen.

Elaira löste einen klaren Quarz, gleich einer Träne, gefroren mitten im Fall, von der geflochtenen Kette. Leichtfüßig und zierlich, daran gewöhnt, sich wie ein Taschendieb zu verstellen, zeigte sie eine beeindruckende Courage, als das Juwel den Besitzer wechselte. Tiefes Einverständnis herrschte in diesem Moment zwischen der Greisin und der jungen Frau, die sich für ein Schicksal entschieden hatte, das sie zu zerstören imstande war.

Dann verzog Elaira die Lippen zu einem unverfrorenen Lächeln. »Auch ich wünsche diese Veränderung.«

»Ein Beweis dafür, wie dumm du bist«, schnappte die Oberste Zauberin. »Du hast gewiß deine Qualitäten, aber Weisheit zählt nicht dazu.« Sie drückte die preisgegebene Kette mit dem Juwel an ihre Brust und forderte in einem verdrossenen Ton: »Sag mir, wo glaubst du, hält sich der Herr der Schatten verborgen?«

Erfüllt von Erschütterung und innerer Abwehr blieb Elaira doch keine Wahl, als zu antworten. »Wo ist Lysaer?«

Lirenda warf verärgert den Kopf zurück.

Doch Morriel entschied, daß diese Rückfrage keineswegs als Impertinenz zu werten war. »Der Prinz von Tysan marschiert auf Erdane, um seine Rechte an der Charta von Avenor geltend zu machen.«

Elairas Ruhe wurde brüchig. In demselben Zusammentreffen hatte Traithe ihr auch versichert, daß ihr Gehorsam gegenüber ihrer Obersten keine zusätzliche Bedrohung für Arithon würde darstellen können. Gebunden durch die gefährlichen Bande der Ordensgelübde, antwortete sie, obgleich dies ihrem eigenen Trachten zutiefst widersprach. »Dann solltet Ihr den Herrn der Schatten in den Städten an der Ostküste suchen. Soweit ich es beurteilen kann, werdet Ihr ihn so weit von Avenor entfernt finden können, wie das Land ihm zu gehen erlaubt.«

»Ein feinsinniger Schluß. Zur Sonnenwende werden wir entlang dem Siebten Weg suchen und überprüfen, ob deine Theorie zutreffend ist.« Von dem Gespräch erschöpft, schickte Morriel sie mit einem Fingerzeig davon.

»Du auch«, verdonnerte die Oberste Lirenda, die, bereit, weiterhin über Elairas Privileg des langen Lebens zu diskutieren, auf ihre Chance lauerte. Bekümmert ob des zutage tretenden Makels im Charakter ihrer Ersten Zauberin, der allmählich ein Ausmaß erreichte, das es unmöglich machte, ihn noch länger zu leugnen, zupfte Morriel ihre Robe über ihren fleischlosen, knochigen Knien zurecht. »Ich beabsichtige, während der nächsten Stunde ungestört zu meditieren.«

Lirenda knickste und rauschte dann, Elaira direkt auf den Fersen, zur Tür hinaus, wobei die raschelnde Seide ihrer Robe die sanft schimmernde Luft über den feurigen Kohlen in Bewegung versetzte.

Allein mit ihren trüben Gedanken, preßte die Oberste Korianizauberin die fahlen Lippen zusammen. Ihr blieb nicht genug Zeit, sich nach einer besser qualifizierten Nachfolgerin umzusehen; wenn ihre derzeitige Erste

Zauberin auch Charaktermängel aufwies, die Disziplin erforderten, so verfügte sie doch auch über eine außergewöhnliche Begabung. Zudem sah sich Morriel gezwungen, den Reiz dieser Angelegenheit anzuerkennen. Strahlend ruhte in ihrer Erinnerung jeder Winkel, jede Linie und widerwillige Kurve des Musters, aus dem die Aura des s'Ffalenn-Prinzen geformt war.

Die Kraft dieses Mannes war beängstigend.

Wäre sie nicht alt und schmerzgepeinigt, würde sie sich nicht Tag für Tag nach der Erleichterung eines natürlichen Todes sehnen, dann hätte sie vielleicht ebenso geweint wie Elaira.

Statt dessen hielten ihre zarten Finger den Zauberkristall fest umklammert, den die Novizin ihr unter zwanghaftem Vertrauen überlassen hatte. In ihren Augen stand ein Ausdruck, so unheilvoll wie eine arktische Nacht, als sie leise murmelte: »Sei verflucht, du Sohn der s'Ffalenns.«

Die bloße Existenz des Arithon von Rathain hatte nicht nur das impulsive Herz Elairas bezwungen, sondern überdies die Disziplin der Ersten Zauberin zerstört, die auserwählt war, eines Tages die Nachfolgerin der Obersten zu werden. Bei dem kalten Feuer, das in ihren Gelenken schmerzhaft wütete, gelobte Morriel, daß sie ihn für ihr erlittenes Elend im gleichen Maße würde leiden lassen.

Sollte Lirenda die Erwartungen Morriels enttäuschen, sollte sie auf ihrem Weg zur Weihung als Oberste Zauberin von Koriathain versagen, lag ein weiteres Jahrhundert verlängerter Lebenszeit gleich einem grausamen, dunklen Abgrund vor ihr, das sie, noch immer atmend, der Suche und Ausbildung einer neuen Kandidatin würde widmen müssen.

# Reisen

Während die Bäume sich mit saftigen Blättern bedecken, hält Lysaer s'Ilessid mittellos Einzug in die Stadt Erdane; und als der Stadtregent seine Ablehnung, einen Gast von königlichem Blute zu beherbergen, fallenläßt, ist Lord Diegan nicht im mindesten überrascht, daß die entwaffneten Soldaten im Gefolge des Prinzen selbst nach drei Wochen ohne Sold noch immer in unerschütterlicher Loyalität zu ihrem Gebieter stehen ...

In der knospenden Wärme südlicher Breitengrade begibt sich eine handverlesene Gruppe Korianiältester auf eine Reise über das Land; auf Geheiß Morriels, ihrer Obersten Zauberin, die, eingehüllt in warme Decken, in einer Sänfte mit ihnen reist, richtet sich ihr Streben auf die bevorstehende Sonnenwende, zu der sie erneut danach trachten werden, den so schwer faßbaren Herrn der Schatten zu entlarven ...

Im Herzen der inneren Zitadelle Alestrons denkt der Bruderschaftszauberer Asandir über die Behauptung des aufgeregten Seneschalls nach, der Statthalter und seine Brüder seien abwesend, um eine Verlobungsfeier vorzubereiten; und obwohl der gesäuberte Boden keinen Hinweis auf eine Gießerei liefert und nirgends eine Spur verbotener wissenschaftlicher Schriften zu finden ist, weicht der Stadtbedienstete doch beständig der unwiderlegbaren Tatsache aus, daß die Wände der Waffenkammer noch Anzeichen des Verschleierungsbannes einer Erdenhexe tragen ...

# 5
# MASKENSPIEL

Die Tür zu Hallirons Dachstube wurde mit einer Wucht aufgestoßen, die ausreichte, den Rahmen erbeben zu lassen, jedoch nicht, den Tanz der Arpeggios zu stören, der sich den Septimen zuneigte. Die Noten waren wie eine übergangslose Kaskade unter seinen Fingern, so ruhig und ebenmäßig spielte Medlir, als er Dakar, der eben mit leuchtendroter Nase im Sturm aus dem öffentlichen Bad zurückgekehrt war, mit hochgezogenen Augenbrauen fragend anblickte. Noch immer waren die Kleider des Mannes nicht korrekt geschnürt und seine Haare hingen in feuchten, unordentlichen Fransen herab, während der aufdringliche Geruch von Rosenöl aus seinen Bartstoppeln strömte.

»Ich wußte gar nicht, daß wir dir Geld für ein Duftwasser gegeben haben«, sagte Medlir.

Übellaunig aufgrund der Tatsache, daß er nicht einmal genug Geld besaß, sich zu betrinken, schob Dakar einen Stapel Briefe Hallirons beiseite und ließ sich auf ein Kniekissen fallen. Da jedoch seine Freiheit unmittelbar von dem Meisterbarden abhing, besann er sich auf eine zivilisierte Entgegnung. »Der Gestank ist ein Lippenpräsent einer Dirne.«

»Aha.« Nicht einmal geriet der melodische Verlauf der Klänge in Unordnung. »Gibt es etwas Neues zu berichten?« Dakar fingerte an den geschnürten Ärmeln des orange-grünen Wamses herum, das er bei einem Händler gebrauchter Kleidung in einer Nebenstraße aufgelesen hatte, um sich von den bauschigen Stulpen zu befreien. »Nun, die Gattin des Herrn Stadtrat hat sich leichtsinnig in die nächste Affäre gestürzt. Ziemlich langweilige Neuigkeiten, immerhin wirft sie jeden Monat einen Liebhaber raus.« Von einem verknoteten Band bezwungen, fuhr der Wahnsinnige Prophet fort: »Aber kennt Ihr die Frau mit dem fetten Arsch, die Eigentümerin von *Madame Havritas*? Nun, sie hat sich ein blutiges Auge geholt. Hat 'ne gewaltige Schramme kassiert, nachdem sie die altjüngferliche Schneiderin in der Zwirnnadelstraße beleidigt hat. Beide haben behauptet, ihr Laden wäre ausgebuchter als der der jeweiligen Rivalin, und jede hat darauf bestanden, daß ihre Entwürfe die Damenmode zur Sonnenwendfeier bestimmen würden.«

Die Türklinke wurde heruntergedrückt. Dakar wandte sich gerade zur rechten Zeit um, zu sehen, wie Halliron, von einem Einkaufsbummel zurück, mit einem Päckchen unter dem Arm das Zimmer betrat. »Wißt Ihr«, gestattete der Wahnsinnige Prophet sich zu bemerken, »dieses Fest, das der Statthalter um Euer Erscheinen herum veranstaltet, hat in den Salons der Damen schon eine Menge Gezänk verursacht.«

»Meinetwegen können sie an ihren Schmuckbändern und Perlen ersticken«, knurrte Halliron wenig liebenswürdig.

Den Kopf zur Seite geneigt, lauschte er kritisch Medlirs Spiel mit den Saiten der Lyranthe. Selbst sein exaktes Gehör konnte auf diese Darbietung nur mit Zufriedenheit reagieren. Ein Schauder befiel Halliron, als die Melodie ganz flüssig von Septimen zu Quinten überging. Er hatte von jeher vermutet, daß sein erwählter Nachfolger begabt genug wäre, selbst ihn in den Schatten zu stellen. Nun aber, da er tatsächlich hörte, wie die fehlerlosen, geübten Noten sich zu einer gefühlvollen Lyrik steigerten, mit der sich all sein Können nicht messen konnte, war er sprachlos vor Freude. Nun gab es nur noch eines, das er in dieser Welt begehrte: die Wiedervereinigung mit der ihm fremdgewordenen Frau und seiner Tochter.

Noch sieben Tage bis zur Sonnenwende. Dann endlich würde er frei sein, seine Reise nach Shand fortzusetzen, die er unterbrochen hatte.

»Hört mal«, nörgelte Dakar. »Falls das, was ich in dem Päckchen rieche, tatsächlich Wurst ist, warum essen wir dann nicht? Würde ich es Euch überlassen, die Zeiten für die Mahlzeiten festzulegen, dann wären wir längst zum Klang der Arpeggios in sämtlichen acht Notenschlüsseln verhungert.«

Solchermaßen gewaltsam wieder an weltliche Belange erinnert, bahnte sich Halliron einen Weg durch das Durcheinander aus Zinnflöten, Silberdrahtspulen und kleinen Klammern, die dazu dienten, die Lyranthe zu stimmen, durch die verblaßten Schriftrollen, die Medlir aus einem Müllbehälter geborgen hatte, und durch eselsohrige Bögen Reispapier, auf denen in krakeliger Schrift die verschiedenen Variationen alter Balladen notiert waren. Mit dem Ellbogen schob er ein Tintenfaß und eine Ahle beiseite und ließ sein Päckchen auf den Tisch fallen, den sie an jenem Tag, an dem die Teekanne einmal zu oft umgekippt war, aus Abfallholz zusammengenagelt hatten. Den wackeligen Tisch, der sich zuvor in dem Raum befunden hatte, hatten sie benutzt, um das Feuer in ihrem Kamin zu nähren. Zwar bewies Hallirons Schüler in handwerklichen Belangen einen Stil, der eher auf Deck eines Schiffes gepaßt hätte, doch zumindest war das Ergebnis seiner Arbeit stabil. Selbst wenn Dakar seinem steten Drang nachgab, sich in Raubvogelmanier als erster auf das Essen zu stürzen, hielt der Tisch stand, ohne daß etwas umkippte oder herunterfiel. Halliron ließ sich auf das verbliebene Kniekissen nieder, ehe er die Arbeit des Musikers mit gebührenden Worten würdigte: »Du brauchst meine Instruktionen nicht länger.«

Medlir beendete den Lauf des letzten Arpeggios und brachte die Saiten sodann geschickt zum Schweigen. »Ich bin noch nicht gewillt, ohne sie auszukommen.« Mit einem Anflug von Humor fuhr er fort: »Es gibt eine Ballade, die zu spielen du mich noch nicht gelehrt hast.«

»Das weißt du?« Mit großer Sorgfalt dehnte und streckte Halliron seine Finger, um sie geschmeidig zu erhalten. »Was für eine Schande, daß du nicht an meiner Stelle für den Statthalter von Jaelot spielen wirst.« Er bedachte seinen Schüler mit einem stechenden Blick, ehe er die Schultern zuckte. Selbst im Hochsommer herrschte in Jaelot, dank der Brise, die von der Bucht herüberwehte, ein feuchtes, kühles Klima, das den Gelenken des Meisterbarden übel mitspielte. »Was wird in den Baracken geredet?«

Leder entlockte den gespannten Saiten ein Wimmern, als Medlir das unbezahlbare Instrument wieder verhüllte. »Ein Skandal steht bevor. Es geht um die Bezahlung der Söldner.«

»Nein!« Mit bösartigem Vergnügen schlug sich Halliron auf die Oberschenkel, wobei er eine bruchstückhafte Melodie pfiff. »Sag es mir nicht! Der städtische Quästor hat das Geld veruntreut?«

»Besser.« Medlir legte die Lyranthe vorsichtig in einer Ecke des Raumes ab und grinste. »Es heißt, er habe eine Rubinkette seiner Schwägerin verkauft, um eine Kräuterhexe anzuheuern. Mit ihrer Hilfe wollte er verschleiern, wie die Steuergelder aus der städtischen Schatzkammer in die Geldkassetten von Gadsleys Freudenhaus geraten konnten.«

»Das Haus, in dem sie kleine Jungs feilbieten? Das ist ein starkes Stück.« Halliron wirbelte gerade noch rechtzeitig herum, um Dakar eine Scheibe Brot abzuringen. »Ich habe gehört, des Statthalters Xanthippe von einem Weibe beabsichtigt, eine überraschende Ankündigung verlauten zu lassen. Ihr Fest soll einem bestimmten Thema gewidmet sein. Der Page, der ihr das Essen serviert, hat mir erzählt, sie wolle alle Leute fernhalten, die sich keine Maskerade leisten können.«

Medlirs Augen leuchteten. »Dakar! Es gibt ein Geheimnis, das du deiner Dirne verraten darfst. Wäre es nicht furchtbar peinlich, wenn die Kurtisanen aus den Hinterhöfen die Schneider beschäftigten und die vornehmen Damen das Nachsehen hätten?«

»Vielleicht holt sich Havrita ein zweites blutiges Auge«, nuschelte der Wahnsinnige Prophet, den Mund voller Wurst. Schweigend riß er ein Stück Brot ab, als Medlir und der Meisterbarde sich scherzend zu ihm gesellten. So lange und konzentriert er auch lauschte, Dakar konnte nicht die geringste Spur eines lokalen Dialekts in der Aussprache des jüngeren Mannes erkennen. Zwar mochte ein Musiker mit einem wohlgeübten Ohr durchaus in der Lage sein, seine Intonation zu verändern, doch die Tatsache, daß Medlir ihm auch in Augenblicken der Entspannung nicht den geringsten Hinweis lieferte, zerrte an Dakars Nerven. Fast so sehr wie der absonderliche Umstand, daß Asandir ihn nun schon seit einem ganzen Jahr in Ruhe ließ, obwohl er eine Dämonenplage verursacht hatte, für die er sich eine Rüge aus dem Althainturm hätte einhandeln müssen. So offenkundig er auch die Anweisung, den Herrn der Schatten zu finden und zu beschützen, mißachtete, war doch kein Bruderschaftszauberer aufgetaucht, ihn wegen seines ungebührlichen Betragens zu tadeln.

Betrunken hätte Dakar keine Bedenken gehabt, diese Fragen ebenso zu übergehen wie alle anderen auch; nüchtern jedoch trieb ihm der Gedanke, all diese Besonderheiten könnten miteinander verknüpft sein, den kalten Schweiß wachsender Paranoia aus den Poren. Wie unendlich erniedrigend wäre es für ihn, wenn sich herausstellen würde, daß sich Arithon s'Ffalenn in Shand verkrochen hatte, während er, ohne davon zu wissen, auf dem Weg dorthin war.

Als es nur noch fünf Tage bis zum Abend der Sonnenwendfeier waren, erreichten die Vorbereitungen für den Maskenball des Statthalters hysterische Ausmaße. Künstler arbeiteten fluchend zwischen Kübeln mit feuchtem Gips, den sie zu allerlei Hohlformen modellierten, während die Lehrburschen der Kunstmaler, die bereitstanden, die Masken auszuschmücken, gelangweilt über ihren Farbtöpfen hockten und sich spöttische Bemerkungen zuriefen. In den Schneiderläden war das Chaos ausgebrochen, und die Ankunft eines weiteren Zuges Eselwagen, der Blumen und Immergrün herbeibrachte, löste auf der Hauptstraße bis hinunter zum Südtor einen Tumult aus. Läufer rannten sich die Hacken ab, während sie Einladungen zustellten; andere erhaschten hier und da Zärtlichkeiten der Dienstmägde, wenn sie Pakete mit Schmuckbändern oder Juwelen auslieferten, die die Dame des Hauses zu dieser Gelegenheit neu erstanden hatte. In den Schneiderwerkstätten brannte nächtens noch Licht, weil so manche Dame plötzlich ihre Meinung änderte, und die älteste Tochter des Statthalters war so aufgeregt, daß sie sich mit genug Zuckerwerk vollstopfte und dabei war, ihre Taille zu ruinieren.

Havrita stürzte sich wie ein Barrakuda auf die unerwartete Gelegenheit und erhielt den Auftrag, dem Mädchen ein neues Ballkleid anzufertigen. »Man hört viel Zähneknirschen in der Zwirnnadelstraße«, berichtete Dakar, als er von einer Verabredung mit einer Magd zurückkehrte, die sich in einem Laden verdingte. »Aber es gibt keine neuen blutigen Augen.«

Zwischen Dakars Besuchen in Bordellen und öffentlichen Badehäusern und Medlirs Zusammentreffen mit den Soldaten der Stadtgarde erreichten die neuesten Gerüchte regelmäßig die Dachstube, in der Halliron ausgedehnte Stunden allein zurückgezogen mit seiner Lyranthe verbrachte. Nur einmal wurde er von zwei Laufburschen in Livree gestört, die an seine Tür klopften und eine kleine Kleidertruhe bei sich trugen, die der

Statthalter ihm für den Ballabend zukommen ließ. Beinahe der überstürzten Flucht der beiden Bediensteten zum Opfer gefallen, betrat Medlir die Kammer, in der er den Meisterbarden in unpassenden Reimen fluchend vorfand, und die beachtliche Leidenschaft, die ihm gar die Röte ins Gesicht getrieben hatte, barg ein beängstigendes Maß blinden Zorns.

Als des alten Mannes Wut schließlich atemloser Erschöpfung erlag, ergriff Medlir seine Handgelenke und drängte ihn, sich zu setzen. »Macht es dir etwas aus, mir zu erzählen, was vorgefallen ist?«

Halliron schoß sofort wieder empor, als sein Schüler seine Arme aus seinem Griff entließ. Aufgeregt, sein Hemdkragen noch unverschnürt und das Haar über seinen Schläfen vom zornigen Wühlen seiner Finger zerzaust, deutete er auf das Fenster, daß auf den schlammigen Innenhof des Gasthauses hinausführte. »Nie bin ich geblieben, für einen Mann zu spielen, der mich nicht nur einmal, sondern wiederholt vor den Kopf gestoßen hat.«

Medlir lehnte sich mit den Schultern an den Türpfosten. Nur das verhinderte, daß er vor Schreck zurückzuckte, als Hallirons wutentbrannter Blick aus geweiteten, topasfarbenen Augen sich ihm zuwandte. Schweigend verschränkte er die Arme vor der Brust.

»Hat der Statthalter von Jaelot doch glatt die Frechheit, mir vorschreiben zu wollen, was ich in Gegenwart seines lächerlichen Weibes zu tragen habe!« Halliron wirbelte um die eigene Achse und versetzte der Pritsche einen harten Tritt, der dem Drillich eine Staubwolke entlockte. Dann stolperte er einen halben Schritt voran, ehe er sich krampfhaft niesend zusammenkrümmte. Dieser Anfall brachte ihn schlagartig zur Vernunft. Er betrachtete einen Augenblick seine eigene Faust, und der bittere Zug um seine Mundwinkel löste sich auf, als er urplötzlich zu lachen begann. »Dharkaron, hab Erbarmen! Kannst du dir vorstellen, daß ich eine enge Hose trage, die am Arsch kneift, so wie irgendein Lebemann? Rosa, du wirst es nicht glauben, und dazu ein Wams mit Chartreuse-rüschen an den Schultern.«

Medlir unterdrückte mühsam ein Lächeln. »So gut ist meine Vorstellungsgabe nicht. Hat seine Lordschaft auch eine Maske schicken lassen?«

»Ath, ja. Ein Lämmerkopf. Stell dir das nur vor!« Der Meisterbarde brach auf dem Bett zusammen, so schlaff wie ein Püppchen, dessen Füllstoffe sich plötzlich in Luft aufgelöst hatten. »Ich werde überglücklich sein, wenn ich diese Stadt endlich hinter mir habe.«

Nicht bereit, sich durch diesen Themenwechsel ablenken zu lassen, trat Medlir die Tür mit seinem Absatz ins Schloß. »Du hast mir noch nicht erzählt, was der Statthalter Jaelots mir an Bekleidung hat zukommen lassen.«

»Nein, das habe ich nicht«, krächzte Halliron in einem scharfen, beschützenden Ton. »Wenigstens du wirst damit nichts zu tun haben.«

»Nun, da sind wir unterschiedlicher Ansicht.« Der geschmeidige Humor, den zu erschüttern Dakar nie gelungen war, verschwand plötzlich. Der Mann an der Tür, der in diesem Augenblick viel mehr an einen Krieger als an einen Sänger erinnerte, nahm eine Haltung ein, die gezähmte Kraft ausstrahlte, ehe er seinen Ärmel ausschüttelte und seine Zähne dazu benutzte, die Manschetten enger zu schnüren. »Ich werde mitgehen, gib also gar nicht erst vor, du würdest mich nicht brauchen.«

Der Meisterbarde sah dem Musiker, den er sein Handwerk gelehrt hatte, direkt in die Augen, und die scharfe Entschlossenheit, die er dort erkannte, führte ihn sechs Jahre in seinen Erinnerungen zurück, zu einem Prinzen, der in einem kleinen Tal mitten im Wald einen Treueeid geleistet hatte.

»Ich kann mich gewiß nicht mit Torbrands Temperament messen«, entgegnete er rasch. »Aber wenn du diese Sache zu der deinen machst und dir dabei ein Leid geschieht, dann werde ich mich in mein Grab legen, ohne dir zu vergeben.«

»O Ath«, konterte Medlir mit trockenem Humor. »Wenn du dir tatsächlich nur um mich Sorgen machst, dann gibt es für uns beide noch Hoffnung.«

Am Abend der Sonnenwendfeier ging die Sonne über einer Stadt unter, die erfüllt war vom Geruch frisch geschlagenen Birkenholzes und geschnittener Blumen. Halliron, der sich zu diesem Zeitpunkt schon längst für den Abend eingekleidet hatte, lehnte an dem Sims des offenen Fensters und massierte seine Fingergelenke. »Zu Sithaer damit, wir haben einen Besucher.«

Medlir, der gerade damit beschäftigt war, die Schnüre seiner Kleider zu ordnen, entgegnete scharf: »Noch ein Bediensteter des Statthalters? Nach den heutigen Ereignissen hätte ich nicht erwartet, daß es noch einer von ihnen wagen würde, sein Gesicht hier zu zeigen.«

»Du glaubst wohl immer noch, daß es in dieser Stadt Menschen gibt, die mit einem gewissen Schamgefühl geboren worden sind?« Als die donnernden Schritte den Treppenabsatz erreichten, riß Halliron die Tür direkt vor dem verschreckten Gesicht des Neuankömmlings auf und herrschte ihn an: »Wo ist Dakar? Oder stimmt es etwa, daß bewaffnete Gardisten ihn mitten auf den Straßen des Beckurnmarktes gefangengenommen haben?«

Der Laufbursche des Statthalters zerrte sein Wams zurecht, das beim hastigen Treppensteigen über die Wölbung seines Bauches hinaufgeglitten war. Von dem Auftritt des älteren Mannes in dem schwarzen Seidengewand vollkommen überrascht, trat er einen Schritt zurück, ehe er es wagte, sich zu äußern. »Ihr sprecht von dem Gefangenen des Stadthalters?«

»Ich spreche von einem Mann, für dessen anständiges Betragen ich mein Wort gegeben habe.« Halliron sah sich nicht einmal um, als Medlir sich seinen Gürtel schnappte und hinter ihn trat, ihn zu unterstützen.

Der Laufbursche räusperte sich. »Von diesen Dingen ist mir nichts bekannt.«

»Aber du weißt, wo Dakar ist«, mischte sich nun Medlir ein. »Hör auf, dich zu winden!«

Die Dämmerung war hereingebrochen. Der Zierat an Hallirons höfischen Gewändern funkelte in dem unsteten Licht der einzigen Kerze ihrer Kammer, das an ihm vorbei auf den dunklen Korridor hinausfiel. Gedämpft schimmerte Schweiß auf des Laufburschen rosaroter Stirn, während er zitternd mit den Händen wedelte, die aus unordentlichen Stulpen herauslugten. »Ich bin jedenfalls nicht derjenige, den Ihr schelten solltet«, begann er, ehe er erneut zurückzuckte, obgleich niemand auf ihn zugetreten war, ihn zu bedrohen. »Euer Prophet wurde im Bankettsaal in Ketten gelegt. Mein Lord, der Statthalter, hat befohlen, ihm die Fesseln erst abzunehmen, wenn der Meisterbarde die versprochene Vorstellung gegeben hat.«

Drei Stockwerke unter ihnen, auf der Straße, rumpelte ein Wagen vorbei, und die Glocken des Zaumzeugs durchbrachen das Gelächter einer Frau mit ihrem süßen Klang. Ein Hund bellte, ein Küchenjunge schlug donnernd eine Tür zu, und das Leben in den Grenzen des Tavernenhofes ging seinen üblichen Gang, während sich in der Enge der kleinen Dachstube eine unbeschreibliche Spannung ausbreitete.

Dann wirbelte Halliron auf dem Absatz herum. Beinahe tonlos raschelte flüsternd die Seide seiner Kleider. Weder zeigte er seine Stimmung, noch klang Groll in seinen Worten an, als er sich an seinen Schüler wandte. »Ath möge mir vergeben, du hattest recht. Ich werde dich in jeder Hinsicht brauchen.«

Bescheiden und unauffällig in seiner taubengrauen Leinenkleidung, enthielt sich Medlir einer Entgegnung. Die versilberten Enden seiner Hemdschnüre blitzten auf, als er die letzten Haken an seinen Stiefelnstulpen schloß. Sodann nahm er die Lyranthe seines Meisters von dem

Haken hinter dem Bett, wobei er sich in stillem, giftigem Zorn fragte, ob es in Atheras Geschichte je einen anderen Regenten gegeben hatte, der sich so ungeheuerlich dreist gezeigt hatte, das Wort eines Meisterbarden in so unverfrorener Weise anzuzweifeln.

»Kommt mit mir.« Der Laufbursche trat an die Treppe heran. »Mein Lord, der Statthalter, hat eine Kutsche bereitgestellt, Euch abzuholen.«

Und schon wieder eine Schmähung: Es war von alters her Brauch, daß der Meisterbarde sich nicht nach den Wünschen eines anderen zu richten hatte. Halliron erklärte angespannt: »Sage deinem Herrn, ich würde mir eher alle Finger brechen, ehe ich diese Kutsche besteige.«

Die Messingknöpfe an dem Wams des Laufburschen blitzten auf, als er mit einem heftigen Atemzug zu Protest ansetzte. »Aber ...«

»Das Wetter ist gut. Wir werden laufen.« Durch die beruhigende Hand Medlirs auf seiner Schulter vor der eigenen Rage geschützt, ließ der Meisterbarde Atheras des Statthalters kriecherischen Diener einfach stehen.

Zurück blieb nur eine leere Dachkammer und eine bezahlte Rechnung. Auch der Ponywagen wartete bereits, fertig gepackt, um ohne Verzögerung abzufahren, in dem Stall der Poststation, der dem Stadttor am nächsten war.

»Sonnenaufgang«, murmelte Medlir. »Die Zeit kann gar nicht schnell genug vorübergehen.«

Meister und Schüler erreichten den Fuß der Treppe und wandten sich in stillem Einverständnis dem Dienstbotengang zu, der in die dunkle Gasse hinter der Küche hinausführte. Dunkel ragte die massiv gebaute Taverne empor, und ihr hohes Giebeldach hob sich gleich gefaltetem schwarzem Papier vor dem sommerlichen Sternenhimmel ab. Die Seebrise trug den salzigen Meeresdunst, gepaart mit dem Gestank der Fischabfälle herbei, die zum Trocknen ausgelegt worden waren, um später als Düngemittel Verwendung zu finden. Rauch wehte von den Freudenfeuern herbei, die den Dagrienhof in ihr flackerndes Licht tauchten. Die leichten, wilden Klänge einer Fidel wirbelten durch die Finsternis, für kurze Zeit überlagert von dem Knarren ledernen Zaumzeugs und dem Knirschen der Wagenräder, als des Statthalters Kutschpferde das Gefährt ohne Fahrgäste wieder aus dem Hof der Taverne zogen.

Halliron schritt forsch voran. Der Palast lag in dem vornehmen Viertel, das sich gegenüber der Ratshalle befand. Der Weg dorthin wurde durch die gewundenen Pflasterstraßen und Gassen erschwert, die anstiegen und wieder abfielen – je nachdem wie die Natur das Gelände angelegt hatte – oder sich im Zickzack über unerwartete Treppen schlängelten, die in die Erde der Landspitze gehauen worden waren. Nach nunmehr sechs Monaten kannte Medlir jede Abkürzung, und dank seiner Gabe bildete auch die Dunkelheit für ihn kein Hindernis.

Durch die Stille der Nacht wieder zur Vernunft gekommen, seufzte Halliron wehmütig. »Ich hätte mir mehr Gedanken über Straßenräuber machen sollen.«

»Warum? Fürchtest du um dein Gold und deine Juwelen?« Medlir grinste, während er sich zum Schutz der Lyranthe seitwärts durch einen engen Torbogen schob. »Du solltest dich einmal genau ansehen, mein Freund.«

Der Meisterbarde sah an sich herab und stellte verblüfft fest, daß der Glanz seiner edlen Gewänder in konturloser Dunkelheit verschwunden war. »Ath! Deine Schatten? Das hätte ich mir im Grunde auch denken können.«

»Dann solltest du beten, daß die Diebe das nicht auch tun«, konterte Medlir. »Es ist nicht allzu riskant, meine Gabe hier zu nutzen. Niemand weiß genug über mich, um einen Boten nach Etarra zu senden, der von mir berichten könnte. Und außerdem hätte ich dem Statthalter das Genick brechen müssen, hättest du auch nur einen Fuß in diese Kutsche gesetzt. Schmerzen deine Gelenke wieder?«

»Nicht allzusehr.« Halliron betrachtete die hochaufragende Fassade eines vornehmen Hauses, die vom bronzenen Schein der Fackeln umrahmt wurde. Ein Phaeton mit großen Rädern, gelenkt von einem pfauenfedergeschmückten Lebemann, holperte vorbei. »Wo sind wir?«

»In der Straße der Gewürzhändler«, sagte Medlir, wobei er leise hustete. Die letzte Dame, die sich auf den Polstern des Phaetons geräkelt hatte, hatte dafür gesorgt, daß das Vehikel nun eine erstickende Patchouliwolke hinter sich her zog. »Mach dir nichts daraus, wenn du den Zimt nicht riechen kannst. Hier müssen wir abbiegen.«

Sie durchquerten einen architektonischen Garten, in dem Medlir mit ausgelassener Schadenfreude einen liebestollen Kater mitten in seiner Serenade aufscheuchte und unter einen Rosenstrauch jagte. Über ihnen wurde kreischend ein Fensterladen geöffnet, hinter dem eine zahnlose Alte, die Schmähungen brüllte, zum Vorschein kam.

Lachend duckte sich Medlir unter einem mit blühenden Reben bewachsenes Bogengerüst hindurch und öffnete ein Tor, das direkt zu der Gosse hinter dem Gerichtsgebäude führte. »Achte auf die Pferdepisse.«

»Oder auch nicht«, konterte Halliron trocken. »Wenn ich genug stinke, daß ich die Aufmerksamkeit der Gäste errege, was meinst du, wird die Gemahlin des Statthalters mich dann hinauswerfen?«

»Zweifellos wird sie Dakar für diesen Lapsus rösten und dann jeglichem Feingefühl aus dem Wege gehen und dir ein neues Paar Schuhe bringen lassen, besonders hübsche, mit Satinrüschen.« Medlir bot seinem Meister den Arm, um ihm über eine Pfütze zu helfen. Durch den dünnen Stoff seiner Ärmel fühlte er, wie beängstigend Halliron zitterte. »Es ist nicht mehr weit. Wir können die Abkürzung durch die Baracken der Garde nehmen.«

»Das ist nicht nötig.« Halliron richtete sich zu voller Größe auf. »Ich brauche Bewegung, um meinen Zorn abzureagieren.« Schweigend liefen sie gemeinsam durch eine Umgebung, die ihnen im Verlauf ihres erzwungenen Aufenthaltes in Jaelot unerfreulich vertraut geworden war; vorbei an den verfallenen Ställen der Metzger und den aufgestapelten Körben der Fischhändler, die in der nur von Sternen erhellten Düsternis an Vogelnester erinnerten. Der tiefe, klagende Klang der Glocken im Wachturm verkündete die Stunde und scheuchte einen Taubenschwarm auf. Die Vögel kreisten über der unebenmäßigen Silhouette der Stadt, deren Dächer von dem abgelagerten Ruß der Kohlefeuer geschwärzt waren, die die Menschen nutzten, sich vor der feuchten Seeluft zu schützen.

»Es ist schwer zu glauben, daß dieser Ort einst Schauplatz paravianischer Mysterien war«, kommentierte Halliron den Anblick, während in der Nähe Hufe klapperten und vergoldete Wagenräder knarrten. Fußgänger verstopften die Straße, Liebespaare in Mänteln und Masken eilten lachend herbei, um an den Freudenfeuern zu tanzen, während Straßenhändler ihre unverkauften Waren in Handkarren nach Hause zerrten. »Einst verlief die Energie des Sechsten Weges durch diese Landzunge. Zur Sonnenwende sollte man den Puls des Erdengesanges durch die Schuhsohlen hindurch fühlen können. An jedem anderen Ort, an dem einmal die Einhörner getanzt haben, ist zumindest ein geisterhaftes Echo verblieben.«

Medlir schüttelte den Kopf. Die Empfindsamkeit, die ihm früher zu eigen war, war nun durch eine Macht mit Taubheit geschlagen, die noch weit unbarmherziger war, als die geschmacklose Arroganz Jaelots. Der Geruch von Jasmin und Lavendel vermengte sich mit dem Dreck, den das Schoßhündchen irgendeiner Dame der oberen Gesellschaftsschicht in der Gosse hinterlassen hatte. Neben den trappelnden Schritten eines davonlaufenden Straßenkindes erklang das Fiepen einer Ratte, während, weiter weg, in der Bucht, die Brandung gegen die Wellenbrecher schlug und ihren unermüdlichen Refrain erklingen ließ. In einer Ecke der Straße wuchs eine Kletterrose, deren herabgefallene Blütenblätter der Wind über das Pflaster wehte. Die Säulenfassade des Palastes des Statthalters erhob sich gleich mehrlagigem, weiß gezuckertem Konfekt am Ende der Sackgasse. Kerzenlicht spiegelte sich auf den Scheiben der Rundbogenfenster.

»Mit ein bißchen Glück haben wir das dumme Festessen bereits verpaßt.« Halliron stieg die Treppe zum Eingang hinauf wie ein Mann auf dem Weg zu seiner Hinrichtung. Lautlos versanken seine Sohlen bei jedem Schritt in dem schwarz-goldenen Teppichläufer, der anläßlich dieser besonderen Gelegenheit ausgelegt worden war, und auf jeder Stufe standen Bronzeurnen, vollgestopft mit Pfingstrosen, wie Soldaten in Reih und Glied.

Einer der Bediensteten an der Tür streckte eifrig die Hände aus, um sich der Lyranthe anzunehmen. Medlir jedoch wich der Geste, zur tiefsten Verärgerung des Dienstboten, so hastig aus, als hätte eine Viper ihn angegriffen. Ein rundlicher, kahler Butler eilte herbei, um sich nach der Ursache des Wirbels umzusehen. Beinahe wäre er über den Meisterbarden gestolpert, der einen ganzen Kopf größer war und, geschmückt mit eleganten Ketten und Topasknöpfen, direkt an der Türschwelle wartete.

»Ath, Ihr seid es tatsächlich«, rief der Butler. »Mein Lord, der Statthalter, ist bereits ganz aufgebracht. Tretet ein, schnell, schnell! Wirklich unangenehm, daß Ihr so spät eingetroffen seid, die Herrschaften sind schon beinahe mit ihrem Dessert fertig.«

Medlir und Halliron erduldeten des Mannes herrische Art, sie durch eine mit Blumen üppig geschmückte Vorhalle und durch die Doppeltür in den großen Saal zu scheuchen. Von dem abgesenkten Mosaikboden bis hin zu der gewölbten Decke erstrahlte der ganze Raum. Wachskerzen und unpassend warme Kleidung erfüllten die Luft mit einer drückenden Hitze. Der Geruch edlen

Fleisches, feiner Soßen und ausgesprochen kostspielig parfümierter Menschen überwältigte die Sinne in wahrhaft atemberaubender Weise.

Halliron ließ seinen feindseligen Blick über die Dekorationen der Säulengänge mit ihren goldenen Pfeilern gleiten. Schmuckbänder hingen von den Bögen aus Gipsorchideen herab und spannten sich über Tische, die sich unter der Last all der Kostbarkeiten bogen. Das Dröhnen zu vieler Stimmen steigerte sich zu peinigenden Wogen endlos widerhallenden Lärms.

Zum Zwecke des Essens bar ihrer gefiederten Masken, lungerten die Aristokraten Jaelots auf bequemen Kissen herum, ergingen sich in standesgemäßer Konversation oder geistreichen Bemerkungen. Goldpuder und Juwelen narrten das Auge mit aufblitzenden Lichtreflexionen. Rauschgoldene Rüschen abgelegten Staates lagen sorgfältig aufgereiht wie die Waren einer Hutmacherin neben Kobolden aus Pergament und Seide, deren rosige Wangen und bloße Hinterbacken sich übergangslos der offenen Darbietung mangelnden Kunstsinnes anglichen.

Einen krassen Kontrast dazu bildete das Gerüst, das an einem Pfeiler inmitten des Saales errichtet worden war. Dort schmachtete Dakar, gleich einem Häufchen Elend, an Händen und Füßen angekettet, in seiner zerrissenen Hose und schmutzigen Hemdsärmeln. Das Handgemenge, das seine erneute Gefangennahme verursacht hatte, hatte ihn ganz offensichtlich seine schmucken orangefarbenen Kleider mit den edlen Ärmelborten gekostet.

»Nun, zumindest bin ich erfreut zu sehen, daß dieses Wams nicht mehr länger existiert. Irgendwo in Jaelot muß es wohl einen Gardesoldaten mit einem naturgegebenen Sinn für Eleganz geben.« Hallirons trockener Sarkasmus wich sogleich tiefem Zorn, als er hinzufügte: »Die Ketten stellen einen unverzeihlichen Affront dar.« Den kunterbunten Stuhl, der erwartungsfroh vor einem Podest auf ihn wartete, würdigte er nicht eines Blickes.

Hinter ihm sah sich Medlir, von seinen eigenen, ruhelosen Instinkten getrieben, dazu veranlaßt, die Lyranthe auszupacken. Sanft begann er, die silbernen Saiten zu stimmen. Da er sich pfiffigerweise mitten in der Tür aufgestellt hatte und so dem Butler den Weg versperrte, kündete niemand von ihrer Ankunft. Niemand bemerkte die reglose Gestalt des Meisterbarden, goldgeschmückt in edler, schwarzer Seide, bis, aufmerksam geworden durch das Flüstern eines Dienstboten, ein Gast auf der Rückseite des Raumes mit dem Finger auf ihn deutete. Kurz lebte die Konversation auf, als auch die übrigen Gäste sich seiner Anwesenheit bewußt wurden, ließ dann nach und verklang, als hätte ein Stein eine glatte Wasseroberfläche durchbrochen und sanfte Wellen ausgesandt, die sich kreisförmig ausbreiteten und schließlich wieder legten.

Gerade im Begriff, von einem Stück Zuckerwerk abzubeißen, erstarrte der Statthalter von Jaelot mitten in der Bewegung. Vom Ellbogen seiner Frau getroffen, deren dunkel geschminkte Augen über den Rand ihres rosafarbenen Federfächers hinweg von der Anwesenheit des Barden kündeten, ließ er seine Gabel sinken und machte sich bereit, eine pompöse Ansprache anzustimmen.

Der Meisterbarde wußte den Augenblick zu nutzen. Rasch nahm er Medlir das unverhüllte, glänzende Instrument ab und kam sodann einer prahlerischen Rede des Statthalters zuvor. »Ich werde nicht für Eure Gäste spielen, ehe der Mann, den auszulösen ich versprochen habe, nicht von seinen Fesseln befreit ist.«

Träges Interesse ergriff Besitz von den vollauf gesättigten Tischgästen, als er seinen Schüler anwies, auf ihn zu warten und die offene Treppe im Inneren des Festsaales hinaufstieg. Leises Flüstern begleitete jeden seiner Schritte, während etliche Damen, trunken von edlem Wein, hinter ihren mit zahllosen Ringen geschmückten Händen kicherten. Halliron schenkte ihnen keine Beachtung. Ohne Kopfbedeckung fiel sein silbernes Haar in sanften Wellen über seinen goldumrandeten Kragen, als er durch die Mauerbögen der Galerie schritt und sich schließlich vor dem Podest präsentierte.

Der Statthalter Jaelots lächelte ihn an. »Der Gefangene wird die Freiheit erhalten, sobald Ihr Euer Wort eingelöst habt. Und ich dulde in meinem Festsaal keine Impertinenz, schon gar nicht vor meiner Gemahlin und ihren Gästen. Ihr solltet Euch um Angemessenheit bemühen, denn wer sich in dieser Stadt des Eidbruchs schuldig macht, der könnte mit dem Tod bestraft werden.« Sodann gab er mit den Fingern ein Zeichen.

Hellebardiere in schmucken Livreen eilten aus den Säulengängen herbei. Andere näherten sich von den Seitentüren und aus der Vorhalle. Am Kopf der Treppe fand Medlir sich flankiert von den wenig erfreulichen Spitzen angriffsbereiter Waffen wieder. Er zeigte keinerlei Reaktion. Seine ganze Aufmerksamkeit galt nach wie vor seinem Meister, während seine Hände die lederne Hülle der Lyranthe samt Verschnürung zu einem Knoten wanden.

Halliron verschwendete seinen Atem nicht für eine nutzlose Diskussion, sondern wirbelte auf dem Absatz herum, wobei sein Topasschmuck im Feuerschein hell aufblitzte. Er stellte seinen Fuß auf einen Polsterstuhl, barg die Lyranthe, die letzte ihrer Art in ganzen fünf Königreichen, an seinem Leib und spielte einen raschen Lauf, um den Ton zu prüfen. Wie stets, hatte sein Schüler das Instrument auch heute perfekt gestimmt. Durch die Umstände des Vergnügens beraubt, sich seiner üblichen Theatralik zu ergeben, brachte er die Saiten unsanft mit der Handfläche zum Schweigen, ehe er lebhaft herausfordernd den Kopf zurückwarf.

Eine Melodie brach unter seinen Fingern hervor. In Dur erklangen Noten in rascher Folge und leiteten sogleich zu einer forschen, rhythmischen Melodie trunkener Tanzesfreude über. Die Mienen der Gäste, apathisch von dem reichhaltigen Mahl, nahmen einen Ausdruck stumpfsinniger Überraschung an. Was auch immer sie erwartet haben mochten, dies gewiß nicht: Die draufgängerische, fröhliche Melodie schien so unpassend wie ein zorniger Hieb mit einer Feder.

Mit seiner reinen, provozierenden, schöpferischen Gabe zog Halliron, der Meisterbarde, sie in seinen Bann. Die lustige Melodie ließ die Luft erbeben und ging so sehr zu Herzen, daß die Lippen der hochgestelltesten Bürger Jaelots sich zu einem Lächeln bogen, während die Menschen unter Mißachtung jeglicher Schicklichkeit mit den Füßen den Takt zu klopfen begannen.

Die Augen im Kampf mit seinen Seelenqualen fest geschlossen, stand Medlir reglos wie ein Stein zwischen den Schäften zweier Hellebarden. Allein mit seiner Erkenntnis und der Pein schleichender Furcht hilflos ausgeliefert, wußte er, daß dies die Ballade war, die Halliron für Jaelot geschrieben hatte, ohne ihm zu gestatten, sie vor diesem Fest zu hören.

Ein Akkord prasselte hervor, dann noch einer, so schwebend und flink wie der Flug einer Schwalbe. Jemand begann im Rhythmus der Weise in die Hände zu klatschen. Der Statthalter hatte ein albernes Lächeln aufgesetzt, während seine Frau ihre offenstehenden, spitzen Lippen hinter den Händen verbarg. Unbeachtet lag ihr Fächer gleich einem flügellahmen Vogel auf dem Rand ihres Kuchentellers. Nur noch einen Augenblick, und die Etikette würde dem Drang zu tanzen unterliegen; doch nun legte Halliron den Kopf zurück und begann zu singen.

Die Worte ergaben keinen Sinn, waren nur Silben, aneinandergereiht um des rhythmischen Klanges willen. Vor dem Hintergrund des überragenden Gewebes seines Lyranthespiels, erinnerten Konsonanten und Vokale an strahlende Juwelen in einem edlen Gobelin. Ergriffen von dem Wunder schlugen gar die Herzen im Takt. Damen, fest eingeschnürt in ihre ausgepolsterten Mieder, begannen, sich gleich den Mägden in den Tavernen auf ihren Sitzen im Takt zu wiegen. Neben ihnen klatschten ihre Ehegatten, mit den Füßen stampfend und vor Vergnügen jauchzend, Beifall, während das Lied sich zu einer Melodie der Freude entwickelte, die selbst die Soldaten der Stadtgarde verführte, mit ihren Waffen auf dem Boden den Takt zu schlagen.

Die Veränderung trat so subtil ein, daß allein Medlir den Augenblick wahrnahm, in dem die bedeutungslosen Silbenfolgen sich plötzlich zu sinnvoller Ordnung aufreihten. Getragen von der Fülle der Melodie gingen volle drei Strophen dahin, ehe irgendein Gast des Statthalters auf die satirischen Worte aufmerksam wurde. Eines weiteren Zeitraumes der Bestürzung bedurfte es, ehe die Gäste fähig waren, die Geschichten dieser Ballade mit vertrauten Namen und Gesichtern in Verbindung zu bringen. Aus den gesammelten Gerüchten der vergangenen sechs Monate hatte Halliron ein Lied herausgearbeitet, um nun mit seiner Kunst und herzzerreißender Lasterhaftigkeit die Geheimnisse aus den Boudoirs und Ratszimmern hervorzuzerren, Angelegenheiten des Herzens und solche des Ehrgeizes offenzulegen und Wollust und Inkompetenz der hochangesehenen Bürger bis in den innersten Kreis der Ratsmitglieder zur Schau zu stellen.

Das Stampfen der Füße wurde nun rasch leiser und verstummte bald zur Gänze. Ehegatten bedachten ihre untreuen Gemahlinnen mit zornigen Blicken oder wandten sich mit finsterer Miene fluchend jenen Rivalen zu, die sie zu Betrogenen gemacht und ihnen Hörner aufgesetzt hatten. Die Gesellschaft lauschte in krankhafter Faszination, wie ihre Nachbarn geschmäht wurden, wobei ein jeder beständig fürchtete, in der nächsten Zeile selbst entlarvt und um seinen guten Ruf gebracht zu werden. Die Bloßstellung der Korruption in seinem Bezirk und der lächerlichen Treulosigkeit in seiner Ehe, veranlaßte den obersten Ratsherrn der Stadt, sich zu krümmen, als säße er nackt auf glühenden Kohlen. Paralysiert, schweigend, gleichsam gebannt der provokativen Ungewißheit des Liedes folgend, lauschten die wohlgeborenen Bürger Jaelots aufmerksam jeder Zeile, während nach und nach die respektabelsten, angesehensten Familien von Hallirons güldener Zunge bloßgestellt wurden.

Die Feindschaft eines Meisterbarden konnte ein unerfreuliches Vermächtnis hinterlassen. Vor einer Stadt, die die Belange der Gerechtigkeit ignoriert und ihn in seinem Stand verunglimpft und gekränkt hatte, brachte Halliron den explosiven inneren Haß zutage, der entweder offen ausbrechen und auf zerstörerische Weise heilen oder weiter andauern und das Leben der Menschen vergiften konnte, bis hin zu Generationen, die noch nicht einmal geboren waren.

Gleich einer schimmernden Harmonie erfüllten die letzten, aufregenden Rhythmen die Luft, ehe auch sie verklangen. Der Barde ließ sein Bein von dem Polster gleiten. Schwungvoll senkte er sein Instrument, trat vor und verbeugte sich. Laut durchbrach das Klappern der Stuhlbeine die Stille, als der Statthalter Jaelots von seinem Platz aufsprang.

»Wie könnt Ihr es wagen«, keuchte er, atemlos vor Zorn. »Wie könnt Ihr Euch herausnehmen, meine Gäste zu entehren.«

»Ich sang ein Lied für Euch, das in kurzen Zügen von der Gastfreundschaft in Eurer Stadt kündet«, entgegnete Halliron, und seine melodische Stimme klang sonderbar hart. Nichts büßte er von seiner Würde und der stolzen Standhaftigkeit ein, als der Statthalter mit den Fäusten auf den Tisch schlug, das rosagestreifte Tischtuch mit sich riß und Teller und Kristall klirrend zu Fall brachte. »Meiner Kunst ist es nicht billig, erzwungen und in aller Öffentlichkeit verspottet zu werden. Eure Forderung aber habe ich bis ins kleinste Detail erfüllt.«

Seine Worte rissen den letzten Schleier benebelter, hypnotischer Faszination beiseite. Bürger, wundgeschlagen von dem Schmerz des Verrats, erhoben sich wild gestikulierend und zu zornigen Auseinandersetzungen getrieben von ihren Sitzen. Angestachelt durch das Ausmaß dieser Wut und doch behindert durch die beiden Hellebarden, fluchte Medlir verzweifelt am Kopf der Treppe. Jeder Versuch, Halliron durch seine Schatten zu schützen, würde zwangsläufig seine Identität offenlegen. Bezwungen von seinem Schrecken und nicht gewillt, ein großes Blutvergießen herbeizuführen, indem er Lysaers Armeen allein durch seinen Namen herbeilockte, schlug er dem Gardesoldaten zu seiner Linken die ledernen Schnüre, die er wie eine Peitsche gehalten hatte, direkt in die Augen. Der Mann fiel zurück. Medlir wich dem blinden Stoß seiner Waffe aus. Der andere Soldat, der abkommandiert worden war, ihn zu bewachen, war ein Freund, mit dem er sich bereits gemessen hatte; dieser nun ließ angesichts seines unbewaffneten Gegners die Hellebarde fallen, stürzte auf Medlir zu und legte die Arme gleich einem Schraubstock um den Mann, um ihn festzuhalten.

Niemand nahm von der gewaltsamen Auseinandersetzung der beiden Männer Notiz, als die Soldaten nahe dem Stadthalter sich aufmachten, den Meisterbarden gefangenzunehmen. Ehe sie ihn jedoch erreicht hatten, war bereits ihr stämmiger Hauptmann bei ihm und versetzte ihm einen heftigen Faustschlag.

Reflexartig krümmte sich Halliron, um seine unbezahlbar wertvolle Lyranthe zu schützen. Der Schlag erwischte ihn gleich hinter der Schläfe und schleuderte ihn brutal zurück. Er stolperte über einen Stuhl, verlor das Gleichgewicht und stürzte zu Boden. Das Krachen berstender Stuhlbeine vermischte sich mit dem wortlosen Aufschrei Medlirs.

Für den Augenblick eines aussetzenden Herzschlages bewegte sich nichts außer den Holzsplittern auf dem Fliesenboden. Dann brach ein Höllenlärm unter den gedrängt stehenden Gästen aus. Nur Halliron blieb reglos und still liegen, und seine Juwelen schimmerten wie herabgefallene Flämmchen über der schwarzen Seide.

Ein scharlachroter Streifen zog sich durch sein silbernes Haar, während die Lyranthe, die er mit seinem zerbrechlichen Leib geschützt hatte, unversehrt in seiner Armbeuge ruhte.

Allein Dakar, bleich und verstört in seinen Ketten, sah ungehindert zu, wie Medlir sich aus der Umklammerung des Gardesoldaten befreite. Blitzschnell drängte er sich durch das Pack wutentbrannter Gaffer, schlug mit Händen, Ellbogen und Knien auf samtgepolsterte Leiber ein, wobei er eine Bösartigkeit offenbarte, die so gar nicht zu seinem Charakter passen wollte. Mehr als nur ein Lebemann wurde umgestoßen und hockte bald klagend am Boden, während weinende Gemahlinnen sich der geschundenen Arme und Hände ihrer Gatten annahmen.

Kaum Sekunden nach dem Sturz des Meisterbarden, kauerte Medlir auf Knien neben seinem Meister, öffnete seinen Kragen und suchte mit zitternden Händen nach einem Puls. »Schnell, schickt nach einem Heiler und einer Trage.«

Doch statt dessen bohrte sich das Metall von Kettenhandschuhen in seine Haut, als des Statthalters Hellebardiere ihn von beiden Seiten ergriffen und wieder auf die Füße rissen.

Auf dem Podest begegnete der Statthalter von Jaelot seinem Protestgeschrei mit zusammengekniffenen, zornglühenden Augen. »Ich werde die Unterhaltung bekommen, die meiner Frau und ihren Gästen gefällt. Ihr werdet anstelle Eures Meisters für uns spielen. Du wirst jubilieren, so süß wie eine Lerche, oder es gibt keine Trage und keinen Heiler, sondern lediglich des Scharfrichters Klinge für Euch alle.«

Mit tiefen, aufgebrachten Atemzügen, in den geweiteten Augen ein Ausdruck, den zu lesen niemand imstande war, zerrte Medlir am festen Griff der Gardesoldaten.

Der Hauptmann des Statthalters versetzte ihm einen Hieb. »Sei vernünftig, Bursche. Was ist so eine abendliche Aufführung schon wert. Sicher weniger als das Leben deines Mentors und Freundes.«

Festgekettet an dem Gerüst, mit geballten Fäusten und weiß hervortretenden Knöcheln an seinen Fesseln zerrend, beobachtete Dakar mit peinigendem Zorn, wie die Schultern unter dem grauen Leinen im Griff der Panzerhandschuhe der Gardesoldaten zitterten. Medlirs Gesicht war von ihm abgewandt; dem Wahnsinnigen Propheten blieb keine Möglichkeit abzuschätzen, wie seine Antwort auf eine Drohung abseits von Anstand und Barmherzigkeit ausfallen würde. Da Halliron mit seinem Spott doch sein Wort nicht gebrochen hatte, war nun jeglicher Anlaß zu weiterem Vertrauen verwirkt. Übellaunig wie eine in die Ecke getriebene Bulldogge inmitten des Schmerzes öffentlich verletzten Stolzes, würde der Statthalter Jaelots eher ein Blutvergießen verursachen, als zurückzuweichen und sich der Vernunft oder gar einem Kompromiß zu beugen.

Gefangen in sadistischer Neugier wichen die Umstehenden nur widerwillig zurück, als die Dienstboten sich näherten, um die zersplitterten Überreste des Stuhles zu bergen. Ein Diener, kaum mehr als ein Knabe, entwand die Lyranthe aus Hallirons erschlafftem Griff, ehe ein von draußen herbeigerufener Kutscher mit sandfarbenem Haar sich der Aufgabe widmete, den alten Mann aus dem Saal zu entfernen.

Der Anblick seines Meisters, hochgewuchtet wie ein Stück totes Fleisch, und die zusätzliche Provokation, mitansehen zu müssen, wie das sorgsam umhegte, einzigartige Instrument der Gnade ungeschickter fremder Hände ausgeliefert war, löste schließlich Medlirs Zunge. »Für das Leben des Meisterbarden und das des Gefangenen werde ich spielen.«

Der Statthalter Jaelots strich sich zufrieden lächelnd über seinen fetten Bauch.

Den Kopf verdreht, um dem grobschlächtigen Kerl nachzusehen, der seinen bewußtlosen Meister hinaustrug, reagierte Medlir überhaupt nicht, als die Gardesoldaten ihm seine Freiheit zurückgaben. Beherrscht über jegliche Emotion hinaus oder einfach nur gelähmt vor Schmerz, behielt er die Seitentür im Auge, bis der Kutscher mit seiner Last seinem Blick entschwunden war. Dann erst richtete er seine Aufmerksamkeit auf den großen Saal. Kalt und ohne Funkeln blickten seine Augen über sein aufgewühltes, rachsüchtiges Publikum: Männer im glitzernden Schein ihrer Juwelen; Damen, die ihre Lippen mit ihren rosaroten Zungen befeuchteten, während die federbesetzten Schleppen ihrer Kleider mitsamt ihrem prunkvollen Putz im Gedränge zerdrückt wurden. Deutlich erkennbar im gleißendhellen Licht der Kerzen drängten sich die Gäste des Statthalters flüsternd und in froher Erwartung eines neuerlichen Schauspiels dicht zusammen.

Leise gemurmelte Kommentare begleiteten jede noch so kleine Bewegung Medlirs. Seiner ganz persönlichen, gnadenlosen Pein schonungslos ausgeliefert, erduldete der zierliche Minnesänger die feindseligen Blicke der blaublütigen Gesellschaft Jaelots. In seinem sonderbar geschnittenen Hemd, das an den Handgelenken eng geschnürt war, einfacher Kleidung, die im Vergleich mit der Brillanz der Gewänder aus Seide, Samt und Brokat angestaubt und modrig erschien, verlangte er nach der Lyranthe in Händen des Bediensteten. Dann trat er in die Mitte des Raumes und lehnte seine Hüfte an die groben Bretter des Gerüstes, an das der Gefangene gekettet war. Als wäre er der einzig atmende Mensch im ganzen Saal, legte er seine Hände an die Silbersaiten und begann, sie in aller Ruhe zu stimmen.

Die süßen Vibrationen des Klanges brachen den grausigen Käfig der Spannung auf. »Er versucht, seine Hände davon abzuhalten, zu zittern«, erdreistete sich ein Zwischenrufer aus dem Publikum.

Nervöses Lachen beantwortete seine Bemerkung.

Weitere Stimmen wurden laut, schrill erklangen sie in

dem hohen, angespannten Tonfall gedämpfter Hysterie. »Nein, seht doch, er schaut nur, ob seine Finger nicht durch das Lampenfieber gelähmt sind.«

Medlir drehte an den Wirbeln, ebenmäßig wie die Gezeiten selbst und mit einer Besonnenheit, als wäre er frostgeformtes, kristallines Eis. Wie sein Meister vor ihm begann er ohne jegliche Einleitung mit seinem Spiel.

Die Saiten der Lyranthe flüsterten, seufzten, ehe sie eine Melodie freisetzten, zart prasselnd wie ein Regen im Herbst. Der Musiker widerstand der Versuchung, seinerseits Spott zu seiner Rache einzusetzen. Seine Arpeggios übergossen das Kichern und den spitzzüngigen Sarkasmus wie Perlen, die von einer zerschnittenen Schnur rollten. Noten, so sauber getrennt und frei von Schmerz und Zorn, umrahmten eine Ballade, die so sehr im Widerspruch mit der Antipathie seiner Zuhörer stand, daß allein seine Ouvertüre zu einem Akt der Kühnheit geriet.

Dakar, der ihm am nächsten war, war der erste, der das erregende Prickeln wahrer Magie hinter der Kunst wahrnahm, die nur ein Meisterbarde zu beherrschen imstande war. Bebend drangen die Klänge durch seine Gebeine, ein Säuseln, zu süß ihm zu widerstehen. Seines Willens beraubt und bar seines zuvor empfundenen Zorns, beugte Dakar den Kopf, legte seine Stirn an die angeketteten Hände und benetzte geschlagen den Pfosten mit seinen Tränen. In Medlirs Spiel war kein Groll enthalten. Zerschlagen und doch erfüllt von irrsinniger Leidenschaft, spann er heilende, ja, beruhigende Rhythmen; und dann, als die reine Tiefe und Majestät seines Mitgefühls ihm alle Aufmerksamkeit eingebracht hatte, streifte er die Silbersaiten mit einem Schlag und änderte die Melodie abrupt.

Wie eine Welle sich an einem Felsen brechen mochte, donnerten die Klänge heran und setzten eine Macht frei, die imstande war die Türen des Geistes zu öffnen. Inmitten Feindseligkeit und dem Verlangen nach Blut, über dem bitteren menschlichen Drang, zu schmähen und zu spotten, um eigenen Makel zu verbergen, wob die Musik ein strahlendes Netz. In erhabener, hochschwebender, unendlicher Reinheit entfaltete Medlir seinen Lobgesang für Halliron, als würfe er Perlen vor die Säue.

Eines Meisterbarden Gabe war imstande, einen Geist zu umschließen und seine schlichte Essenz in ein Gewebe von Klängen zu wirken. Und so konnte die Lyranthe dienen, zu heilen, ein schwer geplagtes Bewußtsein in die Erlösung durch den Tod zu geleiten, oder das Leben und das Bewußtsein zurückzurufen, für eine Woche oder auch nur eine Stunde, und sie konnte einen letzten Tribut tiefster Gram fordern. Medlir nun durfte eine unerbittliche Wahrnehmungsfähigkeit sein eigen nennen. Er spielte, wie Dakar es nie zuvor erlebt hatte, und seine Harmonien bildeten einen strahlenden Gegensatz zu den Ereignissen, so hell wie sonnenbeschienener Schnee. Mit furchteinflößender Genauigkeit enthüllte er vor den Bürgern Jaelots den komplizierten Charakter des Barden, den sie gepeinigt hatten. Er sorgte dafür, daß sie Halliron mit seinen Augen sehen mußten, als einen großzügigen Geist von hoher Moral und großem Mut, der selbst sein Herz durch seine Balladen der Menschlichkeit geopfert hatte, obschon ihn dieser Edelmut seinen Herd und seine Liebe gekostet hatte.

Schmerzlicher noch als Spott traf Schande die Übeltäter, so tief und bohrend wie ihre verborgensten Ängste. *Klagt mit mir,* riefen die Noten; *weint um das, was zerstört sein könnte.* Dann liefen die Tränen, schwer genug, zu blenden, heiß genug, zu verbrühen, und reichhaltig genug, Seide und Samt mit einem diamantenen Muster reiner Trauer zu überziehen.

Die Lyranthe erklang mit einer Macht, die angetan war, zu verwunden, gefangenzunehmen, und doch tat sie nichts dergleichen. Ihre Weise wandelte sich zu einem Zauber, der das lebende, atmende Fleisch durch seinen eigenen Jubel bezwang. Zitternd drängte sich Dakar an den Eichenpfosten, fühlte, wie jede neue Strophe in dem

Stahl seiner Ketten vibrierte. Seine magischen Sinne enthüllten ihm die Resonanz, die Medlir der Erde und der Luft mit seiner Gabe entrang. Selbst die Flammen der Kerzen flackerten und verloschen zu Ehren Hallirons, des Meisterbarden; und noch immer ging die Musik weiter, während der Minnesänger in seiner Kunst verloren war, als hätte die Offenbarung der Klänge ihm die Sinne geraubt.

Über fliegende Finger und den Schimmer silberner Saiten gebeugt, mit Leib und Seele offen für die Musik, in der sein Kummer sich zu wunderbaren Klängen wandelte, spielte Medlir weiter. Halb seiner Sinne beraubt, tat er mehr, als nur die Noten zu schlagen. Er wurde eins mit den Klängen, und der sanft gesponnene Faden der Melodie spannte sich zwischen seinen Händen und seinem Herzen. Wie ein Rascheln in der Dunkelheit hörte er die dissonante Hitze der Qualen, die Jaelot war; und jenseits dieser Dissonanz erwachte in seinem Spiel noch etwas anderes, ein traumverlorenes Wispern unterdrückter Melodien, die beinahe völlig überhört worden waren.

Leichte Bitterkeit zerrte an seinen Nerven, und der Teil von ihm, der ein Prinz derer zu s'Ffalenn und ein Herr der Schatten war, fürchtete sich davor, dieses Lied zu Ende zu bringen, dieses Lied, welches doch das einzige war, was ihn davon abhielt, sich gewaltsamen Akten zu ergeben, und so spielte er weiter, umklammerte diesen spärlichen Rest des Trostes. Gleich willigen Dienern enthüllten seine Finger die verborgene Weise jener neuen Klänge. Die heraufdämmernde Veränderung der Melodie erregte selbst die ursprüngliche Wahrnehmung der Naturgewalten. Gefangen in unerwarteter Verzückung von einer Harmonie, hervorgerufen aus Substanz und Fleisch, erfuhr Medlir einen lichten Blitz der Inspiration. Willig übergab er sich der reißenden Strömung der Erkenntnis und der klingenden Weise, die schlummernd in den alten Mauern Jaelots gewartet hatte und sich nun in neuem Leben regte und Besitz von ihm ergriff.

Festgekettet an den Stahl, der sich in harmonischer Resonanz erwärmte, erfuhr Dakar eine herzzereißende Freude, die ihm einen Aufschrei reinster Verwunderung entrang. Er sah auf und erstarrte in ehrfürchtigem Schrecken, denn die Klänge, die Medlir den Saiten in einer weißgoldenen Blüte wiedererwachter Magie entlockte, waren bitterlich, ja furchterregend unheimlich. Irgendwie hatte die Gabe des Barden die verlorenen Klänge berührt, zu denen einst die Paravianer zur Feier der Sonnenwende getanzt hatten.

Wie Wind, der im Riedgras spielte und ihm seine Weise entlockte, fügte der Musiker den Klängen des Instrumentes seine Stimme hinzu; und inmitten des Palastes des Statthalters in einem gleißenden Aufflammen magischen Lichtes griffen die geisterhaften Gestalten verstorbener Riathan Paravianer erneut auf die alten Muster zurück. Keiner der anwesenden Sterblichen konnte sich ihrem Anblick entziehen. Fahle Gestalten gleich gesponnenen Spinnfäden, verhüllt von den verschlungenen, glänzenden Erdenkräften, die im Mittelpunkt emporstiegen, sie zu umrahmen, wirbelten Einhörner in ätherischem Glanze durch das magische Gewebe der Musik. Dieses Schauspiel war geeignet, jedem, der Zeuge davon wurde, Geist und Atem zu rauben, ihn dahinschmelzen zu lassen im Angesicht dieser Grazie und Schönheit. Ekstase, erfüllt von endlosem Glück, paarte sich mit einem grimmigen Stich im Herzen, einem nagenden, unerträglichen Kummer angesichts der Erkenntnis, daß in allen Königreichen Atheras kein lebendiges Phänomen existierte, das diesen Kreaturen, deren geisterhafte Präsenz von so unendlicher Reinheit kündete, vergleichbar war.

»Ath, o Ath, laß sie los«, flehte Dakar.

Jeder Mann, jede Frau und jedes Kind in der Festhalle teilte seinen Schmerz; von den kleingeistigen alten Klatschbasen bis zum erfahrensten Gardehauptmann, vom reichsten Händler bis zu dem niedersten Küchenjungen war ein jeder gleichermaßen betroffen. Der Gardesoldat, der Halliron niedergeschlagen hatte, kniete entsetzlich beschämt am Boden und ließ seinen Tränen freien Lauf. Bar jeden Stolzes klammerte sich der Statthalter von Jaelot hilflos schluchzend in die Arme seiner sorgenvoll demütigen Gemahlin.

Hingerissen im Taumel der Verzückung, die zuviel für das Wesen der Sterblichen war, bemerkte der Musiker, der Instrument und Flamme dieses wiedererwachten Bittgebetes der Mysterien war, nichts von der zerfaserten Eitelkeit seiner Peiniger. Schon lange hatte er seine Selbstwahrnehmung den überwältigenden Anforderungen dieser reinen Melodie überlassen, und sein Spiel umrahmte Luft und Erde und brachte wallende Vibrationen hervor.

Voller Schrecken hing Dakar an seinen Fesseln. Weit gebildeter als die von der Magie gefangenen Bürger Jaelots, wußte er, daß die Rituale anläßlich der Sonnenwende, die die Paravianer einst abgehalten hatten, einem anderen Zweck als nur dem des Feierns gedient hatten. Als er noch ein Knabe gewesen war, bevor der Nebelgeist sich Atheras bemächtigt hatte, war er Zeuge eines Rituales gewesen, das die magnetischen Energien in wechselnden Kraftströmen gebunden hatten, die sich aus ihren Wegen lösten und durch die Lande flossen, um den grünen Hügeln Fruchtbarkeit zu verleihen. Unzählige steinerne Monumente, lebendige Bäume und naturgewachsene Markierungen hatten den Strom der Energien geführt, wie das wohlausgewogene Netzwerk, das das gebannte Volk von Jaelot schon vor langer Zeit verunstaltet und mit neuen Mauern und Pflastersteinen zugedeckt hatte.

Mit einem Unbehagen, reiner Angst nicht unähnlich, fühlte der Wahnsinnige Prophet, wie dieser Nexus der Energien, der durch Medlirs Spiel wiedererweckt worden war, zu einem Punkt überlegener, ausbalancierter Macht heranwuchs. Das Mysterium würde dem Ruf der

Melodie antworten und seine alljährliche Passage wieder aufnehmen, ohne sich um die Narreteien der Sterblichen zu kümmern oder um die Bauwerke, die aus Unkenntnis auf seinem Weg errichtet worden waren.

»Nein«, rief Dakar. »Medlir, bringt die Saiten zum Schweigen!«

Seine Warnung verklang ungehört.

Der einzige Mann, der blind gegenüber der Schönheit der Geistgestalten war, der einzige, der taub war, der Musiker selbst ergab sich noch immer seinem Spiel, und sein ganzes Wesen war nun verwoben mit dem komplizierten Rhythmus des Tanzes.

Während nun die Melodie ihre Tonart änderte, um die Litanei auf ihren Höhepunkt zu treiben, senkte der Wahnsinnige Prophet verzweifelt den Blick, und da sah er voller Schrecken, gepeinigt von einer die Gedärme zerfressenden Furcht, daß Medlirs braunes Haar nun plötzlich glänzend schwarz wie das Gefieder eines Raben war.

Wie Wachs über einer heißen Flamme war seine falsche Identität unter der unbefleckten Woge reiner Energien geschmolzen. Schockiert angesichts dieser Erkenntnis, schaute der Wahnsinnige Prophet jenes Mannes unverschleierte Gestalt.

Dann ergriff hilflose Wut Besitz von ihm. Heftig zerrte er an seinen Ketten und brüllte den Namen des Arithon s'Ffalenn hinaus.

Im Saal hieb die Melodie auf ein Crescendo zu. Die Woge ursprünglicher Energie erreichte ihren Höhepunkt, und kein geschulter Geist war da, sie abzuwenden oder zu geleiten. Als schließlich die tausendfache Intonation dröhnenden Niederschlags klarer Klänge der Elemente selbst herniederging, erkannte Dakar gepeinigt, daß weder Mann noch Magier nun noch den gewaltigen Fluß zum Verstummen bringen konnte.

Die Macht des elementaren Gesanges entfaltete sich und setzte eine Fontäne losgerissener Bodenfliesen frei.

Bänder und Fähnchen flatterten unter dem Einfluß der gewaltigen Macht. Säulen schwankten; die protzigen, bemalten Ornamente und die mit Engelsköpfen besetzten Bögen fielen in einer Wolke aus Staub und Steinsplittern in sich zusammen. Umtost von wirbelnden Luftströmen, niedergeschlagen vom Chaos umstürzender Tische und zerberstenden Kristalls, kauerte sich Dakar an die summenden Fasern des Eichenholzes, das entgegen jeglicher Vernunft lebendig wurde und Blätter hervortrieb. Durchdrungen von den markerschütternden Klängen der gewaltigen Harmonie, hörte er kaum die Schreie der Menschen, als Panik die Festgesellschaft des Statthalters überwältigte. Gäste und Diener drängten voran, stießen einander, klammerten sich fest und brachten sich gegenseitig zu Fall, während sie kopflos auf die Türen zurannten. Ihre Flucht führte über verschütteten Wein, auf dem Boden verteilte Speisen, verlorene Juwelen und zerzauste Federn abgelegter Masken. Nicht einmal die hochgestellten Ehrenbürger am Kopf der Tafel wurden verschont, als sie kreischend von dem Podest zurückwichen, das urplötzlich in Flammen aufgegangen war.

Über dem Geruch der verschütteten Speisen und dem wütenden, orangefarbenen Schein schmelzender Glaswaren wüteten Winde, so ungestüm wie eine Gewitterfront und doch unsagbar angenehmer: jeder Lufthauch, eingeatmet inmitten größter Panik, wirkte so belebend auf den Leib wie ein Tonikum. Die berstenden Steinmauern, die Wandbehänge, die sich in ihre einzelnen Fäden auflösten, wurden kein Opfer schlichter Zerstörung, sondern ergaben sich der Woge neuerwachter Lebenskraft, die dem Frost jedes Jahr neue Blüten abrang und die Keime aus der lebendigen Saat sprießen ließ.

Irgendwann, zwischen zornigen Flüchen gegen Arithon und zittrigem Frohlocken ob der Elemente, erkannte Dakar die Ursache für das Geschehen: Unter dem Mosaik in der ausgedehnten Vertiefung des Bodens im großen Ballsaal des Statthalters verbarg sich das verdeckte Herz eines uralten Kraftkreises des Sechsten Weges. Seine Runenkreise fingen die Erdenmächte auf und brannten sich nun durch die Schicht aus Mörtel und Steinen empor. Lang vergrabene Muster bildeten sich neu aus Linien rauchender Asche heraus. Selbst mit bloßen Händen berührt, würde von dieser Asche über den magischen Siegeln keine Hitzeempfindung ausgelöst werden. Doch die verängstigten Bürger wagten nicht, sich mitten in ihrer Flucht damit aufzuhalten, genauer zu untersuchen, was ihnen als Schwarze Magie erschien. Schrille Schreie ausstoßend, liefen sie vollends entnervt vor Angst durch die Vorhalle hinaus in die Straßen der Stadt, die ihnen doch keine Zuflucht boten.

Gleich verschüttetem Phosphor strömte die Macht der Elemente hinaus, verschleierte das Licht von Fackeln und Lampen, zerrte ganze Familien unsanft aus ihren Betten und versetzte sie in Angst und Schrecken. Frauen weinten, während Kinder laut lachten. Männer stürzten sich in Schlafröcken auf ihre Waffen. Die Freudenfeuer flackerten zu gewaltigen Bränden auf und schlugen die Tänzer in die Flucht; und überall entlang der alten Energiekanäle ächzten die Balken der Häuser und Schuppen, bogen sich und brachten junge Zweige und Knospen hervor. Schieferplatten und die Ziegel der Schornsteine wurden zermalmt und davongeblasen. Jeder Turm, jede Mauer und jedes Steingebäude, das nicht im Einklang mit den natürlichen Kanälen erbaut worden war, dröhnte gleich einer riesigen Glocke, ehe es ganz einfach zusammenfiel, während das wiederauflebende Ritual, das sechs Jahrhunderte lang nicht stattgefunden hatte, sich seine alten Wege zurückeroberte.

So ruinös die Auswirkungen für die Habe der Sterblichen auch sein mochten, Leben und Leiber, die in den Weg der Energien gerieten, erlitten kein Leid außer harmlosen Blutergüssen und Hautabschürfungen. Ein paar Menschen, die schon alt oder gezeichnet von schwerer Krankheit waren, starben mit einem Lächeln auf den Lippen; und überall entlang der Energiekanäle ereigneten sich wahre Wunder. Ein blindes Mädchen konnte wieder sehen. Zwei Krüppel versuchten, ihre Beine zu bewegen und konnten wieder gehen. Eine wahnsinnige Frau weinte vor Freude über die Wiederherstellung ihrer geistigen Gesundheit, während ein Zahlmeister wehklagend dem Wahnsinn anheimfiel, als er versuchte, vernünftige Erklärungen für Ereignisse zu finden, deren Ursprung außerhalb der erbärmlichen Logik Sterblicher zu suchen war. Hinfortgespült von der Majestät der Energiewoge, blieb zu dieser Sonnenwende kein Lebewesen in Jaelot unberührt von den Ereignissen.

Während Mauern, Wellenbrecher und Hütten zu Staub zermahlen wurden, ergaben sich die Menschen der Freude ebenso wie grenzenloser Furcht und jedem Gefühl, das zwischen beiden Empfindungen Platz fand. Die wiedererweckte Harmonie bahnte sich ihren Weg hinaus, um den Kontinent mit ihrer Energie der Erneuerung zu überziehen. In dem zerstörten Palast, mitten in den zerschmetterten Überresten eines großen Festes, dämpfte der Musiker endlich die Saiten. Erschöpft und ausgezehrt saß er da, die Stirn auf das warme Holz des Instrumentes eines Meisterbarden gelegt. Seine schlanken Finger baumelten kraftlos herab, als das Schmiedefeuer der Inspiration in dröhnende Stille überging.

Der einzige Mensch, der noch da war, die Vorgänge zu beobachten, war der Prophet. Das Holz, an dem seine Ketten befestigt waren, war zu einem Teil zu neuem Leben erblüht, wogegen der Rest gänzlich zerschmettert worden war. Mühevoll sog Dakar rasselnd Luft in seine Lungen, ehe er mit klappernden Zähnen sagte: »Daelion, der Herr des Schicksals, ist mein Zeuge! Diese Stadt wird Euch als Zauberer auf den Scheiterhaufen stellen, falls sich die Korianizauberinnen nicht zuerst auf Euch stürzen und Euch das Fleisch vom Leibe reißen wie ein Rudel blutgieriger Hexen.«

Ermattet zu Füßen des Mannes, der ihm so Übles prophezeite, regte sich der Kronprinz von Rathain. Langsam richtete er sich auf und wischte mit dem trockenen Stoff seiner Ärmel über die ölig glänzenden Saiten der Lyranthe. Unter größter Anstrengung erhob er sich. Die feindseligen Blicke in seinem Rücken schienen Löcher in sein schweißnasses Hemd brennen zu wollen, als er, erfüllt von gefährlicher Schwäche, sagte: »Dann ist es wohl das beste, wenn wir von hier verschwinden, meinst du nicht?«

Anstelle einer Antwort schlug Dakar seine Hände auf den Boden des Gerüstes, und die Ketten gaben ein mörderisches, metallisches Dröhnen von sich.

Arithon s'Ffalenn zuckte vor dem Lärm zurück. »Bitte nicht«, ein Flüstern gleich einem Flehen, doch vielleicht war es auch eine Drohung; angesichts der Charaktereigenschaften, die seinem Geschlecht zu eigen waren, schien es äußerst gewagt, sich in dieser Frage festzulegen. Während schwarzes Haar sich über seinen Kragen ergoß, legte er den Kopf auf die Seite und stieß einen scharfen Pfiff aus, in dem noch immer die Kunstfertigkeit eines Meisterbarden mitklang.

Eine Resonanz bahnte sich ihren Weg durch schimmerndes Metall, und die Schlösser, die Dakars Glieder gefangenhielten, öffneten sich, eines nach dem anderen, mit einem leisen Klicken. »Das hättet Ihr auch schon früher tun können. Verdammt sollt Ihr sein.«

»Ich konnte es nicht«, entgegnete Arithon geschwächt vor dem dissonanten Hintergrundgeräusch herabfallender Stahlketten. »Bis vor einem Augenblick hatte ich noch keinen Zugriff auf die Macht.«

Dakar, der eben damit beschäftigt war, sich die wunden Handgelenke zu reiben, packte den kleineren Mann mit derbem Griff und wirbelte ihn ruckartig herum, um ihm ins Gesicht sehen zu können. Der Prinz schwankte, kraftlos und so graziös wie eine Vogelscheuche. In den harten Zügen derer zu s'Ffalenn lagen seine Augen, matt und blicklos wie grün gefärbtes Glas, tief in ihren

Höhlen. Nun erkannte der Wahnsinnige Prophet, herzhaft fluchend, daß es wahr war. »Bei Dharkarons schwarzem Wagen! Da habt Ihr ein ganzes Leben mit der Weisheit eines Zauberers verbracht, und nun seht Euch an! Von Kopf bis Fuß ruiniert seid Ihr, Eurer Gaben beraubt, wie Schlachtvieh seinen Eingeweiden. An dieser Sache werdet Ihr später noch kranken.« Er deutete auf das verkohlte Muster, das den nun wieder freigelegten Kraftkreis kennzeichnete. »Ihr habt die alten Mysterien aus Boshaftigkeit zum Leben erweckt, nicht wahr?«

Arithon zog die Augenbrauen hoch und runzelte angestrengt die Stirn. »Geplant hatte ich nur den Lobgesang auf Halliron, der Rest war lediglich Intuition. Aber ich kann gewiß nicht behaupten, daß ich es bereuen würde.« Scheinbar kam ihm nicht einmal in den Sinn, daß ein geringerer Mann von den Kräften vernichtet worden wäre, die er so gedankenlos herbeigerufen hatte. Er barg die geborgte Lyranthe an seiner Schulter, während der Schweiß ihm über die Schläfen lief und von seinem Kinn herabtropfte. »Und ich darf nicht krank sein. Nicht, ehe wir Halliron von hier fortgebracht haben. Du bist nüchtern genug, dich deiner Gaben zu bedienen. Vielleicht kannst du deinen Groll so lange bezwingen, bis wir ihn gefunden haben.«

»Nicht, wenn ich Euch tragen muß«, konterte Dakar bissig. Seine Sorge galt weniger der Rettung seiner eigenen Haut, als viel mehr der sicheren Strafe durch seinen Meister, sollte Arithon irgendwie zu Schaden kommen. Wütend hieb er mit den Fäusten auf seine Oberschenkel. »Mögen die Dämonen meine Leber fressen! Und Asandir lacht sich ins Fäustchen!« Dann, als Arithon zu zittern begann, blieb ihm nichts anderes übrig, als ihn an Hand und Schulter zu packen und zu stützen, sosehr er es auch verabscheute. »Kommt schon. Die Diener haben den Meisterbarden in einem Gesindebett nahe der Vorratskammer untergebracht. Wenn wir Glück haben, sind sie davongerannt und haben ihn allein zurückgelassen.«

# Demaskierung

Der Sog der Gezeiten in ihrem Blut verriet Elaira, noch bevor sie ihre Augen öffnete, daß die mondlose, indigoblaue Nacht noch immer die Rundbogenfenster der Korianiherberge verdunkelte. Dies war keine schlechte Zeit, wach zu werden. Der Geruch von Kräuterseife und die herben Ausdünstungen des Balsams aus Cailcallowblättern erinnerten sie sanft daran, daß sie noch immer in einem Krankenzimmer lag. Erst vor drei Monaten hatte sie selbst sich damit beschäftigt, Heilmittel zu brauen. Nun, wie eine unerfreuliche Ironie des Schicksals, war sie diejenige, die geheilt werden mußte; die Anpassung der Resonanz magischer Kristalle an eine lange Lebenszeit war ein Schritt, den ein furchtsamer Mensch nicht tun sollte.

Behutsam veränderte Elaira ihre Lage. Die Laken klebten schweißnaß an einem Leib, der ihr wie eine ungewohnte Last erschien. Ihr Kopf schmerzte, und ihre Venen fühlten sich an, als wären sie systematisch von innen heraus verbrüht worden.

Morriel, die Oberste Zauberin, hatte sie zwar vor den Schmerzen gewarnt, doch niemand hatte ihr etwas über den Begleiteffekt in Gestalt von Träumen erzählt.

Eine sanfte Brise wehte herein und trug den Geruch von Mandeln und Blüten der Weinranken herein, die die Südfassade der Herberge bedeckten. Irgendwo draußen ertönten Ziegenglöckchen, begleitet von dem Flötenspiel des Hirtenjungen, das aus noch größerer Entfernung noch etwas leiser an ihr Krankenlager drang.

Elaira klammerte sich an diese elementaren Wahrnehmungen, an Gerüche und Geräusche und den Anblick der sommerlichen Sternenkonstellationen, die sich grimmig vor dem dunklen Himmelszelt abhoben.

In Nächten wie dieser verweilte sie gar bei ihren

scheußlichen Qualen, nur um nicht wieder einzuschlafen. Sie war bereit, jedes nur denkbare Mittel als Anker zu benutzen, sich vor den grausigen Alpträumen zu schützen, die sich in ihr Unbewußtsein schlichen. Träume, die sie mit sich zerrten und unter Wogen blanken Entsetzens ersticken wollten, dann wieder schwanden, sie zitternd und schluchzend zurückließen, ohne irgendeine Erinnerung, die es ihr gestattet hätte, die Furcht, die sie überwältigte, beim Namen zu nennen. Zu anderen Gelegenheiten erlebte sie erneut die Schrecken ihrer schäbigen Kindheit, sah sich mit klopfendem Herzen durch die schmutzigen Gassen Morvains vor dem Wachtmeister fliehen. Bettler und Diebe, die ihr geholfen oder sie hintergangen hatten, zeichneten sich deutlicher vor ihr ab, als es ihre gegenwärtige Umgebung tat.

Später dann erhob sie sich und empfand sich als Fremde, eingeschlossen in den Körper einer erwachsenen Frau, abgetrennt von ihrer wahren Identität, fortgerissen von Geist und Selbst, durch die Auswirkung der veränderten Resonanz ihres magischen Kristalls. Wenn sie allein war während dieser Übergangsphasen, minutenlang unter schweißtreibenden Qualen litt, dann keuchte sie manches Mal voller Verwirrung in dem verzweifelten Bemühen, die verstreuten Fäden ihrer ausgefransten Selbstwahrnehmung wieder einzusammeln.

Wenn sie nicht während dieses Prozesses der Anpassung an eine verlängerte Lebensspanne, dem sie sich auf den Wunsch ihrer Obersten unterzogen hatte, den Tod finden würde, so sollte er in weiteren drei Monaten abgeschlossen sein. Dann, so gelobte Elaira feierlich, würde sie wieder lernen zu lachen; sie hatte ein scheußlich langes Leben vor sich, und sie würde Lirenda, die Erste Zauberin, von einem Ärgernis zum nächsten hetzen.

Mit solchen Phantasien entlockte sie sich selbst ein müdes, halbherziges Lächeln, das sie sogleich wieder fallenließ, verursachte doch bereits die kleinste Bewegung ein Stechen, als würden unzählige winzige Nadeln über ihre Nerven wandern. Der Drang, die Augen angesichts all des Unbehagens zu schließen, überwältigte sie schließlich, und ihr Geist tauchte erneut hinab in die Tiefe des Schlafes.

Ein lebhafter Traum regte sich, Besitz von ihr zu ergreifen, doch er war anders als alle anderen zuvor ...

Sie schritt über eine Landzunge von silbrigem Sand. Matt spülten Wellen Schaum wie nasse Spitze um ihre Knöchel, während die Sterne auf ihrem sommerlichen Kurs über den Himmel hoch über ihrem windzerzausten Haar wanderten. Der Polarstern stand hoch am Himmel, und auch der Sog der Gezeiten wies auf einen nördlichen Breitengrad nahe der Mitternachtsstunde hin. Im Knirschen jedes einzelnen Sandkornes und dem scharfen Geruch der salzigen Meeresluft fühlte Elaira die Ankunft der Sonnenwende gleich einem aufziehenden Sturm.

Getrieben von einer bösen Vorahnung; angestachelt von einer unsichtbaren Bedrohung, blickte sie zum Landesinneren.

Doch kein Unheil schien dort zu lauern.

Oberhalb der sanfte Erhebungen der Dünen überragte eine altertümliche Ruine die Brandung, deren halbzerfallene Türme und sturmgepeitschte Bollwerke sich wie eingestürzte Skulpturen dem Himmel entgegenreckten. Der verweilende Nachhall betörender Harmonie kennzeichnete den Ort als Schauplatz paravianischen Lebens. In den Energien, welche die Erde durchdrangen, fühlte Elaira den nahe gelegenen Kraftkreis: uralte Steine lagen dort, angeordnet zu einem Muster, überdeckt von schwarzem Moos und aufgebrochen von hervordrängendem Riedgras. Die Resonanz entsprach der Vibration des Siebten Weges, doch in dem magnetischen Spiel der Statik erklang das dissonante Murmeln ungebührlichen Eindringens.

*Da*: ein nagendes, kriechendes Unbehagen verstärkte

sich zu einem Schaudern. Elaira preßte ihre Handflächen an die Schläfen, um ihre Konzentration zu festigen und dem unheimlichen Gefühl zu folgen, das von etwas gänzlich Falschem kündete. Die Macht war weder tot noch vergessen, sondern eine neuerliche Beschwörung in der gleißenden Verbindung von vierundzwanzig Zauberinnen, vereint in einem magischen Kreis zu Athir.

Eine ferne Stimme vibrierte durch ihren Traum. »Ihr müßt wissen, daß ein fremder Geist unserer Spur folgt.«

Elaira bekam keine Gelegenheit, Furcht zu empfinden. Der Sand, auf dem sie dahinschritt, löste sich auf, während ihr isoliertes Bewußtsein durch endlose Finsternis taumelte. Macht schlug auf sie hernieder wie das Beißen stählerner Pinzetten, umklammerte sie und ließ sie nicht mehr entkommen. Als es schließlich wieder hell wurde, blickte sie nach oben, durch die blaugetönten Facetten eines Prismas. Ein Kreis weiblicher Gesichter hinter einem gazeartigen Schleier starrte auf sie herab.

»Es ist die Novizin Elaira«, erklärte eine der Frauen mit frostiger, verächtlicher Stimme.

Kein schlafbedingter Traum hatte sie an diesen Ort geführt, sondern die gefahrvollen Visionen der Hellseherei. Entsetzliches Grausen brannte in ihren Eingeweiden, als sie mitanhören mußte, mit welchen Worten Morriel dem bestürzten Ausruf der Ältesten begegnete, nachdem sie so gänzlich unwissend durch die Schutzbarrieren der Zauberinnen gedrungen war.

»Dieses Eindringen kann uns wohl kaum überraschen. Der Skyronkristall hat dazu gedient, Elairas Juwel auf die Langlebigkeit einzustimmen. Da die Steine noch immer in einer gleichartigen Resonanz schwingen und überdies unsere Suche anläßlich der Sonnenwende dem Herrn der Schatten gilt, mußte ihre eigene Vernarrtheit sie in Mitleidenschaft ziehen.«

Blechern und mißbilligend meldete sich eine andere Stimme wagemutig zu Wort: »Dann müssen wir einen Schutzbann setzen, um sie fernzuhalten.«

»Laßt sie nur bleiben«, widersprach Morriel. »Ich denke, ihre Anwesenheit kann dazu beitragen, unsere Suche in unserem Sinne zu beeinflussen.«

Gleichsam wie in einem Alptraum und doch wach, war Elaira an den beherrschenden Kristall gekettet und mußte voller Zorn erleben, wie ihr Mitgefühl gegenüber Arithon s'Ffalenn dazu mißbraucht werden sollte, seine geschützte Privatsphäre aufzubrechen. Sie konnte nichts dagegen tun. Voller Verzweiflung mußte sie es erdulden, daß der Quarz, der das Gewebe ihres Leibes veränderte, mit dem Pulsieren des größeren, machtvolleren Juwels verschmolz, das in der Resonanz eines Kraftkreises des Siebten Weges, tausend Wegstunden gen Nordwesten, vibrierte.

Energie plätscherte durch die verknüpften Geister, als vierundzwanzig Korianiälteste ihre magischen Bande zu einem zwingenden Ruf gestalteten. Methodisch und leidenschaftslos riefen sie zuerst das Muster herbei, daß den Charakter Arithon s'Ffalenns darstellte.

Diesem Muster fügten sie ihren Zauber in miteinander verwobenen Lagen gleich kreisförmigen Wellen hinzu, errichten ein Siegel von der Anziehungskraft klebriger Spinnenfäden, eine Falle, so natürlich wie die gegenseitige Anziehung von Eisen und Magnet, die Abhängigkeit von Sonne, Mond und Gezeiten oder der Lockruf des Honigs, der die Bienen zu den Blüten rief. Die Oberste Zauberin wob dunklere Fäden, setzte einen Kontrapunkt, so ruhelos wie geistige Besessenheit oder das geistlose Sehnen eines Drogensüchtigen, in dem das Fleisch mit fremden Substanzen zu endloser körperlicher Pein zu verschmelzen vermochte.

Das Herz schwer vor Mitgefühl für Arithon, fühlte Elaira das grausame Zerren dieses Gewirkes. Auf der Pritsche in der Herberge zu Forthmark zuckte ihr Körper wimmernd hin und her, als der Kreis der Korianizauberinnen zu Athir ausholte, den innersten Kern ihrer tiefsten Scham zu plündern. deren Grausamkeit ließ Elaira geschändet zurück, beschmutzt, und trotzdem zehrten sie von dieser Liebe, die sie nie gewollt hatte, und verwoben ihre unschuldige Essenz mit dem Gift ihrer tückischen Schlinge. Klar und deutlich wie ein Glockenspiel zog der Augenblick der Mitternacht am Tag der Sonnenwende über den Weg des Ostens.

Gleich geschmolzenem Metall in einem Tiegel entflammten die Schwingungen der aus der Erde gewonnenen Energien in dem Kraftkreis zu Athir. Nicht allein die Wogen und das alte Gemäuer tranken von diesem Strom der Macht. Selbst aus der Ferne konnte Elaira dem Augenblick nicht entfliehen, in dem die magische Suche der Korianizauberinnen mit den wogenden Energien des Weges verschmolz. Das solchermaßen freigesetzte Gebilde brach hervor, drängte darauf, sich mit seinem Gegenstück in blinder, gnadenloser Gewalt zu vereinen.

*Versteck dich,* flehte Elaira ihre Erinnerung an jenen schwarzhaarigen Prinzen an, dessen Geist sie gleichermaßen wie ein Bann gezeichnet hatte. *Rühr dich nicht, tu nichts, das sie auf dich aufmerksam machen kann!*

Gewiß wäre es besser gewesen, sie wäre vor ihrem schicksalhaften Zusammentreffen mit dem Herrn der Schatten gestorben. Welchen Hafen er auch immer gefunden haben mochte, um dem Fluch Desh-Thieres zu entgehen, vor seinem Persönlichkeitsmuster aus dem Wissen der Bruderschaft, vereint mit dieser gewaltigen Macht, konnte keine Zuflucht auf Erden oder im Himmel Schutz bieten, wenn die Magie dieses Rufes sie erreichte.

Tränen des Kummers, des Treuebruchs, füllten Elairas Augen und rannen über ihre Schläfen. Trauer zerfraß sie, ebenso wie vergeblicher Zorn, während, unter den zerwühlten Lagen ihrer Bandagen, der Kristallsplitter, der direkt mit ihrem Sein verbunden war, hilflos im Einklang mit den magischen Banden summte, die ausgesandt worden waren, Arithon zu finden. Die skrupellosen Anforderungen dieser Suche durchdrangen glühendheiß ihr Sein, so unbarmherzig wie ein Sonnenstrahl, verstärkt durch eine Linse. Auch ihre Qualen verhalfen ihr nicht zu einem Aufschub. Erfüllt von den Wogen der Sonnenwende, hinausgeschleudert auf den Siebten Weg, bahnte sich das Muster magischer Bande seinen Weg durch Gehöfte und Städte und Dörfer. Elaira zitterte vor Abscheu, während Tausende unglücklicher Leben überrannt und beiseite geschoben wurden wie ein großer Haufen nutzloser, trockener Spreu. Diese Suche gestattete keine Gnade. Gleich einer Ausgeburt der Verdammnis wogte sie über das Land, nur den eigenen Zwecken dienend, zog sie alles Leben in Mitleidenschaft, das ihren Weg behinderte, während sie in unersättlicher Gier dem Verlangen folgte, sich mit ihresgleichen zu einen.

Innerhalb einer Sekunde, angefüllt mit Ereignissen, die Stunden auszufüllen imstande waren, umfaßte der Ruf die windgepeitschten Steilhänge von Nordstor, ehe er sich über die lange Reihe der Hafenstädte entlang der halbmondförmigen Küste des cildeinschen Ozeans ausdehnte.

Vor Erschöpfung gelähmt lag Elaira auf ihrem Lager, während das kribbelnde Brausen der mitternächtlichen Energien der Sonnenwende vorüberzog und die Wogen des Weges herniedersanken und sich allmählich legten. Mit der einsetzenden Ebbe ließ auch der Ruf der Korianizauberinnen nach, bis er in den schläfrigen Fischerhütten Meriors in seinem unbefriedigten Drang nach Symmetrie fauchend in sich zusammenfiel.

Wieder war der Sirenengesang, der den Herrn der Schatten hätte herbeilocken sollen, auf wundersame Weise unbeantwortet geblieben.

Niedergeschlagen löste sich in der feuchten Kälte inmitten des schattigen Labyrinths dunkler Gänge in den Ruinen Athirs der Kreis der Zauberinnen auf. Nach und nach lösten sich die am besten ausgebildeten Ältesten des Ordens aus den peinigenden Fesseln ihrer Trance. Sie nahmen die Gazeschleier ab, verwirrt und betäubt von den Geschehnissen, während die Energien ihrer fehlgeschlagenen Suche durch den Raum flatterten wie die unzähligen Fasern zerfetzter Seidenkokons.

Elaira hätte lachen mögen, angesichts der Enttäuschung auf ihren Mienen. Ihre Intuition hatte sie in die Irre geführt. So überließ sie sich ihrem Sieg, dessen Süße beinahe schmerzhaft war, und ergötzte sich an der schwindelerregenden Erleichterung, die von ihr Besitz ergriffen hatte. Wohin auch immer sich der gerissene s'Ffalenn-Prinz zurückgezogen haben mochte, er befand sich nirgends in der Nähe des Siebten Weges.

Verärgert bildeten die Zauberinnen einen neuen Kreis. Beherrscht von langerlernter Disziplin führten sie Rituale aus, die gebundenen Energien wieder freizusetzen. Doch während sie in aller Stille magische Siegel aussonderten und durch passende Gegenzauber auslöschten, blieb noch immer eine unausgesprochene Tatsache bestehen: Arithon s'Ffalenn war wieder einmal durch die Maschen ihres Netzes geschlüpft.

Nur ein rebellischer Geist frohlockte innerhalb der Sphäre, die von dem Einfluß des Skyronkristalls beherrscht wurde: Elaira allein stand auf seiten des Opfers dieser Jagd. Schutzlos war sie ausgeliefert, als Rachsucht und Mißtrauen sich in offenen Beschuldigungen Luft verschafften.

»Haltet euch zurück«, tadelte die Oberste Zauberin matt. »Es gibt nichts, das wir Elaira anzulasten hätten. Keine einfache Novizin wäre imstande, den Prinzen von Rathain vor unserer großen Beschwörung zu schützen.«

»In was für eine traurige Lage sind wir doch geraten«, klagte eine andere Älteste in sarkastischem Tonfall. »Hätten wir nur den Großen Wegestein nicht verloren, dann könnten wir den Prinzen von Rathain zwingen, auf allen vieren herbeizukriechen, um *uns* zu finden!«

»Ruhe!« krächzte Morriel zürnend. »Wir verschwenden unsere Kraft nutzlos, wenn wir uns in unsinnigen Klagen über Dinge ergehen, die wir nun nicht ändern können. Entweder boykottiert die Bruderschaft persönlich unsere Arbeit, oder der Teir's'Ffalenn hat sich einer Tücke bedient, an die wir bis jetzt nicht gedacht haben. Was auch immer unsere Mühen zunichte gemacht hat, heute nacht können wir daran nichts mehr ändern.«

Überwältigt von elender Schwäche, hörte Elaira, wie angeordnet wurde, den Skyronkristall in seine Kassette zurückzulegen. Doch noch während sich die angesprochene Älteste bewegte, um den großen Kraftstein aufzulesen, trug der unerbittliche Lauf der Zeit die Mitternacht der Sonnenwende gen Westen. Als der Augenblick den Sechsten Weg kreuzte, lebte der schwere Aquamarin in einem Ausbruch plötzlicher, ungebetener Macht wieder auf.

Elaira teilte den Schrecken, als die Älteste zurückschauderte.

Dann waren alle Gedanken, alle Ängste ausgelöscht von der heranrollenden Gewalt einer Harmonie, die durch das ungeschützte Gewebe des Juwels brauste. Eins mit Morriels Ältestenkreis, erfaßte ein blendender, betäubender Taumel Elaira, als die empfindlichen Flächen des Aquamarins unter der weißen Glut melodischer Vibrationen aufflammten. In Athir antwortete auch der Kraftkreis unter dem Dickicht wilder Gräser dieser Resonanz, und seine Windungen erwachten plötzlich zu einem Leben, das einen Glockenschlag der Freude umhüllte, so rein und der Erde verbunden wie die Vereinigung edlen Strebens mit seiner vollständigen Erfüllung.

Mitgerissen durch ihre Verbindung mit dem magischen Kristall, duldete Elaira die Vorgänge gemeinsam mit dreiundzwanzig Ältesten, die hingerissen waren zu irrsinnigem Frohlocken, während die Lebenskraft vergessener paravianischer Mysterien ihre wiedererweckte Harmonie über dem Kontinent erklingen ließ.

Allein Morriel war Herrin ihrer Sinne geblieben. »Ath, sei gnädig, woher kommt das nur? Wir dürfen nicht wagen, unwissend unserer Sehnsucht zu frönen.«

Der Skyron-Aquamarin war anders als der Große

Wegestein, der im Chaos der Rebellion verlorengegangen war. Seine Kraft erlaubte es nicht, verschiedene Aufgaben zu erfüllen, ohne daß eine Absicht unwillkürlich mit der nächsten verschmolz.

Erst als die kühle Macht wieder geordnet weiterfließen konnte, teilte Elaira die Vision, die hervortrat, als die Strömung dieses unheimlichen nächtlichen Strudels zu ihrem Ursprung zurückverfolgt wurde. Gemeinsam mit Morriels Ältestenkreis folgte sie niedergerissenen Mauern und zerschmetterten Steingebilden; Schornsteinziegeln, die gewaltsam von den Dachstühlen herabgefegt worden waren, und Dachbalken, aus denen grünende, knospende Zweige hervorsprossen. Sie hörte die Klagen der verängstigten Bewohner Jaelots, die mitangesehen hatten, wie ihre halbe Stadt aus den Fugen geraten war. Und dort, im Herzen der Zerstörungen, deutlich erkennbar inmitten eines rauchenden Mosaiks und allerlei umgestürzter Festtafeln, sah sie die Hände, die dieses ungebändigte Mysterium entfesselt hatten; sah einen sterblichen Sänger, der das Tor zu einer Erdenkraft geöffnet hatte, die fünf Jahrhunderte lang zum Schweigen verdammt gewesen war.

Es war ein Mann von zierlicher Statur. Sein wirr herabfallendes schwarzes Haar konnte die grünen Augen ebensowenig verbergen wie die scharfkantigen Züge, die typisch für das Geschlecht derer zu s'Ffalenn waren.

»Möge Ath uns schützen!« Morriels entsetzter Ausruf bohrte sich wie ein scharfer Glassplitter durch die Verbindung des Skyronkristalls. »Fast eine ganze Stadt ist zerstört! Unschuldige Menschen mußten leiden! Wie viele weitere gewissenlose Taten sollen diesem Prinzen noch gestattet sein, ehe die Bruderschaft der Sieben sich endlich dazu herablassen wird, zu ihrem Fehler zu stehen?« Hart wie Schmiedeeisen fügte sie hinzu: »Gleich ob er der letzte seines Geschlechtes ist oder nicht, doch Arithon s'Ffalenn muß Einhalt geboten werden. Dharkaron soll mein Zeuge sein und Fluch über die Bruderschaft bringen, die diesen gefährlichen Irrsinn aus blanker Narretei noch unterstützt.«

In diesem Augenblick brach der Kontakt Elairas zu dem Kreis in Athir ab, ohne auch nur ein warnendes Flackern ausgesandt zu haben.

Wieder dem Duft der Sommerblumen und der nächtlichen Stille ihres Krankenlagers in der Herberge überlassen, preßte Elaira einen Handballen gegen die Lippen, um ein schmerzliches Schluchzen zu ersticken. Die schreckliche Zeit des Wartens war vorüber; ihr Frieden unwiderruflich verloren. Der Herr der Schatten war verraten worden, doch nicht von ihr, sondern schlimmer noch, durch seine eigene, leidenschaftliche Liebe zur Musik, die er tief in seinem Herzen hegte.

Erschüttert und voller Sorge um den Prinzen, wandte Elaira den Kopf, um ihr Gesicht mitsamt dem Elend in ihrem Kissen zu bergen. Dann plötzlich erstarrte sie, als ein Frösteln wie von Zugluft über ihre Haut kroch.

Sie war nicht länger allein in dem Raum.

Eine Gestalt stand neben ihrem Bett, doch es war nicht die Heilerin, die ihr neue Medizin brachte, um ihre Qualen zu lindern, sondern die unheimliche Präsenz eines stämmigen, bärtigen Mannes, die zu geisterhaft für einen atmenden Menschen war. Die Stirn über dem rosigen Gesicht war in Falten gelegt, die von einem Gewitter zu künden schienen. Er hatte die Hände auf einen Gürtel gelegt, der an das Kummet eines Ochsen erinnerte, und starrte mit Augen, so düster wie neuer schwarzer Samt, auf sie herab.

Elaira blinzelte. Diese Gestalt konnte nichts Geringeres als der Geist eines Bruderschaftszauberers sein.

»Der Eifer deiner Ältesten wurde belohnt«, begann Luhaine ohne Umschweife, wobei er die Scheu, die er gegenüber Fremden hegte, geschickt hinter einer Fassade unanfechtbarer Ernsthaftigkeit verbarg. »Arithon wurde in Jaelot entdeckt.«

Irgendwie sah die wuchtige Gestalt des Zauberers

müde aus. Elaira wollte gerade zur Seite rutschen, um ihm Platz zu machen, als ihr bewußt wurde, daß ein körperloser Geist kaum Bedarf an derlei Bequemlichkeiten haben dürfte. »Warum seid Ihr hier?«

Ein Windhauch wehte zum Fenster herein und traf auf die Gestalt Luhaines, ohne sein Barthaar im mindesten zu bewegen. »Um zu warnen und zu helfen.«

»Ich kann mir bereits jetzt gut vorstellen, wozu Morriel mich benutzen will.« Elaira achtete sorgfältig darauf, leise zu sprechen. Im Gespräch mit einem Bruderschaftszauberer ertappt zu werden, konnte schreckliche Konsequenzen nach sich ziehen. »Wie gedenkt Ihr zu helfen?«

Hätte Luhaine noch seinen Körper besessen, gewiß hätte er dann seine leuchtendrosafarbene Nasenspitze gerieben. »Nun«, sagte er ausweichend, ein wenig aus der Fassung geraten, »Sethvir sagte schon, daß du ziemlich direkt wärest.«

»Es tut mir leid«, gestand Elaira. »Doch wenn die Novizin, die Wache hält, zufällig hereinkommt, könnte ich wegen Verrats vernichtet werden.« Ihre Verpflichtung als Novizin ging über fleischlichen Gehorsam weit hinaus; sollte Morriel zu einer extremen Bestrafung greifen, so konnte sie das Gelübde, das Elaira über dem Kristall abgelegt hatte, dazu nutzen, sie zu einer leeren, geistlosen Hülle zu reduzieren.

»Wer auch immer durch diese Tür hereinschaut, wird denken, du würdest lediglich im Schlaf sprechen«, entgegnete Luhaine zutiefst verstimmt. »Ich wurde nicht geschickt, dich in Gefahr zu bringen.«

»Das ist kaum schmeichelhaft, und es beruhigt mich nicht.« Es schien nur logisch zu sein, daß kein Zauberer sie besucht hätte, wenn nicht Gefahr im Verzuge wäre. Elaira betrachtete Luhaines mißgestimmte Miene, und ihre Sorge um den Herrn der Schatten lastete zu schwer auf ihr, sie zu bändigen. »Ich denke, Ihr solltet Euch besser um Euren Flüchtling sorgen.«

Luhaine griff auf sein gönnerhaftes Oberlehrergehabe

zurück und tat einen ungeduldigen Schritt, der ein Geräusch erzeugte, das von den Wänden widerhallte. »Lysaer ist noch immer damit beschäftigt, seine Armee aufzubauen. Solange deine Schwesternschaft ihn nicht informiert, wird er nicht erfahren, daß Arithon enttarnt worden ist.«

Ein erbärmlicher Trost. Krampfartiges Erschauern befiel Elairas Körper, der Fluch der veränderten Eigenschaften ihres Kristalls. »Erzählt mir nichts mehr über diese Halbbrüder.« Beschämt wandte sie das Gesicht ab, als sie gestand: »Morriel wird jeden Vorteil nutzen, den sie durch mich gewinnen kann, egal, wer dabei zu Schaden kommt.«

»Nicht ganz«, widersprach Luhaine sanft. »Manche Dinge kannst du ganz allein für dich behalten.« Sein Abbild bewegte sich vor dem Licht der Sterne, während eine unsichtbare Macht, herbeigerufen in mitfühlender Sorge, die Zauberin auf der Pritsche in einen traumlosen Schlaf, bar aller Pein, lockte. Einen leisen Seufzer der Erleichterung auf den Lippen, ergab sich Elaira seiner Macht. Die Anstrengung, die sich in ihren angespannten Zügen gezeigt hatte, begann allmählich, nachzulassen. Inmitten einer Flut kastanienbraunen Haares entspannte sich die Muskulatur um die Nase und das Kinn, welche zu kantig waren, noch zerbrechlich zu wirken, bis die Haut so ebenmäßig wie poliertes Elfenbein schien. Wenn sie keine so düstere Miene aufgesetzt hatte, so wirkte sie schelmisch und unschuldig, berührt von einem Hauch lyrischer Leidenschaft aus ihrem tiefsten Inneren, wie Luhaine feststellte. Nur ihre Entschlossenheit verlieh ihr die robuste, ruppige Ausstrahlung; und die Bürde des Verrats, die durch den Konflikt zwischen ihrem Dienst als Korianinovizin und ihrer starken Verbindung mit Arithon beständig auf ihr lastete.

Gegen den Eid des Gehorsams, dem diese Frau unterstand, konnte Luhaine nichts tun. Anders verhielt es sich mit der Anpassung ihres Kristalls an ein langes Leben, dem sie aufgrund von Sethvirs Weissagung zugestimmt hatte. Der Bruderschaft war daran gelegen, die Anziehungskraft, die Arithon auf sie ausübte, fortbestehen zu lassen, doch deswegen sollte sie nicht leiden müssen. Auch würde die Bruderschaft es nicht dulden, daß sie ihren Geist für eine zweite lebenslange Bindung einem Koriani-Zauberkristall unterwarf.

Elairas Bewußtsein war weit fort, und so fühlte sie die Wärme der Magie nicht, die durch die Bandagen an ihren Handgelenken drang. Geschlossene Augen vermochten nicht dem komplizierten Muster der Zauberkraft zu folgen, die Luhaine um ihretwillen wirkte. Am nächsten Morgen würde sie erwachen und sich erfrischt und ausgeruht fühlen, und nicht einmal Morriel würde jemals erkennen können, daß die widernatürliche Veränderung des Kristalls gestoppt und ausgelöscht worden war, während der Effekt der verlängerten Lebensspanne nun einem angenehmeren Muster folgte, gespeist von den Gesetzen der Großen Beschwörung.

Sie würde ebensolange leben wie Arithon, ohne jedoch unter den üblen Nebenwirkungen leiden zu müssen. Wenn die Stunde kommen würde, in der der Interessenkonflikt Elaira zwingen würde, die Treue gegenüber dem Orden von Koriathain zu brechen, so sollte die Oberste Zauberin, die über sie richten würde, aus der Matrix des weißen Quarzes, der die Persönlichkeit Elairas gefangenhielt, keinen Nutzen mehr ziehen können. Nur der ursprüngliche Eid, den sie über dem Skyron-Fokusstein abgelegt hatte, würde noch einen Einfluß auf sie ausüben können. »Diene deiner Obersten, wie es dir dein Gewissen befiehlt«, murmelte Luhaine, und seine Worte bohrten sich durch den Schleier des Schlafes. »Aber um deiner Fürsorge für den letzten Teir's'Ffalenn willen, mag die Bruderschaft dir dann und wann beistehen.«

Nur eine Sekunde später verließ die Erscheinung ihr Krankenlager, verschwand so unauffällig wie ein Stern in der grauen, kühlen Morgendämmerung.

# Alptraum

Lysaer s'Ilessid erwachte mit einem heiseren Keuchen. Schweißgebadet und heftig zitternd schleuderte er die Bettdecke von sich, die seine Beine und seinen Brustkorb einzuengen schien. Seine angespannten Nerven und sein Instinkt trieben ihn dazu, sich ruckartig aufzurichten. Ein Lichtschimmer umgab eine seiner Hände, obgleich er seine Gabe nicht bewußt herbeigerufen hatte. Die Finsternis, die ihn zu ersticken schien, schwand und mit ihr die letzten Überreste eines Traumes, der ihn so überstürzt aus dem Schlaf gerissen hatte.

Heißes, gleißendhelles Licht spiegelte sich in der Goldlegierung und der protzigen Emailschicht der Cloisonné-Waschschüssel, die der Kammerdiener in der Fensternische für ihn zurückgelassen hatte. Üppige, wollene Wandbehänge dämpften die aufgeregten Rufe der Wachen an der Mauer, die von dem grellen Lichtschein in seinem Raum aufgeschreckt worden waren. Lysaer kniff die Augen zu. Die Einrichtung des Gemaches, das, obschon der Beherbergung von Staatsgästen vorbehalten, ihm der Gouverneur von Erdane überlassen hatte, schien ihn still zu verspotten. Niedergeschlagen kniete er auf der Matratze. Nach wie vor glühte das Licht in seinen Händen, während er sich zwang, seine Kiefermuskulatur zu entspannen und tief durchzuatmen.

Noch immer lauerte die Erinnerung an seine schwarzhaarige Nemesis in seinem Geist, geheimnisvoll, nicht zu fassen, auf nervenzermürbende Weise ganz einfach außer Reichweite entschwunden. »Dharkaron ist mein Zeuge«, fluchte er in die Leere des Raumes hinein. »Mit all deinen Schatten und deiner Zauberei wirst du der Gerechtigkeit doch nicht für alle Zeiten entgehen können.«

Nur einen Moment später hörte er, wie die Türklinke

gedrückt wurde. Lysaer erschrak furchtbar. Das Licht in seinen Händen glühte noch heißer, noch brillanter, bis es ihm gelang, seine Reflexe unter Kontrolle zu bringen und seinen Zorn in einer Weise zu beherrschen, die weniger dazu angetan war, sein Bett in Brand zu setzen. Die aufgepeitschte Spannung, die in ihm wütete, ließ kaum nach, als Lord Diegan zur Tür hineinrauschte, das dunkle Haar noch ganz wirr von seinem Kissen, halbbekleidet mit den zerknitterten Schlafgewändern der vergangenen Nacht.

Nach einem kurzen Blick auf Lysaer packte er sich eine der nicht angezündeten Kerzen in den Wandhalterungen, überquerte den mit Teppichen ausgelegten Boden, und führte den Dorn in den Lichtkranz, der noch immer zwischen den Handflächen des Prinzen brannte.

Zischend fing der Kerzendocht Feuer, als der Kommandant der Garnison ohne Stadt mit sarkastischer Sorge bemerkte: »Solltest du wieder vom Herrn der Schatten geträumt haben, so war das das dritte Mal in dieser Woche.«

»Ich brauche dich nicht, um das zu wissen.« Er öffnete seine Hände, und das Licht teilte sich und erlosch, wie ein Signalfeuer, das im Angesicht näherrückender Feinde erstickt wurde. Nun, in der stillen Dunkelheit, die lediglich dazu beitrug, seine nervliche Anspannung noch zu verstärken, schwang sich Lysaer aus dem Bett und trat an das offene Fenster heran, um sich hinauszulehnen.

Den Gardesoldaten, die sich beunruhigt auf der tiefergelegenen Laibung drängten, rief er zu: »Es ist alles in Ordnung. Ihr könnt eure Patrouillen wiederaufnehmen.«

Während die Männer sich zurückzogen, blieb Lysaer am Fenster stehen, und wenn er auch nicht mehr zitterte, so fühlte er doch eine Kälte, die seinen Leib bis ins Mark durchdrang. Er bemühte sich, die forschen Schritte zu ignorieren, als Diegan an den Eichentisch herantrat, der mit allerlei Karten und Skizzen bedeckt war, die das neue Avenor darstellten, und die Kerze auf den Dorn eines Ständers spießte. Unbewegt ließ er es über sich ergehen, daß Diegan ihm einen Umhang über die Schultern legte.

Neben ihm sagte der Kommandant: »Wenn der Druck zu groß wird, dann hol wenigstens Talith zu dir in dein Bett! Euer Eheversprechen liegt nun schon Jahre zurück, und als ihr Bruder werde ich nicht auf die Etikette bestehen, wenn du beschließt, nicht auf die Vermählung zu warten.«

»Sie wird die Königin von Avenor sein, nicht meine Kurtisane.« Lysaer konnte seine Zerstreutheit nicht verbergen, als er die Hände vor das Gesicht schlug. »Sie wird mit Staatsfeierlichkeiten in meiner wiederaufgebauten Hauptstadt geehrt werden, und nicht einmal die Extravaganzen des Herrn der Schatten werden mich dazu bringen, auch nur an etwas Geringeres zu denken.«

Diegan trat ebenfalls an das Fenster heran, beugte sich hinaus, zog die Fenster zu und legte den Riegel am Mittelpfosten vor. »Wenn du schon davon sprichst, das Herrschaftssystem Tysans zu stürzen, so sorge wenigstens dafür, daß dich niemand hören kann.«

»Ich werde es nicht nötig haben, die Regierung irgendeiner Handelsstadt zu verdrängen.« Lysaer streckte seine verspannten Finger und wischte sich den eiskalten Schweiß am goldgefaßten Gewebe seines Umhangs ab. »Wenn erst der Prinz von Rathain wieder in Erscheinung tritt, dann wird seine Magie mir die Loyalität der Stadtregierungen ganz ohne mein Zutun einbringen. Ich allein werde über die Macht und das Licht befehlen, das ihn besiegen kann.«

Diegan suchte sich einen gepolsterten Stuhl und ließ sich müde darauf niedersinken. »Ath, er hält sich nun schon seit *sechs* Jahren versteckt. Wäre ich nicht Zeuge des Gemetzels gewesen, das er in Deshir ausgelöst hat, so würde ich mich ebenso wie deine neuen Söldner fragen, ob Maenalle von Tysan vielleicht recht hat, wenn sie behauptet, daß Arithon kein Interesse an einem Krieg hat. Mann, du kannst doch keine erstklassige Truppe zusammenstellen, nur um die Männer dann auf unbestimmte Zeit zur Untätigkeit zu verdammen!«

»Wir halten uns schon viel zu lange in Erdane auf«, stimmte Lysaer zu. Er beschloß, seine Furcht ebenso zu verschweigen wie die Traumbilder, die so sehr seinen Erinnerungen an die hinterhältigen Methoden seines Feindes glichen. Wieder und wieder quälte der Gedanke an das Blut, das im Kampf gegen den Herrn der Schatten am Ufer des Tal Quorin vergossen worden war, seinen Geist.

Tausende hatten sterben müssen. Im Gedenken dieser Leben, die der unverantwortlichen Hast jener Tage zum Opfer gefallen waren, mußte er sich eisern an seinen Plan halten.

Arithon war skrupellos, er war ein Zauberer.

Gleich, wie erpicht die Truppen auch auf den Kampf sein mochten, ihren Kommandanten durfte niemals wieder gestattet sein, den Gegner zu unterschätzen, den zu vernichten sie zu den Waffen griffen.

Lysaer stieß sich von dem Fenster ab und ging auf dem Teppich auf und ab. Jenseits der verschlossenen Fensterflügel ärgerte ein Trunkenbold auf seinem Weg zurück nach Hause die Spürhunde der Kopfjäger. Aus dem Zwinger der Meute erscholl aufgeregtes Gebell, dem das Kläffen sämtlicher Straßenköter ebenso antwortete wie das schrille Keifen eines eingesperrten Schoßhündchens. Von der eigenen Untätigkeit frustriert und noch immer irritiert durch seine überanstrengten Nerven, schnappte der Prinz sich ein Dutzend neuer Kerzen, die er nacheinander entzündete. Im Licht der flackernden Flammen brütete er über einer Gewißheit, die er nicht in Worte zu fassen imstande war: Der nagende, unersättliche Drang, den Herrn der Schatten zu finden und zu töten, der ihn Tag und Nacht peinigte, war wenig dazu angetan, die Kriterien der Vernunft zu beachten.

Nur durch seinen eisernen Willen vermochte er diesen

Trieb unter Kontrolle zu halten, während er all seine Taten in den Dienst der Menschen zu stellen trachtete, für die er die Verantwortung tragen mußte. Wenn er diesem Haß erlag, wenn er die Ermahnungen des Lordgouverneurs von Etarra vernachlässigte und zuließ, daß die Garnison des Ostens zu rasch marschierte, so würden noch viele weitere Leben zerstört werden.

Und doch fraß die Notwendigkeit zu warten, bis wieder genug Gold angesammelt war, seine Bestrebungen in Tysan zu verwirklichen, Löcher in seine Geduld. Die vorüberziehende Sonnenwende hatte eine wachsende Ungeduld in ihm ausgelöst, die sich nun zu einem bohrenden Schmerz steigerte. Am hellichten Tag erschrak er vor ganz gewöhnlichen Schatten. In jeder Minute trieb ihm die richtungslose Gewißheit, das sich irgendeine neue Entwicklung anbahnte, kalten Schweiß aus den Poren.

Der Brief, zugestellt von einem westwärts reitenden Kurier, dem zufolge es keinerlei Gerede über einen Zauberer gab, auf den die Beschreibung des Herrn der Schatten zutraf, vermochte sein Urteil nicht zu ändern. Trotz der Unterstützung durch alle Städte Rathains war es Pesquils Kopfjägern während der letzten drei Feldzüge des Sommers nicht gelungen, ein neues Barbarenlager aufzuscheuchen. Die Tatsache, daß Barbaren nur noch selten gesichtet wurden, nährte noch seine Überzeugung, daß die Clans sich organisiert hatten.

Lysaer kämpfte gegen seine Aggressionen an. Schwer lastete die Lektion, die ihm durch das Massaker am Tal Quorin erteilt worden war, auf seinen Schultern. Das Fehlen jeglichen Angriffszieles frustrierte seine Verbündeten mehr und mehr, und es bedurfte ausgiebiger Schmeicheleien, ehe sie bereit waren, sich damit abzufinden. Im Kampf gegen den Herrn der Schatten konnte sich die geringste Schwäche als fatal erweisen. Ein Feldzug konnte nur dann erfolgreich verlaufen, wenn sich kein Fehler einschlich, den der Feind ausnutzen könnte.

Lysaer betrachtete das heimtückische, tödliche Spiel, daß der Herr der Schatten zu spielen pflegte, mit gehörigem Respekt.

Als er sein königliches Gleichgewicht wiedererlangt hatte, verhüllte er seine verschwitzte Haut mit dem edlen Stoff des Umhangs. Mit einem schwachen Lächeln betrachtete er die Zeichnungen, die den zukünftigen Aufbau der Befestigungsanlagen Avenors darstellten. Sein Gardekommandant mochte die besten Absichten haben, und doch irrte er sich. Eine Frau in seinem Bett würde niemals imstande sein, die leidenschaftliche Glut zu löschen, mit der er danach strebte, das Blut des Prinzen von Rathain mit seinem Schwert zu vergießen. Dennoch schien ihm eine beschwichtigende Geste angemessen, nun, nachdem er seine Entschlossenheit deutlich zum Ausdruck gebracht hatte.

»Morgen werde ich einen Reiter gen Karfael im Westen schicken«, beschloß Lysaer. »Die Handelsgilden sollen erfahren, daß ich jeden Mann, der mir wahrheitsgemäße Kunde über unnatürliche Vorfälle bringt, mit tausend Goldroyals entlohnen werde. Arithon von Rathain ist ein Zauberer. Früher oder später muß er einen Fehler begehen oder durch die Umstände gezwungen werden, sich zu offenbaren. Der Gouverneur von Etarra wird ebenfalls Kuriere aussenden, und unsere Truppen können sich hier ihren Kampfesübungen widmen, während Avenor wieder aufgebaut wird.«

An der nun eintretenden Stille erkannte Lysaer, daß seine getrübte Stimmung gleich einer ansteckenden Krankheit auch den Kommandanten seiner Garnison befallen hatte. Schwungvoll warf er sein Haar zurück und lachte. »Verstehst du denn nicht, Diegan? Wir werden selbst die Zeit zu unserem Vorteil nutzen können. Je länger Arithon sich versteckt, je weiter er davonläuft, desto größer wird die Armee sein, die bereitsteht, ihn niederzumetzeln.«

»Ich begreife nicht, wie du so ruhig bleiben kannst.«

Mit einer einzigen, aufgebrachten Bewegung sprang Diegan auf, riß einen Schrank auf und schnappte sich die Karaffe mit dem Wein, nach dem es ihn nun geradezu verzweifelt verlangte. Er stellte zwei Kelche auf den Tisch und füllte sie mit dem alkoholischen Getränk. »Aber zweifellos ist das die einzige Möglichkeit, ein Netz zu knüpfen, das stark genug ist, damit ein hinterhältiger Zauberer nicht durch die Maschen schlüpfen kann.«

Lysaer ergriff das angebotene Glas. Kerzenlicht erzeugte glühende Reflexionen in seinen Augen und verlieh dem Wein eine tiefrote Farbe, die an Blut erinnerte, als er den Kelch an seine Lippen führte und trank. »Verlaß dich darauf, Diegan. Laß uns darauf trinken, daß wir Erfolg haben werden.«

# Gegenströmungen

Unterwegs zu den Rockfellgipfeln, sich zu vergewissern, daß der Nebelgeist noch immer sicher verwahrt ist, wechselt Asandir die Richtung und treibt seinen schwarzen Hengst in größter Eile in der grauen Morgendämmerung über den Südpaß durch das Skyshielgebirge in Richtung der Straße, die sich an der Eltairbucht entlangwindet ...

Gischt überflutet die Reling im morgendlichen Wind, als die Brigg unter dem Kommando eines lachenden Kapitäns in tänzelndem Flug zwischen den Untiefen der Vaststraße hindurchjagt, während drei Langboote, besetzt von Soldaten mit dem offiziellen Auftrag, zu entern und die Schmuggelware zu konfiszieren, in dem nutzlosen Versuch, die Brigg zu verfolgen, windwärts segeln ...

An einem Sommertag zur Mittagsstunde steht die gnädige Frau Talith auf der Westmauer Erdanes und beobachtet die Abreise ihres Verlobten, der mit seiner Truppe handverlesener Soldaten seinen Marsch auf Avenor beginnt; und an ihrem Finger trägt sie Diamanten und königliche Saphire, doch sie dreht nur voller Zorn an dem Ring, den Lysaer ihr als Zeichen seiner Liebe übergeben hatte, hat doch die Besorgnis um ihr Wohlergehen ihren Verlobten bewogen, sie allein zurückzulassen ...

# 6
# CRUX

In der Stadt Jaelot durchkämmten bewaffnete Soldaten ein Haus nach dem anderen. Das erschütternde Donnern ihrer Stiefel auf den Treppenstufen, der gepanzerte Angriff ihrer Fäuste auf hölzerne Planken, weckte unsanft schlafende Bürger, als sie die Türen zu Erdkellern aufbrachen und sich durch verstaubte Dachkammern wühlten, beständig auf der Suche nach den Flüchtigen der vergangenen Nacht. Ihr Feuereifer fiel einem hektischen Durcheinander anheim, als die Offiziere, die für die Jagd verantwortlich waren, sich in eine lautstarke Auseinandersetzung verstrickten. Bei Tagesanbruch konnte zwischen den Soldaten selbst bei klarem Verstand keine Einigung über die physische Erscheinung des Meisterbardenschülers erzielt werden.

Blieb die unwiderlegbare Tatsache, daß dieser Verbrecher mit seiner Magie die halbe Stadt in Trümmer gelegt hatte.

Augenzeugen vom Fest des Statthalters reicherten die Streitereien lediglich mit weiteren Feindseligkeiten an, eine Komplikation, die ihrerseits die so oder so schon verstimmten Geschäftsleute in Mitleidenschaft zog; diejenigen, deren Waren nicht dem nächtlichen Energiestrudel zum Opfer gefallen waren, mußten nun mitansehen, wie ihre Habe durchwühlt und auf den Kopf gestellt wurde, nur um des Mißtrauens aufgebrachter Ehrenbürger willen.

Der Hauptverdächtige jedoch blieb unentdeckt, ebenso wie Halliron und der dicke Gefangene, für dessen sichere Verwahrung der Meisterbarde gebürgt hatte.

Der Vormittag war bereits halb vorüber, als der Stallknecht mit dem fleischigen Gesicht, der die Mietställe nahe den Stadttoren bewirtschaftete, aus dem Schlaf gerissen wurde, um ihn einer Befragung zu unterziehen. Eifrig beschäftigt, sich das Stroh, in dem er geschlafen hatte, von den Kleidern zu zupfen, streitsüchtig und mit Kopfschmerzen geschlagen, riß er seinen Unterkiefer zu einem gewaltigen Gähnen herab und starrte den Hauptmann, der auf ihn eindrang, böse an. »Ponywagen? Ja, wir hatten letzte Nacht einen hier. Ein dunkler Bursche hat ihn abgeholt, sehr spät am Abend, und ein fetter Kerl war auch dabei.«

»Dunkel?« kreischte der mit allerlei Bändern geschmückte Sekretär des obersten Ratsherrn. Er stellte sich auf die Zehenspitzen und winkte aus dem Hintergrund der Zuschauermeute mit seinem Hut. Da niemand sich bereitfand, ihm Platz zu machen, vergaß er jegliche Würde und grub sich wie ein Maulwurf durch die Reihen der gaffenden Stallburschen und nervösen Soldaten. »Was soll das heißen: dunkel?«

Der Stallknecht räusperte sich, spuckte auf das Pflaster und blinzelte den Mann an, als hätte er es mit einem Schwachsinnigen zu tun. »Schwarze Haare! Sehe ich etwa aus, als wäre ich blind?«

»Bist du sicher?« quengelte der Sekretär. »Es war Nacht. Hast du dich bestimmt nicht geirrt? Kann sein Haar nicht auch braun gewesen sein?«

»Dharkaron! Sehe ich etwa auch noch dumm aus?« rief der Stallknecht aufgebracht, wobei er seine Worte mit einer obszönen Geste bekräftigte. »Der Mann war so schwarz wie Ruß. Grüne Augen hatte er und eine flinke Zunge, scharf wie ein Messer. Höllisch schlecht gelaunt, kein Mann, der sich abweisen läßt, und, nein, er hat mir nicht gesagt, wohin er fahren wollte!«

»Der Zauberer ist bestimmt längst nicht mehr in der Stadt«, rief ein Rollwagenfahrer, der auf den Getreidesäcken auf seinem Gefährt thronte. »Wenn ihr ihn haben wollt, warum nehmt ihr dann nicht die Verfolgung auf?«

Doch keiner der Wachmänner am Tor hatte irgendeinen Flüchtigen hinaushuschen sehen. Schwitzend in der windstillen Schwüle des Mittags brütete der Kommandant der Garnison von Jaelot über seiner Niederlage. Schließlich räusperte er sich und bemühte sich, die Schmach von sich zu weisen: Der Minnesänger und seine Freunde mußten die Stadt auf dem Seeweg verlassen haben. So wurde der Tumult zum Hafen verlegt. Fischer wurden abkommandiert, mit ihren Booten die Bucht abzusuchen. Um die Schaluppenkapitäne zu beschwichtigen, die ihre abweichende Meinung grollend verkündeten, wurden zugleich berittene Patrouillen ausgesandt, die Küstenstraße zu kontrollieren.

Der Ponykarren und seine weithin gesuchten Mitfahrer waren zu diesem Zeitpunkt schon ein gutes Stück südwärts vorangekommen und rasteten nun, verborgen in einem Haselnußgestrüpp, um den Kopfjägertruppen auszuweichen, die in glühender Erwartung ihrer Prämien durch das Land ritten. Von Sommersprossen übersät und wutschnaubend saß Dakar, der Wahnsinnige Prophet, auf dem Kutschbock, die Zügel locker über die Knie gelegt. Er war noch nie ein Mensch gewesen, der seinen Groll im stillen pflegte, also verfluchte er lauthals den Umstand, daß ihre hastige Flucht aus Jaelot seinem Drang entgegengestanden hatte, Streit zu suchen.

»Ihr sucht kaltes Wasser?« Mürrisch wie ein an Maul- und Klauenseuche erkrankter Bär deutete er mit dem Kinn über seine Schulter. »Durch diese Wasserrinne fließt ein Gletscherbach.«

Die hochgestellte Persönlichkeit königlichen Blutes entfaltete sich aus der zusammengekrümmten Leidenslage, die sie auf dem Wagen eingenommen hatte. Arithon betrachtete das umgebende Dickicht durch schweißverklebte Strähnen schwarzen Haares. Schon von der Mühsal, sich aufzurichten, außer Atem, kletterte er über die Rückwand des Karrens. Als er sich seinen Weg den Hügel hinab bahnte, so schwankend wie ein Mann mit einer Bauchverletzung, blickte ihm der Wahnsinnige Prophet mit der Zufriedenheit einer giftigen Schlange nach. Die Nachwirkungen, die er erlitt, hatte er nach Dakars Ansicht mehr als nur verdient. Die Erdenmächte, die er so leichtfertig in Jaelot entfesselt hatte, waren kraftvoll genug, den gesunden Geist zu ruinieren und jeden Sterblichen todkrank zurückzulassen.

Bis aufs äußerste verärgert über diese List, die ihn geradewegs Asandirs Plänen zugespielt hatte, fiel es dem Wahnsinnigen Propheten schwer, nicht mit aller Gewalt mit seiner Faust auf sein eigenes Bein einzudreschen. »Bastard«, verwünschte er beinahe tonlos die Gestalt, die sich torkelnd dem Wasserlauf näherte.

Widerspruch erklang in undeutlichen Worten aus den Decken auf dem Ponywagen. »Abgedroschene Phrase. Wenn du Arithon beleidigen willst, wirst du dir etwas anderes ausdenken müssen. Mit einer Wahrheit, die zu hören er überdrüssig ist, wirst du nicht viel erreichen.«

»Halliron?« Solchermaßen von seiner Angst abgelenkt, verdrehte sich Dakar den Hals und fand den Meisterbarden wieder bei Bewußtsein in dem Wagen vor.

Der alte Mann sah krank aus. Sein Gesicht hatte eine ungesunde, graue Farbe angenommen, abgesehen von dem Bereich, auf dem sich ein schwarzer Bluterguß über Wange und Schläfe ausbreitete. Seit dem entsetzlichen Hieb, der ihn niedergestreckt hatte, verlor er immer wieder das Bewußtsein. Die Muskeln in dem betroffenen Bereich waren wie gelähmt; das Auge auf der anderen Seite, mühevoll offengehalten, war trübe und unnatürlich geweitet. Dakar wußte wohl, daß diese Symptome nichts Gutes verhießen, also machte er seinem Kummer Luft, indem er weiter gegen Arithon wetterte. »Ihr seid ein kompletter Narr, ihn zu verteidigen. Um so mehr nach der letzten Nacht. Ihr hättet Euch niemals von ihm zu dieser Reise überreden lassen dürfen.«

Hallirons Lippen verzogen sich zu einem einseitigen Ausdruck der Resignation. »Den Mangel an Bequemlichkeit ziehe ich dem Tod vor, dessen Opfer wir geworden wären, hätten wir versucht, uns in Jaelot zu verbergen, darüber gib dich keinen Illusionen hin. Des Statthalters Neigung, die Helfershelfer von Zauberern auf Scheiterhaufen aus geöltem Reisig zu verbrennen, hat mir noch nie besonders gefallen.« Zitternde Finger zupften an der Decke herum, in der die Motten dieses Frühjahres neue Löcher hinterlassen hatten. Mit gewichtigem Ernst fügte der Meisterbarde dann hinzu: »Ich habe gehört, was Arithon gespielt hat. Alles. Seine Kunst hat selbst die Tiefe der Bewußtlosigkeit durchdrungen. Er hat nun ein Stadium der Erhabenheit erreicht, daß sogar du zu würdigen wissen solltest.«

»Unter Zwang und grauenhaft nüchtern«, entgegnete Dakar. Den Kopf zurückgelegt starrte er himmelwärts, und in seinen Augen vermischte sich Gehässigkeit mit den Reflexionen sonnenbeschienenen Laubes. »Soviel zu meinen Sorgen.« Gewiß hätte er sich gern in weiteren Attributen ergangen, wäre nicht eine weitere Truppe Lanzenreiter vorbeigeritten, gerade als er seine Weisheiten verkünden wollte.

»Wie ich sehe, bist du auch nicht daran interessiert, wieder zurückzugehen«, bemerkte der Meisterbarde trocken.

Dakar verfiel in dumpfes Schweigen, bis das Opfer seiner Boshaftigkeit zurückkehrte, um ihn weiter zu reizen. Zurück von dem Wasserlauf, Ärmel und Hosenbeine hochgekrempelt, hielt Arithon die Tunika, die er gerade erst in den Bach getaucht hatte, in zitternden Händen.

Erschöpft lehnte er sich an den Wagen und zwang sich, genug Konzentration aufzubringen, aus dem Kleidungsstück eine Kompresse zu falten.

Als er das kühle, feuchte Tuch schließlich nutzte, die scheußliche Schwellung im Gesicht des Meisterbarden zu lindern, mühte sich der alte Mann vergebens, das qualvolle Schaudern zu unterdrücken, das von seinem Leib Besitz ergriff. »Ärmlich ist der Dank, der dir geboten wird, nachdem du uns aus Jaelot hinausgebracht hast.«

»Wie kommst du darauf?« Selbst so blaß wie Pergament, überdies erschöpft von der Anstrengung und dem Mangel an Schlaf, rang Arithon sich ein Lächeln ab. »Dakar hat sich erstaunlich großzügig gezeigt. Sechsmal hat er angeboten, mich im Stich zu lassen, und ich habe jedesmal akzeptiert.«

»Wartet nur, bis wir in Tharidor sind!« fauchte der Wahnsinnige Prophet, atemlos vor unterdrückter Wut. »Dann, das verspreche ich, werdet Ihr schon sehen, daß ich Wort halte.«

Mit der abscheulichen, falschen Höflichkeit, die sein Alias Medlir ausgezeichnet hatte, hob Arithon den Kopf. »Nun, wenn es so ist, dann könntest du uns bis dahin unterstützen und das Pony tränken.« Ohne jede Vorwarnung schoß des Mannes Hand in typischer s'Ffalenn-Manier vor, ergriff den ledernen Wasserbeutel, der bei ihrer Ausrüstung lag, und schlug ihn Dakar vor den Bauch.

Solchermaßen heftig in die Eingeweide getroffen, rülpste Dakar so herzhaft, daß ihm keine Luft mehr blieb, zu einem Gegenschlag anzusetzen. Während der Wahnsinnige Prophet beleidigt davonstolzierte, ohne auf das Unterholz zu achten, das krachend unter seinen Stiefeln brach, erkundigte sich der Herr der Schatten mit unverminderter Sanftmut: »Wie geht es dir?«

Halliron senkte sein funktionstüchtiges Lid. Seiner Energie beraubt, schien sich seine Haut gleich nassem

Papier über Nase und Wangenknochen zu spannen. Wie fahle Pinselstriche zogen sich seine Brauen über die tief in den Schädel gesunkenen Augen. »Meine Knochen nehmen es nicht gerade erfreut auf, verprügelt zu werden«, gestand er mit einer Stimme, kaum mehr als ein leiser Atemhauch.

Arithon schluckte. Seine Sorge wog schwerer als die eigene Erschöpfung. Er stützte sich auf die fest geballten Fäuste, und für einige, endlose, qualvolle Minuten waren die Flötenklänge der Drosselrufe das einzige Geräusch neben dem Plätschern des Wasserlaufes. Dann donnerte erneut eine Truppe Lanzenreiter die Straße hinunter, während Dakar fluchend einen Chor herabfallender Steine auslöste, als er sich mit ungeschickten Bewegungen dem Wasser näherte.

»Arithon«, sagte Halliron plötzlich unter Aufbietung all seiner Kraft. Seine geschwollenen Lippen machten es ihm unmöglich, sich in der gewohnten honigsüßen Klarheit zu artikulieren. »Du mußt meine Lyranthe an dich nehmen. Sie ist mein Erbe. Meine linke Hand ist taub. Die Finger wollen sich nicht mehr bewegen. Laß mein letztes Vermächtnis für Athera die Fortführung der musikalischen Tradition sein, und trete meine Nachfolge an.«

Kurz spannten sich die Finger, die zur Faust geballt auf der Seitenwand des Wagens ruhten, zu einem stillen Widerspruch. Von diesem Zucken abgesehen, regte Arithon sich nicht, und seine Antwort fiel so einfach wie ruhig aus. »Es wäre mir eine Ehre.«

Erleichtert, als wäre er aus einer Drahtschlinge befreit worden, entspannte der Meisterbarde sich unter seinen Decken. »Gesegnet sei deine Offenheit.« Ein einseitiges Lächeln zerrte an den Schrammen auf seiner Wange. »Du wirst großartig sein, ich irre mich gewiß nicht. Deine Kunstfertigkeit wird all mein Talent in den Schatten stellen und vielleicht sogar die Grazie der Paravianer wiedererwecken, die in unseren fünf sorgengeplagten Königreichen vergessen ist.«

»Du sprichst von Träumen«, unterbrach Arithon. Während das Pony vor dem Wagen mit schwingendem Schweif Fliegen vertrieb, wandte er sich ab, um Seelenqualen zu verbergen, die zu schwer wogen, sie zu unterdrücken.

»Keine Träume.« Halliron befreite seinen Arm aus der Decke und umklammerte das Handgelenk seines Nachfolgers in dem Ansinnen, ihn zu beruhigen, was ihm jedoch mißlang. »Eines Tages werden die alten Rassen zurückkehren. Die Bruderschaft hat die Hoffnung niemals aufgegeben.«

Sein schiefes Lächeln wurde breiter. »Ich werde leben, um die Sonne auf das Flußdelta zu Innish herabscheinen zu sehen.« Sein eines trübes Auge öffnete sich zittrig und belebte das gepeinigte Fleisch mit einem matten Hauch des Vergnügens. »Soviel habe ich durch Dakar erfahren.« Als hätte ihn dieses Geständnis seiner Vitalität beraubt, sank des Meisterbarden Hand kraftlos herab. Sein gesundes Lid fiel wieder zu. »Nun wirst du verstehen, daß es mir wirklich nicht viel ausgemacht hat, einen Narren aus mir zu machen, um Freiheit für den Wahnsinnigen Propheten zu gewinnen, um so weniger stört es mich, den abscheulichen Statthalter seiner gerechten Strafe zugeführt zu haben. Auf mich wartet nun nur noch mein Zuhause. Ich möchte im Schoß meiner Familie sterben ...«

Arithon regte sich wieder, richtete sich auf und sammelte die Reste seiner Würde ein. »Ruh dich aus. Schlaf, wenn du kannst. Sobald uns keine Gefahr mehr droht, werde ich ein Bett und einen Heiler für dich suchen.«

Doch als das Zwielicht sich über der Straße ausbreitete und die bewaldeten Berghänge mit Dunkelheit überzog, hatte sich der Ponywagen, auf dem der Meisterbarde ruhte, gerade drei Meilen weiter gen Süden vorangekämpft. Noch zwei weitere Male hatte Dakar den Wagen vom Weg fort in geschützte Deckung gelenkt, während Arithon gezwungen gewesen war, Schatten zu wirken, um die jagdeifrigen Kopfjäger in die Irre zu führen. Fest entschlossen, nicht mit leeren Händen zurückzukehren, waren die Spurensucher und die Reiter ausgeschwärmt, jedes kobaltdunkle Tannendickicht auf ihrem Weg zu durchsuchen.

Nach Sonnenuntergang zogen Wolken auf und hüllten die Erde in einen Schleier zarten Nieselregens. Dakar hatte sich in feindseligem Schweigen zusammengekauert; schlaffe Zügel ließen dem Pony die Freiheit, sich seinen eigenen Weg durch die ausgefahrenen Wagenspuren zu suchen, während die bunten Wagenräder durch die zinnfarben glänzenden, seichten Pfützen rollten. Sicher und trocken verstaut unter dem Segeltuch, lag Halliron reglos auf dem Wagen. An der Rückklappe hockte Arithon, bis auf die Haut durchnäßt, die Arme um die Knie gefaltet, um die Krämpfe im Zaum zu halten, die seinen Leib durchbohrten, und ertrug duldsam und ohne das geringste Wimmern die anhaltenden physischen Folgen seiner Aufführung der vergangenen Nacht. Der Wahnsinnige Prophet kannte die Auswirkungen der Zauberei gut genug, um zu wissen, wie sehr jedes Rütteln des Wagens sein Leiden verstärkte. Da jedoch jedes Übel zu Lasten des Mannes, der ihn hinter das Licht geführt hatte, nur zur Befriedigung von Dakars leidenschaftlicher Rachsucht dienen konnte, biß Arithon die Zähne zusammen und verkniff sich die Bitte um eine Ruhepause. Schon wegen Hallirons Wohlergehen würde der Wagen bald anhalten müssen. Sobald sie freies Gelände erreicht hatten, das ihnen jederzeit einen Fluchtweg offenhalten würde, würden sie ihr Lager aufschlagen.

Von der feuchten Witterung abgesehen, blieb das Wetter recht angenehm. Der Hochsommer schmückte die Wicken am Wegesrand mit Blütenquasten und fächerte die Spitzen der Grashalme zu Samenständen auf. Nachdem sie viel zu lange von den Mauern der Stadt eingeengt worden waren, kostete Arithon mit Genuß den regenschweren Wohlgeruch der Wiesenblumen, in den sich der scharfe Hauch immergrüner Gewächse mischte. Hin und wieder trug der Ostwind das salzige Aroma der See aus der Bucht herüber. Seines magischen Blickes beraubt, hatte sich Arithon daran gewöhnt, dem Tanz der Jahreszeiten anhand von Geräuschen zu folgen, also konzentrierte er sich darauf, dem Klang der Erde unter dem Knirschen der Wagenräder zu lauschen; zart hallten die Töne in dem warnenden Schrei der Kiebitze nach, begleiteten den klimpernden, wirren Flug des Ziegenmelkers. Mit geschlossenen Augen, allein durch sein Gehör, konnte er die Berührung von Himmel und Erde am Horizont erfassen, während die hochklingende, süße Harmonie der Sterne jenseits der Wolken ihr Glockenspiel gerade jenseits der Grenzen seines bewußten Wahrnehmungsvermögens aufführte.

Plötzlich richtete Dakar sich ruckartig auf und stieß wilde Verwünschungen aus.

Pfeifend spannten sich die Zügel in den Ringen des Geschirrs. Das Pony warf den Kopf zurück, und der Wagen blieb mit einem heftigen Ruck stehen. Dergestalt wieder der Belastung seiner übermäßig beanspruchten Nerven anheimgegeben, hob Arithon alarmiert den Kopf von seinen Knien, die er noch immer fest mit den Armen umschlossen hielt.

Doch die Patrouille, die er erwartet hatte, schien nicht zu existieren. Nirgends war das Donnern der Hufe gehetzter Pferde zu hören, so wenig wie die frohlockenden Schreie siegesgewisser Gardisten. Unscharf, vom steten Nebel verschleiert, lag die Straße gänzlich verlassen vor ihnen, belebt nur durch den Gesang der Laubfrösche und das Rascheln des Windes in dem regennassen Laub. Es schien alles seine Ordnung zu haben, sah man davon ab, daß das Pony den Kopf noch immer in den Nacken gelegt hatte. Schwarz traten die Spitzen seiner angelegten Ohren aus dem Gewirr seiner Mähnenhaare hervor.

»Mögen die Dämonen mich für meine weiche Birne bestrafen«, krittelte Dakar. »Mit nichts anderem hätte ich rechnen müssen.« Er schlug sich mit dem Zügel auf die Handfläche und fluchte noch mehr, als das durchfeuchtete Leder stechenden Schmerz hinterließ.

Arithon blinzelte und wischte sich die Regentropfen aus den Augen. Dann erblickte er auf der anderen Seite der Straße eine Gestalt in der Dunkelheit. Ein Reiter in einem Umhang erwartete sie mit der unerschütterlichen Geduld einer Statue. Dampfende Atemluft stieg auf, als das Pony wie zum Gruße wieherte, ehe es sich aus Dakars Griff zu befreien suchte und, auf der Stelle trampelnd, einen silbrigen Sprühregen unter seinen Hufen hervorbrachte.

Die schwarze Gestalt rührte sich noch immer nicht. Selbst das Pferd hätte gut und gern ein Phantom sein können, so still stand es am Wegesrand; bis die harschen Worte seines Reiters die Illusion zerstörten. »Folge mir mit dem Wagen. Ganz in der Nähe ist eine trockene Höhle, in der wir ein Feuer entfachen können, ohne daß der Rauch jemandem auffallen dürfte.«

Es war Asandirs Stimme.

Erleichtert schloß Arithon die Augen, Dakar hingegen schluckte furchtsam zitternd weitere Beschwerden hinunter und lockerte seinen verkrampften Griff um die Zügel des Ponys.

Der Zauberer führte sie von der Straße fort zu einem Bergüberhang. Der Boden, auf dem nun eine feuchte Schicht modernden Laubes lag, war von einem Rinnsal aus einer längst ausgetrockneten Quelle ausgehöhlt worden. Der Berghang und der Wagen außerhalb der Höhle schützten sie weitgehend vor dem Wind. Unter einem natürlichen Abzug in Form einer Felsritze, sorgte Asandir für ein kleines Birkenholzfeuer. Neben ihm ruhte Halliron in Decken gewickelt in der behaglichen Wärme. Während er sich damit beschäftigte, die Ausrüstung vom Wagen zu laden, behielt Dakar unentwegt die mürrische

Miene bei, die er bereits seit Jaelot pflegte. Seine Lippen waren fest zusammengepreßt, und seine Mundwinkel waren nach unten gesenkt, so grimmig, als würden sie durch festgespannten Zwirn herabgezogen. Nicht gewillt, diesen Groll unnötig lange zu ertragen, schickte Asandir ihn schließlich barsch hinaus und trug ihm auf, sich um die Pferde zu kümmern.

Ohne weitere Verzögerungen legte der Zauberer seinen Mantel ab und ging neben des Meisterbarden Schulter in die Knie. Während er mit zarten Berührungen das wunde Fleisch und die heiße Schwellung unter den Fransen weißen Haares untersuchte, sagte er zu Arithon: »Vergebt mir, doch Eure Beschwerden müssen noch warten.«

Das Kinn in der hohlen Hand hockte Arithon, ohne auch nur mit der Wimper zu zucken, mit angezogenen Beinen auf der anderen Seite Hallirons. »Denkt Ihr denn, ich würde Euch nicht sogleich selbst zur Hand gehen, wenn ich nur könnte?«

Die offenkundige Scham, die in seinen Worten anklang, ließ Asandir für einen kurzen Moment innehalten, ehe seine Hände ihre Untersuchung fortsetzten, während der Feuerschein Schattenspiele mit den Falten in seinen Zügen spielte. Die Nacht versiegelte die Höhle mit nebliger Finsternis. Motten zogen ungleichmäßige Kreise in der aufsteigenden Luft über dem Feuer. Von den Flammen verbrannt, klammerte sich ein zart malvenfarbiges Insekt an Asandirs Robe. Dort trommelte es mit seinen Beinen im Todeskampf und hinterließ halbmondförmige, staubige Male in dem dunklen Wollgewebe. Draußen trällerte eine Spottdrossel ein spätes Lied, während Dakar das Pony grollend anherrschte, still zu stehen. Das Leder war durch die Nässe aufgequollen, und die Gurte hatten sich in den Schnallen verklemmt. Drinnen hingegen beendete Asandir in aller Stille seine Untersuchung. Er berührte Hallirons verletzte Schläfe, legte die gespreizten Finger der anderen Hand auf seine pflaumenblau verfärbte Stirn. Sein Blick ruhte auch dann noch unverwandt auf dem Kranken, als er sich der Ursache für Arithons Äußerung zuwandte.

»Soweit mir bekannt ist, habt Ihr, als Etarras Heer die Clans im Strakewald angegriffen hat, einen auflösenden Zauber gewirkt, der Eure magischen Fertigkeiten zerrüttet zurückgelassen hat.« Ein Holzscheit fiel herab und setzte höllische Funken frei. Für eine Sekunde umrahmte rote Glut den Zauberer, eine Gestalt, ausgeglichen, erfüllt von kühler Ruhe, die die Macht hatte zu vergeben oder zu verdammen. Dann senkten sich die Schatten wieder über ihn und verwischten den Eindruck. Trügerisch erschien er nun als alter Mann, von den Wendungen des Lebens nicht minder gezeichnet als Halliron. »Nur ein kleiner Zauber gegen den Pfeil aus einer Armbrust, gewiß, doch Ihr habt Eure Kenntnisse über die Große Beschwörung mißbraucht. Die Konsequenzen solchen Handelns wiegen außerordentlich schwer. Würde es Euch etwas ausmachen, mir zu erzählen, was genau geschehen ist?«

Arithon erstickte einen unwillkürlichen Laut in seinen Handflächen, ehe er den Kopf hob und Asandir sein totenbleiches, blutleeres Gesicht zuwandte. »Daelion möge mir vergeben, ich bin dieser Erinnerung so müde. Wieder und wieder erlebe ich diesen Augenblick in meinen Alpträumen, und ich verachte mich für meine Tat. Aber trotz allem kann ich mir nicht vorstellen, was ich hätte anders machen können. Der Knabe, Jieret, hat überlebt. Das ist das einzige, was zu diesem Zeitpunkt von Bedeutung zu sein schien.«

»Schuld«, sagte Asandir leidenschaftslos. »Gewiß, das ist ein Teil davon.« Seine nächsten Worte trafen Arithon mit der Wucht von niederprasselnden Kieselsteinen. »Und, Prinz, seid Ihr schuldig?«

Zusammengekauert, darum bemüht, sein Zittern zu unterdrücken, konterte Arithon voller Verzweiflung: »Das weiß allein Dharkaron, der Engel der Vergeltung.«

»Dann überlaßt es ihm und vergeßt die Sache!« Seine Rüge kontrastierte heftig mit seiner offenkundigen Gemächlichkeit, als Asandir die Hand über Hallirons Brust führte, um dort ein Symbol zu zeichnen, ehe er sich forschend unter die fadenscheinigen Decken vorantastete. Wohlwissend, daß Dakar jeden Augenblick hereinstolpern konnte, fügte er hinzu: »Euer Großvater mütterlicherseits war nachlässig, Euch nicht zu lehren, daß Ihr nur die Gegenwart beherrschen könnt.«

»Aber selbst das kann ich nicht«, entgegnete Arithon zähneknirschend. »Laßt mich nur einmal meinem Halbbruder begegnen, und ich werde ihn töten. Bestimmt ist er gerade eifrig damit beschäftigt, neue Armeen zu rüsten, mich zu jagen. Desh-Thieres Fluch trifft uns beide gleichermaßen. Ist es vielleicht sogar besser, daß ich meiner magischen Fähigkeiten beraubt bin? Wenn es zum Kampf kommt, so könnte ich sie dazu mißbrauchen, jeden armen irregeführten Tropf niederzumetzeln, der gegen mich in den Kampf geschickt worden ist.«

Noch jenseits dieses Kummers nagte ein anderer gleich einer stumpfen Säge an ihm: Nie hätte er zulassen dürfen, daß seine Leidenschaft für die Musik sein Urteilsvermögen in Jaelot getrübt hatte. Wäre er nicht vor Zorn über die erbärmliche Arroganz des Statthalters überwältigt gewesen, so hätte er der betörenden Resonanz paravianischer Mysterien gewiß widerstehen können; der Fluch des Nebelgeistes könnte noch immer bar seiner Macht, sein leidenschaftlicher Haß jegliches greifbaren Zieles beraubt sein.

Doch mit diesem Trugschluß räumte Asandir sogleich auf. »Ihr wißt, daß Ihr, nachdem Lysaer sich entschlossen hat, Avenor wieder aufzubauen, schon bald gezwungen wäret, den Schutz der Anonymität zu verlassen. Auch Sethvir weiß das. Er hat beschlossen, Eurem Wunsch weitgehend nachzukommen.« Mit knapper Geste deutete er auf einen Beutel, der an den vollgestopften Satteltaschen des Hengstes hing. »Jene Gegenstände, die er

Euch aus dem Althainturm schickt, mögen Euch weiterhelfen. Schaut ruhig nach. Ich werde mich um Eure Gesundheit kümmern, sobald es Halliron bessergeht.«

Während nun Arithon seine Kraft sammelte, um sich zu bewegen und den Inhalt des Beutels zu untersuchen, und draußen der Regen fiel, und Dakar nunmehr den Rappen zum Ziel seiner verbissenen Flüche erkoren hatte, hob Asandir die Hände und zeichnete ein Siegel des Friedens in die Luft über dem Leib des Barden. »Wie ist Euer Befinden, Halliron, Sohn des Al'Duin?«

Von des Zauberers Hand erleichtert, bewegte sich der Barde und erwachte. »Für einen Krüppel geht es mir recht gut.« Sein gesundes Auge schien strahlender, die Pupille nicht länger geweitet zu sein. Sanfte Röte überzog seine Wangen.

Mit den Fingerspitzen strich Asandir über seinen Kieferknochen, den Hals und die Schultern. Dann begann er mit größter Vorsicht, den gelähmten Arm zu massieren. Währenddessen blickte er dem alten Mann unentwegt in sein eines Auge, in dem nun wieder ein wilder Lebensfunke glühte. Tief bekümmert sagte der Zauberer: »Der Statthalter von Jaelot wird ein übles Ende finden. Er wird unter Qualen sterben, die er selbst ersonnen hat.«

Aus dem Lallen des Barden erwuchsen nun wieder rhythmische Worte, die so wohlklingend wie aufrichtig über seine Lippen kamen. »Das tut mir leid.«

»Damit hätte ich rechnen können.« Asandirs Anspannung machte einem aufmunternden Lächeln Platz. »Seid Ihr zufrieden?«

Keiner von ihnen beachtete Arithon, der gerade dabei war, den letzten Knoten des Beutels zu lösen und nun begann, den gut verpackten Inhalt zu untersuchen.

»Sollte ich denn nicht?« Hallirons mühevolles, einseitiges Schulterzucken wirkte auf unerklärliche Weise nicht einmal unbeholfen. »Dakar hat mir versprochen, daß ich Innish wiedersehen werde. Das ist mein letzter Wunsch.«

»Das hat der Wahnsinnige Prophet gesagt?« Während

seine Finger unentwegt ihre Arbeit fortsetzten, trat ein Ausdruck eiserner Härte in seine Augen. »Er verfügt über die Gabe der Hellsichtigkeit. Gewiß wird er es nicht wagen, zu lügen, nur um Euch eine Freude zu machen.«

»Nun«, sagte Halliron friedlich, »dann bin ich mehr als zufrieden. Arithon wird nun meine Lyranthe spielen.«

Asandirs zweifelnder Blick wanderte auf die andere Seite der Höhle.

Vollkommen vertieft kniete der Herr der Schatten am Boden, die Liste in Händen, die Sethvir dem Brief Maenalles hinzugefügt hatte. Schillernd reflektierten die Messinginstrumente aus der Tasche das Licht, als Asandir Arithons Gedankengang unterbrach.

»Seid Ihr Euch der Bedeutung wirklich bewußt, Teir's'Ffalenn?«

Erschrocken blickte Arithon auf, als er diesen unwillkommenen Titel vernahm. »Vergebt mir. Die Bedeutung von was?«

»Davon, daß Halliron Euch seine Lyranthe überläßt.« Nicht für einen Augenblick gerieten seine Hände, die noch immer des Meisterbarden tauben Arm massierten, aus dem Rhythmus ihrer Bewegungen, doch der Blick, mit dem er Arithon betrachtete, war so strahlend wie trostlos.

»Unser Meisterbarde war so großzügig, sie mir anzubieten.« Mit heftig zitternden Fingern faltete er das Pergament zusammen. »Ich habe angenommen, doch hielt ich das für eine Formalität, da ich gehofft hatte, Sethvir würde mir das Instrument schicken, das ich in Etarra zurücklassen mußte, als die Krönungszeremonie fehlschlug. Leider ist sie nicht hier.«

Asandir sprach schnell, um einer kaum vermeidbaren Frage zu entgehen. »Nein, doch Euer eigenes Instrument ist auch nicht im Althainturm.« Gewappnet für die schwere und grausame Prüfung, fügte er hinzu: »Sie wurde durch Lysaers Hand zerschmettert, als der Geist Desh-Thieres Besitz von ihm ergriffen hatte.«

In einer einzigen, kreiselnden Bewegung sprang Arithon auf die Füße.

»*Lysaer!*« Der Haß hinter seinem entsetzten Ausbruch brach hervor und überwältigte ihn wie eine Explosion. Für einen flüchtigen, qualvollen Augenblick, unübersehbar im Licht der Flammen, wurde der Herr der Schatten ein Instrument der Magie des Nebelgeistes: eine lebende, atmende Waffe, geladen und angelegt, seinen Halbbruder zu töten.

Noch immer von der Überanstrengung seiner Nerven geplagt, trat Arithon, auf dessen Gesicht sich nervöse Zuckungen zeigten, mit steifen Beinen drei Schritte vor. Abrupt blieb er dann neben dem Feuer stehen. Krampfhaftes Zittern befiel seinen Leib. Selbst sein Herzschlag schien auszusetzen. Die zu Fäusten geballten Hände an seinen Hüften öffneten sich bebend, als er mit einem heiseren Keuchen die angehaltene Atemluft ausstieß.

Schwer lastete die Stille über Asandir, während er der gewaltigen Willensanstrengung folgte, die der Herr der Schatten aufbrachte, um wieder zu Verstand zu kommen.

Arithon wandte das Gesicht ab, ehe er mit bebender Stimme das Wort an Halliron richtete. »Vergib mir. Ich hatte gehofft, du würdest dein Vermächtnis ändern, wenn du wüßtest, daß ich ein Instrument von vergleichbarer Qualität besitze. In diesem Glauben gab ich dir mein Wort.«

Erneut setzte Halliron sein schiefes Lächeln auf. »Die Lyranthe, die ich spielte, begleitet von alters her den Meisterbarden Atheras. Sage mir nicht, du hättest die Veränderung in Jaelot nicht bemerkt. Wahre Musik hat dein Einfühlungsvermögen durchdrungen. Nun fließt die Macht durch deine Hände, und es kann keinen Zweifel geben, daß der Titel dir gebührt.«

Arithon ergab sich seiner Pein. »Ach, Ath, was hast du mir gegeben, wenn nicht eine neue Waffe für diesen Krieg?«

Sich der Qualen seines Nachfolgers bewußt und weise genug, nicht zu widersprechen, richtete Halliron sich halb auf und befleißigte sich des Tonfalls, der einst die Menschen mitten im Satz hatte erstarren lassen. »Ja. Und du wirst mir nicht das Versprechen verwehren, daß du das, was du gelernt hast, nicht in vollem Maße einsetzt.« Gestützt durch Asandirs ruhige Hand, ohne sich um das gefährliche Temperament des s'Ffalenn zu kümmern, fügte der Barde hinzu: »Ich durfte leben, zu sehen, wie die Sonne wieder auf das Land herniederscheint, und du hast dazu beigetragen, den Nebelgeist niederzuringen. Wenn die Musik eines Meisterbarden eines Tages dein Leben oder das deiner loyalen Getreuen retten kann, so wirst du sie dazu benutzen, ohne durch dein Gewissen gebunden zu sein.«

Gepeinigt wandte Arithon sich ab. »Und wenn ich diese Macht mißbrauche, um noch mehr Blutvergießen und Mord auszulösen?«

Mit väterlicher Nachsicht sagte Halliron: »Niemand bekommt diese Gabe geschenkt, der sie nicht für sich beansprucht.«

Eine lange Pause trat ein, während Arithon mit dieser neuen, erschreckenden Sichtweise rang. Als das Feuer leise seufzte und zu einem Haufen zinnoberroter Kohlen zusammenfiel, fügte der Barde voller Sanftmut hinzu: »So erging es mir und allen anderen vor mir, bis zurück zu der Zeit, als die Paravianer noch Athera bevölkerten. Vielleicht war es ein Fehler, dir das nicht gleich zu Beginn erzählt zu haben, doch es war sicher kein Fehler, daß ich dein Talent gefördert habe. Das ist mein Vermächtnis für Athera.«

Matt lehnte sich der alte Minnesänger zurück und schloß die Augen. »Finde dich mit diesem Erbe ab. Ich werde dich nicht um ein Gelübde bitten, doch hast du mir dein königliches Wort gegeben. Also wirst du die Lyranthe an dich nehmen, wie es dir gebührt.«

Arithon wirbelte herum. Jeglicher Anmut beraubt,

stolperte er an dem Feuer vorbei. Als würde alle Kraft aus seinen Beinen weichen, sank er neben Hallirons Decke in die Knie, senkte den Kopf und umfaßte des Musikers ausgezehrte Schultern. »Ich werde dir für alle Zeit dankbar sein. Die Freude, die du geschenkt hast, ist von unschätzbarem Wert.«

Hastig zog er sich wieder zurück, unfähig seinen Kummer zu beherrschen, während Asandir rasch einen feinen Zauber wirkte, um Hallirons Leiden durch den Frieden des Schlafes zu ersetzen.

Als der schwere Atem des Barden ruhiger wurde, trafen sich die Blicke des Bruderschaftszauberers und des neuen Meisterbarden Atheras. »Er stirbt, nicht wahr?« fragte Arithon.

Asandirs verknöcherten Hände ruhten auf seinen Knien und vermittelten einen ungewöhnlichen Eindruck von Hilflosigkeit. »Dakar hat ihm versprochen, daß er nach Innish zurückkehren würde.«

Damit gab Arithon sich nicht zufrieden. »Hat er das getan, um sein Gewissen zu beruhigen, oder war es eine echte Prophezeiung?« Folgsam wehrte er sich nicht gegen den festen Griff, mit dem Asandir taktvoll sein Handgelenk umfaßte, um ihn, nach einem kurzen Blick auf den Kranken, vom Feuer fortzuführen.

»Dakars Versprechen wird all mein Können erfordern, soll es erfüllt werden. Aber dieses Problem muß warten.« Gestreng bestand Asandir darauf, nicht länger bei diesem Eingeständnis zu verweilen, als er sich bückte und eine Decke aus einer Packtasche hervorzog. »Eures verträgt jedoch keinen Aufschub.«

Noch ehe sich die Decke über seine Schultern legen konnte, klammerte sich Arithon schon an ihr fest und ergab sich der Bürde seiner eigenen Schwäche. Er trat zurück und setzte sich auf die reichverzierte Truhe, in der Halliron seine höfischen Kleider verwahrte, und seine Bewegung wirkte beinahe so natürlich, als hätte ihn seine Kraft nicht verlassen.

Asandirs Mundwinkeln zuckten, als er ein Lächeln unterdrückte. »Seit Torbrand hat jeder Prinz aus dem Geschlecht der s'Ffalenns seine Würde dem eigenen Wohlergehen vorgezogen.« Er trat hinter die Truhe und legte seine Hände mit der Sanftmut eines Lufthauches auf Arithons verhüllte Schlüsselbeine.

»Laßt mir meine Würde und mein Unbehagen, und erspart mir die Last meiner Abstammung.« Ein heftiger Schauer erfaßte den Leib unter der Berührung des Zauberers.

Asandir strich mit den Daumen seitlich über Arithons Nacken, ehe er die gespreizten Finger an seinen Kopf legte. Unter den feuchten Locken schwarzen Haares brannte das Haupt, das er untersuchte, als würde ein Fieber in ihm toben. Während die Holzscheite im Feuer krachten und der Regen auf den Felsen herniederprasselte, sagte er: »Die Vibrationen der Erdmysterien sind von besonderer Reinheit. Das Ritual, das Ihr mit Eurer Musik durchgeführt habt, soll nicht ohne schützende Wards stattfinden. In der Vergangenheit wurden diese rohen Gewalten stets durch einen Kreis paravianischer Sänger unter Kontrolle gehalten.«

Entspannt durch den prickelnden Fluß der Heilung, die sich über ihn senkte und ihm Erleichterung brachte, senkte Arithon seufzend den Kopf. Schweiß glänzte auf seinen Schläfen und hinterließ güldene Spuren auf seinen Wangen. Schnell, ehe er sich irgendeiner Hoffnung hingeben konnte, schnappte er nach Luft und sagte: »Dakar hat mich gewarnt, ich würde erkranken. Habe ich mich demnach ganz einfach zu sehr verausgabt?«

»Einfach wohl kaum.« Asandir legte die Handflächen auf den Hinterkopf des Herrn der Schatten und drückte ihn herab. »Hättet Ihr tatsächlich die Euch innewohnende magische Gabe verloren, so wäret Ihr jetzt gewiß tot, so wie es jeder unwissende Sterbliche wäre, der die Pfade solcher Mächte kreuzt.«

Um sein Zittern niederzuringen, sprach Arithon gleich

weiter. »Wenn das wahr ist, so habe ich doch keinen Zugriff auf diese Gabe. Die Taten, die ich im Strakewald begangen habe, haben mich leer und blind zurückgelassen.«

»Die Kanäle, die die hohen Vibrationen tragen, sind noch immer intakt«, entgegnete Asandir sachlich. »Die Magie der Auflösung, die Ihr gewirkt habt, brachte das ihr eigene Maß der Zerstörung mit sich. Der magnetische Fluß Eurer Aura ist aus dem Gleichgewicht geraten. Doch Ihr verfügt über das Potential, im Lauf der Zeit wieder zu gesunden. Zuerst aber muß Euer Geist lernen, sich selbst, über die Bande Eures s'Ffalenn-Gewissens hinaus, zu verzeihen.«

Arithon zuckte zurück, als hätte er sich verbrannt. »Ath, nur das nicht. Ich bin verflucht. Welche Sicherheit gibt es dann noch? Ihr wißt, daß Desh-Thieres magische Bande mich zwingen werden, die gleichen Greueltaten wieder zu verüben, wenn Lysaers Armeen mich finden.«

Asandirs Hände griffen wieder zu und preßten sich gleich unbarmherzigen Fesseln auf Arithons Schädel. »Ihr wolltet die Wahrheit erfahren. Es wird an Euch sein, einen eigenen Weg zurück zu Eurem Gleichgewicht zu finden.« Dann, besorgt ob der Wahrnehmung, daß das Zittern unter seinen Händen nicht länger eine Folge der Krämpfe war, sondern vielmehr die des Kampfes gegen eine Verzweiflung, zu tief selbst für Tränen, rief der Zauberer mit überwältigender Macht seine Magie herbei und versetzte Rathains Prinzen in tiefen Schlaf.

Kaum war er damit fertig, die Decken zu richten und den erschlafften Leib Arithons bequem ausgestreckt zu betten, sah er auf und erblickte den Wahnsinnigen Propheten, der, die Hände in die Ledergurte des Zaumzeugs gekrallt, vor dem Regenschleier im Höhleneingang stand.

»Dakar? Hast du geglaubt, ich wüßte nicht, daß du lauschst?«

Leise klirrten die Messingschnallen, als Dakar mit verschämtem Gesichtsausdruck einen Schritt nähertrat, und der Feuerschein spiegelte sich in einem Messingring, der gleich einem Drachenauge aufleuchtete. »Arithon hat seine magische Wahrnehmung verloren?«

Der Zauberer erhob sich in einem Strudel aufgewirbelter Luft. »Hast du gedacht, ich hätte dich aus einer Laune heraus zu seinem Schutz ausgesandt?«

»Warum bin ich dann der letzte, der davon erfährt?« Dakar schleuderte die schlangenartig verwundenen Gurte mit Getöse neben die Ausrüstung aus dem Ponywagen. »Großer Ath, Ihr habt mich beide schon seit dem Winter als Spielzeug mißbraucht.«

»Ich habe den Prinzen von Rathain *ausgesandt*, dich aufzusammeln«, korrigierte Asandir in scharfem Ton. »Wenn er beschlossen hat, dich nicht ins Vertrauen zu ziehen, so war das sein gutes Recht. Wenn dir an seinem Vertrauen gelegen ist, dann wirst du es dir wohl erwerben müssen.« Zu beleidigt, noch etwas zu sagen, streifte Dakar seinen tropfnassen Mantel ab, ehe er zum Feuer hinüberstampfte, um sich die Hände zu wärmen, wobei er seinem Meister aus der Bruderschaft demonstrativ die Kehrseite zuwandte.

Doch Asandir war noch lange nicht fertig. »Was auch immer du für einen Groll hegst, wie bitter du die Tatsache empfinden magst, daß deine eigenen Fehler dich zu einem leichten Opfer für Manipulationen machen, nichts unter Aths Himmel vermag das Versprechen zu entschuldigen, daß du Halliron frei von jeder Grundlage gegeben hast.«

Dakar wand sich. Ruckartig zuckten seine Augen hin und her auf der verzweifelten Suche nach einer Möglichkeit, davonzukommen. »Ich habe nur gesagt ...«

Gnadenlos schnitt Asandir ihm das Wort ab. »Der alte Meisterbarde wird Innish in seinem gegenwärtigen Zustand nicht erreichen.«

Ertappt setzte Dakar erneut zu sprechen an: »Aber ich dachte ...«

»Keine Macht innerhalb des großen Gleichgewichtes kann entgegen dem menschlichen Willen heilen«, unterbrach ihn Asandir erneut.

Ernüchtert gab sich Dakar seinem nervösen Bewegungsdrang hin, ergriff einen Ast und schürte das Feuer. Schweißnaß glänzte seine gerötete Haut im Funkenflug. »Aber Halliron hat doch einen Grund, leben zu wollen! Er wünscht sich von ganzem Herzen, seine Familie wiederzusehen.«

»Eines Mannes Schicksal wird nicht allein von seinem Begehren beherrscht, wenn du auch fälschlicherweise so denken magst, berücksichtigt man deinen lockeren Lebenswandel.« Sorge verbarg sich hinter Asandirs schroffem Tonfall, als er sagte: »Das Schicksal der Sterblichen ist weit öfter ein Spielball ihrer tief verborgenen Ängste.«

Starrsinnig, wenngleich von Bestürzung und Schuldgefühlen geplagt, pflanzte Dakar seinen massigen Leib auf den Holzstoß. Draußen erklang der Ruf einer Eule. Zwei verzauberte Gestalten schliefen entspannt unter ihren Decken, während der Regen in Rinnsalen hinab zu einem Wasserlauf lief. Von dem bohrenden Blick des Zauberers entnervt, zog Dakar einen Birkenscheit unter seinen Knien hervor und schleuderte ihn in das Feuer. Während ein Luftzug die Asche herumwirbelte und Funken tänzelnd aufstoben, sagte er: »Verdammter Mist! Seid einmal so gut und sagte mir ganz einfach, welchen Fehler ich begangen habe.«

»Die Musik, die Halliron getrieben hatte, seine Familie zu verlassen, liegt nun sicher in den Händen seines Nachfolgers.« Mit unergründlichem Gesichtsausdruck nahm Asandir jenseits einer Wolke düsteren Birkenrauches auf einem Felsvorsprung nahe den achtlos zurückgelassenen Navigationsgeräten und aufgerollten Seekarten Platz. »Sein Wunsch, wieder mit Frau und Tochter vereint zu sein, wird von Furcht begleitet. Er sorgt sich, sie könnten ihm zürnen und ihn zurückweisen. Und in dieser Angelegenheit kann ich ihn nicht beruhigen. Seine Frau ist verbittert darüber, so rücksichtslos verlassen worden zu sein. Die Tochter war noch ein Kind, als ihr Vater fortgegangen ist, zu jung, eine Vorstellung von seinem Charakter zu haben.«

Nur mehr ein Häufchen Elend, fragte Dakar: »Gibt es irgend etwas, das getan werden kann?«

Asandir beobachtete ihn durch die flirrende Luft hinweg mit gnadenloser Härte. »Bittest du etwa um meine Hilfe, deinen verletzten, gedankenlosen Stolz wiederherzustellen? Oder sorgst du dich wahrhaftig um Hallirons Wohlergehen?«

»Bei Dharkarons schwarzem Streitwagen!« rief Dakar nunmehr wahrhaft entsetzt aus. »Welcher Stolz bleibt mir denn noch? Wäre ich nicht so übermütig nach Jaelot hineingestolpert, wäre dem Meisterbarden nichts geschehen, und er wäre längst wieder mit seiner Familie vereint!« Hastig sog er Luft in seine Lungen, vergrub die Finger in seinem Bart und schloß, am Boden zerstört: »Ich mag Arithon nicht, auch wenn Ihr mich dafür strafen mögt. Aber um des Opfers willen, das der Meisterbarde für mich gebracht hat, bitte ich Euch, ihm jeden Trost zu spenden, den die Macht der Bruderschaft herbeizuführen imstande ist.«

»Du verlangst sehr viel.« Nur als Silhouette zeichnete sich der Zauberer vor dem dunklen Schiefergestein ab, als er die Lage erwog und sprach: »Es gibt nur eine Möglichkeit. Ich könnte die Überprüfung von Desh-Thieres Gefängnis verschieben und Halliron in dem Ponywagen nach Jaelot zurückbringen. Von dem wiederbelebten Kraftkreis in der Stadt aus, könnten wir gemeinsam in die Einöde von Sanpashir reisen, vierzig Wegstunden südöstlich von Innish.« Die letzten Fakten sprach er so leidenschaftslos und unbarmherzig aus, als wäre er selbst der Racheengel Aths. »Halliron wird die Reise vielleicht nicht überleben. Er könnte sterben, während wir das Ödland durchqueren. Oder er überlebt, um noch eine Stunde im Kreis von Frau und Tochter zu verbringen.«

Erstickt rang sich der Wahnsinnige Prophet eine flehentliche Bitte ab: »Wenn es Hoffnung gibt, daß er sie wiedersieht, dann tut es!«

»Blinde Hast hat zu diesem Dilemma geführt«, belehrte ihn Asandir. »Ich kann mitten im Palast des Statthalters keine große Beschwörung wirken, ohne die Bürger Jaelots aufzuscheuchen. Die Last für deine Taten wird gewiß Arithon zufallen. Du bist zu seinem Beschützer berufen worden. Wenn deine Dienste benötigt werden, wirst du dann bereit sein, den Preis zu zahlen, der unausweichlich von dir gefordert sein wird?«

»Wenn ich muß!« Verschlagen wie eine Ratte in der Falle betrachtete er seinen Peiniger mit finsterem Blick. »Aber Ihr bittet den falschen Mann. Was in allen fünf Königreichen Atheras würde Arithon nicht geben, um des Meisterbarden Wunsch zu erfüllen.«

Überraschend brach Asandir in Gelächter aus, doch es klang so unangenehm wie Bimsgestein, das über Stahl reibt. »Zum ersten Mal hast du diesen Prinzen gerecht beurteilt.« Er bückte sich und begann, die Schriftrollen und Instrumente zusammenzupacken, die Arithon auf seine Bitte hin aus dem Althainturm erhalten hatte. »Nun gut, Dakar. Bei Sonnenaufgang werde ich euch verlassen, um Halliron nach Shand zu bringen. Du wirst bei dem Herrn der Schatten bleiben, und du wirst es bitter bereuen, wenn du ihn im Stich läßt.«

Bereit, sich von den Ästen des Feuerholzes zu befreien, die sich in seiner Kehrseite verbissen hatten, bemerkte Dakar nun erst die Gegenstände, die der Zauberer in Händen hielt. Klappernd verteilten sich die Scheite auf dem Boden, als er aufsprang. »Das kann nicht wahr sein!« schrie er, wobei sein Mienenspiel mit beunruhigender Geschwindigkeit von Schuldbewußtsein zu Neugier wechselte. »Das sind die Karten von Leinthal Anithael!«

»Und seine Navigationsinstrumente.« Als wären die Gerätschaften, die einst einem legendären paravianischen Seefahrer gehört hätten, kaum von Bedeutung, fuhr Asandir ungerührt fort: »Was hast du denn gedacht? Glaubst du, daß Sethvir sein Lager führt wie ein gewöhnlicher Krämer?«

»Niemals.« Mit den Füßen befreite sich Dakar aus dem Reisig. »Ihr werdet das doch nicht dem Herrn der Schatten überlassen?«

Als die einzige Antwort auf seine Frage das Knacken eines Birkenscheits im Feuer war, besann er sich klugerweise, nicht weiter an dem Thema festzuhalten. Viel später, während er wach in feuchte Decken gehüllt grübelte, erkannte er, daß die Antwort schlicht auf der Hand lag.

Gezeugt von einem Piratenprinzen zur See, in der Splitterwelt Dascen Elur, mußte Arithon sich naturgemäß zum blauen Meer hingezogen fühlen. Daß die Navigationskunst seit dem Auftauchen des Nebelgeistes an Atheras Küsten in Vergessenheit geraten war, gereichte ihm nur zum Vorteil. Da sein Weg zur See keine Spuren hinterlassen würde, konnten ihm die Armeen, die sein Feind zu Lande aufstellte, kaum folgen, um ihn zu peinigen.

Mitternacht war bereits vorüber, als ein auffrischender Wind den Nieselregen in Dakars Gesicht trug. Er erwachte und konnte sich gerade noch beherrschen, seine Kraftausdrücke für sich zu behalten. Flach auf dem Rücken liegend, verdrehte er flehentlich die Augen, während er angestrengt lauschte.

Vom rhythmischen Zirpen der Grillen in den Felsspalten abgesehen, war alles still. Im Schein der glühenden Asche konnte er die Rundung von Hallirons Nase und eine schneeweiße Augenbraue gleich einer gekalkten Linie vor dem Hintergrund der Wolle erkennen, auf die der Musiker gebettet war. Seine linke Hand hatte sich aus der Decke gelöst, begnadete Finger, die nie wieder eine Griffleiste halten würden, spreizten sich entspannt in tiefem Schlaf.

Dakar biß die Zähne zusammen. Fest entschlossen, nicht über Sorgen zu brüten, für die es keine Abhilfe geben konnte, starrte er in die Finsternis. Die in einen Mantel gehüllte Gestalt hinter dem Barden schien ebenfalls vollkommen ruhig zu sein. Auf der Rückseite der Felsspalte plätscherte das Rinnsal einer Quelle unstet, aber melodisch, vor sich hin. Im leisen Seufzen des Feuers horchte der Wahnsinnige Prophet auf die ebenmäßigen Atemzüge, bis er überzeugt war, daß Arithon und der Zauberer schliefen.

Auf seinen Ellbogen kroch er voran. Dann straffte er sich und blieb stocksteif liegen. Als er sicher war, daß seine Bewegungen den Schlaf der anderen nicht gestört hatten, verzogen sich seine Lippen unter dem Bart zu einem verschlagenen Lächeln. Er glitt unter seiner Decke hervor, suchte in der Dunkelheit nach einem Mantel, dem der Geruch feuchter Pferdehaare anhaftete und packte sich seine Stiefel.

Durch ungezählte nächtliche Eskapaden mit allerlei Gespielinnen geübt im Schleichen, richtete er sich verstohlen auf. Insgeheim wünschte er sich sehnlichst einen Teppich statt des Laubs am Boden und ein ordentliches Mobiliar anstelle der wilden Haufen ihrer Ausrüstung, die er von dem Ponywagen abgeladen und kreuz und quer in der Höhle verteilt hatte, als er sich heimlich und vorsichtig einen Weg durch das Durcheinander bahnte.

Sein Fuß verhakte sich in Zaumzeug und löste ein Stakkato klimpernder Messingschnallen aus. Mit geweiteten Augen blieb Dakar tonlos fluchend stehen.

Nichts geschah.

Nur Stille zerrte an seinen Nerven. Überzeugt, das Glück auf seiner Seite zu haben, glitt er an dem Hindernis vorbei zum Höhleneingang. Nebelschwaden umhüllten seine Gestalt im grauen Mondenschein, als er sich besorgt noch einmal umwandte, seine Stiefel sicher unter dem Arm verstaut.

Unentdeckt erreichte er die Klamm nahe der Höhle. Erleichtert hüpfte er weiter, ohne weiter auf den Schlamm und die Steine zu achten, die durch das Gewebe seiner Socken drangen. Lose Schieferplatten rutschten den Hang hinunter, als er durch eine Bodenmulde stolperte, ehe er schließlich einen bequemen Felsen fand, auf den er sich setzte, um seine Stiefel anzuziehen.

Lange Zeit fummelte er im Dunkeln an seinen Schnürsenkeln herum. Eine sanftwürzige Brise strich durch sein Haar, und oben auf dem Bergkamm rief eine Eule. Schwindelnd wohlgestimmt stemmte sich Dakar hoch und spitzte die Lippen zu einem Pfiff.

Ein Schatten versperrte ihm den Weg: einer, der in eine mitternachtblaue Robe, abgesetzt mit silbernen Ziernähten, gehüllt war, vor dem sogar der Wind Respekt zu zeigen schien.

Dakars Trällern nahm einen dissonanten Klang an, ehe es unter seinem heftigen Keuchen verstummte.

»Flüchtest du vor deinen Alpträumen?« fragte Asandir mit samtweicher, freundlicher Stimme.

»Eigentlich nicht«, entgegnete der Wahnsinnige Prophet achselzuckend, doch ein bißchen zu schrill. »Ich habe zu viel Wasser getrunken, ehe ich mich zu Bett begeben habe. Könntet Ihr mir aus dem Weg gehen? Ich muß ...«

Noch immer im Plauderton sagte der Zauberer: »Hast du deswegen den Geldbeutel mitgenommen?«

In der beängstigend vielsagenden Stille biß Dakar klappernd die Zähne zusammen. »Gnädiger Ath, ich *hasse* Schiffe! Ihr wißt doch, wie sehr mir die Seekrankheit zu schaffen macht.«

Asandir seufzte leise, während der Wind im nassen Blätterwerk der Bäume raschelte. »Diesmal hast du mehr getan, als dich nur meinen Anweisungen zu widersetzen. Du hast dein Wort gegeben, mein irregeleiteter Prophet. Du wirst deine Aufgabe erfüllen, wie du es versprochen hast.«

Über ihnen riß die Wolkendecke auf. Weißes Mondlicht bohrte sich durch den Nebel zwischen dem Geäst der Pinien und verlieh den Schatten einen Hauch von nachtschwarzem Samt. Still und fahl, erinnerte des Zauberers ausgestreckte Hand an eine unheilvolle Erscheinung. Die nachfolgende, ruhige, lichtlose Explosion magischer Gewalt erschütterte Dakar bis ins Mark.

Blinzelnd stolperte er zurück, einen wortlosen Aufschrei auf den Lippen. Doch er konnte der Zauberkraft nicht entgehen, die sich durch seinen Leib bohrte, ohne jedoch Schmerzen zu verursachen. Mißtrauisch untersuchte er sich, doch es schien keine Veränderung stattgefunden zu haben.

»Was habt Ihr mir angetan?« Kläglich zitternd schlang er die Arme um seinen Leib, um die Furcht zu bezwingen, die in seiner Brust wütete.

Der Zauberer antwortete mit eisiger Klarheit. »Nichts, vorausgesetzt, du brichst dein Gelöbnis nicht.«

Nun gab es keinen Ansatzpunkt mehr für Ausreden. So erschüttert, daß ihm nur mehr schlichte Ehrlichkeit blieb, hörte Dakar mit dem händeringenden Gehabe auf. »Ihr habt keine Gnade und kein Herz. Warum um alles in der Welt schickt Ihr mich nicht zu Lysaer, auf daß ich mich seinem Gefolge anschließe? Er war wenigstens mein Freund!« Da der Zauberer schwieg, schwadronierte der Wahnsinnige Prophet weiter: »Arithon ist ein durchtriebener Schwindler! Er hat kleine Kinder geschickt, gemeinsam mit den clanblütigen Kriegern Deshirs zu morden. Und Ihr wißt das! Wie könnt Ihr nur die Taten und die Motive eines solchen Mannes gutheißen?«

»Ich heiße gar nichts gut.« Asandir packte Dakars Schulter mit einem Griff, so hart wie ein Schraubstock, und schob ihn wieder den Berghang hinauf. »Und du hast lediglich dafür zu sorgen, daß dein Schutzbefohlener am Leben bleibt.« Trotz der Dunkelheit ging der Zauberer sicheren Schrittes bergan, wobei er seinen Schüler erbarmungslos mit sich zerrte, ohne auf dessen ungeschickte Füße Rücksicht zu nehmen. Hinter seinem eisernen Schweigen verbargen sich viel weitreichendere Schuldzuweisungen, davon war der Wahnsinnige Prophet in seiner Sturheit fest überzeugt. Immerhin war ironischerweise Dakar selbst der Seher gewesen, dem die Prophezeiung zu verdanken war, in deren Schlingen ihrer aller Los verfangen war.

Wenn der letzte überlebende Sproß des königlichen Geschlechtes der s'Ffalenns beschlossen hatte, zur See zu fahren, um einem widernatürlichen Zauberbann zu entgehen, so mochte das einen neuen Krieg verhindern; vielleicht würden sie so genug Zeit gewinnen, um durch Kharadmon ihr Wissen über die Ursprünge des Nebelgeistes zu vervollständigen. Der kleinste Makel in der Kette der Ereignisse barg größte Gefahren: Die Hoffnung der Bruderschaft, eines Tages wieder vollzählig zu sein, hing von Arithons Leben und Zukunft ab, überdies lag darin der Schlüssel zur Wiederherstellung des Gleichgewichts auf dem Kontinent und zur Rückkehr der Paravianer.

# Erscheinung

Der Südturm Jaelots bohrte sich durch den Nebel, der sich wie Spinnweben über den Boden gelegt hatte, und die Fackeln an den Wachstuben warfen einen gedämpften Lichtkeil trüben Oranges in die Finsternis, die das Land vor der Morgendämmerung mit ihrem perlschwarzen Schimmer überzog. Auf einer Anhöhe, nicht weit entfernt, wartete Asandir in wohlüberlegter Stille. Mit einer Hand hielt er die Zügel von Hallirons Pony, die andere war damit beschäftigt, die Knoten aus dessen schweißnasser Mähne zu lösen, während Bauernkarren sich dichtgedrängt auf der Straße sammelten und auf das Signal warteten, das dem Öffnen des Tores vorausging. Obwohl ohne jede Deckung auf der Hügelkuppe den Blicken zugänglich, schaute niemand in Asandirs Richtung.

Die Luft war schwül und salzhaltig, angefüllt mit dem süßen Duft sommerlichen Heus, das herbeigeschafft wurde, die Lagerbestände auf den Heuböden der Ställe aufzufüllen. Das Stampfen der Zugtiere und das Knirschen zerschlagener Grünfutterkisten vermischte sich mit den Verwünschungen einer Matrone, die an ihrem verschwenderischen Gatten herumnörgelte. Keine zwei Meter von dem Zauberer entfernt, zügelte ein Kurier, auf dessen Satteltaschen das Löwenwappen des Statthalters prangte, sein schaumbenetztes Roß.

Der Ponywagen erregte wenig Aufmerksamkeit, er schien gar nicht zu existieren. Während Halliron schlief, fest in warme Decken gewickelt, kontrollierte Asandir seine Atemgeräusche und betrachtete mit sorgenvollem Blick den Himmel. Zu schnell zog die Nacht vorüber. Das Leuchtfeuer am Kai verbreitete einen düsteren Lichtschein, während das Trauerlied der Nebelglocke die Luft mit seiner Vibration erfüllte. Das Pony knabberte zärtlich am Ärmel des Zauberers, ehe es scheinbar grundlos den Kopf herumwarf und schnaubte.

Im nächsten Augenblick wischte ein eisiger Lufthauch den Tau von den Grashalmen.

Die Brise drückte Asandirs Tunika an seine hageren Schultern und fegte ihm das Haar in die wettergegerbten, eingefallenen Wangen. Aufgeschreckt und ein wenig gereizt fragte er: »Luhaine?«

»Sethvir war der Ansicht, du könntest meine Hilfe brauchen.« Ein Fleck in der Dunkelheit formte sich zu der rundlichen Gestalt des körperlosen Bruderschaftszauberers. Luhaine verschränkte seine plumpen Finger und betrachtete das Gedränge vor dem Tor. »Ich nehme an, du könntest einen Tarnzauber brauchen und vielleicht ein bißchen Ablenkung für dieses Landvolk. Möglicherweise ein irreleitender Bann?« Verärgert wie ein Bibliothekar mit einem großen Bücherstoß in Händen, blickte Luhaine gestreng an seiner Nase herab. »Es ist ja vollkommen bedeutungslos, daß die Kunst der Gaunerei entschieden besser zu Kharadmons liederlichem Stil paßt.«

»Ich bedaure, daß ich deine Grundsätze verletzen muß«, entgegnete Asandir. »Aber Kharadmon ist nun einmal nicht hier.«

»Nein.« Luhaine rümpfte geziert die Nase. »Nun gut. Es wird dir schwerfallen, dich gleichzeitig um Hallirons Bedürfnisse zu kümmern und den Kraftkreis zu aktivieren, während jede Laus in Jaelot danebensteht. Doch, um der Wahrheit die Ehre zu geben, ich würde es gewiß nicht bedauern, wenn die hiesige Gesellschaft durch den Schock zugrunde ginge.«

Wieder einmal verblüfft angesichts der gestelzten Ausdrucksweise seines Bruders, verlor Asandir die Geduld. »Es ist schon beinahe Tag.«

»Du hast es stets eilig«, grollte Luhaine. »Würde ich noch meinen Körper innehalten, so würde ich Halliron gewiß lieber mit seinem Wagen fahren, und es würde mir so erspart bleiben, bewaffnete Soldaten mit allerlei Kapriolen und Bannen zu verwirren.«

Anstelle einer Antwort kletterte Asandir wieder auf den Kutschbock, ließ die Zügel schnalzen und lenkte das Gefährt hinab zur Straße, mitten hinein in das Gedränge der Ochsengespanne, höher gestellten Kuriere in amtlicher Livree und der Meute sonnenverbrannter Bauern, die über den sommerlichen Regen oder den Mehltau auf ihren Feldern sinnierten.

Luhaines Bild löste sich auf und hinterließ einen Strudel kalter Luft, der das Vieh veranlaßte, schnaubend zurückzuscheuen. Die Bauern, die die Zügel hielten, mußten ihre ganze Aufmerksamkeit darauf verwenden, die tänzelnden Tiere unter Kontrolle zu halten. Frauen und Knechte, die mitgekommen waren zu helfen, waren sogleich damit beschäftigt, Körbe mit Zwiebeln und Gemüse aufzufangen, die von den Wagen herabzustürzen drohten, oder das Schlachtvieh zu packen, das plötzlich brüllend seinen Käfigen zu entkommen suchte. Luhaines List war beeindruckend genug, daß selbst die Kinder auf dem Schoß der Mütter nicht einmal kurz blinzelten, als der bunte Karren des Barden an ihnen vorüberzog.

»Ich nehme an, du erwartest von mir, daß ich mir etwas einfallen lasse, um die Wachen dazu zu bringen, das Tor zu öffnen.« Wenn Kharadmon nicht in der Nähe war und ihn mit seinem Spott unterhielt, neigte Luhaine noch mehr dazu, sich zu beklagen. »Du verlangst eine ganze Menge von mir.«

Doch ohne seine Unterstützung würde es weit schwieriger sein, die große Beschwörung unter dem Einfluß der Morgendämmerung in dem Kraftkreis durchzuführen, um Halliron nach Shand zu bringen. Ärgerlich ergab sich der körperlose Zauberer in sein Schicksal und machte sich in Gestalt eines zornigen Wirbelwindes auf den Weg. Nur einen Augenblick später kam Bewegung in die Gardesoldaten auf den Wachtürmen. Der Hauptmann rief verdrossen die Treppe hinauf, doch Luhaine verwandelte seine Worte in ein unverständliches Echo. Die Fehlinterpretation der Soldaten geschah nicht zufällig, und schon wurde das Horn geblasen, und sein klagender Ruf kündete unter einem Himmel, noch immer so tiefgrau wie Rauchquarz, vom Sonnenaufgang.

In diesem Durcheinander gerieten die diensthabenden Wachsoldaten in Streit. Asandir murmelte leise Worte, die keines Sterblichen Ohren mitanhörten. In einer muffigen Brise eilte Luhaine herbei und gesellte sich zu ihm. Als die Winde im Torhaus sich ächzend zu drehen begann und das große Portal der Stadt geöffnet wurde, entdeckte ein finster blickender Grobian, der eine Wagenladung Hühnchen mit sich führte, ganz plötzlich einen Grund, sein Gespann von der Straße zu lenken und sich mit einem Schaftreiber zu unterhalten. Der Zauberer lenkte seinen Karren geschickt durch die entstandene Lücke, und schon trottete das Pony durch das Tor.

Die aufgehängten Zinntalismane, die bei der Abwehr der Iyats kläglich versagt hatten, klimperten protestierend, als der Luftzug, der Luhaine repräsentierte, dem Karren folgte. Asandir, der noch nie besonders redselig gewesen war, bedachte den leeren Raum, der nun von seinem Bruder besetzt wurde, mit einem ätzenden Blick.

»Nun, gewiß hast du meine Unterstützung bei der Torwache nicht benötigt«, gab Luhaine zu. Ein dürrer Straßenköter, der sich gerade durch den Abfall einer Küche wühlte, stellte seine gestreiften Rückenhaare auf und knurrte in seine Richtung. Ein Kieselstein fiel plötzlich aus dem Nichts. An der Nase getroffen zog der Köter den Schwanz ein und rannte davon, während Luhaine, ein wenig schmollend, fortfuhr. »Sagen wir, es ist eine Frage der Feinheiten. Ich weiß, was du getan hast, um Hallirons Leiden zu lindern, und versuche nicht, mir einzureden, das Pony hätte den Wagen die ganze Nacht über ohne die Unterstützung durch deine Magie gezogen. Ich nehme an, diese Anstrengungen haben dich genug strapaziert, auch ohne die zusätzliche Last durch die hysterische Angst der Bürger Jaelots vor der Magie.«

Asandirs Mundwinkel sanken in einem Ausdruck von Abscheu herab. Über ihnen wurde es allmählich hell am Himmel. Umrahmt von schattigem Grau lag die Hauptstraße vor ihnen, die überall dort, wo die Erdenmächte zur Sonnenwende jubiliert hatten, mit Trümmern bedeckt war. Dachstühle, ihrer Schindeln und Planken beraubt, ragten gleich Spinnenbeinen zum Himmel hinauf. Angesichts der Narreteien der Maurer, die taub für die Mysterien gewesen waren, und der halsstarrigen, blinden menschlichen Gier, stieß Asandir einen leisen Seufzer aus, während sich der kleine Wagen tapfer seinen Weg bahnte, vorbei an einer zerschmetterten Veranda und einem Ziegelgebäude, dem sämtliche Fensterläden entrissen worden waren. Dort, wo das Straßenpflaster nicht vollkommen zerstört war, rumpelten die Räder über zerbrochene Blumentöpfe und zerdrückte Mohnblumen hinweg, deren Blätter ganz entgegen dem natürlichen Verlauf nicht welk geworden waren. Ein abgehackter Wegweiser lehnte an einem Fliederstrauch, der außerhalb der Saison in voller Blüte stand. Der Duft lag schwer auf der Seeluft, in der der Geruch der Abfälle von den Märkten mitschwang.

»Die Leute werden Arithon vermutlich nie vergeben, daß er ihnen die Festtage verdorben hat«, bemerkte Asandir schließlich.

Er führte das Pony über eine Prachtstraße, auf der noch immer Blütenblätter und verkohlte Girlanden lagen. Junges Gras drang wundersamer Weise aus dem unebenmäßigen Straßenpflaster hervor. Ein Lampenlöscher, der durch eine Seitengasse schlenderte, wandte den Kopf um, als er das Poltern von Hufen und Wagenrädern vernahm. Als sein suchender Blick keinerlei feste Materie entdecken konnte, der die näherkommenden Geräusche begleitete, ließ er seine Tasche fallen und rannte in wilder Panik davon. Dann, nicht minder ruckartig, blieb er stehen, und die Furcht in seiner Miene wandelte sich zu schlichter Verwunderung, als Luhaines Verschleierungszauber ihn berührte. Während sie die Seitengasse hinter sich ließen, lauschten die Zauberer, wie der Mann sich am Bart kratzte, über die Gefahren harter Spirituosen sinnierte und seine Tasche wieder aus der Gosse hervorzog.

Verborgen hinter einem undurchdringlichen Ring aus Zauberbannen, erreichte der Wagen den Anfang des großen Boulevards. Auf Asandirs Drängen hin senkte das Pony bald darauf den Kopf und stemmte sich mit der Brust gegen sein Geschirr, um seine bunte Last die flache Marmortreppe vor dem Eingang zum Palast des Statthalters hinaufzuzerren.

Im heraufziehenden Tageslicht glitzerte das Glas aus den zersprungenen Scheiben der Rundbogenfenster am Boden. Zwischen runden und eckigen Pfeilern, die allesamt schief standen und mit spinnwebförmigen Rissen durchzogen waren, erwartete sie die offene Tür, die halb aus den Angeln geflogen war. Die Farbe auf dem Holz hatte Blasen geworfen und sich von dem Türblatt gelöst. Das Pony schnaubte und donnerte mit klirrendem Zaumzeug über den Rand des oberen Treppenabsatzes. Dort angekommen zog Asandir die Zügel an. Das Knirschen eisenbeschlagener Wagenräder auf der seidenglatt polierten Oberfläche des steinernen Bodens verstummte mitten im Foyer des Palastes. Ölfackeln brannten in dem höhlenartigen Raum jenseits der Eingangshalle. Ohne sich der Anwesenheit irgendwelcher Besucher bewußt zu sein, plackten sich dort ermattete Arbeiter mit Schaufeln und Körben ab, um den Schutt und die verbrannten Fliesen aus dem verwüsteten Bankettsaal des Statthalters zu entfernen.

Der eisige Wirbel, der Luhaine repräsentierte, hing über ihren Köpfen, eine Unregelmäßigkeit, die allein Asandir zu sehen imstande war. »Nun begreifst du wohl, warum Sethvir der Ansicht war, meine Anwesenheit könnte sich als nützlich erweisen. Es sei denn, du beabsichtigst, zwölf hiesige Dienstboten in die Einöde von Sanpashir mitzunehmen?«

»Jag sie alle zu Sithaer!« Beunruhigt über die Erschütterungen, denen Halliron bei dem Treppenaufstieg ausgesetzt war, zog Asandir die Brauen hoch. »Den Schrecken ihres Lebens werden sie so oder so erfahren. Mitten in der Einöde könnte ihr dummes Gerede wenigstens keine weiteren Zweifel am Charakter des Prinzen von Rathain aufkommen lassen.«

»Ein ausgesprochen wichtiger Punkt.« Der körperlose Zauberer sank in der Finsternis hinab auf den Boden, während die Rauchschwaden sich langsam blau verfärbten, als das erste Licht der einsetzenden Dämmerung durch die ostwärts gerichteten Fenster hereindrang. »Aber ich muß dich bitten, dich deiner zuvor getätigten Äußerung zu erinnern, der zufolge der Tagesanbruch nicht warten wird, bis wir unser Gespräch beendet haben.«

Längst wieder in Bewegung, legte Asandir die Zügel ab und stieg von dem Bock herunter. Er beugte sich über Halliron, berührte seine entspannten Glieder durch die Decke hindurch und maß die nachlassende Signatur der Lebenskraft. Dort, wo der Strom sich staute oder zu versiegen drohte, zog er vorsichtige Energielinien, bis der Fluß wieder im Gleichgewicht war. Zur Verstärkung setzte er Heilsiegel, durchmischt mit Runen zur Erhaltung der Lebensenergie. Seine komplizierte Arbeit hinterließ Spuren, die wie Funken glühten und schließlich langsam in der Wolle und dem wiedererstarkten Fleisch unter der Decke verschwanden.

Alsbald öffnete Halliron sein einzig gesundes Auge. Über sich erblickte er klar und deutlich vor einem nichtssagenden Hintergrund den Bruderschaftszauberer Asandir, der ihn im Gegenzug prüfend betrachtete. »Königmacher«, sprach er ihn mit dem Titel an, den er den Zeilen uralter Balladen entnommen hatte. Gepeinigt von der

Stimme, die harsch, den Lauten, die undeutlich geworden waren, atmete er mühevoll ein, um sich zu räuspern, als der sanfte Druck gespreizter Finger auf seiner Brust ihn aufhielt.

»Verschwendet Euren Atem nicht«, sagte der Zauberer, dessen Augen so unergründlich wie das hochglanzpolierte Silber eines Spiegels waren. »Ich bringe dich zu deinem Zuhause, nach Innish. Die Reise, die vor uns liegt, wird anstrengend werden. Bevor wir aufbrechen, sagt mir, gibt es etwas, das ich Eurer Familie mitteilen soll?«

Halliron blinzelte, doch er zeigte kein Unbehagen angesichts der Andeutung, diese magische Reise könnte seinen geschwächten Körper so sehr in Mitleidenschaft ziehen, daß keine Rettung mehr möglich wäre. »Ich habe ein Lied für meine Frau und meine Tochter geschrieben, daß ich nun nicht mehr spielen kann. Arithon kennt es. Laßt ihn die Worte an meiner Stelle singen, wenn es ihm möglich ist. Wenn er nur ein einziges Mal für meine Familie spielt, dann werden sie erfahren, wie sehr ich sie geliebt habe. Seine Kunst wird ihr Verständnis erringen und sie begreifen lassen, daß er mein Vermächtnis für Athera ist.«

Asandir ergriff die kalten, schlaffen Finger der Hand, deren Nerven bei dem brutalen Angriff zerstört worden waren. »Bewahrt meine Hoffnung, Meister Minnesänger. Ihr werdet dort sein und selbst singen.«

»Ihr opfert zuviel für mich«, flüsterte Halliron, während plötzlich eine Woge der Schwäche seinen Leib erfaßte.

Der Zauberer legte seine ruhige Hand über die Schläfe des Barden. »Für das tiefe Glück, das Ihr dem Prinzen von Rathain geschenkt habt, und für die vielen Jahre Eurer treuen Dienste würde die Bruderschaft Euch die Sterne vom Himmel holen.«

Die Berührung drang warm wie ein behagliches Feuer durch den schmerzhaften Druck vernebelter Kälte. Halliron ließ die Luft aus seiner Kehle entweichen. Sein Auge fiel wieder zu. Schlafend oder bewußtlos fühlte er nicht einmal, wie sich ein Geflecht der Magie über ihn legte, das Asandir geschaffen hatte, um den Wagen zu schützen, auf dem der Barde ruhte.

Als der Zauberer fertig war, war jenseits der Glut machtvoller Zauberbanne nichts mehr zu sehen.

Zwei faule Diener hasteten ganz plötzlich zu einer Seitentür hinaus, und Asandir mußte sich ein Grinsen verkneifen, angesichts des Bannes, den Luhaine für sie ausgewählt hatte und der sie nun in größter Eile vorantrieb, dem falschen Bedürfnis nachzukommen, ihre Blasen zu entleeren.

Gleich darauf schwand seine frivole Freude wieder. »Es gibt ein Problem, das ich noch nicht erledigen konnte.« Da sich ihm Luhaines Aufmerksamkeit offenbarte wie das Kitzeln einer Feder auf nackter Haut, erklärte er seinem Bruder, worum es ging. »Der Herzog von Alestron und seine Brüder waren abwesend, als ich sie aufsuchen wollte, um herauszufinden, ob sie mit verbotenen Kriegswaffen hantiert haben. Wie Sethvir bin ich der Ansicht, daß sie nicht ohne Grund verschwunden sein dürften. Würde es dir etwas ausmachen, nach ihnen zu sehen?«

Dann, viel zu sehr unter Druck, zu warten, bis Luhaine seine gewohnt bekümmerte Entgegnung zusammengestellt hätte, ergriff er die Zügel des Ponys und führte das nervöse Tier unsicheren Schrittes über die gefliesten Stufen hinab, auf deren polierter Oberfläche noch immer kalte Brandspuren zu sehen waren. Hinter ihm holperte der eisenbeschlagene Wagen die Treppe herab und hinterließ parallele Furchen frischer Sprünge in den Steinplatten.

Luhaine erteilte derweil frostige Ratschläge: »Zweifellos möchtest du auch, daß ich zunächst die Schutzbanne am Kerker Desh-Thieres im Rockfellschacht überprüfe?«

»Nun, der Sonnenaufgang wartet nicht«, konterte

Asandir unbekümmert. Über ihnen strich gedämpftes Licht über die hohen Spitzbogenfenster, deren Scheiben wundersamerweise noch an ihrem angestammten Platz waren. Asandir erreichte die rußgeschwärzte Schwelle, die den nahen Rand des Kraftkreises markierte. Er streichelte die Nase des Ponys, murmelte leise etwas in sein Ohr und richtete sich dann wieder auf. Seine nächsten Worte sprach er in paravianischer Sprache, ein jedes erfüllt von fröhlichem Rhythmus und musikalischen Vokalen, dazu bestimmt, die Luft selbst wie eine Metallfolie mit geheimnisvollen Siegeln zu prägen.

Energie antwortete ihm.

Ein Strom, zu gewaltig, ihn zu verbergen, jagte Erschütterungen durch das Gebäude. Jeder einzelne Konsonant erklang nun in donnernden Echos, die Pflastersteine aus der Gewölbedecke herauslösten. Ozon vermengte sich mit dem Schleier aufgewirbelten Staubes. Dann senkte sich Stille herab, so unvermittelt wie Glas einen Lichtstrahl zu fangen vermochte, und das Muster im Boden wurde lebendig.

Ein silberblauer Schimmer raste über die Linien der alten Runen. Der Wagen rollte über das kalte Licht, und das Pony gab ein ebenso ungestümes wic verängstigtes Schnauben von sich. Klappernd und klirrend hallte sein Hufschlag durch den Raum, als es sich mit unsicheren Schritten widerwillig in dem Kraftkreis bewegte.

Asandir legte beruhigend die Hand auf das schweißnasse Fell des Tieres. Alle Kraft, die er erübrigen konnte, nutzte er nun dazu, die überstrapazierten Nerven des Ponys zu besänftigen. Notgedrungen richtete er seine Wahrnehmung auf die Tiefe unter seinen Stiefeln, um den Fluß der Energien in dem Kraftkreis zu messen. Der Puls des Weges schuf sich in statischen Entladungen weißer Blitze Raum, verstärkt durch die Macht des heraufziehenden Sonnenaufgangs. Der Zauberer beeilte sich nun, sorgsam darauf bedacht, die Resonanz dieses Musters zu erfassen und zu kontrollieren, um sicherzustellen, daß es im Lauf der Zeit nicht geschwächt worden war. Sodann durchquerte er die beiden inneren Kreise und positionierte den Ponywagen genau in der Mitte, in der die Achsen aller Linienmuster zusammenliefen.

Strahlend leuchtete die Energie auf und umgab sein Kinn mit hartem Licht, als er sich auf die Reise vorbereitete. »Luhaine.«

Kaum hatte er das Signal ausgesprochen, da übergab er schon die Macht, die er geweckt hatte, der Kontrolle seines körperlosen Bruders. Jede Bindung an Gefühle ließ von ihm ab. Nur seine besänftigende Hand auf dem Fell des Ponys bildete noch einen Anker, sein Bewußtsein mit dem lebendigen Fleisch zu verknüpfen. Die Verbindung seiner Willenskraft gab sich nun einer Kunstfertigkeit hin, die durch die Erfahrung aus Tausenden von Jahren geschärft worden war. Nichts anderes war nun noch von Bedeutung. Nerven und Gebeine mochten sich auflösen, ehe er die Gewalt über die Schutzbanne verloren gab, die Halliron vor der reißenden Strömung dieser magischen Reise schützten.

Die Macht der aufgehenden Sonne vereinte sich mit der des Weges.

Energie summte und steigerte sich bis auf einen Höhepunkt hin, in dem das Muster zu flattern begann und sich schließlich außerhalb des sichtbaren Lichtspektrums in dröhnender Vibration auflöste. Geschickt verfolgte Luhaine den Fluß der wiederbelebten Kräfte, ehe er den unsteten Tanz der Energien ordnete, sie zusammenfließen und ihre ungebändigte Macht in einer gemeinsamen Explosion freiwerden ließ.

Ein Peitschenschlag erschütterte die Luft. Wind heulte durch den Saal. Die zerfetzten Säume der Wandbehänge lösten sich in ihre einzelnen Fäden auf, und jedes Glasgefäß, das noch nicht zerschmettert, jede Fensterscheibe, die nicht zerbrochen war, wurde unter dem gewaltigen Ansturm der Energien fortgeschleudert und zerstört. Für einen entsetzlichen Augenblick, der selbst das Gefüge der Zeit zu spalten schien, erstrahlte das Innere der Festhalle in ursprünglichem Glanz.

Dann behauptete sich wieder die Realität. Luft wirbelte auf und legte sich wieder. Klirrend flogen Bruchstücke von Fliesen in allerlei Ritzen. Die Magie, die durch das Muster des Kraftkreises herbeigerufen worden war, nahm langsam ab und verebbte schließlich ganz. Zauberer, Wagen und der alte Mann in dem Gefährt waren fort, versetzt in eine Ruine im Ödland von Sanpashir. An der Stelle, die sie in Jaelot eingenommen hatten, war nichts geblieben außer dem aufgewirbelten Staub und einem dampfenden Haufen frischen Pferdedungs.

Diese Spuren wie auch die tiefen Kratzer, die die Wagenräder hinterlassen hatten, oder die Bodenfliesen, die unter den Hufen des Ponys geborsten waren, zu beseitigen, war ein zweiter Zauberer, dessen Geist körperlos einherschwebte, nicht geneigt. Luhaine verließ den Schauplatz, wirbelte als kalte Brise hinfort, als Arbeiter, Bedienstete und blaublütige Bewohner sich in hysterischem Geschrei ergingen.

Ein blinder Narr mochte durchaus annehmen, daß Hallirons Schüler, der Zauberer, zurückgekehrt war, die Stadt mit noch mehr Magie zu terrorisieren.

In logischer Konsequenz wurden sogleich in aller Eile zerzauste Würdenträger aus ihren Betten gezerrt und zusammengetrieben, die neuerlichen Schäden zu begutachten. Die Garde wurde herbeigerufen, die Verbrecher in Ketten zu legen; doch wurden sie nirgends gefunden.

Es war geradezu unheimlich, wie leer die zerstörte Festhalle des Statthalters nun war. Der Dienstplan für die Soldaten wurde geändert, die Männer von dem Torhaus zurückbeordert, während seine Lordschaft vor Wut schäumend auf und ab marschierte. Der lyranthespielende Zauberer, den sein Gericht brennen sehen wollte, war erneut entkommen, hatte sich, unerreichbar für die Gerichtsbarkeit, in Luft aufgelöst.

# Halluzination

Dakar erwachte spät neben der Asche des ausgeglühten Feuers. Halliron, der Zauberer und der Ponywagen waren bereits vor Tagesanbruch aufgebrochen und hatten lediglich eine kurze Notiz zur Erklärung hinterlassen. Der schwarze Hengst war noch da und scharrte ruhelos an dem Baum, an dem seine Zügel festgebunden waren. Mürrisch aufgrund des Mangels an Schlaf kroch Dakar unter seinen Decken hervor, um in den Vorräten nach etwas Eßbarem zu wühlen.

Ganz in der Nähe hockte Arithon, die Haare noch naß von einem Bad im Fluß, über den Satteltaschen des Zauberers und befingerte ganz versunken ein schweres Goldstück. Sichtlich erholt von dem Leiden der vorangegangenen Nacht, blickte er auf, als Dakar die Vorräte durchstöberte, und er trug die gleiche Freundlichkeit zur Schau, die er vorgetäuscht hatte, als er sich als eines Meisterbarden Schüler getarnt hatte.

Starr vor Mißtrauen beäugte Dakar ihn, bis er der schwer faßbaren Diskrepanz auf die Schliche kam: eine heftige, undefinierbare Spannung umgab die Präsenz des Herrn der Schatten. Ohne die Schatten, mit denen er seine Züge verschleiert hatte, erinnerte seine Gestalt an eine Raubkatze kurz vor dem Sprung.

»Dieses Goldstück ist mit magischen Bannen belegt«, begann er mit einem fragendem Unterton. »Ich kann sie hören. Aber mit meiner Erfahrung bin ich nicht imstande, den Zweck zu entschlüsseln, der sich hinter der Harmonie verbirgt.«

Geduckt machte sich Dakar daran, das nächstliegende Bündel aus Segeltuch zu plündern, aus dem er einen Laib Brot hervorzog. Außerordentlich wachsam ließ er sich nieder. »Wenn Asandir es zurückgelassen hat, um für den Stall des Rappen zu bezahlen, dann ist es gewiß durch und durch mit Magie verdorben.« Mit vollen Backen kauend erklärte er dann: »Dieses Stück Gold wird von einer Hand zur nächsten wandern, von Stallknecht zu Pferdehändler, und der Hengst, ob er verkauft oder an Postreiter vermietet wird, wird seinen Weg zurück zu seinem Meister finden. Er wird dort sein, wo Asandir ihn das nächste Mal braucht, gut gestriegelt und genährt und ohne einen einzigen Peitschenschlag erlitten zu haben.«

Wehmut ergriff von Arithon Besitz. »Dann war meine Sorge also unbegründet.«

Die Navigationsgeräte: Dakar hätte sich selbst treten mögen, so ärgerte er sich über sein geistiges Unvermögen. Da es Arithon auf See trieb, war ein Pferd für ihn so nutzlos wie Titten für einen Fisch.

Angewidert, empfand er doch das Brot als ebenso scheußlich altbacken wie den Schiffszwieback, den er aus tiefster Seele verabscheute, trampelte er davon, hinab zum Fluß, die Brosamen herunterzuspülen und sich Erleichterung zu verschaffen.

Arithon nutzte die Zeit, ihre Sachen zusammenzupacken und die Asche ihres Feuers zu verteilen. Als Dakar sich keuchend wieder den Berg hinaufschleppte, wartete er bereits, die Zügel des schwarzen Hengstes locker um eine Hand geschlungen. Im goldenen Schein des jungen Tageslichtes, das schwarze Haar zurückgeworfen, so daß seine vorstehenden Wangenknochen deutlich zur Geltung kamen, wirkte der Herr der Schatten vollends versunken in den Gesang der Heidelerchen, die durch das Geäst über ihren Köpfen flatterten; nur seine Augen, die Dakar entgegenblickten, waren von smaragdener Härte, gefährlich wie eine gespannte Bogensehne und bereit, Blut zu vergießen.

Der Wahnsinnige Prophet blieb stehen. Entschlossen, sich gleichmütig zu geben, schob er seine Stummelfinger hinter den Gürtel. »Ihr habt vor zu reiten?«

»Nach Seehafen, denke ich.« Wie beiläufig fuhr er

dann einladend fort: »Wir können uns im Sattel abwechseln, wenn du es willst.«

So machtvoll und heiß stieg die Wut in ihm auf, daß Dakar das Gefühl hatte, ersticken zu müssen. »Macht nur, was Ihr wollt. Ich werde nicht mitgehen.«

»Das dachte ich mir.« Arithon band einen Ledergurt vom Sattelknauf los; ein Segeltuchbündel löste sich. Mit einer kurzen Bewegung aus dem Handgelenk warf er es zu Dakar hinüber.

Von dem Bündel an der Brust getroffen, stolperte Dakar keuchend zurück, den rauchgrauen Stoff, um den er unwillkürlich die Arme geschlungen hatte, an sich gepreßt.

»Das ist dein Anteil an unseren Vorräten.« Bereits im Sattel des großen Hengstes fügte er hinzu: »Verschwende deine Münzen nicht mit billigen Huren.«

»Bastard! Ihr habt geplant, mich zurückzulassen.« Sein zorniger Ausruf trieb die Lerchen mit furchtsamem Flügelschlag in die Flucht. »Unausstehlicher Sohn einer Hündin.«

»Nun, was das erste angeht, wer will das bestreiten?« Mit einem Anflug eines bösartigen Lächelns zog der Herr der Schatten die Augenbrauen hoch. »Aber letzteres? Dakar! Wie unangenehm für Lysaer.« Schnaubend machte sich der schwarze Hengst auf den Weg, als Arithon ihm die Hacken in die Seite bohrte. »Immerhin teilen wir uns dieselbe Mutter.«

Von dem Tier zur Seite gestoßen und schließlich auch noch von seinem wedelnden Schweif geschlagen, trat Dakar Schmähungen johlend gegen einen Baumstamm, bis seine Ohren vom Klang der eigenen Stimme schmerzten, doch auch dieser Zornausbruch verschaffte ihm keine Erleichterung. Selbst der kleine Segen, daß der Regen aufgehört hatte, brachte keine Linderung; von dem Moment an, da der Wahnsinnige Prophet sich auf Wanderschaft begeben hatte, wurde der Tag auf unerträgliche Weise immer unangenehmer.

Südlich von Jaelot führte die Straße von der Küste fort landeinwärts. Im Osten zogen sich felsige Berghänge entlang, bedeckt von dichten Tannenständen, die sich gleich einer gerüschten Halskrause um die Gipfel des Skyshielgebirges legten. In Sommermonaten, wenn die Stürme nur milde über das Land zogen, zeigten sich die sanften Hügel im Westen unter einer Decke üppigen Weidelandes, vermengt mit sonnigen Heufeldern. Zwischen Talkesseln, dichtbebaut mit kleinen Gehöften, zog blühender Rittersporn blaue Spuren durch die dichten Gänseblümchenstände, während Schafgarbe Flecken gleich weißem Schaum auf den Weiden hinterließ. Unter dem weiten, wolkenlosen Himmel, über großflächigen, windgepeitschten Äckern mochte ein jeder Geist, der frei von beschwerlichen Pflichten war, sich übermütig an neugefundenem Frieden ergötzen.

Dakar jedoch vermochte sich nicht an den vielen Wegstunden herrlicher Landschaft zu erfreuen. Gegen Mittag brannten seine Augen, und seine Nase lief; Landluft war ihm noch nie besonders gut bekommen. Jeder Schritt, den er tat, erinnerte ihn daran, wie sehr er es haßte, zu Fuß zu reisen.

Das Nickerchen, das er sich gönnte, um sich zu erholen, wurde durch die diabolische Lage eines Ameisenhaufens zunichte gemacht. Kratzend und zuckend schlug er sie aus seinen Kleidern und suchte ersatzweise Zuflucht an einem kleinen Wasserlauf. Dort legte er sich behaglich zum Schlafen nieder, nur um dann, als er in der Dämmerung wieder erwachte, festzustellen, daß nahrungssuchende Bisamratten sein Bündel aufgerissen und auch den letzten Krümel seiner Vorräte verschlungen hatten.

Zu faul, auch nur zu bedauern, daß er keine Schutzbanne gesetzt hatte, derartige Übergriffe abzuwehren, ließ sich Dakar von einem Händler mitnehmen, der Kerzen und Bienenwachs auf seinem Wagen transportierte. Da die Hitze des Tages die Waren zerstören würde, reiste der Händler bei Nacht. Der Wahnsinnige Prophet tauchte in eine Nische hinter dem Kutschbock hinein, bereit, den neuesten Klatsch mit seinem Wohltäter auszutauschen.

Gegen Mitternacht, geschlagen von wohlerwogenen Schmeicheleien, ließ der Fahrer ihn an seinem Mahl aus Gerstenbrot und Schinken teilhaben. Frohgemut stopfte sich Dakar den Wanst voll, nur um sich alsbald stöhnend in Krämpfen zu winden.

Vermutlich war der Schinken verdorben gewesen. Weitaus zu gewandt, einen solchen Verdacht laut auszusprechen, verkrallte der Wahnsinnige Prophet schwankend die Hände in seiner Leibesmitte. »Das Flußwasser muß verseucht gewesen sein.«

Der Fahrer bedachte seine Ausrede mit den gleichen, unsinnigen, markigen Sprüchen, die er nutzte, seine Maultiere zu beruhigen. Viel zu sehr mit dem Elend beschäftigt, das wie weißglühende Kohlen in seinen Eingeweiden brannte, verpaßte Dakar den Augenblick, in dem das Mitgefühl seines Wohltäters in gebrüllte Verwünschungen umschlug.

Seine nächste deutliche Wahrnehmung war das Stechen trockener Grashalme, die sich in seine Wangen bohrten. Straßenstaub und der Geruch von Kresse brannten in seiner Nase und brachten ihn zum Niesen, eine Kleinigkeit, die seiner Erkenntnisfähigkeit auf die Sprünge half: Der lieblose Fahrer hatte ihn am Straßenrand ausgesetzt. Die lästige Schlußfolgerung trieb Dakar den Schweiß auf die Stirn. Er mochte an diesem Ort mit Leibschmerzen schmachten, bis die Krähen kämen, ihm die Augen auszuhacken, was nicht ganz dem Plan entsprach, mit dem er sich seinen Verpflichtungen gegenüber Asandir hatte entziehen wollen.

Von seinem Unwohlsein zu ermattet, sich darüber zu sorgen, schloß der Wahnsinnige Prophet die Augen. Welchen Nutzen hatte es schon, sorgte er sich um seinen Tod, da er sich doch ebensogut erfreulichen Träumen von heißblütigen Barmädchen und überschäumenden Krügen voll von gutem Bier hingeben konnte.

Statt dessen wurde er durch das grobe Eingreifen kräftiger Hände gestört, die ihn zuerst umdrehten, dann mit einem Griff, als wollten sie ihn foltern, in seine Achselhöhlen packten und ihn vom Boden aufhoben. Wie ein heftiger Schlag traf das Sonnenlicht auf seine Haut und seine Augen, während die Welt um ihn herum kopfstand und sich schwindelerregend drehte.

Nach einigen unzusammenhängenden Gedanken enträtselte er die Situation und erkannte, daß er sich in einer ausgesprochen demütigenden Haltung, kopfüber auf eines fremden Reiters Sattel, befand. Die Schulter des Pferdes, das ihn trug, war schweißglänzend und schwarz; der Gurt, der unscharf nur wenige Zentimeter vor seiner Nase lag, war mit Siegeln bestickt, die Ermüdung abwehren sollten.

Nach Jahrhunderten, während derer er immer wieder komatös von einem Saufgelage fortgeschleppt worden war, wußte Dakar präzise, wo er sich derzeit befand. Er bedachte den Sattelknauf in seinem Bauch mit einem jammervollen Stöhnen, ehe die Bewußtlosigkeit ihn gnädig niederraffte.

Die abscheulichsten Katerschmerzen, die er je erlebt hatte, weckten ihn wieder auf. Er erkannte Dunkelheit und ein Feuer. Ein Dämon ritt seinen Schädel, einer mit langen Sporen, die er ihm voller Wonne in die Augenhöhlen rammte. Ausreichend bei Verstand, die Ungerechtigkeit zu beklagen, war doch kein Tropfen guter Geister über seine Kehle geronnen, preßte er schweißnasse Hände an seine Schläfen. »Baah«, krächzte er mit ausgetrocknetem Mund. »Ich fühle mich, als hätte mich der dreckige Streitwagen Dharkarons überrollt und mit seinen Rädern in Stücke gerissen. Wo zu Sithaer bin ich?«

Eine rasche Folge Lyrantheklänge bohrte sich wie ein Schürhaken durch seine Ohren.

»Es scheint, als würden wir uns doch im Sattel abwechseln müssen«, erklärte Arithon aus der Dunkelheit hinter der Glut. »Aber da du gefragt hast: Augenblicklich liegst du ausgebreitet auf trockenem Eichenlaub auf dem halben Wege nach Tharidor.«

Der Wahnsinnige Prophet gab einige wüste Beschimpfungen von sich, ehe er wimmernd den Schmerz beklagte, den sein eigener Ausbruch ihm verursachte.

»Es könnte schlimmer sein.« Atheras neuer Meisterbarde brachte sein Instrument zum Schweigen, ohne auf den tiefen, dröhnenden Laut zu achten, den er mit seinem weißgoldenen Siegelring einer der Saiten entlockte. Amüsiert, da Dakar gepeinigt zusammenzuckte, fügte er hinzu: »Du könntest schließlich noch immer, den Krähen und Insekten ausgeliefert, im Straßengraben liegen. Hast du oft Migräneanfälle? Der Wachshändler war der Ansicht, du würdest an einer ansteckenden Krankheit leiden. Er hat sich so lange über deine Pestilenz ausgelassen, du hattest Glück, daß die Kuriere, die nach Norden unterwegs waren, seine Klagen nicht gehört haben. Sie hätten die Wachen aus Jaelot mit Reisig losgeschickt, um deinen verseuchten Kadaver zu verbrennen.«

»Habe nie Migräne«, schnaubte Dakar voller Zorn. »Ich bin indisponiert, weil ich verdorbenen Schinken gegessen habe.«

Wimmernd und wenig gesprächig bedeckte er seine Augen. Wenn sich auch sein leidender Magen bis zum Morgen beruhigt hatte, behielt er doch während dreier Tage mühsamer Reise seine Haltung gekränkter Schweigsamkeit bei. Da ein jeder Mann, der das Temperament eines s'Ffalenns herausforderte, ein Narr sein mußte, schlich er sich des Nachts heimlich davon und bat einen Salzhändler, ihn auf seinem Karren mit nach Tharidor zu nehmen.

Gegen Mittag trat er mit einem fröhlichen Pfeifen auf den Lippen die Tür der größten Taverne der Stadt auf. Blinzelnd starrte er in den von modrigem Pfeifenrauch erfüllten Raum und atmete die scharfen Ausdünstungen der Eichenholzfässer und unparfümierter Menschlichkeit und die schweren Aromen heißen Fettes und gerösteten Hühnerfleisches, das in der Küche auf Bratspießen garte.

Neben dem Kamin hatte sich die unausweichliche Meute Müßiggänger versammelt. Dakar nickte grüßend. Dann suchte er sich eine Bank zwischen einer Gruppe flüsternder Händler in edler, sommerlicher Seidenkleidung und einem Quartett sonnenverbrannter Seeleute. »Bier«, verlangte er von der Magd, die die Steine neben dem Kamin scheuerte. »Das beste Gebräu, das das Haus zu bieten hat, und einen Teller gewürzten Geflügels.«

Die Matrosen nahmen ihre Kabbelei über einen betrügerischen Zug beim Würfelspiel wieder auf, während Dakars Bestellung ausgeführt wurde. Als der Zapfhahn sich schäumend in einen sauberen Glaskrug ergoß, leckte er sich begierig die Lippen, ehe er den Krug hob und sich mit geschlossenen Augen und einem Ausdruck glückseliger Vorahnung daranmachte, sich das kühle Naß in den Mund strömen zu lassen.

Der Geschmack traf seine Zunge, doch er war bitter wie reine Galle. Schnaubend schrak er so heftig zurück, daß selbst die Bodenbretter erbebten. Seine Augen traten hervor. Tränen strömten über seine leuchtendrot verfärbten Apfelbäckchen, während er würgte und einen Sprühnebel feinster Biertröpfchen ausspie.

»Bei allen Dämonen!« schnappte der Matrose auf der anderen Seite des Tisches. »Wenn du vorhast, dein Bier zu verschütten, dann such dir dafür einen anderen Ort. Anderenfalls, nur daß wir uns richtig verstehen, werde ich dich tranchieren und im Lampenöl schmoren.«

Noch halb erstickt vor purem Zorn würgend, spuckte Dakar in seinen Krug. Zu heiser, zu brüllen, winkte er der Magd. »Was soll das hier sein? Das Gebräu, das hier serviert wird, ist ungenießbar. Das ist reine Lauge.« Seine Tirade gewann an Lautstärke, als das Kratzen in seinem

Hals nachließ. »Gehört es hier etwa zum guten Ton, die Gäste zu vergiften?«

Durch den Tumult aus der Küche hervorgelockt, erschien der Wirt auf der Bildfläche, einen Fleischspieß fest umklammert, als wäre es ein Streitkolben. »Ich dulde das nicht!« Er schritt geradewegs an den verblüfften Händlern vorbei und fuchtelte mit seinem eisernen Küchengerät vor Dakars Gesicht herum. »In meinem Hause werden die feinsten Speisen und Getränke von ganz Tharidor serviert!«

»So?« Herausfordernd und störrisch wie ein Maultier verschränkte Dakar die Arme vor der Brust. »Dann haben die Leute in dieser Stadt seltsame Vorstellungen von guter Kost.«

Der Spieß schlug in die Tischplatte ein, wo er zitternd steckenblieb, gerade eine Haaresbreite von Dakars Ellbogen entfernt. Der Wirt beugte sich mit gesträubten Nackenhaaren in bedrohlicher Haltung über ihn, beide Fäuste in die Hüften gerammt. »Ihr habt gewiß keinen Grund, beleidigend zu werden. Wenn Ihr eines Mannes Bier nicht vertragt, so solltet Ihr Euch auf frischen Apfelsaft beschränken.«

Während er langsam die geweiteten Augen wieder von dem Stück Metall abwandte, das sich in den Tisch gebohrt hatte, hüstelte Dakar in den Stoff seines Ärmels. »Nun, dann probiert selbst einen Schluck.« Mit dem Unterarm schob er den Krug hinüber. »Ich werde anständig sein und mich für mein Benehmen entschuldigen, wenn dieses Gebräu Euch nicht ebenso höllisch den Mund verätzt.«

Die Würfel der Matrosen klapperten noch einmal, ehe sie unbeachtet zur Ruhe kamen. Neben dem Herd beugten sich graubärtige Müßiggänger neugierig vor, als der Wirt nach dem Krug griff. Wenngleich ein wenig zurückhaltender, beobachteten doch selbst die Händler begierig, wie er den Krug mit einem einzigen Zug leerte. Dann seufzte er, die Züge verhärtet vor Abscheu, als er sich den Schaum aus dem Bart leckte und den leeren Krug mit dem Rand nach unten neben den aufrecht aus der Tischplatte ragenden Fleischspieß donnerte. »Ihr habt eine lebhafte Phantasie von der Art, die nur Ärger bringt, und den kann ich hier nicht gebrauchen.«

Eine kurze Bewegung seines Kopfes rief zwei gewaltige Schläger herbei, die in einer Ecke gesessen hatten, welche Dakars Aufmerksamkeit entgangen war. Diese beiden packten seine Ellbogen mit eisenhartem Griff und warfen ihn gewaltsam hinaus.

Stunden später, den Rumpf in der Gosse geparkt, drei Fingerknöchel ihrer Haut beraubt und mit einem pulsierenden Schmerz gestauchter Rippen im Leib, tastete Dakar vorsichtig die Schwellung über seinem blauschwarz angelaufenen Auge ab und kam nicht umhin, anzuerkennen, daß er jämmerlich geschlagen war. Er hatte Bierfässer und Weinhändler überall in Tharidor aufgesucht und nicht einen trinkbaren Tropfen gefunden. Die Trinker dieser Stadt hatten ihn auf ihren abendlichen Runden zu ihrem bevorzugten Spottobjekt erwählt, bis die letzte Taverne, die er aufgesucht hatte, den Gerüchten Beachtung geschenkt und ihm den Einlaß so vehement verwehrt hatte, als wäre er ein geisteskranker Bettler.

Das Fleisch, das er sich zum Trost bei einer Wurstbraterei einverleibt hatte, versetzte seinen Magen in ebenso heftige wie rebellierende Bewegung. Da er nun gelernt hatte, sich vor gekränkten Wirten zu hüten, behielt Dakar seine Klagen für sich. Als seine empfindsamen Innereien sich erbost verkrampften, unterdrückte er mühevoll Tränen des Zornes, bezahlte sein kaum angerührtes Mahl, ehe er dem verwunderten Wursthändler die Kehrseite zuwandte und sich an den Rinnstein setzte, um sich zu sammeln.

Erfüllt von düsteren Gedanken und in miserabler

Stimmung wog der Wahnsinnige Prophet die Schwere der Verlockung ab, sein Leid zwischen parfümierten Laken in einem Hurenhaus zu lindern. Doch allein der Gedanke an die Behaglichkeit in den Armen einer bezahlten Hure jagte ihm ein unangenehmes, warnendes Stechen durch den Schritt.

Das bärtige Kinn verdrießlich auf die Hände gestützt, die er über seinen Knie gefaltet hatte, wirre Haarsträhnen auf der Stirn, die sich von der drückenden Feuchte der Seeluft kräuselten, begann Dakar, ernsthaft nachzudenken. Während elegante, glänzend lackierte Kutschen und schmutzige Rollwagen unter dem Klang knallender Peitschen und klimpernden Zaumzeugs an seinem Sitzplatz vorüberzogen, erfuhren seine unbeholfenen Gedankengänge eine Erleuchtung.

»Ath!« Sein Ausbruch veranlaßte eine streunende Katze, wie der Blitz hinter einem Haufen von altem Eisen zu verschwinden. Ein kunterbunt gekleidetes Straßenkind unterbrach seine Almosensammlung, um ihn mit schreckgeweiteten Augen anzustarren. Dakar schenkte beiden keinerlei Beachtung. »Sollen doch die Dämonen diesen lästigen Zauberer holen. Was ich jetzt brauche, ist eine Kräuterhexe!«

Das Straßenkind schlich näher heran und lächelte ihm liebreizend zu. »Herr, ich kenne eine solche Frau. Ein halbes Silberstück, und ich führe Euch zu ihrem Haus.«

Dakar betrachtete den Streuner, dessen bloße Füße und zerlumpte Kleider arglistig über eine wohlgenährte Gestalt hinwegtäuschen sollten, mit finsterem Blick. »Verdammter Räuber.« Doch Hunger und Durst wogen schwerer als sein Drang zu feilschen, und er übergab dem Kind grollend das geforderte Geld.

Die Kräuterhexe, die dreist genug war, ihrem Gewerbe innerhalb der Stadtgrenzen Tharidors nachzugehen, besaß eine verwahrloste Hütte hinter dem Gerberhof.

Nachdem das Straßenkind ihn zu dem schiefen Eingang gebracht hatte und sogleich davongelaufen war, hielt sich Dakar mit schwitzenden Fingern die Nase zu, wobei er heftig bedauerte, atmen zu müssen. Der Geruch, der von den Gerbereien herbeiwehte, war auch ohne die Regenfässer der Hexe überwältigend, auf denen sich ausgetrocknete Innereien stapelten, welche wiederum ganze Fliegenschwärme in der Sonne anlockten. Unterhalb der Bretter der Laufstege lugten die glänzenden Augen futtersuchender Ratten aus dem Schatten hervor, nur um sich sogleich, aufgeschreckt durch sein ärgerliches Klopfen an der Tür, in Windeseile zurückzuziehen.

Die verzogenen, unbehandelten Bretter des Türblattes kreischten in ihren Zinnangeln. Finger schoben sich um den Rand, deren Nägel abgebrochen und mit getrocknetem Blut befleckt waren. »Wer da?« erklang ein rauhes Flüstern.

Beinahe erstickt von dem Gestank und nicht fähig zu sprechen, wedelte Dakar mit seinem Geldbeutel.

Nachdem sein Name und seine Herkunft nun an Bedeutung verloren hatten, öffnete die Kräuterhexe ihm die Tür.

Tageslicht durchdrang Unordnung und Finsternis und gab Anlaß zu einem heftigen Schlagen staubiger Flügel. Ein verschlafener Hahn krähte, gefolgt von einem zweiten, während eine Wolke beißender Ausdünstungen von verbrannten Kräutern und Gewürzen auf die Straße hinauswehte. Die Frau, die breitbeinig auf der Schwelle stand, starrte ihn aus blutunterlaufenen Augen an. Ihr ungewaschenes Haar erinnerte an ein Vogelnest, gespickt mit Thymianzweigen und Brustfedern, die aussahen, als hätte ein Luftzug sie dorthin geweht. Ihre Kleidung aus Rehleder war mit Siegeln und Flecken diverser Mahlzeiten übersät, und ihre rußgespickte Haut schimmerte bläulich.

»Was willst du von mir? Ein Liebesbann? Ein Heiltrunk?« Sie stach mit einem gichtigen Finger in die vorstehende Wölbung der Eingeweide ihres Besuchers. »Ah, muß wohl ein Heiltrunk sein, was? Da hat dich wohl ein Weibsbild den Prügeln ihres Gatten überlassen, nicht wahr? Schüchternheit wird an der Wahrheit auch nichts ändern.«

Dakar blinzelte und hustete beleidigt schlechte Luft aus seinen Lungen. »Tatsächlich brauche ich jemanden, der mich von einem Bann befreit.«

Die Alte kicherte so heiser wie ihre Türangeln gekreischt hatten. »Hat dich ein Mädchen mit einem Liebeszauber eingefangen? Ach, das kann doch nur eine Lüge sein. Erwartest du, daß ich das glaube?«

»Das hat überhaupt nichts mit Schwierigkeiten in bezug auf Frauen zu tun«, schnappte Dakar. »Solltest du übrigens ein Huhn aufschlitzen müssen, um einen Bann zu lösen, dann bin ich gewiß an der falschen Adresse.«

Er wandte sich ab, um zu gehen, doch eine fahle Hand schoß vor und umklammerte die Hand, die den Geldbeutel festhielt. »Nur nicht so hastig, dummer Kerl.« Ein keuchender Atemzug löste sich in einem schnaufenden Gelächter. »Und was das Aufschlitzen der Hühner angeht: Es gibt Klienten, die das von mir erwarten. Mir soll es recht sein, solange sie dafür bezahlen. Allerdings bin ich der ewigen Hühnersuppe allmählich überdrüssig.«

Zu spät für ängstliches Zögern, mußte Dakar erkennen, daß er herumgerissen und von Händen, die sich wie stählerne Klammern um seinen Arm legten, hereingezerrt wurde.

Die Kräuterhexe schob ihn auf einen Hühnerkäfig und trat ihre Tür mit der Ferse ihres nackten, knochigen Fußes zu. Dann trommelte sie mit ihren mageren Fingern auf ihre Oberschenkel, während sie ihren neuesten Klienten durch die Schwaden des Kräuterrauches hindurch betrachtete. Der Gestank aus den Gerberfässern und von den Fleischabfällen kroch unerschrocken durch den Moschushauch ihres Parfüms. Während er gequält nach

Luft schnappte, erkannte Dakar, daß die vollgestopfte kleine Hütte, von dem Käfig, auf dem er saß, abgesehen, ausgesprochen sauber, wenngleich sonderbar möbliert war. Kisten und Taubenkäfige stützten eine Tischplatte und eine Pritsche, auf der Webdecken lagen, wie die Schäfer sie benutzten. Kräuterbündel hingen an den Deckenbalken, und ihre Schatten vermengten sich mit denen der Talismane aus Filz und Perlen und der getrockneten, gelben Klauen mumifizierter Vogelkrallen.

»Mein Warenangebot«, gestand die Alte mit sprödem Humor. Sie bückte sich und griff nach einem Cloisonnégefäß mit Weihrauch. Mit einem Fingerschnipsen und einem Zauberspruch, der in undeutlichen Konsonanten über ihre Lippen kam, entzündete sie ein neues Räucherstäbchen. Dann blies sie in die Glut, um sie anzufachen, und wedelte mit den Fingern in Richtung ihrer Artefakte. »Größtenteils Talismane, die die Matrosen vor dem Ertrinken schützen sollen. Spare in der Zeit, so hast du in der Not, sollte ich wohl zugeben, und die Hühnerfüße geben dem Ganzen einen netten Hauch des Geheimnisvollen.« Sie zuckte die Schultern. »Tharidors vornehme Gesellschaft hält nicht viel davon, Geld für Magie auszugeben.«

Nervös zappelnd hockte Dakar wie ein Häufchen Elend auf dem Lattenkäfig, in dem die Vögel eingesperrt waren. Er bemühte sich, überallhin zu sehen, nur nicht auf die Frau, die beständig murmelnd um ihn herumwirbelte und rote Symbole mit ihrem Weihrauch zeichnete. Gleich einer Dämonenschrift stieg Rauch von dem Räucherstäbchen auf, der von der Zugluft verwirbelt und davongeweht wurde. In der Dunkelheit des Raumes waren der Hauch von Zauberei, der jeden der schauerlichen Talismane umgaben, für die magische Wahrnehmung klar erkennbar. Diese Hexe verrichtete ihr Werk mit Blutmagnetismus und den tiefen irdenen Mysterien, die durch die Wurzeln unheimlicher Pflanzen drangen. Mondenschein entblößte die Wards, die über ihrer Hütte lagen, und andere unreine Dinge, die die verworrenen Siegel der Korianizauberinnen vergleichsweise klar und sauber erscheinen ließen.

Von zunehmenden Unbehagen bedrückt, suchte Dakar nach Ausreden, um aus der Baracke zu verschwinden. »Ich bin nicht davon überzeugt, daß du mir helfen kannst.«

Ruckartig richtete sich die Greisin auf und begann krächzend zu fluchen. Ihre Augen schimmerten so unheilvoll wie die einer Ratte, als sie das Räucherstäbchen in eine Messingschale stieß, die in den Schädel eines Vogels eingelassen war. »Gewiß kann ich das nicht!« Ihre gespreizten, gekrümmten Finger durchdrangen den letzten Hauch verfliegenden Rauches. »Auf dir liegt die Magie der Bruderschaft! Wie kannst du es wagen, mich so in Gefahr zu bringen und von mir zu verlangen, daß ich einen Bann breche, mit dem Asandir selbst dich belegt hat? Nun, ich werde mit dieser Art der Magie sicher nicht herumspielen, liegt doch dieser Bann auf deinem eigenen Versprechen.«

Hühner zeterten wild flatternd, als er sich umwandte, um sie anzusehen. »*Das ist unmöglich.* Ich habe nie ...« Dann brach er ab, als die Erinnerung in sein Bewußtsein stieg, und er biß sich erschrocken auf die Unterlippe.

Unter ihrem wahnsinnigen Geflecht unordentlicher Haare blickte die Alte auf den Mann mit dem niedergeschlagenen Gesichtsausdruck herab. »So«, schlußfolgerte sie. »Du sitzt also in der Falle. Und du kannst niemandem außer deiner eigenen Dummheit einen Vorwurf daraus machen.« Ihre Knie unter dem Rehleder krachten geräuschvoll, als sie sich zur Seite beugte und aus einer Kiste einen buntgefärbten Satz Knöchelbeine hervorzog. Sie spuckte auf sie, um sie zu befeuchten, rollte sie in ihrer Handfläche umher und warf sie klappernd zu Boden.

Der letzte rollte gegen die Spitze von Dakars Stiefel. Schnabelbewehrte Köpfe verdrehten sich hinter den

Käfiglatten, als die Hühner sich aufplusterten und mißtrauischen Blickes ihre Neugier befriedigten, wobei sie sich gleichzeitig scharrend ihres Kotes entledigten.

»Ich kann dir nur eine Weissagung bieten, Prophet.« Die Stimme der Kräuterhexe klang wie Samt, der über rostiges Eisen raschelte. »Der Mann, um den du dich kümmern sollst, wird in zwei Tagen bei Sonnenuntergang im Schrein unseres Schöpfers Ath in Seehafen sein.«

Dakar schlug mit den Fäusten auf den Käfig und schrie seinen Protest hinaus, begleitet vom wütenden Gackern aufgescheuchter Hühner. »Und wenn ich mich weigere, mich ihm wieder anzuschließen?«

Die Kräuterhexe zog ihre mageren Schultern hoch. »Dann werden die Bande der Magie deines Meisters aus der Bruderschaft erneut zuschlagen und dir, wie du es schon erlebt hast, jede Fleischeslust bis hin zu Nahrung und Trunk, die du zum Überleben brauchst, verderben.«

Dakar fluchte in einer sonderbaren Mischung der Sprachen und Dialekte. Als es ihm schließlich an Atem für weitere Verderbtheiten fehlte, huschte ein verschlagener Ausdruck über seine Züge. »Dieser Bann. Er bindet mich an die lebendige Präsenz eines Mannes, den ich als meinen Feind ansehe. Sehen so die Grenzen des Bannes aus?«

Die Kräuterhexe nickte.

»Lebendige Präsenz?« hakte Dakar nach.

Ein Fingerschnalzen bestätigte seine Vermutung.

»Dann werde ich ihn umbringen«, versprach er, und der Groll, der gleich einem Stein in seinem Herzen lag, erfüllte ihn mit der Kälte von Gletschereis. »Wenn es das ist, was mich von seiner Gesellschaft zu befreien vermag, dann, Dharkaron sei mein Zeuge, werde ich dafür sorgen, daß der letzte Prinz von Rathain den sicheren Tod findet.« Der Wahnsinnige Prophet erhob sich mühevoll und fummelte in seinem Geldbeutel nach Silberstücken.

Doch die Alte wandte das Gesicht ab und lehnte sein Geld ab. »Sorge du nur für dich, armer Mann. Um Seehafen rechtzeitig zu erreichen, wirst du alle deine Münzen für die Miete der Postpferde brauchen.«

# Reisen

Im Schatten der güldenen Silhouetten der Sanddünen von Sanpashir, in denen der beständige Wind die Spuren der Wagenräder verweht, senkt ein Bruderschaftszauberer voller Kummer sein Haupt, ehe er sich wieder regt und das Gesicht eines Fortgegangenen verschleiert, der noch den Glorienschein einer südlichen Morgensonne geatmet hat, doch nicht lange genug, die korallenroten Mauern und verdrehten Türme seiner Heimatstadt Innish wiederzusehen ...

Der Abend färbt den Dunst über der See lavendelblau und vernebelt die eingefallenen Mauern und zerstörten Türme von Tysans verlassener Hauptstadt Avenor; über den Ruinen auf einem myrthebewachsenen Hügel, erreicht der s'Ilessid-Prinz soeben lachend die Zahnreihen uralter Ängste und beruhigt seine furchtsamen Gefolgsleute: »Hier werde ich Mauern und eine Familie aufbauen und die Armeen, die ausziehen werden, den Sieg über den Herrn der Schatten zu erringen ...«

Während ein einsamer Reiter auf einem schwarzen Hengst südostwärts zieht, berichtet die Erste Korianizauberin ihrer Obersten von seiner Reise: »Arithon ist unterwegs nach Seehafen, gewiß in der Absicht, auf die offene See zu flüchten. Er ist uns schon auf dem Festland entkommen. Wie sollen wir ihm dann auf dem Ozean folgen?« Und Morriels Antwort lautet: »Auf eine Weise, die so alt ist wie die Zeit selbst. Elaira soll ihm nachgesandt werden und sich ihm auf mein Geheiß als seine Mätresse andienen ...«

# 7
# SEEHAFEN

Der Schrein zu Ehren des Schöpfers Ath befand sich ein gut Stück weit entfernt von den Kaimauern von Seehafen. Kein prachtvolles Gebäude wies auf den heiligen Ort hin, noch hatte es je eines gegeben. Ganz im Sinne der alten Paravianer, gebot der Glaube, daß kein von Menschenhand errichtetes Gebäude jene ursprüngliche Macht glorifizieren sollte, die alles Sein erschaffen und mit Namen versehen hatte. Nur ein ausgetretener, staubiger Pfad, der sich über die grauen Klippen oberhalb der Bucht hinzog, ließ ahnen, daß es jenseits der herabstürzenden Möwen und der nistenden Fischadler noch etwas anderes gab. Schatten fielen auf das Gras, als Dakar mit steifen Gliedern von seinem schweißgebadeten Roß herabglitt. Er schlang die Zügel um einen verwitterten Baumstumpf, zu erschlagen, sich darum zu sorgen, ob das Tier zurückscheuen und die Lederriemen zerreisen würde.

Zwei Tage hatte er mit regelmäßigem Wechsel seines Reittieres im Sattel zugebracht. Wunde Stellen an seiner Kehrseite und seinen Knien peinigten ihn mit üblen Schmerzen, und waren doch kaum der Rede wert, verglichen mit dem Groll, den er ob des Bannes empfand, mit dem Asandir ihn belegt hatte. Aufgebracht wie eine ausgeräucherte Hornisse, stapfte Dakar, die wärmende

Abendsonne im Rücken, über den schmalen, steinigen Weg zu dem Ort, an dem er den Schrein Aths finden würde.

Keines Menschen Stimme durchbrach die heiseren Schreie fischender Vögel. Das Rauschen der Brandung, das vom Strand heraufklang, schien das letzte Geräusch in dieser Welt zu sein. Die einzige Spur menschlicher Gegenwart war der Moschushauch veredelten Wachses, den der Wind über die Klippen herbeitrug. Dakar mußte sich am Felsen festhalten, um nicht das Gleichgewicht zu verlieren. Nach Tagen des Hungers und des Durstes fühlte er sich sehr schwach, und die schwache Ausdünstung der Kerzenflammen drohte, ihm die Sinne zu rauben.

Der Pfad fiel langsam ab. Vor ihm, zur Linken lag eine schattige Grotte, geschützt vor den Geräuschen des Meeres und abgeschnitten vom Licht des Tages. Kein Priester und kein Diener pflegte diesen Ort, an dem Quellwasser melodisch über die dunkle Erde strömte, um sich schließlich plätschernd ins Meer zu ergießen. Oberhalb des Randes der übersprudelnden Quelle befanden sich Vertiefungen im natürlich gewachsenen Felsen, überzogen von karbongeschwärztem, geronnenen Wachs, das von Flechten und Moosen überwuchert wurde.

Inmitten unzähliger Opfergaben zu Ehren der Mysterien Aths, umgeben von frischen, gezogenen Bienenwachskerzen von weißer und güldener Farbe, flackerten Flammen in der feuchten Seeluft. In ihrem Lichtschein erkannte Dakar die Silhouette Arithons, des Herrn der Schatten, der, genau wie es die Kräuterhexe in Tharidor vorhergesagt hatte, in dem Schrein stand.

In diesem Augenblick hätte er gut und gerne sterben können, hätte Dakar ein Messer getragen. Unbewaffnet und so zornig, daß es ihm die Kehle zuschnürte, mußte er sich doch eingestehen, daß es ihm an Wissen mangelte, einen Bannzauber zu lösen, blieb der Wahnsinnige Prophet erfüllt von tiefem Haß hilflos stehen.

Falls der Feind, den zu erdrosseln er sich von Herzen wünschte, die näherkommenden Schritte gehört hatte, so wandte er sich doch nicht ein einziges Mal um, sondern entzündete seine letzte Kerze und stellte sie gemeinsam mit Hunderten anderer auf einem Felsensims auf. Minuten zogen dahin. Der Himmel jenseits der Grotte verfärbte sich purpur, schließlich indigoblau, während im Inneren flackernde Flammen zischten und schrumpften, um nach und nach vom Wachs erstickt zu werden.

Noch immer wandte Arithon sich nicht um. Ohne ein Ziel für seinen Zorn fluchte Dakar vor sich hin, bis die Vernunft ihn mit der Frage belästigte, was einen Mann dazu bringen mochte, in der Abenddämmerung ganz allein im Schrein Aths Kerzen abzubrennen.

»Er kann nicht tot sein!« brach es aus dem Wahnsinnigen Propheten hervor. »Daelion, Herr des Schicksals, erhöre nur dieses eine Gebet. Sag mir, daß Halliron nicht gestorben ist, bevor Asandir ihn zurück nach Innish bringen konnte.«

Arithon senkte den Kopf. »Er ist heute morgen von uns gegangen. Kurz nach Sonnenaufgang.« Flüsternd, aber mit ruhigen Worten, fügte er hinzu: »Sethvir hat einen Wahrsager informiert, der mich aufgespürt und informiert hat.«

Peinlich berührt schluckte Dakar. »Es tut mir leid. Ath, es tut mir so leid.«

Ergriffen von Kummer und Selbstmitleid tastete er nach einem Felsen, auf dem er sich niedersetzte und seinen Tränen freien Lauf ließ. Aus Respekt zu Ehren des verstorbenen Barden verhielt er sich ruhig, bis auch die letzte Kerze heißes Wachs versprühend aufflackerte und verlosch; nur eine erstickte Flamme unter Tausenden, ein Ehrenlicht für einen meisterhaften Minnesänger, dessen Begabung für Millionen anderer in unerreichbarer Ferne lag.

Inzwischen hatte die Nacht auch das letzte Licht des Tages vertrieben. Eine Bewegung in der Dunkelheit, und

Dakar wischte sich die feuchten Wangen an den Ärmelstulpen ab. Er hob den Kopf, strich sich das klebrige Haar aus der Stirn und erkannte, daß die Grotte mit dem Schrein verlassen war.

Nachdem er sich einen Augenblick suchend umgesehen hatte, entdeckte er Arithon, der unbeweglich in der Finsternis stand, die nichts vor ihm verbergen konnte. Von weiß schimmernden Gischttropfen bedeckt, doch ordentlich in seine schwarzen Hosen und sein langärmeliges Hemd gekleidet, betrachtete er Dakar, den Kopf ein wenig zur Seite geneigt, so wie er es in der Vergangenheit oft getan hatte, wenn er sich gemüht hatte, den melodischen Nuancen zu folgen, die Halliron, der Meisterbarde, ihn gelehrt hatte.

Von dem Gehabe, das ihn an jene frühere, falsche Identität mit Namen Medlir erinnerte, erneut aufgebracht, versteifte sich Dakar. »Ihr habt es gewußt! Ihr habt die Resonanz des Bannes gehört, mit dem Asandir mich belegt hat, und Ihr habt mich nicht einmal gewarnt.«

»Ich habe dich nach dem Goldstück gefragt, falls du dich erinnerst«, konstatierte Arithon. »Die Harmonie, die deine Person umfangen hält, hat beachtlich ähnliche Untertöne.«

Dakar konterte mit einer schmutzigen Phrase, ohne eine passende Reaktion zu erzielen. Um so erzürnter, vermochte Arithons Geduld ihn doch gänzlich aus der Fassung zu bringen, platzte er heraus: »Und, was gedenkt Ihr nun zu tun?«

»Ich bin bereits überfällig für eine Verabredung in einer bestimmten Taverne in der Hafenstraße.« Der Herr der Schatten schob sich von den Felsen fort. »Du siehst aus, als könntest du ein Bier vertragen.«

»Ath, nein«, widersprach Dakar feindselig. »Noch einmal wird es Euch nicht gelingen, mich betrunken zu machen.« Um dem Bann Asandirs entgegenzuwirken und den Herrn der Schatten loszuwerden, würde er einen subtilen Plan und klare Gedanken brauchen.

»Jetzt, da ich weiß, ich befinde mich in Eurer Gesellschaft, werdet Ihr mich nicht mehr einfangen können, indem Ihr meinen Verstand vernebelt.«

Eine Bewegung des weißen Hemdes wurde in der Dunkelheit sichtbar; Arithon zuckte mit den Schultern. »Ganz wie du willst. Die Wahrheit ist, *ich* könnte durchaus ein Bier gebrauchen.«

»Daelion möge sich erbarmen!« schimpfte Dakar angewidert. »Wo bleibt Euer Respekt? Der Barde, den Ihr genug geliebt habt, Euch von ihm ausbilden zu lassen, ist tot! Ist das Eure Art, sein Andenken zu wahren? Loszurennen und Euch zu betrinken?«

Mit ausdrucksloser Miene murmelte Arithon einige Worte in paravianischer Sprache, die im Tosen der Brandung untergingen. Überrascht, der erwarteten, zornigen Bemerkung entgangen zu sein, blieb der Wahnsinnige Prophet einen Augenblick reglos vor Verblüffung stehen, als sich das Objekt seines Tadels schon an ihm vorbeischob. Solchermaßen genötigt, eilends hinterherzustolpern, stieß sich der fette Seher während des ganzen Weges über den Klippenpfad immer wieder die Zehen an.

Von Sonnenuntergang bis zur Morgendämmerung braute sich im Hafenviertel von Seehafen ein stetes Gewimmel aus Radaubrüdern und anderem Pöbel zusammen. Hier, wo Gauner mit brennenden Fackeln jonglierten und die Pfandleihen die ganze Nacht über geöffnet blieben, um den Matrosen Geld für ihren Schmuck anzubieten, bildete die derbe Parade der Huren und der taumelnde Festzug der Seeleute, die sich feiernd auf das Auslaufen ihrer Schiffe vorbereiteten, einen kaleidoskopartigen Tumult. Wenn schon auf den Straßen zwischen den Geschäftshäusern mit den Giebeldächern ein Gedränge wie auf einem Jahrmarkt herrschte, so waren die Tavernen zum Bersten voll. Übertrieben gekleidet oder halbnackt, fand sich in ihnen eine bunte Mischung aus Matrosen, die fest entschlossen waren, die Freuden, auf die sie neun Monate hatten verzichten müssen, gleich alle in ihrer ersten Nacht an Land nachzuholen. Die meisten tobten sich aus und zechten, bis sie ihr letztes Geld verpraßt hatten, um gleich darauf beim nächsten Proviantmeister für eine neue Reise anzuheuern.

Der Gastraum der *Kielwassertaverne* beanspruchte den Ruf für sich, die wildeste Spelunke der ganzen Hafenstraße zu sein. Da sie den Kais am nächsten lag, schwankten die Matrosen noch immer mit Seegang herein, um sich ihren ersten Trunk zu genehmigen, und allzuoft kamen sie nicht mehr weiter. Die Mannschaften der Schmugglerschiffe versammelten sich hier, nüchtern und wachsam, stets bereit, überraschende Anordnungen von ihren Kapitänen zu erhalten, die Schiffe, beladen mit schwarzer Ware, in aller Eile vor dem Zugriff des Hafenmeisters zu retten und in eine sicherer Bucht zu fahren.

Im *Kielwasser* mußte ein Fremder, der an einem Tisch sitzen und sein Bier trinken wollte, damit rechnen, für dieses Privileg ein ordentliches Bestechungsgeld hinlegen zu müssen.

Hilflos verstrickt in Asandirs Magie, entsagte Dakar seinem Drang zu klagen. Sein Entschluß, zum Zweck seiner blutrünstigen Pläne nüchtern zu bleiben, wurde durch seinen Mangel an Geld gestärkt, während er sich fluchend und mit den Ellbogen stoßend einen Weg durch die Horden der Nachtschwärmer bahnte, um Arithon nicht aus dem Auge zu verlieren.

Klein und unverschämt flink auf den Beinen, war der s'Ffalenn-Prinz imstande, sich wie ein Aal durch das Gedränge zu schieben. Er hatte sich bereits beim Wirt Gehör verschaffen können, einem riesigen Mann, dessen Wangen von einem Geflecht roter Adern durchzogen waren und dessen Haltung sich durch einen Buckel auszeichnete, der ihm aus seiner Zeit als Schiffskoch geblieben war. Die beiden Männer waren in ein Gespräch vertieft, und Dakar war nicht davon überzeugt, ob er es mitanhören wollte, kämpfte doch gerade in ihm die gewohnheitsmäßige Neugier gegen einen frischen, tiefgreifenden, giftigen Haß.

Ganz zu schweigen von der Tatsache, daß die Trinklieder und das Gelächter sowie die Aufschreie gezwickter Barmädchen selbst seine größte Anstrengung zum Scheitern verurteilt hätten. Der Hochsommer war eine ungesunde Zeit, die Tavernen von Seehafen auszuprobieren. Innerhalb der Steinwände der *Kielwassertaverne* staute sich die erdrückende, feuchte Hitze, und oberhalb der von Messernarben gezeichneten Balken, die die Decke stützten, fand ein weiterer, mordsmäßiger Tumult statt. Der Klaustrophobie und nüchterner Langeweile anheimgegeben, löste Dakar sämtliche Verschnürungen seines Hemdes, riß Kragen und Ärmelstulpen auf und stemmte seinen massigen Leib gegen einen Pfosten. Dort wartete er zunehmend ungeduldig, ohne dem Spott Beachtung zu zollen, den seine unordentliche Kleidung erregte; wie es schien, hatten die Hühner der Kräuterhexe seinen Hosenboden mit ihren Schnäbeln in Fetzen gerissen. Dieses Pech sollte ihn kaum bekümmern, wie Dakar schmollend feststellte, schließlich würden die salzige Luft und die modrigen Schiffe einem Mann so oder so die Hosen am Leibe verfaulen lassen.

Etwas, das Arithon sagte, veranlaßte den Wirt, erfreut zu nicken. Seine lautstarke Antwort war unüberhörbar. »Kapitän Dhirken? Vom *Schwarzen Drachen*? Die Mannschaft ist hier, gewiß. Ihr Kapitän bevorzugt den Tisch in der Ecke, wo die Luft nicht so stickig ist.«

Ein Geldstück wechselte den Besitzer, und Arithon trat zurück, wobei nur seine schnellen Reflexe ihn vor einem Zusammenstoß mit dem überquellenden Mieder einer Dirne bewahrten. Grinsend nahm er ihre Enttäuschung zur Kenntnis. Dann ließ er ein halbes Silberstück in ihr Dekolleté gleiten, ehe er der Verlockung vergnügt entfleuchte. »Hast du gehört?« rief er Dakar zu. »Gut, dann komm mit!«

Während er sich zwischen zwei streitsüchtigen Schauermännern hindurchzwängte, bemühte sich der Wahnsinnige Prophet entschlossen, ihm zu folgen. Doch die Lücke erwies sich als zu klein, um seinen fetten Leib passieren zu lassen. Abgeschnitten und zwischen nach Teer stinkenden Zechbrüdern hin- und hergestoßen, verrenkte er sich fluchend den Hals und fand schließlich das besagte Fenster, das von den verwitterten Brüsten einer hölzernen Meerjungfrau und einer Gruppe Kalfaterknechten, die sich gegenseitig am Arm hielten und übermütige Lieder sangen, begrenzt wurde. Die Scheiben in dem verfallenen Rahmen waren mit einer dicken Schmutzschicht überzogen und gesprungen, nachdem das ermüdete Holz des Rahmens sich verzogen hatte.

»Frische Luft«, grollte der Wahnsinnige Prophet unhörbar. »Wußte nicht, daß es in dieser Hafenstadt etwas anderes als den Gestank von Kielräumen und Fischen zu riechen gibt.«

Inzwischen hatte Arithon auch die letzten Schritte bis zu dem Tisch überwunden. Wie durch ein Wunder ergatterte er mit einem einzigen Blick einen freien Stuhl. Er setzte sich gegenüber einer Dirne mit einem Zopf schwarzer Haare, der bis auf die Hüfte reichte, und begann sofort zu sprechen.

Mittlerweile ausgedörrt genug, seinen Entschluß, nicht zu trinken, bitter zu bereuen, konzentrierte Dakar seinen finsteren Blick auf den Herrn der Schatten, doch es gelang ihm nicht, dessen Aufmerksamkeit zu erringen. Daß der verfluchte Prinz scheinbar entschlossen war, am Abend nach Hallirons Tod zu schäkern, war jedoch eine Schwäche, die ihm durchaus noch zum Vorteil gereichen konnte, besonders, da das Schiff, auf dem er zu segeln gedachte, in dieser Spelunke ein Objekt des öffentlichen Interesses war.

Unter seinem Bart verzogen sich Dakars Lippen zu

einem Lächeln, das an einen Barrakuda erinnerte. Abschätzig musterte er die grölende Gästeschar der *Kielwassertaverne,* suchte sich ein passendes Opfer und stürzte sich sodann, getrieben von dem rachsüchtigen Wunsch, ein Chaos zu verursachen, auf eine Meute Zöpfe tragender Spieler.

Sein Ausfall schleuderte einen mickrigen kleinen Taschendieb zur Seite, der donnernd gegen eine Bank prallte, auf der ein kahlköpfiges Untier mit eingekerbten Ohren dabei war, Karten auszuteilen.

Dakar täuschte einen Schluckauf vor, gefolgt von einem zerknirschten Lächeln.

»Schulligung«, lallte er dann in einem nur annähernd reumütigen Ton. Unbeholfen genug, trunken zu wirken, tat er einen unsicheren, taumelnden Schritt, stolperte dann und verhakte seinen Fuß zwischen einem wackeligen Bein und einer Querverstrebung. Die Bank stürzte um. Schäbige Spielkarten, Würfel und Silbermünzen flogen in sämtliche Richtungen davon. Nur die schnellen Reflexe eines erfahrenen Seemanns hielten den kahlköpfigen Flegel auf seinen Füßen.

»Du da!« brüllte er ungehalten, von den wagemutigsten Umstehenden, die sich zu Boden fallen ließen, um den Münzen hinterherzukrabbeln, hin und her gestoßen.

Noch ehe der erzürnte Spieler sich wie ein Rammbock auf die Männer stürzen konnte, um sein verstreutes Geld zu retten, erhob Dakar die Stimme zu einem ohrenbetäubenden Gebrüll: »Bist du Kapitän Dhirkens dreckiger Lakai?«

Gespannte Stille erfaßte die Gäste in der näheren Umgebung. Braungebrannte Leiber rückten in einem enger werdenden Kreis näher.

So des schützenden, fröhlichen Lärms der Umgebung beraubt, leckte sich das kahle Monstrum über seine abgebrochenen Zähne. Grellrot glühten seine Augen im Spiel des Lampenlichtes. »Und wenn ich es bin?« Er dehnte seine Finger, ballte sie zu Fäusten, dehnte sie wieder.

Sonnengebräunte, behaarte Unterarme blähten sich im Spiel geschmeidiger Muskeln.

Ein Serviermädchen mit ausladenden Hüften, das ein Tablett durch die Menge balancierte, sah, daß sich Ärger zusammenbraute und änderte wohlweislich die Richtung.

»Was hast du gegen Dhirken?« rief jemand aus der Zuschauermenge.

Dakar trat einen Schritt zurück und verdrehte die Augen. Eingekeilt zwischen schlitzäugigen, tätowierten Seeleuten, die ihm feindselige Stöße versetzten, steckte er die Daumen hinter seinen Gürtel. »Nichts, nichts.« Mit einem entwaffnenden Lächeln zuckte er die Schultern. »Na ja, beinahe nichts. Ich habe nur ein Gerücht gehört ...«

»Was für ein Gerücht?« Der kahlköpfige Mann beförderte die umgekippte Bank mit einem Fußtritt zur Seite, und ein verlorener Kartenhaufen wirbelte durch die Luft. Schlendernd näherte er sich. »Besser, du sprichst. Oder, glaub es mir, ich prügele deine Vorderzähne sauber bis zu deiner Blase runter!«

Dakar trat von einem Fuß auf den anderen, während sein rundes Gesicht eine talgweiße Farbe bekam. »Gehörst du etwa wirklich zu Dhirkens Männern?«

»Aye, so ist es. Erster Maat des *Schwarzen Drachen,* genauer gesagt.« Ein kurzes Zucken seiner Mundwinkel, ein Blick, zornglühend genug, den Gegner zu versengen, und ein brüsker Schritt brachten den Maat in Schlagweite. »Sag, was du zu sagen hast, du triefnasiger Kübel Fischköder.«

»Ach«, Dakar schluckte verkrampft und brachte es fertig, eine klägliche Miene aufzusetzen. »Na ja, im Hof des Hafenmeisters hat jemand behauptet, Dhirkens Mannschaft wäre so träge wie Teer in Eiseskälte. Es war ein Mann, von dem ich weiß, daß er auf dem *Drachen* anheuern will. Tja, das sollte er wohl besser lassen, falls er die Wahrheit gesprochen hat.«

»Glaubst du das?« brüllte der kahlköpfige Riese.

Stille hatte sich wie vergiftete Luft bis in den letzten Winkel des Raumes verbreitet. Alle Ohren warteten gespannt auf Dakars Antwort, jedes Auge im Raum maß sein Unbehagen. Das Zischen der Öllampen mischte sich mit dem Flüstern schwerer Atemzüge, während Dhirkens Maat seine Fingerknöchel krachen ließ, und jedes einzelne Knacken der Gelenke klang wie der Aufprall eines kraftvoll geschleuderten Steines. Angriffslustig spuckte er in beide Handflächen und trocknete sie über den Oberschenkeln an seinen Kleidern.

»Oh«, stammelte der Wahnsinnige Prophet, die hervortretenden Augen starren Blickes auf die kampfbereiten Fäuste gerichtet. »Ich kam nur her, mich zu erkundigen. Aber du mußt zugeben, du hast mir keinen Beweis dafür geliefert, daß der *Drache* kein lahmer Kutter ist.«

Aus dem Hintergrund erklang das Kichern eines hageren Matrosen. »Kumpel, hier hast du die Wahrheit, falls du sie hören willst: Dhirken ist ein affektiertes Püppchen, das jeder anständige Mann einfach umpusten kann, und die Mannschaft des *Drachen*? Nur ein Pack stammelnder Waschlappen, die sogar mein lahmer kleiner Bruder mühelos besiegen kann.«

»So, meinst du?«

Einer der ehemaligen Kartenspieler rappelte sich auf die Füße, und seine Messingohrringe blitzten im Lampenschein auf. Seine Fäuste, wohlgefüllt mit gewonnenen Münzen, schwangen nun drohend wie Knüppel durch die Luft.

Das Gesicht verfärbt wie eine Runkelrübe, ließ der kahle Maat des *Drachen* in wilder Kampfeslust seine schnellen, starken Fäuste sprechen.

Pfiffig, wenn es darauf ankam, ließ sich Dakar flach zu Boden fallen. Die harte Faust pfiff direkt über seinen wirren Haarschopf hinweg und landete mit dumpfem Aufprall auf einem der Zuschauer hinter ihm. Einer, dessen lahmer kleiner Bruder sich als beweglich wie eine

Schlange und begnadet im Umgang mit einem Messer erwies.

Nun gab es kein Halten mehr. Dies waren die Docks von Seehafen, hier gehörten Raufereien ebenso zu den körperlichen Reflexen wie das Atmen. Röhrend kam Bewegung in die Umstehenden, die sich sogleich freudig an dem Kampf beteiligten. Harmlose Gäste, die in dem Kreuzfeuer gefangen waren, liefen umher wie ein Haufen Krabben, furchtsam bestrebt, sich hinter Tischen und Tresen Deckung zu suchen. Die härtesten Männer hingegen brachen ihre Krüge entzwei und stürzten sich mit diesen scharfkantigen Waffen laut heulend in das Getümmel.

Von einem Atemzug zum nächsten hatte sich der überfüllte Gastraum der *Kielwassertaverne* in ein Tollhaus verwandelt, das es an Hemmungslosigkeit ohne Einschränkungen mit einem ganzen Rudel Dämonen aufnehmen konnte. Huren rafften Kleider und Unterröcke, zogen verborgene Knüppel oder zierliche, perlenverzierte Dolche hervor. Teller segelten durch die Luft und krachten gegen die Wände; Leiber wurden herumgeworfen und donnerten auf Stühle herab, und alles, was nicht festgezurrt war, wurde zerfetzt und als Schlagwaffe benutzt. Vom Gebrüll ihres ersten Maats herbeigelockt, stürzten sich die angegriffenen Matrosen des *Schwarzen Drachen* wie rasend in den Kampf, einem Blutvergießen durchaus nicht abgeneigt. Faustschläge, gegrunzte Schmerzenslaute und der Wettstreit des Kampfgebrülls vernichtete jegliche zivilisierte Konversation, als Dakar sich, auf allen vieren krabbelnd, mit einem überheblichen Lächeln auf den Lippen in Sicherheit brachte.

Nun sollte Arithon versuchen, Kapitän Dhirken zu überzeugen. Seine Leber würde im Handumdrehen zu Krabbenfutter verarbeitet werden.

Neben dem zur Straße weisenden Fenster blickte die ungerührte Meerjungfrau dem Wirt der *Kielwassertaverne* aus farblosen Augen entgegen, der sich gleich einem

Rammbock durch das Gedränge schob, um jemandem an dem Tisch gegenüberzutreten. Während schrill vorgetragene Fragen sich zu einem Streit entwickelten, blieb Arithon nur reglos wie eine Katze sitzen, sein Gesicht eine einzige Maske versteckter Ironie.

Selbst an seinem Aussichtspunkt auf dem Boden versetzte dieser Anblick Dakar einen Stich verborgener Furcht. Nachdem die Wogen des Kampfes nun hinter ihm lagen, erhob er sich wieder, duckte sich unter einer fliegenden Flasche hinweg und wich einem Haufen zersplitterter Stühle aus. Jemand hatte ein Entermesser gezogen; im Kampfeslärm, durch den lautstark das Feuerwerk der Obszönitäten aus weiblichem Munde hallte, spitzte er die Ohren, um der Auseinandersetzung am Tisch zu folgen.

Der Wirt verlangte Bezahlung für den angerichteten Schaden, und die Summe, die er nannte, war unverschämt genug, damit ein erstklassiges Bordell neu auszustatten.

»Nun hört aber auf«, sagte Arithon, und in seiner rhythmischen Sängerstimme schwang ein unverkennbarer Ton des Amüsements mit. »Ihr seid die Verhaltensweisen von Seeleuten doch gewohnt. Diese Taverne hat schon Hunderte solcher Tollheiten überstanden. Jeder Mann, der Augen hat zu sehen, kann unschwer erkennen, daß das Holz in diesem Gastraum erst vor kurzer Zeit die Sägemühle verlassen hat.«

Hinter dem Wirt, der sich breitbeinig vor dem Tisch aufgebaut hatte, bearbeitete ein Matrose die Deckenbalken mit seinem Taklermesser, wobei er jemanden am Boden mit gebrüllten Verwünschungen bedachte. Schmähungen hallten von dort zurück. Der Kandelaber schwang hin und her, löste sich aus seiner Verankerung und sauste herab. Der spektakuläre Knall, den der Aufprall auf dem Tresen verursachte, bereitete weiteren Beschimpfungen ein jähes Ende. Flaschen kippten, fielen; verschütteter Schnaps benetzte die Dochte umherrollender Kerzen. Niemand rührte sich, um Wasser herbeizubringen. Als die Schnapspfützen mit blauer Flamme Feuer fingen, drängten sich die nächststehenden Streithähne nur weiter vom Tresen fort. Kämpfer wie Zuschauer wichen rasch zurück und stürzten in heilloser Flucht übereinander, während die gierigen Flammenzungen an Beinen und Hintern ihrer Opfer leckten und ihre Haut mit Brandblasen überzogen.

Erpicht darauf, den neuen Umgestaltungsmaßnahmen der Seeleute zu folgen, reckte der Wirt, keineswegs gewillt, sich beschwichtigen zu lassen, das Kinn vor und rieb sich die Hände wie ein Steuereintreiber, der den Zehnten ausrechnet. »Die Mannschaft des *Drachen* bedeutet Ärger. War schon immer so. Auf Euer Wort, sie zu zügeln, habe ich sie hier hereingelassen. Tja, nun, mein ganzes Leben besteht nur aus Kummer. Jedes Halunkenpack, dessen Kapitän ...«

»Kein Wort mehr«, schnappte eine seidenweiche Altstimme.

Der Wirt zuckte zusammen, blinzelte und hörte auf zu sprechen, während er mit geweiteten Augen auf das Entermesser starrte, das auf seinen Bauch gerichtet war.

»Ruhig«, sagte die Frau mit einem glänzenden, schwarzen Zopf entschlossen. Sie erhob sich. Sie war kräftig und schien bis ins Innerste bereit zu sein, zuzustoßen. »Erdreiste dich noch einmal, mir zu sagen, wie ich mit meinen Männer umzugehen habe, und ich werde deine Eingeweide mit Vergnügen zu Fischfutter verarbeiten. Die Schäden in deiner Taverne werden zu *meiner* Zufriedenheit beglichen werden, aber erst, wenn meine Männer auch den letzten Zweifel an ihren Fähigkeiten ausgeräumt haben.«

Dakar blieb wie angewurzelt stehen. Mit herabhängendem Unterkiefer starrte er Arithon fragend an. »Kapitän Dhirken?« formte er sodann tonlos mit den Lippen, vollkommen erschüttert von dem Gedanken, daß der Kapitän eben diese Frau sein könnte.

Arithons Mundwinkel zuckten. »Keine andere. Du solltest eigentlich wissen, daß Huren im allgemeinen keine Seemannsstiefel tragen.«

Dakar tastete hinter seinem Rücken nach einem Stuhl, fand einen, hob ihn auf und setzte sich. »Eine Frau«, sagte er, noch immer tonlos. Dann, wehleidig und entschieden lauter: »Ach, bei allen Dämonen, um welchen Einsatz in diesem Chaos Sithaers spielt Ihr eigentlich?«

Doch der Blick des Herrn der Schatten richtete sich bereits an ihm vorbei in den Gastraum, in dem der Tumult nun recht zielgerichtete Züge trug. Der hagere Mann und seine Kumpane lagen bewußtlos mit dem Gesicht nach unten auf einem Haufen, während, Schulter an Schulter wie Brüder, Dhirkens Männer in grimmiger Übereinstimmung auf die restlichen, noch stehenden Kämpfer eindrangen, um auch diese niederzuringen.

Einigermaßen erholt von dem Schrecken, den ihm das Entermesser eingejagt hatte, nahm der Wirt die Plauderei wieder auf.

Dakar war unfähig, weiter zu lauschen. Erzürnt angesichts der kaltschnäuzigen Gleichmut seines Opfers und sich gänzlich der Tatsache bewußt, daß dieser kesse Kapitän jede weitere Provokation zum willkommenen Anlaß für einen Racheakt nehmen würde, ließ er seinem lasterhaften Ansinnen, den s'Ffalenn aus der Ruhe zu bringen, freien Lauf. »Wozu der Wirbel, Fräulein? Euren Männern scheint die Abwechslung Freude zu machen.«

Dhirken wirbelte herum. Ihr Gesicht war schmal, und rund um ihre gebräunte Nase herum verteilten sich Sommersprossen wie feingestreute Spritzer sienaroter Tinte. »Du!« Pfeifend fuhr ihr Entermesser durch die Luft, um ein neues Ziel anzuvisieren. »Habe ich nicht genug Probleme, auch ohne einen Kerl wie dich, der meinen Maat nur zum Spaß bis aufs Blut reizt? Geh mir mit deinem aufdringlichen Wesen aus dem Blickfeld, ehe ich dir den Bauch aufschlitze und mit deinem Speck die Eisenbeschläge des *Schwarzen Drachen* poliere.«

»Gnädige Frau«, sagte Arithon mit leisem Lachen. »Haltet Euch zurück, ich bitte Euch. Der Bursche ist auf Eurer Seite.«

Auf verlorenem Posten, doch zu stolz, erstaunt zu schauen, bedachte sie die beiden mit zornigem Blick. Schließlich zuckte sie die Schultern, wollte es ihr doch nicht gelingen, ihren Zorn in der Nähe von Arithons ansteckend guter Stimmung weiter zu nähren.

»Bei den Verdammten Sithaers! Ein Komplott?« Sie lockerte ihren Griff und verstaute die Klinge mit einem kreischenden Geräusch gewetzten Stahles wieder in der Scheide. »Wenn Ihr meine Aufmerksamkeit erringen wolltet, das ist Euch gelungen. Aber bei Dharkarons behaarten Eiern: Was Ihr mir zu sagen habt, sollte mich besser verdammt reich machen.«

Arithon deutete auf den Tisch, zog eine Bank herbei und setzte sich zu einer ruhigen Verhandlungsrunde nieder. Abseits und von der Konversation ausgeschlossen, zog sich der Wirt zurück, um jeden seiner Verluste genau aufzulisten. Dakar, gelähmt vor Verblüffung, stand wie ein vergessenes, nutzloses Möbel neben dem Tisch. Mürrisch, wütend und gepeinigt von all den Kratzern, die er sich auf seiner vierbeinigen Flucht über den Steinboden zugezogen hatte, zog er seinen Stuhl an den Tisch, pflanzte die Ellbogen auf die Platte und überdachte die Fehler in seiner Strategie.

Eine Magd wagte sich wieder heraus, ihnen Whisky zu servieren. Da jedoch keine Becher mehr verfügbar waren, stellte sie einfach den geöffneten Krug auf den Tisch, aus dem Arithon und Dhirken abwechselnd tranken, während sie sich an das geöffnete Fenster lehnte und aus halbgeschlossenen Augen den weiteren Verlauf der fortdauernden Rauferei beobachtete.

Unter einer Flut wieder auflebender Schreierei und dem Klirren brechenden Glases, sagte sie: »Wenn mein Maat aus dieser Sache als Krüppel hervorgeht oder stirbt, dann werde ich euch beide zwingen, an Bord meines Schiffes als einfache Matrosen zu arbeiten.« Sie schluckte, gab den Krug weiter und wartete, während Arithon seinerseits trank.

Dakar konnte seinen Sarkasmus nicht beherrschen. »Das letzte, was ich gesehen habe, war, wie Euer kostbarer erster Maat einem häßlichen Untier das Gesicht zerfetzt hat, das mit einem Schlachtermesser auf ihn losgehen wollte. Milde ausgedrückt, ist Eure Sorge unbegründet.«

Kapitän Dhirken nahm den Krug wieder an sich. Große Knöchel zierten die Finger an narbengezeichneten Händen. Ein Whiskykrug war ihr gewiß nicht fremd. Sie trank in großen Schlucken, bis schließlich ihre Züge an Härte verloren und sie die Lippen zu einem breiten Lächeln verzog, das irgendwie ganz und gar nicht beruhigend wirkte. »Ja, das ist der Stil meines Maats, zweifellos. Hat sich die Ohren von einem Schläger zerfetzen lassen, als er gerade zehn Jahre alt war. Seitdem machen Waffen ihn nervös. Hätte beinahe meinen Smutje umgebracht, in einem seiner krankhaften Anfälle. Vergeßt das nur nicht. Er hat schon einmal einem Mann den Bauch aufgeschlitzt, als er schlafgewandelt ist.«

Ungerührt ob dieser schauerlichen Vorstellung ergatterte Dakar einen Teller gerösteter Hühnchen, der vergessen auf dem Fenstersims stand. Jenseits zertrümmerter Tische und hochaufragender Beine umgestürzter Bänke konnte er erkennen, daß die übriggebliebenen Großmäuler entweder zu der berüchtigten Mannschaft des *Drachen* zählten oder sich auf die Seite der Sieger geschlagen hatten, um ihr Glück nicht zu sehr herauszufordern. Als sein Blick erneut auf Dhirken fiel, seufzte Dakar enttäuscht, einen abgenagten Knochen in Händen: Ob des Kapitäns Unterarme zart oder eher männlich waren, konnte niemand sagen, trug sie doch lederne Schutzkleidung, messingbeschlagen und mit Silberdraht umwickelt.

»Ihr habt diese Bühne aufgebaut«, sagte sie plötzlich

und ohne jede Überleitung. »Meine Männer haben die Aufführung bestritten. Ihr werdet den Schaden bezahlen, und ich höre mir Euer Angebot an. Aber zuerst müßt Ihr mir Zeit geben, sie hier herauszubringen.«

Arithon nickte und warf klimpernd einige Münzen auf den Tisch.

»Das ist zuviel«, schnappte Frau Kapitän. Messingbeschläge kratzten geräuschvoll über den Tisch, als sie sich zu ihm herüberbeugte. »Da ich Bestechung nicht ausstehen kann, sagt mir, was soll das?«

»Rum, um den Sieg des *Schwarzen Drachen* in der *Kielwassertaverne* zu feiern.« Erfüllt von dem Charme eines Barden, grinste Arithon. »Ein Kübel, ein Viertelfaß, ein ganzes Faß, sucht Euch aus, was Euch gefällt.«

Dhirken betrachtete den schimmernden Reichtum mit neidvoller Hochmut. »Es geht nicht darum, was mir gefällt, Kamerad. Es geht vielmehr um meine Männer, und ich bin es, die für sie spricht. Ein Kübel pro Kopf soll es sein. Ich will, daß sie wach sind, um noch heute um Mitternacht mit dem Einsetzen der Ebbe auszulaufen.«

»Ganz wie Ihr wollt.« Arithon verbarg geschickt seine Enttäuschung darüber, daß der größte Teil seines schmeichelnden Angebotes auf dem Tisch zurückblieb. Der Kapitän machte sich davon, die ausgelassenen Mannschaftsmitglieder am Kragen zu packen, ohne ihn noch eines einzigen Blickes zu würdigen.

Dakar pulte ein Knorpelstückchen hinter seinem Backenzahn hervor. »Seid Ihr nun besessen oder einfach nur verliebt?«

»Ein bißchen früh, das zu entscheiden, findest du nicht?« Zu kaltschnäuzig, ihm auf den Leim zu gehen, streckte Arithon sich zufrieden. »Ich wollte den unerschrockensten Kapitän, um durch die Eltairbucht zu segeln. Dhirken entspricht dieser Anforderung. Sie hat ihre Männer gut im Griff.«

Dakar mußte sich eingestehen, daß diese Beobachtung zweifellos zutreffend war, als sich auf der anderen Seite des Gastraumes die Mannschaft zufrieden um ihren Kapitän versammelte, sich das Blut von Schnittwunden und aufgeplatzten Lippen wischte und sich gegenseitig schulterklopfend und ausgesprochen gut gelaunt beglückwünschte. Die wenigen, die noch immer in Kämpfe verwickelt waren, hörten sofort auf, als ihr Kapitän den ersten klaren Befehl erteilte. Was auch immer sie gesagt haben mochte im Verlauf der Standpauke, drang nicht bis zu Dakar durch; nur das ein oder andere Wort ihrer Männer war zu hören: »gekränkt«, und »provoziert«, drang deutlich über das wiedereinsetzende Stimmengewirr an seine Ohren, als die angeschlagenen Gäste der Taverne sich über ihre flegelhafte Unterhaltung ausließen.

Nachdem er nun auch den letzten Hühnerflügel seiner Knorpel beraubt hatte, winkte Dakar die Magd mit einem Fingerschnipsen herbei, um einen weiteren Teller Essen zu bestellen. »Wie ist sie eigentlich an ihr Schiff gekommen?«

»Brigg«, korrigierte Arithon. »Es heißt, der *Schwarze Drache* hätte ihrem Vater gehört. Er ist auf See an einem Fieber gestorben, und man sagt, der erste Maat hätte versucht, das Kommando zu übernehmen. Laut dieser Version hat sie ihm das Herz mit einem Entermesser herausgeschnitten und sich selbst zum Kapitän ernannt, und niemand hatte mehr ein Interesse daran, sich mit ihr anzulegen.«

Dakar wischte sich das Bratfett an seinem Ärmel ab. »Und die andere Version?«

Arithon zuckte angespannt und kaum merklich mit den Schultern. »Demnach war sie die Geliebte des ursprünglichen Kapitäns und hat sein Herz mit dem Entermesser herausgeschnitten, und niemand hatte mehr ...«

»Ich glaube, die zweite Geschichte stimmt«, unterbrach ihn Dakar, während er zwischen der Suche nach der Magd mit seiner zweiten Portion und der Betrachtung dieses weiblichen Kapitäns in den maßgeschneiderten, scharlachroten Kniehosen und dem weiten Seemannshemd hin und her gerissen war, obschon die Falten ihrer Kleidung doch alles gänzlich verschleierten, was sich darunter verbergen mochte. Mürrisch, aufsässig und unüberlegt laut schloß er: »Bestimmt bindet sie ihre Euter flach, falls sie überhaupt welche hat.«

»Denkst du, du solltest sie kneifen, um das herauszufinden? Dann heul mir aber nicht die Ohren voll, wenn sie dich kastriert!« Nicht ganz nüchtern und gnadenlos wohlgestimmt hob er den Rumkrug. »Da ich beabsichtige, sie für ihre Dienste zu bezahlen, wirst du wohl ebenfalls an Bord gehen müssen.«

»Der Hungertod an Land könnte angenehmer sein«, brauste Dakar auf. Als die Magd mit einem Teller mit dicken Brotscheiben, überbackenem Gemüse und einer Schale Fischeintopf zurückkam, beschloß er stirnrunzelnd, doch weitblickend, daß es besser war, zuerst die Folgen der vergangenen drei Hungertage zu lindern. Silber lag in mehr als ausreichender Menge auf dem Tisch; Arithon konnte es sich gewiß leisten, für ihn zu bezahlen.

Von Blutergüssen, zerschundenen Gesichtern und einigen blutigen Fingerknöcheln abgesehen, schien es fast, als hätte der Kampf gar nicht stattgefunden. Die am wenigsten angeschlagenen Gäste der *Kielwassertaverne* richteten die Tische wieder auf und wandten sich erneut ihren unterbrochenen Vergnügungen zu. Die Verwundeten trösteten sich mit Huren oder scharfen Schnäpsen, und die Lautstärke stieg beständig an, während Neuankömmlinge über die letzten Bewußtlosen am Boden hinwegstiegen und um die Gunst der Dirnen wetteiferten.

Die Mannschaft des *Schwarzen Drachen* weilte nicht mehr unter den Gästen. Trotz ihrer Jubelrufe, nach Kapitän Dhirkens Ankündigung einer kräftigen Rumration, hatten sie ihrer abschließenden Warnung nicht entgehen können. »Haltet euch im Zaum! Ich werde keine Entschuldigung für weitere Schlägereien akzeptieren. Der *Schwarze Drache* wird mit der Flut segeln. Meine Geschäfte hier werden nicht lange dauern, und ich will, daß mein Boot frisch geschrubbt und bereit zum Auslaufen auf mich wartet. Jeder Mann, der sich nicht soweit im Griff hat, in die Takelage zu klettern, wird kielgeholt, bis die Haie ihn fressen!«

Solchermaßen entlassen und an Deck zurückgeschickt, zerstreuten sich die Männer in kleinen, zufrieden brummenden Gruppen, ehe sie nacheinander zur Tür hinausdrängten. Dhirken kehrte an den Tisch zurück, und der Schwung ihrer Hüfte hatte weniger mit ihrem Geschlecht zu tun, als mit der Art, wie ihr gewaltiger Säbel an ihrem Bein herabbaumelte.

Vollkommen in sein Mahl vertieft, ließ sich Dakar die Diskussion entgehen, als der Kapitän und der Herr der Schatten begannen, sich über die Bedingungen zu streiten. Arithons Anforderungsliste veranlaßte die Frau, ablehnend die Augen zusammenzukneifen.

»Sagt das noch einmal.« Sie beugte sich mit überkreuzten Armen vor, und die Knöchel ihrer Finger, die sich in das grobe Leinen ihrer Ärmel verkrallten, traten plötzlich weiß hervor. »Ihr wollt den *Drachen* für unbestimmte Zeit, um zu einem ebenso unbestimmten Ziel zu segeln, und außerdem verlangt Ihr, daß Euer Urteil das meine in fremden Gewässern überwiegen soll? Irrsinn! Und wie steht es mit der Fracht? Meine Frachträume sind voll, oder seid etwa Ihr beide selbst die Schmuggelware?«

Nur Dakar bemerkte die flüchtige, bittere Ironie, die Arithons Lächeln vorausging. »Ich habe nur eine Handvoll Fracht, und die wartet in einem anderen Hafen. Es ist mir auch gleichgültig, was Ihr geladen habt. Ich mache mir Sorgen um die Rückreise.«

Dhirken blinzelte. »Irrsinn«, wiederholte sie. »Ihr habt meine Zeit verschwendet und Euch unerfreuliche Außenstände eingehandelt durch das dumme Geplänkel, das Euer Freund mit meiner Mannschaft getrieben hat.«

Ihre Worte lösten in Dakars Eingeweiden urplötzlich Übelkeit aus und verdarben ihm den Appetit. Eine halbzerkaute Flosse in der Hand und fettigen Glanz in seinen Barthaaren, hörte er einfach auf zu kauen. Nie hatte der Herr der Schatten, der auf der anderen Seite des Tisches saß, etwas getan, ohne nachzudenken; er hatte sich zu einem feindseligen Versuch bekannt, einen Aufstand hervorzurufen, ohne auch nur eine Spur des Ärgers zu zeigen. Doch was auch immer er hinter seiner milden, geduldigen Haltung an Schlichen weben mochte, seine Miene blieb ebenso arglos wie verschlossen.

»Denkt über folgendes nach«, sagte er zu Dhirken, ein wenig amüsiert, doch keineswegs gönnerhaft. »Der *Schwarze Drache* wird das schnellste, reichste Schiff sein, das die Häfen des Kontinents anlaufen wird.«

»Hah!« Dhirken richtete sich auf, packte den Krug und donnerte ihn so heftig, daß die Münzen klapperten, zwischen Arithons Händen auf den Tisch, die ganz in der Nähe der ihren vollkommen entspannt auf dem Holz lagen. Doch sie waren nicht mit den Schwielen der Seeleute bedeckt, sondern verfügten über lange, zarte Finger, wie sie einem Musiker anstanden, der er, verborgen hinter seiner üblen Arglist, tatsächlich war. Mit einer Verachtung, die ihm jegliche Fähigkeit, ein Schwert zu führen, absprach, gab sie ihm feixend eine Antwort: »Trinkt, Narr, und träumt. Meine Brigg ist schon jetzt schnell genug, es mit jedem Patrouillenboot dort draußen aufzunehmen. Ich muß ihre Planken nicht riskieren, indem ich sie einem tölpelhaften Idioten überlasse, der sie vermutlich auf irgendeiner Sandbank zertrümmern wird.«

Stur sahen die beiden einander in die Augen, Arithon, nicht gewillt, sich auf die Provokation einzulassen, und Dhirken, erzürnt genug, ihn niederzustechen. Als hätte ihre Meinungsverschiedenheit ihn herbeigelockt, erschien der Wirt des *Kielwassers* an ihrem Tisch, um die Bezahlung für seinen Schaden einzufordern.

Zufällig sah Dakar, daß seine endgültige Rechnung mit der Summe des Silbers auf dem Tisch übereinstimmte. Nicht ohne Grund ließ sich der Wirt von zwei keulenschwingenden, ungeheuer muskulösen Giganten begleiten.

»Begleicht die Rechnung«, verlangte er. Überzeugt, seine beiden Schwergewichte würden den zierlichen Mann ausreichend einschüchtern, bückte er sich, um die Münzen einzusammeln.

Arithon bewegte sich mit der Geschwindigkeit einer Schlange.

Der Wirt rutschte mit der Hand gegen den Krug. Ein Silberstück fiel glitzernd und kreiselnd in die Dunkelheit unter dem Tisch und wurde, noch bevor es auf den Boden aufschlug, von einem Straßenkind aufgefangen, das sich hinter der hölzernen Meerjungfrau in einer Nische verborgen hatte.

Schmutzig und verwahrlost offenbarte es grinsend seine Zahnlücken, als das Wesen ein Bündel aus der Tiefe der Nische hervorzog und sagte: »Meister, hier ist Euer Instrument.«

Arithon erhob sich. Er nahm dem Kind die sicher verpackte Lyranthe ab, und seine Haltung gegenüber dem Wirt bekam einen unheilvollen Zug. »Ihr werdet Euer Geld bekommen, darauf gab ich mein Wort. Wie kommt Ihr auf den Gedanken, Ihr müßtet Gewalt anwenden, damit ich meine Schuld begleiche?«

»Bei allen Dämonen! Ihr seid ein Barde?« Der Wirt nagte an seiner Lippe, nicht gerade entschuldigend, doch verunsichert. Der letzte Musiker, der sein Gesicht im *Kielwasser* gezeigt hatte, hatte seine Lyranthe nur mehr in Splittern zurückerhalten. Begleitet von Dhirkens zynischem Blick und der stumpfsinnigen Neugier seiner Schläger, zögerte er gerade lange genug, um den Glanz des edlen Metalls und der Juwelen zu schauen, als

Arithon das unbezahlbare Instrument enthüllte, das ihm sein verstorbener Meister vermacht hatte.

Dann fiel auch das letzte verhüllende Ledertuch herab. Arithon stützte sein Bein auf dem Tisch auf und setzte einen Klanglauf gleich dem Flug weißer Funken frei, ehe er sorgsam die Wirbel aus Perlmutt und Ebenholz drehte, die die vierzehn silbergewirkten Saiten stimmten. Klar drangen die Klänge durch das Getöse im Gastraum der *Kielwassertaverne*. Als er fertig war, war jede Konversation verstummt. Köpfe wandten sich um, und bedeutungsschwere Stille erfüllte die Luft bis in den finstersten Winkel des Raumes.

Für einen winzigen Augenblick verharrte der Musiker, den Kopf auf die altbekannte Weise auf die Seite gelegt, die Finger in der Luft über der Griffleiste, während er sich einen Überblick über die Stimmung der Menschenmenge verschaffte. Dies war kein einfaches Publikum, das ihn gern willkommen heißen würde. Ihre Geschmäcker waren so verschieden wie ihre üblen Gewohnheiten und Geschäfte. Da waren die teerverschmutzten Matrosen, die Dirnen wie grellbunte Vögel auf dem Schoß wiegten; die Sattler aus den Werften, ohne Hemd, mit schweißglänzenden Oberarmen; die von Messerwunden gezeichneten Söldner, die ihre Köpfe über einem abgenutzten Würfelpaar zusammensteckten.

Noch bevor der letzte Klang seiner Eröffnung verhallt war, spulte Arithon eine Tanzweise ab. Er spielte keß und schnell, in einem herzzerreißenden, prachtvollen Tribut an Hallirons höchstes Geschick. Und der Pöbel im *Kielwasser* antwortete mit einer donnernden Anerkennung, die selbst das Geschirr im Regal erzittern ließ.

Der Wirt zog sich vollends verblüfft zurück. Nachdem sie sich von ihrer ersten Überraschung erholt hatte, legte Dhirken die Ellbogen in den verschütteten Schnaps zwischen den Münzen, stützte das Kinn auf die Hände und lauschte.

Immer schneller wurde der Rhythmus, lebendig wie

das Krachen sommerlicher Donnerschläge. Einige Dirnen sprangen auf, um zu tanzen, und bald erbebten die Bodenbretter. Nur Minuten später erschütterte die Ausgelassenheit der Gäste die ganze Taverne, während immer mehr Menschen von der Straße hereindrängten. Arithon indes beugte das Haupt über sein Instrument. Schwarzes Haar verbarg den Rest seines Gesichtes einschließlich seines Mienenspiels. Nicht einmal Dakar, der ihm am nächsten saß, sah das Aufblitzen der Tränen, die seine fliegenden Finger benetzten.

Halliron, der Meisterbarde, war tot; gegangen für immer. Und voller Ungestüm versetzte der Mann, der sich würdig erwiesen hatte, seine Nachfolge anzutreten, die übelste Spelunke in Seehafen mit seinem leidenschaftlichen Spiel in einen Sinnestaumel, der Raufbolde verführte, kreischend und mit den Füßen stampfend in die Hände zu klatschen. Als müßte er nur den Menschen Freude bringen, um sich selbst zu befreien und die Lücke in seinem Herzen zu schließen.

Dakar erwachte aus tiefem Schlaf, als sich spitze Finger schmerzhaft in seine Rippen bohrten.

Stöhnend rührte er sich und rieb sich mit den Fäusten die schlafverkrusteten Augen. Die unglaubliche Überraschung, nicht an einem Kater zu leiden, verblüffte ihn so sehr, daß er sich vollends aufrichtete. In der Finsternis, die nur durch den sanftroten Schein der letzten, verlöschenden Öllampe erhellt wurde, blinzelte er, um seine Umgebung zu taxieren.

Vor einem Hintergrund ausgestreckter Leiber erkannte er die schlanke Gestalt Arithons, der ungeduldig wartend mit der eingepackten Lyranthe über der Schulter vor ihm stand.

»Die Ebbe setzt bald ein«, sagte der Herr der Schatten leise, doch drängend. »Wenn du mit mir segeln willst, dann komm. Ich breche jetzt auf.«

Die Augen noch immer verquollen, blinzelte Dakar erneut. Gepeinigt legte er die Hände auf seinen aufgeblähten Bauch, doch nicht vorsichtig genug, mußte er doch sogleich rülpsen, was den Nachgeschmack des Kabeljaus wieder auf seine Zunge brachte. »Ihr habt das ganze Haus mit Eurer Meisterbardengabe in den Schlaf gezaubert, prinzipienloser Bastard, der Ihr seid.«

»Du hast zuviel gegessen«, konterte Arithon.

»Und was ist mit denen?« Mit einer unsicheren Geste deutete Dakar auf die anderen Gäste, die schnarchend auf den Tischen lagen.

»Branntwein oder Bier, was macht das schon? Der *Drache* wird jedenfalls bereit sein, den Anker zu lichten. Kommst du nun mit oder bleibst du?«

»Komme.« Mühsam kam Dakar auf die Beine. »Und wenn ich nur mitkomme, um Euch für diese Tat noch leiden zu sehen.«

Mildes Gelächter verhöhnte seine Worte. »Mach dir darum keine Sorgen. Dhirkens Mannschaft wird mir vermutlich an die Kehle gehen, noch ehe du richtig wach bist.« Arithon winkte lebhaft mit einer Hand, die aus einem Ärmel mit fest verschnürter Manschette hervorlugte. »Willst du mir helfen?«

Dakar starrte angestrengt in den beinahe dunklen Raum, bis er im schwachen Schein der flackernden Flamme die zusammengesackten Schultern Dhirkens entdeckte. Ihre Hände mit den derben, kurzgeschnittenen Fingernägeln, die gebräunte Haut ihrer Wange, der prachtvolle, windzerzauste Zopf, alles lag auf dem Tisch inmitten des verschütteten Rums und der herumliegenden Münzen. »Dharkaron! Ihr seid wirklich auf Ärger aus. Wie habt Ihr sie dazu gebracht, den Auftrag zu übernehmen?«

»Das habe ich nicht.« Rasch, doch ohne gehetzt zu erscheinen, ergriff Arithon ein Handgelenk mit Knochen, so dünn wie Eisenbolzen, und zerrte den Kapitän auf der Bank in eine aufrechte Haltung. Ihr Körper fiel behaglich nach hinten, räkelte sich an seiner Brust, und der straff gespannte Stoff ihrer Tunika offenbarte die Rundungen kleiner Brüste.

»Tja, damit wäre diese Frage jedenfalls beantwortet, ohne daß du deine Eier dafür riskieren mußtest«, sagte Arithon.

Er verzog die Lippen zu einem kurzen Grinsen, löste das schwere Entermesser und warf Waffengurt, Messer und seine Lyranthe in Dakars Arme. Dann bückte er sich und lud sich die Frau in Seemannsmanier über die Schultern. Im ersten Augenblick brachte ihr Gewicht ihn zum Stolpern. Mit locker herabbaumelnden Händen und Füßen, die Hüften dicht an seinem Nacken, war die erschlaffte Gestalt der Frau, die größer als er selbst war, nicht einfach zu balancieren. Mit seinen Schultern verlagerte er ihren Leib, um sich die Last zu erleichtern, und selbst diese geringe Veränderung seiner Haltung wurde von einem süßen, metallischen Klimpern begleitet.

Der Boden rund um den Tisch war mit Silber bedeckt, Münzen aus den Gießereien eines ganzen Dutzends verschiedener Hafenstädte: die Huldigung der Nachtschwärmer im *Kielwasser*, erwiesen einem Meisterbarden, dessen nächtliche Darbietung sie erfreut hatte. Beinahe, als wäre er ob der Großzügigkeit seines Publikums verlegen, verlagerte er noch einmal das Gewicht der Last auf seinen Schultern. »Damit sollte ich wohl meine Rechnung beglichen haben. Der Wirt dürfte mehr als zufrieden sein, meinst du nicht?«

Dakar starrte ihn an, die Augen so rund wie die einer Natter und die Brauen zu einem Ausdruck ungewohnter Nachdenklichkeit verzogen. »Dhirken«, sagte er. »Wenn Ihr ihre Hilfe wolltet, warum habt Ihr Euch den ganzen Ärger nicht erspart und ihr einfach eine Lüge erzählt?«

»Weil ich nun einmal ihr Vertrauen benötige.« In den grünen Augen zeigte sich ein Ausdruck gezügelter Erwartung, die ein Gesunder einem schwachsinnigen Blinden entgegenbringen mochte, bis die Stille schließlich zu lang andauerte. »O Dakar«, sagte der Herr der Schatten, und sein Ton troff nur so vor beißender Ironie. »*Euch vertrauen*? Beim Streitwagen Dharkarons!« Dakar atmete tief ein, brannte förmlich darauf, sich in eine Tirade zu stürzen, und hielt dann doch inne. »Ihre Männer«, erklärte er schließlich nach einer bedeutungsschwangeren Pause. »Dafür werdet Ihr sie loswerden müssen.«

Arithon wartete nur still, so heimtückisch wie ein langsam wirkendes Gift.

»Oh, was seid Ihr doch für ein Bastard«, keuchte Dakar, als ihm bewußt wurde, daß sein Zorn beabsichtigt genährt und schließlich benutzt worden war, daß er nichts weiter als eine Schachfigur gewesen war, die den Plan des Feindes mit strategisch vorteilhaften Zügen vorangetrieben hatte. Der Aufstand im *Kielwasser* hatte Arithon keineswegs Probleme bereitet, sondern ihm direkt in die Hände gespielt.

Das verhüllte, zerbrechliche Instrument in Dakars Armen war das einzige, was ihn davon abhielt, gewalttätig zu werden. Sein Haß steigerte sich zu ganz neuen Ausmaßen, doch er richtete sich in gleichem Maße auf seine eigene Person, war er doch einer List zum Opfer gefallen, die so durchtrieben war, daß er schlicht nie an diese Möglichkeit gedacht hatte. Sprachlos, atemlos, geschlagen genug, sich aus purem Zorn gegen das eigene Schienbein zu treten, torkelte er wortlos voran. Durch den Gastraum des *Kielwassers*, über schlaffe, schnarchende Leiber stolpernd, vorbei an unzähligen Sitzbänken, erreichte er endlich die Tür und die nächtliche Luft auf der Straße. Direkt hinter ihm, unheimlich still für einen schwerbeladenen Mann, folgte Arithon mit Kapitän Dhirken auf der Schulter.

»Eine Frau«, grollte Dakar. Sein Bart und seine Haare verfingen sich in dem Durcheinander der Schnüre und Beschläge des Waffengurtes. Dennoch wandte er sich für den Fall, daß er nur träumte oder krank war, noch einmal um, um sich über seine Lage zu orientieren, doch die beiden Gestalten, die aus dem betäubenden Dunkel in der Taverne heraustraten, waren entmutigend real. »Euer Nacken wird steif werden, wenn Ihr sie auf diese Weise mitschleppt«, erklärte er schließlich mit einem Gefühl wenig hilfreicher Befriedigung.

Arithon grollte ihm nicht. »Ich werde froh sein, wenn das alles ist, was mir zustößt.« Als Dakar sich einen Weg zu den Kais bahnen wollte, deutete er, behindert durch seine Last, mit dem Kinn zur anderen Seite. »Nein, erst linksherum. Ich muß noch etwas aus meinem Quartier holen.«

Dakar warf ihm einen verdutzten Blick zu.

»Navigationsinstrumente«, stichelte Arithon sanft. »Karten. Wie konntest du das nur vergessen? Sie sind doch das wichtigste bei diesem ganzen schmutzigen Spiel.«

Was, wie Dakar wußte, kaum die ganze, unschuldige Wahrheit sein konnte; nicht, wenn der Verbrecher Arithon s'Ffalenn hieß, ein Mann, dessen Motive so wirr und durchtrieben waren, daß der Herr des Schicksals selbst Schwierigkeiten hatte, sie zu enträtseln.

# Der Schwarze Drache

Kapitän Dhirken erwachte mit Kopfschmerzen. Noch bevor sie die Augen geöffnet hatte, erkannte sie bereits am Brausen des Kielwassers, daß ihre Brigg auf See war und gute Fahrt machte. Das Segel ächzte, als der *Schwarze Drache* sich nach Backbord legte. Da ihre Ellbogen und Hüften nicht auf der Leeseite der Koje klebten, schloß Dhirken, daß das Wetter mild sein mußte. Die Brise, die durch das Gitter der Luke über ihrem Kopf hereinströmte, roch trocken und versprach keine baldige Auffrischung. Spritzwasser, das vom Ruder aufstieg, und das gespannte Knirschen der Taue wiesen darauf hin, daß sowohl Stagsegel als auch Marssegel gesetzt waren. Ihrem Schiff so nahe wie andere Frauen ihren Liebhabern, wußte sie, daß das Hauptsegel ein wenig mehr gebraßt werden müßte, um die Trimmung des Klüvers auszubalancieren.

Von der Gewohnheit getrieben, machte Dhirken Anstalten, sich zu erheben, als eine männliche Stimme scharfe Befehle erteilte. Ihr Maat gehorchte. Füße donnerten über Deck, als die Matrosen sich in Bewegung setzten, den Anordnungen Folge zu leisten. Gleich darauf erklang das Kreischen der Brasse am Hauptsegel, die über eine Rolle getrimmt wurde. Der *Drache* schwankte kurz und kam wieder zur Ruhe, fügsam wie eine geprügelte Magd legte sich das Schiff harmonisch in die vorgesehene Richtung in den Wind.

*Sonderbar*, dachte Dhirken, noch immer schlaftrunken, als ihre Füße die kalten Planken berührten. Ihr Maat war nie imstande gewesen, so geschickt mit dem Ruder umzugehen. Sie lehnte sich an ein Schott und stellte verwirrt fest, daß sie in ihren Kleidern geschlafen hatte, was nicht gerade zu ihren Gewohnheiten zählte, soweit sie sich nicht durch schweres Wetter bewegten. Die Armschoner, die sie für ihren Landüberfall gewählt hatte, hatten sich schmerzhaft in ihre Seite gebohrt, und ihr Haar, das sich aus dem Zopf des Vortages gelöst hatte, roch nach altem Tabakrauch.

Die Stimme auf Deck erteilte ein weiteres Kommando, und endlich erwachte die Erkenntnis, daß diese Stimme zu keinem der Offiziere an Bord des *Drachen* gehörte.

Explosionsartig begann Dhirken zu fluchen, jedoch ohne ihre Stimme zu erheben. Getrieben von purem Zorn grub sie eine Erinnerung an einen klebrigen Tisch in der *Kielwassertaverne* aus und an die Schmeicheleien eines Barden mit silberner Zunge und grünen Augen. Sein Krug hochprozentigen Rums hatte ihre Sinne nicht verwirrt. Sie erinnerte sich an jeden verschlungenen Faden ihres Gespräches und auch an einen Vorschlag, den jeder Kapitän als Dreistigkeit empfinden mußte, war er wenigstens halbwegs bei Verstand; doch das hatte offenbar diesen heimtückischen Hund nicht davon abgehalten, sich einzubilden, er könnte ihr mit seinen Betrügereien seinen Willen aufzwingen.

Mit der Balance eines Tänzers hielt sie sich aufrecht, die Hände gegen einen Balken gestützt, als die Brigg sich über eine Woge neigte. Blind griff sie dann nach dem Haken neben der nicht entzündeten Lampe, und die messingbeschlagene Scheide ihres Entermessers schlug gegen ihre zugreifende Hand.

Erleichtert, ihre Waffe am angestammten Ort vorzufinden, und somit in froher Hoffnung, daß der Schiffsjunge seine Pflichten noch immer ernst nahm, beruhigte sich Dhirken gerade weit genug, ihren schlimmsten Zorn im Zaum zu halten. »Bursche?« rief sie leise in der Finsternis.

Jeder Knabe, der auf dem *Drachen* anheuerte, antwortete stets auf die gleiche Anrede; Namen wurden ihnen erst zugestanden, wenn sie die Geschicklichkeit seetüchtiger Matrosen erworben hatten und erwachsen genug waren, daß keiner ihrer Instinkte sie mehr dazu trieb, ihnen über das Haar streichen zu wollen, als wären die Knaben ihre kleinen Brüder.

Dieser spezielle Kerl war ein ausgemachter Faulpelz. »Bursche!« wiederholte Dhirken, und ihre Stimme klang durchdringend. »Steh auf! Sofort! Ich brauche dich!« Mit der Spitze der Messerscheide stach sie in die zerknitterte, aber leere Hängematte.

Ein Scharren im Durchgang ließ sie zusammenzucken und aufgeschreckt um die eigene Achse wirbeln.

»Käpt´n?« Eine Knabenstimme, begleitet von einer raschelnden Bewegung, und schon erschien ein schmales Gesicht in der Dunkelheit. »Wartet Ihr auf das Waschwasser?«

»Nein.« Dhirken zog die Klinge aus der Scheide und winkte den Knaben näher heran. »Nicht jetzt.« Während der *Drache* über eine Woge rollte und in das Wellental eintauchte, lauschte sie auf das Ächzen ihres schwerarbeitenden Schiffes. Nichts schien zu fehlen, nichts war ungewohnt; nicht der schwere Geruch von Hanftauen und Teer, noch die Ausdünstungen der von der See aufgequollenen Planken, in die sich der beißende Gestank des Kombüsenfeuers mischte. Durch das Fenster, das nach Achtern zeigte, sah sie die Gischt auf dem Kielwasser, über die sich Funken legten, als ein Mannschaftsmitglied den Docht der Decklaterne stutzte. Obgleich kein Nebel und kein Dunst die Finsternis begleitete, konnte sie doch keine Reflexionen von Mond oder Sternen auf der Wasseroberfläche entdecken. Auch sah sie kein fernes Funkeln der Signalfeuer, die an der Küste brannten, um die Handelsschiffe auf ihren nächtlichen Fahrten zu leiten. Von dem unwillkürlichen Drang ergriffen, ihre Klinge mit Gewalt aus der Scheide zu reißen, lehnte sie den Kopf an das Schott.

Rauh wie rostiges Eisen fragte sie: »Bursche, wer war bei mir, als ich letzte Nacht an Bord zurückgebracht wurde?«

»Ein feister Mann. Und der andere Kapitän, der jetzt

das Ruder hält. Der, der gesagt hat, der *Schwarze Drache* würde das schnellste, reichste Schiff werden, das je durch die Gewässer von Cildein gesegelt ist.« Mit der unverhohlenen Neugier eines Kindes fügte er hinzu: »Sie sagten, Ihr wäret erfreut darüber. Wieviel Rum habt Ihr denn getrunken?«

Dhirken schlug eine Hand auf ihren Leib, um einen Fluch zurückzuhalten, der dem Knurren einer Bulldogge nahegekommen wäre. »Nicht genug, um die elende Haut dieser Kerle zu retten. Der feiste Mann, wo ist der jetzt?«

Bursche kicherte. »Hängt über der Leereling. Der kotzt schon, seit wir den Anker gelichtet haben.«

»Na schön. So lauten meine Anordnungen.« Dhirken sprach schnell und leise, ehe sie Bursche einen aufmunternden Stoß versetzte.

Die Türangeln ihres Schotts waren hervorragend gepflegt; der Knabe, umfassend geübt, bewegte sich nicht minder geräuschlos. In dem Moment, in dem er zur Tür hinaushuschte, löste Dhirken die Überreste ihres Zopfes, kämmte das lange, dunkle Haar und frisierte es so, daß es ihr bei dem bevorstehenden Drama nicht im Wege sein konnte.

Kein Matrose blieb lange auf einem Schmugglerschiff, wenn er nicht imstande war, Anordnungen geräuschlos Folge zu leisten. Als sie gerade dabei war, die letzten Lederverschnürungen zu schließen, betraten ein barfüßiger, stämmiger Takler und der muskulöse Smutje des *Drachen* ihre Kajüte, und ein Schwall salziger Seeluft strömte herein.

Zwischen ihnen, bleich und naß wie eine geknackte Auster, hing Dakar, der Wahnsinnige Prophet. Ein Geschirrtuch, das zwischen seinen Zähnen steckte, hinderte ihn am Schreien, und seine beiden Handgelenke waren mit Tauen gebunden, denen er trotz all seiner Mühe nicht entschlüpfen konnte.

»Gut gemacht!« Dhirken grinste, und ihre Zähne blitzten in der Finsternis auf. »Packt ihn auf den Hocker. Wir werden sehen, ob er gewillt ist, zu reden.«

Weit weniger behutsam als ein Beutel Biskuit wurde Dakar auf dem Hocker abgeladen, auf dem er sogleich zusammenbrach, als bestünden seine Beine aus Pudding. Kaum hatte der Koch ihm das Tuch aus dem Mund gerissen, da begann er auch schon zu stöhnen und versuchte zu erbrechen, ohne jedoch noch etwas im Magen zu haben. Die Schneide von Dhirkens Messer, die an seinem Hals lag, vermochte ihn kaum stärker zum Schwitzen zu bringen, tropfnaß wie er bereits allein von seinem Leiden und dem salzigen Wasser war, das vom Bug aufspritzte.

»Wer ist dieser schwarzhaarige Aufschneider, und was will er mit meinem *Drachen*?« drang Dhirken ohne Umschweife in ihn.

»Ach, Kapitän, es war vergebene Mühe, ich weiß.« Atemlos mit den Augen rollend unterbrach er sich, als ein neuer Krampf seinen Leib schüttelte. »Aber auf meine Weise habe ich alles getan, Eure Mannschaft vor dem Herrn der Schatten zu schützen.«

Die Verwunderung ließ Dhirkens Zorn nur um so heißer erglühen. »Herr der Schatten? Herr der Schatten! Du sprichst von diesem irrsinnigen Prinzen, der Etarras Armee niedergemetzelt hat? Sehe ich so dumm aus, als würde ich solchen Unsinn glauben?« Drängend schob sich das Messer näher an seine Kehle. »Dieser unverfrorene kleine Saitenzupfer, der das Kommando über meine Brigg an sich gebracht hat, ist alles andere als ein Zauberer von königlichem Blute.«

»Verzeiht mir.« Dakar krümmte sich, bis seine Stirn zwischen seinen Knien lag. Gedämpft beleidigt murmelte er in den Stoff seiner Hose: »Ich lüge gut genug, wenn es notwendig ist, aber niemals, wenn es um diesen Mann geht.« Obwohl seine Hände hinter seinem Rücken gefesselt waren, gelang es ihm, eindrucksvoll mit den Schultern zu zucken. »Sein Gezupfe hat Euch eingefangen. Er verfügt über die Magie eines Barden, mit der sich nur wenige messen können. Aber das ist noch lange nicht alles. Seht nur hinaus. Es ist dunkel, obwohl die Nacht längst vorbei ist. Arithon hat geschickt seine Schatten gesponnen, um Euch glauben zu machen, Ihr könntet die Küste sehen, aber wo seht Ihr wirklich das Festland?«

Ein eisiger Schauer beeinträchtigte nun zum ersten Mal Dhirkens gelassene Haltung, während ihr Smutje ein Zeichen machte, das Böse abzuwehren. Nervös genug, sich mit seiner eigenen Meinung vorzuwagen, sagte der Takler: »Der Kapitän ist ein bißchen wunderlich, das habe ich doch gleich gesagt. Verdammt soll ich sein, daß ich nicht früher gemerkt habe, was hier nicht stimmt, aber jetzt, da ich davon höre, weiß ich es. Die Luft riecht einfach fremd.«

Dhirken legte ihre Klinge an das faltige Fett hinter dem Ohrläppchen ihres Opfers. »Ich sollte dir gleich hier die Kehle aufschlitzen. Verdammt sollst du sein. Du hast mir einen Haufen Probleme bereitet.«

»Tötet lieber Arithon statt meiner«, schlug Dakar vor, den Krämpfe schüttelten, die eine Enthauptung vergleichsweise gnadenvoll erscheinen ließen. »Ich wette, ich hasse ihn mehr, als Ihr es tut.«

»Ich wette nicht«, entgegnete Dhirken knapp.

Inmitten des blutigen Tumults in der *Kielwassertaverne* hatte sie einen so entschlossenen Eindruck gemacht; hier, in dem überfüllten Quartier, das so asketisch war, daß es kaum bewohnt erschien, wirkte sie ebenso bedrohlich auf Dakar, wie ein brennendes Anmachholz, das sich einem Haufen trockenen Reisigs näherte. Geschwächt durch die Seekrankheit zitterte der Wahnsinnige Prophet. So sehr er sich auch bemühte, so wenig war er imstande, sich vorzustellen, welch weiblicher Zorn sie bewegen mochte.

Dann, mit einer Bewegung, welche die Luft selbst erschütterte, zog der Kapitän des *Drachen* sein Messer zurück. Aus Gewohnheit betastete sie eine alte Narbe, die aus ihren Armschonern hervorlugte. »Du kannst dich auf eines gewiß verlassen«, erklärte sie in einem Ton, der ihre Männer dazu veranlaßte, die Köpfe einzuziehen. »Ich werde mein Kommando zurückbekommen.«

Auf ihre Geste hin riß der Koch Dakar vom Sitz hoch. Der Takler stopfte den Lappen wieder zurück in den Mund des Gefangenen, und verschloß ihm die Lippen mit seinem eigenen, teerbefleckten Hemd. Leises Klopfen war zwischen den Bohlen ihrer Koje zu hören. Eine quecksilberne Reflexion deutete den veränderten Winkel ihrer Klinge an, als sie sich umwandte, Drillich und Decken beiseite schob und so eine verborgene Luke offenlegte.

Der Schopf eines Burschen, gefolgt von seinem knochigen Körper, schob sich in einem Schwall abgestandener Luft aus dem Kielraum durch die Öffnung. »Eure Männer auf Deck sagen, sie sind bereit, Käpt´n.«

Wie bei einem Raubtier blitzten Dhirkens Zähne auf, ehe sie zur Kabine hinausschlüpfte. Koch und Takler trotteten wie falsche Schatten hinter ihr her.

Der Bursche blieb, das beste Fleischmesser der Kombüse fest umklammert, um den Gefangenen zu bewachen und zu filetieren, sollte er versuchen, Alarm zu schlagen.

Eine idiotische und unfaire Vorsichtsmaßnahme, wie Dakar schmollend feststellte, als er, die verquollenen Augen fest zusammengepreßt und von Krämpfen gepeinigt, würgend gegen den hinderlichen Knebel ankämpfte. Ein Messer zwischen den Rippen war nicht eben das, was er sich als Dank für Informationen vorstellte, die er im guten Glauben weitergegeben hatte. Und selbst wenn seine Seekrankheit ihm die Gelegenheit gelassen hätte, so hätte er es doch vorgezogen, sich aufknüpfen zu lassen, ehe er bereit gewesen wäre, den verfluchten Prinzen von Rathain zu warnen.

Draußen lag die *Drache* in tiefer Dunkelheit, abgesehen von dem hin und her schwankenden Lichtschein der Decklampe. Salzbedeckte Taue zogen sich von den Spulen hinauf, ehe sie vor dem konturlosen Himmel in der Finsternis verschwanden. Das Ächzen des geblähten Segeltuchs und das rauhe Schleifen der Trossen ließ die verborgenen Masten und Takelungen unheimlich wie geisterhafte Erscheinungen in der Höhe wirken. Wenn es irgendwo am Horizont eine Küstenlinie geben sollte, so war doch kein Licht, nicht einmal ein Signalfeuer zu erkennen. Dhirkens Griff um den Schaft des Entermessers spannte sich. Sie roch weder Steine noch Schafställe; kein Hauch grüner Felder. Nur Salz lag in der Luft, Salz und der beißende, teerhaltige Gestank geschwärzter Taue. Und ihre Brigg fuhr leicht im ruhigen Wasser, ohne daß auch nur ein Segel falsch gesetzt war.

Herr der Schatten oder meisterhafter Sänger, der Mann am Ruder verstand sich auf die Seefahrt.

Ein Können, das ihm keineswegs Vergeben einbringen sollte. Dhirken klopfte auf die Hände ihres Kochs und des Taklers, um ihnen ihre Absicht zu signalisieren. Dann, geisterhaft still, winkte sie an der hinteren Kajüttreppe, gestikulierte, woraufhin weitere Mannschaftsmitglieder, die Bursche in ihrem Namen angewiesen hatte, auf ihren Befehl zu warten, sich näherten. Mehr Bewegung antwortete aus der Dunkelheit. Beladen mit Kübeln und Bimsstein machten sich die Männer vom Vorderdeck zum Achterdeck auf. Dort, lebhaft grollend und fluchend, begannen sie, die Planken zu schrubben.

Der schwarzhaarige Aufschneider am Ruder wunderte sich ein wenig.

Gleich einem Koloß stand der erste Maat der *Drache* neben ihm und scheuchte die Männer an die Arbeit. »Unser Kapitän hält sein Schiff sauber«, erklärte er. »Und wenn sie in der Dämmerung noch Landschmutz auf ihren Decks findet, dann wird sie den Bootsmann aus dem Schlaf reißen, um Prügel zu verteilen.«

»Landschmutz«, murmelte Dhirken, während ihr Leib unter einem unhörbaren Lachen erbebte. »Wie unglaublich treffend.« Sie schob die Ärmel zurück, reckte das Kinn vor und bedeutete dem Koch und dem zweiten Maat, ihr bei Bedarf den Rücken zu decken, ehe sie sich allein über die Leiter zum Achterdeck hinaufschwang.

Umrahmt von dem orangeroten Schein der Hecklaterne, stand der intrigante kleine Barde, der den ganzen Abschaum in der *Kielwassertaverne* gebannt hatte, würdevoll schweigend vor dem Kompaßhaus. Noch immer trug er sein sonderbar geschneidertes Hemd. Silbergefaßte Stulpenbänder umspielten die Handgelenke, die nachlässig über den Speichen des Ruders lagen. Seine selbstsichere, unachtsame Haltung täuschte; die Brigg hielt ihren Kurs so sicher wie ein Zugvogel. Mit Bewegungen, so träge wie verschütteter Honig, trat Dhirken auf das Deck, um ihrem Widersacher entgegenzutreten. Er wirkte nicht gefährlich genug für einen Zauberer; doch für ihren Geschmack mangelte es ihm auch an der majestätischen Haltung, die einen Prinzen auszeichnen sollte. Von den Händen abgesehen, die zu schmal für diese Arbeit waren, hätte er mit seinem windzerzausten schwarzen Haar und den bloßen Füßen, die fest auf Deck standen, ebensogut ein Schiffsjunge sein können.

Nur der Seitenblick, mit dem er sie begrüßte, war zu sardonisch und zu bedeutsam für die Augen eines Kindes.

»Ungewöhnlich gutes Wetter für eine Seereise«, begann Dhirken, als säßen sie gemütlich beim Nachmittagstee. Sie fing ein kurzes Nicken ihres Maats auf, und bedachte den fremden Eindringling, der es gewagt hatte, an Bord ihres Schiffes Befehle zu erteilen, mit einem boshaften Lächeln. Während ihre Anwesenheit seine Aufmerksamkeit ablenkte, kletterten Matrosen, bewaffnet mit Messern und Keulen, hinter seinem Rücken über die Reling. Auf Umwegen, die sie durch den Kielraum des

Schiffes geführt hatten, besetzten sie nun, nachdem sie durch ihr Kajütenfenster geklettert waren, das Achterdeck, geschützt durch das geräuschvolle Scharren des Bimssteines auf den Planken.

»Ah, die gnädige Frau«, sagte der Fremde mit seiner lyrischen Singstimme. »Wollt Ihr mich bedrohen?« Genau im rechten Augenblick ließ er das Ruder los, wirbelte um die eigene Achse und blickte den Männern entgegen, die sich herangeschlichen hatten, um sich auf ihn zu stürzen.

Gleich darauf rollte eine Welle heran, und das unbeaufsichtigte Ruder schlug um. Sofort kam die Brigg vom Kurs ab und legte sich auf die Seite. Über ihnen erschlaffte das schwere Segeltuch, nur um gleich darauf mit lautem Getöse gegen die nun lockeren Taue zu schlagen. Als das Schiff sich im Gegenzug machtvoll auf die Seite legte, wurden die Matrosen des *Drachen* einen halben Schritt zurückgeschleudert. Erfahrene Seeleute, die sie waren, erholten sie sich reflexartig von diesem Stoß.

»Ich habe noch nicht gesagt, ob ich die Absicht habe, dich am Leben zu lassen«, bemerkte Dhirken vergnügt höhnisch.

»Sollte ich deswegen besorgt sein?« Als die Männer sich auf ihn stürzten und die Brigg der Strömung ihre Breitseite präsentierte und unter den anrollenden Wellen erbebte, lächelte er nur.

Die Dunkelheit verschwand.

Hell und heiß strahlte die Mittagssonne vom Himmel herab.

»Zauberei!« schrie jemand, während die Angreifer furchtsam zurückwichen. »Es ist wahr! Er ist der Herr der Schatten!«

Still und reglos stand Arithon auf Deck, und er bestritt nichts.

In dem Getöse aus angstvollen und angewiderten Rufen und dem Donnern der Wogen, die gegen die Planken schlugen, gebot Dhirkens laut schallender Befehl der aufsteigenden Panik Einhalt. Ihr Maat, der von der Sonne geblendet war, fand tastend das Ruder, riß es herum und drehte die Brigg mit dem Bug in den Wind. Von der rasiermesserscharfen Zunge ihres Kapitäns gescholten, ergriffen die Männer des Angriffstrupps mit ihren schweißnassen Händen fester ihre Waffen und formierten sich neu.

Vollkommen gelassen ließ der unbewaffnete Mann, der nun als der Prinz erkannt war, dessen Macht den Nebelgeist in die Schranken verwiesen hatte, die Männer näher kommen. »Tut, was Euch gefällt«, rief er in dem dröhnenden Lärm, als die Brigg wieder Fahrt aufnahm. »Ich habe nicht die Absicht zu kämpfen.«

»Ich schätze, es ist ein bißchen zu spät für Höflichkeiten«, schnappte Dhirken. An ihre Männer gewandt fügte sie hinzu: »Packt ihn, ihr Trottel. Und haltet ihn fest. Zauberer oder nicht, er gehört mir!«

Für einen Herzschlag bewegte sich auf Deck nichts außer den lose herabhängenden Segeltauen. Dann, angestachelt durch das Amüsement in den Zügen ihres Widersachers, gehorchten die Seeleute dem Befehl in einem ebenso plötzlichen wie erbosten Ansturm. Ergriffen und von Männern, weit größer und schwerer als er selbst, mit hartem Griff an den ausgebreiteten Armen festgehalten, warf Arithon den Kopf in den Nacken, um sich von einer Haarsträhne zu befreien, die über sein Auge gefallen war.

Unter Schmerzen sagte er: »Dakar. Ich nehme an, er wollte sich Ärger ersparen und hat Euch meinen Namen bereits verraten?«

Niemand antwortete. Die Männer blickten gen Himmel und scharrten voller Unbehagen mit den Füßen über die Planken. Dhirken stand direkt vor ihm, und die Sommersprossen kontrastierten mit ihrem Teint, der so blaß wie feinstes Porzellan schimmerte, als sie auf dem Absatz kehrtmachte und den Horizont nach irgendeinem Hinweis absuchte. Nun erkannte sie die mißliche

Lage voller Schrecken; es war, wie der fette Mann gesagt hatte, die See streckte sich endlos in alle Himmelsrichtungen dahin.

Wasser bildete eine flache Linie bis hin zum entferntesten Horizont, und nirgends eine Spur von Land.

Nur für eines Augenblicks gab sich Dhirken dem Gefühl von Verlorenheit hin. Dann verbarg das Umschlagen erschlaffter Segel ihre zerrütteten Nerven, und der Umfang der akuten Probleme, in der die Brigg sich in diesem Augenblick befand, überlagerte alles andere. Sie wirbelte zu ihrem Maat herum, der nun mit der verzweifelten Haltung eines geschlagenen Hundes all seine Konzentration auf das Ruder richtete und den Eindruck eines Mannes vermittelte, der überall sein wollte, nur nicht dort.

»Wo ist das Logbuch?« Sie mußte schreien wie eine Harpyie, um sich in dem Lärm der windgepeitschten Takelage Gehör zu verschaffen. »Wo liegt unser Ziel? Geschwindigkeit? Kurs? Wie lange sind wir schon unterwegs, und wie ist unsere Position?«

Der gewaltige Mann blies sich die Schweißtröpfchen von seinem Schnurrbart, ehe er antwortete. »Euer Handel«, stammelte er dann. Er war zu groß, sich eindrucksvoll zu ducken, also sah er sich nach seinen Kameraden um. Als keiner vortrat, ihm zu Hilfe zu eilen, schluckte er und sprach ohne jede Unterstützung: »Der fremde Käpt´n hat navigiert.«

»Bei allen Dämonen!« Pfeifend schnellte Dhirkens Entermesser vor. Erst direkt vor dem ungeschützten Leib ihres Maats hielt sie in der Bewegung inne. »Wir können inzwischen überall in der Eltairbucht sein!«

Der Maat wagte nicht, die Waffe anzusehen, die direkt vor seinem Herzen zitterte. Unfähig, etwas zu sagen, kratzte er sich mit dem Daumen an seinem zerfetzten Ohrläppchen, während seine Glatze die Sonnenstrahlen reflektierte.

Schließlich stürmte der Kapitän davon, und ihr grellrotes Hemd wurde von der steifen Brise an ihren Leib gepreßt, so daß ihre kleinen Brüste deutlich hervortraten. Mit einer Schimpftirade schmutziger Flüche trieb sie die Lackel im Hintergrund an, Kübel und Bimsstein wegzuräumen und in die Takelage zu klettern, um die Segel einzuholen. »Ein bißchen hurtig, ihr Mistkerle! Für jeden Faden, der aus meinem Großsegel ausfranst, ziehe ich einem von euch die Haut mit der Peitsche vom Arsch!«

Endlich frei, ihre miserable Laune an dem eigentlichen Verursacher auszutoben, stemmte sie sich gegen das Schlingern der Brigg. Lichtreflexe blitzten von ihren beschlagenen Armpanzerungen auf, als sie ihr Entermesser hob und die Spitze an die Schnüre führte, mit denen der Hemdkragen ihres Gefangenen verschlossen war. »Glaube nur nicht, du könntest dich aus dieser Sache einfach so herausreden. Ich war gestern abend im *Kielwasser* nicht betrunken, und du hast mich genau verstanden, als ich gesagt habe, daß nur ein Tor deine Bedingungen annehmen könnte.«

»Ah«, grunzte Arithon angespannt, als einer der Matrosen noch heftiger an seinem Arm zerrte. »Da Ihr mir aber keine Antwort gegeben habt, ist es nur fair, wenn ich mein Angebot wiederhole.«

Dhirken bewegte ihre Waffe. Eine Verschnürung riß auf und offenbarte ein dreieckiges Stück weicher Haut. »Wie kommst du darauf, daß dir außer deinen Eiern noch irgend etwas geblieben wäre, was du mir anbieten könntest?«

»Nun, zunächst einmal weiß ich, wo wir sind.« Unter seinem Kinn zerriß eine weitere Schnur. Arithon rührte sich nicht, selbst als Dhirkens Klinge tiefer glitt, sich im weißen Leinen verhakte und es schließlich auftrennte. Die See hob die Brigg auf eine gewaltige Woge und ließ sie dann in das Wellental niederstürzen. Gischt spritzte auf das Deck und benetzte die Matrosen, und Dhirkens scharfe Klinge hinterließ einen frischen, blutigen Kratzer auf Arithons Haut.

Die Wunde schließlich erfüllte Arithon mit glühendem Unwillen. »Nur weiter, ein bißchen tiefer«, forderte er sie heraus. »Dann werdet Ihr in meinem Wams ein Pergament von Sethvir finden, das meinen Wert bis ins kleinste Detail auflistet.«

»Sethvir?« Dhirken streckte die Hand aus, suchte und zog ihre Klinge so heftig durch den Stoff, daß er bis zu den Hüften entkleidet vor ihr stand. »Sethvir von Althain? Was ist der anderes als eine Legende, die Mütter ihren plärrenden Gören erzählen?«

»Seht doch selbst«, entgegnete Arithon, dessen Augen angesichts der Tatsache, daß er ohne eine Waffe in der Falle saß, nicht minder gefahrvoll schimmerten.

Über ihnen gelang es den Matrosen des *Drachen* mit vereinten Bemühungen, die Segel langsam einzuholen. Während die Deckmannschaft damit beschäftigt war, die Takelage zu spannen und loses Segeltuch zu vertäuen und der Wind nur mehr über festgespannte Taue fegte, nahm der Lärm auf Deck ab. Es war nun leichter, sich zu verständigen, doch Arithon hatte weiter nichts zu sagen.

Tatsächlich trug er unter den herumflatternden Fetzen seines Hemdes eine Schriftrolle bei sich, mehrere Lagen dick und mit einem Band verschnürt, auf dem ein edles und scheinbar sehr altes Siegel prangte.

Dhirken verhakte ihr Entermesser hinter der Verschnürung und zog die Schriftrolle heraus.

»Gern geschehen«, kommentierte ihr Eigentümer gleichmütig. »Das Siegel, das übrigens echt ist, gehört der Familie s'Gannley. Dieses Geschlecht herrscht in Abwesenheit des Königs über Camris. Nur weiter. Lest es. Ich habe Euch eingeladen.«

Der Kapitän zog die Schriftrolle von der Spitze des Entermessers. Zerschnittene Bänder flatterten mit dem Wind über Bord, als sie das Pergament ausbreitete und den Text überflog.

»Gnädige Frau?« sagte Arithon mit ernsthafter Zurückhaltung. »Darf ich vorschlagen, daß Ihr jemanden holt, der lesen kann?« Als Objekt des ausgesprochen giftigen Blickes Dhirkens zuckte er entschuldigend die Schultern. »Ihr haltet es verkehrt herum.«

»Verdammt!« Dhirken grinste mit kaltem Vergnügen, gegen ihren Willen von seinem Mut beeindruckt. »Du wirst sehr, sehr langsam sterben. Vielleicht schneide ich dir einen Finger nach dem anderen ab, bis wir genug Haie angelockt haben, sie mit dem Rest von dir zu füttern.« Hart glitzerten die goldenen Kreolen an ihren Ohren, als sie ihrem verschreckten ersten Maat das Pergament in die Hände klatschte.

»Was steht drin?« verlangte sie zu erfahren.

Peinlich berührt, öffentlich zum Vorlesen aufgefordert zu werden, knurrte der Maat seine Kameraden an: »Wenn hier einer lacht, reiß' ich ihm später die Gedärme aus!« Er strich das Pergament glatt, runzelte mißtrauisch die Stirn und arbeitete sich zögernd und mit erstickter Stimme durch den Text der ersten Seite, die von Gold in Münzgewichten, von Kristall aus Falgaire, feiner Seide und Teppichen aus Narms kündete. Reichtum, wie die habgierigste Seele ihn nicht zu erträumen wagte, lockte alle Matrosen in Hörweite herbei, sich aufgeregt neben ihren ersten Maat zu drängen.

»Bleibt auf der Hut!« schnappte Dhirken. »Falls es einen Schatz gibt, so wissen wir doch nur von ein paar Federstrichen auf einem Pergament!« Als der Maat sich mit der nächsten Seite abmühte, unterbrach sie ihn und betrachtete ihren Gefangenen, dem es, obgleich agil wie ein Wiesel, nicht gelungen war, seiner schwebende Haltung zwischen den Männern zu entkommen, die ihn mit Gewalt zur Passivität zwangen.

»All diese Güter ...« Sie lachte. »Du willst mir doch nicht erzählen, du wärest auf ehrbare Weise an diesen Reichtum gekommen.«

»Nun werdet Ihr doch neugierig.« Arithon streckte sich so sehr er konnte, und endlich gelang es ihm, seine Zehen auf Deck zu setzen. Möglicherweise verärgert, weil die Seeleute, die seine zarten Handgelenke umfaßt hielten, offenbar entschlossen waren, seine Blutzirkulation zum Erliegen zu bringen, fügte er hinzu: »Ich habe Euch auch nicht gefragt, woher die Güter in Eurem Frachtraum stammen.«

»Und du hattest einen guten Grund, ein Schmugglerschiff heuern zu wollen, wie ich sehe.« Blieb das Problem, daß ihre Brigg ohne jede Orientierung auf See kreuzte, und weit und breit keine Küstenlinie sichtbar war.

Noch ehe sie ihr Urteil verkünden konnte, ergriff Arithon ebenso schmeichelnd wie sachlich das Wort. »Ihr habt nichts zu verlieren, wenn Ihr mir zuhört. Nachdem Ihr durch mich soviel Ärger habt, warum hört Ihr Euch nicht einfach an, was Ihr dabei gewinnen könnt?«

Wie Spinnweben krochen Schatten über das polierte, seewassergetränkte Holz, auf dem sich eine weiße Salzschicht bildete, als es allmählich trocknete. Der schlitzohrige Maat mißhandelte die Ecken des Pergaments, und die Matrosen betrachteten wie erstarrt ihren Kapitän. Nur das Ächzen des Ruders und das Knirschen der Takelung, welche das schlingernde Schiff begleitete, störte die Stille.

Auge in Auge mit einem Gefangenen, der nicht größer war, als sie selbst, ahnte Dhirken tief im Inneren die herbe Ironie: Es war, als wäre der Tod selbst nur ein billiger Trick, geschaffen zu irgendeinem nutzlosen Zweck. Ihr Kommando hatte es ihr zur Gewohnheit werden lassen, äußerste Vorsicht walten zu lassen, wann immer irgendein Schurke seinen Willen durchsetzen wollte, also zögerte sie nun, und sie war sich bewußt, daß ihre Mannschaft sie taxierte wie ein Rudel hungriger Wölfe.

Sie war vor ihren Männern herausgefordert worden, und zwar von einem Mann. Bereit, zuzuschlagen, sobald sie Schwäche witterten, warteten sie nun, um herauszufinden, ob ihr Kapitän Furcht zeigte.

Allein dieser Tatsache verdankte Arithon sein Leben.

»Du hast keinen Ärger verursacht«, erklärte Dhirken nach einer Weile. »Unannehmlichkeiten, vielleicht. Der *Drache* befindet sich noch immer in der Eltairbucht und ist keineswegs orientierungslos. Ich muß nur irgendwo Richtung Osten steuern, und wir werden die Küste finden.«

»Ja, aber wo?« Arithon spielte ihr Spiel mit wie ein geübter Falschspieler. »Die Polizei in Weißenhalt hat einen Preis auf Euren Kopf ausgesetzt. In Jaelot würde man Euch gefangennehmen und Euer Schiff beschlagnahmen, falls Ihr nicht in der Lage seid, die Geldbuße für nichtbezahlte Zölle zu entrichten. Und wie sähe es aus, wenn Ihr in Tharidor an Land gehen würdet? Ich kenne zwar die Missetaten der *Drache* nicht, aber der Hafenmeister dort sagt, er würde sich zufrieden in den Ruhestand zurückziehen, wäre ihm das Vergnügen vergönnt, Euch ohne Gerichtsverhandlung aufzuknüpfen.«

»Genug!« Fest entschlossen, sich nicht von seinem geschickten Umgang mit Worten und Gerüchten einwickeln zu lassen, zerrte sie mit der Linken einen Holzsplitter aus dem Ruderrahmen und begann, damit zwischen ihren Vorderzähnen herumzustochern. »Weder meine Geschichte noch meine Probleme werden dir noch das geringste bedeuten, wenn du erst tot bist«, sagte sie, das Holzstück noch immer zwischen den Zähnen. »Im Augenblick fällt mir kein Grund ein, warum ich dein loses Mundwerk nicht zum Schweigen bringen und dich den Fischen zum Fraß vorwerfen sollte.«

»Das könntet Ihr natürlich tun«, stimmte Arithon zu. »Besser wäre eine Wette. Wählt irgendeine Stadt, irgendeinen Ort in der Bucht oder an der Küste des Kontinents, den wir nun anlaufen sollen. Mit Hilfe der vergessenen Kunst der Navigation werde ich die *Drache* zu dem gewünschten Hafen steuern.«

»Zauberei!« Dhirken spuckte einen winzigen Fetzen Fichtenholz aus. »Dafür habe ich keine Verwendung.«

»Wissen«, konterte Arithon. »Stellt Euch nur vor, Ihr könntet geradewegs aufs offene Meer hinaussegeln und die Patrouillenschiffe der Händler über den Horizont locken, ehe Ihr ganz einfach umdreht und Kurs auf den Hafen setzt, der Euch gerade zusagt.«

»Ich wette nicht.« Dhirken schleuderte den Holzsplitter fort, bereit Arithons Bekanntschaft mit ihrem Entermesser aufzufrischen.

»Ihr lest auch nicht«, schoß Arithon zurück. »Verändert nur diese beiden Gewohnheiten, und kein anderer Schmuggler, kein Verfolger kann es in diesen Gewässern noch mit Euch aufnehmen.«

»Käpt´n«, wagte sich der Matrose am Ruder schüchtern vor, »hört, was der Mann zu sagen hat. Wir können ihn jederzeit umbringen, aber wenn er die Wahrheit sagt, dann könnte jeder einzelne von uns reich werden.«

»Ich sage, er hat eine sichere Hand am Ruder«, fügte der Maat hinzu.

»Ath, ihr winselt wie junge Hunde!« schnaubte Dhirken. »Wollt ihr wirklich für ihn bitten, Lügner der er ist und ein schattenbindender Zauberer außerdem?«

Als keiner ihrer Männer es wagte, ihr in die Augen zu sehen, konzentrierte sie sich auf ihre eigenen Überlegungen. Weit über ihnen vernachlässigten die Matrosen ihre Arbeit in der Takelage, um den Vorgängen auf Deck zu lauschen. An ihren reglosen Schatten auf den Planken erkannte ihr Kapitän, daß sie untätig waren. Schroff bellte Dhirken eine Warnung hinauf, ehe sie sich an ihren Gefangenen wandte: »Wenn das, was du sagst, wahr ist, wenn diese Navigation keine Zauberei ist, kann sie dann jeder an Bord erlernen?«

»Jeder«, versicherte Arithon. »Meine Hände könnten gefesselt sein. Mit den richtigen Instrumenten und meinen Anweisungen könntet Ihr selbst das Besteck benutzen und den Kurs festsetzen.«

»Dann sollen Eure Hände gefesselt werden und Eure Füße ebenso.« Erfreut, die Gelegenheit wahrgenommen und triumphiert zu haben, schickte sie einen Matrosen, die Rettungsleine aus dem Spind zu holen. »Ich will, daß wir den Hafen von Farsee anlaufen. Bring uns dorthin, oder ich werde zusehen, wie Krabben deinen Kadaver verspeisen.«

Kurze Zeit später beendete Dhirken, über die Inhalte von Arithons Taschen gebeugt, ihre Untersuchung glänzender, fremdartiger Instrumente und Karten. Von ihrem Hunger getrieben, ließ sie schließlich von den Gerätschaften ab und holte Atem, Bursche zu rufen, als ihr der seekranke Komplize in den Sinn kam, den sie, geknebelt und verschnürt wie einen Truthahn, unter Deck zurückgelassen hatten. Voller Abscheu erhob sie sich. Sollte diese fette Landratte nicht bereits an den eigenen Gedärmen erstickt sein, so würde sie ihn wohl befreien müssen. Die Klinge offen in der Hand, stieg Dhirken die Kajüttreppe hinunter.

Die schattenhafte Dunkelheit in ihrer Kajüte schien viel zu still zu sein. Fluchend wartete sie darauf, daß ihre Augen sich an die Lichtverhältnisse gewöhnten, und fluchend erkannte sie, daß Bursche tief schlafend in ihrer Koje lag. Des Kochs bestes Messer war den schlaffen Fingern entfallen. Blau leuchtete die Klinge im fahlen Licht, das durch das offene Fenster hereinfiel. Gleich neben den Stiefeln des Gefangenen hatte sich die Spitze des Messers in die Planken gebohrt.

Doch Dakar ging es viel zu schlecht, die Gelegenheit wahrzunehmen. Sein Gesicht hatte sich grünlich verfärbt, und sein Haar kräuselte sich in schweißnassen Strähnen. Erstaunt stellte Dhirken fest, daß es ihm gelungen war, sich des Knebels zu entledigen, doch selbst als sie sich bückte, das Messer aufzuheben, konnte sie von dem Handtuch keine Spur entdecken.

Über ihr, zwischen den Schmerzenslauten, die vermutlich auf Koliken beruhten, ausgelöst durch die Verdauung von Stoffetzen, keuchte der Gefangene: »Wo ist Arithon?«

»Hängt an der Rahe am Besanmast, und er ist verdammt fest verschnürt, falls dich das beruhigt.« Mit Weitblick schob Dhirken ihr Entermesser wieder in die Scheide, war doch das Küchenmesser besser geeignet, die Fesseln zu durchdringen. »Dort wird dein Freund bleiben, bis die *Schwarze Drache* den Hafen erreicht, den anzusteuern er versprochen hat.«

Als die Fesseln herabfielen, massierte Dakar seine wundgescheuerten Handgelenke. »Wie viele Matrosen hat er umgebracht, ehe Ihr ihn aufgehängt habt?«

Auf den Knien, damit befaßt, Dakars Füße zu befreien, blickte Dhirken eisig zu ihm herauf. »Keinen«, sagte sie verärgert. »Was soll die Frage? Er hat sich freiwillig ergeben.«

»Ach, gnädige Frau.« Dakar seufzte aus tiefster Seele. »Er ist gewiß nicht Euer. Das ist der Ärger mit ihm. Was auch immer Ihr denken mögt, was er Euch auch glauben gemacht hat, über eines solltet Ihr Euch im klaren sein: Wenn er nicht getötet hat, so tanzt Ihr nach seiner Pfeife.«

Dhirken erhob sich. Ihre Augen glänzten in der Dunkelheit, während sie nachdenklich den Dolch in ruhiger Hand hielt. »Du kannst ihn absolut nicht leiden, und ich finde das nicht sonderlich beruhigend.«

Dakar schüttelte den Kopf. Dann schlug er die Hände vor den Mund, um sein neuerliches Aufstoßen zu verbergen. Als er schließlich stöhnend eine Entschuldigung hervorwürgte und die Kajüttreppe hinaufstieg, um sich zu übergeben, blickte Dhirken ihm nach, die Arme mit sorgenvoller Anspannung vor der Brust verschränkt.

»Nun, Ath weiß, daß ich keinem von Euch traue«, verriet sie dem knarrenden Schott ihrer Kajüte. »Was auch immer dabei herauskommen mag, ich werde mich nur auf mein eigenes Urteil verlassen, bis ich weiß, was dahintersteckt.«

# Zermürbung

Spätsommerliche Wärme hüllte die von steilen Hängen umgebenen Täler mit ihren Laubwäldern und immergrünen Pflanzen in der Küstenregion an der Eltairbucht ein. Die Lerchen sangen nicht mehr, um ihr Territorium bekanntzugeben. Längst waren ihre Jungen flügge geworden und hatten das Nest verlassen. In den Bergen westlich von Jaelot hingegen, dort wo Luhaine sich einer Aufgabe widmete, die er von Asandir übernommen hatte, regierte grausame Kälte in den Höhenlagen, die dem Wechsel der Jahreszeiten nur wenig Beachtung zollten. An wolkenlosen Tagen reckten sich am Morgen die höchsten Gipfel des Skyshielgebirges dem Himmel entgegen. Weiß glitzerten die Gipfel unter ewigem Eis, andere zeigten sich in lebensfeindlicher Düsternis wie schwarze Eisenschlacke, und ihr Schatten verdunkelte noch die tiefsten Schluchten des Rockfelltales, welche die Schneeschmelze mit eisigem Tauwasser überzogen hatte. Bei Nebel und bei Sturm spalteten die Steilhänge der nördlichen Gebirgsausläufer den Wind, und an Tagen, an dem die Böen am schlimmsten wüteten, drang das Heulen der dahinjagenden Lüfte wie ein Spuk hinab bis in die Täler und niedrigen Ausläufer weit unter den Gipfeln.

Fallensteller aus Daenfall, die in dieser Wildnis ihrem Tagwerk nachgingen, verweilten nie länger als notwendig bei ihren Schlingen. Sie behaupteten, im Rauschen des Windes könnte man den Berg selbst grollen hören; ein Mann allein konnte dem Wahnsinn verfallen, wenn er zu lange oder zu genau diesen Lauten zuhörte.

Als der Gesandte der Bruderschaft eintraf, um das Gefängnis des Nebelgeistes zu kontrollieren, fegte der Regen, der zuvor die Niederungen geflutet hatte, orkanartig über die Hochlagen. Mit einem Kreischen, so schrill wie Stahl auf einem Schleifstein, sausten die Winde über Klippen und Eisflächen. Herbeigetriebener Schnee raste über die unpassenden steinernen Stufen, die Davien der Verräter aus einer Laune heraus in den Steilhang getrieben hatte. Die barocken Schnörkel an den Geländerpfosten und die geschnitzten, lauernden schauerlichen Statuetten ragten aus dem Schneegestöber hervor, das sie verhüllte wie alter Staub, der seit Generationen auf leichtfertig zurückgelassenem Mobiliar ruhte.

Für Luhaines magische Wahrnehmungsfähigkeit waren die Augen der Skulpturen jedoch keineswegs tot. Schutzbanne erwachten, während er vorüberzog, flammten in energetischen Strahlen auf, die gerade jenseits des menschlichen Sehvermögens leuchteten. Natürlichem Felsen wäre seine Anwesenheit gleichgültig gewesen, doch die obsidianbedeckten Gebeine des Rockfellgipfels waren nicht wehrlos. Sie wachten aufmerksam über jeden Eindringling.

Dort, wo ein Fremder, dem es an der Führung durch die Bruderschaft mangelte, sorglos hinaufsteigen würde, befangen in dem Irrtum, dieser windumtoste Gipfel würde einem unrechtmäßigen Besucher den Zutritt nicht verwehren, hielt Luhaine inne. Als unsichtbarer Strudel, kälter als Eis, um den die Luftströmungen herumwirbelten, als hätte ein Hindernis sie aus ihrer Bahn gebracht, senkte er seine Aufmerksamkeit tastend hinab, berührte den Berg selbst und bat still um Duldung.

Aus der Tiefe antwortete ihm eine Vibration, fast wie ein Erdbeben, klagend, gedehnt und langgezogen. Zu fein, als daß die Sinne eines Sterblichen sie erfassen konnten, zeugte die Sprache des Felsens doch von einer Herrlichkeit, so prachtvoll, daß selbst die Zeit unbedeutend erschien. Für Luhaine, dessen Neigung zu pingeliger Ernsthaftigkeit sogar Musik als närrische Tändelei abtat, verkam alles Leben der Pflanzen und Tiere nur mehr zu einem vergleichsweise schrillen Chaos im Angesicht des alles überdauernden Charakters, der in diesen ursprünglichen Felsen eingebettet war. Demütigende Würde umhüllte die kahlen Tiefen des Berges. Seit Jahrhunderten erduldete dieses Massiv die Einkerkerung vieler feindseliger Wesen, deren Bosheit sich gegen das Gesetz des Großen Gleichgewichts richtete. Das letzte dieser Wesen war der Nebelgeist. Luhaine, selbst von hartnäckiger Beharrlichkeit, verneigte sich ehrfürchtig vor der beständigen Duldsamkeit des Rockfellgipfels.

Als ihm der Zutritt zum Zwecke der Überprüfung der Wards gestattet wurde, verfeinerte Luhaine seine Präsenz. Nicht länger war er ein Netz feiner Energien, sondern ein feinstofflicher Schleier, der sich herniederlegte und langsam in das Innere des Berges herabsank. Schnee, Eis und Klippen der Oberfläche wichen schwarzem Schichtgestein, das niemals der Peinigung durch Sonne und Wind ausgesetzt gewesen war. Irden und ehern flüsterten Harmonien durch die verborgene Tiefe, während das Rauschen unterirdischer Quellen durch die Dunkelheit drang, die mit magischen Banden verwoben war. Luhaines Wahrnehmung vermochte all die spinnwebzarten Stränge zu unterscheiden, ausgebreitet als Resonanz, gewoben zu strahlender Harmonie von seinen gänzlich verschiedenen Brüdern.

Davien der Verräter hatte den ursprünglichen Schacht gegraben und auch die fünfeckige Kammer auf dem Grund. Auf den ersten Blick pragmatisch, nichts weiter als eine derbe Absichtsäußerung, der zu trauen Luhaine zu klug war, bargen die Fasern der großen Beschwörung, die Daviens Werk umspannten, verdrehte Wirrungen wie ein verknotetes Tau, unregelmäßige Wirbel wie die Strömungen des Wassers in einem Forellenteich. Verborgene Mächte rührten sich, verschmolzen miteinander und waren doch außerhalb jeglichen Klanges, weit abseits des fahlen Bereiches sichtbaren Lichts. Luhaine erinnerte sich, daß der Anprall dieser Mächte ihm Kopfschmerzen bereitet hatte, als er noch einen Leib sein eigen genannt hatte. Nun, als ein Geistwesen, empfand er diese Gewalten wie Insekten, die mit ihren dornigen Beinen an Nerven zerrten, die er nicht mehr besaß.

Nur methodisches Arbeiten bot ihm nun noch Zuflucht vor der Pein. Die nebelgebundenen Wesenheiten, die die Paravianer vertrieben hatten, waren noch immer hier, lebendig, ruhelos und zu gefährlich, zu bösartig, sie einfach nur vertrauensvoll ihrem Schicksal zu überlassen.

Desh-Thiere lag eingekerkert hinter drei Lagen Gestein, eingebunden in magische Versiegelungen, deren eine jede dazu gewirkt worden war, auch dem grauenvollsten Ausbruch eingesperrter Energien standzuhalten. Diese Fesseln waren nicht in einer Weise verschlungen wie die Verteidigungsbanne über dem Althainturm, sie erlaubten es einem geschulten Magier nicht, hindurchzuschlüpfen und ungehindert hinauszugelangen. Die Bande, die über dem Nebelgeist lagen, hielten alles Lebendige auf, gleich, ob umschlossen von Fleisch und Blut oder unbekleidet als reiner Geist.

Um die Unversehrtheit des vollständigen Wards zu sondieren, blieb Luhaine keine andere Wahl, als sich in absoluter Stille zu vertiefen und eine gewissenhafte Bestandsaufnahme der Vibrationen durchzuführen, die von den Verankerungen der Magie im unwandelbaren Felsen des Rockfellgipfels abstrahlten. Er mußte lauschen, entwirren und jede einzelne der sagenhaften Signaturen überprüfen, die seine Brüder gewirkt hatten. Jedes winzige Teilchen gewobener Energien mußte kontrolliert und kartographiert werden, die Resonanz jedes Siegels, jeder Rune erschöpfend bis in ihre entlegensten Querverbindungen auf Anomalien geprüft werden.

Die Konstruktion verbreitete eine gefährliche Aura, eine ruhelose Ausstrahlung, die gewaltig genug war, Schmerzen auszulösen, ausreichend, um eine verheerende Wirkung auf Fleisch und Knochen zu erzielen. Nicht minder unangenehm durchdrang die schaurige, entsetzliche Präsenz das Sein Luhaines, verzerrte seine

Aura zu einer Dissonanz gleich einer Flamme, die über offenliegende Nervenenden streicht.

Asandirs komplizierte Arbeit hatte den kalten Stein gezwungen, sich zu öffnen, Form und Umgebung zu verändern. Sein Wirken blieb so deutlich erkennbar wie der Flug einer Schwalbe oder der Schweif eines niedergehenden Meteors. Kharadmons kapriziöse Energien hingegen umschmeichelten ein rauhes Chaos, bis es sich zu einer Ordnung formte, um dann Wellen weißen Lichtes über Zeit und Dimension zu schicken, die Wardglyphen in ein stabiles Gleichgewicht zu bringen.

Würde dieser extravagante Geist derzeit in Athera weilen, gewiß wäre er unangemeldet hereingeplatzt, um irgendeinen vernichtenden Kommentar abzugeben.

Luhaine drängte den Schmerz vergangener Niederlagen fort. Verärgert, daß die Rivalität, die ihn und Kharadmon verband, sich über einen verirrten Gedanken einschleichen und ihn ablenken konnte, baute er seine zerrüttete Konzentration wieder auf. Dieser aufdringliche Geist verdiente es kaum, vermißt zu werden, und die Gefahr, daß die Suche nach den Ursprüngen des Nebelgeistes, die ihn weit über die Grenzen Atheras hinausgeführt hatte, für ihn in einer Tragödie endgültiger Stille enden mochte, verwehrte sich weiterer Gedanken. Ein Zauberer, der mit Vorliebe einen so bösartigen Mangel an Manieren zur Schau stellte, dürfte wohl kaum beim Übertreten der Grenzen zwischen den Welten vom Weg abkommen. Eine Gefahr, die Kharadmon in Mitleidenschaft ziehen wollte, mußte schon von gewaltigem Ausmaß sein.

Luhaine distanzierte sich von seinen Sorgen, indem er sich ganz der beschwerlichen Langeweile seiner Arbeit hingab.

Die Energiebande, die von einkerkernden Resonanzen erfüllt waren, erklangen noch immer vollkommen balanciert und makellos. Erneut pikiert, angesichts der meisterhaften Machtströme, die auf so respektlose Weise mit dem Ornament verwoben waren, das eines der Schutzsiegel Kharadmons abschloß, wiederholte Luhaine verärgert seinen letzten Schritt. Kriechend, kaum spürbar, glitt eine Bewegung durch seine langsam tastende Aufmerksamkeit.

Als wäre er mitten in weichem Gras in einen Dorn getreten, hielt er inne, ging wieder zurück, und überprüfte den Bereich, den er eben erst bearbeitet hatte, noch einmal.

Die magische Struktur leuchtete unversehrt, nichts befleckte ihre Symmetrie.

Luhaine konzentrierte sich. Während die Energien, die die Massen des Rockfellgipfels in das Sein riefen, im weiträumigen Muster des Schöpfers selbst tanzten, durchkämmte er die Siegel erneut. Alles schien seine Ordnung zu haben. Und doch, so schwer zu erfassen wie ein Glassplitter, blieb Furcht zurück. Er mißtraute der Richtigkeit seiner eigenen Erkundung.

Besessen von der Seele eines Zahlmeisters, sinnierte Luhaine über die verwirbelten Schlingen magischer Energien nach.

Erfüllt von trägem, voreingenommenem Mißtrauen, wohl wissend, daß Kharadmon nie widerstehen konnte, ihn zu peinigen, kontrollierte er erneut die Verankerung der Magie in dem lebendigen Felsen.

Perfektion antwortete ihm. Jedes ersterbende Seufzen eines Echos erklang in vorhersagbarer, harmonischer Tonlage.

Luhaine konnte es mit einer Bulldogge aufnehmen, was seine unverfälschte, sture Hartnäckigkeit betraf. Er war imstande, sich eine Stunde oder ein Jahrhundert den Kopf über ein Rätsel zu zerbrechen, bis er jeden seiner Brüder zu zorniger Verzweiflung getrieben hatte.

Er richtete Wards auf, um die Ausstrahlung seines Seins abzuschirmen. Dann folgte er dem düsteren Verlauf der Energiewindungen. In ihrem Inneren, eingehüllt in ein Spinnennetz der Illusion, geschützt durch seine getarnte Annäherung, entdeckte er einen kaum wahrnehmbaren Riß in der Wardbarriere Asandirs.

Schwebend untersuchte er den Spalt, dann den flitternden Schleier der Schilde, die seine Anwesenheit verbargen. Die Tatsache, daß Kharadmons Werk noch immer rein erklang, war bedeutsam. Große Beschwörungen, gewirkt von einem Geistwesen, unterschieden sich naturgemäß von den Bannen eines Magiers aus Fleisch und Blut. Wenn das Werk eines seiner Brüder makellos war, das eines anderen hingegen Zeichen der Abnutzung aufwies, so stellte das durchaus keine Anomalie dar.

Ein Tag und eine Nacht zogen dahin. Der Sturm über dem Rockfellgipfel verzog sich und gab den Blick auf die kristallene Kuppel des Sternenhimmels frei, während Luhaine jede einzelne Facette dieser Nuance verfolgte und schließlich zu einem erschreckenden, unzweideutigen Schluß kam: Die Bedrohung, die der Nebelgeist repräsentierte, hatte sich ausgeweitet.

Kaum hatte sich der Zauberer aus der Tiefe des Rockfellschachtes zurückgezogen, sandte er eine Warnung an den Hüter des Althainturmes.

»*Die Wards, die über Desh-Thiere wachen, sind beschädigt, und die Schäden sind das Werk des Nebelgeistes selbst. Es schmerzt mich, das zu sagen, doch die Schuld liegt allein bei uns. Das gestohlene Wissen, das diese schreckliche Kreatur genutzt hat, neues Unheil anzurichten, trägt den Stempel von Arithons Ausbildung. Unsere Furcht, das Wissen, das er von den Zauberern von Rauven vermittelt bekommen hat, könnte eines Tages der Schlüssel sein, mit dessen Hilfe der gefangene Geist die Freiheit zurückerlangt, ist keineswegs unbegründet.*«

Gepeinigt erreichte ihn Sethvirs Antwort. »*Der Fluch, der über unseren Prinzen liegt, wird mit jeder Stunde gefährlicher. Unsere ganze Hoffnung ruht auf Kharadmons Mission.*«

Befangen in der unausweichlichen Schlußfolgerung, daß die Wards über dem Rockfellgipfel schnelles Eingreifen erforderlich machten, für das die Unterstützung eines leibhaftigen Zauberers notwendig war, wagte Luhaine nicht zu fragen, was überdies auf Sethvirs Stimmung drückte. Da ein Geist allein nicht imstande war, die Bindungen des Rockfellschachtes zu durchdringen, mußte er notgedrungen bleiben und die Grube bewachen, bis Asandir die Möglichkeit hatte, von Shand gen Norden zu reisen.

»*Ich bedauere, dich noch weiter belästigen zu müssen*«, fuhr Luhaine fort. »*Aber das Problem mit dem Schwarzpulver in Alestron wird noch ein Weilchen länger warten müssen.*«

»*Unmöglich.*« Gleich einem Peitschenschlag in ruhiger Umgebung übertrug sich Sethvirs Ärger vom fernen Althainturm zum Rockfellgebirge. »*Der Herzog hat seiner Gießerei erneut einen heimlichen Auftrag erteilt. Ich kann Traithe nicht schicken, sich darum zu kümmern. Er ist gerade dabei, eine Iyatplage in Ghent einzudämmen, die schon einige Häuser in Brand gesetzt hat.*«

»*Dann beauftrage Dakar, sich um Alestrons Beitrag zum Unheil der Welt zu kümmern*«, konterte Luhaine, wobei er einen Wirbelsturm aus Schneeflocken auslöste. »*Das ist das wenigste, was dieser nutzlose Trunkenbold tun kann, und es ist die gerechte Strafe für seine ruinösen Kapriolen in Jaelot.*«

Die Bemerkung war zumindest absurd, wenn nicht gar gefährlich. Aber die Notlage, die das Wirken des Nebelgeistes hervorgerufen hatte, stellte eine ernsthafte Bedrohung dar. Die Anforderungen, denen die Bruderschaft nun unterlag, waren so schwerwiegend, daß selbst die Zwangslage in Alestron zweitrangig wurde.

# Präzedenzfälle

Unter dem sommerlichen Blätterdach des Westwaldes erntet eine Gruppe des Heeres von Avenor, die abkommandiert worden ist, ihre neugeschaffene Stärke im Kampf gegen jene Barbaren zu erproben, die die Handelsstraßen heimsuchen, die Belohnung für ihre blutbenetzten Schwerter; und achtundzwanzig clanblütige Männer werden gefangengenommen und nach Karfael verschleppt, um dem Richterspruch des Statthalters unterworfen zu werden ...

Auf einem sonnengefluteten Hang in den Ländereien Alestrons führt ein Mann in einer staubigen Gelehrtenrobe ein Zündholz an ein Bronzerohr, und ein Funke springt über, der ein gewaltiges Donnern und eine Wolke dichten Rauches hervorbringt; und jammernd bahnt sich ein rundes Steingeschoß seinen Weg, bohrt sich in eine Eiche, zersplittert grüne Zweige wie berstende Gebeine ...

Weit weg, in Atainia, erschüttert von dem Schrei gespaltenen Grüns, ausgestoßen am anderen Ende des Kontinents, erhebt Sethvir von Althain sein gramgezeichnetes Haupt und folgt einem Luftwirbel, der noch immer den beißenden Hauch verbrannten Schwefels mit sich trägt; eine jahrhundertealte Versprechen läßt ihm keine Wahl, und er muß Dakar in aller Eile aussenden, die herzogliche Waffenkammer von Alestron ihrer Geheimnisse zu berauben ...

# 8
# ERNEUERUNG

Das alte Avenor war nur eine kleine Stadt gewesen. Nach dem Aufruhr nun schon seit Jahrhunderten verlassen, wiesen nur mehr verwitterte Fundamente bröckelnden Gesteins auf die noch von den Paravianern erbaute innere Zitadelle hin, die einst, von runden Festungsanlagen und einer schützenden Mauer umgeben, gleich einem Juwel auf einem Hügel oberhalb der Westküste ruhte. Von dort aus überblickte sie ein weites, flaches Tal, das noch immer von stattlichen Eichen bewachsen allerlei Wild eine Heimat bot. Umschlagsplatz für den Handel und die Verschiffung war, während der Regierungszeit der früheren Hohekönige, der großzügige Hafen von Hanshire, weiter im Süden des Landes gewesen.

Da der derzeitige Statthalter jeder Form einer Allianz mit einem Nachfahren königlichen Geblütes unnachgiebig ablehnend begegnete, konnte der s'Ilessid-Prinz, der gekommen war, den alten Herrschersitz wieder aufzubauen, nicht auf die traditionellen Liegeplätze zurückgreifen. Auch bot die verblaßte Eleganz der paravianischen Ruinen nicht genug Raum für Lysaers Pläne. Er würde etwas Größeres erbauen, eine Stadt, keiner anderen auf dem ganzen Kontinent vergleichbar, gleichsam ein Monument der Veränderung.

Der Sommer begann mit grünenden Wicken, deren

Ausläufer die verfallenen Mauern bedeckten, die die Westlandsee überragten, und er endete mit Schlamm, Krach und dem schweren Geruch feuchter, aufgeworfener Erde. Unter strahlendem Sonnenlicht, reflektiert von den Staubpartikeln über der Stadt, oder im trüben Nieselregen, der sich wie ein Schleier grauen Musselins über das Land legte, befahl der Prinz des Westens, die alten, feingemeißelten Megalithen aus ihrer Verankerung zu reißen. Mochten einst auch Paravianer an diesem Ort ihren segensreichen Tanz aufgeführt haben, mochten die verborgenen Geister gehörnter Riathaner diese neue Entweihung bitter beklagen, so mangelte es Lysaer doch an magischer Wahrnehmungskraft, sie zu erkennen. Einst war er in Begleitung eines Bruderschaftszauberers durch die Ruinen einer anderen Stadt des Zweiten Zeitalters gewandert, und jene Erfahrung hatte ihm bewußt gemacht, daß diese Orte einen Weg bewahrten, die alten Mysterien der Erde selbst zu erneuern. Doch obgleich die Furcht seiner stadtgeborenen Gefolgsleute, die diesen Geheimnissen der Vergangenheit abwehrend begegneten, ihn bekümmerte, durfte er nicht zulassen, daß die Gefühle sein Urteil beeinflußten.

Steine, die noch gebrochen und zu Quadern geformt werden konnten, wurden für einen neuen Gebrauch nüchtern und ohne jede Gefühlsregung abgebaut und gelagert. Andere, die der Frost zu sehr beschädigt hatte, solche, die zu hart waren und jene, deren eingemeißelte Zierden zu tief gehauen waren, wurden fortgeschleppt und auf einem kleinen Hügel aufgeschichtet, wo sie bald unter wildwachsenden Kräutern verschwanden. Dorthin zog sich Lysaer zurück, wenn es ihn nach Einsamkeit verlangte. Dort gab er sich seinen Gedanken hin oder übte den Umgang mit seiner ererbten Gabe des Lichts.

Selbst die unheimliche Disharmonie, die über diesem Friedhof gebrochenen blauen Granits lauerte, trieb ihn nur weiter an, seiner selbstgewählten Verpflichtung treu zu bleiben. War der Herr der Schatten erst tot, würde neuer Friede die Splittergruppen überall im Land wiedervereinen. Dann würde das alte Wissen, das aus Gründen der Zweckmäßigkeit derzeit unbeachtet bleiben mußte, um so strahlender wieder aufleben.

Während die tiefstehende Sonne des späten Nachmittags die Brecher mit ihrem Schein überzog, hob Lysaer sein Kinn von den stützenden Händen und strich sich das stumpfe, schweißfeuchte Haar aus der Stirn.

Die Stimme, die seine Zufluchtsstätte störte, erklang erneut, aufgebracht ertönte sie von der anderen Seite des unordentlichen Steinhaufens. »Seine Hoheit ist dort oben und nirgends sonst. Lord Diegan hat darauf bestanden, und er kennt die Stimmungen des Prinzen so gut, als wären sie Brüder.«

Flaute begleitete die zweifelnde Antwort eines anderen Mannes. Lysaer blieb keine Wahl, als sich mit der unzeitigen Störung abzufinden, und er erhob sich. Reflektiertes Sonnenlicht blitzte auf den Troddeln an seinem Ärmel auf, als er sich von den zerdrückten Flechten auf seiner Hose befreite und winkte, um den Männern zu zeigen, wo er sich befand.

»Euer Hoheit?« Ein Feldwebel in dem lohfarbenen Wappenrock der Garnison von Karfael zuckte zusammen und blickte überrascht zu ihm auf. »Wer hätte das gedacht. Was gibt es an diesem Ort außer gruseligen alten Skulpturen und Steinen, in denen nicht einmal die Möwen nisten wollen?«

Als sein Besucher mit den Schultern zuckte, um das Gewicht seines Kettenhemdes vor dem Aufstieg gleichmäßig zu verteilen, rief Lysaer. »Bemüht Euch nicht, ich komme herunter.«

Zwar hatte er keinen Staatsbesuch erwartet, doch vermochte seine zwanglose Kleidung so oder so nicht, Zweifel an der Bürde hochherrschaftlicher Verantwortlichkeit zu wecken, die auf ihm lastete. Sein Wams war aus sommerlich leichter Seide, goldgeziert und mit einem unauffälligen Rangabzeichen versehen. Aus der

Nähe betrachtet, benötigte er weder Krone noch Staat, die Ehrerbietung für seine Person einzufordern. Blaue Augen von strahlender Aufrichtigkeit und eine majestätische Haltung, von Kindesbeinen auf erlernt, wie sie kein noch so kostspieliger Putz zu ersetzen vermochte, offenbarte auch den Blicken des unbedarftesten Fremden den Prinzen in dem Mann.

Überwältigt von der unerwarteten Bewunderung, die ihn plötzlich bewegte, fühlte Karfaels vom Straßenstaub verdreckter Feldwebel sich bemüßigt, den Prinzen mit einer Verbeugung zu ehren.

»Bitte, erhebt Euch.« Höflich besorgt bot ihm Lysaer seine Hand. »Der Tag ist zu heiß für Formalitäten. Vergebt mir meine Ungeduld, doch hat Euer Statthalter mir die Truppe Bogenschützen gewährt, deren Dienste ich erbeten hatte?«

»Die Bogenschützen gewiß, Euer Hoheit.« Eingehüllt in seine schmutzige Marschbekleidung brachte des Prinzen direkte Berührung den Feldwebel in Verlegenheit. »Euer Quartiermeister weist ihnen gerade jetzt eine Baracke zu. Mein Hauptmann erwartet Euch mit Neuigkeiten aus dem Norden und einem Geschenk, das der Statthalter Euch mit besten Grüßen zukommen läßt.«

»Das verdient gewiß Beachtung.« Gefolgt von Diegans Leibdiener schritt er über die gebrochenen Asternstengel, die unter den Kufen der Schlitten zermalmt worden waren, mit deren Hilfe die widerspenstigen Gesteinsbrocken auf den Hügel gebracht worden waren. Jenseits des nun verlassenen Hügels ausrangierter Steine zeigte sich der Schauplatz der Wiedergeburt Avenors in Ockertönen, vermengt mit Schwarz, eine Ansammlung klaffender Wunden im Antlitz der Erde, um die die Arbeitstruppen gleich Ameisen herumkrabbelten. Geräuschvoll sausten die Stachelstöcke der Ochsentreiber nieder, begleitet von Meißelschlägen und den Rufen der Steinmetze, die die Anlage neuer Fundamente leiteten.

Lysaer blieb stehen, um den Anblick zu genießen. Makellos, in seinem schmucken Wams, das Haar vom Wind zerzaust und doch filigran anzusehen, schien er einer Legende entsprungen zu sein. Zufriedenheit spiegelte sich im Blau seiner Augen, während er seine Blicke über diese Galerie der Träume wandern ließ, die sich vor ihm ausbreitete. In seiner Vorstellung sah er über den zerklüfteten Anfängen die hohen, quaderförmigen Türme, die er aus sandgüldenen Ziegeln errichten würde; über Kreidemarkierungen und Grenzpfosten zeigte ihm sein Geist Wehrmauern und Zinnen, eine befestigte, wehrbereite Stadt, unter deren Bannern und Schieferdächern heiterer Frieden herrschte.

Der Fortschritt war bereits deutlich zu erkennen. Über weite Flächen umgepflügter Erde, jenseits der Stallungen und ihrer Lattenumzäunungen, über den Weiden, hinter deren Zäunen das Futter herangezogen wurde, dem niedergemähten Gras auf Feldern, die die Truppen für ihre Übungen nutzten, atmete er begierig das Aroma der Kohlefeuer. Sein Herz hüpfte zu den Klängen der Schmiedehämmer, die den Stahl für Avenors zukünftige Tore formten.

In diesem Tal, dem Vermächtnis seiner Vorfahren aus dem Geschlecht der s'Ilessids, setzte er den Grundstein für die Armee, die eines Tages jene messerscharfe Waffe bilden sollte, die den Herrn der Schatten schlagen würde.

Inmitten der geordneten Betriebsamkeit seiner neuen Domäne, wirkten die Männer in den Farben Karfaels wie ein ausgefranster Strang in ebenmäßiger Wirkware. In ihrer Mitte befand sich eine Doppelreihe halbnackter Männer, die von den Bewaffneten Reitern gewaltsam zum Exerzierplatz hinter den Wohnzelten getrieben wurden.

»Das sind keine Bogenschützen«, erklärte Lysaer schroff.

Der Blick, mit dem er den Feldwebel von Karfael

bedachte, war weniger fragend, denn ein herrisches, königliches Ersuchen.

»Nein, Euer Hoheit.« Erfüllt von stolzem Eifer, setzte der Offizier zu einer Erklärung an. »Die Reservetruppen, die Ihr auf Patrouille zur Straße des Nordens entsandt habt, waren in Westwald mit Glück gesegnet. Sie konnten ein Barbarenlager, das dort im Hinterhalt lag, einkreisen und überwältigen und achtundzwanzig Männer gefangennehmen. Unser Statthalter hat ihre Exekution in Eurem Namen verboten. Er dachte, die erbärmliche Brut sollte besser genutzt werden, die neuen Mauern Avenors zu errichten.«

Mit langen Schritten stürzte Lysaer davon, und die leichtherzige Gelassenheit, die sich noch einen Augenblick zuvor in seinem Mienenspiel gezeigt hatte, war grimmiger Entschlossenheit gewichen.

Der Feldwebel mußte sich anstrengen, mit ihm Schritt zu halten. »Euer Hoheit? Stimmt etwas nicht?«

Königliche Ignoranz begegnete seiner Besorgnis.

»Hier.« Der Prinz riß sich seinen Gürtel vom Leibe und wirbelte zu dem Leibdiener herum. »Nimm das.« Ohne sich noch im mindesten um die Etikette zu kümmern, fuhr er fort, sich zu entkleiden und lud auch sein Wams dem Leibdiener auf die Arme. Nur mehr in seine glänzende Seidenhose und das windgepeitschte Batisthemd gekleidet, stürmte er weiter den Hang hinunter.

Unbeholfen beeilte sich der Feldwebel, seine vom Marschieren müden Muskeln anzutreiben, dem Prinzen zu folgen. »Was ist geschehen?« Kurzatmig schnappte er schnaufend nach Luft, während er sich bemühte, den Anschluß nicht zu verlieren.

»Euer Statthalter hat es gewiß gut gemeint«, entgegnete Lysaer, ohne innezuhalten. »Aber er hat seine Befugnisse überschritten, als er mir die Gefangenen zum Geschenk gemacht hat.«

Zerschlagen von den zurückpeitschenden Zweigen eines Gestrüpps, hustend im Staub über einem Feld, auf dem das abgemähte Heu lagerte, und schließlich gepeinigt von der zusätzlichen Last von Helm, Kettenhemd und Wappenrock, bemühte sich der Feldwebel aufrichtig, den Schaden diplomatisch wiedergutzumachen. »Wie kann ich Euch helfen?«

»Eure Klinge«, keuchte Lysaer. »Überlaßt sie mir.«

Rasch zog der Feldwebel sein Kurzschwert aus der Scheide. Kaum hatte er die Waffe übergeben, da beschleunigte der Prinz auch schon seine Schritte. Durch einen Sprung in die Grube, aus der einmal der Stadtgraben entstehen sollte, aus dem Feld geschlagen, fiel der glücklose Soldat in Schrittempo zurück und ergab sich seiner Erschöpfung.

Der würdevolle Herr von königlichem Blute, der ihn begrüßt hatte, krabbelte ohne Anzeichen von Schwäche durch die Gräben, und obgleich der Boden von Abwässern und Quellwasser verschlammt war, sprang Lysaer hinein und watete, bis zur Hüfte eingesunken, durch den Schmutz. Der güldene Zierat an seiner edlen Seide war mit Dreck überzogen, als er auf der anderen Seite über einen Erdwall stürmte und auf die behauenen Steine sprang, die das Fundament der neuen Mauern bildeten. Unter dem aufgeschreckten Geschrei der schwerarbeitenden Steinmetze verschwand er aus dem Blickfeld des Feldwebels.

Zurückgelassen, besann sich der Soldat aus Karfael auf praktische Erwägungen und suchte einen Weg zurück zu den Baracken. Schwitzend kam er zu dem Schluß, daß des Prinzen eigensinnige Marotten besser der erfahrenen Diskretion seines Hauptmanns überlassen blieben.

In diesem Augenblick saß der befehlshabende Offizier der herbeigebetenen Truppen staunend auf seinem Schlachtroß. Soldat genug, sich ganz auf die Aktivitäten der neuen Rekruten Avenors zu konzentrieren, rieb er sich mit der Rückseite seines schuppigen Panzerhandschuhs über das mit Bartstoppeln bedeckte Kinn, während er die Pfeilsalven beobachtete, die in ebenmäßigem Flug auf ihre Ziele abgeschossen wurden. Nur wenige trafen nicht. Allein der Anblick dieser Präzision war zermürbend.

Auf dem Exerzierplatz übten sich Lanzenreiter, deren Beweglichkeit im Sattel atemberaubend war, obgleich sie durch die Infanteristen gestört wurden, denn diese brachen zwischen ihnen ein Feldlager einschließlich Waffenzelte und Feldküche ab, um gleich darauf zornige Wehrübungen abzuhalten.

Für einen Hauptmann, der sich vom Söldner zum Kommandeur einer Garnison hochgedient hatte, war dieser Anblick ehrfurchtgebietend, war neiderzeugend, und gewiß erfüllte er ihn mit einer profunden, von weichen Knien begleiteten Erleichterung, wußte er doch, daß er diesen herausragend gedrillten Kohorten niemals in Feindschaft gegenüberstehen mußte.

»Gnädiger Ath, seht Euch das nur an«, murmelte der Soldat, der seine Zügel hielt. »Sie benutzen ein Bollwerk aus nassen Fellen, in dem sie ihre brennenden Pfeile versenken.«

Karfaels Hauptmann drehte sich im Sattel um und hielt dann inne, als ein Mann, den er nicht erkennen konnte, Hals über Kopf durch die untätigen Reihen seiner Gardisten stürzte. Ein lauter Ausruf folgte, und gleich darauf brach ein Chaos aus. Dann hatte der Läufer, dessen Leib tropfnaß und mit schwarzem Schlamm verschmiert war, die Garnisonssoldaten passiert. Das schweißnasse Hemd auf seinen bebenden Schultern wogte wie ein Bauernkittel um seinen Leib und fiel unordentlich über seine Hüften. Von Kopf bis Fuß zerzaust, stürmte der junge Mann geradewegs in das Durcheinander gefesselter Gefangener.

Er hielt ein gezogenes Schwert in der Hand.

In bequemer Haltung beim Faulenzen überrascht,

hievte Karfaels kräftig gebauter Hauptmann sein Knie vom Sattelknauf. Mit dem typischen, kühl-vornehmen Interesse, das allen Städtern zu eigen war, unterließ er es zunächst, seinen Männern den Befehl zum Eingreifen zu erteilen. Jeder erfahrene Soldat wußte um die bösen Folgen, die die Heimtücke der Barbaren der Wälder zu zeitigen imstande war. Wenn nun ein bewaffneter Irrer einen persönlichen Rachefeldzug startete, so würde es den Soldaten fraglos gefallen, sich den Spaß eine Weile anzusehen, ehe sie eingriffen.

Doch als die Klinge des Eindringlings pfeifend durch die Luft sauste, brachte sie den Gefangenen keine Wunden bei, sondern durchtrennte die Fesseln an ihren Händen.

Das Bellen aus der Kehle des bulligen Hauptmanns schnitt durch das nervenzerfressende Hämmern der Steinmetzfäustel. Eher würde er sämtliche Barbaren in ihrem eigenen kalten Blut liegen sehen, als zuzulassen, daß auch nur einer von ihnen entkam. »Wer ist dieser Parvenü? In Aths Namen, holt ihn da raus!«

Vier Gardisten seiner Truppe reagierten sofort. Sie sprangen von ihren Pferden und drängten sich durch den unruhigen Haufen der Gefangenen, doch als sie sich näherten, stürzte sich der Übeltäter mit zornigem Gebrüll auf sie. »Bei Ath, unserem Schöpfer, das ist eine Schmähung!« Jammernd wirbelte das Schwert durch die Luft. Erschrockene Soldaten und halbnackte Clanblütige zuckten zurück, um der scharfen Klinge zu entgehen, die sie aufzuschlitzen drohte. »Ich will hier keine Sklaven haben! Niemand wird Avenor in Ketten dienen!«

Der Aufruhr zog die Blicke der Mauerbauer auf sich. Steinmetze und Eseltreiber ließen ihre Arbeit ruhen, während die Lanzenreiter auf ihren Rössern aufhörten, ihre Kräfte zu messen, um wie gebannt den Vorgängen zu folgen.

Ohne sich um die Beobachter zu kümmern, taub für einen fragenden Ruf, der über das Getümmel drang, stürmten noch mehr Soldaten aus Karfael herbei, den Angreifer zurückzuschlagen, während ihr Hauptmann seine Entrüstung laut herausbrüllte. »Was bedeuten dir diese nutzlosen Wichte? Wen interessiert es schon, wenn sie gleich hier zugrunde gehen? Wenn der Prinz sie in Empfang genommen hat, soll er sie mit Ketten binden, die einem verweichlichten Trottel mehr Widerstand entgegenbringen.«

Der edle Retter schleuderte eine wirre Woge offenen Haares zurück. Eingekreist von Soldaten, deren Waffen auf allen Seiten zwischen den schmutzigen, geschwächten Leibern ihrer Gefangenen hervorlugten, rammte er sein Schwert in die trockene Erde, öffnete seine Manschettenschnüre, rollte die schmutzigen Ärmel auf und streckte seine entblößten Handgelenke vor. »Nun, dann werdet Ihr mich wohl auch in Ketten legen müssen!« wütete er. In dem erschreckenden, eisigen Gletscherblau seiner Augen, die sich scharf von seiner sonnengebräunten Haut abhoben, blitzte eine unmißverständliche Warnung auf, die geneigt war, seinem Gegenspieler die Haare zu Berge stehen zu lassen. »Kein Mann, der in diesem Reich geboren ist, soll wie ein Tier festgezurrt werden, solange mir nicht das gleiche Schicksal widerfährt!«

»Sollen die Dämonen mich holen, ein Philanthrop!« Der Hauptmann der Garde verdrehte die Augen zum Himmel, sichtlich erfreut, der Aufforderung nachkommen zu können. Er streckte die Füße aus und schob seine Stiefel wieder durch die Steigbügel, ohne sich um die Aufregung zu kümmern, als seine Männer den Eindringling ergriffen und ihn inmitten des Sklavenzuges Clanblütiger festhielten.

Die Tat rief nur wenig Widerstand hervor. Die Hälfte der Barbaren war verwundet; die anderen waren zu benommen und erschöpft von dem langen Marsch, um ernsthaft Ärger verursachen zu können. Der großgewachsene Kundschafter, den die Männer beiseite stießen, um Platz für den Fremden zu schaffen, konnte wegen einer Schwellung im Gesicht fast nichts mehr sehen. Geradezu rührend ehrerbietig sprang er sogleich zur Seite, als ein Leutnant mit einem Streitkolben auf ihn zu kam. Es dauerte nicht lang, da fand sich der blonde Aufrührer an den Händen gefesselt, die Ellbogen hinter dem Rücken zusammengeschnürt, wieder.

»Was geht hier vor?« verlangte eine autoritäre Stimme aus dem Hintergrund zu erfahren. »Euer Hoheit?«

Zwar war sich der Hauptmann der Garnison von Karfael der umstehenden Gaffer wohl bewußt, doch kannte er seine Aufgaben gut genug, den Blick nicht von seinen Männern abzuwenden. Als sie den neuen Gefangenen sicher vertäut hatten und wieder Haltung annahmen, rief er, ohne sich umzuwenden: »Wo ist der berühmte Prinz von Avenor? Wir haben ihm ein Geschenk gebracht. Und mit ihm einen Mangel an Disziplin.«

Die näherrückenden Menschen verunsicherten sein Schlachtroß. Mit geschickten Gebärden beruhigte der Gardehauptmann das Tier aber wieder. Da er jedoch befürchten mußte, daß das kriegsgeübte Pferd austreten könnte, was ihn als Abgesandten beschämen würde, brüllte er erzürnt: »Falls euer Prinz nicht zugegen ist, so schickt nach ihm.«

Bewegung kam in die Gefangenen. Der gefesselte blonde Aufständische, kam näher, soweit es die Taue erlaubten und erhob sein schlammverkrustetes Antlitz. Im allgemeinen Gedränge von seinen eigenen Fesseln einen halben Schritt zurückgezerrt, neigte der hochaufgeschossene Barbar mit dem verquollenen Gesicht spöttisch den Kopf zur Seite. »Ihr wünscht die Anwesenheit des Prinzen Lysaer s'Ilessid? Nun, wenn mich mein Augenlicht nicht trügt, so steht er bereits vor Euch.«

Mit wachsendem Entsetzen blinzelte der Hauptmann von Karfael die schmuddelige Gestalt an, die auf seine Anweisung hin Mißhandlungen ausgesetzt war. »Ihr?« sagte er. »Der Prinz des Westens?«

Lysaer bedachte ihn mit einem Blick, erzürnt genug,

frische Milch gerinnen zu lassen. »Sage deinem Statthalter«, erklärte er in einem Ton erboster, königlicher Arroganz, »er mag die Clanblütigen, die Reisende berauben, bekämpfen und im Kampf töten. Wenn sie schuldig sind, mag er sie seiner Gerichtsbarkeit unterwerfen und exekutieren. Aber ich werde keinen Gegner der zivilisierten Gesellschaft in Ketten legen und zur Sklavenarbeit mißbrauchen.«

Der stämmige Hauptmann schwang sein Bein über den Sattelknauf und stieg von seinem Pferd. »Euer Hoheit, ich bitte Euch, vergebt mir meine Unwissenheit.« Ohne darauf zu warten, daß sein Knappe sich um sein Roß kümmern würde, bemühte er sich um beschwichtigende Worte und zog seinen Dolch. »Laßt mich Eure Fesseln lösen.«

»Jetzt nicht.« Mit einer Selbstbeherrschung, derer ein gefesselter, schmutziger Mann kaum mehr fähig sein sollte, verlangte er nach Wiedergutmachung. »Zuerst soll jeder einzelne Clanblütige hier freigegeben werden. Zum Ausgleich Eurer Vermessenheit, ohne meine Zustimmung das Recht in Avenor nach Eurem Ermessen auszulegen, werden sie frei sein, ihrer Wege zu gehen oder sich mir anzuschließen, ganz wie es ihnen beliebt.«

»Das ist eine Beleidigung!« Der Dolch in des Gardehauptmanns Hand zeigte sich nicht länger friedfertig, als dieser das nächste Tau mit einem gewaltigen Ruck durchtrennte. »Diese Männer sind von meinem Lord, dem Statthalter, verurteilt worden und unterstehen seinem Willen.«

»Nicht, solange sie sich in Avenor aufhalten«, entgegnete Lysaer, während er einen Schritt zurücktrat, um einem Sturz vorzubeugen, ohne daß seine herrische Haltung dadurch beeinträchtigt wurde. »Gebt Euch geschlagen. Das Schicksal dieser Männer liegt nun in meiner Hand, nicht in der Euren. Anderenfalls bleibt Euch nur, an meiner Stelle die Herrschaft und das Gelöbnis, den Herrn der Schatten zu bekämpfen, zu beanspruchen und mir Euer verdammtes Messer ins Herz zu rammen.« Solch eine Erklärung mochte ein Wahnsinniger abgeben, doch die blauen Augen leuchteten mit stählerner Entschlossenheit im sommerlichen Sonnenschein.

Der Gardehauptmann zögerte, das Kinn vorgereckt und jede Sehne gespannt, angestachelt zu einer Tat, die er doch nicht mit Anstand zu Ende bringen konnte. Barbarenaugen beobachteten ihn, spotteten trotz ihres Elends. Dann brach die wenig freundliche Präsenz hervor, die im Hintergrund gelauert hatte. Das Spalier seiner Gardesoldaten öffnete sich, unzweifelhaft bereit, sich zu ergeben. Rund um seine Männer und den unglückseligen Sklavenzug funkelten die Lanzen der Soldaten, die zuvor noch auf dem Exerzierplatz Kampfesübungen abgehalten hatten. Stahlhart, nur bezwungen durch ihre eigene, bewundernswerte Disziplin, hatten die Männer sie unter der Führung ihres Lordkommandanten umringt, der mit seinem dunklen Haar und dem Juwelenschmuck prachtvoll anzusehen war.

»Ihr werdet tun, was seine Hoheit Euch geheißen hat«, verlangte Lord Diegan, der auf seinem gewaltigen, kastanienbraunen Schlachtroß thronte. Seine braunen Augen jenseits der blendenden Reflexionen seiner Klinge im Sonnenlicht, fixierten den Gesandten Karfaels unverwandt und feindselig. »Wenn Ihr beabsichtigt, diese Angelegenheit noch weiter zu diskutieren, so werdet Ihr Gesprächspartner bekommen, sobald der Prinz Gelegenheit gehabt hat, sich zurückzuziehen und frisch zu machen.«

Als ein kompetenter, doch unkultivierter Veteran, der sich durch die einzelnen Dienstgrade zu seinem Posten heraufgedient hatte, zog es der Abgesandte des Statthalters entschieden vor, Auseinandersetzungen im Schweiße seines Angesichts mit Waffen auszutragen. Nun überdies dem Luxus eines entspannenden Bades und zweier Diener ausgesetzt, die, beständig über seine alten Verwundungen schwafelnd, ihn umsorgten und in Samt und Spitze kleideten, fiel es ihm schwer, seine Verlegenheit abzuschütteln. Als ihm der Auftrag zu dieser Mission übertragen worden war, hatte er sich wenige Gedanken über das Privileg gemacht, die Gastfreundschaft eines Prinzen genießen zu dürfen.

In dem geborgten Hofstaat schwitzend und doch nackt und verletzbar ohne seine Waffen, zwang er sich, das Treffen mit dem Mann von heißem königlichen Geblüt hinter sich zu bringen. Sein Fehler beruhte auf einem schlichten Versehen: Ein Prinz, der halbbekleidet und schmutzig herumlief, sollte sich nicht beschweren, wenn Fremde aus der Stadt, die seinem Stand im besten Falle mit Mißtrauen begegneten, ihn nicht erkannten.

Wenn die Juwelen, die Kerzen und all die andere Pracht des Hofes auch seine dürftigen Rechenfähigkeiten übersteigen und sich einer Zählung somit verweigern dürften, beschloß er, die erfreulichsten Erinnerungen an diesen Ort zur Erbauung seiner Gemahlin und seiner Kinder im Gedächtnis zu behalten.

Doch Avenors großer Saal bestand derzeit noch aus Fundamenten unter einem Dach aus Sternen und sommerlich schwüler Luft. Hin und her gerissen zwischen Enttäuschung und Nervosität, ließ sich der Gesandte Karfaels zu der schindelgedeckten Baracke führen, die von Zeit zu Zeit abwechselnd den taktischen Besprechungen der höheren Offiziere und dem gescheiten alten Seneschall Avenors zur Verfügung stand, welcher sich um die Verwaltung des weitverteilten städtischen Vermögens kümmerte. Das Innere der mit rauhen Planken ausgelegten Hütte war nur spärlich möbliert. Dort gab es keine Podeste, ausgelegt mit edlen Teppichen, und der damastgedeckte Tisch in der Mitte des Raumes, auf dem glitzernde Kristallwaren ruhten, wirkte wie ein Juwel, das, seiner Fassung entrissen, in der armseligen Hütte eines Diebes gelandet war.

Nur in Begleitung seines eleganten, hochwohlgeborenen Lordkommandanten schob Lysaer seinen Stuhl zurück. »Ich schulde Euch eine Erklärung, Hauptmann.« Sein indigoblauer, samtener Wappenrock blitzte auf, als er sich erhob, und das Licht spiegelte sich in den goldenen Bändern und den eingenähten Perlen und Saphiren. Der Lampenschein zauberte flackernden Glanz über seine Ärmel und sein helles Haar, das nun frisch gewaschen war und von einem goldenen Reif gebändigt wurde. Die Schultern, welche die Tunika gänzlich umhüllte, konnten gut und gern auf eine Aufwertung durch Polster verzichten, und das Gesicht mit den edlen Zügen, die an eine Skulptur aus Meisterhand gemahnten, benötigte keine Krone, die noble Stirn über den weiten Augenbrauen zu erhöhen.

Ungeübt im Umgang mit kultivierter Noblesse, die weit außerhalb seines Erfahrungsschatzes lag, zudem beschämt angesichts der unverfrorenen Darbietung militärischer Perfektion auf dem Exerzierplatz, wappnete sich der Hauptmann für die vor ihm liegende Aufgabe.

Lysaer begegnete seinem Unbehagen mit einem selbstzurückhaltenden Lächeln. »Der strenge Ehrbegriff meiner Erziehung hat mein Gemüt am Nachmittag überwältigt. Ein bedauernswerter Fehler, da ich, wie Ihr wohl seht, nicht einmal einen Festsaal und angemessenen Staat vorweisen kann, um Besucher zu bewirten. Kommt nur, seid mir willkommen und setzt Euch. Der Wein ist ganz gut, ebenso wie das Essen.«

Ein Diener trat aus dem Schatten herbei und zog einen gepolsterten, lederbezogenen Stuhl hervor. Der Gardehauptmann sank auf den angebotenen Platz nieder und der Schrecken ob des Quietschens roßhaargefüllter Polster trieb ihm die Schamesröte auf die Wangen.

»Euer Hoheit, wie hätte ich es denn wissen sollen?« brach es aus ihm hervor. »Die gefangenen Barbaren wurden nicht hergeschickt, Euch zu kränken. Mein Lord, der

Statthalter, hatte lediglich den Wunsch, Euch zu helfen.«

»Es ist ja nichts passiert.« Lysaer legte seine Arme auf die Lehnen des Stuhls, während der Diener dabei war, Wein aus einer geschliffenen Kristallkaraffe zu servieren. »Aber Ihr müßt verstehen, daß weit mehr auf dem Spiel steht als nur idealistische Prinzipien. Feindliche Clanangehörige innerhalb dieser loyalen Umgebung in Ketten zu halten, bedeutet, sich eine Giftschlange ins eigene Nest zu setzen. Solche Männer könnten zu einem bereitwilligen Werkzeug werden, um für unseren Untergang zu sorgen, sollte der Feind sich hier einschleichen und ihre Ketten durchtrennen. Zeigen wir uns als Unterdrücker, so werden unsere Reihen geschwächt werden. Ich werde ein solches Risiko, das die Sicherheit meiner Gefolgsleute gefährdet, gewiß nicht gutheißen.«

Lysaers juwelenbesetzte Finger spielten mit dem Kelch, der nun mit rotem Wein gefüllt war. »Ihr seht also, daß Ihr Euch zwar keines Vergehens schuldig gemacht habt, wohl aber unwissentlich meine königliche Treue, meine Integrität, die niemals zu brechen ich einen hochherrschaftlichen Eid geleistet habe, in Frage gestellt habt.« Lichtstrahlen brachen sich in den Ringen an seinen Fingern, als er dem Hauptmann mit feierlich bittendem Blick begegnete. »Es ist besser, sie mit Anstand zu töten oder allen, die sich gegen die neue Ordnung wenden, die Freiheit zu geben, es besser zu machen.«

»Ein erwägenswerter Gedanke.« Der Gardehauptmann erhob sein Glas. Noch immer voller Unbehagen, befand er sich nun jedoch auf einem Gebiet, das es ihm erlaubte, seinerseits seine Meinung kundzutun. »Aber was geschieht nun mit den Gefangenen seiner Lordschaft? Karfael hat Eure Charta für dieses Land anerkannt. Das Vertrauen der Bürger ist gebrochen, da der Statthalter Euch Männer anvertraut hat, die den Händlern Schaden zugefügt haben. Wenn Ihr sie freilaßt, verschmäht Ihr diese Geste.«

Stets flink dabei, strittige Punkte weiter zu verfolgen,

stimmte Diegan zu. »Es ist eine Schmach, mein Gebieter. Ihr könnt diese Angelegenheit nicht einfach auf sich beruhen lassen.«

Die derb gezimmerten Fenster hielten keine Scheiben. Motten flogen herein und versammelten sich im Lichtkegel der Lampe, um ihren wilden, kreiselnden Tanz aufzuführen und schließlich mit verbrannten Flügeln zu sterben. Die Damasttischdecke war übersät mit winzigen Leibern, die aufgeregt mit den Beinchen zappelten oder von Verstümmelung gelähmt wie tot auf dem Gewebe lagen. Als wären sie menschlich, blutüberströmt, seufzte Lysaer so gequält, wie kaum ein Mensch es je erleben mußte. »Ich verstehe, daß Euer Statthalter Grund hat, mir zu zürnen, doch das schmutzige Ende dieser Angelegenheit sollte offensichtlich sein.«

Als der Ausdruck auf des Hauptmanns rasierten Zügen weiterhin nichtssagend blieb, ergriff der Prinz seinen Kelch, trank einen Schluck, als wollte er den scharfen Geschmack innerer Bitterkeit lindern. »Die Clanangehörigen, die ich freigelassen habe, sind so schwach, daß sie beinahe an Ort und Stelle zusammengebrochen wären. Die meisten von ihnen sind verwundet. Wohin könnten sie schon fliehen? Sie haben keine Waffen. Als es dunkel wurde, hat eine Truppe besonnener Kopfjäger mit Spürhunden die Verfolgung aufgenommen. Die Männer sind so weit von ihren Schlupflöchern im Westwald entfernt, daß ich bezweifle, daß auch nur einer von ihnen überleben wird.«

»Dennoch könnten sie Glück haben«, unterbrach Lord Diegan. »Die Nomaden, die auf den Weiden von Pasyvier Pferde züchten, könnten ihnen Unterschlupf gewähren.«

»Das ist ein langer Weg.« Erfüllt von plötzlicher, nervöser Ungeduld, schnipste Lysaer ein sterbendes Insekt von seinem Ärmel. »Sollte es irgendwelche Überlebenden geben, so werde ich trotzdem mit meiner Vorgehensweise recht behalten. Die Clans werden von dem Vorgefallenen hören, und unsere Truppen erhalten eine schmerzlose Lektion. Das hier ist Avenor, und hier hat jedermann Anspruch auf die königliche Rechtsprechung. Ein jeder, der den freien Handel beeinträchtigt oder die Straßen in räuberischer Absicht belagert, wird nach diesem Recht abgeurteilt werden.« Er stützte sich auf die Ellbogen, und der Lampenschein ließ seine Augen funkeln. »Diegan, dies ist nur ein Faden in einem großen Gewebe. Wenn meine Garnison aufmarschiert, den Herrn der Schatten zu bekämpfen, dann können sie nicht mehr verschiedenen Aufgaben gerecht werden. Wir werden dann die Last nicht mehr tragen können, die Handelsstraßen in wohlgesonnenem Gebiet bewachen zu müssen. Wie aber sollen wir die Wildnis je von dieser Clanpest befreien, wenn wir fortfahren, den alten Haß anzuheizen?«

Beeindruckt genug, seine Befangenheit abzulegen, lachte Karfaels Hauptmann heiser. »Eine weise Taktik, vorausgesetzt, die Barbaren lassen sich überzeugen. Aber wozu braucht Ihr die Bogenschützen? Ich habe Eure eigenen Leute beobachtet. Sie sind vortreffliche Schützen. Was also sollen wir hier tun?«

Lysaers formelle Haltung machte einem Grinsen jungenhafter Belustigung Raum. »Meine eigenen Truppen haben den Befehl verweigert.«

Gequält leerte Lord Diegan seinen Kelch, ehe er den Diener zurückwinkte, welcher ihm sogleich nachschenken wollte. »Nein. Trinken wird mir nicht helfen. Ich brauche einen klaren Kopf.« Doch ein verdächtiges Leuchten in seinem Blick offenbarte deutlich, daß er längst zu tief in sein Glas geschaut hatte. Zu dem Mann aus Karfael sagte er mit beißendem Sarkasmus: »Seine Hoheit kann kaum die Prügelstrafe über Männer verhängen, die lediglich ihre Treue ...«

»Lord Diegan«, unterbrach Lysaer gestreng. »Nicht jetzt. Wir haben das bereits besprochen, und ich werde meine Meinung nicht ändern.«

Noch immer verunsichert ob des Feuereifers, mit dem sich die Lanzenreiter am Nachmittag gegen seine erfahrenen Soldaten gewandt hatten, hustete der Hauptmann, als der Wein ihm infolge seines unbeholfenen Schluckens in die falsche Kehle floß. »Worum geht es?«

»Um eine Angelegenheit, die wir uns für morgen früh aufsparen werden.« Immer noch wehmütig winkte Lysaer den Pagen, die am Rande des Raumes standen beladen mit Tabletts und dampfenden Tellern. »Hütet mich nun lieber vor dem Temperament meines Kochs. Wenn wir seine Soßen und Fleischgerichte nicht probieren, wird er uns draußen mit dem Messer erwarten, mit dem er üblicherweise die Ochsen zerlegt. So langsam seine Zunge auch sein mag, bewegt er sich doch so flink wie ein Wiesel. Wenn er den Eindruck bekommt, daß wir seine Mühen am Herde nicht zu schätzen wissen, wird er uns schneller aufspießen, als es eine ganze Horde Bogenschützen zu tun vermag.«

Die ganze Nacht träumte der kräftig gebaute Hauptmann aus Karfael von der tödlichen Präzision, die Infanterie und Lanzenreiter Avenors so beeindruckend zur Schau gestellt hatten. Bei Sonnenaufgang erwachte er schweißgebadet, mit zerdrückten Laken, und erneut fragte er sich, wozu Lysaer s'Ilessid eine Truppe glanzloser Bogenschützen angefordert und landeinwärts in Marsch gesetzt hatte.

Noch hatte die Sonne die morgendlichen Dunstschwaden nicht vertrieben. Mit Kondensationswasser in Barthaaren und Augenbrauen, auf der Jagd nach Insekten durch sein schweres Kettenhemd behindert, pflegte der Hauptmann seine schlechte Laune.

Nach den geröteten Augen und dem zerzausten Gesamtzustand zu urteilen, litt auch Diegan, der neben ihm stand, unter bösartigen Kopfschmerzen, eine wenig liebenswürdige Folge von Lysaers teurem Branntwein.

Bei jedem Schritt seines Schlachtrosses, jedem Klirren des Zaumzeugs, spannte sich die zarte Haut um seine Augen. Welchen Dienst die Bogenschützen aus Karfael Avenor auch erweisen sollten, der Lordkommandant der Stadt war nach wie vor dagegen.

»Wie lange werden wir noch untätig auf den Hügelkuppen herumstehen?« Der Hauptmann fühlte beinahe, wie seine Ausrüstung in der feuchten Luft vor sich hin rostete.

Lord Diegan wandte sich zu ihm um, und der Ausdruck, der durch das güldene Visier zu erkennen war, war so angespannt wie zynisch. »Nicht lange. Nur bis der Nebel sich weit genug gelichtet hat, Euren Bogenschützen auf den Kämmen ein Signal zu geben. Blondes Haar sollte in der Sonne schon früh zu erkennen sein. Sie werden keine Schwierigkeiten haben, ihr Ziel zu finden.«

»Ihr wünscht, daß *meine Männer* ihre Pfeile auf *Seine Hoheit* richten? Großer Ath!« Des Gardehauptmanns Roß reagierte durch seitliches Scheuen auf seine Anspannung. Während er mit den Zügeln spielte, es zu beruhigen, sagte er voller Zorn: »Dann sind die Gerüchte also wahr? Der Prinz des Westens will seine Gabe des Lichtes erproben? Ihr wißt doch, was geschehen wird, wenn dieser Test schiefgeht! Bei Dharkarons schwarzem Streitwagen! Das wird ein Massaker geben. Eure Elitegarnison zu Avenor wird sich in fehlgeleiteter Loyalität gegen uns erheben und meine Truppe wie Schlachtvieh niedermetzeln.«

»Mein Gebieter beharrt darauf, daß es nicht schiefgehen kann«, entgegnete Diegan mit einem Tonfall verächtlicher Langeweile. »Er hat fünf Monate lang geübt und sagt, er würde seine Gabe nun meisterlich beherrschen. Sagt, er würde die Pfeilschäfte zu weißer Asche verbrennen, lange ehe sie sich abwärts neigen und sein Leben gefährden könnten.«

»Warum?« brüllte der Hauptmann. »Warum sollte er seine hochwohlgeborene Person in Gefahr bringen?«

»Nun, ich konnte es ihm jedenfalls nicht ausreden«, schnappte Diegan. »Meine Männer wollten den Befehl nicht ausführen. Wenn Eure Männer ihn ebenfalls verweigern, so hat Seine königliche Hoheit angekündigt, allein nach Hanshire zu marschieren, um die dortige Garnison einzuladen, ihn als Zielscheibe zu mißbrauchen. Da der Statthalter der Garde vermutlich schwere Infanterie schicken und einen offenen Krieg provozieren würde und Lysaer keinem Soldaten ein Leid zufügen will, den er als Verbündeten in Betracht zieht, stehen wir jetzt hier und vergnügen uns mit der Mückenjagd.«

Irgendwo, ungesehen in dem nebelverhüllten Abgrund eines Tales, sang eine Drossel ihre abfallenden Triolen. Ein Hase unter einem Stechginsterstrauch war noch einen Augenblick zuvor nicht zu erkennen gewesen. Noch schwaches Sonnenlicht drang durch den Nebel, tränkte das Tal mit sanfter Wärme. Lord Diegan richtete seinen ziselierten Helm, strich perlende Tautropfen aus den Federn des Helmbusches, und gab sich ganz dem Elend hin, das ihn peinigte. Mit der gleichen Arroganz, die er einst benutzt hatte, die Lebemänner Etarras zu unbesonnenen Eskapaden zu provozieren, sagte er: »Seine Hoheit will einfach keine Vernunft annehmen. Gestern hat er schon einen Narren aus Euch gemacht. Seid Ihr also Städter genug, seine königliche Haut als Ziel zu benutzen? Oder haben seine Manieren beim Essen Euch so tief beeindruckt, daß Ihr nun bereit seid, Eure Eier als Royalist zu Markte zu tragen?«

Der Hauptmann aus Karfael begegnete dem Spott mit einem leisen Lachen. »Es gibt immer noch Prämien für königliche Skalps.« Er ergriff die Zügel, bereit, höchstpersönlich zu seinen Feldwebeln zu stoßen. »Warum nutzen wir die Gelegenheit nicht zu einer sportlichen Wette? Achtzig Royal stehen dafür, daß Euer Prinz einen blutigen Tod erleiden wird.«

»Bin dabei«, entgegnete Diegan unbekümmert. Doch sein Gesicht hielt er weiter abgewandt, als könnte sein

Mienenspiel ihn verraten. »Wenn Ihr gewinnt, so hoffe ich, die Münzen werden mir Frieden erkaufen. Ich bin es müde, ständig an Herzensleid und Zorn zu kranken.«

Der Hauptmann, nicht unbewandert als Menschenkenner, hielt inne. »So sehr liebt Ihr ihn. Ich kann es kaum fassen.«

»Dann solltet Ihr nicht hierbleiben«, konterte Lord Diegan, der noch immer stur den Blick abgewandt hielt. »Prinz Lysaer hat etwas an sich, dem kein Mann widerstehen kann. Jede Nacht danke ich Ath, daß der Herr der Schatten nicht mit der gleichen natürlichen Begabung geboren wurde.«

Des Tages Helligkeit zog herein. Nebelschwaden zogen mit dem Wind über eine Landschaft, geschmückt mit sommerlichem Blätterwerk. Unter Qualen, die ihm den Atem raubten, lauschte Lord Diegan dem Hufschlag des davongaloppierenden Schlachtrosses, auf dem der Hauptmann saß; betäubt vor Kummer hörte er die gebrüllten Anordnungen der Feldwebel, gefolgt von Lysaers billigenden Rufen, die gedämpft und ohne Widerhall über die Hänge schallten.

Avenors Lordkommandant legte die Zügel über seinen Arm und barg sein Gesicht in den von Handschuhen verhüllten Fingern.

Dann durchbrach das Jammern der Pfeile die Stille, ein Geräusch, so bösartig und todbringend wie an jenem anderen Sommertag, an dem sie an den flutgepeitschten Ufern des Tal Quorin eine blutige Schlacht geschlagen hatten.

Gepeinigt von der Erinnerung an den vergangenen Schrecken und der derzeitigen Gefahr, lauschte Lord Diegan angespannt.

Doch das Geräusch aufprallender Pfeilspitzen blieb ebenso aus wie das Rauschen der Schäfte, die vom Laub von ihrem Kurs abgelenkt wurden. Er hörte nicht, wie Stahl sich in Fleisch bohrte, hörte keinen Schrei. Nur ein leises Kreischen der Luft selbst, und dann überzog Hitze seine Haut wie Flammen, getragen vom Wind. In der Stille, die die davongeflogene Drossel zurückgelassen hatte, ertönte der erstaunte, ungläubige Ausruf des Hauptmanns von Karfael: »Ath! Allmächtiger Ath! Es ist ein Wunder!«

Die Augen noch immer von feuchtem Leder bedeckt, hörte Diegan Lysaers fröhlich schallendes Gelächter. »Kein Wunder, mein guter Mann. Aber nun, endlich, kann ich den Barbaren Maenalles entgegentreten. Nun habe ich die Macht, mein Heer vor ihrer Hinterlist zu schützen, wenn der Tag kommt, da wir über den Paß von Orlan marschieren werden, um den Herrn der Schatten zum Kampf zu fordern.«

Verzagt und mit den Nerven am Ende hockte Lord Diegan kraftlos im Sattel. Sein Pferd hielt den Kopf gesenkt, um sich am Gras gütlich zu tun, und er wußte, er mußte absteigen, um die Zügel zurückzuholen, die herabgeglitten waren und sich um das goldgezierte Zaumzeug gewickelt hatten.

Als der Gesandte Karfaels im Galopp zu ihm zurückkehrte, stand Lord Diegan im Gras. Die Augen getrocknet, gelang es ihm, durch seinen etarranischen Zynismus wenigstens den Anschein seiner Würde zu bewahren, als er dem Hauptmann so hingerissen in die Augen sah, als wäre er erleuchtet worden, was vermutlich auch der Fall war.

Lysaers Nähe reichte aus, einen Mann so fühlen zu lassen.

Frostig stand Lord Diegan, eingehüllt in seinen seidenen Wappenrock, da und betrachtete die Delegation aus der Stadt mit einem Gefühl erschütterter, tiefbetrübter Demut. Er hätte den Befehl zu schießen nicht erteilen können; nicht einmal, um zu erfahren, ob Lysaers Gabe des Lichts als Verteidigungsschild genutzt werden konnte. Ganz allmählich löste sich der Schmerz in seiner Brust, der seine Zunge gelähmt hatte.

»Ihr schuldet mir achtzig Royal«, sagte er zu dem

Hauptmann. Dann lächelte er, erfüllt von einer Hochstimmung, die selbst den heftigsten Orgasmus in den Schatten stellte, den ihm eine Frau jemals bereitet hatte. »Mein Prinz lebt, und er ist unverletzt.«

»*Habt Ihr es gesehen*?« schrie der Hauptmann, der noch viel zu aufgewühlt war, sich um die verlorene Wette zu scheren. »Seine Hoheit von Tysan hat Licht gewoben, und nicht einer von tausend Pfeilen konnte ihn noch berühren. Er ist unbesiegbar, und ein Heer, das seinem Befehl gehorcht, kann nicht verlieren.«

# Opfer

Nahe der Handelsstraße, die sich gen Norden zur Stadt Etarra schlängelte, breitete sich die alte Furt, die einst den Fluß Severnir durchzogen hatte, staubtrocken im Zwielicht des unkrautbewachsenen Bettes aus kahlen Felsen und niedergedrückten Gräsern aus, während das scharfe Summen sommerlicher Insekten die Luft erfüllte. Die Clanmänner, die sich durch die Dämmerung schlichen, verursachten kaum Geräusche. Sie hatten den letzten Gefangenen aus einem Wagenzug gefesselt und geknebelt, noch ehe sich der Abend mit heraufziehender Dunkelheit über die nach Westen weisenden Felshänge gelegt hatte, und Stille, zu unheimlich, um friedlich zu erscheinen, legte sich über den Wirrwarr aus Schluchten und Tälern zwischen den Ausläufern des Skyshielgebirges.

Ochsengespanne, die zuvor beladene Wagen gezogen hatten, waren dort, wo ihre Fahrer sie zum letzten Mal gezügelt hatten, zusammengebrochen und verendet, schlaffe Fleischberge inmitten lockerer Lederriemen. Blutige Wunden durchschnittener Kehlen, verursacht von geübten Händen, nährten gierig saugende Fliegen. Die Wagen selbst hingegen waren unberührt. Noch immer lagen die Handelswaren und Güter sicher vertäut unter den Wagendecken, denn dieser Überfall diente nicht zur Plünderung.

Mehr als sein Stolz zuzugeben erlaubte, lastete der Geruch frischen Blutes auf Caolles Magen. Der Kriegerhauptmann der letzten Clankrieger von Strakewald hatte seinen Fuß auf einen Felsen gestützt und war damit beschäftigt, seine Klinge an der Pferdedecke aus schwarzem Filz zu reinigen, die einem Kurier gehört hatte. Sorgfältig achtete er darauf, nicht mit der Silberlitze in Berührung zu kommen, um dem Metall keine unerwünschten Geräusche zu entlocken. Für ihn machte es keinen großen Unterschied, daß die Toten um ihn herum keine Menschen, sondern Tiere waren. Für jeden Mann, der den Traditionen gehorchte, war sinnloses Töten ein Vergehen.

Dennoch lehrte ihn die Erfahrung, daß ein Muttersöhnchen, das zu zimperlich war, ein Leben zu nehmen, ein Narr sein mußte, der selbst kaum überleben konnte. Dafür sorgte schon Etarras nordische Kopfjägerliga, und um so mehr, seit Lysaers neue Allianz die Clans zwang, aus reiner Notwendigkeit einem jeden Wagenzug aufzulauern, der in Begleitung eines Kuriers unterwegs war.

Leise Schritte näherten sich Caolle zu seiner Rechten. Da es nur ein einziger lebender Mann wagte, sich an ihn anzuschleichen, während er eine Klinge offen in Händen hielt, reckte er sein stoppeliges Kinn vor und fragte: »Hast du die Botschaft des Kuriers gefunden?« Der Dolch in seiner Hand bewegte sich nur minimal als Ausdruck seines Unmuts. »Wenn nicht, so wäre ich geneigt, ihn ein bißchen zu würgen. Wenn er erst benommen ist, wird er uns sicher gern sagen, was wir hören wollen.«

Schlaksig, hochgewachsen und so beherrscht wie kalter Marmor, blieb Jieret Rotbart vorsichtig etwa eine Schwertlänge entfernt stehen. »Das wird nicht notwendig sein.«

Ein letztes Mal betrachtete Caolle das Löwenwappen auf dem Tuch in seinen Händen. Dann erhob er sich und betrachtete Jieret mit dem bohrenden Interesse eines Meuchelmörders. »Wie ich sehe, hast du die Botschaft bereits gelesen.« Goldbordüren blitzten sanft auf, als er das Filztuch von sich schleuderte. »Wenn es sich um schlechte Neuigkeiten handelt, dann nur raus damit.« Stählernes Kriegsgerät glänzte im Zwielicht, als er seinen Dolch, dessen Klinge beinahe in seinen großen Händen verschwand, in die Scheide zurückgleiten ließ.

Das Pergament in Jierets Händen knisterte, als er es

Caolles unbarmherzigem Griff überließ. »Unser Herrscher hat sich nun doch endlich zu erkennen gegeben.«

»Wird auch allmählich Zeit, richtig?« Mit zusammengekniffenen Augen überflog Caolle die Seiten, strich sie glatt, um das letzte Tageslicht auszunutzen, und keuchte schließlich überrascht, als er das gleiche Löwensiegel auf dem Pergament entdeckte. »Jaelot? Soll das heißen, Prinz Arithon war *dort*?«

Der Herzog des Nordens besaß genug Taktgefühl, zu wissen, wann die Fragen seines Kriegerhauptmanns besser überhört wurden. Während Caolle las, betrachtete er die unerfreulichen Früchte dieses räuberischen Überfalls; ein Haufen gefesselter Überlebender; das Durcheinander ihres aus den Fugen geratenen Wagenzuges mit den Bergen niedergestürzter Zugtiere, die nun alle viere von sich streckten und keinen Atemzug mehr taten; und dahinter hastige Bewegungen in der Finsternis, ruhelos, die tänzelnden der Pferde der Vorreiter, die von Kundschaftern in aller Stille zusammengetrieben wurde.

Jedes zusätzliche Pferd würde gebraucht werden, wenn sie sich, trotz der Gefahr, Spuren zu hinterlassen, eilends von diesem Ort zurückziehen würden. Solange das Wetter den feindlichen Patrouillen zum Vorteil gereichte, würden die Clanmänner Rathains nur unbeladen reiten; auch wagten sie nicht, länger als für eine kurze Nachtruhe an einem Ort zu verweilen.

»Schüler von Halliron, dem Meisterbarden?« Besonnener Leser, der er stets gewesen war, hielt Caolle nachdenklich inne. »Typisch für die s'ffalennsche Gerissenheit. Warum sind wir nur nicht darauf gekommen, daß seine Hoheit so etwas versuchen könnte?«

»Ich bezweifle, daß unser Gebieter in diesem Fall planmäßig gehandelt hat.« Die Erinnerungen seiner Kindheit waren ihm nur allzu deutlich im Gedächtnis, und Jieret gedachte jener Nacht, in der er wachgelegen und mitangehört hatte, wie der alte Meisterbarde den Prinzen gescholten hatte, weil dieser sein Talent vergeudet hatte.

Gequält angesichts der Erinnerungen an eine Vergangenheit, in der seine Familie noch gelebt hatte, biß der Herzog die Zähne zusammen. Mit angehaltenem Atem wartete er das Ende des gewaltigen Schreckens ab, der seinen Kriegerhauptmann befallen hatte, als er auf den letzten Zeilen von den Zerstörungen gelesen hatte, die Arithon in der Nacht der Sonnenwendfeier des Statthalters durch seine Musik hervorgerufen hatte.

»Dharkaron!« Caolle rollte das Pergament straff zusammen, und ein dissonantes, metallisches Geräusch brach hervor, als er mit seiner Rüstung über den Knauf seines Breitschwertes schabte. »Wir müssen davon ausgehen, daß der ausgesandte Reiter den Inhalt der Botschaft kennt.«

Der junge Herzog des Nordens starrte in die zunehmende Dunkelheit, während eine sanfte Brise die Grashalme an seine Stiefel drückte, die von Tropfen allmählich trocknenden Blutes bedeckt waren. Er konnte nicht mitansehen, wie Caolle einer grausamen Logik nachging: Wenn der Kurier den Namen des Mannes kannte, der die Entweihung in Jaelot bewirkt hatte, so hatte er wahrscheinlich anderen davon erzählt. Jeder einzelne Fahrer dieses Wagenzuges mochte nunmehr bereit sein, das Gerede weiterzutragen, Gerede über Fakten, die unter keinen Umständen dem Gouverneur von Etarra zu Ohren kommen durften.

»Möge Ath sich erbarmen, wir haben mehr Gefangene als eigene Leute.« Caolles derbe Finger schlossen sich, zerknüllten das Pergament mit den schwarz-goldenen Bändern und dem zerbrochenen Siegel. »Ich habe meine Klinge offenbar zu früh gereinigt.« Ganz ruhig und sachlich sprach er die Worte, die für zwei Dutzend Gefangene den Tod bedeuten sollten.

Doch Jieret kannte seinen Hauptmann besser als den Vater, den er verloren hatte, und kein noch so schroffes Gebaren, keine noch so großen Töne vermochten ihn zu täuschen. »Wir können das Risiko nicht auf uns nehmen.« Hinter seiner gequälten Einwilligung verbarg sich ein Kummer, den die Jahre nicht zu lindern vermochten, denn als das Heer Etarras sich das letzte Mal gezwungen gesehen hatte, gegen Arithon s'Ffalenn zu Felde zu ziehen, waren seine Leute beinahe alle getötet worden. »Die anderen können voranreiten. Wir folgen später nach. Sie brauchen nicht erfahren, was wir herausgefunden haben.«

Das Pergament fiel zu Boden, als Caolles kraftvolle Hand sich um den Unterarm seines Clanführers schloß. »Nein, Junge«, sagte er, obgleich der Herzog gewiß kein Kind mehr war. »Sie müssen es erfahren. Wir können diesen Wagenzug zum Schweigen bringen und vielleicht auch noch den nächsten, ehe Pesquils Patrouillen diese Berge mit Fährtensuchern heimsuchen werden, aber irgendwann wird die Nachricht ihr Ziel erreichen. Wir können uns schon glücklich schätzen, gewarnt zu sein.«

Einige Meter entfernt scherzte ein Clanblütiger in der Dunkelheit. Gedämpftes Gelächter antwortete ihm. Während der Wind eine ausgelassene Entgegnung herübertrug, sagte Caolle: »Du wirst mit den anderen reiten. Laß mich hier zurück, damit ich mich um diese Angelegenheit kümmern kann. Ich werde dafür sorgen, daß das, was getan werden muß, schnell und sauber vonstatten geht, während die Städter schlafen und nicht merken, was mit ihnen geschieht.«

Bebend entwich der Atem Jierets Lungen, während sie einander in die Augen blickten. »Du kannst mich nicht schonen!«

»Nein.« Caolle strich sich mit dem Rücken seiner blutverkrusteten Faust über das Kinn. »Wir können auch unseren Herrscher nicht schonen. Das bedeutet aber nicht, daß wir es nicht versuchen werden. Nun geh. Je länger wir an diesem Ort verweilen, um so größer wird die Gefahr. Die Vorreiter der nächsten Wagenzüge könnten die Spuren der Wagenräder an der Stelle finden, an der die Wagen die Straße verlassen haben. Wir dürfen nicht riskieren, hier draußen entdeckt und verfolgt zu werden.«

Ein vernünftiger Gedanke, wie Jieret wohl wußte. In solchen Augenblicken verstand er seines Vaters frühere Zurückhaltung nur allzu gut. Keinem Städter konnte noch ein Vorwurf gemacht werden, bezahlte er den Kopfjägern eine Prämie, sobald der Schrecken dieser Nacht bekannt würde. Doch weit schlimmer und weitreichender wären die Folgen, würde die Armee Etarras Arithon finden und, gemeinsam mit dem neuformierten Heer Avenors, das sich ihnen unvermeidlich anschließen würde, trotz dieser grausigen Vorsichtsmaßnahmen, die sie heute treffen mußten, gegen ihn aufmarschieren. Maenalles Berichte aus Tysan waren Anlaß zu größter Sorge. Die Armee, die Lysaer aufgebaut hatte, den Herrn der Schatten niederzustrecken, versprach ein unbarmherziger Gegner zu sein, der keinen Verbündeten der Clans lebend entkommen lassen würde.

»Wir müssen uns überlegen, wo wir uns treffen wollen«, sagte Jieret schließlich.

Wie stets war Caolle in Gedanken schon vorangeschritten. »Bei den Farlfelsen, tief im Ödland von Daon Ramon.« Dorthin würde ihnen kein Söldner folgen, und selbst die Fährtensucher der Kopfjäger würden nur mit größtem Widerwillen diesen Ort aufsuchen, an dem einst Paravianer getanzt hatten. Von den alten Steinmetzarbeiten, die die umliegenden Hügel krönten, hieß es, sie würden von Spukerscheinungen heimgesucht.

Mit der Aussicht auf einen harten, staubigen Ritt auf einem Pferd von unbekannten Qualitäten umfaßte Jieret die Handgelenke seines Kriegerhauptmannes und verabschiedete sich rasch. »Bring es schnell zu Ende«, bat er, gequält flüsternd.

Dann ging er davon; unheimlich ruhig erschien sein Schritt für einen Mann von so schlaksiger Statur. Caolle erinnerte sich, daß sich Jierets Vater ebenso bewegt hatte, doch das war keineswegs verwunderlich. Beide hatten das Kundschaftertum nach seinen Anforderungen auf seinen Knien erlernt. Von Zeit zu Zeit plagte ihn Kummer, waren doch manchmal selbst die intensivsten Lektionen in der Kunst des Überlebens nicht genug. Mochten sie auch jeden Vorteil aus ihrem Geblüt und ihrer Erfahrung herauswinden, so gab es doch keine Gewähr dafür, daß dieser letzte Nachfahre eines Herzogsgeschlechts lange genug leben würde, um zu heiraten und seinerseits einen Nachkommen aufzuziehen.

Wenn Etarras Armeen sich erst in Marsch setzten, so mochten all ihre Hoffnungen, die Clans unter der Herrschaft eines Hohekönigs aus dem Geschlecht der s'Ffalenns zu Ithamon wieder aufleben zu lassen, verloren sein.

Eine Brise erfaßte das Anstoß erregende Pergament und jagte es über das Gras. Caolle bückte sich, Stahl klirrte grimmig, und er spießte die Botschaft mit der Spitze seines Schwertes auf. Er würde die Schrift verbrennen und anschließend seinen Dolch auf dem Schleifstein wetzen. Es machte keinen Unterschied, daß ihr Prinz und Gebieter es niemals gutheißen würde, wenn Blut um seinetwillen vergossen wurde. Arithon von Rathain war nicht hier, seine Zustimmung zu verweigern. Caolle schüttelte die verstörende Erinnerung an grüne Augen ab, die zuviel gesehen hatten, und eine Bürde lastete auf seinem Gewissen, die für viele zu schwer wäre, seiner Hoheit je wieder in die Augen zu sehen.

»Zu Sithaer mit dir, Prinz«, murrte der Kriegerhauptmann in seinen Bart. »Wenn solche Spitzfindigkeiten so wichtig sind, dann hättest du uns besser am Ufer des Tal Quorin zum Sterben zurückgelassen.«

Während Jieret seine Männer in samtschwarzer Nacht herbeirief, sich zu sammeln, und das Klirren von Kandarenringen und Steigbügeln durch die Dunkelheit drang, als die Kundschafter die Gurte spannten, um sich auf den Weg zu machen, zog Caolle das offizielle Schreiben mit einem schauerlichen Rascheln von der Klinge seines

Schwertes. An sein eigenes Leben stellte er keine Ansprüche, die über das blutige Erbe hinausgingen, das seit dem Aufruhr auf den Angehörigen der Clans lastete. Dennoch hatte er in den Klauen der Armee Etarras eine gänzlich unwillkommene Lektion erhalten: Er wußte, daß manches Verbrechen wider die Natur existierte, das mit keiner noch so überwältigenden Waffengewalt korrigiert werden konnte.

Daß Arithon von Rathain die Verantwortung der Krone übernehmen sollte, während ein grausamer Fluch auf ihm lastete, war eines davon. Das weitaus geringste, das ein Untergebener von Caolles Charakter tun konnte, war es, ein paar städtische Kehlen aufzuschlitzen.

Der Kriegerhauptmann ergötzte sich keineswegs am Morden, aber als ein Mann, der viel zu viele Tote hatte begraben müssen, aufgeschlitzt und ihrer Skalps beraubt von mordenden Kopfjägern, empfand er bei seinem Tun nur wenig von der zermürbenden Bürde, die auf Arithons Schultern lastete.

Die Sonne überzog die Berge, die sich nebelhaft am Horizont abzeichneten, mit grell orangefarbenem Licht. Regendurstige Erde zerbröckelte, und Staub wirbelte zwischen den ausgedorrten, gelben Grashalmen auf, die das hügelige Gelände in einem vergangenen Zeitalter mit einem hüfthohen grünen Teppich bedeckt hatten. Hatte einst das Gras des Weidelandes unter dem leichtfüßigen Tanz der Einhörner geraschelt, so erbebte der trockene Boden des Ödlands von Daon Ramon nun unter dem donnernden Hufschlag eines näherkommenden Reiters.

Caolle hatte die Farlfelsen erreicht. Seine verspätete Ankunft trug wenig dazu bei, Jierets gereizte Stimmung zu lösen.

Kaum erfuhr er auf dem Megalithen, den er zum Zwecke einer besseren Aussicht erklettert hatte, daß sein

Kriegerhauptmann sich näherte, da fluchte er schon in den wolkenlosen Himmel hinein. »Bei Dharkaron, der hat Nerven, einfach anzunehmen, daß wir immer noch hier lagern.«

Staubtrockene Flechten verwehten mit der Brise, als der Herzog des Nordens herabstieg, dem Mann gegenüberzutreten, der ihm die Nachricht von der Ankunft Caolles gebracht hatte. Es war einer der Kameraden, einer von vierzehn Knaben, die das Gemetzel im Strakewald überlebt hatten und gemeinsam mit ihm aufgewachsen waren.

»Wir haben ihm doch ein Pferd gelassen«, zürnte Jieret, wütend, nun da sich seine Sorge als unbegründet erwies. »Im Sattel hätte er uns bereits vor drei Tagen erreichen müssen.«

»Nun, er ist nicht allein.« Blond und unbeschwert streckte sich der Kamerad, der ihm diesen Leckerbissen dargeboten hatte, und sein poliertes Schwert glänzte in der Sonne, während die Eisenbeschläge seiner Rüstung zu stumpf waren, das Licht zu reflektieren.

Mit einem leisen Knurren biß Jieret die Zähne zusammen. Streitlustig schritt er den grasbewachsenen Hügel hinab in die Schatten des Tales, in dem seine Männer drei Tage und Nächte auf dem harten Stein geschlafen hatten, ohne auch nur ein Feuer zu entzünden. Wenn auch keiner von ihnen einen paravianischen Geist erblickt hatte, so kündete dieser Ort dennoch von einer Präsenz, die sich tief ins Herz bohrte und einen Mann sentimental und voller Sorgen zurückließ.

Das Pferd, das gerade erst angekommen war, stand ein wenig entfernt von den anderen. Durch das Netzwerk dürrer, verkrüppelter Erlen hindurch sah Jieret das Tier, dessen Zügel zu einer Führungsleine geknotet worden waren und auf dessen Rücken ein Reiter hockte, der zu schmal war, um sein Kriegerhauptmann zu sein.

»Mögen die Dämonen über uns kommen, ich habe es mir doch gedacht!« schrie er, ehe er den Hügel förmlich hinunterflog. Wohlwissend, daß sich sein Zorn nur verstärken würde, würde er zögern, hastete er direkt durch die jungen Triebe der Bäume hindurch, ohne auch nur einen von ihnen zu brechen.

Sein Kriegerhauptmann hatte ihn dennoch gehört. Müde genug, die Schultern hängenzulassen, saugte er einen Mund voll Wasser aus seinem Schlauch und spuckte es sogleich wieder aus, um seine Zunge vom Staub zu befreien. »Sie hat zwei Bälger.«

Knietief im halbverdorrten Gras, umgeben von einem wilden Schwarm Schnabelkerfe, blieb Jieret stehen.

Ein Blick auf Caolles angestrengt steife Haltung, und der letzte Rest seines Zorns verebbte. »Ich dachte, in diesem Wagenzug wären nur Männer unterwegs gewesen.«

Der Kriegerhauptmann grunzte nur, hob seinen Wasserschlauch und entleerte ihn über seinem Kopf. Kleine Rinnsale verfärbten das Haar, das die Farbe von geschliffenem Eisen hatte, dunkel und liefen langsam über die Furchen in dem Gesicht herab, das in diesem Augenblick einen gehetzten Eindruck machte.

Seine Augen, glanzlos wie Kohlestücke, blickten Jieret offen an. In all den Jahren seit der Tragödie vom Strakewald hatte niemand ihn mit jenem Tag konfrontiert, an dem sein Wort Arithons Flehen überstimmt hatte, die Kinder des Clans von dem schicksalhaften Ufer des Tal Quorin fernzuhalten. Seit jener Schlacht, die das sommerliche Moos mit dem Blut der nächsten Generation getränkt hatte, war Caolle der letzte, der vergessen würde, welche Folgen seine persönliche Fehleinschätzung nach sich gezogen hatte. »Sie haben sich in aufgerollten Teppichen versteckt, aber sei unbesorgt, ich habe dafür gesorgt, daß sie die Toten nicht zu Gesicht bekommen.«

Jieret schloß die Augen und fand irgendwie die Kraft, seine Zunge im Zaum zu halten, während noch mehr Insekten, aufgeschreckt durch Caolles Wäsche, in holprigem Flug seine Hosen und Stiefel umkreisten.

»Es gibt Dinge, die ich wohl tun kann«, fuhr Caolle in einem Ton fort, der frei von Überheblichkeit war. »Aber nicht einmal um des Lebens meines obersten Gebieters willen kann ich meine Waffe gegen eine Frau oder ein Kind richten.«

Der Herzog des Nordens gestattete sich einen aufgebrachten Blick auf die unerwünschte Gefangene, die sorgsam vertäut im Sattel des ermatteten Wallachs saß. Sie hatte braunes Haar, ordentlich frisiert, und war gewiß recht attraktiv, wenn sie nicht gerade dreckig und vollkommen erschöpft war. Die rotumrandeten Augen, die finster über das Tuch hinausblickten, das sie zum Schweigen brachte, zeigten sich voller Angst und ergrimmter Abwehr. Ein etwa drei Jahre altes Kind hielt sie an ihrer Schulter, ein zweites schlief in einer Satteltasche, den schmutzigen Daumen zwischen den Lippen.

»Sag es mir nicht«, stichelte Jieret, während er sich mühte, ihrem bösen, stechenden Blick auszuweichen. »Sie schreit, sobald du den Knebel entfernst, und sie hat versucht, dir ein Messer in den Rücken zu rammen.«

»Nun, ich habe immerhin ihren Bruder getötet«, gestand Caolle. Er schüttelte sein Haar aus, und Wassertropfen flogen in alle Richtungen, als wäre er ein Hund, der sich nach einem Bad ausgiebig schütteln mußte. »Unsere Vermutung war wohl begründet. Jeder Fahrer in dem Wagenzug wußte von Jaelot. Die Neuigkeiten werden sich nicht lange geheimhalten lassen.«

Jieret hatte nichts anderes erwartet. Zu der Frau sagte er: »Du kannst dich frei bewegen, aber nur, wenn du meine Männer in Ruhe läßt.«

Sie warf den Kopf zurück und ihre Blicke waren scharf wie Dolche. Vermutlich war sie davon überzeugt, vergewaltigt oder allein und ungeschützt in dieser Wildnis zurückgelassen zu werden. Beide Möglichkeiten schienen in Gesellschaft von Männern, die zugesehen hatten, wie jede Frau im Strakewald von den Städtern gnadenlos ermordet worden war, durchaus plausibel. Die Anzahl der Clanangehörigen war so weit geschrumpft, daß jedes Kind ein wahrer Segen wäre, ganz gleich, ob gestohlen oder gewaltsam gezeugt. Nur die hilflose Qual beim Gedanken an seine Mutter und seine Schwestern, die Opfer grausamster Brutalität geworden waren, hielt Jieret auf der Seite moralischen Anstands aufrecht. Er streckte die Hand aus, ergriff Caolles tropfnassen Ärmel und zog ihn aus dem Tal hinaus.

Kaum waren sie außer Hörweite der Gefangenen, sagte er: »Einer von uns muß Arithon suchen.«

»Und wie soll das vonstatten gehen?« Caolle wischte sich einen Tropfen Feuchtigkeit vom Kinn und zuckte zusammen, als die kleinen Kratzer auf seiner Haut zu brennen begannen. Nach dem Zustand seiner Handgelenke zu urteilen, hatte die Frau nicht nur gekratzt, sondern auch meisterhaft zugebissen. Caolle, der es nicht gewohnt war, in peinlichen Situationen ertappt zu werden, ließ die Schultern hängen wie ein Bär und stürzte sich ergrimmt auf seinen Einwand. »Nach der Katastrophe, die unser Gebieter in Jaelot entfesselt hat, hat der Statthalter unzählige bewaffnete Patrouillen ausgesandt. Weder sie noch ihre Kopfjägermeuten mit ihren Treibern und den dreiundzwanzig Hundekoppeln konnten auch nur ein königliches Haar ausfindig machen.«

Zu abgehärtet, nicht zu wissen, welche Mittel notwendig gewesen sein mußten, diese Information zu erhalten, überging Jieret diesen Punkt fraglos. »Die gnädige Frau Maenalle, Dienerin von Tysan, hat um ein Treffen in einer kleinen Bucht im Golf von Stormwell gebeten. Da Sethvir von Althain es für angemessen hielt, ihre Anfrage weiterzuleiten, können wir davon ausgehen, daß ein Bote Arithons ebenfalls zugegen sein wird.«

»Gut, dann laß mich gehen«, sagte Caolle, weitaus zu lebhaft für einen Mann, der gerade erst eine anstrengende Reise hinter sich gebracht hatte.

Jieret bedachte ihn mit einem bösartigen Grinsen. »Keine Chance. Da du uns drei zusätzliche Mäuler angeschleppt hast, die wir satt bekommen müssen, darfst du hierbleiben und die Folgen ertragen. Die Tugend dieses armen Dings obliegt nun deiner Obhut. Ich werde schnell und unbelastet reiten müssen. Selbst mit Glück und gutem Wetter werde ich die Nordküste kaum vor Wintereinbruch erreichen können.«

»Ath, Junge«, protestierte Caolle. »Mich kannst du doch besser entbehren.«

»Nein.« Nicht minder entschlossen, als es sein Vater einst war, ließ Jieret sich nicht beirren. »Arithons Sicherheit ist unser beider Leben wert. Er ist alles, was den Clans an Hoffnung geblieben ist. Du wirst bleiben und die Straßen belagern, und du wirst diese Frau festhalten, bis die Dinge, von denen sie weiß, allgemein bekannt sein werden. Wenn das Glück gegen uns ist, so wird das nicht lange dauern. Nur zu bald, mein lieber Hauptmann, wirst du die Gelegenheit bekommen, auf die du so lange schon wartest. Allzu schnell werden wir das Gleichgewicht der Kräfte in der Fehde mit Etarra neu ausbalancieren müssen.«

# Doppelzüngigkeit

Als die Nachricht vom Althainturm durchdrang, derzufolge Dakar Alestrons bewachte Waffenkammer nach Schwarzpulverwaffen durchsuchen sollte, traf sie den Wahnsinnigen Propheten in seiner üblichen Position an Bord, über die Reling des *Schwarzen Drachen* gebeugt, an. Selbst halbbenommen vor lauter Seekrankheit, verfluchte Dakar noch die Probleme, die der Auftrag mit sich bringen würde.

Der herrschende Teir's'Brydion besaß das Gemüt einer Schlange und drei jüngere Brüder, deren Manieren gegenüber Fremden blutrünstigem Argwohn nahekamen. Jeder Narr, der sich ihrer Zitadelle mit der Absicht näherte, sich in ihren Waffenkammern herumzutreiben, würde sich vermutlich im Jenseits wiederfinden, noch ehe er auch nur einen einzigen Blick hätte wagen können.

Von seinem leidenden Magen des Atems beraubt, sein Schicksal zu beklagen, wünschte Dakar dem Hüter des Althainturmes die Pocken an den Leib, bis ihm ein Gedanke gleich einer göttlichen Erleuchtung dämmerte und ihm bewußt wurde, daß er all sein Elend auf einen einzigen Schlag loswerden konnte.

Der Wahnsinnige Prophet hustete, und sein Bart teilte sich zu einem Lächeln krokodilartiger Bosheit. »Oh, das ist perfekt«, erklärte er den plätschernden Wellen des schaumigen Kielwassers. Wie bequem es doch wäre, würde dem Herrn der Schatten, überrumpelt durch einen Auftrag der Bruderschaft, etwas zustoßen. Asandir konnte kaum jemandem Vorwürfe machen, wenn die Brüder s'Brydion den Prinzen von Rathain zu Hackfleisch verarbeiteten; und dank der Seekarten und der Navigationsinstrumente, die Sethvir ihm zum Geschenk gemacht hatte, würde Arithon mit seinem heiklen s'Ffalenn-Gewissen in schwere Bedrängnis geraten, versuchte er, sich den Wünschen der Bruderschaft zu verweigern.

Gewohnheitsmäßig erging sich Dakar in Gesangseinlagen, während er seine Pläne schmiedete. Heiser von den Tagen magenzerfetzender Seekrankheit, doch ausgelassen und in euphorischer Vorfreude, summte er schräge Liedchen in schauerlichen Tonlagen, bis der Smutje Bursche schickte, ihn so lange mit Erbsen zu bewerfen, bis er sich aus der Nähe der Kombüse verzogen hatte.

Die *Schwarze Drache* segelte derweil auf hoher See weiter in Richtung Farsee. Arithon war an die Pfosten der hinteren Reling gefesselt. Weil der Koch sich hartnäckig geweigert hatte, einen Gefangenen zu füttern, hatte der Kapitän widerwillig gestattet, daß er seine eigenen Hände benutzte. Wo jeder andere Mann in seinem Stolz verletzt wäre, als die Handfesseln gegen Fußketten ausgetauscht wurden, blieb Arithon noch immer gelassen. Seine Ruhe und Geduld erschienen ganz ungezwungen, selbst während der nervenaufreibenden Lektionen in der Kunst der Navigation, die er Dhirken erteilte.

An ruhigen Tagen fertigte er Kopien der nautischen Karten an, die er von Sethvir erhalten hatte. Matrosen, die zwischen ihren Diensteinsätzen faulenzten, scherzten miteinander und starrten ihm über die Schulter, während der nervöse, tölpelhafte Zahlmeister ihn mit Kohlestiften und Tinte versorgte und mit endlosen Fragen belästigte. Die anhaltende Liebenswürdigkeit, mit der Arithon seinen Wissensdurst stillte, veranlaßte Dakar zu weiterem Mißtrauen.

»Vertraut mir, er hat Übles im Sinn«, behauptete der Wahnsinnige Prophet beharrlich, wann immer er jemanden fand, der ihm Gehör schenkte. Als er sich damit an Dhirken wandte, stocherte sie lediglich mit einem geschnitzten Elfenbeinkeil zwischen ihren Zähnen herum und verbarg ihre Gedanken hinter wachsamen Augen.

Objekt sämtlicher Wetten und Spekulationen auf dem Vorderdeck, blieb Arithon doch vollkommen gelassen. Nur einmal, als der stete Spritzwasserregen aus Salzwasser drohte, ihm Entzündungen zu verursachen, hatte er keine andere Wahl, als frühzeitig zu weichen und sich seines zerfetzten Hemdes zu entledigen. Die Fesselwunden auf seinen Gliedern waren längst verheilt und gaben den Blick auf ältere, häßlichere Narben frei, die er aus tiefster Seele zu verbergen wünschte. Als die Mutmaßungen der Seeleute in Sticheleien übergingen, begegnete er einer jeden mit einer treffenden, lästerlichen Ironie, die ihm den neiderfüllten Respekt der Mannschaft eintrug.

Tage vergingen. Sonnenstrahlen verbrannten des Prinzen Leib, bis seine Haut die bronzene Farbe eines shandischen Fischers angenommen hatte, und da die Frau, deren Gefangener er war, ihm den Luxus von Kamm und Rasierzeug vorenthielt, trug er bald Bartstoppeln, die einem Piraten wohl gestanden hätten. Der stete Luftzug vom Besansegel zerzauste sein schwarzes Haar, das ihm in Locken über die Schultern fiel. Die Tatsache, daß er sauber war, als er sich nun aufmerksam der Betrachtung eines hölzernen Geräts widmete, welches der wortkarge Schiffsschreiner angefertigt hatte, verdankte er dem Gewitter, das sie an diesem Morgen passiert hatten.

Seine Geistesabwesenheit erwies sich als irreführend; wiewohl diese Versunkenheit ihm auch dazu dienen mochte, seine magisch geschulte, streitbare Wachsamkeit zu schärfen, zuckte sein Kopf doch beim geringsten Scharren eines Stiefels auf den hinter ihm liegenden Planken herum. Im Angesicht schmalgebauter Konturen vor dem beißenden Licht der Morgensonne glättete sich seine gerunzelte Stirn sogleich. »Ihr scheint ein wenig ungeduldig zu sein. Das ist nicht nötig. Der Kanal zum Hafen von Farsee wird noch vor Sonnenuntergang in Sicht kommen.«

Ausgestattet mit dem schneidigen Flair, das man von einem Kapitän auf einem Schmugglerschiff erwarten sollte, schob Dhirken ihre Daumen hinter die bronzebeschlagenen Riemen, die sich kreuzweise über ihr Kalbslederwams zogen. »Das werden wir, oder du stirbst. Der Einsatz hat sich nicht verringert.«

Der Schreiner betrachtete zweifelnd die endlosen Wellen, die den ganzen Horizont ausfüllten. Dann seufzte er, leckte sich über einen aufgerissenen Knöchel und fuhr mit seiner Nörgelei fort: »Ich bin kein Juwelier, diese Messingstücke mit den feinen Gravuren anzufertigen.«

Arithon reichte ihm die halbfertige Kopie eines der Instrumente Anithaels zurück. »Irgendwo auf dem Vorderdeck muß es doch jemanden mit künstlerischem Talent geben. Die Scala könnte in den Schienbeinknochen eines Rindes eingeritzt und dann mit Tinte geschwärzt werden.«

»Daran habe ich nicht gedacht«, gestand der Schreiner düster, doch respektvoll. Er nahm das Originalgerät wieder an sich und stopfte das überragende Stück Handwerkskunst in seine pechverschmutzte Schürze. »Ich werde mich darum kümmern.« Noch immer kopfschüttelnd über seine phantasierten Unzulänglichkeiten, schlenderte er grollend über das Achterdeck. »Aber quatscht mich bloß nicht blöd an, wenn die Markierungen dann nicht Eurem Kunstsinn entsprechen.«

Mißtrauen erfüllte das Schweigen des Kapitäns des *Schwarzen Drachen* und ihres Gefangenen, als würde die Luft zwischen ihnen brennen. Wenig erfreut, in ihrer Mitte gefangen zu sein, schaute der Steuermann überallhin, nur nicht auf seine Kommandantin, während das Rasseln der Takelage und das Kreischen des Ruders die Spannung noch weiter anheizten. Kontrolliert bis hin zu ihren frisch gestutzten Fingernägeln, die Hand am Heft ihres Entermessers, knisterte heftige Kampfeslust in der Stille. Ob er sich nun ihrer Stimmung beugte oder einfach nur überheblich war, Arithon lehnte sich bequem an die Reling und hielt die Augen geschlossen, als wollte er ein Nickerchen im Sonnenschein halten. Nur auf seinen

Lippen zeigte sich ein schwaches, ironisches Lächeln, bis der Ausguck am Mast laut brüllte.

»Land! Land in Sicht! Voran, drei Striche nach Steuerbord.«

Sein Ruf vereinigte sämtliche Seeleute auf Deck in aufgeregtem Gespräch.

Ungerührt bemerkte der Herr der Schatten, ohne auch nur mit der Wimper zu zucken: »Der Schlüssel für die Fußschellen wäre jetzt nett.«

Dhirken lachte. »Du bist zu schnell. Kein Schlüssel, keine Freiheit, ehe wir nicht die Leuchtfeuer sichten und wissen, wo wir an Land gehen werden. Wie soll ich wissen, ob du uns nicht vom Kurs abgebracht und nach Varens geführt hast?« Doch ihre Stimme verriet ihre freudige Erregung.

»Wie Ihr es wünscht, gnädige Frau.« Arithon blickte treuherzig auf. Stahl kreischte auf, von seinen Händen gedämpft, als er seinen angeketteten Fuß unter den Oberschenkel des anderen Beines schob. »Aber wir sind nicht die Küste hinab vom Kurs abgekommen, und das wißt Ihr. Ihr selbst habt die heutigen Sichtungen vorgenommen und den Kurs des *Drachen* korrigiert. Sind wir also im Geschäft? Ihr solltet Euch schnell entscheiden, denn unser zukünftiges Verhältnis hängt davon ab, wie zuverlässig Ihr Euer Wort haltet, weil meine eigenen Pläne sich geändert haben.«

»So plötzlich?« Sarkasmus vertrieb ihre feindselige Haltung. »Nun hast du mich durch meine eigene Neugier geschlagen. Erreichst du mit deinem zungenfertigen Verhandlungsgeschick immer so einfach, was du willst?« Der Schlüssel hatte die ganze Zeit über in ihrer Hand gelegen. Neugierig zu erfahren, ob seine Reflexe scharf genug waren, ihn nicht in die See fallenzulassen, warf sie ihn mit aller Kraft.

Gezwungen, zuzuschnappen wie ein halbverhungerter Wolf, gelang es Arithon gerade noch, ihn zu fangen. »Das war einfach?« Er lehnte sich zurück, öffnete das

Schloß und betrachtete ein wenig verärgert sein Fußgelenk, das von der Schelle wundgescheuert war. »Ath behüte! Laßt mich nur nicht hören, was Ihr für hart haltet. Besonders, da ich den *Drachen* brauche, um meine Schätze ohne mich aus dem Norden zu holen.«

Dhirken errötete. Vor der versammelten gaffenden Mannschaft sprachlos vor Staunen, schlug sie beide Hände vor das Gesicht. Als Arithon ihr die Freundlichkeit erwies, nicht zu lachen, wandte sie sich ruckartig ab, um eine Unsicherheit zu verbergen, die ihr so unangenehm war, daß sie lieber gestorben wäre, als irgend jemanden daran teilhaben zu lassen. »Das nenne ich Vertrauen. Vielleicht weit mehr, als ich verdiene.«

Arithon erhob sich. »Das aber werde ich entscheiden müssen.«

Wiewohl sie sich seiner Freiheit lebhaft bewußt war, als würde ein Feuer hinter ihrem Rücken brennen, hielt Dhirken ihr Gesicht weiterhin abgewandt. Nur ihre angespannten Muskeln und ihr eiserner Wille verhinderten ein Zittern, als sie, ohne ihn anzusehen, auf ihn zutrat, ihre Hand in seine zarten Finger führte und den Schlüssel wieder an sich nahm. Die Tatsache, daß ihre schweißnasse Haut trotz der Hitze eiskalt war, konnte seiner Aufmerksamkeit kaum entgangen sein. Eingekreist von alten Ängsten, die hervorzulocken sie ihm niemals die Möglichkeit bieten durfte, trat sie zurück, um ihre Haltung frostiger Distanziertheit wieder aufzubauen. »Du könntest alles verlieren.«

»Ich habe schon zweimal alles verloren«, sagte Arithon, und seine vorangegangene Unbekümmertheit schien der lebendige Beweis seiner Worte zu sein.

Plötzlich schien das Deck zu klein zu sein; oder seine Anwesenheit gleich neben ihr nahm zuviel Raum ein. Sie wirbelte herum, sich zu entfernen, die Faust mit dem Schlüssel so fest gespannt, daß die Knöchel weiß hervortraten, während sie den anderen Arm erhoben hatte, um Fragen abzuwehren.

Arithons Berührung hielt sie zurück, ein Hauch an ihrer Wange, ausgeführt, ohne nachzudenken, nur ein Ausdruck tiefempfundener Sympathie.

Unwillkürlich zuckte sie einen halben Schritt zurück, und das erwachende Verständnis hinter seinem festen Blick erschreckte beide. »Ach, die Dämonen sollen deine verdammte Bardengabe holen«, schnappte Dhirken, während die Furcht vor seinem Geschlecht und seiner erotischen Anziehungskraft wie Feuer in ihren Adern brannte und ihre Worte zu einem klirrenden, mühsamen Flüstern verkamen.

Die Gerüchte handelten sie als Mörderin, die den Schurken ausgeweidet hatte, der ihr das ererbte Schiff hatte stehlen wollen; doch die schmutzige Wahrheit war weitaus schrecklicher. Als Leidtragende, die eine vernichtende Lektion über das Überleben erhalten hatte, konnte sie keines Mannes Mitgefühl gebrauchen.

Mochte die geheime Scham, die nun durch reine Empathie in Gefahr war, genug Schmerz beinhalten, sie zu zerstören, war doch auch Arithon keineswegs unversehrt. Geblendet von der Macht eines Meisterbarden, die er erst zu kurz sein eigen nannte, sie zu steuern, verlor er die Kontrolle über all die sorgfältig angelegten Ausflüchte. Für den Bruchteil einer Sekunde blickte Dhirken ihm direkt ins Herz, und sie sah weit mehr, als ihr lieb war.

Welche Rolle er auch bei der Schlacht im Strakewald gespielt haben mochte, trug er doch die Narben eines noch vernichtenderen Verlustes. Er hatte überlebt, was nicht zu schlichten war. Darum würde er ihre Schwäche gewiß nicht schmähen; zu groß war sein Herz, sie zu seinem Vorteil auszunutzen.

Einen verdächtigen Glanz in den Augen, die Kehle gleichsam zugeschnürt im Angesicht der Schmach, mußte sie ihre neugierige Mannschaft verscheuchen. Dhirken verfluchte sein selbstloses Schweigen, das ihre Unabhängigkeit unberührt ließ. Geschlagen durch die

Tiefe seiner Zuwendung konnte sie nichts anderes tun, als seine Bitte erfüllen. Noch ehe er fragte, stimmte sie schon zu: Die *Drache* würde gen Norden segeln und seine Schmuggelware an Bord nehmen, um dann jede Münze und all die Ballenware an den Ort zu verschiffen, den er wünschte.

»Ich überlasse Euch die Instrumente Anithaels und mit ihnen die ganze Weite des Ozeans. Eure Macht wird alle Grenzen sprengen.« Arithons rasches Lächeln verbarg die kummervolle Erkenntnis, daß ihm die Flucht keinen Ausweg zu bieten hatte. »Mein Geschenk wird Euch die Freiheit von den Küsten schenken, und Raum genug, Eure Erlösung zu finden.«

Dhirken reckte das Kinn vor, betäubt vor Verlegenheit und den Tränen gefährlich nahe. Doch bis auf ihren gesetzten Quartiermeister hatten sich bereits alle von dem Achterdeck zurückgezogen; in einem geradezu unheimlichen Anfall von Feingefühl hatte ihr schlitzohriger erster Maat alle Matrosen wieder an ihre Arbeit zurückgescheucht.

Hocherfreut darüber, wie leicht sich Arithon hatte verleiten lassen, dem dringenden Appell der Bruderschaft nachzukommen und die Waffenkammer Alestrons zu untersuchen, erhob Dakar keinen Einspruch dagegen, die Halbinsel von Osthalla zu überqueren. Auf dieser Strecke herrschte dichter Verkehr, und es gab genug Herbergen, Gasthäuser und Poststationen zwischen den Städten auf ihrem Weg. Wenn sie einen Händler baten, sie auf seinem Wagen mitzunehmen oder sich Mietpferde nahmen, konnten sie die Reise binnen vierzehn Tagen schaffen.

Dakar kaute an einem Ende seines Bartes, um sein zufriedenes Lächeln zu verbergen. Während Fischer in ihrem nach Kabeljau stinkendem Ölzeug über das Beiboot der *Drache* schimpften, das den Landungssteg blockierte, stolperte er, dem Prinzen dicht auf den Fersen, über die wackeligen Kais von Farsee.

Arithon hatte sich, für einen Mann, der fünf Tage lang kein Bett gesehen hatte, unverschämt vergnügt von Dhirkens Matrosen verabschiedet. Mochten die Docks mit ihrem Fischgeruch, den Ausdünstungen von Wrackteilen und den hektisch herumfliegenden Möwen ihn auch an seine heimatlichen Küsten erinnern, an jene Zeit, in der er Magier und Erbe eines Piratenkönigs gewesen war, so zeigte er doch keinerlei Anzeichen von Sentimentalität. Wie jeder andere Seefahrer brauchte er ein Bad, und all sein Besitz bestand aus den zusammengerollten Seekarten aus Sethvirs Archiv, die gemeinsam mit der Lyranthe über seiner Schulter lagen. Seine vernarbten Handgelenke verbarg er unter Seemannsschmuck, den er aus den Überresten seines Hemdes geflochten hatte. Die Finger seiner beiden Hände waren von der Überbeanspruchung durch das Salzwasser geschwollen.

Auf Dakars zweifelnden Blick erklärte er ehrlich gepeinigt: »Nein, ich kann nicht für unseren Unterhalt spielen. Aber es ist kein Schaden entstanden, der nicht innerhalb von drei Tagen heilen würde. Während wir warten, werde ich einen Schneider suchen, der ein Auge für gutes Leinen hat.«

Vor dem Hintergrund des frühmorgendlichen Himmels wich Dakar einem verknoteten Fischernetz aus, das von den Matrosen einer Schaluppe die Docks hinuntergezerrt wurde, und blieb, die Hände in die Hüften gestemmt, stur stehen. »Das ist eine großartige Idee, wenn man davon absieht, daß Ihr nicht eine Münze besitzt.«

Arithon ließ ein verschlagenes Grinsen aufblitzen. »Nun, deine Taschen klimpern vielsagend genug, mir zu sagen, daß Dhirkens Matrosen ein lausiges Händchen beim Würfelspiel hatten. Da du dem Bier abgeschworen hast, spricht doch nichts dagegen, etwas von deinem Geld für ein neues Hemd für mich einzusetzen. Die Silberknöpfe meines alten Hemdes werden ausreichen, für unsere Unterkunft zu zahlen, vorausgesetzt, du zettelst nicht wieder irgendeinen Aufstand in einer Taverne an.«

Vorsichtig darauf bedacht, sich nicht gar zu einverständig zu geben, stieß Dakar eine Beschimpfung hervor. Während der Reise nach Alestron würden sie einander ständig nahe sein, und auch wenn Arithon seine magische Wahrnehmungsfähigkeit verloren hatte, so war das doch kein Grund, seiner unermüdlichen Beobachtungsgabe einen Grund zum Mißtrauen zu liefern.

Achtzehn Tage vergingen.

Dakar empfand die Notwendigkeit, ständig List anzuwenden, ebenso ermüdend wie all die anderen Härten des Reisens, die er zutiefst verachtete. Das Postpferd, auf dem er für den Rest der Reise zu hocken gedachte, war bei weitem nicht der stinkfaule Gaul, für den er bezahlt hatte. Von einem Teufel besessen, fest entschlossen, jede Anfängerberührung, die ihm nicht behagte, zu bekämpfen, scheute und schnaubte die Kreatur. Ständig tänzelte sie zur Seite, in ihrem unablässigen Streben, durchzugehen. Dakar knirschte mit den Zähnen und bemühte sich, nicht auf die niedergemähten Stoppeln eines Heufeldes zu stürzen, auf das Arithon sie geleitet hatte, nachdem er die Hauptstraße verlassen hatte, um, verborgen hinter einer Hecke, einen Blick auf die grimmige Festung zu werfen, die gleich einer Klette auf dem vor ihnen liegenden Hügel klebte.

»Alestron«, sagte Dakar mit einem Hauch gepeinigter Selbstgefälligkeit. »Die Brüder s'Brydion schützen ihre Geheimnisse wie Austern und ihre Tore wie ein Bauer seine jungfräulichen Töchter. Habt Ihr schon einen Plan?«

»Was, noch ehe ich auch nur einen Fuß in die Stadt gesetzt habe?« Kaum mehr als eine Silhouette vor dem Nebel, der noch immer die Niederungen bedeckte, beugte Arithon sich vor und stützte sich auf den Nacken seines grauen Wallachs. Nachdem er schon seit Farsee die Gäste jeder Taverne am Straßenrand gemolken hatte, hatte er genügend über die Herrschaftsfamilie zu Alestron vernommen, um vorbereitet zu sein. Vor dem heller werdenden Tageslicht nahm sich die Zitadelle auf den ersten Blick als vollkommen uneinnehmbar aus, ein Horst, umgeben von mächtigen Zinnen, die das Tal überragten.

Die Brüder s'Brydion waren keine Freunde von Belagerungen, wie ein jeder sogleich erkennen konnte.

Das Tal war seiner Bäume beraubt worden, um einen ungehinderten Blick zu gewährleisten. Hinter den dicht an dicht liegenden Feldern mit ihren späten Heuhaufen, hinter Steinmauern, verwoben wie die Zwingen einer moosbewachsenen Falle, lagen getünchte Nebengebäude, Handwerkslagerstätten und ein abgegrenztes Freigelände, auf dem das Vieh weidete. Schußanlagen und eingelassene Glassplitter waren bereit, angelegten Leitern einen grausamen Empfang folgen zu lassen. Angreifer, die den unterirdischen Weg bevorzugten, würden sich durch massiven Fels graben müssen, um die gewaltigen Wehranlagen zu untergraben, die nun wie schmückende Pailetten auf einem Damenschleier in der Sonne glänzten oder, von harten Schatten bedeckt, mit ihren Schießscharten an ein Sieb aus Wurmlöchern erinnerten.

Von allen Städten auf dem Kontinent war allein Alestron nicht dem Aufruhr zum Opfer gefallen, der die alten Hohekönige ihrer Throne enthoben hatte. Vor fünf Jahrhunderten war das Bemühen der Händlergilden, die Clanherrschaft zu stürzen, auf den zertrümmerten Splittern des Südtores gewaltsam niedergeschlagen worden. Die ausgesprochen zähen Herzöge des Geschlechts der s'Brydions hatten ihre Macht während der ganzen Zeit niemals eingebüßt. Sie unterwiesen ihre Erben in der rauhen Kunst der Kriegsführung und tobten ihren räuberischen Einfallsreichtum aus, wann immer die rivalisierenden Städte, die sich an dem schmalen Meeresarm drängten, Blockaden errichteten, um ihren Handel zum Hafen voranzutreiben.

In jenen seltenen Ruhezeiten zwischen den Kämpfen pflegte die Herrscherfamilie Alestrons ihr wahnsinniges Mißtrauen gegenüber ihren Nachbarn, bis sie ihre erstarrten Nerven trösteten, indem sie Waffen aller Art und Güte anhäuften.

Getarnt als beiläufige Konversation, sagte Dakar: »Ihr wißt, daß wir keinen Fuß durch die inneren Stadttore setzen werden, wenn wir nicht nachweisen können, daß wir nur unseren Geschäften nachgehen wollen.«

»Nun, für dieses Problem habe ich einen Plan.« Die geschickten Hände mit festem Griff um die Zügel gelegt, als ein Schwarm Amseln von seinem Raubzug an den Ähren aufschreckte, blickte Arithon verstohlen zur Seite. »Der erste Teil davon wird dir nicht gefallen. Ich brauche deine Hilfe. Du mußt dich in diese protzige Hose und das flatterhafte Wams zwängen.«

Dakar verdrehte die Augen. »Ath sei mir gnädig. Wozu um alles in der Welt?«

Die scheußlichen, bebänderten Kleider waren das aufdringliche Geschenk einer Wirtin, die von Arithons Spiel ganz hingerissen gewesen war. Die schlichte Tatsache, daß der Schnitt eher für die hünenhafte Gestalt eines Söldners gedacht war, hatte bereits seit Tirans Anlaß zu allerlei deftigen, lästerlichen Scherzen geliefert.

Ausladend, da wo der Schnitt eng war, empfand Dakar wenig Freude bei der Aussicht, sich dem langsamen Erstickungstod auszusetzen. Für den Fall, daß Arithon lediglich einen Scherz auf seine Kosten gemacht hatte, fügte er hinzu: »Das kann nicht Euer Ernst sein.«

Arithon leitete seinen Wallach im Schrittempo wieder zur Straße zurück.

»Ich verstehe nicht, was Atemnot in rotem Samt mit dem Ausspionieren einer schwer bewachten Festung zu tun hat«, brachte Dakar mühevoll hervor, während sein Pferd den Kopf senkte, um zu einem erneuten Bocken auszuholen. »Man kann graue Haare bekommen, während man darauf wartet, daß Ihr eine einfache Frage beantwortet.«

»Du mußt als Händler auftreten«, entgegnete Arithon nebulös genug, selbst die Geduld eines Felsens zu überfordern. »Hast du die Gerüchte nicht gehört? Parrien s'Brydion braucht ein Brautgeschenk, um einer Dame den Gedanken schmackhaft zu machen, in ein Kriegslager einzuheiraten.«

Dakar blinzelte, überdachte die Information, und ahnte, gleichsam als hätte ihn ein Windstoß mit Gewalt in die Leibesmitte getroffen, daß sich hinter dieser Aussage ein Plan von weit größerem Umfang verbergen mußte. »O nein!« Gepeinigt nieste er, um sich von dem staubigen Geruch des Heus zu befreien. »Nicht Eure Kronjuwelen. Ihr könnt nicht ernsthaft vorhaben, dem Bruder des Herzogs die Smaragde von Rathain zu verkaufen.«

»Nun, ich glaube kaum, daß die s'Brydions ihre Zeit mit Fälschungen vergeuden würden«, entgegnete Arithon sachlich. »Da wir keine Zeit haben, uns ein anderes Vorspiel einfallen zu lassen, müssen es eben die Juwelen tun.«

Dies war gewiß nicht der geeignete Augenblick, Arithon die Information zu kredenzen, nach deren Enthüllung er mit größter Wahrscheinlichkeit angelte: daß für die Belange der Bruderschaft die Kronjuwelen von Rathain weit mehr als nur sentimentalen Wert besaßen. Diese Smaragde bestanden tatsächlich aus einem ganzen Satz machtvoller Kraftsteine, deren geheimnisvolle Eigenschaften für zukünftige Generationen bewahrt werden mußten. Umsichtig ob der Macht und Lehre, über die Arithon bereits verfügte, hatten die Zauberer die Steine eifrig mit Schutzbannen belegt, um ihre Geheimnisse vor dem Prinzen zu bewahren.

Erneut fluchte Dakar über die heiklen Schwierigkeiten, die seine Pläne begleiteten, während der Schweiß in Strömen über seinen Rücken rann. »Ihr habt keinen Sinn für das Vermächtnis, das Ihr mit Eurem Plan aufs Spiel setzt. Nicht einer von diesen Steinen kann jemals ersetzt werden.«

»Dann solltest du sie teuer verkaufen.« Arithon trieb sein Roß zu einem forschen Galopp.

Während Dakar in stiller Furcht schmorte und mit Zügeln und Absätzen darum kämpfte, sein halsstarriges Pferd im Zaum zu halten, begrüßte der Herr der Schatten den Morgen so feurig wie unbekümmert, ein flottes Lied auf den Lippen.

# Kettenfaden – Schußfaden

Im Herbst, inmitten der Stadt Etarra, erträgt ein Kopfjäger in gereizter Stille die samtenen Kleider, die, erforderlich anläßlich eines Staatsempfangs, ein trauriger Ersatz für Waffen und Kettenhemd sind; indes trampelt der Lordgouverneur, dessen Spitzenkragen unter seinem Doppelkinn zerknittert, wie ein Ochse über die kostspieligen Teppiche und beklagt sich heftig: »Woher soll ich denn wissen, warum die Kuriere aus dem Osten sich verspäten? Es könnte am Wetter liegen. Es könnte an der Luft liegen. Aber vermutlich liegt es an den barbarischen Plünderern, und es obliegt doch wohl den Pflichten deines Hauptmanns, sich um derlei Dinge zu kümmern ...«

Abend verdunkelt das Rockfelltal, und wenn auch der Frost wie in jeder Herbstnacht das Eichenlaub mit Reif überzieht, rühren Fuchs, Luchs und der nachtaktive Hase sich nicht aus ihren Höhlen; denn der Gipfel des Berges, der über dem Tal aufragt, liegt unter einem unheimlichen Schimmer magischer Mächte, als die Zauberer Asandir und Luhaine sich an die Arbeit machen, die Schutzbanne zu reparieren, die Desh-Thiere gefangenhalten ...

In der Zitadelle zu Alestron teilt ein Hauptmann mit sandfarbenem Haar seine Männer ein, die Festungsanlage zu bewachen, in der sich die herzogliche Waffenkammer befindet; derweil schiebt in der großen Halle der stämmige Herzog die Schnauze seiner bevorzugten Bulldogge von seinem Knie und ruft nach seinen Brüdern, sie mögen dem fetten Händler den Zutritt gestatten, der am Tag zuvor gekommen war, mit seinen Smaragden hausieren zu gehen ...

# Glossar

ADON – Statue des Zentaurenkönigs, einem der Zwillinge, die zusammen die königliche Linie von Paravia im ersten Zeitalter begründeten. Die Statue bildet eine Seite des Bogens des Aufrechten Tores auf der Straße zum Paß von Orlan, im Fürstentum Camris in Tysan.

Aussprache: Ei-don

Ursprung: *Daon* – Gold

ALATHWYR TURM – einer der fünf Türme, die von den Paravianern in der Mitte des ersten Zeitalters in Ithamon, der Hauptstadt von Daon Ramon und Rathain, erbaut wurden. Seine kunstvolle Gestalt aus weißem Alabaster unterliegt der Herrschaft der Tugend der Weisheit. Er ist der nördlichste der vier Türme, die im Dritten Zeitalter noch immer stehen; im allgemeinen Sprachgebrauch werden die Türme auch als Türme der Himmelsrichtungen oder Sonnentürme bezeichnet.

Aussprache: Ah-lath-weer (der Buchstabe A wird als kurzes Ä gesprochen). Die Betonung liegt auf der mittleren Silbe.

Ursprung: Weisheit: *Alath* – Wissen; Wyr – alles

ALITHIEL – eine der zwölf Klingen von Isaer, die der Zentaure Ffereton s'Darian im Ersten Zeitalter aus dem Metall eines Meteoriten geschmiedet hat. Nachdem die Klinge in den Besitz der Paravianer geraten war, erhielt sie den zusätzlichen Namen: *Dael Farenn* oder *Königmacher*. Seine Eigentümer hatten die Tendenz, Erben einer königlichen Linie zu werden. Schließlich wurde sie zu Beginn des Zweiten Zeitalters dem Kamridian s'Ffalenn für seine Verdienste um die Verteidigung der Prinzessin Taliennse verliehen.

Aussprache: Ah-lith-ee-el

Ursprung: *alith* – Stern; *iel* – Licht/Strahl

ALTHAINTURM – Spitzturm am Rande der Rohrdommelwüste. Er wurde zu Beginn des Zweiten Zeitalters als

Archiv für die historischen Schriften Paravias erbaut. Nach der Rebellion im Dritten Zeitalter Lagerstätte für die Archive aller fünf Königshäuser, untersteht der Obhut von Sethvir, Hüter von Althain und Bruderschaftszauberer.

Aussprache: Al-thain

Ursprung: *alt* – letzte, *thein* – Turm, Zuflucht, heilige Stätte.

Altparavianische Aussprache: alt-thein (thein gesprochen ›Si-en‹)

AMROTH – Königreich in der Splitterwelt Dascen Elur, jenseits des Westtores, regiert von den s'Ilessid Nachkommen des Exilprinzen, der zur Zeit der Rebellion im Dritten Zeitalter, gleich nach der Eroberung des Landes durch den Nebelgeist, durch das Weltentor geschickt wurde.

Aussprache: Am-roth (›roth‹ gesprochen wie ›Roß‹)

Ursprung: am – Daseinszustand, *roth* – Bruder, ›Bruderschaft‹

ANGLEFEN – Sumpfgebiet in Deshir, Rathain. Die gleichnamige Stadt an der Flußmündung verfügt über einen Hafen am Golf von Stormwell. Es handelt sich dabei um eine von sechs Hafenstädten, die die Seehandelswege mit Etarra verbinden.

Aussprache: Angle-fen

Ursprung: Nicht paravianisch.

ARAETHURA – Grasebene mit gleichnamigem Fürstentum im Südwesten Rathains. Während des Zweiten Zeitalters weitgehend von Riathan Paravianern besiedelt. Im Dritten Zeitalter vorwiegend von verstreut lebenden nomadischen Schäfern als Weideland genutzt.

Aussprache: ar-eye-thoo-rah

Ursprung: *araeth* – Gras, era – Ort, Land

ARAITHE – Ebene im Norden der Handelsstadt Etarra, im Fürstentum zu Fallowmere, Rathain. Im Ersten Zeitalter von den Paravianern für die Erneuerung der Mysterien und die Kanalisierung der Energien des Fünften

Weges genutzt. Die dort aufrechtstehenden Steine stehen mit der Macht von Ithamon und der Festung auf der Methinsel in Verbindung.

Aussprache: Araithe, gesprochen ›Areiß‹

Ursprung: *areithe* – verstreuen, schicken; bezieht sich auf die aufrechten Steine und deren Verbindung zu den Kräften des Fünften Weges.

ARITHON – Sohn des Avar, Prinz von Rathain. 1504. Teir's'Ffalenn, Nachfahre des Begründers dieses Geschlechts, Torbrand, im Jahr Eins des Dritten Zeitalters. Außerdem der Herr der Schatten und Banner Desh-Thieres.

Aussprache: Ar-i-thon – im Klang ähnlich dem Wort ›Marathon‹

Ursprung: *arithon* – Schicksalsschmied, Visionär

ASANDIR – Bruderschaftszauberer. Auch *Königmacher* genannt, da jeder Hohe König im Zeitalter der Menschheit (Drittes Zeitalter) von ihm gekrönt wurde. War nach der Eroberung des Landes durch den Nebelgeist als Vermittler für die Politik der Gemeinden auf dem Kontinent tätig. Auch als Dämonenbanner bekannt, aufgrund seines Rufes, die Iyats bezwungen zu haben; großer Reformer während der letzten Taten des späten Zweiten Zeitalter, als die Menschen zum ersten Mal auf Athera landeten.

Aussprache: Ah-san-deer

Ursprung: *asan* – Herz; *dir* – Stein, Felskern

ATAINIA – Nordöstliches Fürstentum von Tysan

Aussprache: Ah-tay-nee-ah

Ursprung: *itain* – das Dritte, *ia* – Endsilbe für die dritte Domäne, aus dem Altparavianischen *i tainia* entstanden.

ATH, SCHÖPFER – Ursprüngliche Macht über alles Leben.

Aussprache: Ath, ›th‹ wie im Englischen

Ursprung: *ath* – primär, zuerst (im Unterschied zu *an*, eins).

ATHERA – Name des Kontinents, auf dem die fünf

Königreiche liegen, eine der beiden großen Landmassen des Planeten.

Aussprache: Ath-air-ah

Ursprung: *ath* – ursrüngliche Macht; *era* – Ort, ›Aths Welt‹.

ATHLIEN PARAVIANER – Sonnenkinder, kleine Rasse Halbsterblicher, erinnern an Kobolde, verfügen aber über große Weisheit und sind Hüter des Großen Mysteriums.

Aussprache: Ath-lie-en

Ursprung: *ath* – ursprüngliche Macht, *lien* – zu lieben, von Ath geliebt.

ATHLIERIA – Mythologische Entsprechung unseres Himmels – tatsächlich eine Dimension außerhalb des physischen Seins, die von den Geistern nach dem Tode bewohnt wird.

Aussprache: Ath-lie-aer-ie-ah

Ursprung: *ath* – ursprüngliche Macht, *li 'era* – gesegneter Ort oder harmonisches Land, *li* – gesegnet durch Harmonie

AVAR S'FFALENN – Piratenkönig von Karthan, einer Insel der Splitterwelt Dascen Elur jenseits des Westtores. Vater des Arithon, auch der 1503. Teir's'Ffalenn in der Nachfolge von Torbrand, der die königliche Linie derer zu s'Ffalenn im Jahr Eins des Dritten Zeitalters begründet hat.

Aussprache: Ah-var, mit scharfem ›v‹

Ursprung: *avar* – vergangene Gedanken/Erinnerungen

BRIANE – Name des Kriegsschiffes, das im Kampf gegen den Zweimaster unter dem Kommando Avars von Karthan lahmgelegt wurde; auf dem Schiff geriet später Arithon s'Ffalenn in Gefangenschaft und wurde zur Südinsel und von dort nach Port Royal in der Splitterwelt Dascen Elur gebracht.

Aussprache: Bry-anna, ›y‹ wie ›ei‹

Ursprung: *brianne* – Möwe

BRUDERSCHAFT DER SIEBEN – Zauberer, die einen Eid leisteten, die Gesetze des Gleichgewichts aufrechtzuerhalten und das erleuchtete Denken in Athera zu fördern.

BWIN EVOC S'LORNMEIN – Gründer des Geschlechts, aus dem die Hohen Könige von Havish seit dem Jahr Eins des Dritten Zeitalters entstammen. Die Magie der Bruderschaft stattete ihn mit dem Attribut der Enthaltsamkeit aus.

Aussprache: Bwin-ee-vok, lorn-mein.

Ursprung: *bwin* – stark; *evoc* – Auslese

CAILCALLOW – Kraut, das in Marschlandschaften wächst und fiebersenkend wirkt.

Aussprache: ›w‹ am Ende ist tonlos

Ursprung: *cail* – Blatt; *calliew* – Balsam

CAITH-AL-CAEN – Tal, in dem die Riathan Paravianer (Einhörner) die Tagundnachtgleiche und die Sonnenwende begehen, um *Atbael* oder das Schicksal des Lebens in der Welt zu erneuern. Außerdem wurden dort zuerst die Wintersterne von den Ilitharis Paravianern benannt und ihre schwingende Essenz in Worte gefaßt. Verfiel gegen Ende des Dritten Zeitalters und wird seither auch *Castlecain* genannt.

Aussprache: Cay-ith-al-cay-en, musikalischer Klang, hoch auf den ersten beiden, tief auf den letzten beiden Silben, Betonung auf der zweiten und der letzten Silbe.

Ursprung: *caith* – Schatten, *al* – vorbei, *caen* – Tal, ›Tal der Schatten‹.

CAITHDEIN – Paravianischer Name für den ersten Berater eines Hohen Königs; auch: derjenige, der als Regierender oder Diener den gekrönten Herrscher in dessen Abwesenheit vertritt.

Aussprache: Kay-ith-day-in

Ursprung: *caith* – Schatten; *d'ein* – im Schatten des Stuhls, hinter dem Thron.

CAITHWALD – Wald in der Gegend von Taerlin, im südöstlichen Fürstentum Tysan.
Aussprache: Kay-ith-wald
Ursprung: *caith* – Schatten, ›Wald der Schatten‹

CAL – Name des Sterblichen Sethvir vor seinem Bund mit der Bruderschaft der Sieben.
Aussprache: Kal
Ursprung: Nicht paravianisch, ähnl. dem lat. *Kalumet*

CAMRIS – Zentrales Fürstentum im Norden Tysans. Regierungssitz war ursprünglich die Stadt Erdane.
Aussprache: Kam-ris.
Ursprung: *caim* – Kreuz; *ris* – Weg, ›Kreuzweg‹

CAOLLE – Kriegsherr der Clans von Deshir, Rathain. Erhob sich zunächst gegen Lord Steiven, dem Herrscher des Nordens und *Caithdein* von Rathain, diente ihm aber dann.
Aussprache: Kay-oll-e, mit kaum hörbarem ›E‹
Ursprung: *caille* – stur

CASTLECAIN – Bezeichnung für Caith-al-Caen in der Alltagssprache, Tal der Schatten, siehe oben.
Aussprache: castle-cane

CASTLE POINT – Hafenstadt am westlichen Ende der Großen Straße des Westens in dem Füstentum Ataina, Tysan.

CIANOR SONNENKÖNIG – Geboren im Jahr 615 des Ersten Zeitalters in Caith-al-Caen. Überlebte beide Massaker von Leorne (ausgelöst von den Methuri oder Haßgeistern aus dem Mirthlvain-Sumpf) im Jahr 815 und führte den Vergeltungsschlachtzug in der Ebene von Bordirion an (die zu Beginn des Zweiten Zeitalters dem Sumpf zum Opfer fiel). 826 wurde Cianors Heer bei Erdane von Khadrim besiegt; Cianor zog sich schwer verletzt nach Araethura zurück. Verkrüppelt, aber am Leben, verfolgte er die Ankunft der Bruderschaft der Sieben bei der Entstehung des Kratersees im Jahr 827 des Ersten Zeitalters. Geheilt von den Zauberern der Bruderschaft. 902 zum Hüter der Annalen ernannt; stabilisierte die politischen Verhältnisse des Reiches nach dem Mord an dem Hohen König Marin Eliate im Jahr 1542 des Zweiten Zeitalters. 2545 im Zweiten Zeitalter zum Hohen König von Athera gekrönt. Starb, als ein Aufstand der Khadrim im Jahre 3651 des Zweiten Zeitalters ihn erneut zu den Waffen rief.

Aussprache: Key-ah-nor

Ursprung: *cianor* – scheinen, strahlen

CIERL-ANKESHED – Gift verschiedener Methschlangen, führt dazu, daß das Nervengewebe sich zersetzt. Sofortige Paralyse, Todeseintritt aber erst nach Tagen. Das Gift, für das es kein Gegengift gibt, ist ätzend und kann über die Haut aufgenommen werden.

Aussprache: Key-earl-an-kesh-id

Ursprung: *cierl* – Nerv; *ankeshed* – Schmerz, Lähmung

CILADIS, DER VERLORENE – Bruderschaftszauberer, der den Kontinent im Jahre 3462 des Dritten Zeitalters verließ, um sich auf die Suche nach den Paravianern zu machen, die nach der Rebellion verschwunden waren.

Aussprache: Kill-ah-dis

Ursprung: *Cael* – Blatt; *adeis* – Flüstern, Verbinden, *cael 'adeis*, umgangssprachlich für ›beständige Freundlichkeit‹

CILDORN – Stadt in Deshir, Rathain. Berühmt für Teppiche und Webwaren. Ursprünglich paravianisch, an einem Kraftknoten des dritten Weges gelegen.

Aussprache: Kill-dorn

Ursprung: *cisal* – Faden, *dorn* – Netz, ›Wirkware‹, ›Gewebe‹

CORITH – Insel im Westen der Küste von Havish im Westmeer. Erster Ort, an dem die Sonne auf die Niederlage Desh-Thieres herabgeschienen hat.

Aussprache: Kor-ith

Ursprung: *cori* – Schiffe; *itha* – fünf, steht für die fünf Häfen, die die alte Stadt überragt.

DAELION, HERR DES SCHICKSALS – ›Gottheit‹, gebildet durch einige Moralismen, die das Schicksal der Seele nach dem Tod bestimmen sollen. Wenn Ath die ursprüngliche Macht, die Lebenskraft ist, dann ist Daelion die Richtschnur für die Manifestation des freien Willens.
Aussprache: Day-el-ee-on
Ursprung: *dael* – König oder Herrscher; *i'on* – des Schicksals.

DAEL-FARENN – Königmacher, anderer Name für das Schwert Alithiel; auch: einer der vielen paravianischen Namen für den Bruderschaftszauberer Asandir.
Aussprache: Day-el-far-an
Ursprung: *dael* – König; *feron* – Macher

DAELTHAIN – fünfter Turm der Himmelsrichtungen oder Sonnenturm, von den Paravianern an der Zitadelle von Ithamon erbaut. Es war der Turm des Königs, der über die Tugend der Gerechtigkeit wachte. Stürzte am Tag des Mordes an Marin Eliathe ein. Im Verlauf der Rebellion verfiel die Ruine weiter, bis zum Zeitpunkt der Niederlage des Nebelgeistes nur noch das Fundament übrig war.
Aussprache: Day-el-they-in
Ursprung: *dael* – König oder Herrscher; *thein* – Turm, Zuflucht, heilige Stätte.

DAELTIRI – Schwert der s'Ilessid Hohekönige. Im Jahre 1240 des Zweiten Zeitalters von paravianischen Handwerkern geschmiedet, um angelegentlich Jaest s'Ilessids Gewinn der Krone von Avenor der Freundschaft zu gedenken.
Aussprache: Day-el-tie-rie
Ursprung: *dael* – König, Herrscher; *tieri* – Stahl

DAENFAL – Stadt in Rathain, die das Nordufer mit dem südlichen Zipfel vom Ödland von Daon Ramon verbindet.
Aussprache: Day-en-fall
Ursprung: *daen* – Ton, Lehm; *fal* – rot

DAKAR, DER WAHNSINNIGE PROPHET – Lehrling des Bruderschaftszauberers Asandir. Folgte während des Dritten Zeitalters dem Feldzug gegen den Nebelgeist. Trotz seiner wenig glaubhaften Prophezeiungen soll es Dakar gewesen sein, der den Untergang der Könige von Havish so früh vorausgesagt hat, daß die Bruderschaft den Thronerben in Sicherheit bringen konnte. Von ihm stammt die Prophezeiung des Westtores, die den Fluch des Nebelgeistes vorhergesagt hatte. Außerdem ist er für die Prophezeiung der Schwarzen Rose verantwortlich, die zur Wiedervereinigung der Bruderschaft führen sollte.

Aussprache: Dah-kar

Ursprung: *dakiar* – ungeschickt

DANIA – Gattin des Regenten von Rathain, Steiven s'Valerient.

Aussprache: Dan-ie-ah

Ursprung: *deinia* – Sperling

DAON RAMON, ÖDLAND VON – zentrales Fürstentum von Rathain. Dort bekamen die Riathan Paravianer (Einhörner) ihren Nachwuchs und zogen ihn groß. Die Bezeichnung *Ödland* wurde dem Namen erst nach dem Siegeszug des Nebelgeistes hinzugefügt, als der Fluß Severnir von einem Sonderkommando aus Etarra bereits an der Quelle umgeleitet wurde.

Aussprache: Day-on-rah-mon

Ursprung: *daon* – Gold; *ramon* – Hügel/Düne

DARI S'AHELAS – Prinzessin von Shand. Floh zur Zeit des Siegeszuges des Nebelgeists durch das westliche Verbannungstor, um der von Davien geführten Rebellion zu entgehen. Sethvir unterrichtete sie in den grundlegenden Künsten der Macht, um die Überlebenschancen ihrer Blutlinie zu vergrößern. Ihre Nachfahren regierten Rauven in der Splitterwelt Dascen Elur.

Aussprache: Dar-ie

Ursprung: *daer* – Schneiden

DASCEN ELUR – Splitterwelt jenseits des Westtores, in erster Linie bestehend aus Ozean und einige Archipeln. Umfaßt die Königreiche von Rauven, Amroth und Karthan, in denen die Erben dreier Hohekönige in den Jahren nach dem großen Aufruhr Zuflucht fanden.

Aussprache: Das-en el-ur

Ursprung: *dascen* – Ozean; *e'lier* – kleines Land.

DAVIEN, DER VERRÄTER – Bruderschaftszauberer, verantwortlich für den großen Aufstand, der nach dem Sieg Desh-Thieres zum Untergang der Hohekönige führte. Geahndet und zur Körperlosigkeit verdammt durch das Urteil der Bruderschaft im Jahre 5129 des Zweiten Zeitalters. Seither im selbstgewählten Exil. Zu seinen Werken zählt die Fontäne der Fünf Jahrhunderte bei Mearth in der Splitterwelt der Roten Wüste jenseits des Westtores; der Rockwellschacht, der von den Zauberern zur sicheren Verwahrung schädlicher Dinge genutzt wurde; die Stufen auf dem Gipfel von Rockwell und der Tunnel von Kewar in den Mathornbergen.

Aussprache: Dah-vie-en

Ursprung: *dahvi* – Dummkopf, Fehler; *an* – ein Gescheiterter.

DESH-THIERE – Nebelgeist, der im Jahr 4993 des Dritten Zeitalters durch das Südtor nach Athera eindrang, aber von dem Bruderschaftszauberer Traithe aufgehalten wurde. Besiegt und für fünfundzwanzig Jahre in West Shand gefangen, bis die Rebellion den Frieden zerstörte und die Hohekönige gezwungen waren, sich von den Verteidigungslinien zurückzuziehen, um sich um ihre niedergehenden Reiche zu kümmern.

Aussprache: Desh-thie-air-e (letztes ›e‹ fast tonlos)

Ursprung: *desh* – Nebel; *thiere* – Geist, Gespenst

DESHANS – Barbarische Clans, die im Strakewald das Fürstentum Deshir, Rathain, besiedeln.

Aussprache: Desh-ie-ans

Ursprung: *deshir* – nebelhaft, verschwommen

DESHIR – Nordwestliches Fürstentum von Rathain.

Aussprache: Desh-ier

Ursprung: *deshir* – nebelhaft, verschwommen

DHARKARON, DER RÄCHER – auch Aths rächender Engel der Legende genannt. Fährt eine von fünf Pferden gezogene Kutsche, um die Schuldigen nach Sithaer zu bringen. Nach den Lehren der Athkundigen ist Dharkaron das düstere Band, das die Sterblichen mit Ath verbindet, die ursprüngliche Macht, welche die Selbstgeißelung und die Wurzel der Schuld geschaffen hat.

Aussprache: Dark-air-on

Ursprung: *dhar* – Böse; *khiaron* – jemand, der richtet.

DIEGAN – Kommandeur der Garnison von Etarra. Titularkommandant des Kriegsheeres, das gegen die Deshans gesandt wurde, den Herrn der Schatten zu besiegen.

Aussprache: Die-gan

Ursprung: *diegan* – Dandyschmuck, Ornament.

DURMAENIR – Zentaure, Sohn des Waffenschmiedes, der die zwölf Klingen von Isaer angefertigt hat. Das Schwert Alithiel war für Durmaenir gemacht worden, der im Kampf gegen die Khadrim im Ersten Zeitalter zu Tode kam.

Aussprache: Dur-may-e-nier

Ursprung: *dir* – Stein; *maenien* – gefallen

EDAL – zweitjüngste Tochter von Steiven und Dania s'Valerient.

Aussprache: Ie-doll

Ursprung: Vorsilbe ›e‹ steht für ›klein‹; *dal* – lieblich.

ELAIRA – Novizin bei den Zauberinnen von Koriathain. Eigentlich ein Straßenkind aus Morvain, das gekauft wurde, um eine korianische Erziehung zu erhalten.

Aussprache: Ie-layer-ah

Ursprung: Vorsilbe ›e‹ steht für ›klein‹; *leare* – Grazie.

ELDIRS S'LORNMEIN – Prinz von Havish, letzter überlebender Sproß der königlichen Linie derer zu s'Lornmein. Wuchs als Wollfärber auf, bis die Zauberer der Bruderschaft ihn für die königlichen Aufgaben schulten, die dem Untergang des Nebelgeistes folgten.

Aussprache: El-dier

Ursprung: *eldir* – nachdenken, überlegen, abwägen.

ELSHIAN – Athlien Paravianerin, Minnesängerin und

Instrumentenbauerin. Stellte die Lyranthe her, die der Meisterbarde von Athera zu treuen Händen hält.

Aussprache: El-shie-an

Ursprung: *e'alshian* – kleines Wunder, Mirakel.

ELTAIRBUCHT – Weitläufige Bucht am Cildeinischen Ozean an der Ostküste von Rathain, an die der Fluß Sevenir nach dem Sieg des Nebelgeistes umgeleitet wurde.

Aussprache: El-tay-ir

Ursprung: *al'tieri* – aus Stahl, auch: Abkürzung eines paravianischen Namens, *dascen al'tieri,* was soviel wie ›Meer aus Stahl‹ bedeutet und sich auf die Farbe der Wogen bezieht.

ELWEDD – Clanmitglied unter Steivens Herrschaft. Wettete mit dem Meisterbarden Halliron, daß Arithon s'Ffalenn kein guter Fechter sei.

Aussprache: El-wet

Ursprung: *el* – kurz, *weth* – Sicht.

ENASTIR – Sonnenkind, paravianischer Hohekönig. Sohn und Erbe von Lithorn. Regierte zu Beginn des Ersten Zeitalters, bis zu seinem Tod in den Klauen des gewaltigen Gethorn.

Aussprache: Ee-nas-tier

Ursprung: Vorsilbe ›e‹ steht für ›klein‹; *nastir* – Krieger.

ENITHEN TUER – Ortsansässige Prophetin der Stadt Erdane. Sie suchte Asandir auf seiner Reise durch Camris, Tysan, auf.

Aussprache: En-ith-en too-er

Ursprung: *en'wethen* – weitsichtig; *tuer* – Vettel, alte Frau.

ERDANE – alte, paravianische Stadt, die später von den Menschen übernommen wurde. Sitz der Herzöge zu Camris vor dem Sieg Desh-Thieres und der Rebellion.

Aussprache: Er-day-na, wobei die letzte Silbe kaum vernehmbar ist.

Ursprung: *er'deinia* – lange Mauern.

ETARRA – Handelsstadt auf dem Mathorn-Paß. Erbaut von den Städtern nach dem Untergang Ithamons und der Hohekönige von Rathain. Korrupter Sündenpfuhl, richtungsweisend in der Politik des Nordens.
Aussprache: Ie-tar-ah
Ursprung: Vorsilbe ›e‹ steht für ›klein‹; *taria* – Knoten.

FALLOWMERE – Nordöstliches Fürstentum von Rathain.
Aussprache: Fal-oh-meer
Ursprung: *fal-ei-miere* – buchstäblich: Baum – Selbst – Reflexion, umgangssprachlich für den ›Ort der besten Bäume‹.

FALMUIR – Stadt, im einstigen Königreich von Melhalla gelegen, wurde während eines Erbfolgekrieges zerstört und nie wieder aufgebaut. Halliron machte eine Prinzessin von Falmuir zum Thema einer Ballade, um Caolle seinen Standpunkt nach der Schlacht von Strakewald zu verdeutlichen.
Aussprache: fal-mu-ier
Ursprung: *ffael* – dunkel; *muir* – Ursache.

FELIRIN – Minnesänger, der sich Asandirs Reisegruppe auf dem Weg nach Erdane anschloß.
Aussprache: Fell-ier-in
Ursprung: *fel* – rot; *lyron* – Sänger.

FFERETON S'DARIEN – Zentaurischer Waffenschmied, der die zwölf Klingen von Isaer, zu denen auch Alithiel gehört, angefertigt hat.
Aussprache: Fair-et-on
Ursprung: *ffereton* – Handwerker/Lehrer der Meister.

GHENT – Fürstentum im Königreich Havish. Prinz Eldir wuchs dort verborgen auf.
Aussprache: Gent
Ursprung: *ghent* – rauh.

GNUDSOG – Etarras Hauptmann der Garnison unter

dem Kommandanten Diegan; befehlshabender Hauptmann in der Schlacht im Strakewald.

Aussprache: Nud-sog

Ursprung: *gianud* – hart; *sog* – häßlich.

GRITHEN – Letzter Nachkomme der Herzöge von Erdane. Anführer des Überfalls auf Asandirs Leute im Paß von Orlan.

Aussprache: Gris-hen

Ursprung: *kierth* – Fehler; *an* – eins.

HADIG – Kommandeur der Bogenschützen in der Stadtgarnison von Etarra.

Aussprache: Hay-dig

Ursprung: Nicht paravianisch.

HALDUIN S'ILESSID – Begründer des Geschlechts, aus dem die Hohekönige von Tysan seit dem Jahr Eins des Dritten Zeitalters hervorgegangen sind. Die Bruderschaft verlieh ihm das Attribut der Gerechtigkeit.

Aussprache: Hal-dwin

Ursprung: *hal* – weiß; *duinne* – Hand.

HALLIRON, DER MEISTERBARDE – Meisterbarde von Athera während des Dritten Zeitalters; erbte im Jahr 5597 den Titel von seinem Lehrer Murchiel.

Aussprache: Hal-eer-on

Ursprung: *hal* – weiß; *lyron* – Sänger.

HALMEIN – Statue des zentaurischen Königs, eines der Zwillingskinder, die das königliche Geschlecht von Ilitharis Paravia im ersten Zeitalter begründet haben. Die Statue bildet die rechte Seite des Bogens des Aufrechten Tores auf der Straße zum Paß von Orlan, im Fürstentum Camris, Tysan.

Aussprache: Hal-may-in

Ursprung: *hal* – weiß; *mein* – haarig.

HANSHIRE – Hafenstadt am Westmeer, an der Küste von Korias, Tysan. Dorthin wurde die Zauberin Elaira nach ihrer Eskapade im Rabengasthof gesandt.

Aussprache: Han-shier

Ursprung: *hansh* – Sand; *era* – Ort.
HAVISH – eines der fünf Königreiche von Athera, wie es in den Urkunden der Bruderschaft der Sieben festgelegt worden ist. Herrscher ist das Geschlecht der s'Lornmein. Wappen: ein goldener Falke auf einem roten Feld.
Aussprache: Hav-ish
Ursprung: *havieshe* – Falke.
HAVISTOCK – südöstliches Fürstentum im Königreich Havish.
Aussprache: hav-i-stock
Ursprung: *haviesha* – Falke; *tiok* – Hühnerstange.

IDRIEN – Jierets Kumpane bei dem Überfall, bei dem Halliron, der Meisterbarde, auf der Straße im Süden von Ward gefangengenommen wurde.
Aussprache: I-drie-en
Ursprung: Vorsilbe ›e‹ steht für ›klein‹; *drien* – Partner.
ILITHARIS PARAVIANER – Zentauren, eine der drei halbsterblichen alten Rassen, die zur Zeit des Siegeszuges des Nebelgeistes verschwanden.
Aussprache: I-li-thar-is
Ursprung: *i'lith'earis* – Hüter/Bewahrer des Mysteriums.
IMARN ADAER – Enklave von paravianischen Juwelenschleifern in der Stadt Mearth, die sich zur Zeit des Fluches, der die Einwohner der Stadt vernichtete, zerstreut haben. Die Geheimnisse ihres Handwerks verschwanden gemeinsam mit ihnen. Zu den Werken, die überdauert haben, gehören die Kronjuwelen der fünf Königshäuser von Athera, die als Lichtsteine im Einklang mit den Erbgaben der königlichen Blutlinien geschaffen worden waren.
Aussprache: I-marn-an-day-er
Ursprung: *imarn* – Kristall; *e'daer* – kleiner schneiden.
INSTRELL BUCHT – Gewässer im Golf von Stormwell, das die Fürstentümer Atainia, Tysan und Deshir, Rathain trennt.

Aussprache: In-strell
Ursprung: *arin'streal* – starker Wind.

ISAER – Mittelpunkt der Macht in Atainia, Tysan; während des Ersten Zeitalters als Quelle der Verteidigung der gleichnamigen paravianischen Festung erbaut.
Aussprache: I-say-er
Ursprung: *i'saer* – der Kreis.

ITHAMON – Stadt, erbaut auf einem Kraftknoten des fünften Weges im Ödland von Daon Ramon, Rathain. Ursprünglich eine paravianische Festung; hier befinden sich die Türme der Himmelsrichtungen oder Sonnentürme. Wurde im Dritten Zeitalter Sitz der Hohekönige von Rathain, und war im Jahre 5638 Kriegsschauplatz im Kampf der Prinzen Lysaer s'Ilessid und Arithon s'Ffalenn gegen den Nebelgeist, der bei diesem Kampf in Gefangenschaft geriet.
Aussprache: Ith-a-mon
Ursprung: *itha* – fünf; *mon* – Nadel, Spitze.

IYAT – Energiewesen, heimisch in Athera. Das unsichtbare Wesen manifestiert sich in Poltergeistmanier, indem es vorübergehend Besitz von allerlei Objekten ergreift. Ernährt sich aus natürlichen Energiequellen: Feuer, brechende Wellen, Blitze.
Aussprache: Ie-at
Ursprung: *iyat* – brechen, abbrechen.

JIERET S'VALERIENT – Sohn und Nachfolger Lord Steivens, Clanchef von Deshir, Herzog des Nordens und *Caithdein* von Rathain. Schloß noch vor dem Kampf von Strakewald einen Blutpakt mit Arithon Teir's'Ffalenn.
Aussprache: Jier-et
Ursprung: *jieret* – Dorn, Pfahl.

KARFAEL – Handelshafen an der Küste des Westmeeres in Tysan. Von den Städtern als Handelshafen nach dem Untergang der Hohekönige von Tysan erbaut. Vor der Eroberung durch Desh-Thiere war die Gegend unbebaut,

um der Macht des Zweiten Weges ungehemmten Zufluß zu dem Energiezentrum von Avenor zu gestatten.
Aussprache: Kar-fay-el
Ursprung: *kar'i'ffael* – buchstäblich: »Verflechtung im Dunkeln«, umgangssprachlich für Ränkespiel.
KARMAK – Ebene im Norden des Fürstentums Camris, Tysan. Schauplatz diverser Schlachten des Ersten Zeitalters, als die Paravianer von dem Pack der Khadrim angegriffen wurden, die in den vulkanischen Gegenden der nördlichen Tornirberge ihre Brut aufzogen.
Aussprache: Kar-mack
Ursprung: *karmak* – Wolf.
KARTHAN – Königreich in der Splitterwelt Dascen Elur jenseits des Westtores, regiert von den Piratenkönigen, Abkömmlingen des Exilprinzen s'Ffalenn aus der Zeit der Machtübernahme des Nebelgeistes.
Aussprache: Karth-an
Ursprung: *kar'eth 'an* – Pirat.
KARTHISH – Bezeichnung für die Nationalangehörigkeit der Bewohner Karthans, gleichbedeutend mit Karthaner.
Aussprache: Karth-isch
Ursprung: *kar'eth'an* – Pirat.
KELSING – Stadt direkt südlich von Erdane in Camris, Tysan gelegen. Nächste bewohnte Stätte von dem alten Fürstenhof aus, welcher der Ersten Koriani und ihrem Ältestenrat als Sommerdomizil diente, als Lysaer und Arithon durch das Westtor kamen.
Aussprache: Kel-sing
Ursprung: *kel* – verborgen; *seng* – Höhle
KHADRIM – fliegende, feuerspeiende Reptilien, die Geißel des Zweiten Zeitalters. Konnten im Dritten Zeitalter in ein bewachtes Reservat in den vulkanischen Bergen im Norden Tysans zurückgetrieben werden.
Aussprache Kaa-drim
Ursprung: *khadrim* – Drachen.
KHARADMON – Zauberer aus der Bruderschaft der Sie-

ben; körperlos seit der Erhebung der Khadrim und der Seardluin, während der die paravianische Stadt Itbamon im Jahre 3651 des Ersten Zeitalters dem Erdboden gleichgemacht worden war. Nur durch das Eingreifen Kharadmons konnten die Überlebenden mit Hilfe der Macht des Fünften Weges in Sicherheit gebracht werden.

Aussprache: Kah-rad-mun

Ursprung: *kar 'riad en mon* – ein Satz, der soviel wie ›verdrehter Zwirn in der Nadel‹ bedeutet, umgangssprachlich für: Schwierigkeiten.

KIELINGTURM – einer der vier verbliebenen Türme der Himmelsrichtungen oder Sonnentürme bei Ithamon im Ödland von Daon Ramon, Rathain. Eingemauert in seine Steine ist die Tugend der Barmherzigkeit.

Aussprache: Kie-el-ing

Ursprung: *kiel'ing* – Stammwort: Mitleid, mit der Endung bedeutet es Erbarmen.

KORIANI – Genitiv von Koriathain, siehe unten.

Aussprache: Kor-ie-ah-nie.

KORIAS – südwestliches Fürstentum in Tysan.

Aussprache: Kor-ie-as

Ursprung: *cor* – Schiff; *i'esh* – Nest, Hafen.

KORIATHAIN – Orden von Zauberinnen, regiert von einem Kreis acht Ältester unter der Vormacht der Obersten Zauberin. Ihre Begabung teilen sie mit den verwaisten Mädchen, die sie aufziehen, und den Töchtern, die von ihren Eltern in ihre Dienste gegeben werden. Zu ihren Initiationsriten gehört ein Gelübde, das ihren Geist an die Macht bindet, die von der Obersten Zauberin kontrolliert wird.

Aussprache: Kor-ie-ah-thain

Ursprung: *koriath* – Ordnung; *ain* – angehören.

LANSHIRE – nordwestliches Fürstentum von Havish. Der Name entstammt dem Ödland von Scarpdale, Schauplatz der Schlacht mit den Seardluin während des Ersten Zeitalters, in dessen Verlauf die fruchtbare Erde zu einer verschlackten Wüste ausdörrte.

Aussprache: Lahn-shier-e (das letzte ›e‹ ist beinahe tonlos)
Ursprung: *lan'hansh'era* – Ort des heißen Sandes.

LIRENDA – Erste der Ältesten Zauberinnen, folgt im Rang in der Ordnung der Koriani direkt der Obersten Zauberin; Morriels Wunschkandidatin als Nachfolgerin.
Aussprache: Lier-end-ah
Ursprung: *lyron* – Sänger; *di-ia* – eine Dissonanz (der Gedankenstrich ist Zeichen für eine langgezogene Pause in einer vokalen Darbietung)

LUHAINE – Zauberer aus der Bruderschaft der Sieben, körperlos seit dem Untergang von Telmandir. Luhaines Leib wurde vom Mob begraben, während er sich in behütender Trance befand, um die Flucht der königlichen Erben nach Havish zu schützen.
Aussprache: Luu-hay-ni
Ursprung: *luirhainon* – Beschützer.

LYRANTHE – Instrument, das von den Barden von Athera gespielt wurde. Verfügt über vierzehn Saiten mit zweimal sieben Tönen. Zwei Saiten sind Leiersaiten, fünf dienen der Melodie, die unteren drei Zyklen sind Oktaven, die oberen zwei im Gleichklang.
Aussprache: Lier-anth-e (das letzte ›e‹ ist beinahe tonlos)
Ursprung: *lyr* – Gesang; *anthe* – Kiste.

LYSAER S'ILESSID – Prinz von Tysan, 1497. In der Nachfolge von Halduin, dem Begründer der Blutlinie im Jahr Eins des Dritten Zeitalters. Durch Geburt beschenkt mit der Kontrolle des Lichts, Banner des Desh-Thiere.
Aussprache: Lei-say-er
Ursprung: *lia* – blond, gelb oder hell; *saer* – Kreis.

MADREIGH – Seniorkundschafter des Deshirclans. Einer der Elf, die im Kampf von Strakewald an der Verteidigung Jierets beteiligt waren.
Aussprache: Mah-drie-ah
Ursprung: *madrien* – standhaft, treu.

MAENALLE S'GANNLEY – Dienerin und *Caithdein* von Tysan.
Aussprache: May-nahl-e (das letzte ›e‹ ist beinahe tonlos)
Ursprung: *maeni* – fallen, stürzen, zerbrechen; *alli* – schützen, behüten, umgangssprachlich für ›zusammenhalten‹.

MAIEN – Spitzname von Maenalles Enkel Maenol.
Aussprache: May-en
Ursprung: *maien* – Maus.

MAENOL – Erbe und Nachfolger von Maenalle s'Gannley, Dienerin und *Caithdein* von Tysan.
Aussprache: May-nohl
Ursprung: *maeni'alli* – zusammenhalten.

MAINMERE – Stadt an der Quelle des Valenfordflusses im Fürstentum Taerlin, Tysan. Wurde von den Städtern an einem Ort erbaut, der einst unbebaut geblieben war, um den Zweiten Weg zu den Ruinen im Süden freizuhalten.
Aussprache: Main-mier
Ursprung: *maeni* – fallen, unterbrechen; *miere* – Reflexion, umgangssprachlich für ›Ablaufstörung‹.

MARIN ELIATHE – Paravianischer Hohekönig, wurde im Jahr 1542 des Zweiten Zeitalters von einem Attentäter in eigenen Hause ermordet.
Aussprache: Mahr-in El-ie-ath
Ursprung: *marin* – Ereignis; *e'li* – in Harmonie befindlich; *ath* – ursprüngliche Macht.

MARL – Herzog von Fallowmere und Clanführer zur Zeit Krieges von Strakewald.
Aussprache: Marl
Ursprung: *marle* – Quarzgestein.

MATHORN GEBIRGE – Gebirgskette, die das Königreich Rathain in einen westlichen und einen östlichen Teil teilt.
Aussprache: Math-orn
Ursprung: *mathien* – Massiv.

MATHORN STRASSE – Straße durch den Süden des

Mathorn Gebirges, die von Westen aus zu der Handelsstadt Etarra führt.
Aussprache: Math-orn
Ursprung: *mathien* – Massiv.
MEARA – Tochter von Steiven, Herzog des Nordens, und Dania; ältere Schwester des Jieret.
Aussprache: Mere-ah
Ursprung: *meara* – Weide.
MEARTH – Stadt in der roten Wüste jenseits des Westtores. Alle Einwohner fielen den Schatten von Mearth zum Opfer, die der Bruderschaftszauberer Davien zum Schutz der Fontäne der Fünf Jahrhunderte geschaffen hatte. Die Schatten sind lichtgefüllte Hüllen, die die Gedanken eines Individuums an die Erinnerung seiner schmerzhaftesten persönlichen Erfahrungen bindet.
Aussprache: Me-arth
Ursprung: *mearth* - leer.
MELORFLUSS – gelegen im Fürstentum Korias, Tysan. Seine Mündung bildet den Hafen der Stadt Westende.
Aussprache: Mel-or
Ursprung: *maeliur* – Fisch.
METH, INSELFESTUNG VON – alte, paravianische Festung auf der Insel im See Methlas im südlichen Melhalla. Bewacht von Verrain, dem Hüter von Mirthlvain. Zur Festung gehört ein Kraftpunkt des Fünften Weges und die Kerker, in denen die Methuri vor ihrem Transport nach Rockwell gefangengehalten worden waren.
Aussprache: Meth-Festung
Ursprung: *meth* – Haß.
MEHTLASSEE – großer Frischwassersee im Fürstentum Radmoor, Melhalla.
Aussprache: Meth-las
Ursprung: *meth* – Haß.
METHSCHLANGEN – Mischrasse, genetische Mutation einer Kreatur des Ersten Zeitalters namens Methuri (Haßgespenst). Die den Iyats verwandten Kreaturen

befielen lebende Wirtstiere. Sie verseuchten ihre Wirte, so daß deren Nachwuchs mutierte, auf diese Weise geschwächtes Vieh hervorbrachte und damit ihre Auswahl potentieller Wirte vergrößerte.
Aussprache: Meth klingt ähnlich dem englischen ›death‹
Ursprung: *meth* – Haß.

METHURI – den Iyat verwandte Parasiten, die ihre lebenden Wirtstiere verseuchten. Im Dritten Zeitalter ausgestorben, doch ihre mutierten Wirtsherden vermehren sich noch immer in den Sümpfen von Mirthlvain.
Aussprache: Meth-yoor-ie
Ursprung: *meth* – Haß; *thiere* – Geist oder Gespenst.

MIN PIERENS – Archipel westlich des Königreiches West Shand in der westlichen See.
Aussprache: Min, Pierre-ins
Ursprung: *min* – Purpur; *pierens* – Küste.

MIRTHLVAIN SUMPF – Sumpfgebiet südlich der Tiriacberge im Fürstentum Midhalla, Melhalla; bevölkert von gefährlichen Mischrassen. Unter stetiger Bewachung. Seit dem Einzug des Nebelgeistes in Athera war der Zauberbanner Verrain der bestellte Wächter des Sumpfes.
Aussprache: Mirth-el-vain
Ursprung: *myrthl* – schädlich; *vain* – Sumpf, Schlamm.

MORFETT – Großherzog und oberster Regent von Etarra zu der Zeit, als die Bruderschaft nach der Gefangennahme des Nebelgeistes versuchte, die Monarchie von Rathain wiederherzustellen.
Aussprache: Mor-fet
Ursprung: im Paravianischen unbekannt.

MORRIEL – Oberste Zauberin von Koriathain seit dem Jahr 4212 des Dritten Zeitalters.
Aussprache. Mor-rial
Ursprung: *moar* – Gier; *riel* – Silber.

MORVAIN – Stadt im Fürstentum Araethura, Rathain, an der Küste der Instrellbucht. Geburtsort Elairas.
Aussprache: Mor-vain
Ursprung: *morvain* – Betrügermarkt.

NARMS – Stadt an der Küste der Instrellbucht, die von den Menschen zu Beginn des Dritten Zeitalters als Zentrum des Handwerks erbaut wurde. Bekannt für ihre Färbereien.
Aussprache: Narms, reimt sich mit Charme.
Ursprung: *narms* – Farbe.

ORLAN – Paß über das Thaldeingebirge, auch: Stellung des westlichen Außenpostens der Camrisclans in Camris, Tysan. Dort lauerte Grithen Asandirs Leuten auf ihrer Reise zum Althainturm auf.
Aussprache: Or-lan
Ursprung: *irlan* – Riff, Kante.

ORVANDIR – Fürstentum im Nordosten Shands.
Aussprache: Or-van-dier
Ursprung: *orvein* – zerbrochen, *dir* – Stein.

OSTSTADT – Stadt in Fallowmere, Rathain, berühmt für ihren Hafen, der als Handelsumschlagplatz auf dem Weg von Etarra zum Cildeinischen Ozean diente.
Ursprung: Nicht paravianisch. Diese Stadt wurde von Menschen erbaut.

PARAVIANER – Name der drei alten Rassen, die Athera vor den Menschen bevölkerten. Zu ihnen gehören die Zentauren, die Sonnenkinder und die Einhörner. Diese drei Rassen sind unsterblich, wenn sie nicht von Unglück befallen werden; sie sind der Kanal der Welt, die direkte Verbindung zum Schöpfer Ath.
Aussprache: Par-ai-vee-an
Ursprung: *para* – groß, *i 'on* Schicksal oder ›Großes Mysterium‹.

PESQUIL – Major der Kopfjäger unter den Truppen des Nordens zur Zeit der Schlacht im Strakewald. Seine Strategie fügte den Deshirclans die schlimmsten Verluste zu.
Aussprache: Pes-quil
Ursprung: Nicht paravianisch.

QUEN – Schwachsinniger, der der Ersten Zauberin von Koriathain, Morriel, als Türwache und Diener zur Seite steht.
Aussprache: Kue-en
Ursprung: quenient – geistlos.

RATHAIN – Hohes Königreich von Athera, regiert von den Nachfahren Torbrand s'Ffalenns seit dem Jahr Eins des Dritten Zeitalters. Siegel: schwarz-silberner Leopard auf einem grünen Feld.
Aussprache: Rath-ayn
Ursprung: roth – Bruder; *thein* – Turm, Heiligtum.

RAUVENTURM – Heimat der s'Ahelas Magier, die Arithon s'Ffalenn aufgezogen und in den Wegen der Macht unterrichtet haben. Gelegen in der Splitterwelt Dascen Elur, jenseits des Westtores.
Aussprache: Roa-wen
Ursprung: *rauven* – Anrufung.

RENWORT – In Athera heimisches Gewächs, aus dessen Beeren ein giftiger Sud gebraut werden kann.
Aussprache: Ren-wort
Ursprung: *renwarin* – Gift.

RIATHAN PARAVIANER – Einhörner, die reinste und direkteste Verbindung zum Schöpfer Ath; die ursprüngliche Vibration verläuft direkt durch ihr Horn.
Aussprache: Rie-ah-than
Ursprung: *ria* – berühren; *ath* – ursprüngliche Macht; *ri'athon* – der das Göttliche berührt.

ROCKFELL – Tiefer, in den Rockwellgipfel im Fürstentum West-Halla, Melhalla, getriebener Schacht, der während aller drei Zeitalter dazu diente, gefährliche Feinde einzusperren. Dort wurde auch Desh-Thiere verwahrt.
Aussprache: Rock-fell
Ursprung: Nicht paravianisch.

ROCKFELLTAL – Tal unterhalb des Rockfellgipfels im Fürstentum West-Halla, Melhalla.

Aussprache: Rock-fell
Ursprung: Nicht paravianisch.

SAERIAT – Name des Zweimasters unter dem Kommando von Avar von Karthan, besiegt und niedergebrannt beim Kampf gegen siebzehn Kriegsschiffe aus Amroth.
Aussprache: Say-rie-at
Ursprung: *saer* – Wasser; *iyat* – brechen.

S'AHELAS – Familienname des königlichen Geschlechts, das von den Zauberern der Bruderschaft im Jahr Eins des Dritten Zeitalters zu Regenten des Hohen Königreiches Shand bestimmt wurde. Gabe: Hellsichtigkeit
Aussprache: S'Ah-hell-as
Ursprung: *ahelas* – übersinnlich begabt.

S'DARIAN – Familienname eines Geschlechts der Zentauren, das im Ersten und Zweiten Zeitalter meisterlich Waffen zu schmieden verstand. Am bekanntesten war Ffereton, der die zwölf Klingen von Isaar schmiedete. Das Schwert Alithiel fertigte er für seinen Sohn an.
Aussprache: Dar-ie-en
Ursprung: daer'an – der schneidet.

S'FFALENN – Familienname des königlichen Geschlechts, das von den Zauberern der Bruderschaft im Jahr Eins des Dritten Zeitalters mit der Regentschaft über das Königreich Rathain betraut wurde. Gabe: Erbarmen, Einfühlungsvermögen.
Aussprache: Fal-en
Ursprung: *fleel* – dunkel; an – eins.

S'GANNLEY – Familienname eines Geschlechts der Herzöge aus dem Westen, die den Königen von Tysan als *Cathdeins* und Diener zur Seite standen.
Aussprache: Gan-lie
Ursprung: *gaen* – führen, leiten; li – gepriesen, auch: harmonisch.

S'ILESSID – Familienname des königlichen Geschlechts,

das von den Zauberern der Bruderschaft im Jahr Eins des Dritten Zeitalters zur Regentschaft über das Königreich Tysan berufen wurde. Gabe: Gerechtigkeit.

Aussprache: S-Ill-ess-id

Ursprung: *liessied* – Balance.

S'LORNMEIN – Familienname des königlichen Geschlechts, das von den Zauberern der Bruderschaft im Jahr Eins des Dritten Zeitalters zur Regentschaft über das Königreich Havish beauftragt wurde. Gabe: Mäßigung, Enthaltsamkeit.

S'PERHEDRAL – Geschlecht der Sonnenkinder, deren Abkömmlinge die Regentschaft über Athera erbten, nachdem Enastir ohne Nachkommen gestorben war.

Aussprache: Per-hied-rall

Ursprung: *para* – groß; *hadreal* – Eiche.

S'VALERIENT – Familienname der Herzöge des Nordens, Regenten und *Caithdeins* für die Hohekönige von Rathain.

Aussprache: Val-er-ie-ent

Ursprung: *val* – geradlinig; *erient* – Speer, Lanze, auch Sproß.

SEARDLUIN – verderbte, intelligente, katzenartige Geschöpfe, die in Rudeln umherstreiften, deren Hierarchie sich nach ihrer Skrupellosigkeit und ihrem Geschick beim Abschlachten anderer Lebewesen richtete. Wurden Mitte des Zweiten Zeitalters ausgerottet.

Aussprache: Sierd-lwin

Ursprung: *ssard* – bärtig; *lain* – katzenhaft.

SETHVIR – Zauberer der Bruderschaft der Sieben, diente seit dem Verschwinden der Paravianer nach dem Sieg des Nebelgeistes als Hüter von Althain.

Aussprache: Seth-vier

Ursprung: *seth* – Tatsache; *vaer* – Festung.

SEVERNIR – Fluß, der einst durch das Zentralgebiet des Ödlandes von Daon Ramon in Rathain geflossen ist. Wurde nach dem Sieg des Nebelgeistes an der Quelle umgeleitet zur Bucht von Eltair.

Aussprache: Se-ver-nier

Ursprung: *sovaar* – reisen; *nir* – Süden.
SHAND – eines der fünf Königreiche von Athera, durch den Südpaß in zwei Teile geteilt. Seine westliche Küste bildet West-Shand.
Aussprache: Schaand
Ursprung: *shand* – zwei.
SHANDISCH – Dem Königreich Shand angehörig.
Aussprache: Schaand
Ursprung: *shand* – zwei.
SITHAER – Mythologisch der Hölle gleiche Hallen von Dharkarons Rachegericht; nach den Lehren des Ath in dem Stadium der Existenz, in der die ursprüngliche Schwingung nicht erkannt werden kann.
Aussprache: Sith-air
Ursprung: *sid* – verloren; *thiere* – Geist, Gespenst.
SKELSENGTOR – Höhlenkette in den Klippen der Berge von Skyshiel, die an das Ödland von Doan Ramon in Rathain grenzen. Wurde kurz nach der Gefangennahme vorübergehend zum Gewahrsam für den Nebelgeist.
Aussprache: Skel-seng
Ursprung: *skel* – viele; *seng* – Höhle.
SKYRON FOKUSSTEIN – großer Kraftstein, Aquamarin, vom Koriani Ältestenkreis nach dem Verlust des Großen Wegsteines während der Rebellion für die wichtigsten magischen Anwendungen benutzt.
Aussprache: Sky-ran
Ursprung: *skyron* – umgangssprachlich für Fesseln; *s'kyr'ion* – buchstäblich: kummervolles Los.
SKYSHIEL – Bergkette, die von Norden nach Süden an der Ostküste Rathains verläuft.
Aussprache: Sky-shie-el
Ursprung: *skyshia* – durchbohren, durchdringen; *iel* – Licht, Strahlen.
STEIVEN – Herzog des Nordens, *Caithdein* und Regent im Königreich von Rathain zur Zeit der Rückkehr Arithon Teir's'Ffalenns. Anführer der Deshans beim Kampf von Strakewald.

Aussprache: Stey-vin
Ursprung: *steiven* – Hirsch.
STRAKEWALD – Wald im Fürstentum Deshir, Rathain. Schauplatz der Schlacht im Strakewald.
Aussprache: Strayk-wald
Ursprung: *streik* – beschleunigen, treiben, keimen, Saat.

TAERLIN – Südwestliches Fürstentum des Königreiches Tysan.
Aussprache: Tay-er-lin
Ursprung: *taar* – ruhig; *lien* – lieben.
TAL QUORIN – Fluß, der durch den Zustrom aus der Wasserscheide auf der Südseite des Strakewaldes im Fürstentum Deshir, Rathain, entstand. Dort wurden während der Schlacht von Strakewald Fallen für das Heer von Etarra aufgebaut.
Aussprache: Tal-quor-in
Ursprung: *tal* – Zweig; *quorin* – Schlucht.
TALERA S'AHELAS – Mit dem König von Amroth in der Splitterwelt Dascen Elur verheiratete Prinzessin. Mutter von Lysaer s'Ilessid, dessen Vater ihr Ehemann war; auch Mutter von Arithon, mit dessen Vater, dem Piratenkönig Avar s'Ffalenn, sie eine ehebrecherische Affäre hatte.
Aussprache: Tal-er-a
Ursprung: *talera* – Zweig, auch Weggabelung.
TALIENNSE – Paravianische Prinzessin, die vor den Khadrim von Kamridian s'Ffalenn gerettet wurde, woraufhin das königliche Geschlecht derer zu s'Ffalenn mit dem Isaerschwert Alithiel belohnt wurde.
Aussprache: Tal-ie-en-se
Ursprung: *talien* – kostbar; *esia* – Feder.
TALS WEGEKREUZ – Stadt an einer Verzweigung der Handelsstraße, die im Süden nach Etarra, im Nordosten zum nördlichen Bezirk führt.
Aussprache: Tall

Ursprung: *tal* – Zweig, Gabelung.

TANE – Vater von Grithen, Erbe des Herzogtums Erdane.

Aussprache: Tain

Ursprung: *tane* – Herr, Vater.

TANLIE – Mutter des toten Kindes, das Arithon aus der Pferdeabdeckerei in Etarra geholt hatte.

Aussprache: Tan-lie

Ursprung: *tun* – braun; *lie* – harmonischer Klang.

TASHAN – Ältester im Rat des Clans von Maenalle, war bei den westlichen Außenposten zum Zeitpunkt des Überfalls von Grithen auf dem Paß von Orlan.

Aussprache: Tash-an

Ursprung: *tash* – schnell, flink; *an* – eins.

TASHKA – Tochter der gnädigen Frau Dania und des Steiven s'Valerient, Herzog des Nordens und *Cathdein* von Rathain.

Aussprache: Tash-ka

Ursprung: *tash* – schnell, flink; ka – Mädchen.

TEIR – Namensgebundener Titel, der Auskunft über das gesellschaftliche Erbe gibt.

Aussprache: Tay-er

Ursprung: *teir* – Erbe der Macht.

TELIR – Süße Frucht, ähnlich einer Kirsche, die von den Paravianern angebaut wurde, um Telirschnaps zu brennen. Nach dem Sieg des Nebelgeistes trugen die Telirbäume keine Früchte mehr, und neue Bäume wollten ohne Sonne nicht wachsen.

Aussprache: Tel-ier

Ursprung: *telir – süß.*

TELMANDIR – Verfallene Stadt, einst Herrschersitz der Hohekönige von Havish, gelegen im Fürstentum Lithmere, Havish.

Aussprache: Tell-man-dier

Ursprung: *telman 'en* – lehnen, neigen; *dir* – Fels, Stein.

TENNIA – Junges Mädchen aus Rauven, Dascen Elur, Splitterwelt jenseits des Westtores. War sehr von Arithon s'Ffalenn beeindruckt, wenn auch ihre Furcht eine ernsthafte Bindung verhindert hat.

Aussprache: Ten-ie'ah

Ursprung: *itenia* – unsicher.

THALDEIN – Gebirgskette an der Ostgrenze des Fürstentums Camris, Tysan. Stellung der westlichen Außenposten des Camrisclans. Schauplatz des Überfalls am Paß von Orlan.

Aussprache: Thall-dayn

Ursprung: *thal* – Kopf; *dein* – Vogel.

TIENELLE – In Höhenlagen wachsendes Kraut, das die Magier zur Bewußtseinserweiterung benutzten. Hochgiftig. Kein Gegengift bekannt. Die getrockneten Blätter entfalten, wenn sie geraucht werden, ihre stärkste Wirkung. Um die Kraft des Krauts zu begrenzen und einen sichereren Zugriff auf die Visionen zu erhalten, kochen die Koriani-Zauberinnen die Blüten und tränken Tabakblätter mit dem Sud.

Aussprache: Tie-an-ell-e (e fast unhörbar)

Ursprung: *tien* – Traum; *iel* – Licht, Strahlen.

TIRIACS – Gebirgskette im Norden der Sümpfe von Mirthlvain im Fürstentum Midhalla, Königreich Melhalla.

Aussprache: Tie-rie-ax

Ursprung: *tieriach* – Metallegierung.

TISHEALDI – Name der braunen Stute Arithons, den sie für die unregelmäßige weiße Marke auf ihrem Hals erhalten hatte.

Aussprache: Tish-ie-al-dee

Ursprung: *tishealdi* – Spritzer, spritzen.

TORBRAND S'FFALENN – Gründer des Geschlechts derer zu s'Ffalenn, von der Bruderschaft der Sieben im Jahr Eins des Dritten Zeitalters zum Herrscher über das Königreich Rathain gekürt.

Aussprache: Tor-brand

Ursprung: *tor* – scharf, kantig; *brand* – Temperament.

TORNIRGIPFEL – Bergkette an der Westgrenze des Für-

stentums Camris, Tysan. In der Nordhälfte vulkanisch aktiv.
Dort werden die letzten überlebenden Horden der Khadrim unter Bewachung gehalten.
Aussprache: Tor-nier
Ursprung: *tor* – scharf, kantig; *nier* – Zahn.
TRAITHE – Zauberer aus der Bruderschaft der Sieben. Alleinverantwortlich für das Schließen des Südtores, um ein weiteres Eindringen des Nebelgeistes zu vereiteln. In diesem Prozeß verlor Traithe den größten Teil seiner Fähigkeiten und zog sich eine Lähmung zu. Da nicht bekannt ist, ob seine eingeschränkte Macht es ihm erlaubt, in die körperlose Existenz überzugehen, hat er seinen physischen Körper beibehalten.
Aussprache: Tray-the
Ursprung: *trei the* – Freundlichkeit.
TYSAN – Eines der fünf Königreiche von Athera, wie sie durch die Bruderschaft der Sieben festgelegt wurden. Regiert vom Geschlecht derer zu s'Ilessid. Siegel: goldener Stern vor blauem Hintergrund.
Aussprache: Tie-san
Ursprung: *tiasan* – reich.

VALENDALE – Fluß, der am Paß von Orlan im Thaldeingebirge im Fürstentum Atainia, Tysan, entspringt.
Aussprache: Val-en-dail
Ursprung: *valen* – geflochten; *dale* – Schaum.
VASTMARK – Fürstentum im Südwesten von Shand. Stark gebirgig, ohne Handelsstraßen. Die Küsten von Vastmark sind berüchtigt für die unzähligen Schiffswracks.
Bewohnt von nomadischen Schäfern und Wyverns, den kleineren, nicht feuerspuckenden Verwandten der Khadrim.
Aussprache: Vast-mark
Ursprung: *vhast* – kahl, öd; *mheark* – Tal.
VERRAIN – Zauberer, Banner, Schüler von Luhaine,

bewachte Mirthlvain, als es der Bruderschaft der Sieben nach dem Sieg des Nebelgeistes an Magiern mangelte.
Aussprache: Ver-rain
Ursprung: *ver* – Festung; *ria* – berühren; *an* – eins; paravianisch eigentlich: *verria 'an.*

WARD – Schutzzauber.
Aussprache: Word
Ursprung: Nicht paravianisch.

**Band 20 352**
**Vonda McIntyre**
**Am Hofe des Sonnenkönigs**
**Deutsche Erstveröffentlichung**

Genauso ungewöhnlich wie ihre SF-Romane ist auch dieser historische Fantasy-Roman von Vonda McIntyre, der eine Geschichte erzählt, wie sie sich tatsächlich zugetragen haben könnte:

Versailles zwischen Alchemie und moderner Wissenschaft. Ludwig XIV, auf der Suche nach dem Geheimnis der Unsterblichkeit, beauftragt den Jesuiten Yves de la Croix, ihm eines jener legendären ›Seemonster‹ zu fangen, die die Meere unsicher machen. Tatsächlich ist die Expedition erfolgreich: Yves bringt ein geheimnisvolles, bis dahin nie gesehenes Tier an den Hof des Sonnenkönigs. Yves Schwester Marie, die mit der Pflege beauftragt wird, stellt bald fest, daß sie es mit einem denkende, fühlenden Wesen zu tun hat, und so stellt sie sich gegen Bruder, König und alle Sitten der damaligen Zeit, um das Meereswesen zu retten ...

BASTEI LÜBBE

**Band 20 350**
**Robin Hobb**
**Der Adept des Assassinen**

Der junge Fitz ist der Bastard eines edlen Prinzen und wird in den Ställen des königlichen Haushaltes großgezogen. Er ist ein Ausgestoßener, dessen bloße Existenz seinen Vater um den Thron gebracht hat. Nur der alte König nimmt sich seiner an: Heimlich lehrt er ihn die Künste der Assassinen, um ihn zu einem willigen Werkzeug zu machen. Denn Fitz besitzt die magischen Fähigkeiten der Weitseher, und bald liegt das Schicksal des Landes in seiner Hand ...

Einer der beliebtesten Fantasy-Romane der letzten Jahre und in Amerika auf den ersten Plätzen der Bestsellerliste. Fantasy für alle Freunde von MAGGIE FUREY und J.V. JONES.

**Band 20 351**

**Piers Anthony**

**Die Saga vom magischen Land Xanth**

**Wechsel-Wind**

**Deutsche Erstveröffentlichung**

Xanth ist, wie jedermann weiß, die magische Alternativwelt Floridas. Und dort wehen ja bekanntlich des öfteren heftige Stürme. Einer davon wirbelt auch Xanth durcheinander und lädt sich dabei magisch auf. Fatal – auch für den armen neuen Übersetzer (vergleichen Sie das Vorwort). Und dann ist da noch die Wette des Dämonen X(A/N)th, die ihn dazu verdammt, die Gestalt eines Drachenesels anzunehmen. Nur die Träne eines sterblichen Wesens kann ihn zurückverwandeln – und haben Sie schon mal für einen Esel eine Träne vergossen? Doch da weht der magisch geladene Sturm die urlaubende Familie Carlyle nach Xanth, für die alles neu ist. Begeben Sie sich mit ihr auf eine spannende Entdeckungsreise.

BASTEI LÜBBE

*Die Begabung von Janny Wurts ist die einer wahren Künstlerin: intensiv, dynamisch und voller Leidenschaft. Sie schreibt machtvolle und mutige Fantasygeschichten, wie sie besser nicht sein könnten. Ihr Charaktere gehen verändert aus der Geschichte hervor – ebenso wie ihre Leser.*

Jennifer Roberson

*Ein überaus aufregendes, spannendes Abenteuer ... ein wahrhafter Genuß für den Leser.*

Morgan Llywelyn

*Janny Wurts schreibt mit einer verblüffenden Energie; ihre Ziele sind hochgesteckt, und gerade, wenn man meint, sie wäre so weit gegangen, wie es nur möglich ist, legt sie noch einmal richtig los.*

Stephen R. Donaldson

*Mit jedem neuen Buch wird immer offensichtlicher, welch hohe Bedeutung Janny Wurts für den zeitgenössischen Fantasyroman hat.*

Guy Gavriel Kay

Der Fluch des Nebelgeistes *wird der Hit der 90er sein, so wie Tolkien der Hit der 60er war.*

Marion Zimmer Bradley

BASTEI LÜBBE

JANNY WURTS IM
BASTEI-LÜBBE-TASCHEBUCHPROGRAMM

DER FLUCH DES NEBELGEISTES
20 342 Band 1 Meister der Schatten
20 349 Band 2 Herr des Lichts
20 355 Band 3 Die Schiffe von Merior